Johannes Derksen • Ein Haus voll Glorie

Johannes Derksen

Ein Haus voll Glorie

August der Starke und die Hofkirche

Ein historischer Roman

benno
VERLAG

Die Deutsche Bibliothek – CIP-Einheitsaufnahme

Derksen, Johannes:
Ein Haus voll Glorie : August der Starke und die Hofkirche ; ein historischer Roman / von Johannes Derksen. – 9. Aufl. – Leipzig . Benno-Verl., 1994
ISBN 3-7462-1112-3

Kirchliche Druckerlaubnis: Bautzen, am 18. Dezember 1961
Dr. Hötzel, Generalvikar

Johannes Derksen zum Gedächtnis

In der Meßfeier zum 40. Jahrestag seiner Priesterweihe erinnerte der Prediger den Jubilar Johannes Derksen an das Psalmwort: »Das Los ist mir gefallen auf ein liebliches Land.« Der aus Emmerich am Niederrhein stammende Johannes Derksen, der seiner Heimat zeitlebens in schmerzlicher Liebe verbunden blieb, war als junger Theologe 1926 in das erst 1921 wiedererrichtete Bistum Meißen gekommen und im Bautzener St.-Petri-Dom von Bischof Christian Schreiber zum Priester geweiht worden. Mit Sachsen hat sich Johannes Derksen schwergetan. Hier erlebte er die Zeiten der wirtschaftlichen Depression, später des Krieges und zweier diktatorischer Regimes. Als »liebliches Land« im tieferen Sinn lernte er seine Wahlheimat wohl erst durch die Geschichte verstehen. Dabei folgte er einer seelsorgerlichen Intention, als er sich mit der Meißner Bistumsgeschichte zu befassen begann. Nach dem zweiten Weltkrieg kamen heimatvertriebene katholische Christen nach Sachsen, denen es wie Johannes Derksen selbst nicht leicht fiel, im Land der Reformation heimisch zu werden. Ihnen wollte er geschichtliche Sinnerfahrung ermöglichen durch das Wissen um die Glaubenswurzeln dieses Landes, die tief in vorreformatorische Zeiten zurückreichten. Mit einem Lebensbild des Bistumspatrons Benno fing er Meißner Bistumsgeschichte zu erzählen an. Das 1956 erschienene Buch trug den Titel »Das gefurchte Antlitz. Der heilige Bischof Benno von Meißen unter dem Kreuz seiner verworrenen Zeit: 1010 – 1106«.
In den folgenden Jahren bemühte er sich, noch frühere Zeiten zu verlebendigen. Auf die Chronik des Thietmar von Merseburg als historische Quelle gestützt, schilderte er die Zeit und das Wirken Bischof Eids um die Jahrtausendwende. Eid war von 992 bis 1015 der dritte Oberhirte von Meißen. »Über weniges getreu« hieß das 1969 her-

ausgekommene Buch. Der Geschichte der Zisterziensermission im Meißner Land widmete er 1966 einen Band über den bedeutenden Abt Ludeger vom Kloster Altzella bei Nossen, dem er den Titel »Im verschlossenen Garten« gab. Er erzählte ferner die Biographie des Bautzener Domdekans Johannes Leisentrit, der in der Reformationszeit in aufopfernder Treue den ihm übertragenen Teil des zerfallenden Bistums Meißen beim katholischen Glauben erhielt. Dieses Buch hieß »Der getreue Verwalter« und erschien 1960.

Den Höhepunkt dieser bistumsgeschichtlichen Darstellungen bildete das erstmals 1962 veröffentlichte Buch »Ein Haus voll Glorie«.

Eine »Allegorie für das Wiedererwachen des katholischen Lebens in Sachsen« hat es Herbert Hömig genannt. In einer Art Romanchronik behandelt der Autor die Geschichte des im Stil des römischen Spätbarock errichteten berühmten Kirchenbauwerks. Die Augusteische Epoche, Sachsens Glanzzeit, scheint in diesem Bauwerk auf. Zwei sächsische Kurfürsten tragen nacheinander die Königskrone Polens. Das katholisch gewordene Herrscherhaus braucht eine repäsentative Hofkirche, die ihm der römische Architekt Gaetano Chiaveri in Dresden baut.

Derksen entwirft auch in diesem Buch ein Zeitbild, das auf Transparenz hin angelegt ist. Er will das Wirken Gottes in der Geschichte erahnbar, erlebar machen. Denn der christliche Glaube lebt aus der Erfahrung des göttlichen Wirkens. Geschichte vermittelt auf diese Weise christliche Existenzerfahrung. Darauf vor allem kam es Johannes Derksen in seinen fünf Bänden erzählter Meißner Bistumsgeschichte auf insgesamt 3250 Druckseiten an. Der Leipziger St. Benno-Verlag betreute das Werk des Pfarrers und Schriftstellers Johannes Derksen zu dessen Lebzeiten und nahm nach Derksens Tod – er starb am 6. Oktober 1973 – die Bewahrung dieses Werkes in seine verlegerische Obhut.

Johannes Derksens geschichtliche Bücher waren zur Zeit ihres Entstehens, unter den DDR-Verhältnissen der Fünfziger- und Sechzigerjahre, als Glaubenshilfe für Menschen gedacht, die unter dem ideologischen Druck der atheistischen Partei- und Staatsdoktrin zu leben gezwungen waren. Sie haben darüber hinaus ein Geschichtsbewußtsein zu erhalten und zu erneuern geholfen, das als sittliche Kraftquelle für Menschen in tagtäglichen Bedrängnissen Zuflucht und Zuversicht bot. Darin bestand die Leistung dieses volkstümlichen Erzählers und Seelsorgers. »Ein Haus voll Glorie« ist das beeindruckende Zeugnis dessen, was Johannes Derksen seiner Zeit entgegensetzen wollte.

Ingo Zimmermann

Vorwort

Wie kam es in diesem ganz lutherischen Lande zu dieser imposanten Kirche?
Die Antwort ist nicht leicht zu geben.
Die letzten Katholiken Kursachsens scheinen nach Einführung der Reformation 1539 durch Herzog Heinrich, den sein Volk darob den »Frommen« nannte, und unter Kurfürst August, dem es den Namen »Vater August« gab, weggegangen zu sein. Er regierte von 1554 bis 1586. Anno 1581 resignierte der letzte gewählte, aber nicht geweihte Bischof, Johann IX. von Haugwitz, und wurde lutherisch. *Kursachsen war katholikenrein.*
Der heidnische Grundsatz: »Cujus regio, ejus religio – Wie der Herr, so's Gescherr« – war durchgeführt. – *Die katholische Kirche war* hier religio illicita, d. h. *verbotene Religion.* Einheimische Kursachsen waren nicht katholisch, sie waren lutherisch. Nur Zugezogene, wie Österreicher, Franzosen, Italiener, Polen, waren katholisch. Sie hatten keine Tradition im Lande, sie kamen und gingen. ›Vagabundi‹ ist der lateinische Ausdruck, Umherschweifende, bald hier, bald dort.
Ihnen war es verwehrt, Bürger zu werden. Sie waren und blieben Fremdlinge und Beisassen.
Aber um der Länder willen, mit denen Gesandtschaften unterhalten wurden, mußten sie zugelassen werden; besonders dann, wenn sie als Künstler, Gelehrte, Arbeiter oder Soldaten gebraucht wurden. Der Grundsatz jedoch war und mußte bleiben: Kursachsen ist katholikenrein!
Wer daran rüttelte, wer gar zur katholischen Kirche übertrat, war verachteter und gefährlicher als ein Pferdedieb; denn heilig Bestehendes, im Staatsrecht verankert, wurde durch ihn angetastet.
Viele haben diese Verachtung erlebt und sind dennoch den Weg ihrer Erkenntnis und des heiligen ›Muß‹ gegangen.

Das alles klingt nicht nur hart, das war auch hart. Ja, bis vor einem Lebensalter war es noch bitter harte Wirklichkeit, den Ausruf zu hören: »Das ist ja zum Katholischwerden!«
In rein katholischen Gegenden erlebten Nichtkatholiken oft in ähnlicher Weise Fremdheit und Unverstandensein.
Für uns sind solche Zustände Vergangenheit. Es gibt keine Staatsreligion mehr, keine Unterdrückung der einen Konfession zugunsten der anderen. Jede Religionsgemeinschaft hat die gleichen Rechte. Aber früher gab es nur äußerst begrenzte Duldung, wenn der Landesherr an den Zugewanderten Interesse hatte. Dann nahm er das Katholischsein als unangenehme Beigabe in Kauf, ob es nun des Preußenkönigs ›lange Kerle‹ waren oder die polnischen – von den Krautjunkern oft in armseligen Schnitterkasernen untergebrachten – Landarbeiter oder die Arbeiterinnen für die Spitzenfabriken.
Um des Gewissens willen gab es bitter wenig Toleranz. Wenn solche Einstellung lange wehrt, dann frißt sie sich fest wie eine verrostete Schraube und lockert sich nicht, selbst wenn rechtlich längst schon andere Grundsätze in Kraft getreten sind.
Wie viele katholische Zugezogene sich in früheren Zeiten als Fremdlinge und Beisassen in der Diaspora gefühlt haben, darum wußte nur der Diasporapriester, der die Vereinsamten, die ob der geistigen Heimatlosigkeit oft verbittert waren, im Hinterhaus oder im Dachstübchen aufgesucht hat. Sicher hat sich mancher gut und schnell eingelebt, mancher aber hat mit der Heimat auch das wenige Katholische, das er besaß, aufgegeben. Daheim war er noch katholisch, doch er war es zuwenig innerlich, um dann einsam in der Fremde, im Dorf, in der Straße, im Haus katholisch zu bleiben, eben ein »Kathol'scher« zu sein.
Ermaß ein Einheimischer wohl diese religiöse Verlorenheit? Ermaß er, wie bitter schwer es noch vor einem Men-

schenalter für das einzige katholische Kind in einer Schulklasse war? Inzwischen hat sich vieles – Gott sei es gedankt! – auch unter den Christen selbst zum Guten gewandelt.

*

Der Kurfürst von Sachsen war das Haupt der lutherischen Länder schlechthin, obwohl seine Beziehungen zum katholischen Kaiser gut waren. Sachsen und lutherisch war ein zusammengehörender Begriff. Die Hauptstadt Dresden darum die Hochburg, das evangelische Zion an der Elbe. Und gerade hier wollte Gottes Vorsehung seine Kirche als sein Zeichen unter den Menschen wiedererrichten. So und nicht anders müssen wir die gewaltige ehemalige Hofkirche in Dresden sehen. Kunstwerk ist sie erst in zweiter Linie. Zunächst ist sie für Sachsens Diaspora die Mutterkirche der mühsam, oft allzu mühsam hier wieder Fuß fassenden einen, heiligen, katholischen und apostolischen Kirche. Und nun der Gegensatz: So imponierend die Hofkirche als Mutter, so klein, wie schreiende Säuglinge in Windeln, begannen ihre zahlreichen Kinder. Zuerst als Missionsstationen, dann als Lokalkaplaneien, Pfarrvikarien und endlich als selbständige Pfarreien mit Riesengebieten, die nun erwachsenen ›großen‹ Kinder.
Verfolgen wir die nicht immer klar erkennbaren Baupläne der göttlichen Vorsehung! Mag uns Friedrich Wilhelm Webers Dichterwort, das er vor hundert Jahren schrieb, dabei geleiten:

»Wissen heißt die Welt verstehen;
Wissen lehrt verrauschter Zeiten
und der Stunde, die das flattert,
wunderliche Zeichen deuten.
Und da sich die neuen Tage
aus dem Schutt der alten bauen,
kann ein ungetrübtes Auge
rückwärtsblickend vorwärts schauen!«

Gerade die letzten Verse treffen doch sichtbar auf Dresdens Wiederaufbau zu.
Mögen aber auch die wuchtigen Klänge der großen Glokke dieser gegen den Strom der Zeit erstandenen Kirche uns stets daran erinnern, daß – religiös gesehen – der eigentliche Baumeister doch die göttliche Vorsehung der Allerheiligsten Dreifaltigkeit war. Ihr wurde dieser hehre Bau geweiht!

Der Zitronenhändler

»Citroooni, Citroooni, belli, belli; kaufen du Citroni aus dem Süden!«
Kinder laufen herzu.
»Citroniii, Citroniii, o belli Citroooni!«
»Mutter, der Zitronenmann ist wieder da!«
»Soll sich schämen, am Abend vor dem heiligen Sonntag so herumzuschreien! Hergelaufenes Volk!«
Sie schlägt die Tür zu und will nichts wissen von den neumodischen Früchten, die aus dem Süden, aus dem papistischen Italien, nach Dresden kommen.
Die Frau Amtsschreiber hat einen Garten mit schönen Äpfeln und Birnen, mit Pflaumen und Pfirsichen. Ihr Obst kann sich an der kurfürstlichen Tafel im Schloß sehen lassen. Sie braucht keine Zitronen. Die Frau Amtsschreiber will nichts zu tun haben mit den ausländischen Händlern, die sich nach den schweren Schäden des Dreißigjährigen Krieges auch in Dresden mehr und mehr breitmachten. Dieser Zitronenhändler ärgert sie schon lange.
»Wie der kauderwelscht! Er soll italienisch oder deutsch reden! Aber der Kerl schreit immerzu Citroni statt Limoni! Brrr!«
Noch mehr ärgert sie, daß er sogar am heiligen Sonntag und am Vorabend, an dem jeder evangelische Christ in Stille und Besinnung sich auf den Tag des Herrn vorbereitet, in den Straßen um die Seegasse seine giftgelben Essigäpfel feilbietet, dazu auch noch andern Wirtschaftskram.
»Citroniii, belliii; kaufen du Citroooniii, belliii!«
Wie der Kerl schreit! Sie wird es dem Herrn Gemahl sagen, wenn er von der Ratssitzung kommt. Diesem Mann mit dem breitrandigen Schlapphut und dem Mantelkragen muß das Handwerk untersagt werden, sobald die Glocken den heiligen Sonntag einläuten.

»So ein italienischer Papist weiß natürlich nichts von der Feierlichkeit in unsern Landen. Bagage, fremd zugezogenes Pack!«
Frau Sybilla Dickpfennig befiehlt ihrem Sohn, der so gern Zitronen haben möchte:
»Lern deine Psalmverse, du Schlingel, damit du morgen deinen Eltern keine Schande machst!«
Vor dem strengen Blick der Mutter nimmt Christian sein Buch und lernt:

»Der Herr hat Zion erwählt,
zu seinem Sitz es erkoren:
Dies ist der Ort meiner Ruhe in Ewigkeit;
an ihm will ich wohnen, ihn hab ich erkoren.
Zions Nahrung will ich mit Segen segnen.«

»Jawohl, mein Sohn, Zions Nahrung und nicht des Papisten Zitronen, merk dir das! Bleib allweg gut sächsisch-lutherisch. Dresden ist das erwählte Zion unserer Tage, und schiel mir nicht nach den giftig-gelben Früchten der Papisten!«
Christian schaut seine gestrenge Frau Mutter erstaunt an. Er begreift nicht, was sie gesagt hat. Er versteht nur, daß die von ihm so geliebten Zitronen schrecklich gefährlich sind wie die Papisten, vor denen der Magister auch schon so oft gewarnt hat.
Aus der Zahnsgasse klingt nur noch verhalten des Zitronenhändlers singendes Rufen.
Carlo Caprano hat es eigentlich nicht nötig, sich den Hausiererkasten umzuhängen und in den Straßen um die breite Seegasse, die vom Altmarkt südlich führt, seine Zitronen anzubieten. Er hat ein gutgehendes Geschäft, kann nicht genügend von den südlichen Früchten nach Dresden bringen; denn den wenigsten sind sie so zuwider wie der Frau Dickpfennig. Carlo Caprano ist heute ein schlechter Kaufmann; er verschenkt seine Zitronen mehr, als daß er sie verkauft. Carlo Caprano ist ein ›Verkappter‹.

Der kleine Italiener schiebt sich mit seinem Hausiererkasten durch die Wallstraße, verschenkt den dort spielenden Jungen seine Zitronen und erspäht dabei, wie er durch die Hintertore in den Hof des »Goldenen Adler« gelangen könne.
Bald steigt er in der Breiten Gasse Nummer 13 im Hof die Treppe hinauf und klopft, über die Holzgalerie schreitend, an der letzten Tür. Hat er dort oben seine Liebste wohnen?
Eine französische Mademoiselle öffnet ihm, er drückt ihr drei Zitronen in die Hand.
»Quanto costa?«
Carlo Caprano schüttelt den Kopf.
»Rien, mademoiselle, mais demain à neuf heures!«
(»Nichts, mein Fräulein, aber morgen um neun Uhr!«)
»Ah oui, je sais.«
(O ja, ich weiß.«)
Als habe er ein Stelldichein verabredet, so küßt er der französischen Dienstbotin bei den alten Damen, die vordem einmal zur französischen Gesandtschaft gehörten, die Hand. Carlo Caprano sucht noch viele zugezogene Katholiken auf, um ihnen auf diese Weise zu sagen, daß morgen um 9 Uhr wieder eine heilige Messe in der kaiserlichen Gesandtschaftskapelle im »Goldenen Adler« gefeiert wird.
Aber Vorsicht ist am Platze; denn der Rat der Stadt gibt acht auf die zugezogenen Ausländer, die nicht zum Gesandtschaftspersonal gehören, ob sie in die ›papistischen Messen‹ der kaiserlichen Gesandtschaft auf der Seegasse oder der französischen Gesandtschaft in der Töpfergasse laufen. Der Rat paßt gut auf den »Goldenen Adler« und auf das Leubersche Haus dort auf.
Der Herr Amtsschreiber Dickpfennig weiß genau, daß anno 1673 an verschiedenen Sonntagen 60 bis 100 Personen bei der ›papistischen Messe‹ gezählt wurden, anno 1675 sogar 200, nämlich 166 Männer und 34 Frauen. So-

gar verkleidete Meßpriester hatten sich von auswärts eingeschmuggelt, Barfüßer und Dominikaner aus Halberstadt, sogar Jesuiten aus Böhmen.
Wenn der Kurfürst selbst einen solchen nach Dresden beruft, daß er ihm als Verbindungsmann zum kaiserlichen Hofe diene, so ist dagegen nichts zu machen; aber daß die zugewanderten Ausländer eine katholische Gemeinde bilden, das ist in Kursachsen verboten.
Sachsen ist rein lutherisch. Ob Calvinisten oder Katholiken, sie sind nicht erlaubt, wie einst umgekehrt die böhmischen Exulanten in Böhmen unerlaubt waren und deshalb nach der Schlacht am Weißen Berge zu mehr als 30.000 Personen mit 200 Adelsgeschlechtern auswanderten und in Kursachsen, vornehmlich in Annaberg, Freiberg, Chemnitz, Pirna, Zittau, natürlich auch in Dresden brüderliche Aufnahme fanden. Hatte doch 1650 der Kurfürst den tausend Exulanten die alte Johanniskirche vor dem Pirnaischen Tor überlassen. Nun war freilich die Exulantengemeinde auf ein kleines Häuflein zusammengeschmolzen. Die wenigen aber wußten noch zu erzählen, wie es ihnen und ihren lutherischen Vorfahren in Böhmen ergangen war.
Nach dem heidnischen Grundsatz war der Rat im Recht. Kursachsen erkennt nur die eine heilige Kirche an in der lutherischen Form und nicht die der Calvinisten und der ›Papisten‹. Mit dem Rat gehen Hand in Hand die Geistlichen des lutherischen Oberkonsistoriums in Dresden. In wirklicher Seelsorge für die Gläubigen achten sie – mit aller Verantwortung um das reine Evangelium – darauf, daß keine katholische oder, wie sie es nennen: ›papistische‹ Gemeinde in Dresden und im Lande ersteht, nur die Mitglieder der Gesandtschaften dürfen hinter verschlossenen Türen der papistischen Messe beiwohnen. Carlo Caprano begreift das nicht. In seiner Heimat ist alles katholisch, und hier ist alles lutherisch. In jungen Jahren hat er zwar etwas von einer Reformation gehört, doch auch dies hatte er nicht begriffen.

Die Mutter hatte ihn gewarnt, in den lutherischen Norden zu ziehen, in die Germania apostata. Sie trägt jetzt noch Sorge um sein Seelenheil und hört nicht auf, vor dem Gnadenbild täglich den Rosenkranz für den gefährdeten Carlo zu beten: »O Madonna mia, misericordia; o clemens, o pia, o dulcis virgo Maria!«

Carlo hatte über der Mutter Sorgen gelächelt, bis er nun in Dresden und Leipzig am eigenen Leibe und an der eigenen Seele erfährt, was es heißt, aus dem katholischen Mutterlande fortzugehen. Alle Ausländer, die wie er als Kaufleute nach Dresden, Leipzig oder Berlin kamen, erfuhren genauso das Fehlen der katholischen Kirche und erlebten bitter ihre Rechtlosigkeit:

Bürger konnten sie nicht werden.

Grund und Boden nicht erwerben.

Häuser durften sie nicht kaufen.

Ihren Glauben durften sie nicht betätigen.

Ihre Ehen mußten lutherisch geschlossen werden.

Ihre Kinder mußten lutherisch getauft werden.

In der Sterbestunde kein Priester, keine Beichte, keine Wegzehrung, keine Krankensalbung.

Ihre Toten mußten in ungeweihter Erde vom lutherischen Pastor begraben werden.

Daheim waren sie ›Hausgenossen Gottes‹, hier aber ›Fremdlinge und Beisassen‹, wie Sankt Petrus schreibt.

Es war eine Freude, hin und wieder von einem verkleideten Priester besucht zu werden, ja ein großes Glück, wenn sich die katholischen Fremden in eine Gesandtschaftskapelle einschleichen konnten. Es war und ist zwar streng verboten, aber das Verbotene reizt, auch wenn man nur eng zusammengequetscht auf dem Gang stehen kann, nichts vom Altar sieht, nur das Murmeln der Gebete und das Wandlungsglöckchen hört.

Wurden sie ertappt, dann mußte der Beutel bluten. Auch Carlo Caprano war schon mehrmals erwischt worden.

Nun ist Carlo Caprano 26 Jahre alt. Anno 1650 war er in

einem kleinen Inseldorf in den Lagunen Venedigs geboren. Nicht alle Kinder konnten zu Hause bleiben. So war er nach Venedig zu einem Zitronenhändler gekommen und durch ihn mit einer großen Warenladung gen Dresden gereist. Dresden gefiel ihm. Schön war die alte Stadt an der Elbe, die Luft rein und klar, und der kurfürstliche Hof brachte Spiele und Freuden in die Stadt. Hier wußte man zu leben. Hier wurde gebaut und geschafft.

Er verliebte sich auch bald in eine Italienerin, bei der er Heimat, Polenta und Chianti fand. Aber die Mama hielt ihre schwarzhaarige Lucia streng. Vor drei Jahren war ihr Mann gestorben und lutherisch begraben worden, weswegen die Witwe sich gar nicht beruhigen konnte. Sie ersann und fand auch Mittel und Wege, daß die Promessi sposi (Verlobten) katholisch heiraten konnten. Das kostete zwar viel Geld und Schreibereien, aber im vorigen Jahr waren sie mit einem Kutschwagen über den Erzgebirgskamm ins Böhmische nach Mariaschein gefahren. Schrecklich lang war ihr die Fahrt durch das finstere Gebirge vorgekommen.

Dort waren Carlo und Lucia ein gültig getrautes Ehepaar geworden, das sich auf der Heimreise im Wagen frischfröhlich herzte und küßte, daß die Frau Mama die Augen schloß und traurig-selig ihres eigenen Liebesfrühlings gedachte. Wohlverstaut aber war im Reisegepäck eine Zehnliterflasche mit geweihtem Wasser. Das wollte die Mama auf dem Grab ihres Mannes nach und nach aussprengen, weil er in ungeweihter Erde ruhte.

Nun erwartet Lucia ihr erstes Kind. Das erfüllt den Carlo mit solcher Freude, daß er in der engen Gasse am Wall den armen Kindern gern seine Zitronen verschenkt.

Natürlich hofft er auf einen schwarzen Bambino, der den Namen der Caprano weitertragen soll. Aber wenn der Herrgott ihnen so eine liebe kleine Marcella schicken will, wie es sich die junge Mutter wünscht, weil Jungen so wild und schwer zu erziehen sind, dann soll es ihm auch recht sein.

Nun liegt auf ihnen die bange Sorge, ob sie ihr Kind katholisch taufen lassen können; denn die lutherischen Pfarrer sehen streng darauf, daß ihnen niemand dieses Recht streitig macht. Mit der lutherischen Taufe ist auch zugleich die Einreihung in die Bewohnerliste gegeben.
Carlo Caprano hat seinen Hausiererladen ›ausverkauft‹. Er hat ein gutes Geschäft gemacht, obwohl er nur wenige Groschen eingeheimst hat. Er weiß nämlich jetzt, wie er morgen durch den Hinterhof in den »Goldenen Adler« gelangen kann, ohne an den städtischen Wachposten vor dem Eingang zur Seestraße vorbeizumüssen. Auch hat er 20 Katholiken einladen können.
Eine venezianische Serenade leise vor sich hin trällernd, kehrt er in die kleine, aber behagliche Wohnung in der Rosmaringasse zurück, wo er seine Lucia umfängt und ihr die Haare aus dem Gesicht streicht.
Die Frau Mama aber ergießt eine Redeflut über ihn, weil er wieder einmal so lange fort war.
Auch sie bekommt ihren Kuß, und beim italienischen Redeschwall fühlt er sich ganz wie zu Hause bei seiner eigenen Mutter.
Dann beißt er in die dampfende Polenta hinein und ißt dazu ein Stück Käse. Natürlich schenkt ihm seine Lucia auch einen großen Becher Chianti ein.
»Morgen um neun Uhr«, wiederholt er, was er so oft an diesem Samstagabend in den Gassen um den »Goldenen Adler« gesagt hatte.

*

Carlo Caprano weiß, was er tut, als er sich am Sonntagmorgen aufmacht, um im »Goldenen Adler« der Messe der kaiserlichen Gesandtschaft beizuwohnen. Um nicht aufzufallen, macht er einen Umweg und kommt auch am Rathaus vorbei. Ein neues Verordnungsblatt zieht ihn an. Er beginnt zu studieren:
»Den Hauswirten ist ein Patent zugestellt, daß alle Ka-

tholiken bei Strafe den Besuch der Messe zu unterlassen haben, ansonsten sollen die Wirte dafür haften.«
»Carlo, paß auf, nicht erwischen lassen!«
Daneben hängt ein anderes langatmiges Schreiben. Carlo überfliegt es:
»... daß die *Verbrecher* nach ereignenden Umständen unnachlässig mit Geld, Gefängnis, Ausschaffung aus der Stadt, auch wohl härteren Strafen angesehen und belegt werden sollen.«
»Oho, Verbrecher sind wir Meßbesucher? Dann will ich heute wieder Verbrecher sein; denn ich muß Gott mehr gehorchen als den Menschen.«
»Der Festungskommandant, der Amtmann und der Rath sollen fleißige Aufsicht führen und genaue Nachforschungen anstellen, gegen die Widerspenstigen mit Gewalt verfahren, sich derselben versichern, und nur wenn churfürstliche Bediente dabei betroffen würden, deshalb gehorsamsten Bericht erstatten und weitere Verordnung gewärtig sein. Gegen andere Personen aber, Fremde wie Einheimische, soll mit angeführter Bestrafung ohne Nachlaß verfahren werden.«
»Ohne Nachlaß! Sì, sì.«
»Diejenigen, die der römisch-katholischen Religion zugethan, sollen sich mit ihrem Gottesdienste in der Nähe, entweder an der böhmischen Grenze oder in der Oberlausitz, begnügen lassen und zur Wiederholung des Verbotes nicht Anlaß geben.« »In der Nähe! Die Nähe kenne ich, 3 Tage hin und zurück und kostet mich viele Taler mit Lucia und Mama!«
»Meßpriester, die sich in die Häuser einschleichen, unschuldige Leute in ihrem Glauben irrezumachen und zu verführen oder ihren päpstlichen Glauben auszuüben sich unterstehen, sollen angehalten und mit ihren Wirten, die dergleichen in ihren Häusern gestatten, unnachlässig bestraft werden.«
»Nichts Neues!« Das war so, und das bleibt so, wenn der liebe Gott nicht ein Wunder wirkt.
Und ich gehe trotzdem hin!

Madonna mia, laß mich unter deinem weiten Mantel hineinschlüpfen in den ›Goldenen Adler‹!«
Er wirft einen Handkuß zum Himmel, pfeift sein Lied und zieht ab, Augen und Ohren weit offen.
Die Glocken der Kreuzkirche, der alten Frauenkirche* läuten zur Predigt und zum Abendmahl.
Carlo Caprano geht nicht durch die Seegasse; denn sie endet vor dem Seetor, das seit über hundert Jahren versperrt ist, in einer Sackgasse. Er geht vielmehr vom Altmarkt durch die Scheffelgasse am Wall entlang und biegt von dort in die Zahnsgasse ein. Aber er kommt nicht weiter, städtische Wachen machen Patrouille. Deshalb kehrt er um und geht in die Breite Gasse. Im Haus Nummer 13 kann er, wie er gestern ausgekundschaftet hat, ungesehen durch eine offengelassene Pforte in den Hinterhof des »Goldenen Adlers« gelangen.
Nun ist er am Ziel. Aber in die Gesandtschaftskapelle kann er nicht hinein. Es haben sich schon so viele Gläubige eingefunden, daß sogar die Treppe belagert ist. Nur einen halben Treppenabsatz kommt er weiter hinauf, weil er sich am Geländer entlang hochschiebt. Dann muß er eingeklemmt stehenbleiben. Dort hört er das Bimmeln der Sakristeiglocke, doch vom Altarraum sieht er nichts. Mit den Umstehenden betet er den Rosenkranz lateinisch: Das ist für diese Gläubigen die allen gemeinsame Sprache. Kein Wort versteht er von der Predigt, die der Wiener Gesandtschaftspater hält.
Als bei der heiligen Wandlung ein feines Silberglöckchen erklingt, kann er nicht einmal niederknien. Nun ist Christus, der Herr, wieder unter den Seinen gegenwärtig. Wenn Carlo auch nicht sehen kann, so weiß er sich der heiligen Handlung nahe. Der Herr wird ihn schon sehen von seinem unblutigen Kreuzaltar aus und seine Gebete

* Unserer Lieben Frau

erhören. Heiß steigt sein Bitten und Flehen um Lucia und ihr Kind auf, besonders auch wegen der Taufe:
»Kyrie eleison, Christe eleison, Kyrie eleison!«
Als der Priester die heilige Hostie hochhebt und sich anschickt, einigen die heilige Kommunion auszuteilen – »Ecce Agnus Dei, ecce qui tollis peccata mundi, ... –, werden unten auf den Treppenstufen lärmende Rufe hörbar: »Alle, die nicht zur kaiserlichen Gesandtschaft gehören, haben sofort das Haus zu verlassen!«
Selbst wenn sie wollten, wäre ein Verlassen unmöglich, so dicht gedrängt stehen die Beter auf der Treppe und im Vorraum der Kapelle.
Noch schärfer erschallt der Ruf von unten:
»Alle 'raus, die nicht zur Gesandtschaft gehören!«
Als auch das nicht beachtet wird, werden die Stadtknechte handgreiflich und ziehen die Leute die Treppenstufen herunter. Sie fragen gar nicht erst, ob einer zur Gesandtschaft gehört oder nicht. Sie räumen einfach die Treppe leer. Als sie zu Carlo Caprano kommen und dieser keine Miene macht, sich vom Geländer loszulösen, schlägt ein Büttel mit seinem Stock auf ihn ein.
Da entflammt Carlos italienisches Temperament, er wehrt sich und wirft gleich zwei Stadtknechte die Treppe hinunter. Aber schnell sind andere zur Stelle, fesseln ihn und führen ihn ab.
Dann dringen die Büttel auch in die Gesandtschaftskapelle ein und verjagen alle samt und sonders, während der Priester noch sein »Ite missa est!« spricht und den letzten Segen gibt.
Das geschah in Dresden, einige Jahre nach der Befreiung Wiens aus der Belagerung der Türken, wo sich Protestanten und Katholiken einträchtig gegen die Gefahr des Halbmondes gewehrt hatten.

*

Carlo Caprano wird mit einigen anderen ins Stockhaus der Stadt gebracht. Die Schlagwunden schmerzen, als er auf der harten Pritsche liegt. Sein Zorn ist längst verraucht. Nun hat er am unblutigen Kreuzesopfer des Herrn im Meßopfer teilgenommen. Nun leidet er, freilich durch eigene Schuld, weil er sich gewehrt hat. Mit ihm leiden seine gute Lucia und deren Mama, die um ihn weinen und klagen, weil er nicht heimkommt. Daß die Stadtknechte ihn abgeführt haben, dringt zwar bis zum Abend zu ihnen, aber der Bericht ist verdreht.
Als der kaiserliche Gesandte am kurfürstlichen Hof scharfen Einspruch einlegt, wird auch Carlo Caprano aus der Haft entlassen, gegen Zahlung von dreißig Gulden. Mit einem struppigen Bart kehrt er heim in seine Wohnung. Dort empfängt ihn weinend und schimpfend die Mamma.
»Wo hat Er sich so lange herumgetrieben? Lucia hat ihre schwere Stunde durchgemacht!«
»In carcere!«
»Was hat Er denn wieder angestellt, sicherlich zuviel Chianti getrunken und randaliert?«
»O no, Mama, o no! – Geschlagen, gegeißelt, weil ich …«
Er hört das Weinen eines kleinen Kindes.
»Bambino! … Bambino! … Mama, Lucia, Bambino!«
Er stürzt auf das Schlafzimmer zu, wo sein geliebtes Weib liegt. Aber die Mama hält ihn zurück:
»Calmo, Carlo! … Calmo!«
Aber Carlo ist mächtiger als seine besorgte Schwiegermama. Er reißt die Schlafzimmertür auf. Da liegt Lucia und hat das Kind an ihrer Brust.
Carlo kniet vor seiner Frau nieder, küßt ihre Rechte, erhebt sich und küßt ihre Wangen. Seine und auch ihre Augen sind feucht.
»Bambino! … Bambino! … Bambino!« Vor Freude närrisch, hebt er das Kind hoch und tanzt mit ihm vor dem Bett herum. Bambino aber ist solche Freudenergüsse noch nicht gewohnt und schreit aus Leibeskräften.

Die junge Mama lacht und weint zur gleichen Zeit. Schließlich fragt sie ihn auf italienisch, ob er vielleicht das Kind stillen wolle. Da legt der freudetrunkene Vater seinen erstgeborenen Sohn der Mutter an die Brust und kann sich nicht satt an ihm sehen. Dem jungen Vater laufen die Tränen über die Backen, und er schämt sich ihrer nicht.
Seiner Lucia kann Carlo die blutunterlaufenen Striemen der Stockschläge zeigen, die er vom Meßbesuch heimgetragen hat. Sie kühlt ihm die Beulen mit Essigwasser und Zitronensaft. »Es werden wohl nicht die letzten Stockschläge gewesen sein, die wir Katholischen bekommen, wenn wir zur Messe gehen wollen. Aber was nichts kostet, ist nichts wert. Die Apostel haben noch viel mehr um Christi willen ausgehalten.
»O Carlo mio, in welches Land sind wir gekommen! ... Keine gratia, keine misericordia, kein Begräbnis für armen Vater, keine katholische Taufe für Bambino. Laß uns zurückfahren nach Italien, nach Venedig! ... O Santa Lucia!« Wieder fließen Tränen, die Carlo von den Wangen küßt.
Zu alldem kommt noch eine erregte Auseinandersetzung der Mama draußen mit dem Hauswirt.
Die Mama versteht nicht alles oder will nicht alles verstehen, was der Dresdener Hauswirt hervorsprudelt.
Sie setzt ihr Temperament dagegen und kauderwelscht deutsch und italienisch.
Carlo will hinaus. Lucia möchte ihn zurückhalten.
»Carlo, mio, tranquillo! ... Carlo, mio, calmo! ... Non fortissimo!«
Carlo zwingt sich zur Ruhe.
»Guten Morgen! Was gibt es, Herr Dörrschmidt?«
»Was es gibt? ... Mir solche Ungelegenheit zu machen!«
»Was habe ich getan? ... Die Miete nicht pünktlich bezahlt?« Dörrschmidt winkt ab.
»Es geht gar nicht um die Miete. Es geht darum, daß ich aufs Rathaus mußte. Dort hat mir der Dickpfennig die Hölle heiß gemacht.«

»Die ist schon heiß genug, Herr Dörrschmidt. Die kann der Dickpfennig auch nicht heißer machen.«
»Hört auf mit diesen papistischen Irrlehren, Caprano.«
»Na, an die Hölle glauben beide, die Lutherischen und die Katholischen.«
»Das weiß ich nicht. Ich weiß nur vom Amtsschreiber Dickpfennig, daß ihr gegen kurfürstliches Verbot die Pfaffenmesse in der Seegasse besucht und Euch mit den Ratsknechten herumgeprügelt habt.«
Da flammt es in Carlo auf. Er reißt sein Hemd auf und zeigt dem Hauswirt die blutunterlaufenen Striemen.
»Da seht, wer geschlagen hat! Eure ... ento ... die ... mento ... malefico ... Ratsbüttel.«
»Du wirst wohl angefangen haben, du malefico Italiano.«
Carlo brüllt los:
»Ich habe Messe besucht, jawohl, jawohl! Ist das ein Verbrechen? Ist das schlimmer als Stehlen, Rauben und Morden? Muß dafür ein guter und braver Steuerzahler geschlagen werden? Ingiuria! Schreit zum Himmel wie Brudermord von Kain an Abel.«
Nun wird der Hauswirt ruhiger, aber auch verbissener.
»Caprano, der Amtsschreiber Dickpfennig hat mir aufgetragen, Euch zu fragen, ob Ihr den Meßbesuch in Zukunft unterlassen wollt.«
»Das geht Euch gar nichts an, Herr Dörrschmidt.«
»Das geht mich viel an. Ich mußte Euretwegen 10 Taler Strafe zahlen. Die will ich von Euch wiederhaben.«
»Weil ich meiner katholischen Pflicht nachgekommen bin? Ich muß jeden Sonn- und Feiertag eine heilige Messe hören.«
»Ihr müßt der Obrigkeit untertan sein.«
»In Steuer- und Akzisezahlen, ja, aber nicht in Messe-Unterlassen. Ich habe meine coscienza ... Oh, wie heißt es in deutsch? ... Mein Herz, mein ... mein Gewissen, das sagt, du mußt, wenn heilige Messe ist, in heilige Messe gehen.«

»Und ich habe meine Vorschrift, Vorschrift, Reglement. Dresden ist lutherisch. Böhmen und Italien sind katholisch. Wie der Herr, so's Gescherr.«
»Ich nicht! Ich lebe und sterbe katholisch und nicht lutherisch.«
»Das könnt Ihr auch. Nur dürft Ihr nicht die papistische Messe besuchen. Ich bin als Hauswirt dafür verantwortlich.«
Carlo lächelt:
»Ganz einfach: Ihr nichts sehen, Ihr Augen zumachen, Carlo wird Sonntagmorgen spazierengehen.«
»Ich muß aber sehen. Jeder Hauswirt ist dafür verantwortlich, daß seine Gäste nicht die verbotene Messe besuchen.«
Als die Mama sich einschalten will, schiebt Carlo sie beiseite in die Küche.
»Mache Maccaroni, Mama!«
»Ich frage zum letzten Male, Carlo Caprano, wollt Ihr mir in Zukunft keine Unannehmlichkeiten machen und nicht mehr die papistische Messe besuchen?«
»Das darf und kann ich nicht versprechen.«
»Dann muß ich hiermit die Wohnung kündigen.«
Carlo Caprano ist sprachlos. Messebesuch ein Kündigungsgrund?
»Nicht ich, sondern Mama hat die Wohnung gemietet«, lächelt er.
»Dann müßt Ihr, Carlo, ausziehen. Die Mama kann wohnen bleiben.«
Der Hauswirt dreht sich um und schlägt die Tür hinter sich zu. Sofort kommt die Mama heraus und zetert los. Carlo erkennt wieder einmal: Was die Mama deutsch nicht hören will, das versteht sie nicht; aber was sie hören will, das versteht sie sehr gut.
Zwischen Küche, Vorraum und Schlafzimmer geht es lebhaft zu. Hätte der Bambino nicht so kräftig geschrien, dann wäre der italienische Disput noch langer hin- und hergegangen.
»Sacramento! … Rigoroso! … Malefico! … Attacco! …«

Schließlich behält Lucia, den Bambino an der Brust haltend, die Ruhe.
»Carlo mio, suche eine neue Wohnung. San Giuseppe und Santa Maria helfen dir dabei. Sie haben auch in Betlehem Casa gefunden.«
Also zieht Carlo Caprano sein Sonntagsgewand an und geht auf Wohnungssuche. Viele Treppen steigt er hinauf und wieder hinab, viele Absagen erhält er. In der Stadt ist noch die Aufregung über die Räumung der Messe in der Seegasse zu verspüren. So leicht will niemand einen Italiener aufnehmen. Endlich findet er gegen Abend in der Großen-Brüder-Gasse bei einer Witwe eine Wohnung, die ihm einigermaßen behagt. Wenn nur die Mama damit einverstanden ist!
Natürlich gibt es wieder erregte Debatten mit der Mama, die schon über zehn Jahre hier gewohnt hat.
»Dir hat Dörrschmidt nicht gekündigt, also kannst du hier wohnen bleiben. Aber Lucia und Bambino ziehen mit mir um.«
Da entlädt sich ein Gewitter über den ungezogenen Schwiegersohn, der seiner Mama nur Ungelegenheit macht.
»Die Möbel gehören mir!«
Lucia muß die Wogen glätten. Sie heißt ihren Ehegemahl hinausgehen, weil sie mit der Mama allein reden will.
Es ist ja selbstverständlich, daß die Mama mit umzieht, sie könnte ohne den kleinen Bambino gar nicht mehr leben!
Am nächsten Tage kommen Carlos Freunde und einige gemietete Rats-Chaisenträger, die sich auf einen Umzug verstehen. So wird die neue Wohnung in der Großen-Brüder-Gasse bezogen, und Carlo versäumt nicht, sie mit Himmelszungen zu rühmen. Die Mama aber vertut sich noch lange in den Räumen und weiß nicht, wo dies und jenes zu finden ist, das sonst an einem ihr vertrauten Ort gelegen hat.
Und alle diese Aufregungen nur wegen des Besuches der Sonntagsmesse. Aber das ist nicht die größte Sorge. Bam-

bino ist noch nicht getauft und schon 6 Tage alt. Das hat es zu Hause in Italien nicht gegeben. Da werden die Kinder am gleichen Tage oder spätestens am nächsten Tage zur Kirche gebracht. Mama macht dem Kinde zwar oft mit Weihwasser ein Kreuzchen auf die Stirn, die jungen Eltern herzen und küssen es, aber davon ist es noch nicht getauft.

Carlo erkundigt sich bei seinen Landsleuten.

»Kein katholischer Priester darf dir dein Kind taufen. Du mußt schon zum lutherischen Pastor in die Kreuzkirche gehen und es zur Taufe anmelden.«

»Dann wird es ja lutherisch.«

»O no! Padre Agostino hat gesagt, die lutherische Taufe wäre gültig. Wir müßten das hier schon zulassen. Nur im Notfall, wenn das Kind ernstlich krank wäre, könnten die Eltern selbst die Nottaufe spenden, müßten es aber dem lutherischen Pastor melden.«

Carlos Bambino ist kerngesund, kein Zeichen einer annähernden Krankheit. Wieder gibt es erregte Diskussionen zwischen ihm und der Mama. Aber sie helfen nichts. Er muß in die Pfarrgasse gehen und sein Kind für kommenden Sonntag zur Taufe anmelden.

»Carlo Lorenzo Maria«, nennt er den Taufnamen.

Er bezahlt die Tauftaxe und geht.

*

In der Kreuzkirche, die einst dem heiligen Nikolaus, dem Patron aller Schiffer, also auch der Elbschiffer, geweiht war, aber wegen einer einst dort vorhandenen Kreuzpartikel im Volke den Namen ›Kreuzkirche‹ bekommen hat, umstehen Carlo, die alte und die junge Mama, Anastasio Pomelli und Lucrezia Vandolli als Taufpaten den Taufstein.

Es sind noch andere Täuflinge mit ihren Eltern und Paten zugegen, die ebenfalls für 2 Uhr bestellt waren.

Carlo gibt genau acht, wie der Pastor die Kinder tauft. Er hört deutlich, wie der Pastor beim Übergießen des Was-

sers sagt: »Ich taufe dich im Namen des Vaters und des Sohnes und des Heiligen Geistes.«
So ist also die Taufe gültig. Er selbst hätte im Notfall sein Kind nicht anders getauft.
So war es in Dresden um die seelsorgliche Lage der Katholiken bestellt, als Kurfürst Johann Georg III. von 1680 bis 1691 regierte, und der zweite Sohn, der dicke Prinz Friedrich August, sich anschickte, seine Kavalierstour anzutreten, die ihn nach Süden und damit auch in die Heimat Carlos und Lucias bringen sollte.

*

Anno 1688 betont der Kurfürst erneut die Rechtslage:
»Nachdem wir nun, wenn der Gesandte zugegen ist, durch bloße Convenienz (Duldung), nicht aber durch ausdrückliche Zulassung oder Concession die Messe geduldet, als sind wir nicht im geringsten gemeynet, es ins künftige weiter extendiren zu lassen, … noch in Abwesenheit des Gesandten in seinem Hause Messe zu lesen, nachzusehen.«
So bleibt es auch unter seinem Nachfolger Johann Georg IV., der 1691 als Dreiundzwanzigjähriger Kurfürst wird. Auf Beschwerden der Universität erläßt er das Verbot:
»… wollet Anstalt machen, daß außer den Angehörigen und Bedienten des kaiserlichen Ministers niemand diesen Gottesdienst besucht.«
Carlo Caprano aber findet noch oft den Weg in den »Goldenen Adler«, sei es, daß er sich wieder mit seinem Hausiererkasten einschmuggelt oder daß er die Nacht zuvor irgendwo in einem Winkel des »Goldenen Adlers« kampiert.
Gott aber segnet den Eifer seines getreuen Dieners und läßt trotz mancher Geldstrafen sein Zitronengeschäft blühen und gedeihen. Auch sein Bambino wächst zu einem kräftigen Italienerjungen heran, der mit seinen Geschwistern von der Nonna und der Mama, aber auch von Papà alle Gebete, die sie auswendig wissen, erlernt.

»Ich werde es noch einmal erleben, daß wir ungestört und ungestraft hier in Dresden in die heilige Messe gehen können. Gott zieht ans Licht, was im Verborgenen lebte.« So tröstet und stärkt Carlo Caprano die Seinen.
»*Providentiae memor* – Seid eingedenk der Vorsehung!« heißt es in einem kurfürstlichen Wappen. Das wird Carlos Leitsatz. Er weiß, daß Gott seine Kirche dulden und leiden läßt. Er weiß aber auch, daß sie nicht untergehen wird. Solche Katholiken wie Carlo Caprano gab es in Dresden, in Leipzig und an anderen Orten mehr, als es das evangelische Zion an der Elbe ahnte. Sie waren die vorbereitenden Werkleute der göttlichen Vorsehung zu einem ›gewissen Objekt‹ an der Festung zu Dresden, der Hofkirche.
Noch aber muß die verborgene Gemeinde, die noch keine anerkannte Gemeinde ist, in leidender Geduld warten, bis die Vorsehung den Mann beruft, den sie trotz seiner Unwürdigkeit auserwählt hat. Carlo Caprano aber ist ein mannhafter Baustein zum kommenden Bau, auch wenn er ihn selbst nicht erleben wird. Er, der junge, temperamentvolle Italiener, ist von Gott zum Senior berufen, zu einem der Ältesten, die den Altar des Lammes umstehen, wenn auch mit einem Händlerkasten auf dem Rücken. So rühmt ihn 50 Jahre später die Chronik der katholischen Missionare in Dresden, in der es von ihm heißt:
»1736 starb der Senior der katholischen Gemeinde, der italienische Kaufmann Carlo Caprano, der 50 Jahre in Dresden gelebt hat. Ein vorbildlicher Mann von großer Frömmigkeit, der zur Erbauung aller auch in seinem hohen Alter allen Gottesdiensten, selbst am frühesten Morgen, beiwohnte. Er gedachte auf seinem Totenbett des großen Umschwungs in den hiesigen Verhältnissen. Früher mußten sich die Katholiken oft Stockschläge gefallenlassen, wollten sie zur Messe gehen. Oder sie mußten eine Beschäftigung vorgeben, um ins Haus des kaiserlichen Gesandten eingelassen zu werden. Er selbst habe dann

allerlei Waren zusammengekramt, als ob er sie dort verkaufen wolle. Sogar am Vorabend schon sei er bisweilen hingegangen, um am kommenden Morgen dem heiligen Opfer beiwohnen zu können. Andere Katholiken hätten den Arzt oder dergl. gespielt, um in die katholische Kapelle zu kommen. Und jetzt – gottlob! – sei jedem der Zutritt zum Gottesdienst offen und frei. Ja, bis 30 heilige Messen könne man an einem Tage hören außer den vielen Predigten, Katechesen und Andachtsübungen in der katholischen Kapelle.«

Der Liebeskuß wird Todeskuß

In Leipzig schreibt man, immer noch nach dem alten Kalender rechnend, den 15. April 1692. Das Wetter ist wechselhaft: Bald scheint die Sonne frühlingsverheißend, bald stürzt es über den Marktplatz, daß die Fenster der vornehmen Patrizierhäuser geschlossen werden müssen.
Und doch werden sie wieder geöffnet. Leipzig – und damit das Kurland – erwartet nämlich die kurfürstliche Braut, die heute ihren feierlichen Einzug halten soll.
Zwei Studenten stehen im Torbogen und spotten miteinander:
»Eleonore von Brandenburg-Ansbach soll mehr ehrwürdig als schön sein.«
»Sie ist aber Mutter dreier Kinder.«
»Eine Witwe für den jungen Kurfürsten? Er hat doch die hübsche Neitschützen. Vor zwei Monaten ist sie sechzehn Jahre alt geworden und ist ihm lieber als die ihm von der Mutter aufgedrängte Braut.«
»Warum hält er denn die Hochzeit in Leipzig?«
»Was weiß ich; vielleicht, weil April ist. Da tut er eben auch, was er will.«
»Sie hat ihn bezaubert, mit bösem Blick behext.«
»Nein, ihre Mutter, die geborene Haugwitzen, ist es. Zuerst hat sie den Vater, Kurfürst Johann Georg II., behext und nun den jungen Kurfürsten. Sie hat ihre Tochter schon als Dreizehnjährige an den Hof gebracht. Die alte Neitschützen weiß, was sie will.«
»Aus Zuchtlosigkeit wurde Unzucht, verbrämt ›Galanterie‹ genannt.«
»Kursächsisches Krebsübel, das am Hofe seit dem Großvater wuchert. Als junge Prinzen haben es Johann Georg und der starke Friedrich August erlebt, was mit dem ganz besonders galanten Hofleben des Großvaters los war.«

»Da mochte der fromme Spener auf der Kanzel noch so sehr dagegen mahnen. Ich weiß, keiner Einladung des Fürsten zu einer Oper ist er gefolgt, und zu Fastnacht hat er seine Fenster wegen der Maskenumzüge verhängt.«
Was den Prinzen in Dresden fehlte, war die warme Geborgenheit eines echten Familienlebens. Der streng religiösen Lebensführung der Mutter, deren Beichtvater Spener war, stand die dem Jungen viel mehr imponierende, ritterlich galante, sich skrupellos dem Lebensgenuß zuneigende Persönlichkeit des bedeutenden Vaters, des gefeierten Kriegshelden, gegenüber. »Im vergangenen Jahre wurde Spener nach Berlin abgeschoben.«
»Auch Christian Thomasius mußte Leipzig verlassen.«
»Schade!«
»Er kann froh sein, daß er einem geheimen Verhaftungsbefehl des Kurfürsten entgangen ist. Die Universität Halle nahm den geistvollen Mann gern auf.«
»Und wir sind ihn leider los!«
»Still! Es gibt hier Aufpasser genug!«
Die beiden Leipziger suchen sich einen anderen Platz, um den Kurfürsten beobachten zu können.
Nicht in aller Ehrbarkeit, sondern demonstrativ empfängt dieser seine Braut in Gegenwart seiner öffentlich bekanntgemachten Favoritin. Am Fenster stehend, sieht er dem festlichen Empfang zu, an seiner Seite stolz und machtgebietend die ›Neitschützen‹. Der Dreiundzwanzigjährige schaut sie aus einem aufgeschwemmten Gesicht mit dunklen, großen Augen so fest verliebt an, als wolle er ihr sagen: »Du bist mein, und ich bin dein, mag sich da unten und in den nächsten Tagen abspielen, was da will.«
Er ist schmächtig und kränklich. Er neigt zu gelehrten Sachen, ist dabei düster, mürrisch, leicht verdrießlich und sehr jähzornig.
Die alte ›Neitschützen‹ ist auch dabei, hält sich etwas im Hintergrund. Ihre Gedanken sind erregt:
›Ich werde euch ein Liebestränklein brauen, wie es die

alten Hexenbücher aufgezeichnet haben. Was ich beim verstorbenen Kurfürsten nicht erreicht habe, das soll meine Tochter erleben: Kurfürstin soll sie werden!
Darum Fluch über die Ansbacherin da unten!‹
Das Volk jubelt der Braut zu, der Kurfürst winkt nur kurz mit der Rechten. Für einen Augenblick hat er diese von der beringten Hand der Favoritin gelöst.
›Und wenn sie mich eine Hexe nennen – ihr sollt die alte Neitschinne noch kennenlernen!‹
Billchen, wie Sibylla genannt wird, seufzt auf und wendet sich um: »Ich will und kann dem Getue da unten nicht mehr zusehen!« Kurfürst Johann Georg schaut ihr nach. Dann winkt er noch einmal seiner Braut zu und zieht sich vom Fenster zurück. Ob das Volk es sieht?

*

Zur Überraschung seiner Umgebung befiehlt der Kurfürst noch für denselben Sonntagabend die Trauung. Aber diese soll nur still in »Welschens Haus«, einem Patrizierbau am Markt, eingesegnet werden. Der so plötzlich herbeigerufene Oberhofprediger ist darüber ebenfalls erschrocken. Kurfürstliche Gnaden lassen alles über sich ergehen.
»Der Herr segne euren Bund! …
Er lasse sein Antlitz über euch leuchten! …
Seid getreu bis in den Tod! …
Mögt ihr euch eurer Kinder freuen! …
Ja, mögt ihr eure Kinder und Kindeskinder schauen bis ins dritte und vierte Geschlecht! …
Der Friede sei mit euch!«
Mag Carpzow noch so schöne Segensworte auf diese Ehe herabflehen, es ist von Anfang an eine Unglücksehe, wenn es überhaupt eine Einehe ist, denn Johann Georg beabsichtigt, eine zweite mit der Neitschützen einzugehen.
Die Kurfürstin aber hofft mit nur kleiner Hoffnung, daß es ihr doch eines Tages gelingen möge, das Herz ihres Gemahls zu gewinnen.

Steifes, kaltes Hofzeremoniell umgibt sie überall. An äußerer Form läßt Johann Georg es nicht fehlen.
Ob er jedoch von ihr den Kurprinzen erwarten wird?
Sie schaut ihn an, als bäte sie um einen guten Blick, und sieht seine hohe Stirn, seine lange, weit hervorstehende Nase, sieht seine wulstigen Lippen und die scharfen Backenfalten. Er aber hat nur einen Seitenblick für sie übrig. Da spürt sie seine ganze Verachtung und weiß: ›Ich bin nur ein notwendiges Übel für ihn, eine Schachfigur in dem kalten, berechneten Spiel der Politik.‹
Nach einer halben Stunde ist die Trauung beendet.
Eleonore reicht ihrem Gemahl die Hand, und er führt die Kurfürstin galant zum Festmahl, das keine zwei Stunden dauert. Keine Gedenkmünze wurde, wie sonst üblich, am 17. April 1692 zur Vermählung des Paares geprägt.
So betont unfeierlich die Eheschließung zu Leipzig gewesen war, so glänzend waren zwei Wochen lang die Feierlichkeiten in Torgau. Die Neitschützen nahm daran teil und trat mit ›Pomp und éklat‹ auf.
Am 21. April fand die kirchliche Trauungsfeier zu Dresden statt. Der Oberhofprediger hielt – nicht ohne einige deutliche Anspielungen – die lange Predigt.
Große Feste wurden gefeiert, darunter ein eindrucksvolles Nachtfest an der Elbe.

*

Im Februar 1693 gelingt es endlich dem General von Friesen, beim Kaiser in Wien durchzusetzen, daß die jetzt achtzehnjährige Sibylla zur Reichsgräfin von Rochlitz erhoben wird. Der Kaiser hatte die Erhebung zur Reichsfürstin abgelehnt und energisch gesagt: »Was, Reichsfürstin? Sachsen hat schon eine preiswürdige Fürstin!«
Sibylla zieht kein gerade freundliches Gesicht, als Johann Georg ihr in Gegenwart der Mutter die Erhebungsurkunde überreicht.

»Keine Erhebung in den Fürstenstand?«
»Das kommt noch, meine Liebe.«
»Du hast mich nach deiner Trauung mit einem Gnadensold von lumpigen viertausend Talern abspeisen wollen.«
»Jährlich, meine Liebste.«
Ihre Lippen verziehen sich zu einem spöttischen Lächeln:
»Pah, was ist das? – Du hast mir die Ehe versprochen!«
»Ja, freilich, aber was soll ich machen?«
»Gib es mir schriftlich, zumal ich ein Kind von dir erwarte.«
Sie hat mit dieser Nachricht bis jetzt gezögert.
»Soll ich uneheliche Mutter werden, ich, die Gräfin von Rochlitz? Alle Welt weiß doch, daß es dein Kind ist.«
»Nein, nein, ... ja ... aber ... Ich werde alles für dich tun.«
»Ich habe dir etwas aufgesetzt. Du brauchst es nur zu unterschreiben.
Sie legt ihm ein Eheversprechen vor, das mit der Mutter und der Hilfe des Hofrates von Beichling abgefaßt worden war.
»Das ist aber schon vom Februar vorigen Jahres, von 1692, kurz vor meiner Hochzeit.«
»War das denn überhaupt eine Hochzeit?
›... denn idem keineswegs in der Heyl. Schrifft zwey Weiber zu haben, verbothen, sondern exempla anzuführen wären, worinnen es selber von unserer Kirche zugelassen ...‹
Unterschreibe es – als Trost, weil ich nicht zur Fürstin erhoben wurde.«
»Ich sagte es dir bereits: das wird noch kommen, meine Liebste, Beste.«
»Du setzt dich nicht genug ein, für mich und dein Kind.«
»Ich tue, was ich kann, nur habe Geduld!«
»Das hast du schon so oft gesagt!«
»Es braucht alles seine Zeit, du mußt Geduld haben!«
»Die habe ich aber nicht! Ich will jetzt etwas sehen!«
So unterschreibt denn der Kurfürst mit verkrampfter Schrift das Eheversprechen, das ein ganzes Jahr zurückdatiert ist.

»Johann Georg, verlaß mich nicht! Ich habe jetzt immer solche Angst, seitdem ich dein Kind erwarte.«
»Ich muß zu meinen Truppen.«
»Dann ziehe ich mit dir.«
»Deiner bittenden Macht erliege ich immer«, lächelt der Kurfürst ihr zu.

*

Auch für den zweiten Sohn, Friedrich August, hat die besorgte Kurfürstin-Mutter eine Braut ausgewählt, die den politischen Ambitionen des Hauses dient: Christine Eberhardine von Bayreuth. Durch diese Ehe soll zwischen den beiden Häusern Brandenburg und Sachsen ein neues Band geknüpft werden. Friedrich August ist von starker Leibesbeschaffenheit, hat Lust am Jagen und zeigt großes Interesse für das Soldatenleben. Er ist fröhlich und schnell dabei, allerlei Spaß anzustellen. Soeben ist er von seiner großen Kavalierstour aus den romanischen Ländern zurückgekehrt.
Von seiner körperlichen Kraft werden viele Anekdoten erzählt. Es ist harmlos, daß er Hufeisen wie Brezeln zerbrechen kann, aber unglaublich, daß er zum Wiener Stephansturm mit beiden Händen einen Trompeter so lange hinausgehalten haben soll, bis dieser sein Lied geblasen hatte.
Da er nach menschlichem Ermessen keine Aussicht hat, jemals zur Regierung zu kommen, lebt er nach Art der zweitgeborenen Prinzen und ist bald wegen seiner vielen Liebschaften sowie seines leichtfertigen Wesens als ein ›toll Hunkel‹ (Hühnchen) bekannt und auch beliebt.
Kaum hat der leicht entzündbare Prinz Christine Eberhardine erblickt und mit ihr einige höfliche Worte gewechselt, als sein Herz auch schon von ihrer Schönheit so eingenommen ist, daß er auf Proben ihres Tanzes und Singens sowie ihrer sinnreichen Gespräche verzichtet.
Christine Eberhardine aber blickt voll Bewunderung zu dem glänzenden Kavalier auf.

Am 10. Januar 1693 wird in Bayreuth die Ehe geschlossen.
Am 17. Februar hält das junge Paar seinen festlichen Einzug in Dresden.
Die Neitschützen läßt voll Anmaßung die Bayreutherin ihre Macht fühlen.
In Wien gehen die Verhandlungen weiter, die Gräfin von Rochlitz in den Fürstenstand zu erheben. Inzwischen wird sie mit allerlei Gütern beschenkt. Aber sie und erst recht die ›alte Neitschinne‹ sind unzufrieden mit den erhaltenen Geschenken; sie drängen auf die Übergabe des alten Schlosses zu Pillnitz. Erst am 24. Februar 1694 kann der Kurfürst den kostbaren Besitz seiner Geliebten zu eigen machen. Im Venustempel des Gartens läßt er ihr Bild aufstellen.
»Eine Frau kostet viel«, sagt der Volksmund, »aber eine Geliebte mindestens das Dreifache.«
Die rechtmäßige Gattin klagt ihren Gemahl in Gegenwart des Prinzen Friedrich August an, wie sehr er sie vernachlässige. »Solche Geschenke machst du deiner Buhlerin! Aber es ist dir nicht genug, mich in ihrem Beisein in Leipzig so erniedrigend empfangen zu haben. Du willst mich beiseite drängen und diese Kanaille zur Kurfürstin erheben!«
Johann Georgs Zorn flammt auf. Er greift unbedacht nach dem Degen und dringt auf die Kurfürstin ein. Friedrich August jedoch springt schnell hinzu und entreißt dem Bruder die Waffe.
Aber die Anklage der Kurfürstin ist noch nicht beendet. »Du bist von ihr behext.«
Das ist zuviel. Erneut greift Johann Georg zum Degen und bedroht Eleonores Leben. Friedrich August schlägt ihm die Waffe aus der Hand.
»Laß ab von ihr! Sie ist die rechtlich dir angetraute Gattin und Kurfürstin!«
Noch ein drittes Mal zeigt Friedrich August, daß er stärker als der Bruder ist, und rettet wiederum der Kurfür-

stin das Leben. Aus der verblichenen Schrift des Hofberichts vom 24. Februar 1694 zittert noch das Entsetzen des Schreibers nach:
»... Die daraus erfolgte unerhörte und gefährliche rencontre mit der Gemahlin wegen Abtretung des Gutes Pillnitz an die Gräfin v. R. ...«
Die Ansbacherin aber stellt nun fest, daß ihr Gemahl wirklich ›behext‹ ist. Das kann niemals gut enden.

*

In Dresden läßt der Frühling auf sich warten. Das Hochwasser steigt unaufhörlich. Die Elbe ist ein reißendes, unsauberes Wasser. Erkältungen und andere Winterkrankheiten herrschen allenthalben.
So nimmt auch der Kurfürst die Erkrankung seiner Geliebten nicht besonders schwer, als sie am 28. März über Unpäßlichkeit klagt. Abends schon stellt sich Fieber ein, das drei Tage lang mit steigender Heftigkeit andauert. Die Medici stehen teils mit Ratlosigkeit, teils mit Besorgnis an Sibyllas Bett. Die ›alte Neitschinne‹ wendet ihre eigenen Prozeduren an. Nicht nur, daß sie das prunkvolle Schlafgemach ihrer ›beiden Kinder‹ mit allerlei möglichen und unmöglichen Ingredienzien ausräuchert, sie gibt ihrer Tochter zur Bekämpfung des Schüttelfrostes auch noch fragwürdige Mixturen zu trinken. Kein Wunder, daß die Kranke mehr, als bei dieser Krankheit sonst üblich, erbrechen muß. Zudem schmerzen der Fiebernden die Augen.
Der Kurfürst weicht nicht von ihrem Krankenlager. Erfinderisch ist er in den liebevollsten Kosenamen, wenn sie sich unter ziehenden Schmerzen im Rücken windet.
Von oben nach unten breitet sich die Krankheit aus, die von den Ärzten nun deutlich als die berüchtigten Pocken oder Blattern, die ›Variola‹, erkannt wird; doch sie nennen das Übel nicht beim Namen.
Die ›alte Neitschinne‹ triumphiert, als nach drei Tagen das Fieber weicht.

Die Krankheit nimmt jedoch ihren gewohnten Verlauf wie bei den schwersten Fällen. Das Fieber tritt erneut auf. Sibylla leidet sehr und ist Johann Georgs Zuflüsterungen nicht mehr zugänglich. Das Blut schießt ihr aus der Nase, das Prunkbett verliert alle Zierde. Die alte Neitschützen drängt den Kurfürsten, sich schlafen zu legen, und eilt dann in die Schloßkirche, wo eine Betstunde für die Gräfin von Rochlitz gehalten werden soll.
Niemand ist bei Sibylla, als sie am 4. April, früh gegen sieben Uhr, für immer einschläft. Der Kurfürst wird geholt. Als er sich, wie gewohnt, zu ihr setzt und nach ihrer Hand greift, ist diese leblos und steif. Er dreht ihr Gesicht zu sich hin, starrt aber in erloschene Augen und auf einen weitgeöffneten Mund.
Johann Georg stürzt auf die Knie, wirft sich über den Leichnam. Fassungslos sucht er mit seinen Küssen die Tote in das geliebte und so hoffnungsvolle Leben zurückzurufen. Dies kann doch nicht das Ende sein! Das eigentliche Leben sollte ja jetzt in Pillnitz erst beginnen!
Er greift sich in die Haare, weint und schluchzt. Er ruft sie mit allen Kosenamen. Schließlich starrt er nur dumpf brütend auf sie hin. Dann plötzlich springt er auf, rennt im Gemach umher und wünscht sich selbst den Tod. Auf sein stürmisches Klingeln kommt die Mutter mit einem dampfenden Gebräu herein. »Tot … tot … tot ist Sibylla!« Das Gebräu fällt der Alten aus den Händen, sie wirft sich, ebenso wie Johann Georg, schreiend über die Tochter und drückt ihr im Streicheln die starren Augen zu.

*

Eine Kurfürstin könnte nicht feierlicher zum letzten Schlaf gebettet werden als Sibylla von Neitschütz. Vier Tage wird die prunkvoll Aufgebahrte der Öffentlichkeit zum Abschiednehmen ausgestellt. Der ganze Hofstaat muß vor ihr erscheinen. Am 11. und 12. April läuten alle Glocken von elf bis zwölf Uhr. Die Bürger haben stren-

gen Befehl, schwarzgekleidet, mit Gewehr und Fähnlein von dem Hause der Gräfin von Rochlitz an bis zur Sophienkirche Aufstellung zu nehmen und vor dem Zuge das Gewehr zu präsentieren.
Um acht Uhr abends setzt sich der Trauerzug in Bewegung. Der Sarg steht auf einem sechsspännigen Leichenwagen, der mit dem fürstlichen Leichenornat bedeckt ist. Der Kurfürst sitzt stumpf und zerschlagen in seinem ebenfalls mit sechs Pferden bespannten, vergoldeten Staatswagen. Ihm folgt widerwillig, nur dem strengen Befehl des Bruders gehorchend, Prinz Friedrich August in der nächsten Karosse.
In der Sophienkirche wird das einstmals so schöne ›Billchen‹ in der Hofgruft hinter dem Altar feierlich beigesetzt.

*

Als der Kurfürst sich am 18. April bei mildem Sonnenschein auf den Festungswällen ein wenig erholen will, befällt auch ihn ein Unbehagen. Es ist nach all den seelischen Aufregungen nicht weiter verwunderlich.
Am nächsten Tag verschlimmert sich jedoch der Zustand so sehr, daß der Oberhofprediger ihm das Abendmahl reicht. Es fällt dem Geistlichen wahrlich nicht leicht zu sprechen: »Wenn Ew. Kurfürstliche Gnaden ihre Sünden von Herzen bereuen und Gott dem Herrn ernstliche Besserung geloben, so wird auch Ew. Kurfürstliche Gnaden Gottes Barmherzigkeit durch Jesum Christum gewiß sein.«
Die Krankheit verläuft bei ihm genauso wie bei Sibylla.
Der Liebeskuß war zum Todeskuß geworden.
Mit ihr wollte er leben, mit ihr muß er sterben.
Am 27. April 1694 stirbt Kurfürst Johann Georg IV. von Sachsen nach dreijähriger Regierungszeit, im sechsundzwanzigsten Lebensjahre, und wird als letzter der Wettiner im Erbbegräbnis zu Freiberg beigesetzt. Der vierund-

zwanzigjährige kurfürstliche Bruder gibt ihm das Geleit. Gegen alle Erwartung ist er, der zweitgeborene Prinz Friedrich August, Kurfürst von Sachsen geworden.
Nun können sich dessen Ehrgeiz und Ruhmsucht entfalten. Die Bahn dafür ist frei.

*

Der unerwartete und rasche Tod des Kurfürsten Johann Georg und seiner Geliebten hat das abergläubische Volk erregt. Es munkelt:
»Das kann nicht mit rechten Dingen zugegangen sein!«
»Die alte Neitschinne ist eine Hexe!«
»Sie hat beide Kurfürsten, Vater und Sohn, durch Zauberei getötet!«
»Giftmord! – Wir wissen doch, wer in Pillnitz ein und aus ging.« So wird geklatscht.
Friedrich August ordnet sofort die Sargöffnung der Sibylla von Neitschütz an. Danach wird sie außerhalb der Kirche heimlich begraben und der ›alten Neitschinne‹ der Prozeß gemacht. Die geschenkten Güter werden eingezogen.
Am 20. Juni wird die ehemalige Generalin Neitschütz auf das Rathaus ins ›Fasten- oder Quatemberstübchen« gebracht und von vier Männern bewacht. Der Amtmann und der Rat der Stadt beginnen auftragsgemäß mit der Untersuchung.
Vierundvierzig Personen werden vernommen, darunter ein beachtlicher Teil aus den höheren Ständen. Auch die ›Hexe‹ Anna Margarete Burmeister aus dem Spreewald, Katharina Reinhold, eine Kräuterfrau und Schatzgräberin aus Hartmannsgrün, ferner eine Traumdeuterin, die ›Traum-Marie‹ genannt, und selbst der Scharfrichter sind geladen.
Die Untersuchungen füllen acht Bände.
Keiner betont, daß der Verdacht, der die Generalin belastet, unbegründet sein muß, weil sie doch an beider Tod am wenigsten interessiert gewesen sein könne.

Das langatmige Urteil, das die kurfürstlichen Schöffen zu Leipzig, der Ordinarius Senior und andere Doktoren der juristischen Fakultät verfassen, spricht davon, daß die Richter am Hexenglauben festhalten.
Der Prozeß enthüllt eine Menge unsauberer Mittel, deren sich die ›alte Neitschinne‹ und ihre Tochter bedient haben, aber auch andere Verbrechen, wie Erpressung und Bestechungen. Kurfürst Friedrich August will den Prozeß abbrechen, die Landstände jedoch verlangen die Fortführung.
Die ganze Angelegenheit ist bereits eine europäische Sensation geworden, die das Ansehen des Dresdner Hofes und Kursachsens belastet. Friedrich August aber will Dresden und Kursachsen Geltung in Europa verschaffen. Mit seiner Regierung soll eine neue Ära der Kunst und Größe beginnen.
Darum Schluß mit dem leidigen Kapitel der Neitschütz!
»Der Prozeß wird niedergeschlagen!« verfügt er kurzerhand. Mag das Volk munkeln:
»Der Adel hat die Sünderin gerettet!«

Falsche Prophetie weckt Ehrgeiz

Der fünfundzwanzigjährige Kurfürst fühlt sich als junger Gott und liebt wie seine Zeit die heidnischen Göttergestalten als Symbole seiner Macht und Kraft. Darum feiert er Karneval mit einem von ihm selbst künstlerisch ausgedachten Götteraufzug, in dem seine Aurora von Königsmarck die verherrlichte Göttin spielt.
Das Leben ist ein großes Spiel, in dem er, der stämmige Fürst, mit fürstlichem Auftreten die Bewunderung und Zuneigung der Herzen sucht und findet. Seine vorherrschende Passion ist die Vergnügungssucht. Künftige Freuden stellt er sich eindrucksvoller vor, als sie es wirklich sind.
Er kennt von seiner Kavalierstour her katholische Länder, ihre Kultur und Unkultur. Besonders liebt er Venedig ob des prunkvollen Karnevals. Er träumt davon, die Elbe zu Dresden zu seinem Canale grande zu machen. Er liebt die leichtlebige Art des Südens und ihre Kunst, aber von einer Neigung des jungen Kurfürsten zur katholischen Kirche ist auch nicht die Spur vorhanden.
Vielleicht hat er überhaupt keine Religion; denn das schulmeisterlich Dargebotene hat ihn nicht geformt. Er glaubt nicht mehr, als viele andere Fürsten um ihn herum glauben:
Es gibt einen Gott im Himmel, den ›bon Dieu‹. Die Fürsten aber können tun und lassen, was sie wollen. Die Gebote sind für das gemeine Volk.
Eine Beschwerde liegt auf seinem Schreibtisch:
»Am 26. Mai 1695 haben in der kaiserlichen Residentenwohnung im Hause Lehmanns am Neumarkt wieder 158 Personen der Messe beigewohnt.«
Der junge Kurfürst ist nicht tolerant. Er verfügt:
»In Abwesenheit des Gesandten soll das Messelesen ganz eingestellt bleiben, die Türen verschlossen und die Kom-

menden schlechterdings abgewiesen werden.« – Es bleibt, wie es war! Er ist das Haupt der evangelischen Fürsten im Reich und hat dafür zu sorgen, daß sich über die notwendig zugelassenen Messen der Gesandtschaften keine papistische Gemeinde bildet. Der Landesherr bestimmt die Religion des Landes, und wer daran rührt, vergeht sich gegen den Landesherrn.

*

Der Sekretär der kaiserlichen Gesandtschaft in Dresden ist empört. Heute, am vierten Adventssonntag, steht eine kurfürstliche Schildwache vor dem Gesandtschaftsgebäude seines Herrn, des Grafen Harrach, um den Katholiken den Eingang zur heiligen Messe zu verwehren. Allerdings ist die Wache zu spät gekommen, die Leute sind schon im Haus. Der Geheime Kriegsrat Bose hat am nächsten Tag nur ein Achselzucken als Antwort auf die Beschwerde. Der Sekretär wartet ab.
Am 29. Dezember stehen wiederum seit 7 Uhr zwei kurfürstliche Schildwachen nur 16 – 18 Schritt vom Gesandtschaftsgebäude entfernt. Alle Leute, die hineingehen wollen, werden ohne Unterschied von ihnen abgewiesen.
Erneut begibt sich der Gesandtschaftssekretär zum Herrn von Bose. Dieser gibt ihm den Bescheid:
»Im Geheimen Rat ist deswegen nichts verordnet worden. Kurfürstliche Durchlaucht selbst hat dem Kommandanten wegen der Wachen Befehl erteilt. Laßt mich in dieser Sache aus dem Spiel!« Aber der Gesandtschaftssekretär läßt sich nicht abweisen und beschwert sich schriftlich beim Kommandanten.
Die Antwort kommt sofort:
»Es sey zwar an dem, daß Ihre Churfürstliche Durchlaucht, nachdem sie in Erfahrung gebracht, daß an Feyer- und Sonntägen zwey bis dreihundert Personen zu dem Gottesdienst in das Harrachische Quartier gingen, deren öffentliches Exercitium aber in Abwesenheit eines kaiser-

lichen dependierenden Abgesandten der Residenten allhier zu leiden nicht Herkommens wäre, also hätten ihm churfürstliche Durchlaucht gnädigst befohlen, solchen Eingang und Zulauf der nicht zur Gesandtschaft gehörenden Leute durch die auf den Seiten des Hauses gesetzte Wachen zu verhindern und die Hineinwollenden mit Glimpf abzuweisen.«
Nun sucht der Stadtkommandant ein wenig einzulenken: Churfürstliche Durchlaucht wolle nicht examinieren, was im Hause geschehe oder vorginge. Daß aber die Wachen wider gegebenen Befehl gehandelt und sich bis an die Türe gemacht, solches wolle er gehörig strafen.
So stand es um den Gottesdienstbesuch der Katholiken Ende 1696 in Dresden, ehe das Herz des jungen Kurfürsten auf andere Gedanken gelenkt wurde.

*

Die mit zahlreichen Türmen geschmückten Umrisse heben das Stadtbild Torgaus scharf und kräftig aus der Ebene hervor, als die Staatskalesche den 26jährigen Kurfürsten nach Torgau bringt. Über Mühlberg ist er gefahren, wo im Jahre 1547 sein Urahne, Herzog Moritz, dem Kaiser den Sieg und sich selbst den Kurhut errang. Das sind bald 150 Jahre her. Ist es nicht an der Zeit, daß Kursachsen höher hinaufsteigt?
Kann nicht ein sächsischer Kurfürst auch einmal Kaiser werden? An Ehrgeiz und Tatkraft mangelt es dem unerwartet schnell Kurfürst gewordenen Friedrich August nicht.
Die Staatskarosse rumpelt über den alten, sanft ansteigenden, viereckigen Markt am malerischen Brunnen vorbei. Das stattliche Rathaus mit seinem weit ausladenden runden Erker kündet den Renaissancestiel. Die alte Marienkirche erinnert an die katholische Zeit. Hier hat Martin Luther oft geweilt und als Prediger und Seelsorger am kurfürstlichen Hofe gewirkt. Torgau kann sich rühmen, als eine der ersten Städte die Wittenberger Gottesdienst-

ordnung angenommen zu haben. Hier wurde fast zur gleichen Zeit wie in Wittenberg evangelisch gepredigt und getauft, obwohl der Bischof von Meißen persönlich nach Torgau kam, um die ›einreißende Ketzerei‹ wieder zu beseitigen.
Im ›Geistlichen Hause‹ hatten Luther, Melanchthon und Jonas am 3. April 1530 die letzte Fassung der Glaubensartikel vereinbart, auf die sich der damalige religiöse und kirchliche Zwiespalt bezog. Sie hatten diese dem zum Reichstag reisenden Kurfürsten übergeben. So wurde durch die berühmten »Torgauer Artikel« die Augsburger Konfession vorbereitet.
Der Kurfürst steigt mit seiner Begleitung die Schneckentreppe zum Festsaal des Schlosses empor. Plötzlich stutzt er. Eines der vielen Gemälde, die dort hängen, fesselt ihn. Es ist kein bedeutendes Kunstwerk, vor dem er stehenbleibt und es lange betrachtet. Aber der Sinn des Bildes bleibt ihm verborgen.
Groß und stark ist ein von Löwen angegriffener Mann dargestellt, der von Tigern verteidigt wird.
Nach einer Weile wendet er sich an seine Begleitung: »Wer vermag dieses Bild zu deuten?«
Schweigen der Umgebung ist die Antwort.
»Das Bild muß doch symbolische Bedeutung haben.«
Der Leibarzt, Dr. Ernste, sagt lächelnd:
»Es bezieht sich auf einen Traum. Ich habe darüber in einem alten Buche gelesen. Es ist voll von Prophezeiungen und Gesichten, die der ›zweite Apostel Paulus‹, wie der Verfasser sich nennt, gehabt hat.«
»Wie heißt das Buch?«
»Der Name ist mir im Augenblick entfallen. Ich werde aber darüber nachdenken und hoffe, es Ew. Kurfürstlichen Durchlaucht bald sagen zu können.«
»Das Buch möchte ich lesen, mein lieber Doktor.«
»Ich werde alles versuchen, es zu bekommen.«
»Sendet Boten, es von irgendwoher im Lande zu holen.«

Nach dem Mahle kann der Leibarzt dem Kurfürsten den Titel des Buches sagen: »Der seidene Weltfaden«.
»Ein trefflicher Name, Doktor. Der seidene Weltfaden zieht sich durch das Weltgeschehen. Besorgt es mir bald. Ich will und muß es lesen.«
Viele Tage fragt der Kurfürst vergebens. Als der Leibarzt den dicken Folianten, in deutscher Sprache geschrieben, endlich überreichen kann, ist der Kurfürst über die Maßen erregt, so daß der Doktor sich sehr verwundert.
»Ich danke Euch sehr, Doktor, sehr! Ich glaube, Ihr habt mir damit einen großen Dienst erwiesen. Wißt ihr Näheres darüber?«
»Bis jetzt nicht, Kurfürstliche Durchlaucht. Aber ich werde mich bemühen, es zu erfahren.«
Was Kurfürst August unternimmt, das tut er ganz. Mit Leidenschaft und ›plaisir‹, mit Hingabe und gründlicher Freude liest er. Ja, er verschlingt in diesen Tagen das Buch, denn er ist befangen in den Anschauungen seiner Zeit, die viel von alten Prophezeiungen hält und nicht allzu kritisch ist.
Der Kurfürst muß sich durch viele hundert Seiten hindurchlesen, was der Verfasser, der ›zweite Paulus‹, in wunderlichen Gesichten in einer bilderreichen Sprache, ›von Gott gesandt‹, prophezeit:
»Den Katholiken und den Mohammedanern Verderben.«
Das paßt zum Kurfürsten, der gegen die mohammedanischen Türken gekämpft hat, paßt aber auch zu seinem Groll gegen den katholischen Hof.
»Den Protestanten den Sieg.»
Ah, das trifft auch auf ihn, den Kurfürsten aus dem lutherischen Zion an der Elbe.
»Der Welt das Nahen des Jüngsten Gerichtes.«
Das allerdings hofft der von Ideen und Plänen erfüllte, lebensfrohe Kurfürst nicht mehr zu erleben. Aber das gehört zu allen Propheten, daß sie das nahe Weltende künden und die Zeichen dafür im Zeitgeschehen zu erkennen glauben.
Gespannt liest er weiter:

»Im Jahre 1690 wird der römische Papst in Not geraten, von seinen Bundesgenossen verlassen werden und seine Güter verlieren ... Um das Jahr 1699 ist sein Untergang gewiß.«
»In drei Jahren!« murmelt der Kurfürst vor sich hin.
Es ist wirklich eine Zeit des Niederganges an Macht und Ansehen des Papstes.
»Im Jahre 1696 wird ein Sproß des Sachsenstammes, halb dänischen Geblütes, mit Namen August, zum König von Polen erwählt.«
Dem Kurfürst stockt der Atem. Er liest den Satz noch einmal dann ein drittes Mal.
»Das geht auf mich! - Ich bin der Sohn eines Sachsen und einer Dänin!«
Lange starrt er wie traumverloren auf die soeben gelesene Zeile. König von Polen?
Der Kurfürst weiß, daß schon seit Jahrzehnten die polnische Krone zum Zankapfel europäischer Mächte geworden ist, doch er hatte bisher nicht daran gedacht, Nachfolger des im Juni verstorbenen Königs Johann Sobieski zu werden. Aber es kann doch sein, er kann sich in das Spiel mit einschalten. Er liest noch einmal die Prophezeiung:
»... wird zum König von Polen erwählt.«
Allerdings geht das Jahr 1696 bald zu Ende.
»Es wird höchste Zeit, daß die Prophezeiung Wirklichkeit wird! Ich muß das Meinige dazu tun!«
Friedrich August fühlt sich von dieser Idee besessen. Sie muß ebenso Wirklichkeit werden wie die Phantasien und Gestalten seiner äußerst glanzvollen und kostspieligen Feste. Er fühlt sich stark und ehrgeizig genug, um sich das Größte zuzutrauen.
Tief beeindruckt liest er weiter:
»... und wenn das Papsttum zugrunde geht, römischer Kaiser werden.«
»Meine Ambition! Mein geheimer Wunsch! Mein Lebensziel!«

»... Er wird mit Hilfe eines württembergischen Prinzen, der als Feldmarschall zuvor in dänischen Diensten stand, das türkische Reich, Ungarn und sogar einen Teil Asiens erobern und seinen Thron in Konstantinopel aufschlagen.«
Steht hinter dieser Prophetie nicht Satan, da er des Herrn Ehrgeiz zu wecken suchte, als er ihm alle Erdenreiche zeigte?
»Und gleichwie der erste Kaiser, unter welchem Christus geboren worden, fromm, glücklich, ein Held und Triumphierer gewesen, ja ein Mehrer des Reiches genannt worden, also wird der letzte Augustus, den ich Augustum den Großen nenne, aus einem großen Geschlechte und Volke, der letzte Monarch im römischen Reiche sein.«
»Augustus der Große!« O Wahngebild der Eitelkeit!
»Dieser Augustus wird bis zur letzten Ankunft Messiä leben, unter welchem auch unser Herr und Heiland Jesus Christus kommen wird, zu richten die Lebendigen und die Toten.«
Sinnend legt der Kurfürst das Buch beiseite. Er zwingt sich zum nüchternen Denken. Aber seine Phantasie ist berauscht vom Taumelwein der Pracht und Macht.
»Bisher ist mir nicht einmal im Traum eingefallen, mich um die polnische Königskrone zu bewerben. – Aber es ist ja noch Zeit. – Als König habe ich mehr Aussicht, den Habsburger eines Tages zu verdrängen.«
Er sieht sich schon als Erben der ihm jetzt besonders mißliebigen Habsburger in Wien einziehen.
»Dem Sonnenkönig Ludwig von Frankreich müßte ich die Waffenbrüderschaft gegen den Kaiser antragen. – Augustus Rex, Beherrscher des geheimnisvollen Ostens, Asiens!«
Im Geiste zieht er schon als Herrscher durch die Goldene Pforte in Konstantinopel ein.
Er malt sich seine Prachtkleidung aus, übersät mit Juwelen. Umgeben von Janitscharen, landet Sultan Augustus in seinen Gedanken bereits auf einem prachtvollen, mit

orientalischen Teppichen ausgeschmückten Prunkschiff – Goldener Drache – in Byzanz, der alten Gegenstadt Roms. In Venedig sah er die Pracht, die er dann am Bosporus entfalten wird.
»Beherrscher des Orients!«
Der Ehrgeiz zeugt in seiner Phantasie den kommenden König von Polen.
Der Leibarzt tritt ein und weiß zu berichten:
»Es gibt ein lateinisches Original, das ich aber noch nicht habe auftreiben können. Diese Übersetzung stammt von Pastor Petersen.«
»Den kenne ich, er war mit Spener befreundet.«
»Das Original stammt von einem Schulmeister Paul Grebner aus Schneeberg, der die alten Prophezeiungen vor hundert Jahren zusammentrug.«
»Besorgt mir das Original, koste es, was es wolle!«
»Es dürfte aber geraume Zeit dauern, Kurfürstliche Durchlaucht.«
»So schnell wie möglich, Doktor! Ich habe keine Zeit zu verlieren.«

*

Ein Bild und ein Buch haben den Ehrgeiz entflammt. Die kritische Einstellung zum Machwerk des ›zweiten Apostels Paulus‹ bleibt dem Kurfürsten versagt. Erst einer späteren Zeit bleibt es vorbehalten, die Feststellung zu machen, daß in der erworbenen Handschrift, die das Monogramm Augusts des Starken trägt, eine Fälschung enthalten ist.
Im Zeitalter der Gegenreformation hat der Schulmeister Paul Grebner diese Weissagungen in lateinischer Sprache niedergeschrieben. In die Zeit von 1590 bis 1609 setzte er das Ende der Päpste. Aber die Jahre gingen dahin. Grebners Prophezeiungen erfüllten sich selbstverständlich nicht.

Fast ein Jahrhundert später lernte der Pastor Johann Wilhelm Petersen diese Weissagungen kennen. Vor der baldigen Wiederkunft Christi fest überzeugt, übertrug er dieses Buch von 1580 ins Deutsche. Nur paßten die Jahre 1590 und 1609 nicht mehr. Aus der 5 wurde eine 6, also 1690, und aus der 0 in der zweiten Zahl wurde eine 9, also 1699. Er fügte das Jahr 1696 noch als Zeitpunkt der Wahl eines Wettiners zum König von Polen hinzu.
So kam der »Seidene Weltfaden« in deutscher Übersetzung heraus und schließlich durch des Leibarztes Vermittlung in des ehrgeizigen Kurfürsten Hände.
Es klingt fast unglaublich, daß dieses Machwerk den Kurfürsten so tief beeindruckt haben soll. Aber so wie seine Zeit voller Aberglaube und Leichtgläubigkeit steckte, so neigte Friedrich August den geheimnisvollen Prophezeiungen zu.
Der Ehrgeiz ist geweckt, die Pläne sollen Gestalt annehmen. Geld, Geld und nochmals Geld gehört zu diesen gewaltigen Träumen. Darum reist der Kurfürst nach Großenhain, wo er den dorthin bestellten Freiherrn von Hoym vorfindet.
Hoym ist unter allen Sachsen der Geschäftstüchtigste in Finanzsachen, auch der Skrupelloseste.
In den Sturz der alten Neitschützen war er verwickelt und saß zwei Jahre auf Königstein. Gegen Zahlung von 200.000 Talern kam er frei.
Im Augenblick ist dieser bei Hof und Volk gleichermaßen verhaßte Mann für des Kurfürsten hochfliegende Pläne der rechte Wegbereiter.
Mit Freuden nimmt Hoym, dem der Kurfürst aber nichts von seinen Plänen verrät, die Gelegenheit wahr, seinem neuen Herrn einen Dienst zu erweisen. Gleichzeitig will er sich an seinen Gegnern rächen.
»Kurfürstliche Durchlaucht, ich schlage vor, den Hof- und Kammerbeamten ihr Gehalt zu nehmen und die gesamte Verwaltung einer Generalrevision zu unterziehen.

Wer der Untreue überführt wird, soll streng bestraft werden. Aber auch wer im Amte bleibt oder an die Stelle eines anderen tritt, soll einen bedeutenden Vorschuß leisten.«
»Das wird im Lande aber große Erregung verursachen.«
»Solche Erregungen legen sich wieder. Kurfürstliche Durchlaucht können ja später wieder etwas Gnade walten lassen.«
»Wir müssen in Leipzig noch darüber sprechen, Hoym. Denkt inzwischen noch über andere Geldquellen nach.«
»Bis Mitte Januar hoffe ich, Ew. Gnaden genauere Vorschläge machen zu können.«
»Schafft Geld, Hoym!«

*

Inzwischen leitet der Kurfürst die diplomatischen Schritte ein. Ende Januar schickt er seinen Gesandten von Rose nach Rom, um den Papst und den französischen König für seine Kandidatur in Polen zu gewinnen.
Dem französischen König bietet er ein Bündnis gegen die Habsburger an.
Papst Innozenz XII. verspricht er seinen Übertritt zur katholischen Kirche.
Wenngleich der Kurfürst über sein ›Hirngespinst‹ schweigt, so will er doch seine Hauptstadt in der ihm eigenen Art darauf vorbereiten.
Fastnacht naht und die damit verbundenen Volksfeste.
Der Kurfürst nimmt alle Vorbereitungen selbst in die Hand. Der Glanz, die Pracht, der Prunk des Hofes soll gezeigt werden. Die Gesandten werden dann im Ausland darüber berichten. Dresden ist zwar nur eine mittelgroße Stadt mit 1620 bewohnten Häusern und ungefähr 30.000 Einwohnern, aber sein Ruhm als kurfürstliche Hofstadt beginnt zu wachsen.
Sind die Hoffeste meistens steif infolge der strengen Etikette, so ist Fastnacht ein Volksfest, auf das sich alle freu-

en. Die Prediger werden zwar wieder von des Teufels Versuchung sprechen und das Volk auffordern, ihre durch den Fastnachtsaufzug begangenen Sünden herzlich zu bereuen und dem lieben Gott abzubitten.
Was dem Oberhofprediger als Nichtigkeit, als Zeitvergeudung und Verlockung zum Bösen erscheint, das gilt August dem Starken als repräsentative Politik, den Hof in seinem Glanz zu heben. Da denkt er ganz anders als die Mahner zur Schlichtheit im Tun und Denken. Ihre Predigten widersprechen hart seinen Zielen, besonders in diesem Jahr 1697, da der Kurfürst vom Sultanat träumt.
Die Phantasie läßt er theatralisch Wirklichkeit werden. Dem Volke zeigt er sich zu Fastnacht als reichgekleideter, mit allem Prunk umgebener Sultan. Inmitten seiner als Janitscharen verkleideten Soldaten lächelt er majestätisch-huldvoll. Der geschickte Regisseur im Sultansgewand weiß um alle Einzelheiten des mühsam vorbereiteten Festes.
Geld spielt keine Rolle, das besorgt Hoym!
Dem Volk ist der Gedanke nicht fremd, den Kurfürsten als Sieger über die Türken zu sehen, hat er doch zwei Jahre gegen sie gekämpft. Er aber sonnt sich im Gedanken, daß dieses Spiel einmal Wirklichkeit werden soll.
Es wird zwar viel Mühe und langwierige Vorbereitungen kosten. Doch dem Kurfürsten gefällt es, nicht nur Pläne zu machen, sondern erobern zu wollen.

*

Für die Herren Geheimen Räte kommt nach den Fastnachtsfreuden die Ernüchterung, als sie merken, daß der verhaßte Hoym in des Kurfürsten Gunst steht und sogar höher steigt.
Ihr lebhafter Widerspruch, ihre Besorgnisse – ein ehemaliger Häftling vom Königstein – nützen nichts.
Der Kurfürst hat ihn nötig. Mögen die Herren Geheimen Räte Bedenken und allerhand Memoriale, Berichte und

Resolutiones noch so diplomatisch geschickt und bis aufs tüfteligste ausgearbeitet haben, am 3. März wird von Hoym in die Direktion der Kammer und in den Geheimen Rat eingeführt.

*

Nun geht der Kurfürst daran, in Polen selbst Schritte zur Verwirklichung seines Planes zu unternehmen.
In dieser Zeit meldet sich bei ihm Jakob von Flemming, Oberst eines Dragonerregiments, und bittet ihn um Urlaub, weil er in Polen Verwandte besuchen möchte.
Der Oberst ist erstaunt, daß sich der Kurfürst mit ihm vertraulich unterhält. August sagt ihm den erbetenen Urlaub für später zu, bescheidet ihn aber für den nächsten Abend zu sich. Ehe der Kurfürst sich ihm anvertraut, will er Flemming näher kennenlernen. Während der Unterhaltung greift er nach einem Buch: »Die Weissagungen des Nostradamus«.
Er reicht es dem Obersten und sagt lächelnd:
»Die tausend Prophezeiungen des berühmten Arztes Michael Nostradamus. Von 1555 bis 1560 hat er sie dichterisch niedergeschrieben. Ich lernte sie am französischen Hofe kennen, wo sie großes Ansehen genossen. – Lest uns daraus vor, Flemming!«
Welch merkwürdige Forderungen des Kurfürsten! Der Oberst gehorcht. Mit kräftiger Stimme liest er:

»Sitz' ich des Nachts, zu forschen in geheimen Dingen,
allein, zurückgelehnt auf ehernem Gestühl,
dann läßt die Einsamkeit und ihre Flamme das gelingen,
was für den Glauben nimmer ist zuviel.
Fass' ich die Wünschelrute an den Zweigen,
so dringt's wie eine Welle mir durch Kleid und Glieder:
Furcht; eine Stimme heißt mich schweigen!
Göttlicher Glanz... Göttliches schwebt hernieder.«

Flemming schaut kurz auf, der Atem des Kurfürsten geht laut. Was mag ihn nur so erregen? Soll er weiterlesen?
Der Kurfürst rückt einen silbernen Leuchter dem Obristen zu, damit er besser sehen kann, aber auch um dessen Antlitz zu beobachten. Dieser liest weiter bis zu der Stelle, wo Nostradamus von seiner ›fureur poétique‹, einer Art dichterischer Besessenheit, spricht:
»Diese Gabe ist mir angeboren. Ich sehe die künftigen Ereignisse wie im Spiegel vor mir.«
Die Scheite im Kamin prasseln nicht mehr, sie glimmen. Nur noch vereinzelt sprühen Funken auf. Der Oberst steht noch immer, soldatisch stramm, die langen Schaftstiefel glänzen im Kerzenschein. Die Haare seiner Perücke liegen wohlgekräuselt auf seinem blauen Uniformrock. Degen und Dreispitz hat er dem Kammerdiener abgegeben.
Der Kurfürst spielt mit dem Feuerhaken in der Glut, bis Flammen aufschlagen.
»Flemming, Nostradamus hat zweifellos Dinge gesehen und gehört, von denen Raum und Zeit ihn trennten. Aber welche Kraft brachte ihm diese Dinge nahe, daß er imstande war, sie zu hören und zu sehen?«
»Ignoramus et ignorabimus, Kurfürstliche Durchlaucht.«
»Richtig! Wir wissen es nicht und werden es nicht wissen. Ich verstehe mich wenig auf Deutungen und Prophezeiungen.«
»Ich auch nicht, Kurfürstliche Durchlaucht.«
Er möchte damit ausgedrückt haben, daß er wegen seines Urlaubs gekommen ist und nicht, um dem Kurfürsten vorzulesen.
»Lest weiter!«
Lange lauscht der Kurfürst, dann winkt er ihm plötzlich:
»Kommt morgen abend wieder. Wir lesen dann wieder. Über Euren erbetenen Urlaub reden wir später.«
Rückwärts schreitet der Oberst zur Tür hinaus. Ihm ist unverständlich, warum gerade er dem Kurfürsten vorlesen soll.

Friedrich August aber sinnt noch lange nach, ob er sich dem Flemming anvertrauen könne.

*

Am nächsten Abend sprechen sie ausführlich über eine andere Weissagung. Der Kurfürst schaut den Obersten forschend an. Sein Herz drängt ihn, ihm sein Geheimnis anzuvertrauen, aber er bricht auch nach dieser Lesung wieder plötzlich ab:
»Morgen abend, Flemming!«
Kein Wort fällt über den erbetenen Urlaub, so daß der Oberst sich sehr beherrschen muß.
Als er seinen Wagen besteigt, muß er an sich halten, um seinen Groll nicht an dem Diener auszulassen.
Es ist sternenklarer Märzhimmel. Frau Luna, die Mondgöttin, beherrscht die Nacht und baut über die Elbe ihre gleisnerische Brücke.

*

Am dritten Abend muß der Oberst wiederum aus Nostradamus vorlesen. Mit zusammengekniffenen Augen schaut der Kurfürst Flemming an. Er spürt des Obersten vitale Kraft. So muß der Mann sein, der zu ihm paßt.
Wie er ihn anschaut! Der hat keine Furcht vor ihm und ist kein höfischer Schmeichler. Solch einen Unterhändler braucht der Kurfürst für Polen. Zudem ist Flemming noch verwandt mit dem polnischen Großschatzmeister.
»Morgen abend, Flemming«, nickt der Kurfürst ihm huldvoll lächelnd zu.
›Wie lange noch?‹ denkt dieser, als er salutierend seinen Herrn verläßt.
›Was mag der Kurfürst im Schilde führen?‹

*

Am vierten Abend lädt der Kurfürst den Obersten ein, sich zu setzen. Dieser will, wie gewöhnlich, vor seinem

Herrn stehen. Der Kurfürst muß ihn ein zweites und drittes Mal auffordern, doch Platz zu nehmen. Endlich setzt er sich, aber immer noch in gestraffter Haltung, nur vorn auf einen hohen Stuhl. Der Kurfürst schlägt selbst den Nostradamus auf und blättert darin herum.
»Hört, Flemming:

›Lange vor solchen Umtrieben werden die Leute des Ostens – das Jahr 1700 unter Lunas Herrschaft – großen Raub erjagen, wobei sie fast den nördlichen Winkel unterjochen.‹«

Er blickt eine Weile den Obersten an, bis er ausspricht, was ihn seit Wochen bewegt.
»Ich glaube, Flemming, das geht Uns an.«
Dem Obersten wird es ungemütlich, so in steifer Haltung vor seinem Herrn zu sitzen, der ihn aus lebhaften Augen durchdringend und fragend anschaut, obwohl sein Blick in die Ferne zu schweifen scheint. Der große Mund ist herrisch zusammengepreßt. Die hohe Stirn gibt dem starken Mann einen bemerkenswerten Ausdruck, so daß Flemming erkennt: Der Kurfürst scheint Großes zu planen und ihn dabei zu benötigen.
Dennoch ist er über das Maß erstaunt, als der Kurfürst ihm bekennt, daß er ihn an den drei Abenden geprüft habe, ob er volles Vertrauen zu ihm haben könne. Nun legt er ihm klar seine Pläne dar.
»Kann ich mich auf Euch verlassen?«
Flemming äußert zu diesem kühnen Plan seine Bedenken:
»Kurfürstliche Durchlaucht, mir scheint, daß es dazu zu spät ist!«
»Die Überraschung ist eine erprobte Kampftaktik.«
»Allerdings, aber die Königswahl in Polen steht kurz bevor.«
»Im Mai, Flemming. Bis dahin werdet Ihr mein Agent sein in Polen.«
»Darf ich ein weiteres Bedenken äußern?«
»Ich wünsche es sogar, Flemming.«
Flemming räuspert sich, ehe er beginnt:

»Ein Protestant kann doch unmöglich Aussicht auf Erfolg haben.«

»Ich werde katholisch werden!«

An vieles hatte der Oberst gedacht, aber daran nicht.

Wird der Kurfürst seine Familie, seine Untertanen und alle seine Diener katholisch machen wollen oder müssen?

»Kurfürstliche Gnaden wollen verzeihen, wenn ich offen rede. Nur die leiseste Propaganda von seiten der Papisten« – er wählt mit Absicht dieses gebräuchliche Wort – »wird in Sachsen einen Sturm der Entrüstung wecken und einen entschlossenen Widerstand finden.«

Der Kurfürst lächelt ihn mit seinem liebenswürdigsten Gesicht an, das schon so manchen Gegner entwaffnet hat.

»Ich persönlich werde katholisch, Flemming, und zwinge niemanden, es mir nachzutun.«

Flemming überlegt eine Weile. Friedrich August wartet, was sonst nicht seine Art ist.

»Wenn Kurfürstliche Gnaden mir das schriftlich geben würden!«

»Warum nicht. Entwerft mir eine solche Deklaration! Was müßte sie enthalten?«

»Die Erklärung müßte meines Erachtens eine Garantie enthalten, daß die übrigen Mitglieder des Hauses Wettin und alle Sachsen lutherisch bleiben dürfen.«

»Gut. Entwerft mir diese Deklaration und bringt sie mir nach Wien. Ich reise in den nächsten Tagen nach dorthin ab. In Baden bei Wien will ich eine Kur machen.«

Der Oberst wagt noch einmal, nach seinem Urlaub zu fragen.

»Den sollt Ihr bekommen. Ich erwarte Euch vorerst Anfang April in Wien.«

Der ungewöhnliche Schritt

In Baden bei Wien, wo der Kaiser ein Lustschloß besitzt, sucht der Kurfürst nicht nur Heilung seines Schenkels, der ihm beim letzten Ringelstechen verwundet wurde, er will auch insgeheim die Verbindung mit der katholischen Kirche aufnehmen. Hier fällt es nicht auf, kann er doch mit seinem Vetter Christian August von Zeitz zusammenkommen. 1691 ist dieser öffentlich in Köln zur katholischen Kirche übergetreten, vier Jahre später zum Priester geweiht worden und seit dem vergangenen Jahr Bischof von Raab in Ungarn. Er gilt als ein ausgezeichneter Oberhirte von strenger Sittenreinheit.

Diesen Vetter-Bischof sucht der Kurfürst eines Abends auf.

»Du bist katholisch geworden?«

»Du siehst es an meiner Kleidung, Friedrich August. – Mit Recht wirst du verwundert sein.«

»Keineswegs.« Etwas stockend spricht er weiter:

»Ich freue mich sogar, daß du den Schritt gewagt hast.«

Der Bischof stutzt. So spricht Friedrich August, das Haupt der lutherischen Fürsten?

»Ich möchte mich dir anvertrauen, lieber Vetter. Darf ich um strengstes Stillschweigen bitten?«

»Ein katholischer Priester muß schweigen können.«

»Ich vertraue deinem Wort.«

Schweigen. – Der Kurfürst schaut zu Boden.

»Mein Bein macht mir zu schaffen, es will nicht heilen.«

Der Bischof merkt, daß der Kurfürst noch anderes sagen möchte.

»Möge dir Heilung werden von dem, der allein heilen kann.«

»Danke! – Ich kam nicht des bösen Beines wegen. Ich ... ich ... möchte nämlich ... auch katholisch werden.«

Das ist dem Bischof zwar eine freudige Botschaft, aber er verhält sich zurückhaltend.

»Weißt du, welche inneren Schwierigkeiten zu überwinden, welche Vorurteile zu beseitigen sind?«
»Verzeihe, ich weiß nur, wie unwissend wir in der katholischen Lehre sind.«
»Wie lange gedenkst du hierzubleiben?«
»Einige Wochen.«
»Das ist freilich nicht lange.«
Der Bishof ist sich bewußt, wieviel zu tun ist, um den kurfürstlichen Vetter innerlich umzuformen.
Zwar vermutet er, daß bei der geplanten Konversion in erster Linie politische Gründe eine Rolle spielen, aber er spricht es nicht aus. Mag auch der Anlaß zur Konversion ein politischer sein, Gott vermag das Herz noch zu wandeln.
Wenn der Kurfürst nicht von sich aus die tieferen Gründe zur beabsichtigten Konversion sagen will, dann will der Bischof nicht fragen, sondern warten, bis der Vetter volles Vertrauen zu ihm findet.
»Darf ich dir einige Bücher geben, die mir persönlich vor meinem Übertritt geholfen haben?«
»Ich bitte darum.«
»Du wirst aber wenig Zeit finden, sie zu lesen, sie gründlich zu studieren.«
»Was ich tue, das mache ich gründlich, im Guten wie im Bösen. Das weißt du, Christian August.«
»Was dir fraglich erscheint, schreibe bitte auf. Dann können wir bei späteren Zusammenkünften darüber sprechen.«
»Das werde ich tun. Danke.«
Er reichte ihm die Hand.
»Darf ich nochmals um strengstes Stillschweigen bitten?«
»Ich habe es versprochen und halte es. Pax tecum, Friedrich August!«
Der Kurfürst muß sich auf einen Stock stützen, weil das Bein ihm große Schmerzen bereitet.

*

Bald folgt den anfänglichen Gesprächen vertraulicher Art die direkte ›Information‹ über die katholische Kirche. Der Bischof geht dabei nach den eigenen Erfahrungen vor, die er bei seinem Übertritt gemacht hat.
Der Unterricht geht weiter, auch als der Kurfürst durch seinen Unterhändler von Rose, der in Rom mit dem französischen Gesandten zusammengetroffen war, erfährt, daß Ludwig XIV. den Kurfürsten nicht unterstützen will und den Prinzen Conti für seinen einzigen Kandidaten erklärt.
Da trifft Flemming ein, der den ziemlich Mutlosen wieder aufrichtet.
»Werdet Ihr also in Polen für mich wirken, Flemming?«
»Die Deklaration habe ich aufgesetzt.« – »Vorlesen«, befiehlt der Kurfürst.
Es ist am 7. April – man schreibt in Wien nach dem neuen Kalender den 17. April –, als Kurfürst August die Deklaration für Flemming unterschreibt:
»Demnach Wir bereits vorlängst einige Inclination (Neigung) zur römisch katholischen Religion getragen, die Wir zwar bis hero zu äußern noch angestanden, nunmehro aber solche an den Tag zu geben Gelegenheit an die Hand bekommen, indem Wir umb die anizo vacirende Crone des königreichs Pohlen Anwerbung thun zu lassen und deßwegen jemand nach Warschau zu senden entschlossen, alß haben Wir hierfals Unsern Absehen auf Unsern über ein Regiment Dragoner bestallten Obersten, den von Flemming, gerichtet und Ihn zu solchen Ende mit nötigem Befehl und Instruction versehen. Alldieweil aber derselbe diese Commission über sich zu nehmen einiges Bedenken tragen wollen, zumahlen er besorget, daß Ihm daher der Religion wegen einige Gefährlichkeiten zuwachsen könnten, so haben Wir so wohl Ihm zu seiner Sicherheit alß auch aller derjenigen, deren Beyhüllfe und Diensten Er sich in dieser Sachen gebrauchen wird, hiedurch gnädigst declariren wollen, daß der unterthänigste Gehorsam, der Uns hierin geleistet, Ihm gar zu keinem

Nachteil gereichen, Er und andere vorberührte von Uns der Religion halber keines wegs angefochten noch zu deren Changirung (Wechsel) weder durch Persuasion (Überredung) noch durch Unsere Authorität, wenigers durch Gewalt genötiget werden sollen.«
Die nächsten Worte liest Flemming mit Betonung vor:
»Gestalt Wir denn auch über den hierdurch öffentlich und bey Unsern Churfürstl. wahren Worten versichern, daß bey dieser Veränderung, die Wir nur allein vor Unsere Person vornehmen, sonsten im übrigen weder in Unserm Churfürstenthum und Landen noch bey Unserer Hoffstatt nicht die geringste Mutation (Veränderung) in der Religion erfolgen oder veranlasset werden solle, Wir auch weder Unserer Gemahlin noch Unserm Churprinzen noch jemand von Unsern hohen und niedern Bedienten, Unterthanen noch sonsten keinen einzigen Menschen, es sey wer es wolle, zu einem gleichmäßigen Changement (Veränderung) nötigen, sondern vielmehr männiglich in seinen Gewissen ungekränkt, so wohl auch den statum religionis et ecclesiarum (Religions- und Kirchenzustand) durchgehends in Unsern Landen, wie er gegenwärtig ist, ungeändert laßen und unverrückt conserviren wollen.«.
Der Kurfürst weiß: Im Westfälischen Frieden war 1648 festgelegt worden, daß nach dem religiösen Stand des Neujahrs 1624 fortan nur der eine oder andre Kult oder beide erlaubt sein sollten. Das Normaljahr sollte den Untertanen ihre Religion zusichern. Ausdrücklich wurde bestimmt, daß ein Fürst, der die Konfession wechsele, einen seinem Glauben entsprechenden Hofgottesdienst einrichten dürfe, daß jedoch der religiöse Stand des Landes im übrigen unverändert bleiben müsse.
»Ist der Oberst von Flemming des zufrieden?« fragt der Kurfürst, als er sein ›Friedrich August‹ unter die Deklaration gesetzt hat.
»Noch eins, Flemming: wegen des erbetenen Urlaubs. Eure Mission in Polen soll geheim bleiben.«

»Ich verstehe, welche Bedenken Kurfürstliche Durchlaucht haben.«
Friedrich August schaut ihn erwartungsvoll an. Welchen Vorschlag wird Flemming machen?
»Mein Urlaub muß getarnt werden. Um den Wiener Hof zu täuschen, werde ich dort klagen, daß ich keinen Urlaub zu meinen Verwandten bekommen kann. Ich werde einige hochgestellte Personen bitten, sich für mich bei Ew. Kurfürstlichen Durchlaucht zu verwenden.« – »An wen denkt Ihr, Flemming?«
»Vornehmlich an die Gräfin Harrach und andere Hofdamen.«
Friedrich August schmunzelt.
»Gut so, Flemming. Ich werde den Damen freundlichst Gehör schenken und nach vielen Bitten nur widerwillig zu Eurem erbetenen Urlaub die Zustimmung geben.«
So geschieht es in den nächsten Tagen. Dann reist Flemming über Dresden nach Polen. In Warschau sucht er seinen Verwandten auf, der ihn nach anfänglichem Zögern zum Kardinal führt. Der derzeitige Reichsverweser, Kardinal Radziejewski, hört Flemmings Vorschläge an.
Dann stellt er seine Bedingungen:
»Bringt den Beweis, daß der Kurfürst zur katholischen Kirche übergetreten ist. Weiterhin benötigen Wir Geld, um Uns von Conti, dem Wir bereits engagiert sind, loszukaufen.«
Denselben Wunsch äußern andere polnische Große.

*

In Dresden wundern sich die Katholiken, daß vor dem Gesandtschaftsgebäude schon seit längerer Zeit keine Wachen mehr stehen und daß sie unbehelligt der heiligen Messe beiwohnen können. Das ist nun schon seit Beginn des Jahres 1697 so. Sie schreiben es dem energischen Eintreten des kaiserlichen Sekretärs zu, daß sie jetzt Ruhe haben vor den Schildwachen und bisher nachgefolgten Geldstrafen.
Am 24. Mai berichtet der kaiserliche Sekretär nach Wien:
»... Es sind nach diesem biß daher aller Leute ungehin-

dert zu dem Gottesdienst aus- und eingegangen und wird auch damit frey continuiret.«
In Rom scheint man dem Vorhaben des Kurfürsten, den katholischen Glauben annehmen zu wollen, wenig Vertrauen zu schenken.
Der Kurfürst entschließt sich, den Kaiser in sein Vorhaben einzuweihen. Der Kaiser und sein Minister Kinsky stimmen nicht nur zu, sie versichern auch bereitwillig ihre Hilfe. Sie haben erkannt, daß die andern Kandidaten nur geringe Aussicht auf Erfolg haben, und der sächsische Kurfürst scheint dem Wiener Hof nicht gerade feindlich gesinnt zu sein.
»Wie steht es mit der Religion, Ew. Liebden?«
»Seit Wochen haben Wir Unterricht in der katholischen Religion durch Unsern Vetter, den Bischof von Raab, erhalten.«
»Ei, ei, siehe da! Da geschehen große Dinge in Wien, und der Kaiser weiß nichts davon.«
»Erst mußten wir der Unterstützung Ew. Kaiserlichen Majestät gewiß sein, bevor der Übertritt erfolgen kann.«
»Dessen können Ew. Liebden gewiß sein. In die persönlichen Glaubensangelegenheiten wollen Wir uns nicht einmischen, wenngleich Wir Uns freuen, wenn Ew. Liebden den Weg zur katholischen Kirche finden, wie andere protestantische Fürsten ihn vordem schon gefunden haben.«

*

Nun ist alles soweit geregelt, daß der Kurfürst am Dreifaltigkeitssonntag, am 2. Juni 1697, in aller Stille in die katholische Kirche aufgenommen werden kann.
Am Vorabend des Festes, am Sonnabend, dem 1. Juni, erfolgt der Übertritt in der Privatkapelle der bischöflichen Wohnung.
Vor dem Altare kniend, beten beide gemeinsam die Sequenz zum Heiligen Geist. Sodann nimmt der Bischof auf einem Sessel oben vor dem Altare Platz, um das lange tridentinische Glaubensbekenntnis entgegenzunehmen.

Vordem richtet er noch einige Fragen an den vor ihm Knienden:
»Wollen Ew. Durchlaucht die katholische Religion ja in keiner anderen Gesinnung annehmen, als um in ihr standhaft zu leben und zu sterben?«
Der Kurfürst nickt mehrfach zustimmend.
So wird der Bischof nach Rom berichten, daß Kurfürst Friedrich August feierlich erklärt hat:
»Se nullis humanis ad hanc mutationem duci motivis.«
Der Bischof weiß, daß des Kurfürsten Vorgänger, die vier Johann Georgs, zum katholischen Österreich in immer engere Verbindung getreten waren. Er weiß auch, daß des Kurfürsten Vater dem ihm nahe befreundeten Kaiser Leopold seiner Neigung zum katholischen Glauben brieflich Ausdruck gegeben hatte. Friedrich August selbst hat katholische Länder bereist und mit Erzherzog Joseph (dem späteren Kaiser Joseph I.) Freundschaft angeknüpft. Seit einigen Jahren schon stand er dem katholischen Leben nicht ganz so fremd gegenüber. Besonders hatte ihn die Schönheit der katholischen Feste und Gottesdienste, die er erlebte, beeindruckt. Seine Vorliebe für Repräsentation und Kunst wurde unmittelbar davon angesprochen.
Daß der Kurfürst jedoch jedes Wort seines Bekenntnisses zum katholischen Glauben in seiner tiefsten Bedeutung ernst nimmt, scheint dem Bischof unvorstellbar. Ob das Streben nach der polnischen Krone für Friedrich August nur Veranlassung oder einziger Grund seines Übertrittes gewesen ist, bleibt ein Punkt, den auch der Bischof nicht mit letzter Sicherheit zu beurteilen wagt, weil er auf ein Gebiet führt, das menschlicher Erkenntnis nicht vollends offen liegt.
Er, als Oberhirte, hat nach dem offiziellen Bekenntnis zu fragen. Das hat er erhalten. Die Zukunft muß zeigen, ob der katholische Glaube dem Vetter Überzeugung und Herzenssache ist oder nicht.

*

Wer König von Polen werden will, muß über beträchtliche Geldsummen verfügen, um sich die notwendigen Wählerstimmen zu erkaufen. Deshalb verkauft August der Starke

die Schutzvogtei über die Stadt Quedlinburg an Brandenburg für	300 000 Taler
das Amt Petersberg mit dem alten Kloster Wettin an Brandenburg für	40 000 Taler
seine Ansprüche an das Herzogtum Sachsen-Lauenburg an den Hof von Celle für	6 000 000 Taler

Er verpfändet die Grafschaft Mansfeld

an Hannover für	600 000 Taler
das Kloster Pforta an Weimar für	100 000 Taler
das Amt Borna an Gotha für	300 000 Taler
das Amt Gräfenhaynichen an Dessau für	35 000 Taler
	7 375 000 Taler

Die Städte in der Oberlausitz sollen ihm ein Darlehen von 100 000 Talern gewähren;

die Stadt Zittau leiht ihm aber nur	40 000 Taler
Görlitz schießt ihm vor	24 000 Taler
die Klöster Marienstern und Marienthal geben je 12 000 Taler	24 000 Taler
	88 000 Taler

Seiner Mutter verkauft er für 15 000 Dukaten das Gut Pillnitz. Nun hat er viel Geld beisammen. Ob es aber reichen wird?*

* Die wiederholte Behauptung, das nötige Geld lieferten die Jesuiten in Wien gegen Versatz der kurfürstlichen Kronjuwelen und Eröffnung eines Kredites bei ihren Ordensbrüdern in Warschau, gehört zu den von B. Duhr widerlegten ›Jesuitenfabeln‹. Kurfürst August hat seine Juwelen nicht versetzt. (Herder, Freiburg, 1891/92, Aufl. 1 u. 2, S. 554f.)

Am 27. Juni 1697 findet die Wahl statt. Es stehen sich zwei Adelsgruppen gegenüber, von denen keine stark genug ist, der anderen ihren Willen aufzuzwingen.
Flemming hat in der Nacht noch schnell von hundert Schülern das Attest des Bischofs von Raab über die erfolgte Konversion des sächsischen Kurfürsten abschreiben und unter dem Adel verbreiten lassen. Ebenso läßt er 40 000 Taler, die gerade eintrafen, noch schleunigst verteilen. Am Wahltag herrscht vor den Mauern Warschaus reges Treiben.
Vermittlungsversuche schlagen bis 4 Uhr nachmittags fehl.
Um 6 Uhr abends fragt der Kardinal Radziejewski:
»Seid ihr einig, den Prinzen Conti zu wählen?«
Freudige Zustimmung der Franzosenpartei ist die eine Antwort. Der heftige Protest der andern Partei wird überhört.
Der Kardinal verkündet: »Franz Ludwig von Bourbon, der Prinz von Conti, ist gewählt!«
Unter Begeisterungsrufen zieht der Kardinal mit seinen Anhängern in die Stadt und singt in der Johanniskirche das Te Deum. Die protestierende Sachsenpartei ruft den Stellvertreter des Kardinals, Bischof von Kujavien, zu Hilfe. Mit den Zurückgebliebenen hält dieser noch dreimal Umfrage und ruft dann den Kurfürsten von Sachsen zum König aus. Nach alter Gewohnheit singt er mit den Wählern auf freiem Felde das Te Deum. Dann ziehen auch sie in die Johanniskirche ein.
Dabei lösen ihre Soldaten die Geschütze.
Noch hat Polen zwei Könige. Beide nehmen durch ihre Beauftragten die Wahl an. Das Schwert des Rascheren muß entscheiden.
Friedrich August ist schneller als sein Gegner Conti. Während dessen Partei sich über die nun zu treffenden Maßnahmen nicht klar wird, betritt August der Starke schon am 5. Juli 1697 den polnischen Boden.
Am 12. September zieht er in Krakau ein.

Am 15. September wird er im Dom mit großer Pracht zum König von Polen gekrönt.
Conti ist zu spät gekommen. Einige Tage kreuzt sein Schiff noch vor Danzig, dann fährt er nach Frankreich zurück.
Ganz Sachsen ist über die Nachricht vom Übertritt des Kurfürsten zur katholischen Kirche betrübt. Das Volk klagt und weint auf den Straßen. Auf allerhöchsten Befehl löst man zwar die Geschütze wegen der erfolgten Königswahl und stimmt in den Kirchen das ›Te Deum laudamus‹ an; aber danach singt das Volk aus freien Stükken:

»Ach bleib bei uns, Herr Jesu Christ,
weil es nun Abend geworden ist.«

Oberhofprediger Carpzow schreibt klagend nach Wittenberg: »O Jammer, wir sind in Zeiten gefallen, die kein Mensch, nicht einmal im Traum, hätte vorhersehen können. Es ist schlechterdings jede Hoffnung auf menschliche Hilfe in Staub gesunken, und es ist kein Zweifel, die Klerisei, die die ganze Sache angerichtet, wird nicht eher ruhen, bis sie Sachsen unter das päpstliche Joch gebracht hat.«
Die Kurfürstin erscheint nicht zur Königskrönung und will auch nicht den Titel ›Königin‹ annehmen.
Den Befürchtungen, er werde in Sachsen die katholische Religion zu verbreiten suchen, war der König bereits am 27. Juli durch ein Mandat begegnet, welches seine sächsischen Untertanen in dieser Hinsicht beruhigen sollte. Am 29. September folgte eine noch bündigere zweite Religionsversicherung. Um allem Verdacht zu entgehen, verzichtet der König-Kurfürst auf die Rechte eines obersten Bischofs der Landeskirche und überträgt die landesherrliche Kirchengewalt – den Summepiscopat über die lutherischen Kirchen und Schulen in Sachsen – dem Geheimen Rate, welcher für diese kirchlichen Befugnisse ausschließlich aus Protestanten bestehen soll. Dieser ist von nun an die oberste Kirchenbehörde.

Das Volk aber kommt erst wieder zur Ruhe, als es das königliche Patent gelesen hat, das im ganzen Kurfürstentum angeschlagen ist:
»Sämtlichen Landesständen und Untertanen wird die Versicherung gegeben, daß der Kurfürst, obwohl er für seine Person die römisch-katholische Religion angenommen, seine Landesstände und sämtliche Untertanen bei der Augsburgischen Konfession, der wohlhergebrachten Gewissensfreiheit, Kirchen, Gottesdienst, Zeremonien, Universitäten, Schulen und allen anderen Gerechtigkeiten, wie sie dieselben jetzt besäßen, kräftigst handhaben und keine Veränderung diesfalls vornehmen noch gestatten, auch niemand zur katholischen Religion zwingen, sondern jeden in seinem Gewissen ungekränkt lassen wolle.«
Daraufhin läßt sich Christine Eberhardine, die sich tagelang trauernd in ihrem Zimmer aufgehalten hat, wieder öffentlich sehen. Als Königin empfängt sie nun die Minister. Doch der vom König eingesetzte katholische Statthalter, Fürst Anton Egon von Fürstenberg, der in Dresdens Schloß eingezogen ist, fühlt sich seines Lebens nicht sicher und umgibt sich mit einer starken Leibwache.
In Rom wird das übliche Te Deum für den neuen König erst am 4. März des nächsten Jahres gehalten. Rom ist und bleibt dem neuen König von Polen gegenüber zurückhaltend.
Man weiß in Rom, daß König August zwar mit ungewöhnlichen Gaben ausgestattet, aber auch von Genußsucht beherrscht ist und daß sein Privatleben mit den Forderungen des Christentums im Widerspruch steht.
Im übrigen wird Rom mit jahrhundertealter Erfahrung und Geduld abwarten, wie sich die Dinge entfalten werden. Die göttliche Gnade kann auch wider alles Erwarten bei August dem Starken zu wirken beginnen.

Am Ende des Jahrhunderts

Nach zweieinhalbjähriger Abwesenheit kehrt König August nach Dresden zurück. Es ist der 21. Oktober 1699. Vereinzelt stehen Bürgergruppen an den Straßen. Ihre Freude ist getrübt, sie sind sogar mißtrauisch und tuscheln ihre Meinungen einander zu:

»Friedrich August kehrt als Katholischer zurück. Das kann doch für Kursachsen nicht ohne Folgen bleiben.«

»Schaut Euch die vielen polnischen Adeligen an, die ihn begleiten! Nun wird sich unser sächsischer Adel mit dem polnischen Adel versippen und verschwägern.«

»Aber unser Dresden wird dafür eine europäische Hauptstadt werden.«

»Großer Reichtum fließt nach Dresden.«

»Nein, mein Lieber, unsere guten Taler versinken in den großen Taschen der vornehmen polnischen Adeligen, der Magnaten.«

»König August hat große Pläne.«

»Ja, ja, große Rosinen im Kopf.«

Etwas im Abstand folgt dem feierlichen Einzug des Königs ein Reisewagen mit dem siebzigjährigen Jesuitenpater Vota. Er ist in eine dicke Felldecke eingehüllt, aber er friert dennoch. In Turin, der lieben Heimatstadt, ist es wärmer. Aber aus Gehorsam gegen seinen Obern ging er nach Polen als Beichtvater des Königs Sobieski. Er hat dort ausgeharrt, gefroren, gebetet und gearbeitet, wenn diese nicht immer leichte diplomatisch-seelsorgliche Tätigkeit als ›Arbeit‹ angesehen wird. Der neue, katholisch gewordene König hat ihn übernommen. Der Wagen rumpelt durch Altendresden der Brücke zu.

Pater Vota trägt trotz seines Alters – nächstes Jahr darf er, so Gott will, sein goldenes Ordensjubiläum feiern – Hoffnungen im Herzen:

»Die heilige katholische Kirche wird in Kursachsen neu erstehen!"

Was mag ihm bevorstehen? Er besitzt zwar die Gabe des Umgangs mit hochgestellten Persönlichkeiten in hohem Maße. August der Starke hat ihn nicht nur zu seinem Beichtvater ernannt, sondern auch zu seinem Geistlichen Rat und Großalmosenier.
Zwar hat der König oft bündig versichert: »Mein Übertritt ist rein persönlich«, aber Pater Vota weiß, daß jeder Schritt vom Oberkonsistorium, dem der König die religiösen Angelegenheiten übertragen hat, mit größtem Mißtrauen beobachtet wird. Sich so in Gedanken verlierend, fährt er über die breite Elbe und bemerkt kaum, daß er schon im Schloßhof angekommen ist. Ein Diener reißt die Tür seines Reisewagens auf, nimmt sein weniges Reisegepäck und geht ihm wegweisend voran.
Pater Vota bezieht seine Räume im kurfürstlichen, alten Schloß.
Auch der päpstliche Nuntius D'Avia ist mit dem König ins Schloß eingezogen. Er macht Pater Vota noch besonders auf seine schwierige Stellung am Hofe aufmerksam:
»Pater Vota, Eurem Wirken sind enge Grenzen gezogen. Das Oberkonsistorium hat jetzt in Kursachsen eine Machtfülle und Freiheit, wie sie in andern prostestantischen Ländern niemals denkbar ist; denn dort werden sie durch den Landesherrn beschnitten.«
»Darüber bin ich mir klar.«
»König August liegt es fern, sich in die religiösen Angelegenheiten seines Landes einzumischen.«
»Das wäre auch unklug«, antwortete er.
Im ersten Obergeschoß des Schlosses hat der König durch den katholischen Statthalter von Fürstenberg schon eine Kapelle einrichten lassen. Dankbaren Herzens gegen Gott betritt sie Pater Vota.
Statt des Thronsessels steht im ehemaligen Audienzsaal jetzt ein schöner Altar, und der Thronbaldachin gibt ihm königliche Bedeutung. Der Nuntius wird den Altar konsekrieren. Von morgen an wird Christus im Tabernakel

wahrhaft und wesentlich, mit Gottheit und Menschheit, mit Fleisch und Blut hier zugegen sein. Pater Vota freut sich darauf, hier täglich das heilige Opfer feiern zu dürfen. An Sonn- und Feiertagen wird auch der König dabeisein, wie er in Warschau und Krakau es getan hat.
Auch der katholische Statthalter von Fürstenberg und der zunehmende katholische Teil des Hofstaates werden dann der heiligen Messe beiwohnen.

*

Außer dem päpstlichen Nuntius und Pater Vota gehören jetzt noch zwei katholische Priester an den Hof von Dresden.
Johann Paldam, ein gebürtiger Dresdener, ist Weltpriester. Er hat in Rom studiert und ist dem kaiserlichen Hofe von Rom empfohlen worden. Als kaiserlicher Gesandtschaftskaplan kommt er nach Dresden.
Aus Italien stammt Pater Benignus, ein echter Kapuziner. Er redet mit Pater Vota italienisch. Paldam kann ihnen so einigermaßen mit seinen in Rom erworbenen Sprachkenntnissen folgen. So schön der zu einer katholischen Kapelle umgestaltete Audienzsaal des Schlosses ist, er ist für den prunkliebenden König zu bescheiden. An katholischen Einrichtungsgegenständen ist nur das vorhanden, was Pater Vota in Polen erbettelt und mitgebracht hat. Manche Dorfkirche in katholischen Landen kann sich eines größeren Reichtums rühmen.
Der päpstliche Nuntius und Pater Vota drängen den König, eine eigene katholische Kapelle zu erwerben oder bauen zu lassen. An die Übereignung einer lutherischen Kirche zu denken wäre unklug. – König August ruft Pater Vota zu sich:
»Hochwürden, Wir haben eine Lösung gefunden, die Uns geeignet erscheint, aller Erregung am Hofe von vornherein den Stachel zu nehmen.

Pater Vota horcht auf.
»Fast vier Wegstunden nördlich von Dresden, weitab genug von der Residenzstadt, liegt Unser Jagdschloß Moritzburg im wildreichen Friedewald der großen Heide. Ein berühmter Tierpark umgibt es.
Unser Ahnherr Moritz hat das Jagdschloß vor 150 Jahren auf dem felsigen Boden zwischen zwei Seen errichtet. Das quadratische Herrenhaus mit seinen schönen Giebeln wird von vier, durch Wehrmauern verbundene Rundtürme geschützt.
Vor einigen Jahrzehnten hat der berühmte Wolf Caspar von Klengel vor die Westfront der Umfassungsmauern eine Kapelle gebaut. Diese Kapelle ist eines Königs würdig und zugleich weit genug von Dresden entfernt, um Unliebsamkeiten zu vermeiden.«
Pater Vota nickt. Eine Kapelle in Dresden wäre ihm lieber gewesen, aber die Klugheit gebietet, sich zu bescheiden.
»Diese Kapelle werde ich dem katholischen Gottesdienst übereignen. Weihnachten will ich dort mit den Katholiken meines Hofes begehen.«
Pater Vota verneigt sich und begibt sich in die Schloßkapelle, das Gesagte vor dem Herrn im Tabernakel zu überdenken.
Das werden anstrengende Adventswochen für den alten Priester, all die großen und kleinen Dinge zu beschaffen, die zu einem Festgottesdienst gebraucht werden. Wie kommt er im lutherischen Kursachsen an ein Weihrauchfaß, ja an Weihrauch, an Meßglöckchen und Weihwasserbecken? Welche Hofdamen werden sich bereit finden, Altartücher zu nähen, Gewänder, die er aus Polen mitgebracht hat, auszubessern? Woher nimmt er das Leinen, woher den roten Samt, um den Altar und die königliche Kniebank zu verkleiden? Was tragen die Altardiener? Für sie konnte er nichts von Polen mitbringen.
Der kaiserliche Gesandtschaftskaplan hält vorsichtig Umfrage bei einigen Hofdamen und findet zu seinem Erstaunen mehr Zustimmung als Ablehnung, beim Zurichten

und Nähen mitzuhelfen. Sie wetteifern miteinander, und manches Wäschestück, manches Damastleinen wird aus der mütterlichen Truhe hervorgeholt und zum Dienst für Christus umgearbeitet.
Oft muß Pater Vota mit dem Kapuzinerpater Benignus und Kaplan Paldam nach Moritzburg hinausfahren, um dort die vielfältigen Zeremonien eines Levitenhochamtes zu besprechen und auszuprobieren.
»Wegen der Meßgesänge muß ich auch noch mit dem Hofkapellmeister sprechen.«
»Was soll denn gesungen werden?«
»Irgend etwas Frommes.«
»Aber keine lutherischen Lieder, sonst bekommen wir Schwierigkeiten in Rom.«
»Aber woher nehmen wir Noten für katholische Gesänge?«
»Ich habe Noten vom Kyrie, Gloria, Sanctus und Agnus Dei. Die lasse ich abschreiben und gebe sie dem Hofkapellmeister.«
»Das Abschreiben dauert lange, die Zeit drängt, und eingeübt werden müssen die Gesänge auch noch.«
»Dann müssen wir nachts schreiben. Ich schreibe mit, damit die andern nicht erlahmen.«
Wie ist doch aller Anfang schwer!
Als Pater Vota im Wagen sitzt, der die drei Priester nach Dresden zurückbringt, hüllt er sich in Schweigen und hält Zwiesprache mit dem, der ihm die Gedanken eingibt, damit er dem König und seinem Hofstaat in der Predigt das sagen kann, was sie brauchen, um den Geburtstag des Christkindes würdig zu feiern.

*

Inzwischen herrschte am Kaiserhof in Wien große Freude: am 8. Dezember des Jahres 1699, dem Feste der Unbefleckten Empfängnis Mariens ward dem Kaiser Joseph I. die erste Tochter geboren.

König August gratulierte Sr. Apostolischen Majestät zur Geburt der kleinen *Maria Josepha*.

*

Heiliger Abend 1699, der letzte in diesem Jahrhundert. Groß und klein freut sich auf ihn. Seit Mittag ruht die Arbeit, nur die Mütter haben noch zu tun, damit der heilige Christ in der Familie einziehen kann, wenn alle aus der Christvesper kommen.
Bald läuten die Glocken im ganzen Lande, und alles ist auf den Beinen, um in den Stadt- und Dorfkirchen die Geburt des Herrn zu feiern. Die Kirchen sind fast zu klein. In der alten Kirche »Unserer Lieben Frau«, der Frauenkirche zu Dresden, drängen sich die Gläubigen sogar auf den Kirchenboden, um die Predigt hören zu können.
Die drei anderen Dresdener Kirchen, die Kreuz-, Sophien- und Annenkirche, sind auch mit frommen Betern überfüllt, die nun das alte Lied singen:

»Macht hoch die Tür, die Tor macht weit!
Es kommt der Herr der Herrlichkeit,
ein König aller Königreich,
ein Heiland aller Welt zugleich,
der Heil und Leben mit sich bringt.
Derhalben jauchzt, mit Freuden singt:
Gelobet sei mein Gott, mein Schöpfer, reich an Rat.
Sein Königsthron ist Heiligkeit, ...
O wohl dem Land, o wohl der Stadt,
die diesen König bei sich hat! ...
Er ist die rechte Freudensonn,
bringt mit sich lauter Freud und Wonn ...«

Manche mögen wohl an ihren König denken, dessen Königsthron wahrlich nicht Heiligkeit umstrahlt. Er bringt der Stadt zwar auch Freuden, aber sie sind nicht aus dem Reiche Gottes. Die Pastoren haben schon oft ob der heidnischen Umzüge ihre Fenster geschlossen. Auch in der alten Schloßkapelle ist lutherische Christvesper. Zum erstenmal nimmt der Kurfürst von Sachsen, obwohl er im Lande ist, nicht daran teil. Der lutherische Oberhofprediger kann nur zu einem Teil der Hofgemeinde sprechen. Sein Herr fährt derweil nach Moritzburg, um auf papistische Weise, ›die Maria anzubeten‹. Alle Anbetung darf nur ihrem göttlichen Kinde gelten. Und doch singt auch er mit seinen Getreuen:

»Da sich die Welt zum Abend wandt,
der Bräutigam Christus ward bekannt
aus seiner Mutter Kämmerlein,
die Jungfrau bleibet zart und rein.«

Der katholisch gewordene Kurfürst-König hat die Moritzburger Schloßkapelle für den katholischen Gottesdienst bestimmt, wie vor 160 Jahren, anno 1539, Herzog Heinrich die katholische Hofkapelle im Schloß zu Dresden der neuen Lehre zuwies.

Ein ergreifendes Erlebnis ist es, am späten Heiligabend in die verschneite Heide zu fahren. Die vornehme Staatskarosse des Statthalters von Fürstenberg, die ihm nachfolgenden Kutschen seiner Beamten, viele Wagen mit polnischen Adelswappen eilen dem wichtigen Ereignis zu.

Die Damen tragen ihre vornehmste Garderobe; denn für die Mitternachtsmesse ist höchstes Hofzeremoniell vorgeschrieben, ist doch Weihnachten 1699 ein denkwürdiger Tag für die katholische Kirchengeschichte in sächsischen Landen durch die erste heilige Messe, die Mitternachtsmette in Moritzburg.

Die Rosse dampfen, als sie durch den frischgefallenen Schnee traben. Aus ihren Nüstern blasen sie weißen Atemdampf.

Die Kapelle ist aufs reichste und schönste mit edlen Tannenreisern geschmückt. Kostbare Tücher hängen an den Wänden. Ein orientalischer Teppich bedeckt die Altarstufen. Das Licht der Kronleuchter und der unzähligen Leuchter an den Wänden verleiht der jetzigen katholischen Hofkapelle einen festlichen Glanz. Aber auf dem Altar brennen, streng nach Vorschrift, nur sechs Kerzen, wie es bei dem Levitenamt üblich ist. Der König kniet im kostbaren Gewand, mit Perlen und Edelsteinen geschmückt, auf dem purpurrot ausgeschlagenen Betschemel. Hinter ihm stehen zwei Leibpagen, die Leuchter tragen, damit der König in einem zweiten Meßbuch die heilige Handlung gut verfolgen kann.

Die Glocke des Kapellenturmes erklingt.

Der König erhebt sich mit seiner ganzen Hofgemeinde, als der liturgische Zug zum Altar schreitet: vier Meßdiener, dann Pater Benignus als Subdiakon im grünen Meßgewand, der kaiserliche Gesandtschaftskaplan Johann Paldam als Diakon im roten Meßgewand und zuletzt Pater Vota im reichgestickten weißen Meßgewand. Alle verneigen sich vor dem König, der ihnen huldvoll zunickt.

Die heilige Messe beginnt an den Stufen des Altares. Der König und seine Hofgemeinde knien nieder. Die königliche Sängerschar jubelt den Introitus:

»Puer natus est nobis ...«

Der König verfolgt den Text im Missale und übersetzt die alte Weissagung vom Christuskönig:

»Ein Kind ist uns geboren,
ein Sohn ist uns geschenkt,
auf dessen Schultern ruht die Herrschaft.
Er wird genannt der Starke, Mächtige,
der Friedensfürst.«

So beginnt die offizielle Huldigung der ganzen Weltkirche an den Welterlöser. Sie ist getragen und feierlich, aber nicht so volkstümlich und innig, wie in den lutherischen Kirchen die frommen Volksweisen gesungen werden. Der König erlebt nun schon zum drittenmal, wie die Weltkirche in ihrer lateinischen Universalsprache den Welterlöser in der Krippe anbetet. Pater Vota hat es ihm erklärt, wie sie den zur Rechten des Vaters Thronenden verherrlicht, dessen irdische Herrschaft in einer Futterkrippe zu Betlehem so klein und bescheiden angefangen hat.

»Der allmächtige Herrscher hielt nicht ängstlich an seiner himmlischen Herrlichkeit fest, vielmehr gab er sich als hilfloses, nacktes Menschenkind den Menschen preis. Das große Kreuz auf dem Altar kündet, wie tief der mächtig Thronende sich selbst erniedrigt hat.«

Vor einem solchen König muß auch der polnische König und sächsische Kurfürst um Erbarmen rufen, als er den Sängern lauscht, die neunmal ihr

»KYRIE ELEISON! CHRISTE ELEISON!
KYRIE ELEISON!«

in wohlklingender Mehrstimmigkeit singen.

Der greise Pater Vota stimmt den Gesang der Engel auf den Fluren von Betlehem an:

»GLORIA IN EXCELSIS DEO!«

Der Chor nimmt den Gesang auf und führt ihn weiter:

»ET IN TERRA PAX HOMINIBUS!«

Mit seinen beiden Diakonen verläßt Pater Vota den Altar. Sie nehmen auf den seitlich aufgestellten, mit Brokatdekken überzogenen niedrigen Sesseln Platz.

Auch der König hat sich in seinen Thronsessel hinter dem Betschemel gesetzt und hört den vorgetragenen Zurufen zu:

»LAUDAMUS TE!
BENEDICIMUS TE!
ADORAMUS TE!
GLORIFICAMUS TE!«

Von den vier Wehrtürmen erschallen die Posaunen in die Nacht hinein.

»GRATIAS AGIMUS TIBI PROPTER
MAGNAM GLORIAM TUAM!«

So hatte am 15. September 1697 am Krönungstag in Krakau das polnische Volk auch König August zugerufen, als er sich in der schweren Krönungstracht nur mühsam aufrecht halten konnte. Ob es echt gemeint war?

Als er damals ohnmächtig zusammengebrochen war, hatte die Menge getuschelt: »Ein übles Vorzeichen für König August!«

*

Der Neujahrstag 1700 wird in Moritzburg ebenso begangen wie der erste Weihnachtsfeiertag. Darauf begibt sich der König aber zu einer anderen Messe, die er liebt, zur Neujahrsmesse nach Leipzig. Der päpstliche Nuntius D'Avia begleitet ihn. In dessen Wohnung wird die heilige Messe gefeiert, der der König beiwohnt. Auch die zugezogenen Fremden und die katholischen Messebesucher haben Zutritt. »Zulauf des neugierigen Volkes« wird es genannt.
Am Dreikönigsfest weilt der König wieder in Moritzburg. Erneut wird das Festhochamt wie zu Weihnachten gefeiert.

*

Am 28. Januar berichtet der Statthalter von Fürstenberg Papst Innozenz XII. von der Übergabe der Moritzburger Kapelle an den katholischen Kultus in überschwenglichen Worten:
»... daß ich keine Mühe und Anstrengung schonen werde, um in der mir übertragenen Regierung dieses Staates nach dem Wunsch und Befehl Ew. Heiligkeit unter dem Schutz dieses überaus frommen und wahrhaft rechtgläubigen Herrschers die katholische Sache zu fördern. Hierbei hoffe ich um so mehr auf Erfolg, da das warme Gemüt unseres August keines Spornes bedarf, um das heilige Unternehmen der Wiederherstellung des katholischen Glaubens in diesen Gegenden mit Gottes Hilfe zu vollbringen. Da es nun der Weisheit Ew. Heiligkeit selbst einleuchtet, so wird mich unstreitig Ew. Heiligkeit unterweisen, in dieser heiligen Sache langsam und vorsichtig zu Werke zu gehen und bei diesen Anfängen des Königs Eifer zu mäßigen, auf daß

nicht die Gemüter der Untertanen in noch größerer Abneigung gegen die katholische Kirche aufbrennen, sondern mehr durch Unterricht und gutes Beispiel als durch Gewalt nach und nach dahin geführt werden ... Die dem katholischen Kultus gemachte Schenkung der schönen Kirche zu Moritzburg wird wie ein Teilchen Sauerteig wirken und einstens eine große Masse durchdringen; sie wird das Samenkorn sein, das von kluger Hand in die Erde geworfen und bald zu erfreulicher Saat aufstreben wird ... Ew. Heiligkeit wird Ihre beglückenden Hände aus dem Vatikan zum Himmel erheben, auf daß, während August, unser Athlet, mutig mit den Klippen der Schwierigkeiten ringen wird, der wahre Glaube und der Heilige Stuhl den Triumph davontragen.«

Der Papst dankt dem König am 13. Februar. Als der Nuntius das päpstliche Breve dem König am 15. März überreicht, bittet er:

»Der König möge die katholische Kirche auch weiterhin fördern und den Katholiken in Dresden selbst einen Gottesdienstraum gewähren, weil Moritzburg zu weit entfernt liegt.«

Desgleichen bitten auch die Leipziger Katholiken den König. Sie lassen vorstellen, daß sie nicht allein den Bau einer Kirche, sondern auch die Versorgung der notwendigen Geistlichen gern aus eigenen Mitteln bestreiten wollen, wenn der König ihnen nur die Freiheit des Kultus zugestehen wolle.

August aber weiß um die Erregung der Bevölkerung über die Moritzburger Kapelle und zögert. So gewährt er nur, daß diese Kapelle mit einem ständigen Geistlichen besetzt wird, der 400 Taler Jahresgehalt und Wohnung im Schloß zu Moritzburg erhält.

Johann Paldam wird für diese Aufgabe bestimmt.

An seine Stelle kommt der Jesuitenpater Ignatius Thiesen nach Dresden. Die sächsischen Stände erheben gegen die Anwesenheit eines Jesuiten in Dresden sofort Klage.

Als Pater Thiesen zu einem schwerkranken Katholiken gerufen wird, um ihm die Sterbesakramente zu reichen, erhebt der Superintendent dagegen Einspruch.
Pater Thiesen wendet sich an den Statthalter. Durch eine eigene königliche Verordnung gestützt, kann er schließlich dem Sterbenden beistehen.
Pater Votas Worte verwirklichen sich: Die bittere Myrrhe bleibt nicht aus.
Und König August bekommt in diesem Jahre 1700 andere Aufgaben, als in Dresden eine katholische Hofkapelle oder Hofkirche zu errichten. Solche Pläne werden auf Jahre hinaus verschoben; denn der unglückselige Schwedenkrieg beginnt.
Das in die sächsische Erde gesenkte katholische Senfkörnlein hat zu warten!

Am 18. September 1700 meldete der kaiserliche Botschafter Lamberg über das Befinden des Papstes:
»Keine Hoffnung mehr; der Papst selbst sagt: ›Ingredimur viam universae carnis‹ (Wir gehen den Weg allen Fleisches).«
»Heut nacht um 4 Uhr ist der Papst gestorben.«
Innozenz XII., der von 1691 an regiert hatte, hinterließ den Ruhm eines Vaters der Armen, eines durchaus uneigennützigen Verwalters des kirchlichen Vermögens, eines ebenso frommen wie rechtschaffenen Priesters.
Er wollte für alle Zeiten den Nepotismus*, der unter seinem Vorgänger wieder aufgelebt war, unmöglich machen und verbot durch eine Bulle den Päpsten, ihre Verwandten mit Gütern und Ämtern auszustatten. Arme Verwandte sollten wie andere Bedürftige behandelt werden. Die Bulle hatte den großen Erfolg, daß durch sie endlich dem so verhängnisvollen Nepotismus der Päpste ein Ende gesetzt wurde. Durch eine weitere Bulle verbot er die Aufstellung von Wahlbedingungen bei der Papstwahl im Konklave. Auch wurden die Streitigkeiten mit Frankreich unter ihm beigelegt und die infolge der gallikanischen Wirren unbesetzten Bischofsstühle wieder besetzt. Sein Nachfolger wurde Papst Klemens XI.

*

König August hatte 1699 ein Bündnis mit Dänemark und Rußland gegen Schweden geschlossen.
Quer durch Deutschland, das aus hundert Reichsfürstentümern und anderthalbtausend kleinen selbständigen Herrschaftsgebieten bestand, ging der Riß der getrennten Kriegslager.

* Begünstigung von Neffen (nepos = Neffe)

Rußland trat in das Kräftespiel der europäischen Mächte ein und kämpfte um einen Zugang zur Ostsee.
Preußen drängte, eine Großmacht zu werden.
Auch König August schwebte europäische Großmachtpolitik vor. Sachsen war durch die Personalunion mit Polen kein deutscher Binnenstaat mehr.
21 Jahre sollte dieser Nordische Krieg dauern.

*

Während der Abwesenheit des Königs war sein Statthalter, Fürst von Fürstenberg, der größte Wohltäter der jungen katholischen Kirche in Sachsen. Mit Tatkraft und Ausdauer umhegte er den Platz des Senfkörnleins: die Moritzburger Kapelle. Regelmäßig besuchte er die Gottesdienste. So fuhr er auch am Karfreitag 1701 dorthin.
Bald meldete ihm ein Eilkurier: »Das Schloß in Dresden brennt! Die Königin hat sich mit dem Kurprinzen noch rechtzeitig in den Italienischen Garten auf der Plauenschen Straße retten können« – »Gott sei Dank!«
Der Statthalter befahl, sofort nach Dresden zurückzukehren. Rauchende Trümmer boten sich den Ankommenden dar. Fast die Hälfte des Schlosses mit dem prachtvollen Riesensaal war in Asche gelegt.
Noch zwei Tage schlugen die Flammen aus dem alten Bau. Eine bittere Aufgabe für den Statthalter, diese Hiobsbotschaft dem König in den Schwedenkrieg zu senden.
Bald jedoch kam die Antwort: »Dietze soll neue Schloßpläne entwerfen!«
»Und woher das Geld nehmen?« seufzte Egon von Fürstenberg.

*

Kaplan Paldam an der Schloßkapelle zu Moritzburg hatte vom König den Auftrag erhalten, unter der Leitung des Statthalters dem jungen Prinzen Liebe zur katholischen Religion einzuflößen und ihn mit ihren Grundlehren allmählich bekannt zu machen. Aber gerade während der Abwesenheit des Königs wandte der lutherische Hof von Sachsen begreiflicherweise allen Einfluß an, um die geplante katholische Erziehung des Kurprinzen zu verhindern. Papst Klemens XI. sandte deshalb am 30. Juli 1701 ein eindringliches Schreiben nach Warschau. König August antwortete am 4. September und versprach, trotz der mißlichen Umstände ob der eigenen Untertanen und wegen seiner Regierungsangelegenheiten in Polen für die katholische Erziehung seines Sohnes Sorge zu tragen.

»... Sonach bin ich auch überzeugt, Ew. Heiligkeit werden gleicherweise Ihre väterlichen Hände zum Himmel erheben, um mir den in meiner schwierigen Lage nötigen Segen zu erflehen, und Ihre Huld einem Herrscher, der dem Luther zur Verwunderung des ganzen deutschen Reiches das Haupt zertreten hat, nicht vorenthalten ...«

Doch der König konnte das dem Papst gegebene Versprechen vorerst nicht erfüllen. Seine Mutter sowie seine Gemahlin suchten aus Verantwortung für ihren Glauben den Prinzen von aller Gemeinschaft mit Katholiken fernzuhalten. Sein ganzer Hofstaat bestand nur aus eifrigen Lutheranern. Niemand konnte in den Dienst treten, der nicht vorher durch einen Eid bei der Königinmutter sich verpflichtet hatte, mit größter Wachsamkeit darauf zu achten, daß der Prinz mit Katholiken in keine Berührung komme, sondern im Luthertum genau unterrichtet werde. Des Königs Auftrag für Kaplan Paldam war somit nicht durchzuführen.

Aber auf einem anderen Gebiet der katholischen Seelsorge tat sich dem Priester eine Tür auf: ihm wurde im Jahre 1702 die Genehmigung erteilt, »einen der römisch-katholischen Religion zugethanen inhaftirten Maleficianten in dem Gefangniß zu besuchen undt ihm catholischem Brauch nach Beicht zu hören und die Communion zu raichen. Es soll auch, wenn sich dergleichen Fälle künftighin mehr begeben sollten, allzeit allso gehalten werden«.

Im Jahresbericht 1702 konnte Pater Superior vermerken: »General Wostromirski, ein Protestant, erteilte aus freien Stücken die Erlaubnis, den katholischen Gefangenen ›auf dem Bau‹ die Osterkommunion zu reichen. Zwei Patres übernahmen diese Aufgabe und gaben jedem Gefangenen noch ein Almosen von einem Taler.«

*

Größeres Unglück noch als der große Brand des Dresdner Schlosses sollte König August in der Folge treffen. Er erlitt Niederlagen bei Clissow und Pultowsk.

Da er 1702 ein Bündnis mit Kaiser Joseph I. geschlossen hatte, mußte er ein Jahr später, trotz ärgster Bedrängnis durch Karl XII. von Schweden, für das Reich im spanischen Erbfolgekrieg gegen die Bayern und die mit diesen verbündeten Franzosen kämpfen. Das Mißgeschick seines Heeres in Polen ist nicht zu einem geringen Teil dieser Teilung seiner Macht zuzuschreiben. Es rührte sich in Deutschland keine Hand, um August in seinem Ringen mit dem Schwedenkönig zu unterstützen.

Sowohl Österreich wie Preußen, sowohl Kaiser wie Reich taten nichts dafür, dem Deutschen die polnische Krone zu erhalten.

Am 14. Februar 1704 wurde August der Starke des polnischen Thrones entsetzt und Stanislaus Lesczinski auf Betreiben Karls XII. vom polnischen Reichstag zum König gewählt.

Augusts Nachbarn, selbst Österreich, hatten nur Hohn für sein Mißgeschick.

Seine Hoffnung, Polen die alten Grenzen zu schaffen, erfüllte sich nicht. Seine Macht reichte nicht einmal aus, die Großmacht Schweden von Kursachsen abzuhalten.

All diese Nöte und Sorgen hinderten August jedoch nicht an neuen Abenteuern der Liebe.

Ein Hoffräulein der Mutter Augusts des Starken, die dreiundzwanzigjährige Anna Konstanze von Brockdorf, hat-

te 1703 Adolf von Hoym geheiratet. Schon nach einem Jahre verlangte sie Ehescheidung.
Hoym gab die Scheidungsklage beim König ein. Am 8. Januar 1706 wurde die Ehe wegen böswilligen Verlassens getrennt und nur dem unschuldigen Gatten das Eingehen einer anderen Ehe gestattet, die schuldige Gattin dagegen zur Landesverweisung verurteilt.
Soweit aber kam es nicht, denn der König hatte sie kennengelernt. Der Hofklatsch wußte viel darüber zu berichten:
Bei einem Festgelage sei sie als so schön geschildert worden, daß eine Wette von tausend Dukaten darüber von Anwesenden abgeschlossen wurde, August habe sich zum Schiedsmann bereit erklärt.
Klarer jedoch als aller Hofklatsch reden die nüchternen Akten: 15. Juni 1705: Der König kauft Anna Konstanze ein Haus am Taschenberge für 10 500 Taler und ein Haus auf der Kleinen Brüdergasse. Mit einem Aufwand von 70 000 Talern ließ er beide Häuser zu einem Palais ausbauen, zu dem vom Schloß ein Gang hinübergelegt wurde.
Am 21. September 1705 erhielt sie den freien Gebrauch des Türkischen Gartens mit dem Wilsdruffer Tor samt der Wohnung auf Lebenszeit, und am 26. September 1705 wurden ihr von den Subsidiengeldern, die der Zar dem König zahlte, 30 000 Taler bewilligt. Das Jahresgehalt einer Magd betrug damals 5 Taler! –
Anna Konstanze verstand es, den König hinzuhalten. Nur mit der Aussicht, seine Frau zu werden, wollte sie sich ihm hingeben. So forderte sie von ihm ein Eheversprechen.
König August ließ sich Entwürfe für ein Eheversprechen aufsetzen. Er zerriß sie und forderte neue an.
Endlich, am 12. Dezember 1705, schrieb er nieder:
»... urkunden vor Unserm chursächsischen Oberkonsistorio zu Dresden Frau Konstantia Gräfin von Cosel geb. von Brockdorf ... der Ehe halber geschieden worden. Wir

… dieselbe nach Art der Könige in Frankreich und Dänemark … als unsere legitime épouse beilegen lassen, derogestalt, daß Wir in Kraft eines ehelichen Eides versprechen und halten wollen, dieselbe herzlich zu lieben und beständig treu zu verbleiben … die künftig erzeugenden Kinder vor Unsere rechte natürliche Kinder kraft dieses erkennen …«

Das entscheidende Wort in dem deutschen Schriftstück ist französisch: ›épouse‹. Warum nicht Gemahlin? Warum nicht Ehefrau?

Sie nahm »diese mit gutem Bedacht aufgesetzte Declaration und Verordnung« mit Zufriedenheit in Empfang und baute darauf ihre Zukunft.

Dem Geheimen Ratskollegium übergab der König ein versiegeltes zweites Exemplar.

Der Kaiser hatte Anna Konstanze auf Veranlassung des Königs am 22. Februar 1706 zur Reichsgräfin von Cosel ernannt. Sie nannte sich widerrechtlich Comtesse de Saxe, mischte sich in die Staatsgeschäfte und in die Erziehung des Kurprinzen ein. Sie fühlte sich berechtigt, Gnaden des Königs zu vermitteln, und gewann Einfluß auf die Neubesetzung höchster Amtsstellungen. August der Starke war schwach dieser Frau gegenüber.

*

Die Millionen, die das Erlangen der Königswürde gekostet hatte, waren nichts gegenüber den 34 Millionen Talern, die allein an Steuern der nunmehr zwanzigjährige König Karl XII. von Schweden übernahm, als er siegreich am 1. September 1706 in Sachsen einzog, nachdem die sächsische Armee bei Fraustadt fast völlig vernichtet worden war.

Die Bevölkerung floh mit dem Vieh in die »Schwedenlöcher«.

Die feindlichen Truppen hielten die vom König Karl befohlene Manneszucht.

Dafür hatte der neue Polenkönig Stanislaus Lesczinski in Sachsen, und zwar in Leisnig, sein Standquartier aufgeschlagen. Leipzig war zu einer Einöde geworden, so viele hatten die Flucht ergriffen. Am 25. September wurde ein zehnwöchiger Waffenstillstand geschlossen.
Und dann kam der »Altranstädter Friede«, zu dem König August seinen Bevollmächtigten Blankovollmacht ausgestellt hatte: Verzicht –, ›aus Friedensliebe‹ – auf die Krone Polens;
Kündigung aller Bündnisse, namentlich mit Moskau;
keine Veränderungen in Religionsangelegenheiten sowohl in Sachsen wie in der Lausitz;
Freilassung des auf dem Königstein gefangengehaltenen Prinzen Sobieski;
Auslieferung Partkuls.
Aus August dem Starken, König von Polen, war August der Schwache, König von Sachsen, geworden; denn der Friedensvertrag enthielt als einzige Trostpille das Zugeständnis, Namen und Ehre eines Königs behalten zu dürfen. Am 1. Dezember 1706 reiste August von Warschau ab, in der Hoffnung, durch sein persönliches Erscheinen in Sachsen bessere Bedingungen bei dem Schwedenkönig zu erlangen.

*

Das für Neujahr 1707 angeordnete kirchliche Dankfest ›wegen erhaltenen Friedens‹ hatte die Gemüter ob des verlorenen Krieges nicht beruhigt. Zwar hatte sich die Bevölkerung einigermaßen an die schwedische Besatzung und Einquartierung gewöhnt, weil diese sich im allgemeinen an gute Ordnung hielten, keine Schulden machten und für Ausschreitungen bestraft wurden. Die schwedischen Truppen hielten zudem nach altem Brauch zweimal am Tage Betstunden, zu denen sich auch nach und nach ein Teil der Bevölkerung einfand. Aber ansonsten trieben die Schweden ihre Forderungen unbarmherzig ein.

In der Sophienkirche zu Dresden drängten sich am Sonntag, dem 18. März dieses Jahres, die Gläubigen um die Kanzel. Pastor Philippi war bekannt dafür, daß er mutig und offen sprach, ob immer klug und mit Mäßigung, war eine andere Frage. Es war Wasser auf die Mühle der Unzufriedenen, als er auf die ›Zeitläufte‹ zu sprechen kam:
»Der König hat mit Verletzung des Gewissens unrechtmäßig und sündhaft nach neuen Untertanen gestrebt und einen fremden Potentaten in stolzem Hochmut überfallen.
Das tat er nur, um seinen Namen größer zu machen und die Grenzen zu erweitern.
Einer seiner Minister ist ein Atheist, ein Gottloser.«
»Meint er den Flemming?« fragten sich die Zuhörer.
Andere flüsterten: »Der hetzt ja und wiegelt die Leute zur Meuterei auf!«
Die Antwort des angegriffenen Ministers blieb nicht aus:
»Pastor Philippi ist seines Amtes zu entheben und hat binnen sechs Tagen die Stadt zu verlassen.«
Die lutherische Orthodoxie aber blieb dem König gegenüber mißtrauisch, war er doch ein Abtrünniger.
»Seid wachsam!« war ihre stete Mahnung.

*

August stattete bald darauf dem königlichen Sieger einen Besuch ab. Mit Allongeperücke und im französischen Goldkleid erschien er vor Karl XII., der ihn hingegen geschorenen Hauptes im blauen Überrock und schweren Soldatenstiefeln empfing. Es war eine steife Staatsvisite nach dem Zeremoniell der damaligen Zeit, aber »August der Eisenarm« erreichte vom schwedischen »Eisenkopf« gar nichts.
Karl sprach von seinen großen Stiefeln, die er nur selten in den letzten sechs Jahren ausgezogen habe. Nachdenklich und verlegen saß der ehemalige König von Polen neben dem jungen Sieger an der Tafel. Es kam kein rechtes

Gespräch auf. Eine ungemütliche und lange Stunde, die noch peinlicher wurde, als der neue König von Polen, Stanislaus, dem abgedankten begegnete. Sie grüßten sich nur flüchtig. Im ununterbrochenen Ränkespiel der Diplomatie wirkte August zwar auch weiterhin mit. Er mußte jetzt in tiefster Erniedrigung und in Abhängigkeit vom Schwedenkönig den verzichtenden Herrscher spielen.
Seine 9000 sächsischen Soldaten stellte er für 750 000 Taler den Seemächten ›zur Verfügung‹. Jährlich bekam er außerdem dafür 828 848 Gulden ›Subsidien‹, die er nun als »August der Schwache« wohl gebrauchen konnte.
Am 8. Juli verließ er Leipzig. In Dresden gingen die Feste weiter, und ihre Exzellenz, Anna Constanze Cosel, verlangte Jahr für Jahr 100 000 Taler ›Pension‹ und andere ›Kleinigkeiten‹.

*

König Stanislaus brach am 15. Juli nach Polen auf. Karl XII. verblieb noch in Sachsen. Mit 20 000 zerlumpten und abgemagerten Soldaten war er vor einem Jahr nach hier gekommen. Nun stand er an der Spitze einer 34 000 Mann zählenden, gut genährten und mit allem versehenen Armee im Lande.
Am 6. September dieses Jahres 1707 hielt er mit seinem Hauptquartier Rasttag im Dorfe Oberau bei Meißen.
Auf einem Spazierritt von dort aus wies man ihm die in der Ferne aufragenen Türme von Dresden.
In Gedanken versunken ritt Karl weiter, nur dann und wann die Schönheit der Natur mit einem kurzen Blick umfassend. Durch den bläulichen Schein, der über der Landschaft lag, leuchtete das noch lebensvolle Grün und schon todkündende Gold und Rot der Bäume an den bewaldeten Hängen. Einige herbstmüde Blüten am Wege griffen nach den milden Sonnenstrahlen, in deren wärmendem Lichte ein letzter Falter wie verirrt taumelte. Über den Wiesen und Feldern lag Stille, nur einmal, als

eine schnell dahinstreichende Krähe einer anderen die Beute abzujagen versuchte, fiel ein dunkles »Krah-krah« zur Erde.
Plötzlich belebten sich Karls Züge.
»Ei, weil wir Dresden so nahe sind, wollen wir hineinreiten!«
Er trabte den wenigen Begleitern voran. Gegen drei Uhr langten sie am Wilsdruffer Tore an.
»Wer seid Ihr?« fragte der Wächter.
»Trabanten des Schwedenkönigs!« antwortete Karl.
»Hm, dann müßt Ihr erst auf die Hauptwache.«
Während Karl dort wartend verweilte und mit seiner Begleitung, die ob des Empfanges unwillig war, plauderte, erschien General Flemming, der nach einem kurzen Blick auf die ›schwedischen Trabanten‹ stutzte, dann den Hut lüftete und sich tief verneigte: »Majestät!«
Dem Torwächter wurde angst und bange.
»Führt mich zum König von Sachsen!«
»Möchten Majestät nicht im Schlosse absteigen?«
»Führt mich zum König, wo er gerade ist.«
»Der König weilt im Zeughause.«
›Wenn ich dem König doch wenigstens Bescheid zukommen lassen könnte!‹ dachte Flemming.
Doch dazu ließ ihm der Schwede keine Zeit.
›Hoffentlich ist die Cosel nicht gerade bei ihm!‹ Doch dann durchzuckte Flemming ein anderer Gedanke:
›Jetzt wäre die Gelegenheit günstig ... Das würde ein tollkühner Sieg sein!‹
Karl schaute Flemming ins Gesicht.
Erriet er, was dieser erwog? An Mut hatte es dem Schwedenkönig wahrlich nicht gefehlt, als er sich mit so geringer Begleitung nach Dresden hineinwagte.
Sie ritten am Schlosse vorbei und kamen bald am Zeughause an. August der Starke zeigte gerade seiner geliebten Cosel, wie stark er war. Er rollte einen Zinnteller zusammen wie Backwerk und hob ein schweres Geschütz-

stück mit beiden Händen so leicht in die Höhe wie sonst Anna Konstanze, so daß sie lachte, als er das Geschützstück langsam herabließ.
»August immer noch der Starke! Mein August!«
Es pochte am Tor.
»Ich will nicht gestört sein!« rief der König. Wiederum pochte es. »In Dreiteufelsnamen: Herein!«
August schaute unwillig, als er die Eintretenden erblickte.
»Die sollen mich in Ruhe lassen!« knurrte er, schrak aber sogleich auf, und kaum, daß er den Gast erkannt hatte, umarmte ihn dieser auch schon:
»Guten Tag, mein Bruder!« – »Tag … Guten Tag!«
»Wir waren gerade in der Nähe, da wollten wir nicht verfehlen, Euch einen Besuch abzustatten. General Flemming war so freundlich, uns hierhin zu führen. Wir treffen Euch im Zeughaus an – habt Ihr schon wieder neue Pläne?«
»Nein – wir machten nur gerade einige Kraftübungen«, lächelte August.
Die Cosel trat an ihn heran: »Jetzt oder nie, verhafte den tollkühnen Besucher!«
Der Schwede verstand zwar nicht, was sie sagte; doch ihr Blick genügte ihm. Er begrüßte sie nicht. Das erschrockene Gesicht Augusts ließ ihn erkennen, was gespielt werden sollte.
Auge um Auge standen sich die beiden Könige gegenüber. Mit einem nicht mißzuverstehenden Zwinkern bedeutete der Gast, daß er die Gegenwart der Cosel nicht wünsche.
»Ich bin gekommen, Bruder, um mich von dir und deiner königlichen Familie zu verabschieden.«
Das war deutlich genug für die Mätresse.
Karl XII. war mit ganz anderen fertig geworden als mit solchen ›königlichen Weibern‹.
»Quittez nous, Madame!« (»Verlassen Sie uns, Madame!«) mußte August der Cosel unmißverständlich bedeuten.

Karl aber beachtete sie wiederum nicht, als sie mit gewohntem Hofknicks »ihren August« verließ.

*

Der schöne Herbsttag lockte die Einwohner auf die Straßen und Wälle.
»Der König von Schweden ist da!«
»Wo denn?«
»Im Schlosse!«
»Den möchte ich auch mal sehen!«
Es war für den ›Starken‹ schon eine peinliche halbe Stunde, da er den ›Bruder Besieger‹ ins Schloß führte und durch General Flemming die königliche Familie herbeirufen ließ.
Galant verneigte der Schwede sich vor Mutter und Gemahlin, ihnen ehrerbietig die Hände küssend. Auch der Kurprinz wurde ihm vorgestellt.
»Er wird wohl bald konfirmiert werden?«
»O ja!« erwiderte Eberhardine, sah sie in Karl XII. doch den Retter, wie einst die Vorfahren in Gustav Adolf.
»Damit hat es noch etwas Zeit, er wird ja erst elf Jahre!« sagte Vater August.
»Ich kam hierher, um mich von der königlichen Familie zu verabschieden.«
»Königliche Majestät reisen ab?«
»Wir verlassen Sachsen in den nächsten Tagen.«
Er wandte sich an August: »Machen wir noch einen Rundritt, mein Bruder?« – »Ich stehe ganz in Euren Diensten!«
Flemming ließ die Pferde satteln und blieb in gemessener Entfernung hinter dem königlichen Paar, als sie über die Wälle dem Tore zu ritten. Dreimal donnerten die Kanonen von den Wällen den königlichen Salut.
Bis Neudorf, eine halbe Meile von der Stadt entfernt, gab August seinem Gast das Geleit. Dort nahm er Abschied von ›Bruder‹ Karl.
»Auch das ist vorbei ... Ich will ihn nie wiedersehen!«
Sein Wunsch sollte in Erfüllung gehen. – – –

Die Freude und Überraschung im Schwedenlager war groß, als ihr König wieder heil und gesund bei ihnen war. Diese ›verwegene Visite‹ setzte bald darauf ganz Europa in Verwunderung.
König August aber hielt tags darauf eine große Beratung, das ›große conseil‹, ab. Spöttisch hieß es darüber:
»Ihr werdet sehen, daß sie heute beschließen, was sie gestern hätten tun sollen.«
Das Volk munkelte:
»Der König ist wieder zum Glauben der Väter zurückgekehrt.«
So aber hatte der nunmehr 37jährige nicht geträumt. Er hoffte dennoch, trotz des schmählichen Friedens von Altranstädt.
»Wir werden ihnen zeigen, daß Wir den Mut nicht verloren haben!«
Deshalb gab er den Befehl, das Vogelschießen, das schon immer ein Dresdener Volksfest gewesen war, in diesem Jahre auf den Elbwiesen besonders großartig zu feiern.
Er mischte sich unter das Volk und zeigte im Scheibenschießen, daß er noch ins Schwarze zu treffen verstand.
»Vivat! Vivat! Vivat!« riefen ihm trotz aller Kriegsschulden die Dresdener zu.
»34 876 583 Taler hatte die schwedische Invasion dem Churfürstentum Sachsen und den incorporirten Landen gekostet«, sagte nach einiger Zeit eine amtliche Zusammenstellung aus.
König August war gedemütigt, aber nicht gebrochen.

Kaum weniger kostspielig als alle anderen Interessen und Liebhabereien war die Bauleidenschaft des Kurfürsten. Die Bauwerke erfreuen die Nachfahren noch durch Jahrhunderte. Schon der Vater Augusts des Starken war der Architektur sehr zugetan gewesen und betraute Johann Georg Starcke als Nachfolger Klengels mit der Ausgestaltung der Residenz.
Starcke zierte Dresden mit dem Türkischen Palais und dem Reithaus, baute die Portale zwischen dem Großen und Kleinen Schloßhof, die Englische Treppe, den Wendelstein und das Grüne Tor. Das Komödienhaus seines Vorgängers gestaltete er und erweiterte es. Vor allem aber schuf er den Großen Garten für die sommerlichen Vergnügungen des kurfürstlichen Hofes. Die Einbeziehung der Landschaft in die Stadt ist eine unvergeßliche gartenkünstlerische Tat Starckes. Das inmitten dieser einzigartigen Anlage errichtete Lustschloß, der früheste Barockbau Kursachsens, wurde von ihm in selbständigem Stilgefühl geschaffen.
Seine Nachfolger waren Dietze und dann Matthäus Daniel Pöppelmann. Dieser hatte vom König den Auftrag für die Schloßplanung mit besonderer Gestaltung der Hofkapelle erhalten. Er gliederte die Kapelle als Gegenstück zum Theater in das System eines zweiten Hofes ein, der in der Tiefenachse vom Reithaus beherrscht wurde. Im Innern dachte er sich den viereckigen Raum von allen Seiten mit Emporen umgeben, die Königsloge dem Altar gegenüber.
Dann aber änderte Pöppelmann seinen Plan und gab der Kapelle einen würdigeren Platz, der sie bis in die Weite des Elbtales wirken lassen sollte. Von der Elbe aus wäre sie als das reichgeschmückte Schlußstück der sich weit nach dem Ostragehege erstreckenden Schloßanlage er-

schienen. Er zeichnete großzügig, indem er das Gotteshaus dem Theater überordnete, das in der Westecke geplant wurde.
Die Pläne lagen fertig da, aber das Geld fehlte dafür.

*

Der Statthalter von Fürstenberg legte dem König ein Bittgesuch vor:
»Es liegt schon etwas zurück, Majestät, aber bisher war noch keine Möglichkeit, darauf einzugehen.«
»Woher kommt es?«
»Von den Katholiken Dresdens.«
August las:
»Allerdurchlauchtigster Großmächtigster
König in Pohlen und Churfürst zu Sachsen.
Allergnädigster König, Churfürst und Herr,
Zu Ew. Königl. Majestät als unserem allergnädigsten Landes-Vater nehmen wir sämtlich allhier befindliche Catholische unsere allerunterthänigste Zuflucht, in allerunterthänigster Devotion Fuß fällig bittende, daß Ew. Königl. Majestät allergnädigst geruhen wollen, uns allergnädigst Urlaub zu geben, daß nachdem in deren hiesigen Kayserlichen Capelle zu Abwartung unseres Gottes-Dienstes so schlecht commodiret ist und der geringste Theil von uns zu Anhörung der heyligen Messe in solch kleines Zimmer kommen kann, wir von unseren eigenen Mitteln einig Haus allhier in der Stadt, darinnen wir unseren Gottes-Dienst füglicher und bequemer halten könnten, kaufen dürften, vor welche erlangte königliche Gnade wir lebenslang in allerunterthänigster Devotion verharren

Ew. Königliche Majestät allerunterthänigste
gehorsame
sämtliche catholische Gemeinde.«

»Meine Glaubensbrüder bitten mich viermal ›allerunterthänigst‹, da muß der König wohl ›allergnädigst‹ sein und nach einem gangbaren Weg suchen.«

»Sie scheuen sich nicht mehr, offen von ihrem Besuch der kaiserlichen Gesandtschaftskapelle zu sprechen«, sagte Fürstenberg.

»Pater Vota soll kommen!«

Nach Erscheinen des greisen Priesters reichte der König ihm den Brief, während sich der Statthalter auf einen Wink Augusts zurückzog.

»Den habt Ihr wohl veranlaßt, Hochwürden?«

»Nein – den haben die Katholiken selbst miteinander aufgesetzt.«

»Das sehe ich am Stil des Briefes.«

»Zehn Jahre sind Ew. Königliche Majestät schon katholisch. Da wäre eine Hilfe wohl vonnöten für die stark angewachsene Gemeinde.«

»Ich weiß, Hochwürden, ich möchte auch gern helfen, aber wie?«

»Die Gläubigen wollen aus eigenen Mitteln eine Kapelle bauen, Majestät.«

»Ich weiß, es ist rührend. Nur fürchte ich, daß die Kapelle nicht nur zu armselig sein, sondern dazu auch noch unnötigen Sturm hervorrufen wird. Ich habe versprochen, daß der Übertritt nur für mich persönlich erfolgt ist und keine weiteren Änderungen zur Folge hat.«

Pater Vota wollte schon sagen: ›Und der Kurprinz?‹, doch er beherrschte sich. ›Vielleicht weiß der König einen Ausweg, der besser ist, als daß die immer noch unerlaubte Gemeinde sich selbst ein Haus kauft und umbaut.‹ Wer würde auch einem Katholiken dafür ein Haus verkaufen? Ein Protestant müßte dies doch für sie tun.

»Ew. Majestät wissen vielleicht einen besseren Weg?«

»Ich habe oft darüber nachgedacht … Ich habe meine Baumeister Dietze und Pöppelmann beauftragt, Pläne für einen Schloßneubau zu entwerfen und darin der Hofkapelle einen geräumigen und würdigen Platz zu geben …

Schaut her, Hochwürden, was Pöppelmann entworfen hat … Der Plan gefällt Uns gut … aber …«
»Ich weiß, Majestät … die Zeitläufte … der verlorene Krieg.«
»Das auch … aber Uns gefällt der Plan trotzdem nicht ganz … Wir hoffen auf Größeres, Hochwürden.«
»Dann werden wir wohl noch lange warten müssen, Majestät.« – »Nein, eben nicht.«
Pater Vota wurde stutzig: Der König kann nicht und will doch?
»Wir möchten Sr. Heiligkeit einen Beweis Unserer unverbrüchlichen Treue zur katholischen Kirche geben, möchten aber auch der katholischen Gemeinde helfen. Hochwürden wissen vielleicht nicht, daß Beschwerden des Oberkonsistoriums vorliegen über die Gesandtschaftskapelle. Hier steht:
… einige actus ministeriales – soll wohl heißen Seelsorgstätigkeit – ferner zu exerciren, als in hiesigem Orth und Landen keineswegs befugt, gänzlich enthalten möge.«
»Das wird immer so bleiben, Majestät.«
»Wir tun, was Wir können. Wir haben den Prediger Philippi absetzen und verjagen lassen, aber Wir wollen auch nicht mehr Schwierigkeiten als notwendig von allen Seiten aufkommen lassen. Seht hier den Bericht von Freiberg.«
»… in einer Privatwohnung für 180 katholische Soldaten aus Bayern … diensttuend im Fürstenbergischen Dragonerregiment … am Osterdienstag papistische Messe gefeiert.«
»Wir haben die Angelegenheit untersuchen lassen, Hochwürden.«
»Was kam dabei heraus, Majestät?«
»Ursprünglich wollten diese Soldaten nach Böhmen ziehen, um dort in einer Klosterkirche der Erfüllung ihrer Oberpflicht zu genügen. Da aber dem Major ihrer zu viele schienen und das Kloster zu weit entfernt war, ließ er aus Ossegg den Zisterzienserpater Wenzel kommen, der

im Quartier des katholischen Generals Obenaus die Beichten hörte und die Messe feierte.«
»Ein furchtbares Verbrechen, Majestät!«
»Das nicht, aber wir haben mit Verleumdungen zu rechnen. Ihr wißt ja davon und kennt sie.«
»Jawohl, Majestät hätten einem Hund einen Rosenkranz an den Schwanz gebunden, weil ein gewisser Pater Vota königliche Majestät zum Messebesuch gemahnt hatte.«
Der Priester sagte es ruhig, doch mit sehr erbittertem Gesicht.
»Es ist nichts so verrückt, es wird geglaubt und schadet Uns und Euch.«
»Ich bin an allerlei Jesuitenfabeln gewöhnt; die werden nicht aufhören, da der Herr schon seinen Aposteln gesagt hat, daß man allerlei Fälschliches wider sie sagen würde.«
»Das schlimmste Gerücht aber behauptet, Wir wären zusammen mit dem Schwedenkönig wieder zum lutherischen Abendmahl gegangen. Ihr könntet das Gegenteil bezeugen, Hochwürden; aber lieber ist es Uns, Ihr bewahrt Eure Zurückhaltung. Wir werden selbst den Gerüchtemachern antworten.«
»Wir sind Ew. Majestät stets für das öffentliche Bekenntnis zum katholischen Glauben dankbar gewesen.«
»Und werdet auch allen Grund haben, in Uns einen allergnädigsten Herrn zu sehen.«
Der König lächelte, als er fortfuhr: »Wir werden Euch die zukünftige Hofkapelle zeigen. Wir haben für elf Uhr eine Besichtigung derselben anberaumt. Sie muß noch umgebaut werden, und Wir selbst werden den Umbau leiten.«
»Das verstehen Ew. Majestät ausgezeichnet. Ich bin gespannt auf die erste Hofkirche in Dresden.« Es klopfte.
»Majestät, es wartet draußen der Architekt Leplat.«
»Wir kommen.«
Sie stiegen hinab und gingen durch das Haupttor im Hausmannsturm auf den großen Schloßhof. Der als Innenarchitekt bekannte Raymund Leplat schritt zur Lin-

ken des Königs, der nun auf die Schauseite des ›Großen Hauses‹ mit seinen zahlreichen Giebeln hinwies:
»Die Sgraffitos stammen von Francesco Riochino und Gabriel da Thola.«
Dann stiegen sie zum Altan hinauf und standen bald am Zugang zum umgebauten ›Komödienhaus‹.
»Will mich der König ins Theater führen? Nie habe ich einer Aufführung im Komödienhaus beigewohnt. Das ziemt sich nicht für einen Ordensmann.«
Statt einer Antwort lächelte August nur und schritt rasch weiter. An der Südwestecke war das von Klengel erbaute Komödienhaus mit dem ›Großen Haus‹ des Schlosses verbunden, so daß die königliche Loge von hier aus erreicht werden konnte. Sie betraten dieselbe, und Pater Vota schaute auf das Proszenium, wie es Starcke 1691 errichtet hatte. Er erschrak bis ins Innerste und mußte sich an der Brüstung festhalten:
›Will der König diese Komödienbühne zum Altarraum machen? Soll es also heißen: der König spielt Komödie mit seinem Glauben?‹ dachte der alte Priester.
Posaunenblasende Engel – ach nein, es waren Göttinnen, das kursächsische Wappen haltend. Allegorische heidnische Figuren standen vor dem buntbemalten Theatervorhang, auf dem Pater Vota eine Felsenbrücke erkannte. Er schaute zum Deckengemälde auf: dort waren auch nicht gerade Heilige zu sehen, sondern halbbekleidete Frauen und wild jagende Rosse wirbelten oben durcheinander.
Der Zuschauerraum mit seinen vier übereinanderliegenden Rängen verlief im langgezogenen Halbrund fast bis zum Gitter vor der tiefen Bühne.
»Es ist das früheste feste Theater im Norden des Reiches, Leplat, von Klengel in Pirnaer Sandstein erbaut.«
»Die Ränge stammen wohl aus dem Umbau von Starcke?«
Pater Vota sah, daß der Raum viele Menschen fassen konnte. »Der Gedanke gefällt Euch wohl nicht, Hochwürden?« fragte lächelnd der König.

»Noch nicht, Majestät.«
»Das glauben Wir, Hochwürden, aber Leplat wird das Seinige tun, nach Unseren eigenen Entwürfen ein würdiges Gotteshaus aus diesem Raum zu gestalten. Ihr kennt Unsere Vorschläge.«
Wie aus diesem Komödienhaus eine königliche Hofkirche werden sollte, das konnte sich Pater Vota beim besten Willen noch nicht vorstellen.
Er hatte auf eine freistehende Kirche gehofft, auf einen repräsentativen Bau inmitten der bedeutenden Residenzstadt Dresden.
›Der verlorene Krieg hat alle meine Hoffnungen zunichte gemacht‹, dachte er schmerzlich bewegt.
Sein Traum von einem hohen Turm und einer weiten Kuppel war ausgeträumt. Ihm war aufgegeben, alles so zu nehmen, wie es die göttliche Vorsehung schickte. Der König pflegte unter seine Baupläne sein »Fiat!« zu dem so merkwürdigen Bauvorhaben zu sprechen.
›So abseits liegt das Haus, und jedermann wird an die ›Komödien‹ denken, die er hier erlebt hat, an die Hofdamen in ihrer dekolletierten Kleidung, an heidnische Götterszenen ... Und ausgerechnet hier soll Christus zu Ostern Auferstehung inmitten seiner Kirche feiern? ... Aber es geschehe in allem dein heiliger Wille, mein Gott! Wenn du in einem Stall begonnen hast, Herr, dann will auch ich in dieser Komödienkirche beginnen!«
Wie hätte er ahnen sollen, daß noch zwei Jahrhunderte nach ihm Priester in der Diaspora in viel armseligeren Theatern, in Scheunen, Fabrikgebäuden beginnen mußten! Kein Haus, das voll Glorie beherrschend in das weite Land schaute, sollte ihnen zur Verfügung stehen, sondern vielmehr Hinterhäuser, wie auch dieses Komödienhaus hinter dem Schloß wahrlich nicht im Mittelpunkt der Stadt stand.
O bittere Glaubensspaltung! Welche Mühsale müssen deinetwegen in Zukunft alle Priester auf sich nehmen, da sie

kein Gotteshaus zu eigen haben! Und doch sind die meisten Kirchen im Lande von katholischen Vorfahren erbaut worden; die Marien-, Johannes- und anderen Heiligen einst geweihten Kirchen künden davon.
Pater Vota kostete den Schmerz in dieser Stunde voraus und vermochte nicht zu jubeln. Er konnte nur das Kreuz in Gestalt dieser ›Komödienkirche‹ annehmen. Das mutete der Herrgott seiner Kirche zu, die er doch auf einem hochragenden Felsen bauen wollte. »Ist nicht jeder größere Ort in meiner italienischen Heimat besser daran als Dresden, wo der König nun endlich ›die katholische Hofkirche‹ erstehen lassen will?« Leplat erläuterte dem König seine Pläne: »Dieser Bau eignet sich gut für eine Kapelle, Majestät.«
›Spricht er nicht wie all die anderen Schmeichler?‹ dachte Pater Vota. ›Einfach unmöglich, Majestät! Tun Ew. Majestät das dem Herrgott nicht an!‹ Er wollte es sagen, schwieg aber doch und hörte Leplat zu:
»Dieser Raum soll in seiner östlichen schmalen Seite in einer Nische für den Hochaltar endigen. Vor der nördlichen Nische des Altarplatzes soll die Kanzel stehen.«
»Die mag Permoser einmal schön gestalten!« warf August betont ein.
»Ich denke mir die Ausstattung mit kanellierten Pilastern und Säulen, geziert mit Kapitälen. In der Anordnung keineswegs überladen«, sagte Leplat mit Nachdruck, dabei Pater Vota anschauend.
»Den Hauptaltar denke ich mir in Marmor«, meinte der König, »in der Höhe mit einer strahlenden Sonne und einem darüber schwebenden gekrönten Baldachin geziert.«
»An den Seiten die Nebenaltäre mit guten Bildern italienischer Schule.«
Wieder eine Trostpille für den bedrückten alten Pater.
»Im Mittelgang geteilte Plätze und um den Hauptaltar einen Umgang.«

»Das ist wichtig für die eucharistische Prozession, Majestät!« war das erste Wort, das Pater Vota einfügte.
»Wo sollen die königliche Hofkapelle und die Kapellmusiker ihren Platz haben?« fragte August.
»An der westlichen Seite. Dort wird das Orgelchor vorgebaut werden, während die Hoftrompeter und Pauker ihren Platz dort in der ersten Halle der nördlichen Empore erhalten.«
»Gut so, Leplat!«
»Und wo der Taufstein?«
»In der nördlichen Nische des Altarplatzes, Hochwürden.«
»Und die Beichtstühle?«
An diese hatte der Baumeister noch nicht gedacht, aber er wußte sofort eine Lösung:
»Hinter dem Hochaltar sowie in den beiden Seitennischen vor demselben.«
»Wenn das nur nicht den Gottesdienst stört!«
»Wird denn auch während des Gottesdienstes Beichte gehört?«
»Wenn großer Andrang ist, müssen wir damit rechnen.«
Der König fragte schnell nach dem Betstübchen für den königlichen Hof.
»Vier Oratorienstübchen sind in gleicher Höhe mit der Empore vorgesehen, zu beiden Seiten in der Altarraumrundung, so daß Ew. Majestät bequem durch die Verbindung vom Schloß Zugang haben.«
»Und die sonstige Innenausstattung?«
»Auf die Malerei werden wir wohl wegen der Kürze der Zeit einstweilen verzichten müssen und sie auf später verschieben.«
Pater Vota schaute noch einmal zur Decke empor. Er wußte wirklich nicht, wie er diese allegorischen Gestalten der Gemeinde biblisch deuten sollte.
»Die Wände könnten mit roten Samttapeten ausgeschmückt werden«, sagte der König zur Beruhigung.

»Wir erwarten von Euch, Leplat, daß Ihr die katholische Hofkapelle trotz der Kürze der Zeit so schön wie möglich umgestaltet. Ihr werdet bei Uns alle Unterstützung finden.«
»Es wird zu Ew. Majestät allerhöchster Zufriedenheit ausgeführt werden.«
»Wir überwachen den Umbau in allem persönlich.«
Mehr konnte Pater Vota unter diesen Umständen nicht erwarten.

*

Weihnachten feierte König August wieder ›hochoffiziell‹ in Moritzburg und nahm an den Metten, dem liturgischen mitternächtlichen Chorgebet, an den beiden Hochämtern zu Mitternacht und am Morgen teil. Das war seine Antwort auf das Gerücht, er habe zusammen mit dem Schwedenkönig das Abendmahl genommen.
Pater Vota hatte in den vergangenen zehn Jahren viele frühere Vorurteile des Königs gegen die römische Kirche überwinden können; Vorurteile, die manche seiner Untertanen immer noch hegten.
»Jede Heimkehr zur Mutter Kirche befremdet die anderen.« »Das war bei Saulus-Paulus so und wird immer so bleiben, Majestät.«
»Wie kommt das, Hochwürden?«
»Wie es von Christus heißt: ›In eurer Mitte steht der, den ihr nicht kennt‹, so ist es auch bei seiner Kirche. Sie muß dasselbe durchstehen, was ihr Meister durchgestanden hat.«
»Unser Großvater schon wollte katholisch werden.«
»Ich weiß, Majestät.«
»Obwohl Wir in katholischen Ländern waren, haben Wir die Kirche oft falsch gesehen.«
»Die Schriften über Konversionen zeigen immer wieder, daß sie Bekenntnisse der früheren Unwissenheit sind.«
»Das haben Wir bei Unserem Vetter erlebt, Hochwürden.«

»Viele kennen die katholische Glaubenslehre nicht. Daher kommt es, daß bei jeder Konversion dieselbe Reaktion eintritt und die Umgebung fragt: ›Wie ist es nur möglich, daß dieser sonst so vernünftige Mensch diese Dogmen annehmen kann?‹ Man redet von allerlei Dingen, die mit der katholischen Lehre überhaupt nichts zu tun haben, und unterstellt Motive, die dann als wahre Gründe weitererzählt werden.«
»Wir wissen, was alles über uns geredet wurde. Wir geben ehrlich zu, daß das Streben, König von Polen zu werden, der stärkste Antrieb zu Unserer Konversion war. Aber Wir haben nun zehn Jahre hindurch Gelegenheit gehabt, die katholische Religion kennenzulernen, Uns an den Gottesdiensten zu erbauen ... Freilich sind Wir noch weit davon entfernt, ein vorbildlicher Katholik zu sein, das brauchen Wir Unserem Beichtvater wahrlich nicht zu beteuern. Das Fleisch gelüstet wider den Geist, und der Herrgott möge Uns armen Sünder einmal gnädig sein. Doch wie wenige denken über die katholische Kirche nach und lesen Bücher darüber.«
»Catholica non leguntur, sagt ein altes Sprichwort, Majestät.« (»Katholisches wird nicht gelesen.«)
»Der König hat Verrat geübt am Glauben der Väter, wird Uns nachgeredet.«
»Aber nicht am Glauben der älteren Vorfahren bis Herzog Georg dem Bärtigen.«
»Ich weiß es, Hochwürden.«
»Konversion heißt Rückkehr zum Glauben der Vorväter, zum Glauben der Kirchenväter, zum Glauben der Urchristenheit ... Wenn doch alle evangelischen Christen Matthäus 16,18 mehr beachten würden!«
»Was steht da?«
»Du bist Petrus, und auf diesen Felsen will ich meine Kirche bauen, und die Pforten der Hölle werden sie nicht überwältigen. Dir will ich die Schlüssel des Himmelreiches geben. Was immer du auf Erden binden wirst, wird

im Himmel gebunden sein, und was du auf Erden lösen wirst, wird im Himmel gelöst sein.«

»Was besagt diese Stelle, Pater Vota? Ich hörte davon von meinem lieben Vetter in Wien, aber erklärt es mir bitte nochmals.«

»So machte Jesus Petrus zum Felsenfundament seiner künftigen Kirche und zum Träger der Binde- und Lösegewalt – wie es Matthäus 16,18–19 niederschrieb –, zu seinem Stellvertreter, damit die Kirche nach seiner Himmelfahrt nicht ohne Vollmacht bleibt. Alle Apostel bekommen den Aussendungsbefehl: ›Wie mich der Vater gesandt hat, so sende ich euch!‹; aber erst, nachdem Petrus bestellt war, also in Unterordnung unter diesen. Nach der Auferstehung des Herrn wird diese Verheißung des Oberhirtenamtes wirksame Gegenwart, wie es beim Evangelisten Johannes 21,15 heißt: ›Weide meine Lämmer, weide meine Schafe!‹ So wird die Kirche bis zum Jüngsten Tage von den Nachfolgern Petri in Rom, den Päpsten, geleitet sein.«

Pater Vota machte eine kurze Pause, um noch zu Sagendes zu bedenken, dann fuhr er fort:

»Wenn unsere andersgläubigen Brüder doch weniger aus dem Protest leben würden. Protest ist keine Lebensgrundhaltung. Sie protestieren gegen die Päpste und kennen sie nicht, vielleicht gerade die fünf oder sechs, die unwürdig die Tiara getragen haben. Von den heiligen Päpsten aber wissen sie nichts, auch nichts von Hadrian VI., dem Niederländer, der zu Nürnberg in aller Öffentlichkeit die große Schuld des römischen Hofes bekannt hat. Majestät sollten einmal das Leben und Wirken Herzog Georgs des Bärtigen aus den Akten studieren und dann danebenhalten, wie unter seinem Bruder hierzulande die Reformation ›eingeführt‹ wurde. Das war alles andere als tolerant. Wer Ew. Majestät einen Vorwurf macht, der sollte bedenken, wie rücksichtslos damals alles Katholische hier zum Aussterben verurteilt war.«

»Ich mag das Polemisieren der Geistlichen nicht, Pater Vota.«
»Ich auch nicht, und Ew. Majestät haben, glaube ich, keinen Grund, mich der Unklugheit zu zeihen.«
»Keineswegs, sonst wären Hochwürden ja nicht so lange mein Beichtvater und Ratgeber gewesen.«
»Eines hat die unglückselige Glaubensspaltung leider erreicht, nämlich die in allen protestantischen Landen bestehende Abneigung gegen Rom. Darum wollen und können sie die katholische Kirche nicht kennenlernen und lehnen jede Untersuchung derselben ab. So wird unsere heilige Kirche im Vorurteil verkannt. In demselben Augenblick jedoch, wo man aufhört, sie zu verleumden, fängt man an, auf sie zu hören.«
»In demselben Augenblick, wo man versucht, ihr gerecht zu werden, fängt man an, sie zu lieben!« sprach mit Nachdruck der König.
»Wir müssen mehr beten und opfern, Majestät. Kontroverspredigten helfen kaum. Letzten Endes ist jeder Schritt auf die katholische Kirche hin eine unverdiente Gnade Gottes.«
»Wer mag wohl für Uns gebetet haben, Hochwürden?«
»Wer vermag das zu sagen … Vielleicht im Himmel Herzog Georg der Bärtige.«
»Betet Ihr für Uns, Pater Vota!«
»Das tue ich Tag für Tag, Majestät!«
»Und für Unseren Sohn, den Kurprinzen!«
»Das bleibt unsere vornehmste Seelsorge! Aber das Gebet der Eltern baut den Kindern Häuser.«
»Auch das Gebet Ihrer Majestät, die um den Glauben des Sohnes bangt?« fragte der König.
»Auch das Gebet Ihrer Majestät der Königin kommt bei Gott an. Wie er es erfüllen wird, ist Geheimnis der göttlichen Vorsehung.«
Der König seufzt: »Es wird nicht leicht sein.«
»Gottes Wege zu gehen war noch nie leicht.«
»Hochwürden sind ein Ratgeber, der nicht schmeichelt.«

»Dazu mahnt schon Sankt Paulus, da er schreibt: ›Halte an mit der Wahrheit, sie sei gelegen oder ungelegen.‹«

»Pater Vota, Wir bitten Euch immer um die offene Wahrheit.«

»Was kann ich Greis, der fast mit beiden Füßen schon im Grabe steht, anderes tun ... Ich bitte nur Ew. Majestät auch um das königliche Gebet.«

»Unser Gebet ... Unser unwürdiges Gebet ..., das wird wenig nützen.«

»Das wissen Ew. Majestät nicht. Nochmals bitte ich ergebenst darum!«

»Fiat! Augustus Rex!« bestätige lächelnd der König.

*

Am 13. Februar 1708 schrieb August der Starke an Papst Klemens XI. in italienischer Sprache einen Brief, in dem er ihm die Errichtung eines öffentlichen katholischen Gotteshauses in Dresden ankündigte. Rasch flogen seine flotten Schriftzüge über das Papier:

»... Demnach bestimmte ich auch sogleich und schenkte die schöne und kurfürstliche Kapelle zu Moritzburg mit allen ihren Möbeln und Schmuck den Katholiken und setzte zugleich dem sie versehenden Priester Johann Christian Paldam, der mir von Kardinal Paolucci hierfür empfohlen worden war, ein Jahresgehalt von vierhundert römischen Talern aus, die dieser noch gegenwärtig bezieht ... Gegenwärtig nun, Heiliger Vater, wo die schwedischen Waffen nach einem jahrelangen Aufenthalte und nach einer Erpressung von zwanzig Millionen römischen Talern meine Provinzen mehr mit den Füßen als mit dem Auge und mit dem Herzen geräumt haben, wage ich es, gestützt auf den Beistand Gottes und im Vertrauen auf die wirksame Macht meiner persönlichen Gegenwart, in dieser meiner Hauptstadt eine öffentliche Kirche zu eröffnen, die mehrere tausend Menschen fassen kann und früher ein prächtiges und geräumiges Theater war, wo die Eitelkei-

ten der Welt ihren Sitz hatten. Mit Eifer wird an ihrem Aufbau und an den ihr zugehörigen Gebäuden gearbeitet, so zwar, daß schon am künftigen Osterfeste die Priester meiner Hofkapelle in ihr das heilige Meßopfer werden darbringen können. Sie grenzt an meine Gemächer an und wird in mehreren öffentlichen Eingängen dem katholischen Publikum offenstehen. Dieser Tempel wird ferner nach meinen eigenen und von mir entworfenen Zeichnungen, welche ich mich Ew. Heiligkeit einzusenden beehren werde, ausgeschmückt. Ebenso werde ich ihn mit allem Nötigen für mehrere Altäre versehen. Ich habe ferner zu dessen Dienste sechs Kapläne, ebenso viele Kleriker, einen Kapellmeister und Sänger, die sämtliche meine Hofkapelle bilden werden und denen ein Obervorsteher und Großalmosenier vorgesetzt sein wird, bestimmt; allen diesen habe ich gleichfalls bereits ein ansehnliches Jahresgehalt angewiesen. Doch ich werde es nicht etwa bei dieser Hauptkirche allein bewenden lassen, mein fester Vorsatz ist, das Aufblühen der katholischen Religion unter dem Schutze Ew. Heiligkeit in allen meinen Staaten wieder zu fördern. Diese Mutter soll in kurzem noch viele Töchter erhalten, wenn der Herr nur meine Bemühungen segnet. Ich hoffe, Ew. Heiligkeit werden meine königliche Hofkapelle mit den gewöhnlichen Vorzügen, deren sich die königlichen Hofkapellen erfreuen, sowie mit dem Leibe eines Heiligen als Schutzpatron der Kirche und meiner ihr angrenzenden Residenz bereichern. Und hiermit beuge ich mein Haupt in tiefer Ehrfurcht, um den väterlichen Segen Ew. Heiligkeit zu empfangen.«
Das Oberkonsistorium bekam diesen Brief nicht zu lesen.

*

Elf Tage später, am 24. Februar 1708, gebar die Gräfin Cosel dem König eine Tochter. Sie ließ sich ihre Enttäuschung, daß es nur ein Mädchen war, nicht anmerken. Allzugern hätte sie ihm einen »Prinzen« geschenkt.

Es war das fünfte außereheliche Kind, das August anerkannte, nach:
1696 Moritz Graf von Sachsen – von der Königsmarck
1702 Friedrich August Graf Rutowski – von der Fatime
1704 Johann Georg Chevallier de Saxe – von der Lubomirska
1706 Katharina – von der Fatime, die er im Kriege erbeutet hatte und mit einem Hofbeamten, namens Spiegel, zu verheiraten und dann zu adeln, gedachte.
»Wie soll unser Kind heißen, Konstanze?«
»Wie du!«
»Wie ich? Es ist doch ein Mädchen. Da wird es doch am besten nach der Mutter benannt: Konstantia!«
»Ich möchte aber, daß unser Kind deinen Namen trägt. Du weißt, warum.«
Sie dachte an das Eheversprechen.
»Also gut! – Das Kind wird unser beider Namen tragen: Auguste-Konstantia.«
So wurde es auch feierlich in Gegenwart der Hofgesellschaft nach lutherischem Ritus getauft.
Weder dem Geistlichen noch dem Oberkonsistorium war wohl dabei.

*

Der Umbau des Komödienhauses zu einer eigenen katholischen Hofkirche genügte, mit den schärfsten Protesten des Oberkonsistoriums zu rechnen.
Deshalb drängte Pater Vota darauf, den Eröffnungsgottesdienst auf den ›Grünen Donnerstag‹ vorzuverlegen.
Dieser sollte der eigentliche Auferstehungstag der katholischen Kirche in Sachsen werden: der 5. April 1708.
Noch sehr viel war vorzubereiten, daß alles würdig verlief.

*

Der König selbst hatte die Sorge für die Innenarchitektur des Gotteshauses übernommen; aber es blieben noch so viele unschöne Stellen, daß reichlich rotsamtne Wandtep-

piche, genannt ›Tapeten‹, besorgt werden mußten, um in so kurzer Zeit alles einigermaßen dem hohen Zweck einer Wohnstatt des Herrn entsprechend herzurichten. Herrliche Kronleuchter mit unzähligen Kerzen sollten einen ›zauberhaften Anblick‹ geben. Doch das Notwendigste, der Altar, fehlte noch. Pater Vota mußte sich persönlich um ihn bemühen. Er suchte im ganzen Schloß, stieg auf die Dachböden, fand aber nichts. Bis ihm jemand sagte:
»Im Frau-Mutter-Haus steht ein Altar und so etwas wie eine Kanzel.«
Es war so, wie ihm berichtet worden war: in der dort vor mehr als hundert Jahren errichteten Privatkapelle stand beides unbenutzt herum.
»Ich werde den König darum bitten!«
Allergnädigst wurde es gestattet, war es August doch peinlich, daß weder Altar noch Kanzel, wie ursprünglich vorgesehen, fertiggestellt worden waren.
So sehr prunkvoll war also der Anfang nicht. Auch die notwendigen Paramente mußte der nimmermüde alte Priester aus der königlichen Privatkapelle und sonstwo entnehmen sowie manches andere von den Mitbrüdern in den Gesandtschaftskapellen erbitten. Die eigene Ausstattung der katholischen Hofkirche ging nur sehr langsam vonstatten.
Auf die Liste der noch zu beschaffenden ›höchst nötigen Sachen‹ schrieb er:
»Sechs Leuchter, ein Speisekelch, eine silberne Krankenpatene, ein Rauchfaß samt Schiffchen, ein paar Meßkännchen, ein schwarzes, ein grünes, ein violettes Meßgewand, Ministrantenröcke, Chorhemden; ja sogar Sakristeihandtücher fehlen.«
»Das kann erst für 1709 vorgesehen werden«, hieß es in der Kanzleistube. »Die bisher vorgesehenen Gelder sind restlos verbraucht.«
Die heiligen Öle mußten auch noch beschafft werden, um das Taufwasser zu weihen. Ob der König am Gründon-

nerstag einen reitenden Boten nach Mariaschein senden würde? Zu Fuß benötigte man drei Tage und käme nicht rechtzeitig zur Karsamstagsliturgie nach Dresden zurück. Ein richtiger Taufstein war ebenfalls noch nicht vorhanden; eine silberne Schüssel mußte vorläufig genügen.

*

Die kommenden Festtagsgottesdienste der heiligen Woche sollten möglichst nach dem Vorbild der Gottesdienste in der Sixtinischen Kapelle zu Rom vor sich gehen, war der zwar großzügige, aber leider von keiner liturgischen Sachkenntnis zeugende Wunsch Augusts.
Die Freude der Katholiken am Hofe und in der Stadt über das katholische Gotteshaus war groß, oftmals zu groß, so daß sie die Vorsicht, die der König noch walten lassen mußte, nicht beachteten und ihrer Freude allzusehr Ausdruck nach außen hin gaben.
Auch standen sie oft, zusammen mit Neugierigen, vor dem Haupteingang an der rechten Seite, dem Prinzenhaus gegenüber, und versuchten hineinzuschauen, denn der Umbau war Anfang der Karwoche in der Hauptsache beendet worden. Doch die Tür blieb bis zum Tage der Eröffnungsfeier verschlossen. Nur einige Frauen der Gemeinde waren noch mit dem Reinigen der Kirche beschäftigt.

*

In der Nacht zum Gründonnerstag wartete Pater Vota in der Schloßkapelle betend und sinnend auf sein armseliges königliches Beichtkind.
Der alte Priester dachte an seine Studienzeit, wie der gute Pater Professor in seinen Moralvorlesungen über diese Kapitel des sechsten Gebotes Vorlesungen gehalten hatte. Wohl über Konkubinat und Prostitution, über all die menschlichen Armseligkeiten infolge der Erbsünde; aber über die anerkannten Nebenfrauen im Hofzeremoniell

der Renaissance- und Barockfürsten, darüber hatte er – Pater Vota – nichts gehört und nichts Gedrucktes gefunden. Und dabei war es eine Wirklichkeit, mit der sich jeder Hofbeichtvater von Sizilien bis Versailles, von Venedig bis nach Dresden und Warschau auseinanderzusetzen, ja schließlich abzufinden hatte.
»Darum will ich, Herr, den glimmenden Docht in August dem Starken auch nicht auslöschen, will das geknickte Rohr nicht zertreten. Sondern Tag für Tag will ich den Funken unter der Asche suchen und anzublasen versuchen. Vielleicht wird doch noch einmal ein Flämmchen daraus!«
Während der greise Priester noch betete, trat endlich der König ein und stammelte sein Bekenntnis.
Pater Vota hatte sich den Zuspruch an sein königliches Beichtkind schon zurechtgelegt:
»Betrachten Ew. Majestät das Versagen der von Gott eingesetzten Könige:
Saul ertrug die Schwermut nicht, Ew. Majestät leiden auch unter der Schwermut, sonst würden Majestät nicht sosehr das Opium der Betäubung suchen. Saul ertrug auch die Niederlage nicht. Gott der Herr aber hat Ew. Majestät die Niederlage zugedacht, nicht, daß Majestät verzweifeln, sondern um sich demütig an seiner Hand aufzurichten.
Majestät werden nicht mehr Macht in den Händen halten, als Gott Ew. Majestät zuteilt, und für so lange, wie er will. David ertrug seine Macht nicht, obwohl er doch viele schwere Kämpfe darum bestand. Lesen Ew. Majestät einmal die Psalmen Nr. 50, Nr. 59, Nr. 89. König David glaubte, mit seiner Macht schalten und walten zu können, wie er wollte, und nahm sich Betsabe, des Urias Frau.
Die schäbigste Tat eines Königs, sich mit der Frau eines an der Front stehenden Offiziers einzulassen und dann den Beraubten dorthin zu senden, wo er den sicheren Tod finden würde.

David war König, aber er war der allerschäbigste König geworden. Nur ein Prophet Natan konnte ihm von Gott her den Spiegel vorhalten, daß er sich in seiner majestätischen Nichtswürdigkeit erkannte.
Salomo wird vom Herrn gekennzeichnet mit den Worten: ›In all seiner Pracht und Herrlichkeit‹.
Er durfte der Träger göttlicher Weisheit sein, daß die Königin von Saba von weither zu ihm kam.
Er durfte Psalmen und das Hohelied der Liebe dichten.
Er durfte dem Herrn den prachtvollen Tempel bauen.
Das Ende vom Liede?
Er ertrug das königliche Gnadentum Gottes nicht. Er verschrieb sich der Welt, wurde Götzenanbeter und huldigte dem heidnischen Sinnlichkeitskult.
Ew. Majestät mögen selbst den Vergleich ziehen.
Betrachten Majestät zur Buße betend den Gegeißelten und bedenken die drei königlichen Versager, von denen nur einer, König David, den Weg zur Umkehr und Gnade fand.«
»Ich danke!«
Pater Vota erhob seine Rechte zur Lossprechung. –
Er wußte, daß seine Worte nicht viel ›nützen‹ würden. Mehr als Augenblickserfolge durfte er bei diesem Dresdener Hofleben nicht erwarten.
Pater Vota betete für sein Beichtkind:
»Der Du für ihn und für uns gegeißelt worden bist!«
Es läutete keine Glocke, als am Morgen des 5. April 1708 die ›Eröffnungsfeier‹ wie vorgesehen begann. Es wurde keine Konsekration vorgenommen, denn sie konnte nur ein Bischof in einer langwährenden Zeremonie vornehmen.
Eine ›Benediktion‹ oder ›Einsegnung‹ war diese Vorfeier, eine bescheidene Inbesitznahme der ›Theaterkirche‹, die später einmal ebenso wieder in einen weltlichen Raum verwandelt werden konnte, wenn in – vorläufig allerdings noch unabsehbarer – Zukunft ein festes Gotteshaus errichtet würde.

Dieses ›Provisorium‹ war dennoch in seiner Geräumigkeit und ›königlichen Ausstattung‹ ein den Verhältnissen entsprechender »großer Anfang«, wie der König betonte. Von einer ›Sixtinischen Kapelle‹ aber konnte keine Rede sein, obwohl Leplat sein Bestes getan hatte.
Für den Hof war Teilnahme in größter Form vorgeschrieben. Die katholischen Gemeinden erschienen mit ihrem Personal, und durch das geöffnete Portal strömten die Katholiken Dresdens und der verschiedensten Nationen herein. Auch Protestanten hatten sich eingefunden, um aus Neugierde einem katholischen Gottesdienst in der ›Hofkirche‹ beizuwohnen; denn die königliche Hofkapelle und die Sänger sollten etwas ganz Besonderes ›zur Aufführung‹ bringen, wie es in der gewohnten Theatersprache hieß.
Und es war schon ›große Assistenz‹, wenn der greise Pater Vota mit zwei Kapuzinerpatres, dem kaiserlichen Gesandtschaftskaplan Pater Thiesen aus Altendresden und dem Moritzburger Schloßkaplan Paldam sowie mehreren Ministranten einzog. Er sprach die Einsegnungsgebete, besprengte den Altar, den Altarraum und die Wände der Kirche, so gut es wegen der Emporen ging, mit Weihwasser, während die Sänger die Antiphon anstimmten:

»Domum Dei decet sanctitudo:
Sponsum ejus Christum adoremus in ea.«
»Das Haus Gottes ziert die Heiligkeit:
Ihren Bräutigam Christus laßt uns in ihm anbeten.«

Pater Vota betete laut:
»Gott, du umfassest alles unsichtbar und offenbarst dennoch zum Heile des Menschengeschlechtes die Zeichen deiner Macht in sichtbarer Weise: verherrliche diesen Tempel durch dein machtvolles Innewohnen und gewähre, daß alle, die sich hier zum Gebete versammeln, die Wohltat deines Trostes erlangen, aus welcher Trübsal sie immer zu dir rufen.«
Nun war das alte Opernhaus kein ›Komödienhaus‹ mehr; jetzt war hier die feierlich eingesegnete ›Hofkirche‹.

Die ergreifendste Messe des Jahres begann im Andenken an den Tag, da der Herr am Abend vor seinem Leiden mit den Seinen das Ostermahl hielt, sprechend:
»Mit großer Sehnsucht habe ich verlangt, dieses Ostermahl mit euch zu halten, bevor ich leide.«
Es war der Tag, an dem in der alten Kirche die ›Grynenden‹, die weinenden Büßer, wieder aufgenommen wurden in die eucharistische Gemeinschaft; der Tag, an dem in den Kathedralen der Bischof zwölf Männern die Füße wusch, um das ›Mandatum‹, den Auftrag des Herrn, zu erfüllen.
Nachdem Pater Vota den geborgten Vespermantel abgelegt hatte, schritt er im schönsten weißen Meßgewand, das er hatte auftreiben können, an die Stufen des Altares und bekannte im Confiteor ebenso öffentlich seine Sündhaftigkeit, wie die anderen Priester und Ministranten es für das ganze Volk, den König mit eingeschlossen, bekannten:
»... daß ich viel gesündigt habe in Gedanken, Worten und Werken durch meine Schuld, meine Schuld, meine übergroße Schuld ...«
Dann sprach er das Erbarmungsgebet für seine Mitarbeiter im priesterlichen Amt, die heute nicht das Meßopfer feiern durften, für die Ministranten, den König, den ganzen Hofstaat und das gesamte Volk.
»Gloria in excelsis Deo!«
Ach, es läuteten keine Glocken, weil die ›Hofkirche‹ weder welche besaß noch besitzen durfte. Und so konnten sie auch nicht, wie der Volksmund sagte, »nach Rom ziehen, bis sie in der Osternacht zurückkehrten«.
Aber die Ministranten bimmelten mit ihren Handglöckchen, daß es eine Art hatte, und der Musikdirektor wartete, bis sie zu Ende geschellt, damit die Dissonanz nicht störe. Als dann die Glöckchen zu schweigen hatten, legten sich die Ministranten die hölzernen Klappern zurecht, die vom Tischler noch am Vorabend nach Pater Votas Anweisung fertiggestellt worden waren.

Die Stille der heiligen Wandlung trat ein. Das Wort ›hodie‹ ward eingeflochten, um deutlich zu machen, daß ›heute‹ der Tag der Einsetzung des allerheiligsten Altarssakramentes begangen wurde.
Es war kein ›Königsfesttag‹, sondern ein Tag, von dem es hieß: »Non nobis, sed nomini Tua da gloriam.«
Christus galt alle Ehre, auch die des Königs, der ihm, dem Herrn, huldigte, dem zu Ehren ja auch das große Sonnensymbol in Gold über dem Altare prangte.
Zum ersten Male sahen die Gläubigen, wie ihr König, den sie sonst meist nur von seinen weltlichen Festen her kannten, feierlich zur heiligen Kommunion ging. Es war eine öffentliche Stärkung ihres hier in der Diaspora so schwer ringenden Glaubens.
Die Austeilung der heiligen Kommunion währte lange, da auch viele aus dem Volke kommunizierten, während der Chor die eucharistische Hymne sang:
»Adoro te devote, latens Deitas!«
(»In Demut bet' ich dich, verborgene Gottheit, an!«)
Als das feierliche Hochamt beendet war, begann die eucharistische Prozession. Der König folgte mit seinem Hofstaat dem liturgischen Zuge bis zum reichgeschmückten ›Heiligen Grab‹ eines Nebenaltares, in dem Pater Vota die Monstranz niedersetzte. Er dankte aus tiefstem Herzen dem Herrn für diesen so bedeutungsvollen Tag mit dem Gebet des greisen Simeon: »Nun entläßt du, Herr, deinen Diener in Frieden, denn meine Augen haben geschaut das Heil vor aller Völker Angesicht.« Auch der König verharrte hier eine geraume Weile im Gebet. Dann brauste das feierliche Te Deum auf und beschloß die Feier. – Den ganzen Tag noch zogen Gläubige zum ›Heiligen Grabe‹, um in stillen Betstunden dem Herrn für das kostbare Vermächtnis vor seinem Sterben zu danken.
Mütter zeigten ihren Kindern, wie sie vor dem ›ausgesetzten Heiland‹ sich auf beide Knie niederlassen mußten.

Und immer war ein Priester bereit, die Osterbeichte zu hören, zu der viele kamen, die es Jahre hindurch nicht mehr vermocht hatten.
Am Karfreitag hielt Pater Benignus eine lange Predigt. Dieser geistliche Sohn des heiligen Vaters Franziskus wußte so herzergreifend das bittere Leiden des Herrn zu künden, verstand so aufrüttelnd von der Menschen Schuld, der Fleischeslust und Hoffart des Lebens zu sprechen, daß manche meinten, es sei wohl vor dem König und seinem Hofstaat allzu deutlich gewesen.
Dann wurde die Karfreitagsliturgie mit größter Feierlichkeit gehalten. Alle Gläubigen erkannten durch die ehrfurchtsvolle Kreuzverehrung, daß der Mittelpunkt jedes katholischen Gottesdienstes der für die ganze Welt am Kreuze sich hingebende Herr ist.
Wie ergreifend wurde von den Sängern das alte Lied vom heiligen Kreuzesbaum gesungen! Wie erschütternd von ihnen die ›Improperien‹, die Klagerufe des Herrn, vorgetragen, auf die das Volk antwortete:
»Heiliger, starker, unsterblicher Gott,
erbarme dich unser!«
Diese heiligen Tage des Kirchenjahres waren der Anfang des katholischen Lebens in Dresden.
»Das ist ja alles viel feierlicher als bei uns«, sagte mancher Nichtkatholik, als er nach Hause kam.
Und dann war hochheiliges Osterfest! Das würdevoll verlaufende Hochamt, an dem der König wieder im vollen Glanze seines Hofes teilnahm und alle Musiker ihr Bestes gaben, klang aus im jubelnden »Ite, missa est, alleluja, alleluja!«, das Pater Thiesen mit ganzer Inbrunst sang und vom Chor ebenso freudig mit einem Dank an Gott beantwortet wurde: »Deo gratias, alleluja, alleluja!«
Der Segen des greisen Paters Vota entließ den König, den Hofstaat und die gewaltige Menschenmenge.
Bald nach Pfingsten 1708 kam Bischof Christian August, nun Kardinalprimas von Ungarn, nach Dresden, wo er in

der ›Hofkirche‹ unter großem Zulauf des Volkes von nah und fern ein Pontifikalamt hielt. Der König, der wiederum die heilige Kommunion empfing, der katholische und lutherische Adel des Landes, der Gouverneur sowie sämtliche hohe Magistrate nahmen an diesem ungewohnten, prunkvollen Gottesdienst teil.
Da Pater Vota Präfekt der sächsischen Missionen war, erbat sich der Kardinal von ihm Beichtjurisdiktion und hörte in den folgenden Tagen mehrere tausend Beichten, denn viele Katholiken waren von weither herbeigeeilt. Dann erteilte der Kardinal die Firmung, bei der die Armen – das waren fast alle – einen ungarischen Dukaten erhielten.
König August aber schenkte aus Anlaß dieses großen Gottesdienstes für den Hochaltar und die Nebenaltäre Leuchter von massivem Silber, dazu einen Kommunionkelch, dessen Wert auf 1000 Taler geschätzt wurde. –

*

Im Auftrage des Königs verfaßte Pater Vota nun die Statuten der Hofkapelle. Sie sollten in gewisser Weise die Freiheitskarte der wiederhergestellten katholischen Kirche in Sachsen werden, der Schlußstein gleichsam der vielen mühseligen Verhandlungen des fast achtzigjährigen Priesters. Er saß in seinem bescheidenen Zimmer und schrieb nieder:
»Die königlichen Verordnungen für die Hofkapelle, die den Katholiken offensteht.
Sie ist der Heiligsten Dreifaltigkeit geweiht und trage deshalb die kurze Inschrift:

> Der Hochheiligen Dreieinigkeit
> König August
> im Jahre des Heiles 1708.

Sie wird alle Privilegien und Vorrechte genießen, die

vom Heiligen Stuhle königlichen Kapellen gewährt werden, und untersteht demselben allein und unmittelbar.
Der König, als alleiniger Gründer, wie auch seine Nachfolger haben das ewige Patronatsrecht über sie.
Der König ernennt nach seinem Gutdünken alle Priester, Sänger und sonstigen Angestellten.
Den Dienst an der Kirche sollen sechs Kapläne mit einem Vorsteher, zehn Knaben für den Gesang und den Altardienst, ein Sakristan, ein Kapellknabenpräfekt, ein Organist und ein Pförtner versehen.
Die Messen sollen täglich gehalten werden.
Es sollen nicht zwei Messen gleichzeitig gehalten werden.
An Sonn- und Festtagen soll eine Predigt gehalten und ein Hochamt mit Vokal- und Instrumentalmusik gefeiert werden, so glanzvoll, wie es bei Königen und Fürsten üblich ist.* Ebenso, wenn der König an Werktagen dem Gottesdienste beiwohnt.
Nach dem Hauptgottesdienst soll der sakramentale Segen gegeben werden. Die Aussetzung des Allerheiligsten soll in feierlicher Form geschehen. Deshalb sollen die königlichen Pagen dazu, wie auch zur heiligen Wandlung in der Messe, Fackeln tragen.
Nach der mit Musikbegleitung gesungenen Vesper soll ein Kaplan eine Kinderkatechese halten.
Taufen, Trauungen, Begräbnisämter, Beichte, Predigten, Prozessionen und Segensandachten dürfen nur in dieser öffentlichen Kapelle gehalten werden.
Es ist des Königs Wille und Befehl, daß die Ausübung der katholischen Religion vollständig frei sei. Sie darf auf keine Weise gestört oder belästigt werden.

* Pater Vota schrieb damit die Gründungsurkunde für die später so berühmt gewordene Hofkirchenmusik nieder, die zu einem Hauptanziehungspunkt der Kunststadt Dresden werden sollte. Als sie 1937 durch die Naziherrschaft aufhörte, verkündete es der damalige Propst Seidler mit den Worten: »Und damit endet eine zweihundertjährige Kultur in Dresden.«

Die Anhänger der Augsburgischen Konfession, Geistliche wie Behörden, sollen den Katholiken in keiner Weise hinderlich sein; sie dürfen von den Katholiken keine Gebühren für Trauungen, Taufen und Begräbnisse erheben. Den katholischen Priestern soll es erlaubt sein, den Kranken und Sterbenden beizustehen und ihnen die Sakramente zu spenden. Niemand darf sie daran hindern.«
Als Pater Vota dieses niederschrieb, ahnte er nicht, wie lange diese Erlaubnis nur auf dem Papier stehen würde.
»In der Hofkapelle soll stets für den König, für den Papst, für den Frieden und die Eintracht unter den christlichen Fürsten gebetet werden.
Die Prediger sollen niemals scharfe Worte gegen die Protestanten gebrauchen, sondern vielmehr für sie beten. Sie sollen mit Liebe über sie reden und ihnen alle Zeichen wahrer Bruderliebe geben.
Andererseits ist es Wille des Königs, daß die Protestanten und ihre Geistlichen, wenn sie den Gottesdienst in der Hofkapelle anschauen kommen, keine Zeichen von Verachtung oder Abscheu geben, wodurch der friedliche Verkehr mit den Katholiken gestört werden könnte. Bei der Messe und der Aussetzung des Allerheiligsten sollen sie wie alle anderen das Haupt entblößen.
Der König verspricht, einen katholischen Friedhof anzulegen. Pater Karl Moritz Vota wird zum Vorsteher bestellt und hat für die Ausführung der obigen Bestimmungen zu sorgen.
Pater Vota ist bestellt als:
königlicher Beichtvater,
königlicher Rat,
königlicher Großalmosengeber,
Apostolischer Präfekt der ganzen sächsischen Mission,
Vorsteher der königlichen Kapelle.
Ihm obliegt es, geeignete Priester für die Hofkapelle vorzuschlagen, ungeeignete wieder zu entfernen.
Als Apostolischer Präfekt von ganz Sachsen wird er vom

Heiligen Stuhl ernannt und mit den nötigen Vollmachten ausgestattet werden. Er verkündet die Ablässe, ist zuständig in Ehe-, Gelübde-, Fastendispensen und kann diese Vollmachten andern übertragen.
Alle Priester sollen sich nicht in öffentliche Angelegenheiten, ob politischer, ziviler, gerichtlicher, militärischer oder wirtschaftlicher Art, einmischen, keine Fürsprache einlegen oder Denkschriften einreichen in Sachen, die sie nichts angehen, auch nicht unter dem schönen Vorwand der Liebe. Es ist allen ausdrücklich verboten, Geld, Geschenke, Almosen oder freiwillige Gaben anzunehmen.
Pater Vota wird die Besoldung für alle unterstellt.
Schließlich soll Pater Vota sich der abgefallenen und entlaufenen Mönche annehmen. –
Ein Kaplan soll sonntags die Katechese nach der Art des heiligen Karl Borromäus halten. An die Kinder, die sich das Jahr über ausgezeichnet haben, sollen in einer Schlußfeier Preise verteilt werden.
Der zweite Kaplan betreut die Kapellknaben. Er überwacht ihr Verhalten, unterrichtet sie in der christlichen Lehre und in der lateinischen Sprache. Vor allem soll er mit ihnen die Bibel und die Heiligengeschichten lesen. Durch Preise und Anerkennung soll er ihren Wetteifer anregen. Schließlich soll er sie im Gesang, auch im Choral unterweisen, damit sie im Kirchengesang mithelfen können.
Der dritte Kaplan hält die Andacht zu einem guten Tod.
Alle Kapläne sollen gemeinsam in einem Hause leben, das der König ihnen zuweisen wird. Sie nehmen am gemeinsamen Tisch teil, wobei einer der Jungen ein geistliches Buch vorliest. Die Kapläne sollen demütig, bescheiden, freundlich und ihrer Würde entsprechend leben und sich aller Einmischung in die Politik enthalten.
Ohne Wissen ihres Vorstehers oder seines Vertreters sollen sie nicht ausgehen, auch nicht ohne Begleitung eines Mitbruders oder Jungen. Frauen dürfen sie nicht besu-

chen, außer im Falle schwerer Krankheit oder sonst dringender Gründe. Ihre Beichten sollen sie nur bei offenen Türen anhören, so daß der Begleiter sie sehen kann. Nur mit Vorwissen des Vorstehers dürfen sie Einladungen annehmen und Gäste einladen.
Alle sollen eine einheitliche, für Geistliche passende und nicht zu kostbare Kleidung aus schwarzem Tuch tragen. Das Haar, auch das künstliche, sei kurz und nicht gepudert. Ihr Hut sei bescheiden; er darf nicht zu kostbar und nicht aus Biberfell sein. Die Strümpfe seien aus schwarzer Wolle, nicht aus farbiger Seide. Die Strumpf- und Schuhspangen sollen von gewöhnlicher Art sein, nicht wertvoll und glänzend, ebenso die Handschuhe. Degen werden nicht getragen. Die Kragen dürfen keine Spitzen haben, die über der Brust herabhängen, denn das Kleid sei vorn geschlossen. Überhaupt soll an Kleidung und Kopfbedeckung nichts Geziertes, Gold- und Silberverbrämtes oder Seidenbesticktes sein. Vielmehr soll alles der Würde, Bescheidenheit und Sittsamkeit eines Ordensgeistlichen entsprechen.
Die Kapellknaben dienen am Altar, lesen der Reihe nach bei Tisch vor, lernen Choralsingen, Instrumente spielen, studieren Latein. Sie gehorchen in allem ihrem Präfekten. Sie leben nach einer bestimmten Hausordnung, essen zusammen mit den Kaplänen, dürfen nur mit Erlaubnis ausgehen.
Sie sollen in der Kirche und sonst überall bescheiden, fromm und eingezogen sein.
Ferner sollen sie in der Kirche das Stillschweigen beobachten, nicht umherschauen, dem Allerheiligsten große Ehrerbietung erweisen und dadurch die Besucher erbauen.«
Lange Zeit hatte Pater Vota gebraucht, ehe er diese entworfenen, französisch abgefaßten Verordnungen dem König vorlegen konnte. Er erläuterte ihm die fünfundvierzig Paragraphen der fünf Teile. Dann unterzeichnete August sie eigenhändig mit seinem lateinischen Namenszug: »Augustus Rex.«

Jetzt gab er Anweisung für den Unterhalt der Kirche:
»Wir genehmigen 5000 Reichstaler jährlich.«
Pater Vota machte alsbald darüber genaue Aufstellungen:

6 Kapläne erhalten je 300 Taler jährlich	= 1800 Taler
Der Direktor der Musik erhält jährlich	250 Taler
Der Sakristan, zugleich Portier, jährlich	160 Taler
Die 10 Kapellknaben erhalten je 100 Taler jährlich	= 1000 Taler
Der erste Kapellknabe, der zugleich Violinist ist und die Jugend im Lesen und Schreiben unterweist, erhält zusätzlich jährlich	50 Taler
Der Blasebalgtreter erhält jährlich	8 Taler
Die Kirchenwäscherin erhält jährlich	10 Taler
Der Hauszins beträgt jährlich	400 Taler
Für Anschaffungen bleiben übrig im Jahr	1322 Taler
	5000 Taler

»Für gelegentlich besondere Anschaffung der Hofkapelle werden Hochwürden Uns Vorschläge machen.«
»Am notwendigsten sind eine neue Kanzel und eine kleine Orgel.«
»Wir werden sehen.«
Das war wahrlich kein fürstlicher Haushaltplan für eine königliche Hofkapelle und für einen Pater, der eine Ausbildung von zwölf Jahren hinter sich hatte, kein königliches Salär. Aber es war ein gutes Existenzminimum für Ordensleute, die Armut gelobt hatten, zumal wenn sie gemeinsam miteinander lebten.
So fing also die katholische Kirche in Dresden mit der ersten ›Hofkirche‹ bescheiden an, wie nach ihr alle Diasporakapellen. So wollte es Pater Vota, so wollte es der Orden, so wollte es die Kirche.
Auch der König, der nicht wünschte, daß man ihm nachsage, er fördere die katholische Kirche mit allen Mitteln.

Die Gräfin Cosel bekam in einem Jahr das Zwanzigfache der gesamten Auslagen für die Haushaltung der königlichen Hofkapelle.

*

Bald nach der Eröffnung der katholischen Kapelle in Dresden sandte Papst Klemens XI. dem König ein Dankschreiben, worauf ihm dieser am 1. Juni antwortete und bat, seinem Beichtvater und Geistlichen die zur Verwaltung dieser Kapelle notwendigen Vollmachten zu gewähren.
Papst Klemens genehmigte diese Vollmachten für die Dauer von fünf Jahren, mit dem Rechte für Pater Vota, die Vollmachten ganz oder teilweise weiterzugeben, und zwar nicht nur den Patres seines Ordens, die in Sachsen wirkten, sondern auch Weltpriestern, diesen aber nur im Einvernehmen mit dem Nuntius in Köln.

*

Am 16. Juli dieses Jahres 1708 besuchte die Gräfin Cosel mit dem König das Schloß Stolpen, um sich dort mit Wildbretschießen im Tiergarten und anderen Dingen zu belustigen.
Doch der Anblick der düsteren Burg bedrückte sie. Sie hatte sich auf die Sommermonate mit August im Palais des Großen Gartens und zu Pillnitz gefreut. Nun plante er eine Reise nach Brüssel und Holland und wollte sie nicht mitnehmen. Trotz all ihres Drängens und Forderns wußte er sich ihr zu entziehen.
So reiste August denn zwei Wochen später, am 30. Juli, ohne die Cosel nach Brüssel ab, um sich, wie er dem Kabinettsminister schrieb, des Kummers zu entledigen, den er seit einiger Zeit mit sich herumtrage.
In Dresden fiel seine Abreise ohne die Cosel sogleich auf, da sie bisher doch seine stete Begleiterin gewesen war. Man munkelte dies und das.
Inzwischen hatte der König in Brüssel die Bekanntschaft

der französischen Tänzerin Dupare gemacht und ihr versprochen, sie nach Dresden mitzunehmen – der Gräfin Cosel zum Trotz.

*

Nach seiner Rückkehr empfing der König im großen Audienzsaal des Schlosses, in Gegenwart der ausländischen Gesandten und des gesamten Hofes, mit den glänzendsten Ehrenbezeugungen den außerordentlichen Gesandten Albani. Nach den üblichen Begrüßungen und der Erkundigung über das Befinden Sr. Heiligkeit dankte der Neffe des Papstes nochmals für das den Katholiken Dresdens eröffnete Gotteshaus.

»Der Heilige Vater segnet ganz besonders diese königliche Hofkapelle und wird sie mit allen Vorrechten einer solchen ausstatten. Er will auch dem königlichen Beichtvater besondere Vollmachten geben. Die letzten Schritte dafür sollen einer hiermit erbetenen Privataudienz mit Sr. Majestät getan werden.«

In dieser Privataudienz kam der Gesandte auch auf die katholische Erziehung des Kurprinzen zu sprechen.

August versprach, das Seinige zu tun, ging aber bald von diesem heiklen Thema ab und überreichte dem Prälaten die von ihm genehmigten Statuten der Hofkapelle.

Albani dankte. Im Verlaufe des lebhaften Gespräches über die Lage der katholischen Kirche in Sachsen wies der Gesandte auf die große Bedeutung der in ganz Europa bekannten Leipziger Messe hin, die so viele Katholiken ständig oder vorübergehend anziehe.

»Der Heilige Vater ermuntert Ew. Majestät dazu, den Gläubigen in Leipzig ebenfalls eine öffentliche Kirche oder Kapelle zu gewähren.«

Der König erklärte sich hierzu bereit, obwohl er wußte, welche Schwierigkeiten ihm daraus – und nicht nur vom Leipziger Magistrat – erwachsen würden.

*

Nach sieben Monaten, am 6. Oktober, übersandte der Kardinalstaatssekretär Paolucci an Pater Vota die Errichtungsurkunde.

Damit war Sachsen eine ›Apostolische Präfektur‹ geworden und Pater Vota somit der erste Apostolische Präfekt hierzulande nach der Reformation. Er hatte aber nicht die Bischofsgewalt, konnte also weder Firmungen noch Weihen spenden, sondern war auf durchreisende Oberhirten angewiesen. Der Domdekan in Bautzen jedoch mußte sich in Ehesachen an ihn wenden, da er die Dispensvollmacht besaß.

Als Pater Vota seinen Bericht an den Ordensgeneral nach Rom schrieb, drückte er seine Freude und Hoffnung mit Worten größter Zuversicht aus:

»Die Ernte in Sachsen ist reif zum Schnitte, weshalb die Schnitter um Hilfe bitten, die Garben in Jubel einzufahren, wie es im Psalm 125 heißt.«

Er erbat sich einen guten Prediger, der in der Heiligen Schrift sehr bewandert und ganz besonders klug und milde sei. Der König aber sprach in einem Dankschreiben an den General der Jesuiten für dessen Glückwünsche anerkennend von der allgemeinen Erbauung, die den Gläubigen zuteil werde, und lobte den Eifer der Patres der Gesellschaft Jesu, »mit denen ich sehr zufrieden bin und die ich stets allen vorziehen werde«.

Der General möge sich mit Pater Vota wegen Sendung weiterer Patres ins Einvernehmen setzen.

*

Der König hatte es nicht leicht. Am 18. Oktober kam vom Oberkonsistorium die erste Beschwerde an ihn in Form einer Eingabe.

»Betrifft die Freigabe des öffentlichen katholischen Gottesdienstes.

Wir haben mit der größten Wehmut und Gemütsbestürzung erfahren müssen, wie vor nicht langer Zeit das in

Dero Schloß gelegene Opern-Haus zu einer Capelle abtiret worden, solche auch täglich in mehr und mehr mit großen Kosten ausgezieret und der Römisch-Catholische Gottesdienst mit Messe lesen, predigen, Beicht sitzen, Taufen, copuliren und catechisiren, frey und öffentlich, auch in Abwesenheit Ew. Königl. Majst. unter Zulauf vieler, auch solcher Leute, so unserer Religion zugethan, gehalten werde. Wie schmerzlich und betrübt uns diese Anricht- und Verstattung des öffentlichen Röm.-Cath. Gottesdienstes wegen derer besorgender gefährlicher Suiten (Folgen), die sich bereits an Tag legen, vorkommen, und was vor Consternationes (Verwirrungen) bey dem ganzen Lande ... können E. K. M. selbsten ... ermessen ... Viel mehr muß Besorgnis entstehen, da man erfähret, daß E. K. M. nunmehro denen Röm.-Catholischen einen freyen und öffentlichen Gottesdienst und dabey alle aktus ministeriales zu exerziren verstattet ...«

Dann folgten Klagen gegen Amtsübergriffe der katholischen Geistlichen, nämlich gegen die Trauungen gemischter Brautpaare und die Taufen von Kindern aus gemischten Ehen.

Auf diese erste Beschwerde ging der König überhaupt nicht ein. In einem späteren Antwortschreiben verlangte er nur, die Übergriffe der katholischen Geistlichen näher zu bestimmen. Es war schon schwierig für ihn. In Religionssachen konnte er tatsächlich nicht wie ein absoluter Fürst handeln.

Aus der Beschwerde war ersichtlich, daß das Oberkonsistorium die königlichen Verordnungen für die Kapelle kannte, wonach den Katholiken die Betätigung ihrer Religion ganz frei sein sollte, die Geistlichen oder Konsistorien der Augsburgischen Konfession sie nicht behindern und für Trauungen, Taufen, Begräbnisse oder andere Amtshandlungen keine Gebühren von ihnen erheben durften.

Dem aber hielten die lutherischen Behörden entgegen, daß diese geistlichen Funktionen zu den Pfarr-Rechten gehörten, die verfassungsgemäß die katholische Geistlichkeit hier nicht haben könne, zumal die Pfarrfunktionen der Taufe und Trauung zugleich bürgerliche Rechtswirkung hätten. Der König aber versichert, er »wäre nicht bedacht, die Landeskirche gegen dero hergebrachte als Privilegia in ein oder andern zu graviren, sondern vielmehr ... bey allen ihren Freyheiten allergnädigst zu erhalten.«.

Diese Verschiedenheit des Rechtsstandpunktes erklärt den harten Kampf, der schon dreißig Jahre währte, wie Pater Superior seinem Obern klagte, und der noch lange dauern sollte. Doch nicht nur die Unklarheit der rechtlichen Verhältnisse war schuld an den unerfreulichen Reibereien, sondern auch die Tatsache, daß mehrere hochgestellte Hofleute und andere angesehene Katholiken sich nicht so besonnen und rücksichtsvoll benommen hatten, wie der König selbst es tat und auch von andern wünschte.

»Pater Vota, wenn die Katholiken sich unbedachtsam verhalten, dann wecken sie nur den schlummernden Argwohn wieder auf.«

»Sicherlich, Majestät, aber wer kann da unparteiisch urteilen, ob die Unklugheit oder der Argwohn größer ist.«

Gottes kleiner Anfang inmitten der Eitelkeit der Welt

Die auf neun Uhr festgesetzte Sonn- und Festtagspredigt in der Hofkapelle vor dem Hochamt um zehn Uhr erfreute sich von Anfang an großen Zulaufs und Erfolges.

Pater Vota berichtete das nach Rom: »Pater Wenzel Nerlich aus Prag hat am 7. April die Predigten mit allgemeinem Beifall, auch der Lutherischen, angefangen. Katholiken und Protestanten sind einmütig der Ansicht, daß Pater Nerlich durch eine besondere Vorsehung Gottes gesandt ist, Christi Evangelium zu verkünden.«

Statthalter Fürstenberg bestätigte dieses Urteil: »Ich bin gespannt auf den berühmten Prediger aus Köln, dem ich in Sachsen ebensoviel Erfolg wünsche, wie Pater Nerlich hat.« Der Statthalter übte eine gewisse Aufsicht über die katholische Hofkapelle im Namen des Königs aus. Wiederholt mahnte er die Patres, die Glaubensunterschiede gegenüber den Protestanten ohne Schärfe zu behandeln.

Pater Eggert hielt die Festtagspredigten und Sonntagnachmittagskatechesen. Pater Broggio, ein geborener Leitmeritzer, sollte im Herbst den Kapellknabenchor und die Lateinschule gründen.

Als so die Zahl der Priester aus der Gesellschaft Jesu wuchs, wurden die beiden Kapuziner, die als Hofkapläne angestellt waren, sowie der Weltpriester Johann Paldam von der Moritzburger Schloßkapelle entlassen, damit die Seelsorge, wie überall in der Missionsgeschichte der Kirche üblich, nur von einem Orden ausgeübt würde. Paldam ging nach Bautzen, von wo aus er die Dresdener Patres mehrmals besuchte.

Da die ›königlichen Kapläne‹, wie die Patres genannt wurden, anfangs in der Stadt verstreut wohnten, war die Freude groß, als ihnen Fürstenberg das Haus des Ratssekretärs Gerven am Taschenberg, gleich neben dem Schloß, zuwies. Dort begann nun die kleine Ordensfamilie ihr gemeinsames Leben nach der Art, wie sie allerorten üblich und kirchliche Vorschrift war. Die Patres bemühten sich, die Gottesdienste so würdig wie möglich zu gestalten. Besonderen Wert legten sie auf die Feiern in der Karwoche. Den in der katholischen Heimat geübten Brauch, am Karfreitag ein ›Heiliges Grab‹ in der Kirche zu errichten, führten sie in diesem Jahr in der Hofkapelle ein. Freilich hatten sie dafür nicht soviel Raum wie daheim in den großen Kirchen. Aber sie fanden einen geeigneten Platz in der Nische nahe der Sakristei. Schon Wochen vorher hatten sie alles bis ins einzelne überlegt und Vorkehrungen dafür getroffen.

Der Karfreitag war hierzulande ein Feiertag. Es war zu erwarten, daß viele Katholiken, aber auch manche Protestanten in die Kirche kommen würden.

Drum wählten die Patres ein biblisches Bild aus und ließen den Kampf Jakobs mit dem Engel, wie er im ersten Buche Mose geschildet wird, malen. Das Bild stellten sie als Hintergrund des ›Heiligen Grabes‹ auf.

Deutlich waren auf dem Spruchband die Worte des Engels zu lesen: »Laß mich los, schon steigt das Morgenrot empor!«

Dies war eine Anspielung auf die Stunde der Morgenröte, in der der Heiland aus dem Grabe auferstand.

Karfreitag und Auferstehung wurden damit zugleich bekundet. Das allerheiligste Altarssakrament hatte Pater Superior in dieses Morgenrot hineingestellt.

Viele Beter knieten vor diesem ›Heiligen Grab‹. Ehrenwachen standen davor. Den ganzen Tag über lösten sich die betenden oder wenigstens staunenden Besucher ab, die ehrfürchtig ihr Haupt entblößten und die Stille des ›Heiligen Grabes‹ auf sich wirken ließen.

Katholische Christen aus Böhmen aber sagten dankbar: »Das ist ja wie zu Hause.«

Das ›Heilige Grab‹ war eine stumme Predigt, in der Christus, der sich hinopferte, gekündet wurde. – Die gemeinsame Sprache für alle.

*

König August hoffte mehr denn je, daß in Polen sein Stern wieder aufgehen würde. Im diplomatischen Kräftespiel hatte sich seine Lage verbessert. Nun hieß es, der Weltöffentlichkeit zu zeigen, daß die Königsstadt Dresden Ansehen und großen Ruf in ganz Europa besaß. Gelegenheit dazu bot der Besuch des verwandten Königs Friedrich IV. von Dänemark, der im Monat Juni des Jahres 1709 in Dresden weilen sollte.
Die sächsischen Gesandten luden an den europäischen Höfen hierzu ein. Das Programm, das sie vom Oberhofmarschallamt erhielten, sah täglich große, festliche Veranstaltungen vor. Der König selbst entwarf mit seinen Künstlern die Pläne und Aufzeichnungen, besprach mit dem Oberhofmarschall, mit Graf Flemming und den anderen Ministern, mit den Leitern der Hofämter, den Generälen des Heeres, ja sogar mit seinem Hofnarren Fröhlich den Verlauf der vielen Festlichkeiten. Jeder suchte sich als eifrigster Diener von seiner besten Seite zu zeigen. Über allen erhaben ragte die Gräfin Cosel und verlangte außergewöhnliche Ehrungen durch den königlichen dänischen Gast, dem die Stellung einer Mätresse vom eigenen Hof her nicht unbekannt war.
Der Reitplatz* zwischen dem Schlosse und der Elbe war zu einem Festhof für das Damen-Ringrennen am 7. Juni hergerichtet. Hölzerne Tribünen, grün bemalt und reich vergoldet, umschlossen ihn. Hier fanden sich die geladenen Gäste, die Hofgesellschaft und der Adel ein.
Das Volk konnte froh sein, einen Stehplatz zu erwischen.
Die Sonne ließ es sich nicht nehmen, bei dem nun beginnenden Rennen zuzuschauen. In prächtigen Wagen saßen

* Der Platz, auf dem später die Hofkirche erbaut wurde.

die Damen der Hofgesellschaft und des Adels, jede in anderer Farbe und Kleidung, und mußten, während sie nacheinander zwischen den in vier Reihen aufgestellten Pyramiden hindurchfuhren, mit ihren Lanzen nach aufgehängten Ringen stechen.
Jede Dame hatte einen Ritter als Wagenlenker und zwei als Vorreiter. Rauschender Beifall, Händeklatschen und Vivatrufen.
König Friedrich von Dänemark, in Silber gekleidet, lenkte den Wagen der Gräfin Cosel. König August, als ›goldener Reiter‹ galant zu ihrer Rechten, zur Linken der Kammerherr von Holtzendorf.
Auf dem Festungswall reckten die Dresdner ihre Köpfe, um das seltene Schauspiel zu sehen; Tausenden Blicken ausgesetzt, hatte der König die Würde zu wahren. Aber er wußte sich bei diesem seinem hochoffiziellen ›Plaisir‹ zu beherrschen, obwohl ihm der Schweiß nicht nur über das gepuderte Gesicht rann. Der Altmarkt war mit Brettern gedielt und durch Schranken geteilt. An den Eingängen zur Frohn- und Scheffelgasse standen grüne Lusthäuser, die Fenster mit rotem Samt ausgeschlagen, als Zuschauertribünen.
Zunächst wurden die mit Küraß und geschlossenem Helm angetretenen Adeligen von Schiedsrichtern auf ihre vorschriftsmäßige Bewaffnung hin geprüft.
Die Kapelle begann zu spielen.
Das Fußturnier der ›Horatier und Curiatier‹ begann.
Gespannt verfolgte der König mit seinem Gast, wie je zwei ›Aventurierer‹ über die Schranke hinweg die vorgeschriebenen drei Stöße miteinander wechselten.
Am Ende erteilte der Preisrichter dem Spießkämpfer, der die meisten Spieße zerbrochen hatte, den Siegespreis. Lächelnd übergab die Cosel den ›Spießdank‹ dem Grafen von Friesen, der ihr huldvoll die Hand küßte. Lauter Beifall der Zuschauer begleitete die Siegerehrung, während die Musketiere gliedweise feuerten, zum Zeichen, daß die Spielart gewechselt wurde.

Der nun errungene ›Schwertdank‹ wurde unter lebhaftem Händeklatschen der Hofdamen Herrn von Birckholtz zuerkannt, weil er mit den ersten fünf Streichen die meisten Schwerter zerschlagen hatte. König August persönlich überreichte ihm einen prunkvollen Degen. Wieder feuerten die Musketiere gliedweise. Ein neues Spiel, der ›Folgedank‹ begann.
Unter den Trommelwirbeln der Musikkapelle wurde mit größter Spannung von den Tribünen verfolgt, wer im Wechsel der Kämpfe am längsten und tapfersten aushalten würde. Baron von Siebenlehn empfing unter dem Beifallssturm aller aus der Hand des dänischen Königs einen vergoldeten Küraß. –
So gingen die Festwochen dahin, bis endlich am 25. Juni die Dorfuntertanen des kurfürstlichen Amtes und des Rates zu den ›Bauernlustbarkeiten‹ im Großen Garten befohlen wurden. Auf bekränzten sechsspännigen Leiterwagen kamen sie singend angefahren. Jetzt waren Hof und Adel die Zuschauer, die sich über das Spiel der Bauern belustigen wollten.
Es gab eine Fülle von ›Amusements‹ für die zwanglos umhergehende Hofgesellschaft.
Ein Dorfschmied aber stand abseits und schlug wie wild auf seinen Amboß. Er fluchte und wetterte in seiner Bauernsprache über das ›liederliche Geschmeiß‹, das sich über die ›dummen Bauern‹ lustig machte. Es war nicht zu verstehen, was er sagte. Das war gut für ihn, denn auch bei diesen Festen liefen genug Aufpasser und Horcher herum, die jedes mißliebige Wort meldeten und den Sprecher beobachteten.
Der Schmied jedoch drehte der Hofgesellschaft, die ihm zuschauen wollte, sein Hinterviertel zu und schwenkte das glühende Eisen plötzlich hinter seinen Rücken. Die Damen wichen erschrocken zurück.
»Solch ein Grobian!« schrien sie.
Der König aber hatte seinen Spaß daran, wie die Damen erschraken.

»Schauen wir uns das Kegelschieben und das Hähneschlagen an!«
Der Schmied wetterte weiter und ließ seinen Zorn über die befohlene ›Bauernlustbarkeit‹ am glühenden Eisen aus.
Das Mägderennen bereitete dem König besonderes ›Plaisir‹. Er lachte und schlug sich auf die Schenkel, wenn eine Dorfschöne, sobald sie einer aufgestellten Puppe einen Kranz entreißen wollte, von unten her Wasser unter die Röcke gespritzt bekam. Die Gräfin Cosel jedoch, die sich ermüdet fühlte von all den Festlichkeiten, zog ihn fort:
»Wie kannst du daran nur Freude haben!«
Es gab viel zu sehen: Schaukeln auf hölzernen Löwen, Würfelbuden, Karussells mit Pferdchen und Wägelchen, eine Bühne mit Komödianten und dem unvermeidlichen Harlekin, der mit Hofnarr Fröhlich seine derben Späße trieb. Junges Volk kletterte an Stangen herum. König August und sein Gast aber lachten schallend, wenn ein reitender Bauer, der vergeblich nach einem am Ring aufgehängten Wassereimer gestochen hatte, von dessen Inhalt bei diesem Fehlstoß überschüttet wurde. Für den Spott brauchte der Pudelnasse nicht zu sorgen.
Der Dorfschmied aber hörte auch auf der Heimfahrt nicht auf, über diese Verspottung des Landvolkes zu schimpfen.

*

In die Zeit dieser weltlichen Feiern fiel das Fest, an dem in katholischen Gegenden dem im allerheiligsten Altarssakrament verborgenen Gottkönig in aller Öffentlichkeit durch die Fronleichnamsprozession gehuldigt wurde. Was Namen und Rang hatte, nahm mit der ganzen Bevölkerung daran teil. Das war hier in Dresden unmöglich und würde auch durch Jahrhunderte noch nicht möglich sein.*

* Die erste öffentliche Prozession konnte erst 1950 im Großen Garten abgehalten werden.

Doch die Patres wollten wenigstens in der Hofkapelle die Fronleichnamsprozession, so gut es die Enge zuließ, halten. Auch der König legte Wert auf eine festliche Ausgestaltung. Als die Prozession mit dem Allerheiligsten zum Josefsaltar zog, wo der Anfang des Matthäusevangeliums gesungen und der erste Segen gegeben werden sollte, schloß sich ihr ein großes Gefolge des Hofes an; das Volk mußte in den Bänken und Gängen bleiben. Sie machten jedoch in der Enge der Kapelle nicht Platz genug. Die Prozession stockte. Der König bemerkte es sofort. Er bahnte sich einen Weg und stellte sich vor den Kreuzträger an die Spitze des Zuges. Vor ihm wichen die Gläubigen zur Seite.
Der zweite Segen wurde an der Empore gegeben, nachdem der Anfang des Markusevangeliums gesungen worden war. Die dritte Station mit Verkündigung des Anfanges vom Lukasevangelium befand sich am Marienaltar. Für den vierten Altar mit dem Gesang des Johannesprologes blieb nur der Hochaltar übrig.
Mit feierlichem Te Deum schloß diese Prozession, die in ihrer Art noch durch lange Zeit in den später entstehenden Kirchen und Kapellen dieses Diasporalandes gehalten werden sollte.

*

Der Besuch des Königs von Dänemark näherte sich seinem Ende. Zum Abschluß wollte und sollte die Gräfin Cosel in ihrer Macht und Schönheit noch einmal glänzend hervortreten.
Durch die Stadt zog auf festlich geschmückten Wagen der Hof. Auf einem derselben war ein Tempel aufgebaut, in dem die Königin Eberhardine, ob ihrer Frömmigkeit ›die Betsäule Sachsens‹ genannt, als Vestalin saß. Sie stellte die durch Eid gebundene Jungfrau dar, die am häuslichen Herde verehrt wurde.
Friedrich, der Dänenkönig, war nicht etwa Zuschauer dieses Zuges, sondern selbst der Glanzpunkt. Er ritt als

Gott Jupiter vor dem schönsten Wagen, der von zwei weißen Hirschen gezogen wurde und auf dem als jungfräuliche Göttin Diana, umgeben von Nymphen, die jetzt 29jährige Cosel thronte. August aber ritt neben ihr als der göttliche Apoll.
Keineswegs wollte er den Zuschauern etwas zum Lachen geben, als er sich mit seiner stattlichen Gestalt als geübter Reiter zeigte, eher ein Herkules denn ein schöner Apoll. Vielmehr machte er in seiner Kavaliersart Eindruck auf die ihm zujubelnden Dresdner. Sie sahen ihn trotz aller Anekdoten und Liebesabenteuer, die sie von ihm zu erzählen wußten, doch gern. Sein Kopf mit dem langen, wohlgepflegten, dunklen Haar und den starken Augenbrauen, mit der langen Wettiner Nase und dem sinnlichwulstigen Mund war allen wohlbekannt. Die lebhaften Augen sprühten vor Freude an dem Spiel, das er zu bieten hatte. Für König August war der Sinn dieses Festzuges, eine Scheinwelt darzustellen, in der Schönheit, Tugend und Vollkommenheit herrschten.
Diana, die schönste Frau, ihm zu eigen, als Krönung des Ganzen.
Dieser Festmonat 1709 würde, das wußte er, in aller Welt besprochen werden. Dafür sorgten jetzt schon die Hofdichter mit zierlich gedrechselten Worten und langatmigen Versen, die auch ihm persönlich huldigten:

»Reiche und Edle, große Titel
hatten nicht dein Ohr allein;
auch mit Staub bedeckte Kittel
durften dir so nahe sein.
Schwache sind zu dir gekommen,
die du freundlich angehört,
die du, wenn ihn'n Einhalt fehlte,
wenn sie stundenlang erzählten,
in der Rede nie gestört.«

Solche Lobgesänge hörte August gern, der die Polenkrone im Geiste schon wieder auf seinem Haupte sah.
Die ›mit Staub bedeckten Kittel‹ aber flüsterten, während die sechsunddreißig Waldhornisten, die den Wagen der ›keuschen Göttin Diana‹ Cosel begleiteten, laut ihr Halali schmetterten:
»Wetten, sie ist im fünften Monat!«

*

Aus Anlaß der so glänzend verlaufenen Feste zu Ehren des Dänenkönigs ließ August der Starke Gnade walten. Die beiden Altgesellen wußten sich zu erzählen, die Cosel habe die Freilassung des seit 1703 in Ungnade gefallenen ehemaligen Großkanzlers Wolf Dietrich von Beichling erwirkt.
»Das war doch der Schwiegersohn der alten Generalin Neitschütz.«
»Ja, ja, der Schwager der Liebsten Johann Georgs.«
»Die wollte doch, daß ihr Sohn einmal Kurfürst würde; dann wäre unser August gar nicht drangekommen.«
»Nu, der Herrgott sorgt schon dafür, daß die Pappeln nicht in den Himmel wachsen, und wenn sie noch so schnell emporschießen. Da kommt ein Sturm, und über Nacht liegen sie am Boden.«
»Ganz recht, so war es mit der jungen Neitschütz. Mit kurfürstlichen Ehren begraben und dann mit Schande aus dem Grabe geholt und irgendwo verscharrt.«
»Ihr Schwager hat sich aber noch sieben Jahre lang bei unserem August als Minister halten können.«
»Was sind schon sieben Jahre? Dafür hat er nun auch fast sieben Jahre auf der Festung Königstein gesessen.«
»Weshalb eigentlich? Was war denn damals los gewesen? Die Zeit vergeht so schnell, daß man sich gar nicht alles merken kann.«
»So genau weiß ich das auch nicht mehr, mein Gutester; aber mein Meister sprach kürzlich von allerlei ›Malversationen‹, die er verübt habe.«

»Ach, ich erinnere mich, wegen der ›roten Sechser‹, die er als Silbergeld ausgab, bei denen aber bald das rote Kupfer durchschimmerte.«

»Ja, ja, die ›Seufzer-Sechser‹ waren nur noch zwei Pfennige wert. Weil das Volk murrte, mußten sie eingezogen werden.«

»Und dann soll er auch gegen den Minister Pflugk und die Lubomirska und für die Österreicher gewesen sein.«

»Kenn' sich da einer aus in der Politik! Mal so, mal so! Jetzt ist August wieder dicke in Wien.«

»Nun ja, weil er wieder König von Polen wird.«

»Der August hat mal wieder Glück!«

»Was wird er wohl jetzt mit Beichling machen? Ob er ihn wieder einstellt?«

»Nein, mein Gutester, das macht der August, wie ich ihn kenne, nicht.« –

Und so war es auch. König August blieb seinem Grundsatz, Gefallene nicht wieder in Gunst zu nehmen, treu. Wolf Dietrich von Beichling lebte nach der Freilassung auf seinem Gute Zschorna bei Wurzen. Er verteidigte sich zwar in einer Druckschrift, aber er drang mit dieser nicht durch. Auch er mußte erkennen, daß es nicht um Recht und Gerechtigkeit, sondern um Gunst oder Ungunst ging.

»Der König bedarf meiner nicht mehr!« Das war die Bitterkeit des um seine Rechtfertigung erfolglos kämpfenden Freigelassenen.

»Wie vielen wird es noch nach mir so ergehen?«

*

Am 8. Juli wurden die Schweden in der Schlacht bei Pultawa in der Ukraine geschlagen. Augusts grimmigster Gegner, Karl XII., floh in die Türkei. Die polnische Republik erkannte auf einem Reichstag zu Warschau August den Starken wieder an, und am 8. August 1709 wurde er wieder als König von Polen eingesetzt. Die wacklige Krone saß wieder fest auf seinem Haupte.

Bald darauf reiste er nach Berlin zur Taufe der Tochter des Kronprinzenpaares. Dabei kam es zu einem peinlichen Zwischenfall durch die Mätresse des Preußenkönigs, »Schön-Kathchen«, Gräfin von Wartenberg. Die Frau des holländischen Gesandten Lintlo hatte bei der Tauffeierlichkeit den Vorrang vor der Mätresse. In Gegenwart der Könige von Preußen, Dänemark und Polen zeigte die aus einer Rheinkneipe stammende Gräfin die ererbte kraftvolle Schiffernatur und ging zum Angriff wider ihre Gegnerin vor. Im Handgemenge behauptete sie ihren Platz. Ihren blutenden Oberarm verband sie sich rasch mit den abgerissenen Brüsseler Spitzen Frau Lintlos.
Das Nachspiel wurde zum diplomatischen Gespräch und Klatsch an den europäischen Höfen.
Der preußische Oberhofzeremonienmeister von Besser hatte viel Mühe bei seiner Vermittlung. Schließlich griff der König von Preußen, von der Mätresse aufgestachelt, ein.
»Ich werde meine 32 000 Mann aus Flandern zurückziehen, wenn Frau von Lintlo der Gräfin von Wartenberg nicht Abbitte leistet.«
Wie stieg der Übermut Schön-Kathchens, als Frau von Lintlo offiziell bei ihr erschien und um Entschuldigung bat!
Im stillen aber schwor die Gedemütigte: »Ich ruhe nicht eher, bis du stolzes Weib aus Emmerichs Rheinkneipe gestürzt bist! Mein Haß hat einen langen Arm, Schön-Kathchen!«

*

Was der Welt klein und geringfügig erscheint, hat Gott der Herr auserwählt, um das Starke zu beschämen. Von den Festspielen zu Ehren des dänischen Königs wissen nur noch Bilder in den Archiven zu erzählen, vom Schicksal der einst so stolzen Gräfin Cosel die düsteren Ruinen der Burg Stolpen. Die Gräfin Wartenberg verscholl nach ihrem Sturz. Aber die so winzige Pflanzung, die im Herbst diese Jahres 1709 in Dresdens Erde gesenkt wurde, erhielt sich und wuchs durch 250 Jahre trotz mannigfacher Stürme und wirrer Zeiten.

Es war in den Septembertagen, da König Augusts Truppen bei Malplaquet kämpften, als der 41jährige Pater Broggio in sein Heimatland Böhmen reiste. Er hatte an der Schule des Wallfahrtsortes Mariaschein seine Studien gemacht. Wie jeder Missionar benötigte er die katholische Heimat als Kraftquell, um in der Fremde Gottes Boden mühsam zu bearbeiten. Er war neben dem greisen Pater Vota einer der besten. Pater Broggio verlor nie den Mut, selbst nicht in den größten Schwierigkeiten.

»Immer heiter! Gott hilft weiter!«

war sein Wahlspruch neben dem anderen, der ihm soviel Achtung eintrug: »Ehre deinen Nächsten!«

Aus dieser Grundhaltung seines Wesens heraus zog er vor jedermann zuerst den Hut.

»Es ist doch viel schöner, über den Mitmenschen etwas Gutes zu sagen als etwas Böses. Geklatscht wird am Hofe genug, geschmeichelt auch; aber daß ehrlich das Gute gelobt, gesehen und anerkannt wird, dies geschieht viel zu selten«, sagte er oft. Auf der Wanderung durchs Erzgebirge betete er:

»Lieber Gott, dir zu Lob und Preis laß mich in der Heimat die Jungen finden, die dir aus reinem Herzen und goldenen Knabenkehlen das Gloria und Sanctus singen! Führe du sie mir zu, Maria, reinste Magd, und laß mich dafür sorgen, daß sie in der Weltstadt Dresden unverdorben und gut katholisch bleiben! Maria mit dem Kinde lieb dazu mir deinen Segen gib!«

Pater Broggio ließ die Perlen des Rosenkranzes weitergleiten, als er auf Waldwegen den Gebirgskamm bei Zinnwald erklomm. Dann ging er fröhlich bergab nach Mariaschein bei Teplitz-Schönau, seiner zweiten Heimat.

Aller Anfang ist schwer. Auch dieser war schwer, in der Heimat den Eltern es schmackhaft zu machen, ihren Jungen in »das gottlose Dresden« zu geben.

»Na, ganz so gottlos ist es nun gerade nicht. Aber auch hier im Dorf können die Jungen verdorben werden. Wir haben kein Paradies mehr; die Schlange lauert überall.«
»Könnt ihr uns versprechen, Hochwürden, daß der Josef brav wieder zu uns zurückkommt?«
»Ich werde ihn behüten wie meinen Augapfel!«
Und der Josef hopste vor Freude, daß er ›mit dem Hochwürden‹ nach Dresden reisen durfte.
Endlich hatte Pater Broggio in Mariaschein neun Knaben beieinander. Doch da wurde am letzten Tage noch einer von ihnen krank und mußte später nachkommen, ein zweiter lief in der Nacht davon.
So sangen sie nun nach der heiligen Messe ihr Abschiedslied zu Ehren der Rosenkranzkönigin, denn der Oktober hatte eben begonnen.
Dann ging es mit den ›sieben Aufrechten‹ auf Schusters Rappen drei Tage lang auf Dresden zu. Gaben sie selbst sich damals deswegen den Namen »Kapellschuster«? Wie und wann dieser Scherzname aufgekommen ist, weiß niemand, aber er blieb bis zum heutigen Tage.
Pater Broggio beobachtete unterwegs gut, wie sich die Jungen gaben. Sie erzählten ihm zutraulich von daheim, von ihren kleinen Streichen und lauschten interessiert, als er ihnen von Dresden, der berühmten Stadt an der Elbe mit den vielen Türmen, und von der Hofkapelle berichtete.
Er ordnete die Knaben im Geiste schon in die Schulklassen ein: die drei ältesten, Lorenz John, Joseph Mildner und Georg Ibscher, in die oberste Klasse; den Georg Pohl, der ihm nur mittelmäßig begabt zu sein schien, in die fünfte und Georg Keibich, ein flinkes Kerlchen, das viel versprach, in die vierte; die beiden kleinsten, den Josef Pusch und Anton Angerer, die immer bei ihm waren und beim Abschied von den Eltern tapfer ihre Tränen hinuntergeschluckt hatten, in die Grundklasse. Hinzu kamen noch drei Externe, die sich bereits in Dresden angemeldet hatten und zu Hause wohnen sollten. Waren es somit im ersten

Jahre auch nur zehn Jungen, die vor allem von dem musikbegabten Weltpriester Johannes Jungwirt aus Teplitz und dem Lehrer Ignaz Hoffmann in einem einzigen Schulzimmer im Musaeum klassenweise in Theorie, Nachahmung, Lektüre, Übungen, in Religion, Muttersprache, Geschichte und Musik, besonders aber in der katholischen Liturgie unentgeltlich unterrichtet wurden. Pater Broggio hatte es sich gelobt: »Es soll ein kleines, aber gutes Gymnasium werden, das in seiner Leistung den Fürstenschulen Meißen, Pforta und Grimma nicht nachstehen wird.«

Das Ziel der Studienordnung sollte auf des heiligen Ignatius Fundament der Exerzitien fußen:

»Homo creatus est, ut Dominum Deum laudet, ei reverentiam exhibeat eique serviat et per haec salvet animam suam.«

Diesen Satz mußte jeder Kapellknabe auswendig aufsagen und übersetzen können:

»Der Mensch ist geschaffen, daß er den Herrgott lobt, ihm Ehre erweist, ihm dient und dadurch seine Seele rettet.«

Drum, ihr Kapellknaben, ihr Sängerlein vom Taschenberg:

»Gotteslob ist Pflicht der Guten!«

Die Einübung des Gloria stand somit auch am Beginn von Pater Broggios Tätigkeit. Wie schön die Knabenstimmen klangen:

»Laudamus Te!
Benedicimus Te!
Adoramus Te!
Glorificamus Te!«

Als später wieder einmal – am 18. Januar 1710, zum Feste Petri Stuhlfeier – der außerordentliche Nuntius Kardinal Albani in Dresden weilte und ein Hochamt in der Hofkapelle halten ließ, erbaute ihn der Gesang der Jungen so sehr, daß er ihnen zehn Gulden zustellen ließ.

Und jede Knabenstimme gab vor dem Stimmbruch das Gotteslob weiter an eine jüngere Stimme, an einen anderen Hansl oder Franzl, bis in unsere Tage.

Und alle bekannten das ganze Leben hindurch: »Es war eine schöne Zeit, als wir in Dresden als ›Kapellschuster‹ dem Herrgott Lob sangen!«
Begonnen aber hat es damals im Oktober 1709 in der ersten ›Hofkirche‹ unter Pater Elias Broggio.

*

Am 27. Oktober 1709 gebar die Gräfin Cosel ihre zweite Tochter: Friederike Alexandria. Ganz Sachsen bat sie zu Gevatter. Die Landstände übergaben ihr 4000 Taler als Patengeschenk. Vater August aber erklärte in einer besonderen Urkunde beide Töchter als legitime königliche und kurfürstliche Kinder und ehelich geborene Gräfinnen.

*

In den ersten zwei Jahren waren die Kapläne unmittelbar Pater Vota unterstellt, der sie ja auch nach eigener Wahl aus verschiedenen Gegenden berufen hatte. Da er jedoch zu häufig auswärts war, erhielten die Dresdner Patres einen eigenen Oberen. Pater Georg Klein kam als erster Superior am 16. Januar 1710 von Prag nach Dresden und ließ am Sonntag, dem 19. Januar, beim gemeinsamen Tisch seine Ernennung verlesen.
Pater Klein begann sogleich ein Tagebuch* des neuen Ordenshauses anzulegen, in dem er vom Tage seiner Ankunft an sorgfältig und ausführlich alles aufzeichnete, was ihm irgendwie wichtig erschien.

* Dieses Tagebuch haben seine Nachfolger weitergeführt und haben uns damit ein reiches Quellenmaterial hinterlassen.

1. Band: 16. 1. 1710 – 31. 12. 1720
2. Band: 1. 1. 1721 – 1738
3. Band: nur teilweise beschrieben; bricht am 15. 10. 1742 ab
4. Band: 26. 3. 1759 – 1778
5. Band: schließt mit dem Jahr 1818.

Leider sind vier Bände beim Bombenangriff auf Dresden am 14. Februar 1945 vernichtet worden.

Am 11. Februar lud er seine Mitbrüder zu einer Beratung, um die Fastenpredigten und -andachten zu besprechen und zu verteilen.
»Sollen wöchentlich zwei oder drei Fastenpredigten gehalten werden?«
»Zwei in der Woche!« war die einstimmige Antwort.
»An welchen Tagen?«
Aller Meinung war: »Sonntag und Freitag nachmittag vier Uhr.«
»Hoffentlich ist bis dahin die neue Kanzel fertig!«
»Sie ist bestellt. 300 Taler sind dafür bewilligt.«
»Wir benötigen dringend liturgische Bücher!«
»Die werde ich in Mariaschein erbitten, wenn ich in der Karwoche die heiligen Öle hole«, versprach Pater Broggio. Dann legte Pater Superior dar: »Predigten und Katechesen sollen immer auf das doppelte Ziel gerichtet sein; erstens, durch klare Darlegung und Verteidigung der Glaubenslehren die Katholiken zu festigen, und zweitens, den protestantischen Zuhörern die Vorurteile gegen die katholische Kirche zu nehmen. Das Wort soll durch die Würde, die Andacht und Feierlichkeit der Gottesdienste sowie durch das untadelige Leben der Priester unterstützt werden.«
Pater Superior schrieb in sein Tagebuch: »Ferien sind außer den Hauptferien im Herbst noch vom 24. bis 28. Dezember, acht Tage zu Ostern und drei zu Pfingsten. Außerdem gibt es während des Jahres einige freie Tage, z. B. die beiden Fastnachtstage, an denen es bei den Kapellknaben mit Tafelmusik, allerhand Possen und ›langer Nacht‹ bis elf Uhr lustig hergeht. Auch sonst gibt es oft Stunden froher gemeinsamer Erholung daheim bei Namensfeiern und Jubiläen der Patres, die von den Kapellknaben mit Liedern und Musikstücken verschönt werden. Ebenso wenn Gäste im Geistlichen Hause einkehren, treten die Sänger bei Tisch auf. Ihre klaren Stimmen erwerben zumeist rasch aller Gunst. –

Auch die Erholung kommt nicht zu kurz. Der Schulunterricht wird, außer sonntags, auch am Donnerstag unterbrochen. Bei günstigem Wetter machen wir Ausflüge zur ›Grünen Wiese‹ in Gruna, in die Heide, nach Plauen, in den ›Plauenschen Grund‹ oder nach Possendorf und so fort.«
Jetzt schrieb er nieder: »Das ›Fischhaus‹ in der Dresdner Heide war heute wieder unser geliebtes Ausflugsziel. Mit Pater Broggio wanderten die Kapellknaben durch den Wald. Im ›Fischhaus‹ gab es Mittagessen, und am Abend ging es entlang der Elbe heimwärts.«
Pater Superior hatte auch noch einige Vorkommnisse aus der Seelsorge nachzutragen:
»Der Prediger von Altendresden verbot einem katholischen Bedienten des Fürsten von Fürstenberg, seinen Sohn in der Hofkapelle taufen zu lassen, weil die Mutter protestantisch war. Er ließ eine Wache vor das Haus der Wöchnerin stellen, damit das Kind nicht heimlich in die katholische Kapelle gebracht werde. Dieser Fall steht nicht vereinzelt da. –
Der Statthalter fragte an, ob es wahr sei, daß wir den Konvertiten Geld gäben. Man hat nämlich das Gerücht verbreitet, wir schenkten denselben Geld, um sie anzulocken.«
Eine Erwiderung fügte Pater Superior nicht bei, da sie sich erübrigte.
»Eine Konvertitin wurde eingesperrt, weil sie in den Verdacht gekommen war, ein protestantisches Mädchen in die Hofkapelle geführt zu haben. Doch konnten die Patres sie für einen halben Taler befreien.

*

Ach, da war ja noch die leidige Geschichte mit dem Ministrantenschlingel Alessandro Minetto. Der Junge war anstellig und half seinem Vater in der Sakristei, wo er konnte. Er ministrierte gut, da gab es nichts zu klagen. Auch Pater Broggio, der Betreuer der Schuljugend, hatte bisher

nichts Nachteiliges über ihn berichtet. Freilich, temperamentvoll war der kleine Alessandro.
Seinetwegen hatte es große Aufregung gegeben. Mit Pater Broggio war er zum Statthalter Fürstenberg bestellt worden. Ein Prediger hatte sich bei diesem beschwert: »Der Sohn des papistischen Sakristans hat meinen Sohn mit Steinen beworfen.«
Der Statthalter verlas das langatmige Schreiben.
»Hast du den Pastorensohn mit Steinen beworfen?«
Alessandro zögerte mit der Antwort; er hatte noch nie vor einem Statthalter gestanden.
»Sag die Wahrheit!« mahnte Pater Broggio.
Kleinlaut sagte Alessandro: »Ja«.
»So, du willst wohl, daß ich dich einsperren lasse«, meinte der Statthalter streng.
Alessandro schluchzte auf, und unter Tränen kam es brokkenweise hervor:
»Er hat mich ›Marienanbeter‹ geschimpft, und das ist gelogen. Pater Broggio hat uns immer gesagt: ›Wir verehren Maria, aber wir beten sie nicht an!‹«
»Und da mußt du gleich mit Steinen werfen?«
»Nein!«
»Geh! Deine Strafe wird sich finden. – Peinlich genug ist mir die Angelegenheit, Hochwürden. Bestrafen Sie den Jungen, Pater.«
»Weswegen?«
»Er muß bestraft werden, damit ich die Angelegenheit aus der Welt schaffen kann.«
»Gut. Ich werde ihn bestrafen wegen ungeeigneter Rache. Er darf am nächsten Ausflug nicht teilnehmen. So werde ich dem Prediger antworten.«
Pater Broggio fragte nicht, ob der Pastorenjunge wegen der ungerechten Anschuldigung auch bestraft würde.
Wie lange sollte es noch dauern, bis solche ›Religionsauseinandersetzungen handgreiflicher Art‹ unter Schuljungen aufhören würden!

Pater Superior, dem dieser Vorfall sehr unangenehm war, verzeichnete auch ihn in seinem Tagebuch. Dann legte er die Feder nieder. Er hatte nur einiges von dem, was in der jungen Gemeinde geschehen war, mit knappen Sätzen aufgeschrieben.

*

Schon über zwei Jahre waren vergangen, seit König August dem Papst von der Hofkapelle in Dresden geschrieben hatte: »Doch ich werde es nicht etwa bei dieser Hauptkirche allein bewenden lassen, Heiligster Vater; mein fester Vorsatz ist, das Aufblühen der katholischen Religion unter dem Schutze Ew. Heiligkeit in allen meinen Staaten wieder zu fördern. Diese Mutter soll in kurzem noch viele Töchter erhalten, wenn der Herr nur meine Bemühungen segnet.«

Der Segen des Herrgottes aber erweist sich meist in kleinem Beginn.

Abraham, der Stammvater eines großen Volkes, hatte nur einen einzigen Sohn erhalten als Anfang seiner Nachkommenschaft, die »zahlreich wie die Sterne am Himmel« sein sollte. Das Land, das ihm zum Erbe verheißen war, bewohnte er nur als Nomade. Das erste Stückchen eigenen Grund und Bodens war das Grab, das er sich kaufte. Lang und breit wird in der Heiligen Schrift dieser Kaufvertrag geschildert. –

Unscheinbar wie die Geburt des Gottessohnes war die Geburt der ersten Tochter der katholischen Mutterkirche in Sachsen zu Leipzig.

Eines der wichtigsten Handelszentren des Reiches, vermittelte diese Stadt den Handel zwischen dem Westen und Osten Europas. Sie war der Zentralsitz des deutschen Buchhandels, der Hauptstapelplatz für die kursächsische Tuch- und Leinenindustrie sowie für die Samt- und Seidenfabrikation und sollte es neuerdings durch die Erfindung Böttgers auch für die Meißner Porzellanmanufaktur werden.

Die steigende Ausbeute der sächsischen Erzgruben an Edelmetall trug erheblich zum regen Wirtschaftsleben bei. Es herrschte geradezu weltstädtischer Betrieb in den Mauern der Pleißestadt. Hier hatte der Kaufmann Gelegenheit, seine Kräfte zu entwickeln. Der Großkaufmann mußte mancherlei Vorbildung besitzen. Alle Kaufleute, auch die durchreisenden, waren an das im Jahre 1682 eingesetzte Handelsgericht verwiesen, das über Waren und Wechsel innerhalb und außerhalb der Handelsmesse zu entscheiden hatte.
Jetzt war auch der Sieg des Leipziger Buchhandels über Frankfurt am Main erfochten. Während die Juristenfakultät der Messestadt die Aufsicht über die staatsrechtlichen und politischen Schriften besaß, übte die Oberaufsicht über die theologischen Bücher der Dresdner Oberkirchenrat aus.
»Catholica non leguntur.« Katholisches darf nicht gelesen werden. Katholisches ist offiziell nicht da.
Die Hoffnung der Katholiken der Messestadt, besonders der italienischen Kaufleute, ging lange nicht in Erfüllung. Seit dreizehn Jahren war der König katholisch, doch die ungeduldig harrenden Leipziger Katholiken, unter Führung des rührigen Italieners Brentani, merkten nichts davon. Sie besuchten immer noch im verborgenen die heilige Messe.
Schon vor Jahren hatten sie den Franziskanerkonvent in Halberstadt um einen Priester gebeten, damit er ihnen heimlich in einem Privathause Gottesdienst halte und die heiligen Sakramente spende. Der gebürtige Holländer, Pater Marcus Verkuhlen, war nun schon geraume Zeit hier im verborgenen seelsorglich tätig. Er wurde von den ausländischen Kaufleuten unterhalten und sammelte die Zerstreuten in Privathäusern und unterirdischen Räumen um den Altar. ›Vater‹ Brentani unterstützte ihn, wo er nur konnte, ebenso halfen Messegäste mit Geldspenden. Aber es war immer noch ›unerlaubt‹, was in der katholi-

schen Gemeinde zu Leipzig seit 1703 regelmäßig geschah. Nur ein einziges Mal, am 28. Januar 1700, als der Warschauer Nuntius die Pleißestadt besuchte, hatten sie in großer Zahl an der heiligen Messe in dessen Quartier teilgenommen. Heftiger Widerspruch der lutherischen Prediger war die Folge gewesen.

Wie bitter war es für die Katholiken, wenn sie die ehemaligen Gotteshäuser der Klöster sahen: St. Thomas der Augustiner Chorherren, die Pauliner- oder Universitätskirche der Dominikaner, die Matthäikirche der Franziskaner, St. Georg der Benediktinerinnen in der Petersvorstadt, dazu die uralte Pfarrkirche St. Nikolai.

»Für sie aber war kein Platz in der Herberge.« Sie mochten anklopfen, wo sie wollten, immer hieß es: »Seit 1539 ist das Messehalten in allen Kirchen und Klöstern verboten.« Das Versprechen des Königs, das er dem päpstlichen Nuntius gegeben hatte, in Leipzig den Katholiken die öffentliche Religionsausübung zu gestatten, war somit, wie vorausgesehen, auf große Schwierigkeiten mit dem hiesigen Magistrat gestoßen. Endlich im Jahre 1710 erließ August ein Edikt, in dem »das Exercitio religionis den Römisch-Catholischen auf der Vestung Pleißenburg öffentlich zu halten und ein Zimmer zu einer Kapelle anzulegen verstattete«.

So wurde denn die erste Tochter der Mutterkirche zu Dresden in Leipzig am 3. Juni, dem Pfingstfeste des Jahres 1710, geboren.

Es war geradezu ein armseliges, schwaches Kind, und es paßte so gar nicht zum sonst so verschwenderisch schenkenden August dem Starken, was er – spöttisch gesagt – ›huldvoll ins Leben zu rufen allergnädigst geruht hatte‹: ein Zimmerchen im Turm der alten Pleißenburg.

Aber diese erste Tochter in Kursachsen paßte trotz allem zur Mutter Kirche, die als Weltkirche vor fast 1700 Jahren in einem Saale zu Jerusalem von 120 Gläubigen begonnen hatte.

Gab es denn für diese Tochter, deren baldige Geburt der König dem Papste so verheißungsvoll angezeigt hatte, in Leipzig nicht mehr Raum als dieses Zimmerchen im altersschwachen Festungsturm der Pleißenburg?
Das Rathaus hatte im Erdgeschoß viele Gewölbe und bot im Saal des ersten Geschosses 500 Quadratmeter für den Handel. Das berühmte Gewandhaus, vom Erbauer des Meißener Schlosses, Arnold von Westfalen, entworfen und mehrfach erweitert, bot in seinen drei Geschossen wohl 5000 Quadratmeter Fläche für das Ausbreiten der Tuche, der Leinwand und kostbarer Kleiderstoffe.
Der Raum aber, den August huldvollst Christus, dem König der Könige, für die Feier des heiligen Meßopfers, also für die unblutige Vergegenwärtigung des Kreuzesopfers Christi, anbot, maß genau 11,30 Quadratmeter, hatte somit etwa die Maße des Stalles zu Betlehem.
Die Häuser der Bürger mit ihren langen, schmalen, von Gewölben umgebenen Kaufhöfen waren berühmt und besuchenswert und vermochten den König und andere Fürstlichkeiten mitsamt der Dienerschaft aufzunehmen. Die königliche Kapelle in der Pleißenburg jedoch war nicht berühmt, sie war geradezu kümmerlich eingerichtet. Und doch war die Freude der Katholiken über diesen bescheidenen Anfang groß! Von den 11,30 Quadratmetern gingen mindestens 2,30 Quadratmeter für den Altar und die Stufe ab. Blieben also neun Quadratmeter für die Hofgesellschaft. Die Gemeinde konnte sich im engen Vorraum und auf der Wendeltreppe zusammenquetschen.
»Adsum!« sagt der Diakon vor der Priesterweihe.
»Adsum!« dachte der erste Seelsorger dieser Trinitatisgemeinde, Pater Heinrich Eggerth, als er am Pfingstfest die erste erlaubte Predigt hielt.
»Adsum!« kündete Christus der Herr auf dem armseligen Altar, als er sich hier zum ersten Male als Lob-, Dank-, Bitt- und Sühneopfer für seine Brüder darbrachte.
Für den Spott und Hohn, wie bei der ersten Predigt zu

Jerusalem, sorgten nach der heiligen Messe die randalierenden Studenten. Dieser Studentenklamauk legte nicht Zeugnis ab von dem Wort: »Der Leipziger gilt als der Gebildetsten einer in Deutschland.«
Zwei Patres hatte der König mit 1200 Talern als Gehalt und Wohnungsgeld angestellt. Neben Pater Eggerth wirkte weiterhin Pater Verkuhlen. Er kannte die Gemeinde, und die Gemeinde kannte ihn. Ihr Wirkungsfeld ging von der Pleißenburg im nahen und weiten Umkreis bis nach Grimma, Wurzen, Bad Lausick, Leisnig, Borna, Böhlen, Zwenkau, Pegau. Ja, sie mußten oft auch recht weite Krankenbesuche mit Wagen, zu Pferd oder gar zu Fuß nach Frohburg, Wermsdorf, Delitzsch, Naumburg, Wittenberg, Weißenfels, Rudolstadt, Zwickau, Chemnitz, Schneeberg, Gera, also von A bis Z, d. h. von Altenburg bis Zeitz machen. Niemand hat diesen katholischen Missionaren ein Denkmal gesetzt, die wissenschaftlich ebenso gebildet waren wie die Herren Universitätsprofessoren, aber dürftig irgendwo in der Stadt beim Glaubensgenossen Schuster und Schneider zur Miete wohnten, weil sie dem Rate Christi im Evangelium gefolgt waren und Armut, Keuschheit, Gehorsam gelobt hatten.
Im Gedächtnis der allzeit missionierenden Kirche jedoch ist diesen beiden Patres verschiedener Orden ein ehrendes Andenken bewahrt.
Wir wollen auch König August nicht unrecht tun. Vielleicht konnte er unter den damaligen Zeitumständen nicht mehr für die katholische Kirche in Leipzig tun. Der Statthalter Fürstenberg hat in zwei Briefen vom Mai 1710 an Pater Salerni berichtet, daß es große Schwierigkeiten gegeben hatte. Ein anderes kurfürstliches Schloß außer der festungsartigen Pleißenburg gab es in Leipzig nicht. Vielleicht hoffte der König, in der Zukunft besser helfen zu können.
Pater Marcus Verkuhlen arbeitete noch zwei Jahre gemeinsam mit Pater Eggerth. Bisher hatte er auch in Halle

die wenigen dort wohnenden Katholiken betreut. Nun erhielt er vom Apostolischen Vikar für Nieder- und Obersachsen, Augustin Staffani, den Auftrag, in Halle eine Mission zu gründen. Mit der Leipziger Gemeinde aber und ihren Priestern unterhielt er noch lange Beziehung und sandte ihnen Konvertiten zu.
Der Anfang in Leipzig war bitter schwer gewesen für die Patres. Zehn Jahre lang mußten sie für die gespendeten Taufen Strafe zahlen, oft ein Drittel ihres gemeinsamen Jahresgehaltes. Gott aber erhörte ihr tägliches Gebet:

»Unsere Hilfe ist im Namen des Herrn,
der Himmel und Erde erschaffen hat!«

und half ihnen in ihrer Not und Armut. So begann das äußerst bescheidene Dasein der ersten Tochter der königlichen Hofkapelle.

Der geheime Übertritt

Im Januar 1710 traf der Nuntius des Papstes, Albani, erneut in Dresden ein. Natürlich wurde seine Ankunft in der kleinen Residenzstadt sofort bekannt. »Äußerste Wachsamkeit!« flüsterten die treu lutherischen Stände.
Zwar empfing König August den Nuntius wiederum mit allen Ehren, bedauerte aber, ihm wegen seiner bevorstehenden Reise nach Polen nicht noch größere Aufmerksamkeit schenken zu können. August paßte dieser Besuch jetzt gar nicht.
»Was die Erziehung meines Sohnes betrifft, so verpfände ich mein königliches Wort – Regiam meam fidem Sanctitati Vestrae abstringo –, daß ich denselben, sobald sich die Verhältnisse in Polen beruhigt haben, nach dort rufen, ihn bei mir behalten und ihm katholische Erzieher geben werde, die ihn in unserer Religion unterrichten.«
Der Nuntius schaute den König forschend an und fragte sich, ob er den Worten wohl Glauben schenken könne. Schon vor acht Jahren hatte August dasselbe versprochen. Dieser erriet den Blick. Deshalb wies er auf seine augenblickliche schwierige Lage hin und fügte hinzu:
»Sollte sich die Beruhigung in Polen länger hinausschieben, so steht bei mir fest, meinen Sohn auf Reisen zu schicken, bei denen er katholische Diener bei sich haben wird. Sollte Sr. Heiligkeit jedoch ein anderer Weg kürzer und sicherer erscheinen, so bitte ich um geneigte Mitteilung.«
Der Nuntius nickte: »Sr. Heiligkeit liegt die Erfüllung des königlichen Versprechens sehr am Herzen. Ich werde Sr. Heiligkeit berichten, Majestät.«
»Wir hegen die bestimmte Erwartung, daß Se. Heiligkeit Unsere Sache bei den katholischen Fürsten vertreten wird.«
»Das können wir im Namen Sr. Heiligkeit versichern«, sagte Nuntius Albani. Pater Salerni, ein vierzigjähriger

Jesuit aus Neapel, den der Papst seinem Neffen als beratenden Theologen mitgegeben hatte, stimmte ihm bei.
Der ehrenvolle Empfang des päpstlichen Abgesandten wurde natürlich alarmierend weiter nach der Lichtenburg, dem Witwensitz der Kurfürstinmutter Anna Sophia, berichtet. Und auch im Lande wurde viel mit berechtigter Besorgnis darüber gesprochen, obwohl die Unterredungen mit dem Nuntius ganz vertraulich waren.
»Wir verstehen ja, daß August der Starke als König von Polen katholisch wurde, obgleich es uns wirklich nicht recht ist. Aber das ist doch nur etwas Einmaliges. Der zukünftige Kurfürst soll die Finger von Polen lassen! Unter allen Umständen müssen wir dafür sorgen, daß die nachfolgenden Kurfürsten von Sachsen lutherisch bleiben. Kursachsen ist doch das Haupt der Evangelischen in deutschen Landen!«
Superintendent Löscher an der Kreuzkirche erhielt von seinem Freund Wermsdorf einen vom 21. Januar 1710 datierten Brief aus Wittenberg:
»Gestern habe ich nicht ohne Erstaunen in den öffentlichen Zeitungen gelesen, wie man den sächsischen Kurprinzen zur päpstlichen Religion bereden und verführen möge, worüber ich ungemein erschrocken, sonderlich, nachdem ich vernommen, daß der Albani sich darob eingefunden ... Ach, tun Sie doch bei dieser großen Seelengefahr, was Sie können und mögen, und sekundieren Sie den Herrn Oberhofprediger, der, soviel ich höre, freilich das Seine redlich tun mag. Wir wollen miteinander beten helfen, daß Gott diese schädlichen Pläne hintertreibe um Christi willen!«
Als erster Geistlicher der Hauptkirche Dresdens sowie als Rat der obersten Kirchenbehörde des Landes hielt Dr. Löscher sich verpflichtet, die keineswegs leichte Aufgabe zu übernehmen, die er als seine Gewissenspflicht erkannte.
Ihm war es ein Trost, daß die Großmutter und Mutter so eifrig über den Prinzen wachten, der über die Hergänge

beim Übertritt seines Vaters unterrichtet war und den Schmerz der Mutter und Großmutter teilte. Daß der Prinz religiös gut erzogen ward, hatte Dr. Löscher im vergangenen Jahr selbst bestätigt gefunden.

Aber König August wiederholte dem Papst unter dem 23. Januar seine während der Unterredungen mit Albani abgegebenen Versprechen und Erklärungen.

Klemens XI. dankte ihm für seine Versicherung und ermunterte ihn, sein königliches Wort sobald als möglich zu erfüllen. Dieses unter dem 22. Februar 1710 gesandte Schreiben des Papstes war das sechste, in dem es um die katholische Erziehung des Kurprinzen ging. Am 7. Mai gab Klemens im Konsistorium den Kardinälen die Zusicherung König Augusts bekannt. Von Polen aus stattete August am 20. Juni dem Heiligen Vater für die ihm vor den Kardinälen gezollten Anerkennungen seiner Bemühungen um die katholische Kirche sowie die katholische Erziehung seines Sohnes tiefsten Dank ab.

*

Sommer 1710. Um die Lichtenburg wogte das Korn auf den Feldern, und zwischen dem Gold und Grün der Erde und dem Blau des Himmels sangen die Lerchen dem Schöpfer Dank. Die Kurfürstinmutter Anna Sophia hatte den Wittenberger Professor Dr. Feustking herbeigerufen, denn die königlichen Versprechungen waren ihr bekannt geworden.

»Ich weiß um Eure Sorgen wegen der Erziehung des Enkels«, versicherte der Gast.

»Bedenkt, seit Kindertagen habe ich ihn täglich um mich. Friedrich August ist gutmütig und lenkbar.«

»Und in der Heiligen Schrift wohl bewandert, wie Dr. Löscher schrieb.«

»Er war im vergangenen Jahr hier und rühmte ihn sonderlich, daß er beim Examen rasch geantwortet und vor allem aus der Heiligen Schrift gut vorgetragen haben.

Friedrich August ist die Freude meines Alters in meiner Einsamkeit hier.«
»Ihr habt an Herrn von Miltitz einen guten Erzieher. Wie alt ist der Kurprinz?«
»Am 7. Oktober wird er vierzehn Jahre alt.«
»Dann ist es Zeit, daß er konfirmiert wird.«
Ihren sorgenvollen Gedanken nachhängend, begaben sie sich in die Schloßkapelle.
Lange und eindringlich predigte Dr. Feustking über Ijob 27, 5–6. »Bis daß mein Ende kommt, will ich nicht weichen von meiner Unschuld; von meiner Gerechtigkeit, die ich habe, will ich nicht lassen!«
Diese Worte und ihre Auslegung durch den würdigen Prediger machten einen tiefen Eindruck auf den Kurprinzen. Nach der Predigt trat er in den Speisesaal und sagte aus freiem Antrieb:
»Es hat mir des Herrn Professors Predigt von der Beständigkeit, die eine Seele und Säule aller Tugenden ist, sehr wohl gefallen. Ich habe die Worte Ijobs nunmehr auch zu meinem Leibspruche erwählet und sage ihm nach: Bis daß mein Ende kommt, will ich nicht weichen von Gott; will auch nicht lassen von meinem Glauben und meiner Religion, die ich habe.«
Als Dr. Feustking hinzusetzte: »Mit Gottes Hilfe, Ew. Hoheit, mit Gottes Hilfe!«, antwortete Friedrich August: »Ja, freilich, mit Gottes Hilfe! Denn der Gott, der das Wollen gegeben, wird auch das Vollbringen gewähren.«
Großmutter Anna Sophia freute sich über dieses schöne, aus überzeugtem Herzen kommende Zeugnis ihres Enkelsohnes sehr. Drum schrieb sie bald darauf dem König, der Kurprinz trage sehnlichst Verlangen nach dem Abendmahl. Sie wußte, daß jetzt eine Entscheidung not tat, denn mehr und mehr beunruhigende Nachrichten drangen zum Oberkonsistorium in Dresden und zur Kurfürstinmutter auf der Lichtenburg durch.

*

Es währte nicht lange, bis sich auch die Gräfin Cosel in diese Sorgen um den Kurprinzen einschaltete. Sie ließ Feldmarschall von Flemming zu sich kommen.
Ihm war es durchaus nicht recht, daß die Favoritin des Königs sich zur Herrin seines Willens machen und auch die Staatsgeschäfte beherrschen wollte. Er hörte jedoch ihre Vorwürfe ruhig an und merkte sich jedes Wort.
»Den Kurprinzen hat man zum Opfer ausersehen!«
Flemming schwieg. Erregt fuhr die Cosel fort:
»Ich weiß nicht, was die Absicht des Königs ist. Er hat nichts von Polen und kann nicht hoffen, daß sein Sohn ihm nachfolgen wird.«
Flemming schwieg weiterhin.
»Die Polen müßten närrisch sein, wenn sie dem zustimmen würden nach einer so unglücklichen Regierung wie der des Königs.«
Flemming hustete und dachte: ›Rede nur weiter!‹
»Das polnische Volk muß einen Polen zum König haben, ebenso wie die Engländer einen König aus ihrem Volke. Sie haben einen großen Fehler begangen, als sie einen Fremden wählten. Nichtsdestoweniger will der König seinen Sohn zum Opfer bringen und ihn auf eine ganz eitle und unbegründete Hoffnung hin zur katholischen Kirche übertreten lassen.«
Jetzt wollte der Feldmarschall antworten, aber die Cosel hatte sich so in Eifer geredet, daß er nicht zu Worte kam.
»Ich wünsche, Graf Flemming, daß ihr dem entgegentretet. Ich weiß wohl, Ihr werdet mir dasselbe wie schon einmal erwidern: ›Ich bin nicht Minister des Gewissens, sondern Minister des Staates.‹«
Ruhig entgegnete ihr nun Graf Flemming:
»So ist es, Exzellenz!«
Die Favoritin versuchte, ihre Erregung zu beherrschen, und sagte in spitzer Art:
»Aber dies ist auch eine wichtige Staatsangelegenheit, denn wenn der König den Kurprinzen nach Polen mit-

nimmt, wie es wohl seine Absicht ist, werden sich die Engländer, Holländer und alle protestantischen Fürsten Deutschlands von ihm abwenden.«

Graf Flemming spürte einen Zorn in sich aufkommen. Für ihn hatte diese Frau gar keine Berechtigung, sich in die Staatsangelegenheiten einzumischen. Nicht einmal nachdenken sollte sie darüber. Aber mit ernstem und aufmerksamem Gesicht hörte er weiter auf ihre erregten Worte.

»Die katholischen Fürsten spiegeln zwar dem König vor, daß sie ihm, wenn sein Sohn zur katholischen Kirche übertrete, große Hoffnungen im Deutschen Reiche eröffnen würden. Allein, dies sind Chimären, Graf Flemming.«

»Ich bin Ew. Exzellenz dankbar für die vorgetragenen Bedenken, doch ich bin, wie bereits gesagt, Minister des Staates und nicht des Gewissens.«

Der Feldmarschall verabschiedete sich und fertigte über das Gespräch sogleich ein Protokoll an, dessen Abschrift er zu gegebener Stunde dem König überreichen wollte. August würde darüber nicht gerade erfreut sein.

*

»Nun ist es an dem«, schrieb der König am 22. Oktober aus Dresden an seine Mutter, »daß er in sein fünfzehntes Jahr gehet, und fast an der Zeit, daß man bei den Jahren es ihm gestatten könnte. Weil aber kein periculum in mora, also werden Ew. Gnaden dieses Werk noch belieben zu differiren, bis ich selbst mit dem Prinzen gesprochen oder einen Expressen zu ihm schicke, mit ihm sprechen zu lassen.«

Des Königs Brief kam zu spät. Am 9. Oktober war in aller Stille zu Lichtenburg der Kurprinz in Gegenwart seiner Mutter und Großmutter durch den Oberhofprediger Pipping konfimiert worden und am nächsten Tage mit ihnen zum Abendmahl gegangen.

*

Superintendent Dr. Löscher erhielt vom Seelsorger des Kurprinzen, Professor Feustking, einen Brief aus Lichtenburg, datiert vom 28. Oktober 1710:
»Ich weiß, daß Ew. Hochwürden sich mit mir herzinniglich freuen, daß meine Bemühungen, sonderlich die ich hier am Hofe gehabt, eine solche Wirkung gehabt, davon das ganze Land eine merkliche Konsolation (Tröstung) empfindet. Gott helfe weiter und schaffe, daß das angefangene Wesen bis ans Ende hinausgeführt werde.
An Vorstellungen fehlt es nicht. Ich muß Gott sonderlich danken, der das Herz des Prinzen so lenket, daß sie mich gerne hören. Und da kann nun wohl nichts so Schlimmes in der Welt sich ereignen, was dem Herrn bisher nicht vorgebittet worden, damit das Herz gegen die künftigen Anläufe desto fester sei; wie ich denn auch zu Gott das Vertrauen habe, es werde alles gut gehen.
Übrigens denke ich, es werde der liebe Prinz sich nunmehr bald in Dresden sehen lassen. Und da werde ich von meiner Hofprädikatur erlöset sein ...«
Dieser Brief tröstete zwar den eifrigen und frommen Superintendenten Dr. Löscher sehr, jedoch verließ ihn die Sorge nicht.

*

August war bestürzt und erregt über die Nachricht von der Konfirmation. Er wetterte gegen die eigenmächtige Handlungsweise seiner Mutter, die seine Abwesenheit dazu benutzt hatte, vollendete Tatsachen zu schaffen. Aber es war geschehen. Jetzt kam es darauf an, dem Papst zu bekunden, daß die Konfirmation gegen seinen Willen erfolgt war. Deshalb schrieb er am 16. November aus Danzig nach Rom:
»Ich hatte ausdrücklich befohlen, daß mein Sohn nicht die lutherische Religion annehme, und man hatte es mir versprochen, aber gegen meine Erwartung und gegen meine Befehle hat man meinen Sohn diesen Schritt tun lassen.

Wären meine geheimen, Ew. Heiligkeit anvertrauten Absichten nicht an die Öffentlichkeit gebracht worden, so daß sogar die Zeitungen voll davon waren, dann hätten sie es nicht gewagt, diesen Schritt zu tun.
Um in etwa das Übel dieses unerwarteten Schrittes wiedergutzumachen, werde ich selbst diesen Winter nach Sachsen gehen, um meinen Sohn mit mir nach Polen zu nehmen, wo ich ihm einen aus Katholiken bestehenden Hofstaat geben werde.
Ich bitte, von diesem Plane, den ich vertraulich mitteile, nichts verlauten zu lassen, weil ich befürchte, daß diejenigen, die bereits gegen meine Befehle zu handeln gewagt haben, sich zu anderen Extravaganzen hinreißen lassen, die dann neue Hindernisse der Ausführung meines gegebenen Versprechens in den Weg legen könnten.«
Der betrübte Papst antwortete am 5. Januar 1711:
»Obwohl Wir zahllose und die größten Bitterkeiten im Laufe der zehn Jahre Unseres viel bewegten Pontifikates zu erdulden hatten, wie alle Welt weiß, so sei Seine Majestät gleichwohl überzeugt, daß von allen diese keine jener gleichkommt.«

*

Im Frühjahr 1711 kam Kardinal Christian August von Sachsen-Zeitz wieder nach Dresden.
Am 1. Fastensonntag spendete er dreißig Kindern und Erwachsenen die heilige Firmung. Am Karsamstagabend hielt er die Auferstehungsfeier. Hinterher äußerte er zu seiner Begleitung: »Morgen wird ein sächsischer Kadett einem Kurfürsten von Sachsen die heilige Kommunion reichen.« In der Prozession folgte der König mit polnischen Großen dem Allerheiligsten. Am Ostersonntag wurde vom Kardinal mit größter Feierlichkeit ein Pontifikalamt gehalten, bei dem ihm der Domdekan Ermlands, Baron von Schenk, Pater Vota und sein eigener Kaplan assistierten und zwei Kapläne des Barons als Ehrendiakone

fungierten. Die nötigen Paramente hatten die Patres wiederum aus Mariaschein holen müssen. Die Ministrantendienste versahen die Patres Missionare. Vier polnische Adelige hielten das Kommuniontuch, als der König aus der Hand des Kardinals die heilige Kommunion empfing. Eine große Volksmenge war wiederum im Gotteshaus zugegen.

Inzwischen war der Kurprinz auf kurze Zeit nach Dresden gekommen, hatte den Oberhofprediger sogleich empfangen und den öffentlichen Gottesdienst am Bußtag besucht.

Dr. Löscher berichtete es seinem Freunde Wermsdorf nach Wittenberg. Dieser antwortete ihm unter dem 13. Juli:

»Ein aus dem Karlsbade kommender Passagier wollte mich versichern, es ginge durch ganz Böhmen die Rede, und zwar nicht ohne öffentliches Frohlocken der Pfaffen, unser Prinz habe in Prag sich zur römisch-katholischen Kirche bekannt. Allein, aus Ew. Hochwürdigen Magnifizenz Schreiben ersehe ich, ... er werde noch als ein rechtschaffener Lutheraner zurückgekommen sein.

Ach, wenn man's doch dahin bringen könnte, daß der Herr doch wieder öffentlich kommunizierte, dadurch wären alle Suspiciones (Verdächtigungen) auf einmal gehoben und den Adversariis (Gegnern) der Mut genommen, weiter was zu tendieren (beabsichtigen). Der gefährliche Kardinal wird vorher im Lande angekommen sein, Gott lasse doch seine bösen Anschläge auf ewig ins Sinken geraten und lenke unsers Königs Majestät zu bessern Gedanken.

Ew. Hochwürdigen Magnifizenz und dem Herrn Oberhofprediger kann's unsere ganze evangelische Kirche nicht genug verdanken, was Sie bei dieser Gelegenheit vor Sorge, Mühe und Verdruß ausgestanden haben.«

Dr. Löscher las den Nachsatz mit großer Besorgnis:

»Ich höre, der liebe Prinz soll bald wieder fort. Ist's aber nicht zu erbarmen, daß man diese teure Seele ohne alle Versorgung mit Predigen lassen will?«

Acht Tage später erhielt Dr. Löscher erneut einen Brief von seinem Freund:
»Mir kommt's sehr verdächtig vor, daß sich der Prinz die päpstliche Hofstatt sine contradictione (ohne Widerrede) zureden lassen, daß er kein Verlangen nach der Kommunion sub utraque (unter beiderlei Gestalten) bezeugt, daß er selbst nicht um Zuordnung eines Reisepredigers bitten will … Heute hat der Herr Hofprediger auch geschrieben. Er scheint aber alles verloren zu geben, so Gott verhüte.« Dr. Löscher war bedrückt. Er ging in sein Kämmerlein und betete.

*

Im Mai sandte König August seinen guten alten Beichtvater mit Aufträgen nach Rom. Sie waren nicht so wichtig, als es schien. Pater Superior schrieb darüber in sein Tagebuch:
»Am 27. Mai 1711 wurde Pater Vota vom König mit einem Auftrag nach Rom gesandt. Am 6. Juni reiste er ab. Man sagt, er werde wohl nicht zurückkehren.«
Und ihm Jahresbericht fügte er hinzu:
»Der gute Pater Vota scheint so auf nette Art vom Hofe entfernt worden zu sein, wenn ihm auch das Gehalt des Beichtvaters bleibt. Auch das Amt des Apostolischen Präfekten hat er behalten, weshalb sich alle neuankommenden Missionare von ihm in Rom Vollmachten erbitten müssen. Ebenfalls muß ihm dorthin Pater Superior halbjährlich sein Geld schicken sowie die Fragen und Klagen des alten Papstes beantworten, der ständig Intrigen gegen seine Stellung als Apostolischer Präfekt argwöhnt.«
In Wirklichkeit aber wollte der König den hochgeschätzten dreiundachtzigjährigen Beichtvater nicht mehr bemühen und hatte ihn deswegen nach Rom gesandt.
Als Beichtvater wirkte jetzt ein Kreuzherr, Pellet de Hundt, Propst der Kreuzherren zu Maria-Kulm.
Des Königs Ratgeber war Pater Salerni.

*

Kaiser Joseph I. starb am 17. April 1711. Des Reiches Erzvikar wurde König August.
Auch der Dauphin von Frankreich war drei Tage zuvor, fünfzig Jahre alt, an den Blattern gestorben.
Das Hinscheiden der beiden Fürsten machte in ganz Europa einen gewaltigen Eindruck. Der Papst sagte in seiner Ansprache: »Beide Häuser hat der Tod mit gleichem Fuße berührt, beide Fürsten in derselben Woche durch dieselbe Krankheit hinweggerafft.
So lehrte die göttliche Weisheit, indem sie auf dem Erdboden spielt, wie es in dem Buche der Sprüche heißt, daß nichts so groß und herrlich ist, daß es nicht zugleich vergänglich und hinfällig wäre.
Wie ist es möglich, daß nach solchen Erfahrungen die Menschen die Nichtigkeit der Erdengröße entweder in ihrer Verblendung nicht gewahr werden oder in ihrer Torheit verdecken oder in ihrem Leichtsinn leugnen!«
In Wien Trauer über den Tod des Kaisers, in Paris Jubel darüber. Der 33jährige Joseph I. hatte nicht daran gedacht, noch zu Lebzeiten einen Nachfolger wählen zu lassen. Er hinterließ nur Töchter. Sein Tod beschäftigte alle Herrscher Europas. Wer wird Kaiser werden?
Der Erzbischof von Mainz schrieb den Wahltag für den 20. August aus.
Die Aussicht auf einen protestantischen Kaiser trat jetzt in beachtliche Nähe. Der Glaube an eine Bewerbung Brandenburg-Preußens war im Reiche sehr verbreitet.
Ludwig XIV. suchte in Hannover und Sachsen Hoffnungen auf die Kaiserkrone zu wecken, allein seine Unterhändler wurden von König August abgewiesen.
Des verstorbenen Kaisers Bruder Karl war der Erbe Österreichs. Der Papst empfahl ihn den Kurfüsten.
August rechnete damit, daß Karl keine männlichen Nachkommen haben werde, und dachte daran, später sein Nachfolger zu werden. Deshalb bemühte er sich, die geistlichen Kurfürsten für seine und seines Sohnes Wahl

zum römischen König zu gewinnen. Die Kaiserkrone mit der reichen österreichischen Erbschaft würde somit an sein Haus fallen.
Papst Klemens XI. aber nahm diese Pläne nicht ernst. Es stand ja durchaus nicht fest, daß mit Karl der Mannesstamm der Habsburger erlöschen werde.
Den Gedanken jedoch an die Königswahl des Kurprinzen konnte der Papst nicht ohne weiteres abweisen. Die erste Vorbedingung dafür mußte aber der Übertritt des Kurprinzen zur katholischen Kirche sein.
Das bewog König August, nunmehr seinen Versprechungen endlich nachzukommen, obwohl der Papst ihm für die geplante Königswahl eine Unterstützung nicht zuzusagen vermochte.
Am 25. Mai 1711 hatte er dem Heiligen Vater geschrieben, er werde den Kurprinzen nach Italien senden. Zunächst jedoch nahm er ihn mit zum Wahltag nach Frankfurt am Main. Der Prinz reiste in Begleitung seines Erziehers von Miltitz und traf am 13. August dort ein. Er führte den Titel eines Grafen von der Lausitz.
Auch der päpstliche Nuntius, der noch nicht dreißigjährige Albani, war eingetroffen, wurde aber überall in der schroffsten Weise zurückgewiesen. Gerüchte über ein päpstliches Einschreiten zugunsten der Wittelsbacher und gegen Hannover steigerten die Erregung gegen ihn noch mehr. Allein seine Forderung, wie ein königlicher Gesandter empfangen zu werden, beantwortete der Trierer Kurfürst, indem er sich schleunigst auf die Jagd begab, und der Pfälzer Kurfürst verweigerte ihm jede Audienz. Weil der Papst der Königskrönung seines Herrn widersprochen hatte, da es sich um das verweltlichte Ordensland Preußen handelte, forderte der preußische Gesandte bei Eröffnung der Verhandlung die Ausweisung Albanis aus Frankfurt und drohte mit Tätlichkeiten, wenn er den päpstlichen Protest gegen die Königswürde erneuern würde.

Der Nuntius wurde geradezu öffentlich ausgelacht. Galt es seiner Eitelkeit, die er bekundete, weil er schon in jungen Jahren vom Papst nach Wien und Dresden gesandt war, oder bedeutete es offensichtliche Verunglimpfung des Papsttums, dessen Gesamtlage in dieser Zeit überaus ungünstig war?
All dem Unwürdigen, das Albani zu erdulden hatte, setzte er jedoch selbst durch Mangel an Selbstbeherrschung die Krone auf. Als er in aller Stille die Stadt verlassen wollte, führte man sein Gefährt durch Straßen, in denen Wagen und Dienerschaft der kurfürstlichen Gesandten den Durchgang aufhielten. Albani geriet außer sich und befahl seinen Dienern, die Postillone durchzuprügeln, wodurch er wirklich nicht die Stellung des Papstes bei den Fürsten verbesserte. Mit der bisherigen Vorstellung über die Verbindungen von Kirche und Staat hatte es ein gründliches Ende gefunden.
Am 12. Oktober war die Kaiserwahl in einer Viertelstunde zugunsten Karls entschieden.
Die sächsischen Pläne für die Königswahl des Kurprinzen waren zerronnen.
Es kam zu ganz anderen Plänen.

*

Im November empfing König August Pater Salerni im Kriegslager zu Stralsund zu einer Aussprache.
»Wie bekannt, trachtet der König von Dänemark nach einer Heirat des Kurprinzen mit einer dänischen Prinzessin.«
»Wir wissen darum und kennen auch die Kräfte in Sachsen, die an diesem Plan äußerst interessiert sind.«
»Was nach allem bisher Geschehenen begreiflich und menschlich verständlich ist.«
»Sie machen ihm sogar Aussicht auf die dänische Krone.«
»Der Kardinalstaatssekretär erbittet Bericht, wie sich der König von Polen zu diesen Plänen stellt.«
August erhob sich und erklärte mit Nachdruck:

»Weder dieser Plan noch andere Pläne werden mich von der versprochenen katholischen Erziehung meines Sohnes abbringen ... Ich werde den Miltitz durch Expressen abberufen, Pater Salerni ... Das wird in zwei oder drei Tagen geschehen ...«
»Wen wird der König dem Kurprinzen an seiner Statt senden?«
»Den Palatin von Livland, den Grafen Kos, und mit ihm katholische Umgebung. Dann werde ich den Kurprinzen nach Rom auf Reisen schicken.«

*

Es vergingen zwar mehr als zwei Tage, am 1. Dezember jedoch erließ der König eine geheime Instruktion:
»Der Palatin Kos soll Herrn von Miltitz, der bisher die Leitung des Erbprinzen führte, auf gute Weise zu bereden suchen, Frankfurt zu verlassen und nach Dresden zurückzukehren. Weigert er sich dessen, so soll er ihm diesen ausdrücklichen Befehl des Königs mitteilen.
Sobald Miltitz abgereist, die Kaiserkrönung vorbei, der Erbprinz dem Kaiser vorgestellt ist, soll die Reise nach Italien über Augsburg, Innsbruck, Trient, Verona, Venedig und Florenz erfolgen.
Der Palatin soll dabei mit größter Behutsamkeit vorgehen.
Die Abreise des Kurprinzen soll unter dem Vorwand eines Ausflugs nach Aschaffenburg erfolgen. Auf dem Wege soll ihm der Befehl des Königs mitgeteilt werden, sich in Venedig den berühmten Karneval anzusehen.
Der Baron von Hagen soll inzwischen einige Tage länger in Frankfurt zubringen und der Dienerschaft den Befehl zur Rückkehr nach Dresden geben, wo jeder eine andere Beschäftigung erhalten wird. Dann soll er den Erbprinzen einholen und an der Stelle von Miltitz die Leitung übernehmen. Der Bruder Emmerich von Hagen soll mit ihm nachreisen und Kammerherr beim Erbprinzen werden.

Der Palatin hat die Pflicht, über alles zu wachen und alles zu bestimmen. Der Prinz soll unbekannt reisen. Jedes Zusammentreffen mit Gesandten und Botschaftern auswärtiger Mächte ist zu vermeiden. Ist es nicht zu umgehen, so soll der Prinz den Besuch mit größter Zuvorkommenheit erwidern.
Der Palatin soll sich an Instruktionen des Königs aus Prag halten, notfalls eigenmächtig ausdehnen und erweitern.
Bei Schwierigkeiten ist der König sofort zu benachrichtigen. Neue Instruktionen sind dann abzuwarten. Der Baron von Hagen und seine Umgebung haben sich in allem streng nach den Befehlen des Palatins zu richten.
Zeremonienmeister ist der Franzose Montargon …
Bei allem ist mit möglichster Behutsamkeit und Schonung zu verfahren.«

*

Superintendent Dr. Löscher war beim König wegen des Kurprinzen persönlich vorstellig geworden. Es geschah ohne Erfolg. Mehrere Schreiben hatte er bereits an den Kurprinzen gesandt. Sie erreichten ihre Bestimmung nicht.
Am 20. Juli 1711 schrieb er erneut aus Dresden. Er wußte nicht, daß der Kurprinz am Tage zuvor ›entführt‹ worden war.
»Kein Tag vergeht, an dem sich nicht viele tausend evangelische Sachsen, darunter auch ich, mit brünstigen Bitten und Gebeten vor Gott, der alles heilsam wenden und enden kann, Ew. Hoheit erinnern. Unser Harm wegen der so langen Abwesenheit und Entfernung von Ihren getreuen Glaubensgenossen ist unglaublich. Gott ist Zeuge, wie unsere Herzen in Tränen schwimmen und von Seufzern voll sind. Er mag durch die Liebe Christi Ew. Hoheit bei seinem Wort und in seiner Gnade bewahren, die allein helfen können, wenn die Welt mit ihrer Eitelkeit vergeht.
Mir ist bei dem ungeheuren Schmerz kein geringer Trost, daß ich diese Gelegenheit finde, da es sonst anders nicht

möglich ist, Ew. Hoheit zu versichern, daß Gottes Hilfe in keinem Falle ausbleiben wird, und Ihren christlich standhaftem Sinn in bezug auf Gottes Verheißung zu erinnern, daß er dem, der getreu bleibt bis auf den Tod, die Krone des Lebens geben wird. Da Ihnen mein letzter Brief, den ich durch Kasimir Reichenbach sandte, zugleich mit den übrigen weggenommen worden ist, wage ich gehorsamst eine Abschrift desselben hier beizuschließen. Ach, daß wir doch Ew. Hoheit als kostbarstes Pfand der göttlichen Gnade bald wieder sehen könnten! Gott gebe es durch die Liebe Christi!«

In der Kreuzkirche betete Dr. Löscher mit den Gläubigen um des Kurprinzen Seelenheil. Ebenso geschah es auch in den anderen Kirchen nach einem Formular, das öffentlich im Gottesdienste vorgelesen wurde.

*

Der Kurprinz war von dem Wechsel seiner Umgebung arg betroffen. Alle, die ihn kannten und die er kannte, verabschiedeten sich von ihm. Er war betrübt, daß der König die Bande, die ihn an seine Getreuen knüpften, schonungslos zerriß.

Oberhofmeister von Miltitz zögerte mit der Abreise. Er erhielt jedoch bald strengen Befehl vom König, sich sofort zu entfernen. Graf Kos eröffnete nunmehr dem Kurprinzen den Befehl des Vaters, sich über Heidelberg nach Venedig zu begeben, um dort den Karneval anzusehen.

»Mir liegt nichts am Karneval in Venedig und überhaupt nichts an Italien; ich möchte lieber nach Holland reisen.«

»Das mögen Ew. Durchlaucht selbst Sr. Majestät schreiben. Ich habe diesen strikten Befehl erhalten.«

Er überreichte Friedrich August des Vaters Brief:

»... Da ich nun beschlossen habe, dich auf Reisen zu senden, habe ich für gut befunden, dich mit Italien anfangen zu lassen, und du kannst demnach diesen Winter in Venedig zubringen, um den Karneval daselbst zu sehen.

Das Nähere hierüber wird dir der Palatin von Livland, dein General-Adjutant, mitteilen, den du als Repräsentant meiner Person anzusehen hast.
Sei überzeugt, daß alles, was ich hierbei verfüge, nur zu deinem Besten sei, und hiermit bitte ich Gott, daß er dir auf deinen Reisen beistehen werde ...«

*

Das Jahr 1712 hatte begonnen. Am 9. Januar bat der Kurprinz in einem Briefe seinen Vater:
»Nach Beendigung des Karnevals in Venedig bitte ich, mir zu erlauben, im kommenden Frühling nach Deutschland zurückkehren zu dürfen oder eine Reise nach Holland zu machen, da ich für dieses Land mehr Neigung habe als für Italien.«
August kehrte nach Empfang des Briefes nach Dresden zurück. Er brauchte zudem Geld für den polnischen Krieg und verlangte es von den Ständen. Diese benutzten jetzt die Gelegenheit, dem König über die Entfernung des Prinzen ihre ernsten Besorgnisse zu sagen und ihn an seine wiederholten Versprechungen über die Erziehung des Sohnes zu erinnern. Die gleichen Vorhaltungen kamen
von der Königin Anna von England,
vom König von Dänemark,
von anderen protestantischen Fürsten,
von der Universität Leipzig,
von Valentin Löscher.
Am 1. März bat Friedrich August wiederum um die Rückkehr.
Der König war sehr ungnädig darüber und wies den Sohn an, so lange in Italien zu bleiben, als es der Vater für gut befände. Außerdem schrieb er am 5. März dem Grafen Kos:
»Mit großem Mißfallen erfahre ich die Abneigung meines Sohnes gegen die katholische Religion und die katholische Kirche. Ich wünsche dringend, den Prinzen katho-

lisch zu sehen, sobald es sein kann, und es würde für mich die angenehmste Nachricht und größte Freude sein, die mir mein Sohn machen könnte. Wie ich ihn aber dazu nicht zwingen will, so ist es doch meine Absicht und mein Auftrag für Euch und Baron von Hagen, alle Mittel anzuwenden, die am geeignetsten scheinen, ihn die Wahrheit der katholischen Religion erkennen zu lassen, jedoch ohne ihn zu belästigen oder zu betrüben.«

*

Des Königs Kronkanzler Graf Szembeck fertigte den Brief aus und fügte hinzu:
»Als Mittel, die vom König gewünscht werden: Verhinderung des Verkehrs des Prinzen mit abwesenden und anwesenden Lutheranern. Überwachung des brieflichen Verkehrs.«
August wußte um den Widerstand im eigenen Land, um den Geheimbund im sächsischen Adel, der in Verbindung mit den beiden fürstlichen Frauen und auswärtigen protestantischen Fürsten stand und bereit war, mit allen Mitteln, ja sogar der geheimen Entführung, den Übertritt des Kurprinzen zu vereiteln.
Vom König war wahrlich ein sehr diplomatisches Spiel getrieben worden. Dem Papste hatte er seit Jahren die katholische Erziehung seines Sohnes mehrmals versprochen, den Ständen aber zugesichert, daß alles beim alten bleibe. In der Deklaration für Flemming hatte er betont, daß er nur für seine Person die katholische Religion annehmen wolle. Die äußeren Bekundungen des Königs waren auf jeden Fall widerspruchsvoll und mußten Mißtrauen, Besorgnisse und Verbitterungen erwecken.
Eines aber wird immer wieder klar: In religiösen Dingen war August der Starke kein absoluter Herrscher. Hatte er es gewußt, als er vor sieben Jahren dem Papste die Zusicherung gab?
Er wird uns, wie in vielem, was er tat, ein Rätsel bleiben.

*

Dem König war bekannt, daß sein Sohn Mittel und Wege gefunden hatte, sich an Gesandte protestantischer Mächte zu wenden und sie um Rettung aus seiner Not anzuflehen. Die Einladung der englischen Königin war dafür bezeichnend. Bei einer Reise nach Holland aber war die Gefahr, den Prinzen ›zu enleviren‹*, zu groß.

Ein Kurier wurde gemeldet, der dem König drei Briefe des Kurprinzen überreicht. August las die Aufschriften: je einer an ihn, an die Mutter und an die Großmutter. Das war in Ordnung. Er zerbrach zuerst das Begleitschreiben des Grafen Kos:

»... Die beiliegenden Briefe enthalten nichts weiter als Versicherungen der kindlichen Liebe des Prinzen ...«

August wollte sie ungeöffnet seiner Gattin und Mutter weiterreichen.

Als er jedoch in dem an ihn gerichteten Brief den dringenden Wunsch des Sohnes las:

»... bitte ich um die Erlaubnis zur Rückkehr nach Sachsen ...«, wurde er unwillig.

»Der Vater bestimmt die Erziehung seines Sohnes ... Der König legt die Ausbildungsreise des Prinzen fest ... Da ist doch etwas nicht in Ordnung! ... Hat der Kos nicht aufgepaßt?« – Die Zornesader schwoll ihm an.

Gewohnt, schnell zu handeln, überlegte August nicht lange und öffnete den Brief an die Mutter.

»Das habe ich geahnt!

›... den durch einen Kurier heimlich zugestellten Brief habe ich empfangen ... Eure Befehle werde ich genau befolgen ... *nie katholisch werden* ... alle meine vor meiner Abreise aus Torgau gemachten Versprechen treulich halten ...‹

Hinter meinem Rücken wird anders gespielt, als ich will.«

Der König erbrach den Brief an die Großmutter. Ähnliche Versprechungen.

Nun hatte er Beweise in der Hand.

* zu entführen

»Jetzt muß sofort gehandelt werden!«
Er rief seinen zuverlässigen Reiseleiter herbei:
»Alle Vorsichtsmaßnahmen sind zutreffen, daß der Geheimbund der sächsischen Adeligen nicht von meiner Zusammenkunft mit Pater Salerni erfährt.«
»Jawohl! Wo soll sie stattfinden?«
Der König überlegte: »In Bautzen auf der Poststation, im Hotel ›Zur Post‹. Aber vorher fahre ich in entgegengesetzter Richtung nach Schloß Lichtenburg zu den Damen, um mich von ihnen zu verabschieden.«
»Wann soll die Abreise Ew. Majestät erfolgen?«
»Am 20. März.«

*

Tags darauf reiste Graf Szembeck in aller Frühe nach Bautzen. Pater Salerni hatte Befehl erhalten, als Kavalier gekleidet, unauffällig gegen Mittag dorthin zu folgen.
Traf der Großkanzler in aller Öffentlichkeit zu mittäglicher Stunde in Bautzen auf der staatlichen Poststation ein, so sah hingegen Pater Salerni bei seiner Ankunft nichts von dem majestätischen Stadtbild mit der Ortenburg und der Petrikirche. Es war inzwischen Nacht geworden.
In einen Pelzmantel gehüllt, begab er sich sofort auf sein Zimmer. Niemand wußte, wer dieser Mann aus dem Gefolge des Großkanzlers war.
Er hatte Anweisung auf seinem Zimmer zu warten, sich möglichst nicht blicken zu lassen.
Zwei Tage Ruhe sind für Pater Salerni auch einmal eine Wohltat. Warten auf das, was der Herr ihm aufgetragen hat! Er sah in diesem Warten auf den irdischen König ein Abbild des ständigen Bereitseins für den himmlischen Herrscher, dem er Gehorsam gelobt hatte.
Tagsüber schrieb er seine Berichte für Rom, arbeitete an seinen Studien, betete und betrachtete in der ihm nun vom Herrgott bestimmten Zelle im Hotel »Zur Post« in

Bautzen. Gern wäre er in die Kirche gegangen, doch er mußte verzichten.
In der Nacht des 23. März hieß es: »Der König ist eingetroffen und hat sich sofort zur Ruhe begeben.«
So legte Pater Salerni sich ebenfalls nieder. Mitternacht war vorüber, als es bei ihm klopfte. Er erwachte sogleich aus dem ersten tiefen Schlaf.
»Ich komme!«
Vom Petriturm schlug es ein Uhr.
Der König lud den Pater zum Sitzen ein.
»Lieber Pater Salerni, ich weiß mir jetzt keinen Rat mehr. Ich habe alles versucht, was ich konnte.«
»Und doch zu lange gezaudert!«
Der König nickte.
»Es ist wohl bekannt, welche Fäden insgeheim gesponnen werden.«
»Ich weiß von vielen Fäden; daß ich alles weiß, möchte ich bezweifeln. Ein König erfährt selten die ganze Wahrheit und kann sich nur auf wenige verlassen. Drum bin ich Ihnen auch für jedes unangenehme Wort dankbar, verehrter Pater Salerni, weil es offen gesagt ist.
Dem Grafen Kos werde ich eine Rüge erteilen und ihm von neuem einschärfen, daß er jeden mündlichen und schriftlichen Verkehr zu überwachen hat.«
Pater Salerni schwieg einen Augenblick, doch dann sagte er: »Der Prinz muß eine einheitliche Erziehung bekommen. Er muß wissen, daß der Vater seine Erziehung bestimmt und nicht mehr die Mutter, so schmerzlich dies auch zunächst für ihn sein mag.«
»Der Graf Kos soll sich nicht mehr hinters Licht führen lassen und jeden Brief des Prinzen lesen. Der Kurprinz ist kein Privatmann. Wie fürstliche Töchter verheiratet werden nach dem Willen des väterlichen Herrschers, so wird der Thronfolger einzig und allein vom König erzogen und von denen, die er für ihn nach bestem Wissen und Gewissen auserwählt hat.«

August schwieg eine Weile, während Pater Salerni das Feuer im Kamin schürte. Dann sagte er deutlich und entschieden: „Ich will meinem Sohn meinen ernsten Wunsch bekanntgeben, daß er katholisch werden möge.«
»In welcher Form soll dies geschehen?«
»Ich werde ihm schreiben.«
»Das dürfte wohl nicht das geneigte Ohr finden. Der Kurprinz muß selbst zur Erkenntnis kommen.«
»Dann werdet Ihr hinreisen, Pater Salerni.«
»Wenn der König es befiehlt!«
»Wollt Ihr es wirklich tun? Es ist das Entscheidende.«
»Wenn es der ausdrückliche Befehl des Königs ist!«
»Ja, Ihr selbst sollt ihn unterweisen.«
»Und wie will es der König mit dem Briefe halten?«
August überlegte lange.
»Ich werde einen Brief ohne Datum schreiben. Diesen Brief sollt Ihr ihm übergeben, Pater Salerni, wenn der Prinz zum Übertritt geneigt ist.«
Er setzte sich hin und entwarf das Schreiben, in diesem den entschiedenen Wunsch des Vaters betonend:
»Mon avis, mon conseil et ma volonté est, que Vous embrassiez la religion catholique ... Le P. Salerni Vous expliquera plus amplement mes sentiments ... souhaitant que Vous l'écoutez et respectez comme un religieux docte, dévot et prudent et qui a tout l'attachement pour moi, pour Vous et pour les intérêts de notre maison – J'attends avec impatience Votre réponse, ne doutant nullement, qu'elle sera conforme au devoir d'un fils respectueux et obéissant ...«*

* »Daß Du katholisch wirst, ist mein wohlgemeinter Rat und mein Wille. Der Pater Salerni wird Dir im einzelnen genauer erklären, wie ich das verstehe. Mein Wunsch ist, daß Du auf ihn hörst und ihn respektierst als einen gelehrten und klugen Ordensmann, der mir und Dir ganz ergeben ist und der den Interessen unseres Hauses treu dient. Ungeduldig erwarte ich Deine Antwort, und ich zweifle keinen Augenblick daran, daß sie dem entsprechen wird, was die Pflicht eines gehorsamen und ehrerbietigen Sohnes ist.«

Der Pater erbat sich eine schriftliche Instruktion. Eingehend wurde diese besprochen und dann festgelegt. Sie lautete:
»Nachdem Pater Salerni den König über seine Verhandlung in Wien unterrichtet hat, wird er zum Prinzen reisen.
Beim Abschied vom Kaiser und der Kaiserin wird er ihnen die Bemühungen mitteilen, die der König gemacht hat, um seinen Sohn zur katholischen Kirche zu führen, und daß Pater Salerni zu diesem Zweck zum Prinzen geschickt wird.
Falls der Prinz beständig dieselbe Abneigung gegen die katholische Religion zeigt, wird der Papst entscheiden, ob der Prinz die Reise nach Rom fortsetzen soll.
Pater Salerni soll den Brief des Königs über die Änderung der Religion nur dann dem Prinzen einhändigen, wenn er positiv sicher ist, daß der Prinz den Willen des Vaters auf gute Art erfüllen wird.
Pater Salerni soll versuchen, sich allmählich, geschickt und auf gute Art in den Geist des Prinzen hineinzudenken, ohne ihm irgendwie unangenehm zu werden.« –
Es dauerte lange, bis alles endgültig auf dem Papier stand und der Pater die Instruktion vorlesen konnte.
August unterschrieb, als die Uhr von St. Peter halb vier kündete. Pater Salerni sah ihm zu, als verstünde er, in den Schriftzügen des Schreibers Wesen und Art zu erspüren.
Nun stand das ›Augustus Rex‹ klar und fest, in gemessenem Abstand von den obigen fünfzehn Zeilen, für sich auf dem Unterblatt, als künde es den unbeugsamen Willen:
›Hier gebe ich nicht nach … Sic volo … sic iubeo! So will ich es! … So befehle ich!‹
Bei aller Bestimmtheit lagen aber doch Wärme und väterliche Majestät in dieser Anweisung für Pater Salerni, letzten Endes für seinen Sohn, den er mit königlicher und

zugleich väterlicher Liebe auf den Platz wies, auf den er ihn haben wollte.
Noch hielt der König den Gänsekiel in seiner Hand. Er wollte noch etwas sagen, noch etwas unterstreichen, worauf es ihm ganz besonders ankäme, und sann eine Weile. Dann malte er mit viel Herzenswärme die großen Buchstaben P. S. und schrieb: »Nochmals schärfen Wir den Punkt ein, daß der Brief über die Änderung der Religion nur dann dem Prinzen eingehändigt werden darf, wenn man des Erfolges sicher ist, somit positiv weiß, daß der Prinz den Willen des Vaters auf gute Art erfüllen wird.«
Der König wiederholte diese zuletzt aufgeschriebenen Worte, übergab das Schreiben dem Pater und betonte nochmals:
»Nicht durch Zwang, nicht durch Druck soll der Prinz gewonnen werden. Nein, er soll selbst erkennen, daß die Änderung der Religion eine Conversio, ein Umdenken ist. Aus Abneigung gegen die katholische Religion muß Achtung, aus Achtung Liebe und Treue zu ihr werden. – Es liegt in Eurer Hand, Pater Salerni, ich vertraue Euch.«
»Es liegt alles in Gottes Hand. Wir sind nur seine Werkzeuge.«
»Freilich, es liegt alles in seiner Hand, ich weiß es, ich habe es selbst erfahren ... Und doch ist es wichtig, welcher Priester dabei Gottes Werkzeug ist ... Nochmals: Ich vertraue Euch, Pater Salerni! ... Gott befohlen!«
Es schlug vier Uhr, als der Pater sich zur kurzen Nachtruhe hinlegte; aber den Schlaf fand er nicht.

*

Es wahr wahrlich nicht leicht, einen solchen Auftrag ganz allein zu tragen. So trug der Priester ihn am frühen Morgen zum Altar der Petrikirche.
Am Kreuzaltar brachte er dann an diesem Vigiltag von Mariä Verkündigung das schwere Anliegen dem Gekreuzigten dar, auf daß der Herr ihm den Mund und dem Kurprinzen das Herz aufschließe und dieser von Chri-

stus am Kreuz das Liebeswort an Johannes höre: »Sohn, siehe da deine Mutter!« und so in der katholischen Kirche die wahre Mutter aller Gläubigen erkenne.
Diese Konversionsgnade mußte wie alle Heimkehrgnaden erbetet, erbettelt, eropfert werden, auch jetzt, da er, Pater Salerni, müde und zerschlagen zelebrierte.
Und ebenso durch sein Schweigen, indem er die geheimen Instruktionen gut verschloß, am tiefsten aber in seinem Herzen. Als er den Altar verließ, schaute er auf das Gatter, das den Petridom seit 150 Jahren in zwei Teile zerschnitt – ein Bild der geteilten Kirche. Wie schwer war es, dort, wo die Katholiken in der Minderheit waren, fest zu bleiben. Ihm war klar, daß nicht der König und auch nicht der Kurprinz das ganze Land jemals wieder zur alten Mutterkirche zurückführen vermöchten. August der Starke schon gar nicht, doch sie konnten Werkzeuge der Vorsehung sein, der Minderheit einen Schutz gewähren.
In der Sakristei begrüßte ihn der Domdekan Vitzki, der seit 1700 der Administrator der Katholiken in der Oberlausitz war.
»Wir kennen uns schon von Prag her, Pater Salerni.«
»Ich dachte, unbekannt zu sein hier in Bautzen. So ist mein gewünschtes Inkognito doch nicht gewahrt.«
»Keine Sorge, Hochwürden, außer mir kennt Euch hier niemand.« – »Dann bin ich beruhigt.«
»Wollen Hochwürden bei mir zu Gast sein?«
»Recht herzlichen Dank, aber das würde auffallen. Außerdem muß ich heute noch fort.«
»Ich will nicht neugierig sein, wohin die Reise geht. Doch ich möchte Euer Hochwürden einen Rat geben.«
»Ich reise heute noch nach Prag.«
»Dann ist mein Rat um so wichtiger; denn in dem unwirtlichen Gebirge können sich gut Räuber oder besser: als Räuber Verkleidete verstecken, die gern einem gewissen Pater Salerni auflauern.«
»Ich habe kein Geld bei mir, nur das allernötigste.«

»Solche Räuber würden auch mehr auf die Briefschaften und Dokumente erpicht sein, um sie ihren Auftraggebern gegen gutes Geld auszuliefern. Diese würden die Pläne des Königs dann aller Welt kundtun.«
»Ihr scheint ja die Furcht gewisser Leute richtig einzuschätzen.«
»Ich glaube nicht den vielfach verbreiteten Fabeln, die alles Böse in der Welt euch Priestern der Gesellschaft Jesu in die Schuhe schieben. Aber ich rate, zur Vorsicht katholische Bewaffnete bis an die Grenze mitzunehmen, damit kein unliebsamer Zwischenfall geschieht.
»Ich danke dem Hochwürdigsten Herrn Dekan für diesen Rat und werde ihn befolgen. Es geht ja nicht um mich, sondern um meine Sendung. Aber wichtiger noch ist Gottes Schutz. Darf ich den Herrn Dekan um ein besonderes Gedenken in diesen Tagen bitten?«
»Aber gerne! Was Hochwürden unternehmen, soll ja einmal zum Segen für alle unsere Katholiken hierzulande werden.«
Der Dekan half dem Pater lächelnd in den Pelzmantel:
»So reist denn heute ein Pater, wie einst auch der gute Pater Possevino, als Gesandter.«
»Sie verabschiedeten sich herzlich.
Nachdem der König bereits früh um sechs Uhr nach Warschau abgefahren war, trat Pater Salerni um neun die Reise nach Prag an. Neben dem Wagen stapften zwei Bewaffnete, die nicht wußten welche Kostbarkeit der Pater, der mit dem Schlafe kämpfte, bei sich führte. Auf jeden Fall durfte dem im allerhöchsten Auftrag Reisenden kein Härchen gekrümmt werden, sonst wanderten sie ab in die Abteilung der an ihren Schubkarren gefesselten Baugefangenen.
Pater Salerni betete, so gut er es in dem schaukelnden Wagen vermochte, die priesterliche Tageszeit und empfahl sich und den ihm anvertrauten Kurprinzen dem Schutze Gottes.

»Herr, ich bin dein unnützer Knecht ... Du brauchst den Salerni nicht, ... aber der Salerni braucht dich! ... In deinem Namen fahre ich nach Prag ... Ich vermag alles in dir ... Ohne dich vermag ich nichts.«
Ohne Zwischenfälle langte er am dritten Tag, gut durchgeschaukelt, am Ziel an. Sofort berichtete er nach Rom, daß er unter der Begleitung von zwei Bewaffneten wohlbehalten in Prag angekommen sei. In einigen Tagen gedenke er nach Wien zum Kaiser weiterzureisen.
Als er dann auch dieses Ziel erreicht hatte, erschien er als Abgesandter des Königs von Polen in Geheimmission vor Kaiser Karl und eröffnete diesem, daß Aussicht auf Übertritt des Kurprinzen zur katholischen Kirche bestünde. Auch machte er dem Kaiser die Mitteilung, daß König August eine Verehelichung des Sohnes mit einer Erzherzogin anstrebe.
Dann, nach Ausführung seiner Mission, kehrte Pater Salerni wieder nach Dresden zurück.

*

Am 13. Juni beging er inmitten seiner Mitbrüder den 25jährigen Tag seines Eintritts in den Orden. Er dachte zurück an seine Berufung.
Gott hatte ihm wahrlich eine schwere Probezeit durch seine Eltern auferlegt, als er mit vierzehn Jahren in seiner Vaterstadt Neapel in den Orden einzutreten wünschte.
Entschiedener Widerstand des adeligen Vaters war die Antwort. Damit erhielt er auch die Abweisung des Ordensprovinzials:
»Gehorchen Sie Ihren Eltern! Warten Sie ab, prüfen Sie sich im Gebet!«
Drei Jahre lang rang er mit Gott.
Dem 17jährigen konnte der Vater den wiederholt ausgesprochenen Wunsch nicht mehr versagen.
»Ich will deinem Glück nicht im Wege stehen.«
Dankbar hatte er dem Vater die Hand geküßt und ihn um den väterlichen Segen gebeten.

Die straffe aszetische Ausbildung im Noviziat zu Neapel nahm er freudig auf sich. Die Studien bereiteten dem Hochbegabten keine sonderlichen Schwierigkeiten.
Er gedachte mit Dankbarkeit seiner ersten priesterlichen Tätigkeit als Studienpräfekt und dann als Professor.
Umgang mit hochstrebenden jungen Menschen war ihm nicht fremd. Nun aber wartete wohl die wichtigste und schwerste Mission auf ihn. Er verschwieg sie den Mitbrüdern, bat jedoch um ihr Gebet für seine Sendung.
Als Pater Salerni am 26. Juli von Dresden nach Bologna abreiste, vermerkte dies Pater Superior Klein wieder in seinem Tagebuch.

*

Friedrich August öffnete den Brief seines Vaters vom 23. Juli, den ihm der Palatin Kos übergeben hatte, still für sich in seinem Gemach. Schweren Herzens las er ihn, und ihm war, als läge des Vaters eisenbiegende Hand auf seiner Schulter.
»Haben Sie Vertrauen zu Pater Salerni als zu Ihrem treuen Freund und Diener.
Er wird Ihnen mehreres von mir berichten.
Schenken Sie seinen Worten Glauben, als wären es meine eigenen. Ich habe ihm meine Absichten über die wichtigsten Interessen Ihres Hauses anvertraut.
Wenn Sie irgendein Mißfallen mit Ihrer Umgebung haben, teilen Sie es ihm mit, und ich werde Ordnung schaffen. Sie brauchen sich nur an ihn zu halten in Dingen, die Sie nicht gern andern mitteilen.«
So schrieb der Vater dem Sohn, der König dem Erbprinzen und Nachfolger, für den er sich ganz verantwortlich fühlte.
Der Kurprinz las den Nachsatz:
»P. S. Ich empfehle Dir noch einmal, vollständiges Vertrauen zu Pater Salerni zu haben und ihm zu glauben, was er Dir von meiner Seite sagen wird.«

Friedrich Augusts Eigenwille lehnte sich auf:
»Wie kann ich auf Befehl so großes Vertrauen haben?«

*

Kühl, aber höflich begegnete Friedrich August Pater Salerni. »Mein Vater hat Ew. Hochwürden mir sehr empfohlen.«
»Verbindlichst danke ich für dieses gute Empfangswort. In der Tat, der König bittet Euch durch mich persönlich um Vertrauen.«
»Hochwürden begreifen, daß es mir bisher nicht leichtgemacht wurde, da alle mir von Jugend auf Vertrauten auf königlichen Befehl aus meiner Umgebung entfernt wurden.«
»Mir steht es nicht zu, Befehle des Königs zu kritisieren, ich glaube aber, Ew. Hoheit nachfühlen zu können, daß die Befehle Ew. Hoheit schwere Stunden gekostet haben.«
Dem Kurprinzen standen die Tränen in den Augen. »Mein Vater hat eine eisenbrechende Hand.«
»Richtig! Doch zugleich ein väterliches Herz für seinen Sohn.«
»Darin kenne ich meinen Vater zuwenig ... Ich ... bin ... ihm fremd.«
»Leider. Der König bedauert dies selbst am meisten.«
Der Pater schwieg eine Weile, dann sagte er :
»Ihr Vater will, daß Sie aus Ihrer bisherigen Umwelt einmal herauskommen und eine andere Welt kennenlernen, die Ihr Herr Vater und Großvater schätzen- und liebengelernt haben.«
»Mein Großvater war, wie die Vorfahren, treu lutherisch.«
»Darf ich eine kleine Korrektur vornehmen?«
Der Prinz nickte und sah den Pater erwartungsvoll an.
»Ihr Herr Großvater hatte die Absicht, katholisch zu werden.«
»Ist das wahr, Hochwürden? – Davon habe ich nie gehört.«
»In den kaiserlichen Akten steht es, daß Kurfürst Johann Georg III., der unzertrennliche Waffengefährte Kaiser Leo-

polds I., ein Jahr vor seinem Tode, anno 1690, in einem Briefe dem Kaiser den Entschluß mitgeteilt hatte, nicht allein die katholische Religion anzunehmen, sondern auch seinen katholischen Untertanen die freie Ausübung derselben zu gestatten.«
»Das ist mir neu. Davon hat meine Großmutter mir nie erzählt.«
»Begreiflicherweise.«
»Aber ich will es Ihnen glauben, Hochwürden.«
»Für diesen Vertrauensbeweis danke ich sehr.«

*

Bevor Pater Salerni zu Bologna im August mit den vertraulichen Unterredungen begann, überlegte er betend und betrachtend seinen Auftrag.
Immer wieder stand ihm Punkt sieben der Instruktion vor Augen, die der König ihm in der Märznacht in Bautzen gegeben hatte: ›Le père Salerni tachera de s'insinuer peu à peu dans l'ésprit du prince adroitement et d'une bonne manière, sans causer au prince aucune peine.‹
»Ich soll also nicht so vorgehen, wie sich manche unsere Methode vorstellen.
Nicht mit Androhung der Höllenstrafen,
nicht mit dem belastenden Wort ›Ketzer‹,
nicht mit Schlechtmachen des Ererbten,
auch nicht mit Spitzfindigkeiten;
sondern milde und sanft wie des Heiligen Geistes Wehen,
mit der Bitte um wohlwollende Prüfung des Dargelegten,
mit dem Appell an die bessere Einsicht,
mit ruhigem Anhören all der möglichen Einwände,
mit besonnenem und sachlichem Widerlegen,
mit Ehrfurcht vor dem jungen Leben.
Ich will so handeln, wie es der König niederschrieb:
›Suchend‹, also tastend wie ein Suchender, der sich umschaut. ›Allmählich‹, jeden Tag etwas; was wachsen soll, braucht Zeit. ›Geschickt‹, die Unterrichtsmethode will

überlegt sein, ich darf nicht mit der Tür ins Haus fallen. Vom Gemeinsamen bis zum Trennenden. So viele Glaubenswahrheiten sind uns ja gemeinsam: die Lehre von Gott, dem Einen und Dreifaltigen, vom Schöpfer, von Jesus Christus, dem Gottessohn, dem Lehrer und Wundertäter, dem Erlöser am Kreuz und dem Auferstandenen, die Lehre von Himmel und Hölle und von seiner – Christi – glorreichen Wiederkunft am Jüngsten Tage; die Zehn Gebote und die Taufe.

Geschickt – nicht mitgerissen, nicht verschlagen, aber doch mit allen Erfahrungen eines Seelsorgers, mit allen Nuancen eines um die Seele liebevoll Werbenden. Vom Erkannten schrittweise zum Verborgenen.

O Gott, schenke mir die Tugend der ›Klugheit‹, der wirklichen Klugheit, nicht der unter diesem Wort sich oft verbergenden Schlauheit.

Nein, in der Einfalt des Herzens will ich zu ihm reden, wie es der Heilige Geist mir eingeben wird, damit Vertrauen entsteht. Schließlich beruht doch alle Glaubensverkündigung darauf, daß der Verkünder glaubhaft verkündet und ihm gern geglaubt wird.

›Auf gute Art‹ – d'une bonne manière. Auch die Glaubensverkündigung muß gute Manieren haben, wie es Sankt Paulus von der Liebe schreibt, die nicht aufdringlich ist und nicht übermütig, die nichts hat von der gescheiten Kathederweisheit und die erst recht nichts hat von der Rabies theologorum, vom üblen Theologengezänk.

Ohne ihm irgendwie unangenehm zu werden – sans causer au prince aucune peine, wie der Vater treffend niederschrieb.

Ich will dem Prinzen die Schönheiten des katholischen Glaubens künden, keinerlei Pein soll er dabei empfinden. Niemals werde ich drohen: ›Das müßt Ihr glauben! Wehe, wenn Ihr das nicht glaubt!‹ Er soll zum Schluß sagen können: ›Bisher hatte ich Angst vor der katholi-

schen Kirche. Jetzt sehe ich sie in anderem Lichte, jetzt achte ich sie, jetzt fange ich an, sie gern zu haben, ja zu lieben.‹
Ich will ihm die Kirche zeigen als des Herrn Kirche und nicht als meine Kirche.
Ich will ihm die Kirche zeigen mit allen Fehlern und Runzeln , wie sie im Staub der Erde wandelt, so wie einst der Herr auch staubbedeckt und schweißgebadet war.
Ich will ihm die Kirche zeigen als die Mutter der großen Liebe zu allen Menschen, zu allen Völkern, für alle Zeiten.
So schonend wie möglich will ich von den Andersdenkenden sprechen, die sich durch ihre Vorväter infolge der Schuld auf beiden Seiten von der Mutter Kirche getrennt haben. Nach dem Grundsatz des heiligen Kirchenvaters Augustinus will ich verfahren:
›Die Irrtümer hassen, die Irrenden lieben.‹
Ich will ihm die Kirche schildern, wie sie aus der Seitenwunde des Herrn hervorging.
Ich will ihn sie kennen lehren mit ruhiger, sachlicher Liebe, mit echter Überzeugung des Glaubenden, des Liebenden, des in der Kirche ganz Geborgenen.
Ich will sie ihm schildern, wie Paulus sie beschreibt, die er das bräutliche Verhältnis zwischen Christus und ihr jedem Mann und jeder Frau als Vorbild hinstellt.
Und wenn manche trotzdem hinterher sagen, ich hätte ihn mit Schläue eingefangen, umgebogen, seiner Willensfreiheit beraubt, dann will ich es tragen, tragen als die Dornenkrone meiner Mission. Ich weiß dann aber keinen anderen Weg mehr, der überhaupt noch einem Mitmenschen den Weg zur Kirche zeigen könnte.
Ich will das fromme Gemüt des Prinzen achten.
Ich will seine Freiheit achten.
Ich will den christlichen Bruder in ihm sehen und achten.
Nicht ich, o Herr; du, o Herr, in mir!
Lieber würde ich andere meinen Weg gehen lassen.
Aber du hast mich auserwählt.

Herr, öffne meinen Mund, daß ich dein Lob in deiner heiligen Kirche verkünde!
Dazu hast du mich armseliges Werkzeug berufen.«

*

Pater Salerni hatte in Bologna eine weitere Instruktion des Königs vom 23. Juli, dem gleichen Tag somit, an dem dieser dem Prinzen geschrieben hatte, vorgefunden. In ihr hieß es, Pater Salerni solle insgeheim dem Prinzen von den Heiratsplänen mit dem kaiserlichen Hause Mitteilung machen. Ferner empfahl der König nochmals die allmähliche Beseitigung aller bisherigen Vorurteile, damit der Geist des Prinzen sich leichter entschließe, den Beispielen seines Vaters, Onkels und Großvaters zu folgen.

Nachdem Pater Salerni die Instruktion gelesen, machte er Friedrich August alsbald die gewünschte Mitteilung von den Heiratsplänen des Vaters. Schweigend nahm sie der Kurprinz zur Kenntnis.

Als der Pater daraufhin begann, ihm zwar kühl und sachlich, aber doch mit dem warmen Ton persönlicher Überzeugung die katholischen Glaubenswahrheiten darzulegen, wie er sie bisher auch andere gelehrt hatte, hörte der junge Mensch aufmerksam zu.

»Meine Aufgabe ist es, Ew. Hoheit mit der Lehre bekannt zu machen. Die Entscheidung der Annahme oder Ablehnung liegt bei Ihnen selbst.«

Im Laufe dieser Gespräche machte es besonderen Eindruck auf Friedrich August, daß er bisher ein ganz anderes Bild von der Lehre und den Einrichtungen der Kirche gehabt hatte. Woher sollte er, woher sollten auch seine ehemaligen Erzieher ein richtiges Bild von ihnen haben? Die räumliche Scheidung in rein katholische und rein evangelische Gebiete verhinderte doch das Kennenlernen. Von Wiedervereinigung konnte nach den bitteren Kämpfen keine Rede sein. Es gab keine Duldsamkeit. Es

gab nur den unseligen Riß unter Christen, mit allen Schmerzen des zerrissenen Herzen auf beiden Seiten.
Was in Dresden und im Lande verbreitet wurde, war falsch, verzerrt und verdreht. Mochte die Mutter eine noch so standhafte Betsäule sein, mochte die Großmutter noch so fromm ihrem Glauben anhangen, ihre Anschauungen von der katholischen Kirche waren aus dem ererbten Protest gegen diese entstanden. Freilich waren sie mit Recht zu Tode betrübt und in großer Angst um das Seelenheil des Sohnes und Enkels. Wenn ein solcher Vater katholisch geworden war, dann konnte doch die katholische Kirche nicht von Gott gewollt sein. So dachten viele in Sachsen und mußten so denken.
Böse Worte gingen um:
»Die Priester bearbeiten den Prinzen mit jesuitischem Spürsinn.«
»Sie unterhalten bei ihm geflissentlich einen Zustand der Apathie, um ihn desto leichter beherrschen zu können.«
»Die Dressur schlägt nur zu gut bei ihm an.«
»Nunmehr ganz in die Hände gerissener Papisten gelangt, wird er immer mehr zu einem schwachen, unselbständigen, willenlosen Wesen.«
»Der Prinz kämpft mit allen ihm zu Gebote stehenden Mitteln gegen die Zwangsbekehrung an, bis er endlich mit gefesselten Armen nach Rom ausgeliefert wird.«
Noch nach Jahrhunderten wird einseitige Geschichtsschreibung in diesem Stil berichten.
O bittere Erfahrung! Die zerrissene Einheit ließ die Augen erblinden und die Herzen erkalten. Die Vertriebenen aus dem andersgläubigen Gebiet waren lebendige Ankläger. Schuld aber war im letzten der heidnische Grundsatz: »Der Landesherr bestimmt die Religion seiner Untertanen. – Es gibt kein Nebeneinander Andersgläubiger!«
Pater Salerni hörte mit Schmerz die Berichte. Er sagte zu seiner näheren Umgebung:

»Bei allem Leid, das die Angehörigen trifft, wenn ihr Kind ›katholisch wird‹, bei allem Schmerz der nunmehr geistigen Trennung inmitten der Familie – eine Folge der unseligen Glaubensspaltung – sollten die Christen aber doch die Freiheit des Christenmenschen achten. Der Unterricht hier in Bologna ist kein billiger ›Seelenfang‹, keine ›Zwangsbekehrung‹ – es ist echte Unterweisung mit allen erlaubten Mitteln. – Wenn der Kurprinz die herrlichen katholischen Kirchen besucht, wenn er angezogen wird von der Schönheit der ihm nun erklärten Liturgie, wenn er gebannt ist von den Predigten des Volksmissionars Pater Segneri, dann tut dies doch wohl offensichtlich die allmähliche Wandlung seiner bisherigen Anschauungen dar.«

Am meisten jedoch trug das kluge, liebevolle, vor allem Gewalttätigen zurückschreckende Benehmen Pater Salernis dazu bei, daß der Prinz mehr und mehr Vertrauen zu ihm gewann und sich der katholischen Lehre anschloß.

»Alles Gute braucht seine Zeit, braucht aber auch seine Stille. Ziehen Sie sich eine Weile von der Welt zurück und überdenken Sie alles.«

Friedrich August befolgte Pater Salernis Rat und schloß sich nunmehr ab von allen weltlichen Veranstaltungen, um die Zeit hauptsächlich in religiösen Gesprächen, in Diskussionen und Betrachtungen mit dem Pater und dessen Diener oder Sekretär zu verbringen.

Sollte und wollte Friedrich August die katholische Lehre und die katholische Kirche kennenlernen, dann mußte das ernst genommen werden von seinen Lehrern und von ihm selbst.

Der inkognito reisende Diener oder Sekretär Pater Salernis war kein anderer als der im Jahre zuvor berufene, aus Linz stammende Pater Kogler. Er war 39 Jahre alt, hatte mehrere Jahre Rhetorik und Poesie gelehrt und unterrichtete nun neben Pater Salerni den aufmerksam zuhörenden und wißbegierigen Prinzen.

Je mehr dieser fragte, um so lieber war es dem Unterweisenden, besonders wenn jener im wesentlichen beim durchgenommenen Stoff blieb. So offenbarte sich den Lehrenden die geistige Situation des Schülers. Einem bisher Fremden, Unwissenden, ja Voreingenommenen ein anderes Bekenntnis darzulegen, einem Prinzen aus dem orthodoxen Luthertum Dresdens klarzumachen, wodurch es infolge Schuld auf beiden Seiten zur Glaubensspaltung kam, ihm Welt- und Kirchengeschichte aus katholischer Schau darzustellen, dazu gehörte Takt, gutes Wissen, Offenheit, vor allem immer wieder Vertrauen.
Die meisten Schwierigkeiten bereiteten dem Prinzen wie üblich die Auffassung von der Kirche, die Stellung des Papstes, der Unterschied zwischen Prediger und Priester, die Heiligenverehrung, besonders jedoch die Beichte.
Die Priester gaben auf alle seine Fragen Antwort, fügten aber hinzu: »Denken Sie darüber nach und bitten Sie Gott um Erleuchtung. Er will nicht, daß Sie den zweiten Schritt vor dem ersten machen. Gott hat Zeit und läßt Ihnen Zeit. Die katholische Kirche darf Sie nicht eher aufnehmen, bis Sie ernstlich wollen und darum bitten.«
»Aber mein Vater will es!«
»Er wünscht es, doch Sie sind kein Kind mehr. Erfüllen Sie den Wunsch des Vaters König so, wie Sie ihm sonst gehorchten, zum Beispiel nach Venedig reisten oder eine Sprache erlernten. Ihr Vater ist doch kein Tyrann, er liebt Sie. Freilich nahm er Ihnen auch fort, was ihm für Sie nicht gut dünkte. Das tun auch sonst gute Eltern, die ihre Kinder aus liebgewordener Umgebung fortnehmen, wenn es so das beste ist. So nahm der König Ihnen Ihre vertraute Umgebung.
»Ich möchte aber doch wieder nach Dresden zurück!« sagte Friedrich August traurig.
»Das ist menschlich sehr verständlich. Auch der König sehnt sich nach Ihnen. Aber schenken Sie dieses Verlangen nach Dresden dem Herrn. Opfern Sie es auf. Gott, der

Vater, aber auch Ihr Vater, der König, werden Ihnen Dresden wiedergeben, schöner, als Sie es verlassen haben. Diese Jahre Ihres jugendlichen Lebens müssen durchgekämpft werden. Es sind Jahre des Reifens. Reifwerden der Seele aber verlangt Loslösung und Einsamkeit. Ich bin glücklich, daß Sie am Fasching in Venedig nicht besondere Freude fanden. Lieben Sie die Innerlichkeit! Kommen Sie zu dem, was Gott der Herr aus Ihnen machen will!«
Pater Kogler hatte es oft nicht leicht, so zum Prinzen zu sprechen.
Als Friedrich August ihm eines Tages eine goldene Uhr schenken wollte, sagte er lächelnd:
»Die darf ich nicht annehmen. Ich habe Armut gelobt.«
Der Prinz war verwundert.
Pater Kogler aber brachte alle Opfer gern.
Es dauerte einige Wochen, bis Pater Salerni den Zeitpunkt für geeignet hielt, dem Kurprinzen des Vaters Brief von Bautzen und den vom 23. Juli zu überreichen. Bewegt las Friedrich August den ersten. Dann nahm er den anderen, im Juli geschriebenen, der eine Bestätigung des Bautzener Briefes enthielt. »Ich will nur wenige Zeilen beifügen: Mit allem nur möglichen Nachdruck empfehle ich Dir die in diesem Briefe berührte Sache, die mir sehr am Herzen liegt; denn von ihr hängt meine Ruhe und Dein ewiges und zeitliches Wohlergehen ab. Denke an die Beispiele Deines Vaters, Deines Onkels und Deines Großvaters, die ebenfalls katholisch werden wollten. Ils ont voulu se rendre catholique.
Folge mit willigem Herzen – de bon cœur – dem Rate und dem Wunsche (volonté) dessen, der Dich liebt und zärtlich umarmt.«
War es Friedrich August anfangs gewesen, als läge die schwere Hand des Vaters auf seiner Schulter, so war es ihm nun, als höbe sie sich von dort hinweg. Er schaute im Geiste in die ihn anblickenden väterlichen Augen.

*

Als die Gräfin Cosel mit König August von Warschau zurückgekehrt war, wo sie sich mit ihm seit dem Frühjahr aufgehalten hatte, ließ sie sich ein neues Versicherungsdekret für all ihren von ihm erhaltenen Besitz ausstellen, um für alle Fälle gesichert zu sein.

»... Das Rittergut Pillnitz	60 000 T.
Das Einsiedelsche Haus auf der Kleinen Brüdergasse	8000 T.
Das Zimmermannsche Haus	5000 T.
Das Dr. Zopfersche Haus	6000 T.
Das Haugwitzsche Haus	10 500 T.
	Summa 89 500 T.

... auch was sie an mobilibus, es bestehe nun selbige in Barschaft, Silberwerk, Pretiosis (kostbarem Schmuck) ... in Besitz und Beschluß hat, Uns zu unterschiedenen Zeiten wissentlich und wohlbedächtig geschenkt und geeignet bekommen* ... für die künftige Wohlfahrt und standesgemäßen Unterhalt ihrer selbst und ihrer mit Uns erzeugten Kinder Sorge zu tragen ... Unseres Kurprinzen Liebden und künftige Succesores an der Kur Sachsen wollen Wir vermöge der Uns zustehenden resp. väterlichen und landesfürstlichen Macht und Gewalt dazu auf's kräftigste, als es nur sein kann, hierdurch obligiert (verpflichtet) und verbunden haben ...« –
Kein Wort von den Liebesversicherungen Augusts wie im früheren Dokument.
Sie reiste wiederum mit ihm zur Michaelismesse nach Leipzig. Bald erhielt Graf Flemming von dort einen Brief, daß die Gräfin wohl beim König gewohnt, er auch bei ihr

* Im Jahre zuvor hatte sie bei einer Reise zu ihren Eltern in Holstein 31 mit kostbarem Schmuck, Silberwerk und anderem gefüllte Kisten mitgenommen und bei einer Bank in Hamburg hinterlegt.

alle Mittage und Abende gespeist habe, aber ihr dann geschwinde Gute Nacht gegeben.
Am 17. Oktober gebar sie dem König einen Sohn, Friedrich August, und konnte deswegen den König nicht nach Warschau begleiten. Sie blieb in Dresden zurück. Damit war ihre Glanzperiode zu Ende.
Sofort eröffneten ihre Feinde von Dresden aus, im Bunde mit polnischen Adeligen, ein lebhaftes Intrigenspiel gegen sie. Sie lenkten des Königs Interesse auf eine Gräfin von Dönhoff. Seine Bedenken, die wohl verschiedene Gründe hatten, zerstreuten sie, indem sie ihm vorstellten, daß es aus politischen Rücksichten notwendig sei, in Polen eine polnische Geliebte zu besitzen. August zeigte jedoch vorerst keine Neigung dazu. Ihn beschäftigte der Brief, den er vom Kurprinzen aus Bologna erhalten hatte und der volles Vertrauen zu Pater Salerni bekundete.

*

Am 21. November anno 1712 legte Friedrich August das bei jedem Übertritt übliche Glaubensbekenntnis ab, welches die katholischen Unterscheidungslehren betont.
Pater Salerni saß auf einem Sessel mitten vor dem Altar der Kapelle des Kardinals Casani, wahrend der Kurprinz im Angesicht der heiligen Evangelien im Glaubensbekenntnis gelobte:
»Ich glaube an die eine, heilige, katholische und apostolische Kirche. – Ich erwarte die Auferstehung der Toten und das Leben der zukünftigen Welt. –
Die apostolischen und kirchlichen Überlieferungen samt den übrigen Gebräuchen und Satzungen der Kirche nehme ich an und verharre dabei festiglich.
Ebenso nehme ich die Heilige Schrift nach dem Sinne an, den die heilige Mutter, die Kirche, der es zusteht, über den wahren Sinn und die wahre Auslegung der Heiligen Schrift zu urteilen, angenommen hat und annimmt. Nie-

mals will ich sie anders als nach dem einstimmigen Sinne der Väter annehmen und auslegen.«
Kardinal Casani, der Legat von Bologna, hörte ihm aufmerksam zu.
»Ich bekenne ferner, daß es sieben wahre und eigentliche Sakramente des Neuen Bundes gibt, die von Jesus Christus, unserm Herrn, eingesetzt und zum Heile des menschlichen Geschlechtes notwendig sind: nämlich die Taufe, die Firmung, das Sakrament des Altares, die Buße, die Letzte Ölung, die Priesterweihe und die Ehe; und daß dieselben Gnaden erteilen und daß von diesen die Taufe, die Firmung und die Priesterweihe ohne Gottesraub nicht zweimal empfangen werden können.
Auch die Gebräuche, die bei feierlicher Erteilung aller dieser Sakramente in der katholischen Kirche eingeführt und genehmigt sind, nehme ich an und billige sie.
Alles und jedes, was im heiligen tridentinischen Kirchenrat (Konzil von Trient) über die Erbsünde und die Rechtfertigung entschieden und erklärt worden ist, erkenne und nehme ich an. Ich bekenne auch, daß in der heiligen Messe Gott ein wahres, eigentliches und versöhnendes Opfer für die Lebenden und Verstorbenen dargebracht wird und daß in dem heiligsten Sakrament des Altares wahrhaft, wirklich und wesentlich der Leib und das Blut unseres Herrn Jesu Christi mit seiner Seele und Gottheit zugegen ist und daß die ganze Wesenheit des Brotes in den Leib und die ganze Wesenheit des Weines in das Blut verwandelt wird, welche Verwandlung die katholische Kirche Transsubstantiation oder Wesensverwandlung nennt.
Ich bekenne zugleich, daß auch bloß unter einer Gestalt Christus ganz und ungeteilt zugegen ist und das wahre Sakrament empfangen wird.
Ich glaube standhaft, daß es einen Reinigungsort gibt und daß die Seelen in demselben durch die Fürbitte der Gläubigen Hilfe erhalten.

Auf gleiche Weise glaube ich, daß die Heiligen, welche mit Christus regieren, zu verehren und anzurufen sind und daß sie bei Gott ihre Gebete für uns darbringen und daß ihre Reliquien in Ehren zu halten sind.
Ich behaupte ganz fest, daß die Bilder Christi und der allzeit jungfräulichen Gottesgebärerin wie auch anderer Heiliger beizubehalten sind und daß wir ihnen schuldige Ehre und Verehrung erweisen sollen. Auch bestätige ich, daß die Gewalt der Ablässe von Christus in der Kirche hinterlassen worden ist und daß deren Gebrauch dem christlichen Volke sehr heilsam ist.
Die heilige, katholische, apostolische, römische Kirche erkenne ich an als Mutter und Lehrmeisterin aller Kirchen, und dem römischen Papste, als dem Nachfolger des heiligen Apostelfürsten Petrus und dem Statthalter Jesu Christi, verspreche und gelobe ich wahren Gehorsam. Auch alles übrige, was von den heiligen Kirchensatzungen und allgemeinen Kirchenversammlungen und besonders von dem tridentinischen Kirchenrat überliefert, entschieden und erklärt worden ist, nehme ich unzweifelhaft an und bekenne es; und alles, was entgegen ist, und jede von der Kirche verurteilte, verworfene und verbannte Irrlehre verurteile, verwerfe und verbanne auch ich. – Diesen wahren katholischen Glauben, außerhalb welchem niemand selig werden kann, den ich gegenwärtig freiwillig bekenne und in Wahrheit habe, will ich ganz und unverletzt bis zum letzten Hauche meines Lebens mit Gottes Hilfe aufs standhafteste behalten und bekennen und werde, soviel an mir liegt, mich bemühen, daß er auch von meinen Untergebenen oder denjenigen, deren Sorge mir in meinem Amte obliegen wird, gehalten, gelehrt und verkündet werde. Amen.«
Jetzt legte der Kurprinz den Zeigefinger und den Mittelfinger der rechten Hand auf das geöffnete Evangelienbuch und sprach: »Dieses verheiße, gelobe und schwöre ich, Friedrich August, so wahr mir Gott helfe und diese heiligen Evangelien Gottes. Amen!«

Pater Salerni wandte sich dem Kurprinzen zu:
»Kraft apostolischer Vollmacht, mit der ich jetzt meines Amtes walte, spreche ich dich los von der Fessel der Ausschließung von der Kirche, welche du dir zugezogen hast, und gebe dich wieder zurück den Sakramenten der heiligen Kirche, der Gemeinschaft und der Einheit der Gläubigen im Namen des Vaters, des Sohnes und des Heiligen Geistes. Amen.«
Alle Anwesenden verpflichteten sich eidlich, das Geheimnis zu bewahren, bis der König von Polen und Kurfürst von Sachsen die Veröffentlichung für angebracht halten wird.
Außer Kardinal Casani und Pater Salerni waren anwesend:
der Palatin Kos von Livland,
die beiden Barone von Hagen und
Pater Kogler.
Alle beglückwünschten auf das herzlichste den am 7. Oktober sechzehn Jahre alt gewordenen Kurprinzen von Sachsen zu seinem Übertritt.

*

»Der Aufenthalt in Italien hat mir«, so schrieb der Prinz am Tage nach seinem Übertritt dem Vater, »Gelegenheit gegeben, mich über die katholische Religion zu unterrichten und mit Aufmerksamkeit die zwischen beiden Parteien bestehenden Kontroversen zu prüfen.
Nun habe ich klar die Irrtümer der lutherischen und die Wahrheit der katholischen Lehre erkannt, und zwar mit einer solchen Evidenz, daß ich nicht mehr daran zweifeln kann.
Da die Ruhe meines Gewissens und die Sorge für mein Seelenheil mich verpflichten, die Annahme der göttlichen Gnade nicht zu verschieben, habe ich es für nötig gehalten, den Irrtümern, in denen ich erzogen wurde, nach dem Beispiel Ew. Majestät zu entsagen.
Deshalb habe ich nach reiflicher Überlegung bereits das katholische Glaubensbekenntnis insgeheim in die Hände

des hochwürdigen Paters Salerni am 21. dieses Monats in Gegenwart des Kardinals Casani, des Legaten von Bologna, des Herrn Pater Kogler abgelegt, die sich alle eidlich verpflichtet haben, das Geheimnis zu bewahren, bis Ew. Majestät die Veröffentlichung für angebracht halten.
Keine zeitlichen Rücksichten haben mich zu diesem Schritt bewogen, niemand hat mich dazu gedrängt, da ich nach dem Willen des Königs die volle Freiheit hatte, meinem Willen zu folgen.
Ich kann Ew. Majestät nicht genug danken für die Gnade, daß Sie mir den hochwürdigen Pater Salerni geschickt haben, dessen Leben, Klugheit und Vorangehen, im Verein mit der notwendigen Diskretion, aufrichtige Hochachtung und Freundschaft von mir erfordern.«
Sein ganzes Leben lang beging er den Tag seines Übertrittes, den 21. November, als einen Festtag, an dem ihm große Gnade zuteil geworden war.

*

Papst Klemens XI. war wieder schwer erkrankt. Die seelischen Aufregungen hatten dem 63jährigen so zugesetzt, daß er, wie schon einmal im Jahre 1710, gelb und eingefallen mit Asthmabeschwerden dalag. Seit zehn Jahren quälte ihn das Leiden, das er geduldig ertrug.
Sein Kardinalstaatssekretär trat ein und brachte ihm die eingegangene Post. Wie immer war es mehr Unerfreuliches als Erfreuliches.
»Ew. Heiligkeit, draußen wartet Pater Salerni. Ich habe ihm bedeutet, daß Ew. Heiligkeit schwer erkrankt sind. Aber der Pater beharrte bei seinem Wunsche, Ew. Heiligkeit persönlich ein Schreiben übergeben zu können.«
»Ah, der Pater Salerni! Dann bringt er gute Botschaft. Gute Botschaft ... ist Balsam für Uns. Er soll hereinkommen.«
Bald machte der Pater die üblichen Ehrerbietungsbezeugungen vor dem Stellvertreter Christi, der italienisch mit ihm sprach.

»Du bringst Uns frohe Botschaft in Unserer Trübsal?«
»Ecco, Sante Padre!« – Pater Salerni überreichte den Brief des Kurprinzen aus Bologna vom 14. Dezember.
Der Papst las ihn halblaut, während der Pater vor dem Bett kniete.
»Pater Salerni hat mehrere Jahre bei meinem Vater und einige Monate bei mir mit solchem Eifer, soviel Klugheit und Erfolg gewirkt, daß er endgültig meine Konversion erreichte. Dabei hat er mich mit Sanftmut von meinen Irrtümern zurückgeführt und mich zu meinem jetzigen glücklichen Zustand gebracht, für den ich nächst Gott und Ew. Heiligkeit ihm verpflichtet bin.« Beschämt senkte der also Gelobte sein Haupt. Der Papst legte ihm seine Rechte auf; Pater Salerni dankte Gott für diese Stunde, da er den Brief überreichen durfte.
Klemens wiederholte die gelesenen Worte: »Dabei hat er mich mit Sanftmut von meinen Irrtümern zurückgeführt« und fügte hinzu:
»Selig die Sanftmütigen, denn sie werden das Land erben.«
Dann las er weiter:
»Da ich nun dies alles vollkommen erkenne, so werde ich auch hiervon nimmer anders denken noch die schuldige Dankbarkeit vergessen … und flehe Sie um den heiligen apostolischen Segen an, auf daß mir durch ihn die Gnade des Himmels zuteil werde, in der heiligen katholischen Religion, die ich soeben in vollster Überzeugung angenommen, zu leben und zu sterben, ja für ihre Verteidigung edelmütig mein Blut zu vergießen und somit in treuer Erhaltung ihrer Gesetze mich zu retten und dieses Glück durch meine Bemühungen wie durch mein Beispiel auch anderen zu erwerben.«
Pater Salerni schaute zu Boden. Er sah nicht, wie dem Papst die Tränen über die eingefallenen Wangen rannen, aber er hörte den Kranken aufschluchzen.
Klemens ließ den Brief auf seine Decke fallen. Er faltete die Hände.

Auch Pater Salerni betete. Dann wandte sich der Papst ihm zu:
»Wie oft haben Wir den König von Polen inständig gebeten – immer und immer wieder –, den Kurprinzen katholisch erziehen zu lassen. Schließlich kam sogar die Nachricht, daß er in der lutherischen Weise zum Abendmahl gegangen sei. Wir waren schon nahe daran, auch diese Enttäuschung den vielen Unseres Pontifikates, das Wir nur als Kreuz übernommen haben – Gott weiß es! –, hinzuzufügen, bis Wir dich, geliebter Sohn, zum König sandten.«
Wiederum legte er seine schmale, zitternde Hand auf des Paters Haupt.
»Das ist ein wahrer Balsam für Uns …!«
Papst Klemens klingelte seinem Geheimschreiber.
»Diese frohe Botschaft wird Uns wiederherstellen.«
Der Gerufene erschien. Papst Klemens diktierte, während Pater Salerni zum Heiligen Geist betete, er möge dem Papst die rechten väterlichen Worte eingeben.
»Wir versichern Deine Hoheit, daß wir Deinen Brief nicht ohne viele Tränen lesen konnten wegen der frommen und kindlichen Gesinnungen, die dieser enthält. Er ist ein wahrer Balsam für Uns gewesen und war ganz geeignet, Unsere Gesundheit, die gerade in dieser Zeit durch eine schwere Krankheit, mit der Uns der Herr heimsuchen wollte, sehr geschwächt war, gänzlich wiederherzustellen …
Wir umarmen Dich inzwischen im Geiste, bis es Uns endlich gegönnt sein wird, dieses persönlich zu tun, wie Wir innigst wünschen und diese Gnade von Gott erhoffen.«
Mit dem Segen des Papstes wurde Pater Salerni entlassen. Müde sank der Kranke in seine Kissen zurück.
Der Brief an den Kurprinzen wurde unter dem 14. Januar 1713 ausgefertigt.

Der Übertritt eines bisher in seinem evangelischen Bekenntnisses verwurzelten jungen Mannes zur katholischen Kirche ist durchaus innerlich echt vollziehbar. Es muß nicht ›Seelenfang‹ oder ›Schläue‹ dahinterstehen, schon gar nicht ›Bangemachen‹ und ähnliches.
Immer wieder sprach Pater Kogler mit ihm:
»Sie sollen nichts von ihrer Frömmigkeit preisgeben, von den Psalmen und Liedern, die Ihnen von Jugend auf ans Herz gewachsen sind. Bauen Sie dieselben weiter in Ihr Gebetsleben ein. Aber versperren Sie sich nicht mehr gegen die katholische Weise zu beten. Suchen Sie vor allem den Gottesdienst zu erleben, besser gesagt: mitzuvollziehen.«
»Im Protest befinde ich mich schon geraume Zeit nicht mehr, Hochwürden. Ich freue mich, tiefer und tiefer in die katholische Lehre und in das Leben der Kirche einzudringen.«
»Gut und schön, aber, bitte, langsam! Sonst wird die Seele überdrüssig, wie der Magen, wenn er zuviel Speise bekommt.«
Friedrich August lächelte, dann bekannte er offen:
»Ich verstehe nur noch nicht alles, was im Hochamt geschieht, erst recht nicht im Pontifikalamt, wenn dem Bischof so oft die Mitra abgenommen und wieder aufgesetzt wird.«
Jetzt lächelte der Pater. »Das ist wie am Hofe, da gibt es doch auch ein ganz bestimmtes Zeremoniell; denken Sie nur an das feierliche ›Lever‹ des Königs von Frankreich, was für Zeremonien dabei zu beachten sind und auch zum Beispiel, welcher Kammerherr dem König das Handtuch reichen darf. – Manches ist etwas orientalisch bei der Liturgie, manches römisch, manches allerdings scheint mir ein wenig überholt und reformbedürftig zu sein.«

»Was machen die Leute eigentlich hierzulande, Hochwürden, wenn sie die Kirche betreten? Sie fahren mit den weihwasserbenetzten Fingern im Gesicht und auf der Brust herum, spritzen Weihwasser auf den Boden, tun so, als wollten sie einen Knicks machen, wickeln sich den Rosenkranz um die Hand und stecken die Finger in den Mund. Was soll das, Pater?« Der Gefragte lachte hellauf: »Entschuldigen Sie, bitte, daß ich lache, aber Sie haben die einfachen Leute hierzulande gut beobachtet und gezeichnet.«
»Verzeihung, Pater, ich wollte sie nicht verspotten.«
»Ich weiß. Doch das sind drei, eigentlich vier religiöse Gebräuche, nur schrecklich verkümmert und entstellt. Das Nehmen des Weihwassers zunächst bedeutet Erinnerung an die Taufe.«
»Ein schönes Zeichen, Hochwürden, wenn die Weihwasserbecken nur nicht so verschmutzt wären.«
»Richtig, aber auch dies gehört zur Kirche, besonders im Süden. Der göttliche Heiland hatte Staub an den Füßen, und so hat es seine Kirche auch. Überall ist der Staub zu sehen auf dem Wege der Kirche, vom Himmelfahrtstag auf dem Ölberg an bis zum himmlischen Jerusalem. Wer sich am Staub, an den Schwächen und Gebrechen der Kirche stößt, der kennt die Kirche noch nicht. – Doch weiter: Das Herumfahren der Finger, das Gefummele im Gesicht und auf der Brust ist der kümmerliche Rest der sehr schönen Zeremonie des Priesters und der Gläubigen bei der Verkündigung des Evangeliums. Sie machen dabei drei kleine Kreuze:
Auf der Stirn: ›Herr, segne meinen Verstand, daß ich dein Wort gut aufnehme!‹
Auf dem Mund: ›Herr, segne meinen Mund, daß ich dein Wort öffentlich bekenne!‹
Auf der Brust: ›Herr, segne mein Herz, daß ich dein Wort liebe.‹«
»Ein schönes Zeichen, wenn es würdig gemacht und aufmerksam dabei gebetet wird.« Der Pater nickte.

»Und nun die Spritzer zum Boden: Das Volk weiß sich überall auf den Gräbern der Toten stehen. Erde ist, wohin der Mensch zurückgekehrt ist.
Da sprengen nun die Gläubigen, wie der Priester am Grabe, Weihwasser auf die Erde, auf die Gräber, daß ihnen die Taufe zum ewigen Heile sei.«
»Auch dies ist ein schönes Zeichen, wenn es gut gemacht wird.«
»Freilich, aber so ein altes Mütterchen ist halt auch nicht beim Oberhofzeremonienmeister in die Schule gegangen. Oft machen wir Priester sogar gedankenlos diese heiligen Zeichen. – Eines jedoch ist wichtig.«
Friedrich August schaute den Pater gespannt an.
»Machen Sie in der Kirche kein Zeichen gedankenlos mit, das Sie nicht verstehen und darum innerlich nicht mit bereitem Herzen mitvollziehen können.«
»Das hat mir Pater Salerni auch schon von der Kniebeuge gesagt. Seitdem ich glaube, daß Gottes Sohn wirklich in der heiligen Messe während der heiligen Wandlung auf den Altar zu uns kommt und im Tabernakel wohnt, beuge ich gern mein Knie, viel lieber als vor einer irdischen Majestät.«
»Die Italiener sind keine Preußen und Sachsen, die feierlich und steif vor Gott stehen wie die Grenadiere. Sie fühlen sich zur Familie Gottes gehörig und werfen den Heiligen, besonders der geliebten Madonna, ihren Handkuß zu. Ich tue es nicht, aber lassen wir doch jedem Volk seine Art.«
»Bitte, Hochwürden, wann reisen wir nach Rom? Ich freue mich so darauf, dem Heiligen Vater meine Ehrerbietung zu bezeugen, am Grabe Petri und am Denkmal der Königin Christine von Schweden zu beten. Wann wurde die Tochter Gustav Adolfs katholisch?«
»Anno 1655. Sie entsagte der Krone Schwedens und kam auf Einladung des Papstes nach Rom, wo sie bis zu ihrem Tode lebte.«

»Davon hat man mir früher ebenfalls nichts erzählt, auch nicht von dem Übertritt anderer Fürsten zur katholischen Kirche.«
»Es gehört leider zum unseligen Konfessionskampf, Katholisches zu diffamieren oder zu verschweigen.«
Der Pater sagte dem jungen Menschen nichts von dem neuen Buche Dr. Valentin Löschers: »Abgewiesener Demas, zur Überzeugung der Päpstler«, das ihm die Mitbrüder aus Dresden zur Orientierung zugesandt hatten mit der Bemerkung: »Ein schlimmes Buch gegen die Kirche«. Das früher erschienene Buch Dr. Löschers: »Historie des römischen Hurenregiments«, in dem der Verfasser zu beweisen suchte, daß viele Päpste Kinder solcher Mütter gewesen seien usw., kannte er bereits. Zur gegebenen Zeit sollte der Prinz diese polemischen Schriften kennenlernen, damit er erfahre, womit die wenigen Katholiken in Sachsen sich auseinanderzusetzen hätten.

*

Der Kanzlist in der Superintendantur Dr. Löschers zählte am Jahresende 1712 die kirchlichen Amtshandlungen zusammen: 354 Trauungen, 1227 Taufen, 1140 Beerdigungen.
»Im vergangenen Jahre überwogen die Beerdigungen die Taufen; jetzt ist es umgekehrt ... Wenn nur nicht soviel uneheliche Geburten darunter wären!«
Er zählte sie nach: es waren wie fast jedes Jahr annähernd 100 Kinder. Er dachte an das spätere Los dieser Kinder: ›Des Königs uneheliche Kinder werden anerkannt und erhalten standesgemäße Erziehung; aber die unehelichen Kinder der Mühseligen und Beladenen nehmen eine schwere Last mit auf ihren Lebensweg; eine bessere Berufsart ist ihnen meist verschlossen, das Verbleiben in der Heimat oft unmöglich. Doch da auch das Ausland den Nachweis ehelicher Geburt verlangt, den sogenannten ehrlichen Namen – wie oft hatte er solche Nachweise

ausstellen müssen –, bleiben die so unschuldig Gebrandmarkten aus dem Kreis der ›Unbescholtenen‹ ausgeschlossen.
Der Staat tut wenig, um die Zahl dieser und anderer Armer zu vermindern, dagegen mancherlei, um sie zu vermehren, besonders durch die harte Strafe der Landesverweisung.‹
»Dann sind wir die ›Taugenichtse‹ los!« sagten manche.
Doch der Kanzlist dachte anders: ›Die Nachbarstaaten denken ebenso, und so treibt die Justiz viele auf die Straße, vermehrt die Zahl der Vaganten, die dann schließlich im Waldheimer Zuchthaus landen, das zugleich Besserungsanstalt für Landstreicher, Bettler, liederliche Weiber, Arbeitsscheue und des Landes Verwiesene ist, am Ende sogar Versorgungshaus für Arme und Waisen.‹
Er kannte manche, deren Namen im Taufbuch standen, die dort gelandet waren. Vom Hörensagen wußte er ein wenig, wie es dort zuging. Das war wirklich nicht immer ein Mittel, diese zur ›Zucht‹ zu bringen, wie das Wort ›Zuchthaus‹ besagen sollte. Die Zeit war rauh, der Ochsenziemer herrschte noch, mit dem Männern und Frauen der ›Willkomm‹ oder der ›Schilling‹ dargebracht wurde. In der Anstalt ward zur Tätigkeit, meist zum Spinnen, bei zwölfstündiger Arbeitszeit angehalten. Hieß es von einem Insassen: »Der spinnt nicht!«, dann erlebte er die ›Zucht‹ des Hauses. Sie war nur zu oft so wenig menschlich, daß erzieherische Macht ihr fehlte. Der alttestamentliche Geist des Zorns, der Wiedervergeltung schwebte trotz aller bessern wollenden Absichten über Waldheim und ähnlichen Häusern.
In den Waisenhäusern fanden zwar Kinder der Armen Unterkunft. Aber gar manche wollten nicht hinein, galt es doch als Schande, dort erzogen zu werden.
Unehelich Geborene schloß man aus, ebenso ausgesetzte Kinder, um nicht die ›Unsittlichkeit‹ zu fördern, wie es hieß.
›Ist das richtig?‹ fragte er sich nachdenklich.

›Oh, das leichtlebige Dresden mit seinen vielen Festen hat auch seine Kehrseite. Kaum ein Monat vergeht, in dem nicht einer den Staupbesen erhält oder, an den ›Esel‹ gebunden, ausgepeitscht, Frauen an den Pranger gestellt oder als streitsüchtig in das Narrenhäuschen gesteckt werden.
Da gibt es Gaffer genug, die sich nicht scheuen, mit Spott und Hohn die so Gemaßregelten auszulachen, und so gleichsam Salz in ihre Wunden streuen.
»Widerlich!«
›Das Gerechtigkeitsgefühl regt sich nur auf, wenn ein Hochgeborener zu milde bestraft wird.‹ Der Kanzlist dachte an die scheußliche Geschichte mit dem Grafen L...r. Nicht einmal sein Name wurde öffentlich angegeben. Er hatte sich an einem neunjährigen Mädchen vergangen.
Bestraft wurde die Kupplerin mit dem Staupbesen, das arme Kind erhielt den ›Schilling‹, also Prügel, der Verbrecher aber bekam nur Arrest. – »Es ist doch ein Graf!« hieß es.
»Solch einseitige Milde empört!«

*

Zur Prügelstrafe gehörte als grausigeres Mittel die Tortur bei den Verhören. August hatte Gesetze erlassen, nach denen man dem Angeschuldigten zunächst die Folterwerkzeuge zeigte, um ihn damit zu schrecken. Das Foltern war alter Brauch, der immer noch galt und neu befohlen wurde. Der ›gespickte Hase‹, die mit Holzpflöcken versehene Walze, über die der zu Folternde gezogen, die Schwefelfäden und Hölzer, mit denen er gebrannt wurde, dazu die Pfanne mit den glühenden Kohlen wurden ausdrücklich in damaliger Zeit genannt. Das Gesetz bestimmte weiter, daß, wenn jemand unter der Tortur falsche Aussagen machte, um sich von der schrecklichen Qual zu befreien, das ganze Verfahren von vorne

begonnen werden sollte. »Wer die in der Tortur gemachten Geständnisse zurücknimmt, gilt als ›Meineidiger‹, gegen den doppelt hart vorgegangen werden muß.«
Vor dem Tor wohnte beim Schindanger der Scharfrichter, mit dem niemand zu tun haben wollte, der aber alljährlich seine sechs bis acht Opfer an den Galgen hing oder mit geknickten Gliedern aufs Rad flocht. Das Volk schaute neugierig zu, weil ein Verbrechen ›gesühnt‹ wurde. Darüber schrieb der Kanzlist nichts in seine Kirchenbücher. Es war ja auch nicht seine Aufgabe. Doch das Leid der Gequälten packte ihn: »Es schreit zum Himmel!«
Aber was konnte er, der kleine Mann, dagegen tun?
König August griff manchmal in die Justiz ein, wie vor Jahren bei der Neitschützen, besonders, wenn er fürchtete, ›Staatsgeheimnisse‹ könnten durch die Justiz öffentlich werden. Die Gräfin Cosel sollte es bald erleben.

*

Die Reise des Kurprinzen nach Rom wurde verschoben. Friedrich August schrieb dem Papst am 30. Januar 1713 aus Verona und am 14. April aus Florenz. In beiden Briefen sprach er sein Bedauern aus, dem Heiligen Vater die Ehrerbietung nicht bezeugen zu können.
Ein Besuch in Rom wäre für die protestantischen Fürsten, denen die heimliche Konversion unbekannt geblieben war, zu offensichtlich gewesen. Schon Florenz, das den Prinzen durch seinen marmornen Dom, durch das Markuskloster und seine vielen Kunstschätze stark beeindruckte, war den Dresdnern, besonders aber den Fürsten zu weit südlich, das heißt: zu katholisch. Darum mußte der Palatin auf weitere Befehle warten.
Der König dachte zunächst an eine Reise nach Holland, Belgien und Frankreich.

*

Inzwischen war der erste König von Preußen, fünfundfünfzigjährig, gestorben. Sein Leichenbegängnis war gleichsam das letzte Prachtfest.
Auf den Thron folgte nun der 25jährige Sohn Friedrich Wilhelm I., der schon als Knabe vor Kraft und Gesundheit strotzte. Aber er war auch von unbändiger Heftigkeit und starrem Eigensinn.
»Der paßt nicht zu unserem August«, hieß es alsbald in Dresden.
»Er verachtet alles Schöne und Erhabene.«
»Aber er ist gerade, redlich und hat Sinn für das Richtige und Nützliche.«
»Die Besoldung der Hofbeamten hat er von 250 000 Taler auf 50 000 Taler herabgesetzt.«
»Da sind mir Augusts Feste doch lieber! Wann ist denn mal wieder was los hier?«
»Aus ist's damit, die Cosel packt die Koffer.«
»Och, dann kommt 'ne neue. Die Polen sorgen schon dafür.«
»Noch stehen aber die beiden Ehrenposten vor dem Palais der Cosel.«
»Wenn schon. Wie lange noch?«

*

Fastenzeit ist nicht angenehm für die Kapellknaben. Wenn sie auch noch nicht fasten brauchen, so ist der Speisezettel mehr auf Diätkost als auf Geselchtes eingestellt. Deshalb ist die Mitte der Fastenzeit besonders begehrenswert, weil vor dem schwersten Teil der Fasten eine Pause eintritt.
Welch ein Jubel, als ein großer Eber ins Haus geschleppt wurde an diesem 21. Februar 1712.
Die Jungen konnten sich an dem Borstenvieh nicht satt genug sehen.
»Schau, Franzl, was der für einen Zahn hat!«
»Den möchte ich nicht im Bauch haben, Xaver!«

»Dafür werden wir den Eber unserem Bauch einverleiben.«
»Woher kommt denn die Jagdbeute, Pater Superior?«
»Den hat uns der Herr Statthalter geschickt.«
»Da hab'n wir mal wieder Schwein gehabt.«
Pater Superior lächelte.
Sie saßen bei Tisch.
Plötzlich wurde ein großer Krug Bier hereingetragen.
»Herr Kammerherr von Schenk schickt ihn mit frohen Wünschen zur glücklich überstandenen Hälfte der Fastenzeit!«
Pater Superior ließ allen einen Becher voll einschenken.
Da wurden die Kapellknaben ein wenig übermütig und sangen das Weberlied ihrer Heimat:
»Die Leineweber haben eine saubere Zunft, harum discharum.
Mittfasten halten sie Zusammenkunft, harum discharum.
Aschegraue, dunkelblaue,
mir ein Viertel, dir ein Viertel,
fein und grob,
Geld gibt's doch.
Aschegraue, dunkelblaue.«
Pater Superior erlaubte ihnen gern ein wenig Jungenübermut.
»Die Leineweber schlachten alle Jahr zwei Schwein, harum discharum.
Das eine ist gestohlen, das andere nicht sein, harum discharum ...«
Der Xaver aber hatte schnell die dritte Strophe umgedichtet:
»Die Patres nehmen keinen Kapellknaben an, harum discharum,
der nicht sechs Wochen lang fasten kann, harum discharum ...«
Da drohte ihnen Pater Superior lachend mit dem Finger.
Er klopfte zum Zeichen, daß die Mahlzeit zu Ende war.
»Eberbraten gibt es in drei Tagen zu Ehren von Pater Matthias Heimbachs Namenstag!«

Dann aber beteten alle: »Du gabst und wirst auch künftig geben. Dich preise unser ganzes Leben.
Die Kapellschuster dachten natürlich an den Eber.
Als die Patres in ihr Erholungszimmer gingen, wo das Billard stand, das sie aber in dieser Fastenzeit nicht benutzen durften, sagte Pater Superior zu Pater Heimbach:
»Die Post brachte einen Brief aus Freiberg. Ein Italiener verlangt nach den Sterbesakramenten. Hier haben Sie seine Anschrift.«
»Ich werde gleich zum Posthalter in die Brüdergasse gehen und mich erkundigen, wann die nächste Gebirgisch Fahrende über Freiberg, Chemnitz nach Hof fährt.«
»Ich glaube, sie fährt morgen früh um zehn Uhr.«
»Ich werde zur Sicherheit nachfragen.«
»Sehen Sie zu, daß Sie am Freitag nachmittag wieder zurück sind.«

*

Es war nicht das erstemal, daß Pater Heimbach auf apostolischen Reisen über Land fuhr. Schweigend saß er in der rumpelnden Postkutsche, als sie den steilen Berg über Kesselsdorf langsam hinaufzog. Die Mitreisenden schwatzten miteinander.
Pater Heimbach aber schwieg. Er tat so, als wolle er schlafen. In Wirklichkeit aber hielt er Zwiegespräch mit dem Heiland in der Eucharistie, die er in einer Burse auf seiner Brust trug. Er betete für den kranken Ambrosio in Freiberg und bat den Herr, daß er ihn noch bei vollem Bewußtsein antreffen möchte.

*

Es war keine Seltenheit, daß die Patres für einen Krankengang drei Tage unterwegs waren. Am Freitag nachmittag kehrte Pater Heimbach zurück und konnte freudig dem Obern berichten:

»Obwohl die protestantischen Einwohner Freibergs wohl wußten, daß ich ein katholischer Priester bin und auch, weshalb ich nach Freiberg fuhr, hatte ich über keinerlei Belästigung zu klagen.«
»Das ist ja recht erfreulich.«
»Noch etwas anderes Erfreuliches fand ich in Freiberg.«
Pater Superior horchte auf.
»Dort ist eine alte Marienkirche. Das Portal ist ein herrliches Kunstwerk aus dem hohen Mittelalter. Die Freiberger nennen es die *Goldene Pforte*. Ich sah, wie Männer ihren Hut lüfteten, bevor sie das Portal durchschritten.«
Pater Heimbach holte aus der Tasche eine Papierrolle und breitete sie aus.
»Ich hatte Zeit, das Portal zu zeichnen, wie die himmlische Königin als Sitz der Weisheit thront.«
Pater Superior betrachtete die Zeichnung aufmerksam:
»Es zeugt vermutlich von der ehrfurchtsvollen Marienverehrung der Zisterziensermönche vom Kloster Altzelle*. Wir können uns freuen, daß dieses hehre Marienportal hier im Lande erhalten blieb.«
»Mir scheint, daß die Mönche in diesem großartigen Kunstwerk Maria inmitten der Kirche, und zwar als Urbild der Kirche, darstellen wollten.«
»Betrachten Sie darüber, Hochwürden, und am nächsten Marienfest predigen Sie darüber.« Pater Heimbach nickte.
Pater Superior überlegte, ob es klug wäre, mit den Kapellknaben einmal eine stille Wallfahrt nach Freiberg zu machen, damit die Jungen sähen, wie kraftvoll einst die Marienverehrung hierzulande lebte. Pater Heimbach könnte dann vor dem Portal den Jungen die theologische Erklärung der kunstvollen Darstellung geben.
Er sagte sich selbst: »Ein schöner Gedanke, aber wir dürfen nicht dabei anstoßen. Klugheit ist oberstes Gebot!«

*

* bei Nossen

Die Kapellknaben aber freuten sich besonders über seine Rückkehr.
»Da gibt es morgen am Namenstag zum Eberbraten ein Gläschen Wein!«
Zuvor aber wollte Pater Superior von ihnen noch wissen, wer denn der heilige Matthias war.
»Den haben die Apostel vor Pfingsten als Ersatz für den Judas gewählt.«
»Und der ist der einzige Apostel, der in Deutschland begraben ist.«
»In Trier, ... weil das mal eine römische Kaiserstadt war.«
»Gut geantwortet, Jungen. Nun singt dem Pater Heimbach euer Namenstagsständchen! Wir beginnen den Festtag am Vorabend.«
»Mit der ersten Vesper, Pater Superior.« – »Richtig!«

*

Um die Konversion des Kurprinzen wußten außer dem König nur:
der Papst,
Kardinal Casani,
Pater Salerni,
Palatin Kos von Livland,
die beiden Barone von Hagen,
Pater Kogler.
Nicht einmal Graf Flemming, der Kabinettsminister, geschweige denn Pater Vota in Rom und die Patres in Dresden hatten den geheimen Übertritt erfahren.
Und doch war irgend etwas durchgesickert, so daß der König umgehend den Pater Elias Broggio, der ihm oft in der Hofkapelle die Messe gelesen hatte und den er besonders schätzte, am 28. Juli nach Warschau berief und mit einer besonderen Mission beauftragte.
›Wem ist in der Umgebung des Kurprinzen nicht zu trauen?‹ fragte sich der Palatin von Livland.

Er zog den Pater Kogler, der nun an Stelle Pater Salernis weiterhin als ›Sprachlehrer‹ fungierte, ins Vertrauen.
»Offen gesagt, ich halte den Franzosen Montargon für unaufrichtig. Er ist ein Religionsspötter. Ich halte ihn sogar für einen abgefeimten Heuchler.«
»Gerade den können wir jedoch vorerst am wenigsten entbehren – wegen der Pläne, die der König hat.«
»Wohin werden wir reisen, wenn ich fragen darf?«
»Zunächst in die Schweiz.«
»Dann kann ich mich darauf vorbereiten.«
»Was möchten Sie mit dem Prinzen besuchen?«
»Wenn es geht, die Klöster Disentis, Einsiedeln und St. Gallen, das Grab des Märtyrers Mauritius in St. Maurice, unser Kloster in Fribourg mit dem Grab des Canisius, dann natürlich auch Genf, Bern und Luzern.«
»Gut, machen Sie mir Ihre Vorschläge.«

*

In Polen fiel inzwischen der entscheidende Schlag gegen die Gräfin Cosel. Ihren Feinden war es gelungen, den König an die Gräfin Dönhoff zu binden. Sie stand zwar der Cosel an Schönheit und Geistesgaben nach. Dafür lachte und schäkerte sie gern. Papageien und Affen, Mohren und kurzweilige Leute waren ihr ›Plaisir‹ und Zeitvertreib.
»Viel Geist und hohe Gedanken hat sie nicht; hoffentlich mengt sie sich deshalb auch nicht in die Staatsgeschäfte«, lachte der Kabinettsminister Flemming, der die Dönhoff benutzte, um die ihm lästige Cosel zu beseitigen. »Aber reiten kann sie gut!«
Die Gräfin Cosel hatte indessen auch ihre Zuträger und Spione.
»Ich weiß um das ganze Treiben gegen mich in Warschau.«
Sie ließ ihre Koffer packen.
»24 Stunden meiner Gegenwart genügen, um alles im

Herzen des Königs wie ein Kartenhaus zusammenfallen zu lassen, was meine Feinde gegen mich gebaut haben.«
Das wußten ihre Gegner jedoch auch. Ihre Abreise war ihnen gemeldet worden.
»Laßt nur nicht die Cosel nach Warschau herein!«
Bis zum polnischen Städtchen Widowa gelangte sie.
Die Eilboten von Dresden hatten aber bewirkt, daß die Gräfin Dönhoff den König bat, der Cosel den Eintritt nach Warschau nicht zu gestatten.

*

Nikolaus von Montargon und Oberstleutnant de la Haye hatten mit ihren Gardisten einen Eilritt hinter sich.
»Sie sind zu meiner Begrüßung gekommen, meine Herren?«
Der König sende ihr Abgesandte entgegen, meinte sie, um sie wie früher sicher nach Warschau zu geleiten.
Peinliche Verlegenheit der beiden Gefragten.
Gräfin Cosel erhob sich von ihrem Fauteuil und sagte spitz: »Was soll die merkwürdige Art, daß ich Sie erst fragen muß?«
»Exzellenz«, antwortete Oberstleutnant de la Haye nach einigem Räuspern, »es ist nicht an dem; vielmehr haben wir vom König den Auftrag, Exzellenz zu bitten, nach Dresden zurückzukehren.«
Sie lachte kurz auf:
»Nein, nicht vom König, sondern von Frau von Dönhoff.«
»Wir nehmen nur Befehle vom König an, Exzellenz.«
Wieder lachte sie spöttisch: »War das früher auch so?«
»Wir haben strikten Befehl, Exzellenz zu veranlassen, nach Dresden zurückzukehren.«
Da schluchzte sie nach kurzem Schweigen auf:
»Wenn ich doch nur 24 Stunden bei ihm sein könnte!«
Sie griff nach ihrem Riechfläschchen und betupfte sich die Stirn. Dann erklärte sie herrisch:

»Ich fahre weiter nach Warschau! ... Der König bedarf meiner!«
»Dann allerdings haben wir Befehl, Exzellenz sicher nach Dresden zu geleiten.«
Das Wort ›Gewalt‹ vermied der Offizier.
»Nach Dresden?« – Sie stampfte auf. »Ich will und muß aber nach Warschau!«
Wir bitten Ew. Exzellenz, es sich in Ruhe zu überlegen. Wir werden uns in einer Stunde die Antwort holen.«
Mit einer Verneigung verabschiedeten sich die Herrn.
Sie aber wollte noch nicht daran glauben, daß der König wirklich so gegen sie vorging.
»Wenn ich doch mit ihm reden könnte!«
Wußte sie noch nicht, wie kalt und gefühllos er Menschen fallenließ, wenn er ihrer nicht mehr bedurfte?
»Er hat mich doch geliebt?« jammerte sie.

*

Nur mit Mühe gelang es nach einer Stunde den Offizieren, die Gräfin zu bestimmen, dem königlichen Befehl Folge zu leisten. Es bedurfte erst des Wortes:
»Wir haben den strikten Befehl vom König, Exzellenz in Güte oder mit Gewalt nach Dresden zurückzuführen.«
»Wohl gar als Gefangene?«
»Keineswegs, aber der Aufenthalt Ew. Exzellenz in Warschau ist zur Zeit nicht angebracht.«
Erregt klingelte sie:
»Packt die Koffer! Wir reisen nach Dresden!«
Erstaunt blickte ihre Zofe sie an.
Die Herren fragten: »Wann sind Exzellenz bereit?«
»Gleich, gleich«, erwiderte sie und blickte, als suchte sie nach Hilfe, im Zimmer umher. Da gewahrte sie in der Ecke zwischen Fenster und Mauervorsprung ein Spinnennetz, in dem eine winzige Fliege gefangen war. ›Das Zappeln und Zerren nützt dir nichts‹, dachte sie. ›Befehl

des Königs, des allergnädigsten Königs – das ist ein Spinnennetz, in dem ich nun zugrunde gehe.‹
Sie verlor sich in Gedanken, die sie noch nie gehabt hatte. Aber sie gab doch nicht die Hoffnung für sich selber auf.

*

Wieder wurde ein Pater zu einem Kranken gerufen.
»Der Kommandant der Burg Stolpen ist schwer krank. Pater Heimbach, würden Sie bitte den Krankengang übernehmen?«
»Aber ja! Soll ich zu Fuß gehen?« – »Keineswegs! Gehen Sie zum Posthalter und nehmen Sie ein Pferd.«
»Ich gehe sofort.«
»Sie reiten am besten den alten Bischofsweg, den die früheren Bischöfe von Meißen nahmen, wenn sie zu ihrer Bischofsburg Stolpen ritten oder fuhren.«
»Ich bitte Hochwürden um den Reisesegen.«
Pater Heimbach kniete sich nieder.
Es war schon lange her, daß Pater Heimbach im Sattel gesessen hatte. Aber ein Missionar muß alles können. So ritt er denn auf dem Rappen über die Brücke durch Altendresden in Richtung Bischofswerda.
»Wir beiden Schwarzen passen zusammen!« sagte er zum treuen Roß und klopfte seinen Hals.
Nach einigen Stunden ragten die Türme der alten Festung gespenstig in den Abendhimmel.
›Das ist ein guter Empfang‹, dachte er, als er im Eingang der Burg die Begrüßungsinschrift aus bischöflicher Zeit las:
»Benedictus, qui venit in nomine Domini!
Gepriesen sei, der da kommt im Namen des Herrn.«
»Das gilt dir, göttlicher Heiland, dann mir und dem treuen Roß!« sagte er still zum eucharistischen Heiland, den er bei sich trug. Er stieg ab und wurde von den Wachsoldaten durch die Burghöfe zum Kommandanten geführt.

Freudig wurde der Priester vom Kranken begrüßt. Er tröstete ihn bald mit den heiligen Sakramenten und sprach ihm Geduld im Leid zu:
»Beten Sie oft das Stoßgebet: ›Heiland, du hast für mich gelitten, ich will für dich leiden‹«
Der alte Kommandant, der so oft geflucht und es in der Beichte auch bekannt hatte, versprach es.
Der Pater blieb über Nacht dort.
Als er am nächsten Tag sich verabschiedete, sagte er:
»Ich komme Sie bald wieder besuchen.«
Dankbar nahm der alte Kommandant das Versprechen an.
Als Pater Heimbach den Patres vom ›Krankengang‹ in Stolpen berichtete, sagte er:
»Schön liegt ja die Burg dort in der Oberlausitz. Aber ich möchte dort nicht als Gefangener sein. Wehe dem, der dort die Ungnade des Königs erleiden muß.«
Er wußte, wie leicht sich die Gnade des Königs in Ungnade verwandeln konnte.

*

Noch lebte die Gräfin Cosel weiter in ihrem Palais am Taschenberg. Es lag nicht in Augusts Absicht, die Gräfin Dönhoff nach Dresden mitzunehmen. Die Feinde der Cosel aber drängten darauf, und so erhielt der Kabinettsminister den Befehl, der Gräfin Cosel zu eröffnen, Dresden zu verlassen und sich nach Pillnitz zurückzuziehen.
Sie beachtete jedoch diesen Befehl nicht, sondern schrieb ihrer Mutter:
»Der König ist sehr zu beklagen. Er ist von Leuten umgeben, die nur ihre Fortuna (Glück) machen wollen. Ich bin vielleicht die einzige, die es recht zu Herzen nimmt, weil ich ihn mehr geliebt habe als meine Seele und ihn auch in Ewigkeit nicht vergessen werde.«
Am 13. Dezember kam aus Warschau die Anweisung, den Gang, der vom Schlosse über das Ballhaus zum Palais der Cosel führte, abzubrechen.

Die Kapellknaben, die überall die Augen offen hatten und so auch sahen,was in ihrer Nähe beim Taschenbergpalais vor sich ging, sagten zueinander:
»Du, Hansl, der Übergang zum Palais der Cosel ist fort.«
»Seit heute früh steht auch der Doppelposten nicht mehr da.«
»Was ist nur los?« – »Futsch ist futsch, und hin ist hin!«
»Das begreife ich nicht.«
»Du bist ja auch noch dumm ... Die Cosel muß abdanken!«
»War die denn Königin?«
Der Franzl lachte: »Das nicht gerade, aber so was Ähnliches.«
»Was heißt das?«
»Na, du wirst noch manches hier in Dresden lernen müssen.«
Vor dem unbarmherzigen und handgreiflichen Befehl des Königs wich die Gräfin Cosel zurück und zog nach Pillnitz.

*

Die Kapellknaben aber besuchten den Striezelmarkt oder sangen die schönen Adventslieder.
Doch mitten in der gemütsvollen und schönen Stimmung der Vorweihnachtszeit traf sie ein Erlebnis, das ihr Herz wach werden ließ für die Not und Armut der Menschen.
Seit einiger Zeit schon war ihnen ein Kätzchen zugelaufen, das sie mit viel Liebe umsorgten, nachdem sie es einmal am Schwanz gezogen hatten. Obwohl es Mäuse genug gab und das Kätzchen sie auch fing, bekam es jeden Tag ein Schälchen Milch in den Holzschuppen gebracht.
An einem sehr häßlichen Spätnachmittag – es regnete und schneite durcheinander – ging der Hansl, vorsichtig die volle Schale vor sich hintragend, zum Schuppen. Als er die quietschende Tür öffnete, glaubte er ein Geräusch zu hören.

»Hallo, wer ist denn da?« rief er in den halbdunklen Raum. Er stand ruhig und horchte.
Plötzlich nieste es.
»Hallo!« rief Hans noch einmal und versuchte, in der Dämmerung etwas zu erkennen.
Da sah er ganz in der Ecke einen Jungen sitzen, der die Knie an sich herangezogen hatte und das Gesicht darauf verbarg.
»He, du«, rief Hans und ging auf ihn zu, »was willst du denn hier?«
Als Antwort kam ein Gemurmel, das Hansl nicht verstand, weil der andere den Kopf nicht von den Knien nahm.
Da zog Hansl ihm den Kopf an den Ohren hoch, aber er ließ sie gleich los, als er in ein ganz eingefallenes kleines Gesicht guckte. »Sag doch!« bat er jetzt nur noch leise.
»Hunger!«
Das war eine Antwort, die Hansl begriff. Er war froh, weil er jetzt wußte, was er tun sollte.
»Komm mit«, sagte er und zog den Jungen hinter sich her. Geradewegs zum Speisesaal ging er mit ihm.
Die Tische waren zum Abendbrot gedeckt. Pater Superior stand davor und blickte auf, als Hansl in die Tür trat, den Jungen hinter sich herziehend.
»Wer ist denn der Junge dort?« fragte der Pater erstaunt.
»Ich weiß es nicht, Herr Pater, aber er hat Hunger.«
Der Superior ging auf den Jungen zu, der scheu und in sich geduckt im Türrahmen stehengeblieben war, aber mit schnellen und hungrigen Blicken auf den vollen gedeckten Tisch schaute.
»Willst du essen?« fragte der Pater.
Der Junge nickte, rührte sich aber nicht vom Platz. Als ihn der Pater an die Hand nehmen wollte, wich er zurück.
»Aber so komm doch«, rief Hansl und zog den Widerstrebenden mit sich.

Während der Junge schnell und doch immer wieder innehaltend die Brote aß, die ihm Hans zuschob, stand der Priester ein wenig abseits und blickte auf das abgemagerte, blasse Kerlchen, das immer noch die Schultern hochgezogen hielt, wie um sich gegen einen Schlag zu schützen.
»Bist du aus dem Waisenhaus?«
Der Junge hielt mitten im Kauen inne und starrte auf den Fragenden, starrte durch ihn hindurch und rührte sich nicht.
»Ach, du hast Angst, du hast Angst!«, sagte Hansl. »Das brauchst du nicht. Das brauchst du wirklich nicht. Komm, iß weiter!«
Er knuffte ihn in den rechten Arm und fragte ihn:
»Wie heißt du?«
Der Junge kaute endlich seinen Bissen herunter, und noch im Kauen und Schlucken brachte er hervor: »August heiß' ich.«
Auch der Pater mußte lächeln.
»Ein Starker bist du grade nicht. Aber sag mal, August, bist du ausgerückt?«
»Ja.«
»Und warum? Nun sag doch, warum?«
»Ich hab' geschlafen«, kam leise und zaghaft die Antwort.
Pater Superior setzte sich neben den Jungen hin, drehte ihn zu sich herum: »So, August, jetzt erzähl mir alles und hab nicht immer Angst. Wo hast du geschlafen?«
»Auf einem alten Wollhaufen.«
»Du hast in der Manufaktur gearbeitet?«
»Ja.«
»Und da warst du müde und hast dich hingelegt?«
»Ja.«
»Wann steht ihr immer auf?«
»Um 4 Uhr.«
»Hm, hm.« Der Pater stand auf und ging ans Fenster. Er hatte es gewußt, daß die Kinder des Waisenhauses in der

Manufaktur arbeiten mußten, aber seine eigenen Sorgen hatten ihn so ausgefüllt, daß er nie weiter darüber nachgedacht hatte. Aber jetzt griff es ihm ans Herz, als er den schmächtigen, verängstigten Jungen neben dem munteren, quicklebendigen Hans hocken sah.
»Wie lange arbeitet ihr?« fragte er, ohne sich umzudrehen.
»Bis so um neun abends.«
»Und da hast du dich heute auf einen Wollhaufen hingelegt und geschlafen?«
»Nicht heute.«
»Wann denn, Junge?«
»Vorgestern.«
Der Pater fuhr herum.
»Vorgestern? Und was hast du gegessen, wo geschlafen seitdem?«
Er erhielt keine Antwort.
»Und warum bist du ausgerückt?«
»Der Zuchtmeister stand plötzlich vor mir. Er prügelte mich … und … da bin ich losgelaufen … durch die Gänge die Treppen 'runter und 'raus.«
»Und dann hat er sich in dem alten Holzschuppen versteckt«, rief jetzt der Hansl dazwischen. »Wissen Sie, Herr Pater Superior, dort, wo wir der kleinen Katze immer die Milch hinstellen, da war er.«
In diesem Augenblick öffnete sich die Tür, und herein stolperten und polterten die Kapellknaben. Im Nu hatten sie den fremden Jungen umringt, aber Pater Superior verwies sie an die Tische; dann nahm er den Jungen und ging mit ihm hinaus. Hansl aber blieb und erzählte. All das fröhliche Geschnatter und Gelache, das sonst den kleinen Speiseraum erfüllte, unterblieb heute.
»Der ist bestimmt so alt wie ich«, sagte Franzl und nickte traurig und besorgt mit dem Kopf.
Kurz vor dem Schlafengehen kam Pater Superior wieder zu den Jungen.

»Unser August schläft jetzt«, berichtete er. »Ich will zusehen, wie ich ihm helfen kann. Aber es gibt ja so viel, so sehr viel Waisenkinder! Das dürfte nicht sein, daß die Kinder schon so arbeiten müssen.«
Er schwieg, und auch die Jungs blieben still.
»Kommt, wir wollen jetzt beten«, sagte nach einiger Zeit der Pater Superior.

*

Am 5. Januar 1714 schrieb Pater Superior Klein dem immer noch geistig regen greisen Pater Vota nach Rom:
»Wir freuen uns, daß wir den Andersgläubigen eine wahrere und höhere Ansicht über den katholischen Gottesdienst beibringen können. Mehrere Konvertiten haben als Beweggrund ihres Glaubenswechsels angegeben: ›Der Gottesdienst bei euch ist viel andächtiger und frömmer als in unseren Kirchen.‹«
Dann schrieb er in sein Tagebuch:
»Ein königlicher Erlaß gewährte, daß die 20 Baugefangenen jetzt zweimal im Jahre beichten und kommunizieren dürfen, weiterhin, daß die katholischen Gefangenen, die bisher die evangelische Predigt mit anhören mußten, eine eigene Ansprache bekämen. Deshalb geht einer der Missionare zweimal monatlich hin und unterrichtet sie in einem besonderen Raume über dem Wilsdruffer Tor.
Da aber die protestantischen Geistlichen befürchten, daß sich so die katholische Religionsausübung über die Hofkapelle hinaus verbreite, wurde der Zutritt zum Baugefängnis zu dieser Stunde verboten und die Wachen verdoppelt. Diese zweiwöchentlichen Besuche gelten aber nur der Unterweisung.« –
»Der erste in Dresden verstorbene Missionar, Pater Georg Freyberger, konnte wegen der herrschenden Pest nicht nach Mariaschein überführt werden. Deshalb wurde er in Marienstern begraben. Italienische Kaufleute Dresdens setzten ihm dort ein Grabmal. R. I. P.« –

»Für die französisch sprechenden Kinder wollte Pater Heimbach eigene Katechesen einrichten. Aber trotz Verkündigung von der Kanzel kamen nur sehr wenige.« –
»Die Patres hielten in den ersten Jahren die Begräbnisse nicht selbst, sondern gingen nur als Trauergäste mit. Jetzt sprechen sie am Grabe einige Gebete. Aber schon das gibt Schwierigkeiten. Ein Pater ist verwarnt worden, als er außer einem Vaterunser noch andere Gebete sprechen wollte.« –
»Fürst Fürstenberg, der eine gewisse Aufsicht über die Kapelle im Namen des Königs ausübt, mahnte uns Prediger, die Glaubensunterschiede gegenüber den Protestanten ohne Schärfe zu behandeln. Auf sein Geheiß mußten wir die Sammelbüchsen für die Armen aus der Kirche entfernen.« –
»Von einem Orgelbauer aus Böhmisch-Kamnitz wurde für 170 Taler eine kleine Orgel in der Kapelle aufgestellt.« –

*

»Eines Abends schlich sich ein ›Nikodemus‹ in unser Haus und bat, daselbst übernachten zu dürfen, um am andern Morgen heimlich die heilige Kommunion zu empfangen. Am Abend des anderen Tages schlich er sich dann ebenso verborgen zu seinem Hause zurück.«–
Bald mußte er in seinem Tagebuch noch etwas vermerken, das ihm nicht nur unangenehm, sondern auch peinlich war.
»Der berühmte Baumeister Daniel Pöppelmann hatte uns den Wunsch des Königs mitgeteilt, er werde uns ein anderes Haus anweisen, das der Fürst selbst bestimmt habe. Die Mauer unseres bisherigen Hauses erhalte einen Durchbruch und Zugang.
Einige Tage später kam der König nach der Sonntagsvesper durch die neugeschaffene Tür und besichtigte unser Haus. Er forderte uns auf, den Umzug zu beschleunigen, und hat den Pater Elias Broggio wiederholt herzlich begrüßt.

Das andere Haus des Sekretärs Wiesner in der Kleinen Brüdergasse wurde uns auf Geheiß des Königs für eine jährliche Miete von 400 Talern bereitgestellt.
Das Haus wurde nur unter dem Druck des königlichen Befehls geräumt. Der Besitzer tat es erst, nachdem Daniel Pöppelmann gemäß den Weisungen des Königs den Mietkontrakt mit ihm aufgesetzt und unterzeichnet hatte. Die folgenden Tage vergingen damit, das Gebäude für die neuen Zwecke einzurichten. Der Umzug erfolgte am 23. Januar.« –
Tags darauf fügte Pater Superior die trockene Notiz hinzu:
»24. Januar 1714: In unserem früheren Hause wurde eine polnische Gräfin untergebracht.« –
Aber auch der Franzl dachte über den Umzug nach:
›Wohnten wir zu nah am Taschenbergpalais?
Wozu der Durchbruch in der Mauer?
Wozu die neue Tür!
Weshalb kam der König selbst, nachzuschauen?
Warum alles so blitz-blatz eilig? Bald jedoch wußte auch Franzl den Namen der neuen Polnischen:
»Sie heißt Gräfin Dönhoff!«

*

Den Winter verbrachte der Kurprinz bei seinem Onkel, genannt »Kardinal von Sachsen«, in Köln. Er erwartete dort die weiteren von seinem Vater befohlenen Reiseziele.
Hier in Köln beeindruckten ihn vor allem die vielen Kirchen mit ihren reichen Kunstschätzen. Aber auf Schritt und Tritt wurde er von Spionen beobachtet. Palatin Kos aber wachte.
Geheimbriefe fielen in seine Hände. Eines Tages lag der Plan des Anschlages auf den Kurprinzen klar vor ihm. Der Palatin berichtete dem König durch Geheimkurier und sandte ihm alle Dokumente zu.

»Man beabsichtigt eine Verschwörung gegen den Prinzen und seine Umgebung.
Die beiden Barone von Hagen sollen ermordet werden.
Man will den Prinzen nach Schweden bringen.
Einige sächsische Offiziere haben dabei die Hand im Spiele.«
Diese wurden bald darauf verhaftet.
Sofort erließ der König Befehl:
»Mein Sohn soll unverzüglich durch Holland und Belgien nach Frankreich reisen!«
König August setzte umgehend den Papst und den Kaiser von dieser Verschwörung in Kenntnis. Am 23. Juni zeigte der Heilige Vater dem Kaiser die in Köln geplanten Anschläge an. Er ersuchte ihn, die Bekanntmachung des vom Prinzen abgelegten Glaubensbekenntnisses beim König von Polen zu betreiben.
Kaiser Karl entsandte daraufhin den Herzog Holster und Freiherrn von Metternich, den Bruder des Bischofs von Münster, um die geheime Verschwörung zu untersuchen.
Der König ordnete nunmehr die Änderung des Reiseplanes an:
»Nicht mehr durch Holland und Belgien, sondern direkt nach Paris!«
Ende Juli reiste der Kurprinz ab und traf Anfang September in Paris ein. Bald teilte er seine Ankunft dort dem Heiligen Vater mit und fuhr kurz darauf nach Fontainebleau weiter.
Der alternde König Ludwig XIV. nahm den Prinzen mit allen Ehrenbezeugungen auf. Er war es gewohnt, daß ihm die Kinder der fürstlichen Häuser zugesandt wurden. Fontainebleau war ›die Königin der Universitäten für europäische Bildung‹. Frankreich galt als das Kulturland. Fontainebleau, St-Germain, Versailles, Trianon, Marly – jeder europäische Kavalier mußte diese großen Schloßbauten mit ihren abgezirkelten, gestutzten Gärten, mit ihren Terrassen und Blumenparterres, den künstlichen

Grotten und symmetrisch laufenden Baumgängen, den sprühenden Fontänen und vielen Wasseranlagen und mit ihrem reichen Skulpturenschmuck kennen.
Anfang Oktober schrieb Ludwig XIV. dem Papst, er werde die Bitte, die Konversion öffentlich bekanntzugeben, beim König von Polen kräftig unterstützen.

*

In Sachsen wußte niemand im Volke, wo sich der Kurprinz auf der üblichen Kavalierstour befinde. Das führte zu allen möglichen Mutmaßungen.
Plötzlich hieß es: »Der Prinz ist wieder im Lande! In Oederan war er, aber – pst! – nichts weitersagen! Ganz geheim, inkognito! Er war halt in großer Geldnot, da haben ihm manche geholfen.«
»Das war sicher ein Schwindler!«
»Nein, nein, er sprach fremde Sprachen, verstand das Fechten, Reiten und Tanzen gut.«
Das stimmte. Man behandelte den jungen Menschen seinem Range gemäß, und er ließ durchblicken, er werde sich zu gegebener Stunde erkenntlich zeigen.
»Aber bitte: Stillschweigen! Ihr wißt doch, wer ich bin!«
»Der Herr Kurprinz!«
Der vornehm gekleidete Herr schwieg.
So ging es, bis Zweifel auftauchten und man den jungen Herrn auf die Augustusburg brachte, ihn jedoch weiterhin wie einen Prinzen behandelte.
Der Kammerdiener des Grafen von Rochsburg pfiff durch die Zähne, schlug sich auf die Schenkel und rief:
»Wenn der Herr nicht die ...«
Weiter sagte er nichts, reiste fort und kam nach einigen Tagen mit einem älteren Ehepaar aus Lunzenau wieder. Er führte sie zum Kommandanten.
»Der sogenannte Herr Kurprinz stammt aus Lunzenau. Hier sind die Eltern.«

»Wir haben aber keinen Sohn in dem Alter, ... doch unsere Tochter Anna Sybilla ist seit geraumer Zeit von zu Hause fort.«
»Wie alt ist sie?« forschte der Kommandant. – »Fünfundzwanzig Jahre, Herr.«
Er führte die Eltern zu dem sogenannten ›hohen Gast‹, der sich alsbald vor der Mutter entkleiden mußte.
»Du Luder, wo treibst du dich herum?« schrie die Frau und gab der Tochter rechts und links ein paar Ohrfeigen. »In Mannskleidern rennst du herum, da muß man sich ja schämen!«
Die Mutter weinte heftig.
Doch die Sache wurde niedergeschlagen. Die Blamage war groß genug. Diejenigen, die der Abenteurerin Geld geliehen hatten, waren allerdings die Dummen und Geprellten. – –
Derweil dies geschah, suchte in Pillnitz die Gräfin Cosel durch abergläubische Mittel, die sie sich von Zigeunern erkaufte, die Liebe des Königs zurückzugewinnen. Weder der Totenkopf vom Kirchhof zu Klotzsche noch die getötete schwarze Katze, noch die gebrauten Liebestränke halfen. Doch als im November bei einem Duell wegen der Cosel der Oberst von Rantzau erschossen wurde und es herauskam, daß die Gräfin dem Oberst von Thienen nachts ein Uhr zuvor die geladenen Pistolen übergeben hatte und dieser dann, reichlich mit Reisegeld versehen, in die Schweiz geflohen war, drangen ihre Feinde in den König:
»Pillnitz ist ein gefährlicher Ort für die Gräfin Cosel!«
»On verra!« war die Antwort. »Wir werden schon sehen!«

*

Ludwig XIV. trug am 20. November 1714 dem König von Polen den Wunsch des Papstes vor, die Konversion des Kurprinzen bekanntzugeben. Er werde ihm dabei jede Hilfe zukommen lassen. Kaiser Karl VI. versicherte dem

Heiligen Vater, das gleiche beim polnischen König auszusprechen.
August versprach, die Konversion demnächst zu veröffentlichen.
Aber bald liefen beunruhigende Meldungen in Warschau ein:
»Karl XIII. von Schweden hat gedroht, er werde seinen bedrängten Glaubensgenossen in Kursachsen zu Hilfe kommen. Sachsen-Gotha und Hessen-Kassel stehen mit sächsischen Geheimbünden im Einvernehmen. Wenn Karl nach Sachsen vorrückt, wollen sie dem König in den Rükken fallen.«
August ließ daraufhin den Kurfürsten von der Pfalz und den Bischof von Münster ersuchen, Sachsen-Gotha und Hessen-Kassel ihrerseits anzugreifen, wenn diese Mächte in Kursachsen einbrechen sollten.
Aber auch aus Frankreich kamen Nachrichten, Spione suchten den Prinzen zu bestimmen, ja standhaft im lutherischen Glauben zu bleiben.

*

Es war bei einer der vielen Festlichkeiten, die Ludwig XIV. zu Ehren seines jungen Gastes aus Sachsen gab, daß sich ein Herr dem Prinzen näherte. Dieser erkannte bald in ihm den Grafen Schönborn.
»Gut, daß ich Sie endlich allein treffe.«
Friedrich August stutzte.
»Ein Schreiben der Königin.«
»Warum schreibt mir meine Mutter heimlich?«
»Die Königin hat mich aufgefordert, sie dringend zu bitten, standhaft bei der angestammten lutherischen Religion zu verharren. Sie bittet ferner darum, dies mit zwei Worten zu versichern.
»Das kann mir meine Mutter doch offen schreiben.«
»Es ist der Wunsch aller in Kursachsen, daß Sie schon im Februar nach dorthin zurückkehren.«

»Das bestimmt allein mein Vater, der König.«
Die Hofgesellschaft näherte sich.
Friedrich August ahnte den Inhalt des Schreibens und erhob sich. Es war nicht das erstemal, daß ihm Botschaften heimlich überbracht wurden; so durch den englischen Gesandten Lord Stairs. Er entfernte sich auf kurze Zeit vom Fest und ließ seinen Beichtvater, den als Sekretär getarnten Pater Kogler, rufen. Dieser erschien umgehend.
Friedrich August reichte ihm die Botschaft.
Der Pater entfaltete die Briefe und las sie. Dann teilte er den Inhalt mit: Falls der Kurprinz ernsthaft im Luthertum verharre, wollten die Landstände ihm die Regierung übertragen, was nach der Goldenen Bulle füglich geschehen könne. Das rieten ihm auch von Miltitz und Mordeisen. Das Vaterland sei durch den Krieg so erschöpft, daß es den König nicht länger unterstützen könne.
Pater Kogler sah, wie der Prinz, der ihm anfangs ruhig zugehört hatte, sich nun erregte.
Käme der Kurprinz standhaft im Glauben zurück und übernähme er das Staatsruder, so würde das Vaterland die größten Opfer für ihn bringen. Jeder Sachse, vom ersten bis zum letzten, vom niedrigsten bis zum höchsten, vom ärmsten bis zum reichsten, würde es sich zur heiligen Pflicht machen, ihn zu unterstützen. Er sei bereit, auch das Hemd vom Leibe zu verkaufen, um seinen Wünschen und Forderung zu entsprechen.
»Sie hören nicht auf, mich zu umgarnen!« unterbrach ihn Friedrich August.
»In einem Augenblick würden Ew. Hoheit Millionen zu Gebote stehen, um sich auf dem väterlichen Thron zu befestigen.«
Pater Kogler hatte geendet.
»Was soll ich tun, Hochwürden?«
»Ich bitte darum, eine Abschrift dem Heiligen Vater zu senden.«

»Tun Sie das, damit er sieht, daß ich zu meinen Worten stehe. Geben Sie das Schreiben dem Grafen von Kos.«

*

Papst Klemens war sehr davon betroffen und ließ Ludwig XIV. von all diesen Vorkommnissen in Kenntnis setzen. Er ersuchte ihn um strengere Bewachung der Umgebung des Prinzen.
Alle nur irgendwie verdächtigen Personen wurden daraufhin vom französischen Hofe entfernt.
König August rief den Grafen Schönborn und den Kammerherrn Montargon umgehend aus Frankreich zurück.
Friedrich August verabschiedete sich am 28. Mai in Marly von König Ludwig.

*

Während all dieser diplomatischen Schachzüge, die immer wieder vom Machtstreben mitbestimmt wurden, erfüllten die Missionare in Dresden ihre täglichen Pflichten. Die Gemeinde bestand vor allem aus italienischen Kaufleuten, Franzosen, polnischen Adligen, Konvertiten und Böhmen.
Pater Superior berichtete seinem Obern über die neuesten Vorkommnisse:
»Wenn auch die Angriffe unserer Gegner gegen uns nicht nachlassen, so können sie doch nicht verhindern, daß viele unsere Kirchen besuchen und begierig die Darlegungen unserer Prediger über die Glaubensunterschiede anhören. Bei der Fronleichnamsprozession stehen viele andersgläubige Zuschauer sehr ehrerbietig in den Gängen.« –
»Der Statthalter Fürstenberg schickte uns ein Schreiben des Konsistoriums zu, um uns Gelegenheit zur Verteidigung zu geben. Darin wurde uns vorgeworfen, daß wir

uns Missionare nennen würden und eine ›Dresdner Mission‹ errichtet hätten, was gegen die Pragmatische Sanktion von Sachsen sei. Wir verfaßten eine Verteidigungsschrift, die wir an den Geheimen Rat richteten, daß wir uns den Titel ›Missionare‹ weder in Wort noch Schrift je zugelegt, sondern immer nur ›Kapläne an der königlichen Kapelle‹ genannt haben, was sämtliche Gesuche, Quittungen und öffentliche Dokumente zeigen.« –

»Auf dem Friedhof der Böhmischen Brüdergemeinde in Altendresden kam es zu einem Zwischenfall. Am 15. Juli 1715 wurde dort unser Sakristan Minetti beigesetzt. Ich verrichtete alle Einsegnungszeremonien im Trauerhause, das zum Schloß gehörte. Auf dem Friedhof betete ich den Psalm ›Aus der Tiefe‹, ein Vaterunser und ein Gebet für den Verstorbenen. Da wurde mir ein Zettel zugereicht, auf dem ein Verbot dieser katholischen Zeremonien stand. Er stammte vom protestantischen Konsistorium. Ich wies es aber zurück mit dem Bemerken: ›Ich weiß, was ich zu tun habe.‹« –

»Der König schenkte der königlichen Kapelle eine vergoldete Monstranz, die er auf der Leipziger Messe erworben hatte.« –

»Auch gab es Hindernisse ›auf dem Bau‹ gegen die Begleitung der zum Tode Verurteilten durch die Stadt zum Richtplatz. In diesem Jahr wurde ein solches Gesuch trotz hoher Protektion abgelehnt. Aber ich fand da einen Ausweg: Am Vorabend der Hinrichtung wurde der Verurteilte in das neue Lazarett gebracht, das außerhalb der Stadtmauer liegt. Von da durften wir bis zum Richtplatz mitgehen. ... Eine Begleitung durch die Stadt wäre eine ›öffentliche Religionsausübung‹ gewesen, und die blieb verboten. Aus dem gleichen Grunde war der Besuch im städtischen Gefängnis und im alten Lazarett, die in der Stadt liegen, unmöglich. Wohl wurden hie und da Ausnahmen gestattet, wenn wir es verstanden, den verantwortlichen Mann zu gewinnen, aber auch nur dann, um einen zum Tode Verurteilten vorzubereiten. Hierbei ging es uns genauso: Im Kerker bei verschlossener Tür Beicht und Kommunion, Begleitung zum Richtplatz vom Stadttor ab. Selbst unter diesen Umständen vermochten wir katholische Gefangene auch im ›Amts-Stockhaus‹ vor dem Abfall zu bewahren. Wir sorgten dann für Umquartierung ins ›Baugefängnis‹, wo Teilnahme am regelmäßigen Gottesdienst möglich war.« –

*

Das Jahr 1715, in dem der König den französischen Maler Louis Silvester, der in Paris als Professor der staatlichen Kunstakademie zu hohem Ansehen gekommen war, nach Dresden berief, brachte unter vielen Todesfällen auch den einen, der in aller Welt Aufsehen erregte:
Ludwig XIV. starb.
Es wurde aber auch einer vom Herrgott in die Ewigkeit abberufen, dessen Name in Dresden zu dieser Zeit voll Ehrfurcht genannt ward:
Pater Karl Vota, der erste Apostolische Vikar Sachsens, starb am 9. Dezember 1715, 86jährig, im römischen Profeßhaus. Er war ein in allen Wissenschaften wohlerfahrener Mann, ein untadeliger und frommer Priester gewesen.

*

Am 12. Dezember nachts entfloh die Gräfin Cosel von Pillnitz. Schon vorher hatte sie im geheimen dem Hoffaktor Jonas Kostbarkeiten übergeben und 15 Kisten nach Teplitz bringen lassen. Ihre Töchter waren bei ihren Eltern, während sie den dreijährigen Sohn in Pillnitz zurückließ. Sie schrieb bald selbst als Madame la Capitaine aus Berlin, wo sie inkognito lebte. Graf von Flemming verlangte vom König ihre Rückkehr nach Sachsen. Er fürchtete, daß sie zuviel um die sächsische Politik wußte und den Preußen manches verraten könnte.

*

Der Plan Augusts des Starken, den Kurprinzen mit einer Tochter des Kaisers zu verheiraten, war trotz aller Bemühungen noch nicht verwirklicht. Am 1. Februar 1716 schrieb der Papst an den Kaiser, er sehe als das alleinige Mittel, den König und den Prinzen aus den drohenden Gefahren der gegnerischen Kreise in Sachsen zu erretten, die Heirat mit einer Erzherzogin an. Er werde in dieser Angelegenheit den Pater Salerni an den kaiserlichen Hof senden. Zudem schilderte er, um Kaiser Karl günstig zu stimmen, die Standhaftigkeit des Prinzen im katholischen Glauben und seinen Eifer in den religiösen Übungen:
»Wir können versichern, daß, wie der Prinz nur allein wegen seinem ewigen Seelenheile unsere heilige katholische Religion angenommen hat, nachdem er von ihrer Wahrheit hinlänglich überzeugt war, er auch stets in der besten Weise diesem heiligen Entschlusse entsprochen hat, nicht allein in der Reinheit, Standhaftigkeit und Darlegung ganz katholischer Gesinnungen, sondern auch in gewissenhafter Ausübung aller Werke, die sie vorschreibt. Er nahte sich häufig und mit ganz besonderer Andacht den heiligen Sakramenten der Buße und der Kommunion; er hörte alle Tage die heilige Messe und verrichtete täglich verschiedene geistliche Andachten unter Leitung eines Ordensmannes, den er stets bei sich hat.
Da nun Verstellung in einer so wichtigen Angelegenheit, wie die Religion ist, mag sie auch immerhin manchmal durch die Notwendigkeit sich rechtfertigen und vielleicht in einzelnen Fällen selbst durch die christliche Klugheit rätlich werden, keineswegs für lange Zeit ausgeübt werden darf, ohne gegen das Evangelium zu handeln, welches befiehlt, Jesus Christus offen vor allen Menschen zu bekennen; da es ferner höchst unstatthaft ist, daß ein so

wichtiges und heiliges Werk, wie die Bekehrung des Prinzen, länger noch im verborgenen ohne Nutzen bleibe, ... so haben Uns alle diese Gründe die unerläßliche Pflicht auferlegt, diese große Angelegenheit ihrem erwünschten und ersprießlichen Ziele endlich entgegenzuführen, zu beenden und ihr sichere Dauer zu geben.
Zu diesem Zwecke senden Wir nun den Pater Salerni zum König von Polen. Doch sehen Wir wohl ein, daß dieses Unternehmen ohne die mächtige Beihilfe Deiner Majestät schwerlich den Ausgang, den Wir wünschen, nehmen dürfte; und dies ist der Grund, warum Wir, bevor Wir uns anderswohin wandten, vor allem mittels dieses Ordensmannes die Frömmigkeit und den wohlbekannten Eifer Deiner Majestät hierüber dringlichst in Anspruch nehmen ...«
Ende März trat Pater Salerni seine Reise nach Wien an. In Venedig traf er sich mit dem Prinzen, der den Winter in Lyon zugebracht hatte. Pater Salerni unterrichtete Friedrich August von seiner Sendung. Dann überreichte er ihm eine Kreuzpartikel als Geschenk des Papstes.
In Wien machte Kaiser Karl dem Pater Hoffnungen, der bald mit dieser Nachricht nach Warschau zu König August weiterreiste.

*

Pater Superior führte seine Aufzeichnungen weiter:
»Ähnlichen Zustrom wie die Frühpredigt hat die Kinderkatechese am Nachmittag. Jeden Sonntag nach der Vesper wird sie gehalten, zu der aber auch Erwachsene in großer Zahl kommen. Die Biblische Geschichte und die Lehren des Glaubens werden der kindlichen Fassungskraft entsprechend vorgetragen. Ebenfalls werden die Kinder zu selbsttätigem Mitwirken herangezogen. Vorn an der Kommunionbank werden sie aufgestellt. Dann singen die Kapellknaben das Glaubensbekenntnis oder andere Gebete vor, welche die Kinder mit viel Anmut nach-

singen. Auch Andersgläubige lauschen als andächtige Zuhörer. Manche Protestanten haben das ganze Jahr bei keiner Katechese gefehlt. Es kommt nicht selten vor, daß sie nach der Katechese dem Pater nachgehen, um in unserem Hause noch mehr zu fragen und zu hören. Das taten sogar zwei protestantische Prediger.« –

*

»Am 10. Oktober dieses Jahres 1716 starb der Statthalter von Fürstenberg in Wermsdorf, wo er ein Jagdschloß besaß. Pater Ignaz Thiesen stand ihm im Tode bei. In Dresden hielten wir ihm drei Tage die Totenämter mit Offizium. Der Leichnam wurde am 9. November nach Marienstern überführt und in der Kirche des Zisterzienserinnenklosters beigesetzt. Der Domdekan von Bautzen hielt das Begräbnisamt, an dem zwei Patres von uns teilnahmen.« –

*

Der sächsische Gesandte in Berlin hatte erreicht, daß am 13. Oktober über die Gräfin Cosel, die sich in Halle zur Zeit der Michaelismesse aufhielt, um ihrem Leipziger Geschäftsträger nahe zu sein, durch einen preußischen Oberst Arrest verhängt wurde.
»Sie weigert sich, Papiere herauszugeben, die an sich unerheblich sind, höchstens den Beweis einer menschlichen Schwäche des Königs liefern. Außerdem soll ihr Vermögen zur Erziehung ihrer Kinder sichergestellt werden.«
Im Gasthof »Zur preußischen Krone« in Halle stand eine Wache. Doch hier war es keine Ehrenwache wie früher vor dem Palais in Dresden. Die Gräfin Cosel aber hoffte immer noch. Der Auslieferungsbefehl von Berlin ließ auf sich warten. Preußen zögerte bewußt. König August eröffnete ihr am 27. Oktober durch den Grafen Watzdorf die Freilassung, falls sie ›das Papier‹ aushändige und sich von Pillnitz nicht entferne. Sie hoffte jedoch, entfliehen zu können.

Es kam anders. August lieferte Preußen alle Deserteure aus und verpflichtete sich schriftlich, daß die ›Angelegenheit Gräfin Cosel‹ ohne Folgerungen als nachbarliche Gefälligkeit betrachtet werden solle.
Um dieser ›nachbarlichen Gefälligkeit‹ willen wurde sie am 22. November abends an der sächsischen Grenze dem Oberst Diemar übergeben.
Im zweiten Nachtquartier bot die Gräfin der Leipziger Wirtin 500 Taler, wenn sie ihr gewöhnliche Kleider verschaffen und ihr forthelfen würde. Die Wirtin jedoch teilte dies mit. Zwei Offiziere traten deshalb zur Nachtwache ein.
Die Cosel fiel in Ohnmacht und bekam Krämpfe. Ein Arzt wurde geholt. »Ich will keine Arznei! Gebt mir Gift!«
Tags darauf wurde sie nach Nossen gebracht, wo sie ernstlich erkrankte. Sie lachte überlaut, phantasierte und bekam das ›böse Wesen‹.
Des Königs Leibarzt wurde zu ihr gesandt.
Erst am 24. Dezember ward die Reise über Wilsdruff, Plauen, ohne Dresden zu berühren, fortgesetzt. Im Gasthof zu Blasewitz wurde zu Mittag gespeist. Sie sah die Elbe zum letztenmal. Am Abend schlossen sich hinter ihr die schweren Tore der Burg Stolpen – für immer!
Es war Heiliger Abend. Die Glocken läuteten. Sie klangen der 36jährigen in das nüchterne Zimmer des Zeughauses der Burg. Zwei Stockwerke mit je 5 Zimmern und fünf Bedienten standen zu ihrer Verfügung. Die Kranke und Zusammengebrochene schluchzte:
»Wie hat Gott mich so verlassen, daß ich so gewalttätigerweise in meiner Feinde Hände fallen mußte!«
Dann phantasierte sie wieder und erlebte ihren früheren Glanz, um bald abermals die Hände vor das Gesicht zu schlagen:
»Durch meine Missetat habe ich mir solches nicht zugezogen!«
Ohne Gericht, ohne Verteidigung, ohne Urteil saß, die einst von Königs Gnaden war, auf Gnade oder Ungnade in der

düsteren Burg Stolpen. Ein Opfer der Willkürherrschaft, der Politik und der Laune des Königs.
45 Mann zusätzlicher Bewachung wurden dorthin geschickt. Des Königs Gnade aber wurde ihr nie mehr zuteil.
Ihr Leben stand nun unter bitterer Ungnade.
Für alle Zeiten eine schwere Schuld im Leben Augusts des Starken, zugleich ein Zeichen für den Mißbrauch der Gewalt, die ein Mensch über die besaß, die für ihn nichts als seine Untertanen waren.
Bald wurde der Schloßhauptmann Heinecken abgelöst. Der neue Hauptmann Holm bewachte die Gräfin strenger. Alle zwei Stunden wurde die Arme visitiert. Am 24. Januar 1717 schrieb sie: »... über mir, neben mir und unter mir habe ich Irrwische, und wenn ich nicht noch ein bißchen Jugend hätte, zweifle ich nicht, sie würden mir auch des Nachts bis in mein Bett accompagnieren. Wenn ich hier dolle werde, ist es kein Wunder.« Da sie alle Auskünfte verweigerte, verwandte August viele Mühe, in den Besitz des Ehedokumentes zu kommen. Ihr Kammermädchen saß im Stockhaus in Dresden in einem üblen Gefängnis, gestand jedoch nicht, wohin die Gräfin ihre Sachen gebracht hatte.

*

Pater Superior verzeichnete wieder Erfreuliches und Unerfreuliches in seinem Tagebuch:
»... Am 2. März 1717 wurde Pater Heinrich Colendall von dem protestantischen General Flemming, dem Stadtkommandanten von Dresden, zum Essen gebeten, wo auch ein protestantischer Prediger, Magister Hahn von der Kreuzkirche, erschienen war. Man sprach mehrere Stunden darüber, ob die Heilige Schrift allein die Richtschnur in der Behandlung der Glaubensverschiedenheiten sein könne oder nicht, und ging in schönster Freundschaft auseinander.« –

»Zur Pflege christlicher Sittlichkeit und zur Stärkung im Glauben besorgten wir mehrere Büchlein erbaulichen und belehrenden Inhalts. Besonders willkommen dafür waren uns die eines Paters aus Böhmen. Wir forderten sie aus Prag an. Sie wurden in großer Zahl verteilt und eifrig gelesen.« –

»Die Strafzeit mancher Gefangenen konnten wir wieder durch Erlegung einer Geldsumme abkürzen.« –

»Dem Hausbesitzer des Borgerischen Hauses in Altendresden erwuchsen Schwierigkeiten, weil er dem päpstlichen Nuntius Quartier gewährt hatte.« –

»Eine protestantische Gräfin suchte ihr Dienstmädchen vom Glauben abzubringen. Sie sperrte dieselbe drei Tage lang ein, ließ sie bei Wasser und Brot fasten, verbrannte ihren Rosenkranz und ihr Gebetbuch, strich ihr die Hälfte des Lohnes und jagte sie dann davon. Ihren Zweck hat sie nicht erreicht. Konstantia (= Standhaftigkeit) hat sich ihres Namens würdig erwiesen.« –

»Pater Elias Broggio wurde nach Prag versetzt. Er war der erste Kaplan in diesem Bezirk und hat sich die höchsten Verdienste erworben. – Sein Nachfolger in der Schule wurde Pater Johannes Urbani aus Leitmeritz.«

*

Durch Vermittlung seiner Waffengefährten Prinz Eugen und Graf Starhemberg erreichte König August, daß der Kaiser dem Eheprojekt endlich zustimmte. Am 16. März 1717 übermittelt Graf Starhemberg dem Pater Salerni die volle Entscheidung Kaiser Karls und die Bedingungen für die Ehe mit der Erzherzogin Maria Josepha:

»Der Bräutigam soll bald seinen Übertritt bekanntgeben. Sämtliche Kinder dieser Ehe müssen katholisch erzogen werden. Die öffentliche Ausübung der katholischen Religion wird von beiden Brautleuten gefordert.«

Am 13. April teilte der Kaiser dem Papst seine Zustimmung zu dieser Ehe mit.

Der Prinz dankte am 1. Mai dem Heiligen Vater für diese durch seinen Einfluß erreichte Entscheidung.

*

In dieser Zeit kamen die schon einige Jahre währenden Verhandlungen zum Abschluß, in denen August der Starke sächsische Dragoner dem König von Preußen für wertvolle chinesische Vasen und anderes kostbare Porzellan überließ. Der preußische König wollte mindestens sechshundert Dragoner dafür haben. Der sogenannten ›Soldatenkönig‹ hatte eine besondere Vorliebe für ›lange Kerls‹ und legte deshalb Gewicht auf die Gestalt der Soldaten, mit der man seine Porzellanvasen aus Oranienburg und Charlottenburg bezahlen sollte. Der Wert des Porzellans wurde auf etwa 27 000 Taler geschätzt. Die sechshundert Mann sächsischer Dragoner, allerdings ohne Offiziere, Pferde und Montierung, wurden am 30. April 1717 gegen

18 große chinesische Vasen,
16 Teller,
12 Schüsseln,
12 hohe Aufsätze,
5 Becher,
37 Töpfe von Orangenbäumen verkauft.

Das schmutzige Geschäft kam unter der Tarnung eines ›Geschenkes‹ zustande. Der sächsische Unterhändler, Herr von Watzdorf, hatte am 13. April dem Feldmarschall Flemming über den letzten Stand der Verhandlungen berichtet.
»Was mich anbelangt, habe ich das Gefühl, daß man die besagten sechshundert Soldaten dem König von Preußen als Geschenk machen solle, damit man nicht sagen kann, daß wir unsere Leute gegen Porzellan verkaufen.«
Die Anregung zu diesem ›Dragoner-Geschenk‹ kam vom preußischen König her. Beide Könige haben sich mit diesem Menschenhandel, der in der damaligen Zeit leider nicht allein stand, Schande für alle Zeiten zugezogen.

So wurde ein Dragoner für 45 Taler verkauft.
Die damals kostbaren Vasen wurden bis auf unsere Tage hin vom Volk, das dieses ›Geschäft‹ mit Recht verabscheute, »Dragonervasen« genannt.
Die wenigen Katholiken unter den verkauften Dragonern standen nun in Zwiespalt über ihren katholisch gewordenen König, der in Dresden ein Gotteshaus für ihre Mitgläubigen errichtet hatte und der jetzt so über sie verfügte.
»Vor Gott sind wir alle gleich, aber unser katholischer König hat uns verkauft wie Menschenware!«

*

König August zögerte immer noch mit der Bekanntgabe des Übertrittes. Als jedoch am 1. Juli seine Mutter Anna Sophia, fast 70jährig, starb, fiel das Haupthindernis für die Veröffentlichung fort. Ob ihres anspruchslosen Wesens hatte die Verstorbene sich die Achtung des Volkes erworben, das um sie trauerte.
Am 13. Juli setzte August den 21jährigen Prinzen vom Tode seiner geliebten Großmutter in Kenntnis. Zugleich bevollmächtigte er ihn, seinen Übertritt bekanntzugeben. Er forderte ihn auf, sich unverzüglich nach Wien zu begeben.

*

Mitte September traf Friedrich August in St. Pölten ein, wo ihn Pater Salerni und Pater Guarini erwartet hatten.
Pater Salerni war inzwischen bereits nach Wien abgereist, um alles vorzubereiten.
Friedrich August traf am 3. Oktober in Wien ein und machte vier Tage später dem Kaiserpaar seine Aufwartung.
Am 11. Oktober war die gesamte kaiserliche Familie in der Hofkapelle versammelt, um der heiligen Messe bei-

zuwohnen. Alle schauten auf den sächsischen Prinzen, der mit inniger Andacht an dem Gottesdienst teilnahm und auch die heilige Kommunion empfing.
Am gleichen Tage gab der Papst, wie es der Kaiser und der Kurprinz gewünscht hatten, in einer längeren Ansprache dem versammelten Kardinalskollegium und damit der Welt dieses öffentliche Bekenntnis des Kurprinzen bekannt, wobei alle zehn Briefe der Zeitspanne vom 27. November 1712 bis zum 27. September 1717 verlesen wurden. In würdevollen Worten erzählte Papst Klemens den ganzen Verlauf der Rückkehr des Prinzen in den Schoß der Kirche, die Bemühungen, die er seit Antritt seines Pontifikates angewandt habe, sie zu befestigen, und was er getan, um sie öffentlich zu machen, und sprach von den heiligen Hoffnungen, die er und die gesamte katholische Kirche an sie knüpfe. Er schrieb sodann darüber dem Prinzen und beglückwünschte ihn.
Am Sonntag darauf wohnte Friedrich August dem öffentlichen Gottesdienste in Wien bei und empfing auch hier in Gegenwart des Volkes den Leib des Herrn. Die ganze Stadt nahm an dieser Feierlichkeit Anteil.
König August gab in einem Schreiben vom 13. Oktober an seine Minister dem erregten sächsischen Volke die Zusicherung, daß er dessen Glauben schützen werde:
»... Der Übertritt meines Sohnes ist ein rein personeller. Dieser hat ebenso billige und moderate Sentiments als der König selbst ... Wir haben, wie bekannt, nie keinem in Religionssachen den geringsten Zwang und Gewalt zugefügt, wohl wissend, daß der Glaube eine Gabe des Höchsten und billig sei, daß Unsere liebe, getreue Untertanen eben die Gewissensfreiheit genießen, wie Wir Unserem Prinzen jederzeit gestattet ...«
Der Kurprinz teilte nun auch seiner Mutter die Bekanntmachung seines Übertritts mit:
»... Übrigens bitte ich, überzeugt zu sein, daß diese Veränderung, weit entfernt, meine kindliche Liebe, meine

Verehrung und meinen Gehorsam für Dich etwa zu mindern, solche vielmehr vermehrt hat und stets mehr und mehr vermehren wird; demnach hoffe ich gleichfalls, Du wirst mir Deine frühere Güte und Liebe erhalten, und verlange hiermit dringender wie je Deinen mütterlichen Segen ...«
Bei der 200jährigen Wiederkehr der Reformation, die vom 31. Oktober bis zum 2. November in allen protestantischen Kirche gefeiert wurde, erklärte Valentin Löscher in der Jubelpredigt:
»... Ohne die Hohen in der Welt oder auch jemand zu schmähen, der sich zur römischen Kirche bekennt, müssen wir sagen, daß das heutige Rom dennoch die untrüglichen Kennzeichen der apokalyptischen Hure trage ...«
Ein bitteres Wort, das die Katholiken tief verletzen mußte. König August hatte sich in diesen Tagen nach Moritzburg begeben.

*

Am 1. April 1718 war der Soldat Gottfried Kleiner zur katholischen Kirche übergetreten. Am folgenden Tage in aller Frühe – er lag noch im Bett – wurde er zum Fähnrich befohlen.
»Bist du wirklich katholisch geworden?«
»Ja!«
Der Fähnrich brüllte ihn an:
»Ich will dich Laster wieder luth'risch prügeln!«
»Macht mit mir, was Ihr wollt, ich werde trotzdem katholisch bleiben.«
Auf Befehl des Fähnrichs schlugen darauf zwei Soldaten derart mit Stöcken auf ihn ein, daß er beinahe hundert Wunden erhielt. Während dieser Prozedur erschien der Auditor des Regiments (Mitglied des Militärgerichts), dem der Fähnrich zurief:
»Ich habe einen Laster wiederumb lutrich prügeln.« –

Da fragte der Auditor den Schützen: »Hast du schon katholisch kommuniziert?«
»Ja!« antwortete der geprügelte Kleinert.
»Hättest du besser Schweinefutter gefressen!«
Dann wurde Kleinert auf Befehl des Fähnrichs und unter Billigung des Auditors ins Gefängnis gebracht. Dort sollte er in Fesseln gelegt werden. Der Kerkermeister widersetzte sich. Vom Gefängnis wurde Kleinert zum Hauptmann gerufen. Dort mußte er vom Prediger, der gerade anwesend war, ein langes Verhör bestehen und wurde dann erst freigelassen. Die Striemen, die der arme Schütze nur seines Glaubens wegen erhalten, waren so schlimm, daß der Arzt bei der Untersuchung den Körper an mehreren Stellen blutunterlaufen fand. – Der Fähnrich und der Auditor aber wurden, als die Sache dem Feldmarschall Flemming bekannt wurde, auf einige Wochen eingesperrt. –

*

Die protestantischen Fürsten setzten selbstverständlich noch einmal alles in Bewegung, um die Ehe des Kurprinzen mit der Erzherzogin zu verhindern. Sie rieten dem König, den Prinzen von Wien abzuberufen und ihn zum Statthalter seiner Erbstaaten zu machen, da er selbst ja durch die verwickelten Staatsgeschäfte in Polen ohnehin zu sehr in Anspruch genommen sei. Aber August durchschaute ihre Pläne. Zur Vorsicht sandte er Graf Flemming an den Berliner Hof, der Mittelpunkt aller dieser Bestrebungen war.
Minister Flemming verteilte an alle Vertreter der protestantischen Höfe eine ausführliche Denkschrift:
»Der König hat versichert:
Durch die Ehe wird die protestantische Kirche in Deutschland nicht gefährdet.
Die Stellung zu den protestantischen Höfen wird nicht geändert ...«

Dann folgte eine Widerlegung aller umlaufenden Gerüchte.

*

Als Friedrich August der zukünftigen Braut vorgestellt wurde, schaute Maria Josepha ihn neugierig und aufmerksam an und war beruhigt.
»Er ist nicht wie die anderen, Mama«, sagte sie hinterher.
»Woher weißt du das?«
»Ich hab's halt gespürt, Mama.«
Das andere verschwieg sie. Aber sie dankte Gott dafür.
Einige Tage später stattete der Prinz in aller Öffentlichkeit den Dank ab. Er wurde zum Handkuß der Kaiserin und Braut zugelassen. Dann wohnte er einem Festmahl der kaiserlichen Familie bei. Dabei wußte er sich nicht nur als formvollendeter Kavalier zu zeigen, sondern auch als kluger, begeisterter Erzähler seiner Kunsteindrücke und Jagderlebnisse auf der Kavalierstour.
Da ahnte Maria Josepha schon ein wenig, wie sie dereinst ihrem Gemahl nahezukommen vermöchte.
»Gott hat es so gefügt, und ich bin dankbar, daß er so ist.«
Sie spürte, obwohl sie noch sehr jung war, daß es mehr sein würde als eine politische Heirat zwischen Österreich und Sachsen.
»Ich will ihm alles sein, ... ganz Frau will ich sein, ... nichts für mich will ich haben, ... nur das eine: Liebe schenken zu dürfen! ... Bei mir soll er ganz daheim sein! ... Alles soll er von mir haben, ... weil ihn halt der Herrgott mir anvertrauen wird!« So betete Maria Josepha.
Sie war von der Mutter und Großmutter sehr fromm erzogen worden. Täglich betete sie mit ihnen die Tageszeiten.
»Am liebsten begleite ich das heilige Sakrament zu den Kranken, besuche Spitäler und Klöster und bediene Kranke und Arme bei Tisch«, erzählte sie dem Kurprinzen.
Sie sprach ganz schlicht und natürlich.

»Wissen S', Hoheit, dös macht mir halt genausoviel Vergnügen wie anderen Opera und Theater.«
»Besuchen Kaiserliche Hoheit diese auch?«
»Aber freilich, ich muß halt! Mama verlangt's!« –
Pater Salerni hatte viel Mühe, bis die Ehepakte endlich schriftlich niedergelegt waren. Dann reiste er mit dem Prinzen und Pater Guarini zum König nach Polen und von dort mit ihnen nach Dresden.
Neue Hindernisse: Die sächsischen Landstände machten gegen die in den Ehepakten enthaltene ›freie und öffentliche Religionsausübung‹ Schwierigkeiten. Sie wurden jedoch durch Graf Flemmings Beredsamkeit überwunden.
Am 13. August 1719 unterzeichneten König August, der Prinz und die Minister den Ehevertrag. Nun konnte die Hochzeit vorbereitet werden.

*

Am Vortage der Trauung begab sich die Braut mit ihrer Mutter in das Kloster Mariä Heimsuchung, um sich in aller Stille auf das heilige Sakrament der Ehe vorzubereiten. Sie ahnte, was sie nach Dresden mitzubringen hatte: Nicht die ›Eva‹ konnte den Mann am Hofe glücklich machen, sondern nur die ›Eva-Maria‹.
Sie hatte genug vom Hofe in Wien erfahren.
Doch sie vertraute der Gnade, die den durcheinandergeratenen Menschen nicht nur wieder in Ordnung bringt, sondern auch erhebt. Pater Salerni hatte ihr von der Frömmigkeit ihres zukünftigen Gemahls erzählt.
Nun betete sie mit ihrer Mutter und allen Klosterfrauen für ihn und für Sachsen, das ihr bei aller vielseitigen Unterweisung in Geschichte, Sprachen und Musik doch noch ein unbeschriebenes Blatt war.
Nur eines wußte sie: die Katholiken hatten es dort sehr schwer.
Also: beten, beten, beten, daß der Herrgott seine Gnade gibt! – Am Sonntag, dem 20. August 1719, abends sechs

Uhr, traute der Fürstbischof von Wien, von Kollowitsch, unter Assistenz der Äbte von Melk und Schotten und vieler Geistlicher in der kaiserlichen Burgkapelle das Paar. Tapfer sagte Maria Josepha ihr »Ja!« zu ihrem von Gott gegebenen Bräutigam.
Der Bischof betete nach dem gegebenen Wort:
»... Dein Weib wird dem fruchtbaren Weinstock gleichen. Er lasse dich von deinen Kindern die Kinder sehen ... Herr, lasse sie eins sein in der Gemeinschaft wahrer Liebe!«
Nach drei Hochzeitstagen verließ das junge Ehepaar Wien. In Prag trennte sich Friedrich August von seiner Gemahlin, um sie am 2. September feierlich nach Dresden einholen zu können.

*

König August ließ seinen Geist sprühen, um einen Monat lang Dresden Festesfreuden zu bereiten. Aber nicht nur die ganze Stadt, das ganze Land war Arbeitnehmer der königlichen Aufträge. Alles bisher Dargebotene sollte an Glanz übertroffen werden. An der böhmischen Grenze holte der Kurprinz seine junge Gattin ab. In Pirna übernachteten sie.
August schwelgte in Phantasien: Die Elbe war sein Canale Grande. Die Braut hatte sich vermählt, also mußte sie in einem Prachtschiff abgeholt werden, wie der Doge alljährlich ins offene Meer fuhr, um sich diesem zu vermählen, indem er feierlich einen kostbaren Ring in die Tiefe versenkte.
Maria Josepha war über alles, was der ›reizende Schwiegerpapa‹ ihr zu Ehren bot, entzückt.
»Schau doch, welch herrliches Schiff!«
»Das ist der Bucentaur, ich sah solche Schiffe in Venedig«, sagte ihr Gemahl. Die Schiffsmannschaft war in gelben Atlas gekleidet. 15 holländische Jachten fuhren am ›Bucentaur‹ auf und ab, deren Schiffer Rot und Weiß trugen.

Das junge Ehepaar wurde alsdann in die mit drei vergoldeten Spiegelzimmern versehene und rotem Samt ausgeschlagene Prachtbarke geleitet.
Maria Josepha ließ sich alle Ehrungen gefallen, aber sie war doch froh, als sie sich endlich mit ihrem Gemahl in eines der Spiegelzimmer zurückziehen konnte. Sie bereitete ihm aus der Schale das Obst und wehrte den herbeieilenden Dienern:
»Es ist mir doch eine Freude, es meinem lieben Gemahl selbst zu bereiten.«
Dem Empfang an der Vogelwiese, wo sechs Regimenter und vier Schwadrone ein Lager bezogen hatten, sowie der folgende glänzende Festzug in die Stadt waren nur der Auftakt der ›Beilager-Festivität‹.

*

Der Küster der königlichen Kapelle schimpfte:
»Alle sind sie weggelaufen, keiner hilft mir, kein Pater ist zu Hause, kein Kapellknabe!
Sonst kommen sie gelaufen, die Sappermentsbuben und wollen helfen, Kandelaber putzen, Altar decken, ... heute sind sie alle fort. Nur der Küster muß in der Kapelle bleiben. Und wehe, wenn morgen zum Te Deum etwas fehlt ... Da heißt es: Küster hier, Küster dort ... wo ist das Velum, wo ist das Weihrauchfaß? ... Das muß ich auch noch putzen ... diese Sapperlotti ... und woher nehme ich vier Vespermäntel? ... Danach fragt niemand ... nicht einmal der König ... Es kostet alles viel Geld, aber für das Te Deum mit dem Bischof müssen wir alles borgen von Gesandtschaftskapellen, von Mariaschein. Ich habe nur zwei Vespermäntel ... Donner und Doria ...«
Die Kapellknaben dachten nicht an den schimpfenden Küster. Sie sahen mit den Patres aus den Fenstern des Palais Burkersroda auf die Straßen. Besonders erklärte der Maxl alles haargenau dem Seppl, der noch zu den jüngsten Kapellschustern gehörte.

Reichgekleidete Bürger schritten erwartungsvoll daher im bunten Rock, daneben aber hockten arme Vorstädter und Bauersleute in ihrer dörflichen Tracht am Straßenrand, bis die Wachsoldaten sie verjagten. Zierliche Damen in Reifrock und kunstvoll aufgetürmter Frisur bestiegen die Sänften. Die bekannten Dresdener gelb-blau-uniformierten Chaisenträger eilten mit ihnen davon. Adelskarossen mit reichbetreßten Dienern fuhren vorüber.
Es kamen noch Reisewagen mit Fremden. Sie rumpelten schwerfällig. »Schau, Seppl, da reitet der Fröhlich.«
Auf einem übergroßen Pferd, den spitzen Hut unternehmend aufgestülpt, ritt er in einer Hanswurstjacke vorbei.
»Graf Saumagen ... Graf Saumagen!« riefen die älteren Kapellknaben.
Der verzog keine Miene. Er hatte seinen ›Dienst‹ anzutreten; denn der Hofnarr durfte bei den königlichen Festlichkeiten nicht fehlen. Der kleine Mann mit seinem dicken Bauch und seiner Stulpnase hatte es nicht leicht. Er mußte lachen machen, auch wenn ihm nicht danach zumute war.
»Der ist lustig, Seppl!«
»Er schaut aber gar nicht lustig drein, Maxl!«
»Was sich keiner dem König zu sagen traut, das sagt der Fröhlich ihm. – Es war mal dem König sein Lieblingspferd krank geworden. Der König drohte: ›Wer mir die Nachricht bringt: Der Schimmel ist tot!, muß selber sterben.‹«
»Schrecklich, Maxl!«
»Ja, ja, und als das Pferd verreckt war, da wollte es keiner sagen!«
»I hätt mi au net getraut, Maxl!«
»Aber der Fröhlich. Der erzählt dem König: ›Ich weiß nicht, was mit dem Schimmel ist; er friß nicht, er säuft nicht, er rührt sich nicht, er streckt alle viere von sich.‹
›Da ist er tot!‹ rief der König.
›Das stimmt!‹ nickte der Fröhlich, ›aber ich habe es nicht gesagt, sondern Ihr selbst!‹«

Aber der Seppl konnte über die Geschichte nicht lachen.
»Muß da einer sterben, wenn so ein Vieh verreckt ist?«
»Och, du Sinnierer!«
»Aber da, itze kimmen se!«
Die Schweizergarde in gelber und blauer Landsknechttracht eröffnete den Zug. Die mächtigen Federhüte und die Partisanen in ihren Händen machten auf die Jungen großen Eindruck.
»Die sind auch beim Heiligen Vater in Rom, Seppl.«
Es war ein langer Zug, als die Infanterieregimenter und Reiterschwadronen vorüberzogen.
Nach vielen Jahren sahen die Dresdener den Kurprinzen wieder. Friedrich August ritt auf einem spanischen Pferd, dessen goldenes Geschirr mit Diamanten besetzt war. Er trug ein goldgesticktes Purpurkleid und einen Federhut mit Diamanten. Die Braut fuhr allein in einem achtspännigen, mit rotem Samt ausgeschlagenen Wagen. Sie trug ein pfirsichfarbenes Samtkleid und strahlendes Geschmeide.
»Maria Josepha heißt sie, Seppl.«
Es war mehr ein steifer Einzug als ein jubelnder Empfang.
Seppl aber dachte an die arme Mutter daheim im Böhmischen. Sie trug als einzigen Schmuck ein Kreuzl am Kettchen, das ihr der Vater geschenkt hatte.
Sie hatte verschaffte Hände. Der Mutter durfte er das alles gar nicht erzählen, was er gesehen hatte. Sie würde doch nur wieder sagen:
»Gold und Glanz machen nicht glücklich, bleib brav, Seppele!«

*

Mitsingen brauchte der Seppl am nächsten Tage beim Te Deum noch nicht. Er hatte sich auf der linken Seite auf der Fensterbank an dem Pilaster einen erhöhten Sitzplatz erkoren. Von dort konnte er gut auf den Altar schauen.

Der Bischof mit Mitra und Stab, umgeben von zwei Diakonen mit brokatenen Dalmatiken, daneben rechts und links je zwei Priester in Vespermänteln, dazu die vier Kerzenträger, standen an den Stufen des Altares und stimmten das Te Deum an.
Seppl sah, wie die Posaunenbläser auf der Empore die Backen aufbliesen. Die Kirche war gedrängt voll. Alle 15 Bänke auf jeder Seite waren ebenso besetzt wie die Emporen. In den Seitengängen und im Mittelschiff standen die vornehmen Herren in ihren Prunkgewändern, die linke Hand am Degen. Manche flüsterten miteinander und taten gar nicht so, wie es sich in der Kirche gehörte.
Seppl schaute zu den Betstübchen hin. Kostbare Teppiche hingen dort. Er sah den Kurprinzen und die Kurprinzessin. Sie beteten. Maria Josepha blickte auf den Altar. Auf dem Tabernakel stand das hochragende Kreuz. Es reichte bis in die Strahlen des glänzenden Kranzes, der ein Dreieck mit dem Auge in der Mitte umschloß.
Dem dreieinigen Gott galt jetzt der Jubel des Chores:

»Dich, den Vater unermeßlicher Majestät,
deinen anbetungswürdigen, wahren und einzigen Sohn
und den Tröster, den Heiligen Geist …
Laß uns in ewiger Herrlichkeit
deinen Dienern zugezählt werden …
und loben deinen Namen
von Ewigkeit zu Ewigkeit.«

Das war die katholische Kirche Dresdens. Sie war im Zuge der allgemeinen Stadtverschönerung zu diesem Festmonat ausgemalt worden, aber Maria Josepha erkannte sehr wohl in ihr das ehemalige Theater.
Was sie in den kommenden Wochen erleben sollte an Festlichkeiten, war Theater, wie es ihr königlicher Schwiegervater liebte.
Sie kannte das Programm. Sie mußte es pflichtgemäß durchstehen. Aber ihr Herz sehnte sich nach der Geborgenheit, ihr Herz sehnte sich nach der Familie, nach Kindern …

Auf einer Empore saß ein Zeichner des Hofes. Er zeichnete in Eile diesen feierlichen Empfang in der königlichen Kapelle. So entstand das einzige Bild, das die ›Komödienkirche‹, die erste Hofkirche Dresdens, im Innern zeigt.

*

Wollten sich die Patres nicht die Ungnade des Königs zuziehen, so mußten sie wohl an den Festlichkeiten teilnehmen, zu denen der König ihnen Eintrittskarten für sie und die Kapellknaben zuschickte. Alle gingen zum Apollofest und Sonnenfest und schauten sich das Feuerwerk an. Die Kapellschuster waren begeistert. Der Maxl mußte es dem Seppl erklären. Aber der verstand nichts davon, wie Jason und seine Gefährten das goldene Vlies im Schloß des Königs Aetes eroberten.

Beim Turnierfest wurden die Patres eigens vor dem Rathaus auf dem Altmarkt begrüßt und zu ihren Plätzen geleitet.

Während einer Oper am nächsten Tage suchte der König sie in ihrer Loge auf. Er legte Wert darauf, daß seine Geistlichen in der Öffentlichkeit beachtet wurden.

Das war den Patres fast zuviel, was sie sich alles ansehen mußten: die Reiterkämpfe im Zwinger, das sogenannte ›Karussell‹, die Türkenspiele im Großen Garten, die Mars-, Jupiter-, Merkur- und Venusfeste, das Dianafest als Einleitung zur großen Wildhetze.

»Schrecklich, dieses Massenmorden!«

300 Stück Wild, darunter 20 große Hirsche und 10 Wildschweine, wurden ins Wasser gejagt. Sie scheuten und wollten nicht die Elbe herunter, bis Jäger auf laubgeschmückten Schiffen sie hetzten. Was nicht erlegt wurde, mußte ertrinken. Selbst die Kurprinzessin beteiligte sich vom Pavillon aus am Schießen. Die Diana des Festes vor zehn Jahren aber saß als Gefangene auf Stolpen.

*

Den ganzen Monat über gingen die Festlichkeiten: Das große Zwingerfest mit abendlicher Beleuchtung von Lampions erfreute besonders die Kapellknaben.
»24 000 Lampions, Seppl, da staunste!«
Aber der Seppl war von all dem groß Aufgezogenen bedrückt. Er hatte Heimweh nach seinem böhmischen Dorf.
Aber der Maxl und die größeren Kapellknaben konnten anderntags sich nicht genug von allem erzählen, was sie erlebt hatten. Am Fest im Großen Garten hatte der Seppl schon mehr Freude. Da ging es lustig und volkstümlich zu.
Aber dann wurde er krank, als die andern mit den Patres zum Schlußfest in den Plauenschen Grund zogen, wo 1600 Bergleute beim Saturnfest mitwirkten. Aber auch dabei wurde eine schreckliche Treibjagd abgehalten. Hasen, Rehe und Hirsche wurden zu Hunderten von der Hochebene die Abhänge und Schluchten des Plauenschen Grundes hinuntergetrieben, einige Hirsche und ein Bär sogar über die steilen Felsen hinabgehetzt und unten erlegt.
Zwei künstliche feuerspeiende Berge traten am Abend in Tätigkeit. Es hieß dazu:
»Saturnus selbst will zu Ehren der Neuvermählten die Saturnalien begehen und die Schütze seines unterirdischen Reiches vorführen.«
Die schwere Arbeit der Bergleute wurde dabei im Spiel gezeigt, als wäre das alles nur eine Spielerei.
Selbst Pater Superior war bedrückt von dem allzu vielen, als er die Ereignisse in seinem Tagebuch aufzeichnete und seinen Bericht mit den Worten schloß:
»Wir konnten uns all dem nicht entziehen, wenn wir nicht den König verletzen wollten.«
Was Dresden in diesen Wochen gesehen hatte, das hatte es in solcher Fülle noch nicht erlebt.
»Es ist ja auch eine Kaiserstochter!«
»Wenn sie nur nicht katholisch wäre!«

Es galt noch die falsche Ansicht am Hofe, als würde durch solche Feste, die der Prachtliebe, der Verschwendungssucht und der Geltungssucht entsprangen, der Wohlstand des Volkes gehoben. Jeder Luxus galt als erlaubt, wenn nur das Geld im Lande blieb. Das Volk litt indessen unter der schon 20 Wochen anhaltenden Dürre und klagte:
»Die Getreideeinfuhr aus Böhmen ist verboten!«
Die Hausfrauen klagten: »Überall steigen die Preise!
Der Scheffel Mehl kostet jetzt schon 4 Taler!
Die Kanne Butter 7 Groschen. Soviel haben wir noch nie dafür bezahlen müssen!
Grütze, die wir täglich brauchen, kostet 13 Taler und 8 Groschen.«
»Für Gerstengraupen habe ich 21 Taler bezahlen müssen.«
»Das geringste Rindfleisch können wir nicht unter 2 Groschen und 6 Pfennige kaufen.
Die Preise werden noch weiter ansteigen, Meister, aber die Feste werden mit schimmernder Pracht gefeiert!«
»Was das alles kostet. Die Vergoldung des Bucentaur soll allein 6000 Taler gekostet haben.»
»So ein paar Millionen, mein Lieber, kostet das alles!«
»Oh, diese Verschwendungssucht!
Der kleine Mann muß das alles bezahlen!«

*

Als die Feierlichkeiten verklungen waren, bedankte Maria Josepha sich bei ihrem königlichen Schwiegervater für alle ihr und ihrem Gemahl zu Ehren gegebenen Feste. Auch für die Königin, die ›trauernde Rahel Sachsens‹, die ihr in ihrer Vereinsamung innig leid tat, fand sie herzliche Worte.
Maria Josepha dachte aber noch oft an Wien zurück. Die schönen Kirchen, die stillen Kapellen, in denen ihr Herz stets warm geworden war, hatte sie ja nicht mit nach Dresden nehmen können. Ach ja, der Herr wohnte auch in der

Komödienkirche, wo sie täglich, obwohl sie müde und ihr manchmal sehr elend war, der heiligen Messe beiwohnte. Niemand wagte ein Wort, weil sie katholisch war.
Aber sie empfand doch, selbst inmitten der rauschenden Feste, das so ganz andere Land.
Sie hatte keinen Grund zu klagen. Ihr Gemahl war sehr gut zu ihr. Wenn sie mit ihm allein war, fühlte sie sich wohl.
Sie sagte ihm nichts von ihrer Enttäuschung über die Komödienkirche. Ihr ganzes Leben sollte sie dort Gott dienen und Trost finden?
Als das feierliche Te Deum für die glückliche Vermählung nach dem pompösen Einzug gesungen worden war, war ganz leise in ihr der Wunsch aufgestanden, der unausgesprochen zu einem Gelöbnis wurde:
»Was in meinen schwachen Kräften liegt, will ich tun, damit hier in Dresden ein würdiges ›Stefferl‹* ersteht!«
Doch sie schwieg von diesem Traum eines Dresdner Stephansdomes. Eine solche Kirche wird nicht nur mit Steinen erbaut. Sie wird erbetet und erfleht und ersteht, wenn Gott es will.
»In Te, Domine, speravi, non confundar in aeternum!«
»Auf dich, o Herr, habe ich gehofft, in Ewigkeit werde ich nicht enttäuscht werden!«
So betete die hoffende Mutter, das Symbol der allzeit hoffenden Kirche.
Wie wahrhaft fromm Maria Josepha war, erlebte die katholische Gemeinde in der Karwoche des folgenden Jahres. Sie verharrte vom Karfreitagabend neun Uhr die ganze Nacht hindurch, bis zum Karsamstagmorgen sechs Uhr, betend vor dem eucharistischen Gott.
Immer und immer wieder flehte sie:
»Herr, erhöre mein Gebet,
und laß mein Rufen zu dir kommen!«

* So nennen die Wiener ihren Stephansdom.

»Das Ende von Sünde und allem Leid,
o Gott, ist deine Barmherzigkeit!«

In der kleinen katholischen Diasporagemeinde Dresden hatte sich manches geändert. Zwar kamen immer noch Reibereien vor; doch der König hatte klare Anweisungen über die Ausübung katholischer Kulthandlungen gegeben und 1720 einen eigenen Friedhof für die katholischen Angehörigen des Hofes geschenkt.

Dieses Jahr 1725 brachte der Gemeinde Festtage ganz besonderer Art. Der polnische Nuntius Santini spendete sowohl in der Kapelle zu Moritzburg als auch in der Hofkapelle vier Diakonen die heilige Priesterweihe. Das hatten die Gläubigen noch nicht erlebt, wie die Diakone zu Füßen des Altares lagen als Zeichen ihrer Unwürdigkeit. Prinz Moritz Adolph von Sachsen-Neustadt lag ebenso wie Philipp Ahlmann, Andreas Cato und der aus der Dresdener Gemeinde stammende David Schmidt demütig am Boden, als der Bischof und die Priester mit den Gläubigen die Hilfe von oben durch die Allerheiligenlitanei herabriefen. Ganz still war es, als Bischof und Priester den Weihekandidaten schweigend die Hände aufs Haupt legten. Nun hieß es von jedem: »Du bist Priester in Ewigkeit.«

Vier Primizen in kurzem Zeitraum in der Hofkapelle, das war wahrlich für diese Diasporagemeinde eine stolze Freude.

Die Gläubigen sahen, mit welcher inneren Ergriffenheit und äußeren Würde die Neupriester das erste heilige Meßopfer unter ihnen darbrachten.

Das war ein Zeichen jungen sprossenden Lebens. Dresden hatte seit 1710 vier Ordenskandidaten hervorgebracht. Nun stand zum erstenmal der aus Dresden gebürtige Neupriester David Schmidt am Altar. Die Priester Ahlmann und Schmidt hatten sich für die Seelsorgearbeit

in der sächsischen Diasporagemeinde zur Verfügung gestellt – Priesternachwuchs aus den eigenen Reihen!
Wie gern ließen sich die Gläubigen von den Neupriestern den ersten Segen, den Primizsegen erteilen, von dem das Wort umging: »Um sich den Primizsegen zu holen, kann man getrost ein Pferd zuschanden reiten.«
Von weit her kamen denn auch die Diasporagläubigen, um an solcher seltenen Festfreude teilzunehmen.
Als bald darauf der Nuntius 245 Gläubigen die heilige Firmung erteilen konnte, schrieb Pater Superior voll Freude in sein Tagebuch:
»In diesem Jahr 1725 sind alle Sakramente in Dresden gespendet worden.«
Großen Zulauf hatten die Predigten Pater Nohardts, die er ein halbes Jahr hindurch im Winter 1724/25 hielt. Er legte die katholische Lehre über die Eucharistie dar und erklärte auch die unterschiede zwischen Katholiken und Protestanten über das Altarssakrament. Eine große Zuhörermenge auch aus protestantischen Kreisen strömte den zehn Predigten zu. Sie achteten sehr auf seine Beweisführung. Manche machten sich Notizen.
Nicht verwunderlich, daß auf protestantischer Seite Gegenpredigten gehalten wurden.
Superintendent Löscher erhielt einen Brief seines Freundes, den er besorgt las:
»Es ist leider dahin gekommen, daß der päpstliche ›Greuel der Verwüstung‹ mitten in der heiligen Stätte des sächsischen Zions steht; und welches noch mehr ist, so unterstehen sich die katholischen Pfaffen fast in allen Predigten in der römischen Kapelle zu Dresden, auf die Augsburgischen Konfessionsverwandten zu lästern. Der Jesuit P. Franz Nonhardt hat zeithero fast ein halbes Jahr hintereinander über die Augsburgische Konfession gepredigt und sich zu erweisen bemüht, daß solche irrig und wider Gottes Wort und die Lehre der ersten Kirche und heiligen Väter sei und daß dabei keiner könne selig wer-

den ... Sonderlich hat gedachter Jesuit in 10 Predigten sich bemühet, die Lehre vom heiligen Abendmahle derer Lutheraner übern Haufen zu werden. Am letzten Sonntag als am 5. März hat er die Lutheraner der Nestorianischen Ketzerei beschuldigt und die Leute gebeten, sich nicht länger betrügen zu lassen. Ich habe diese Lästerrede mit angehört und, soviel ich behalten konnte, zu Hause notiert. Es sind auch viele Theologiestudenten gegenwärtig gewesen und haben solche mit angehört. Ich muß ... Ew. Magnifizenz um Gottes Willen bitten, solchen Lästerungen gebührend zu begegnen und hohen Orths darum Vorstellung zu tun.«

Dr. Löscher legte diesen Brief zu den übrigen Schriften, die als Unterlage für eine Beschwerdeschrift des lutherischen Konsistoriums an den Geheimen Rat zu Dresden zu gegebener Zeit eingereicht werden sollte.

Pater Nonhardt erkrankte nach seiner letzten Predigt ernstlich. Die Katholiken Dresdens waren sehr um seine Gesundheit besorgt. Sie schickten ihm Speisen und Arzneien und bestellten sogar Ärzte auf ihre Kosten.

Erfreut konnte Pater Superior am 10. April 1725 sagen:

»Heute beginnt die Krankheit des P. Nonhardt sich zu bessern.«

Den Patres aber mußte er sagen:

»Ich habe erfahren, daß Schritte unternommen werden, diese Kontroverspredigten zu unterbinden.«

Bei der immer noch gespannten Lage konnte, ja mußte jedes noch so gut gemeinte Wort und jede noch so sachliche Darlegung die Gemüter erregen.

*

Auf Freud folgt Leid. Es kam in Dresden zu einer schrecklichen Tat. Pater Superior schrieb bedrückten Herzens die aufregenden Erlebnisse nieder:

»Dieser 21. Mai ist ein ganz unglückseliger Tag wegen der schrecklichen und verwerflichen Untat der Ermor-

dung des Magisters Hahn. Ein Soldat der reitenden Trabanten namens Laubler hat ihn in seinem eigenen Hause während des Mittagessens getötet. Dieser verbrecherische Mensch war eine Stunde vor der Mordtat in unserem Hause gewesen und hatte zuerst nach Pater Steyerer, dann nach mir, danach nach Pater Nonhardt und schließlich nach Pater Gruber gefragt. Nur der letzte war anwesend, hatte aber die Tür seines Zimmers abgeschlossen und den Schlüssel abgezogen. So gab der Diener auch ihn abwesend an, Laubler solle am Nachmittag wiederkommen, wenn er Pater Gruber sprechen wolle. Doch der Kerl sagte daraufhin, und weil die Tür zur Küche offenstand, hörte der Koch ihn deutlich, verstand aber den Sinn nicht: ›Weil dann keiner von denen zu Hause ist, nach welchen ich gefraget, so will ich den Katholischen eine Freud machen.‹ Und damit ging er. Er begab sich geradewegs zum Hause des Herrn Superintendenten. Da er aber auch diesen nicht zu Hause antraf, ging er zu Magister Hahn, der gerade bei Tisch saß und erst gar nicht herauskommen wollte. Als er ihn dann doch empfing, stieß ihm Laubler seinen Dolch mehrmals in den Leib, so daß Magister Hahn auf der Stelle starb.«
Am nächsten Tag fuhr Pater Superior in seinem Bericht fort: »Als am 22. Mai ein Geschrei gehört wurde, in der Kreuzkirche habe ein Katholik den Prediger auf der Kanzel erschossen, entstand bald darauf ein großer Volksauflauf. Als dieser auch die königliche Kapelle anfallen wollte, wurde er durch das Militär zurückgetrieben. Es wurden nur einige Fensterscheiben eingeworfen. Von der Kirche lief die Menge gegen acht Uhr zum Geistlichen Haus und warf mit Steinen nach den Fenstern. In den ersten drei Stockwerken wurden fast alle Scheiben zerbrochen, auch in das vierte und fünfte Stockwerk sind noch einige Steine geflogen. Darauf ward die Türe mit Steinen, Hämmern und anderem Werkzeug so bearbeitet, daß das ganze Haus darob erzitterte. Obgleich die Tür

sehr fest war, wurde sie schließlich mit Gewalt erbrochen und zertrümmert. Etwa zwanzig Personen drangen mit lautem Geschrei ins Haus, wurden aber bald verjagt. Der Schaden im Haus war gering. Die Patres aber waren in augenscheinlicher Lebensgefahr gewesen. Pater Ignaz Czermak hatte in der königlichen Kapelle die erste heilige Messe gelesen, als der Tumult anfing; er rettete sich mit dem Allerheiligsten in das Schloß; die Kirche wurde abgeschlossen. Pater Michael Gruber entkam durch die hintere Tür, als die vordere schon durchbrochen war; auch einige Kapellknaben folgten ihm. Pater Streit und Herr Jungwirth hatten sich in den oberen Teil des Hauses zurückgezogen, wurden aber von niemandem behelligt. Etliche Soldaten führten sie in das Schloß, nachdem die aufgeregte Menge auseinandergetrieben war. – Von unserem Hause stürmte die Menge in die Häuser der Katholiken, warf sie hinaus und schlug und schmähte sie. Das Militär wagte nicht, Gewalt zu gebrauche, sondern sollte nur die Katholiken in Sicherheit bringen.

Soweit Pater Superior.

Erst gegen Abend legte sich die Erregung, was besonders dem Grafen Wackerbarth, dem Oberhofprediger Marperger und Superintendent Löscher zu danken war.

Drei Tage wurde der aufgebahrte Leichnam von unzähligen Scharen aufgesucht. Superintendent Löscher hielt die Leichenpredigt mit dem Thema »Das wohlredende Blut eines unschuldig getöteten Abel«. Auf dem Johannesfriedhof wurde Magister Hahn beigesetzt.

»Ein Mordanschlag der Jesuiten!« hieß es im erregten Lande. Der Ermordete wurde als Martyrer gefeiert.

Bald erschien eine Schrift: »Das betrübte Dresden«. Darin war ein Kupferstich zu sehen, auf dem vier Jesuiten beraten und das Urteil fällen: ›Er ist des Todes schuldig!‹ Laubler fragt: ›Was wollt ihr mir geben, wenn ich ihn euch verrate?‹ Ein Teufel flüstert: ›Dreißig Silberlinge!‹ – Der Mordprozeß belastete jedoch die Patres nicht.

Am 15. Juli wurde Pater Superior zum Geheimen Rat gerufen. »Besuchen Sie den Mörder im Gefängnis. Er hat nach einem katholischen Priester verlangt. Versuchen Sie es einmal mit dem hartnäckigen Menschen. Er will durchaus nicht gestehen, daß er mit dem Mord ein Verbrechen begangen hat.«

Pater Superior ging hin.

Laubler zeigte aber keine Reue. Der Priester vermochte kein vernünftiges Wort bei all seinen Besuchen aus ihm herauszubringen. Der Mörder wiederholte stets die Worte: »Ich empfehle mich Jesus, Maria und Josef und in eine heilige Messe.« Pater Superior versuchte es am andern Tag. Wiederum vergeblich. Endlich, am 18. Juli, war er zur Beichte bereit. Aber auch jetzt wollte er von der heiligen Kommunion nichts wissen.

Laubler wurde zum Tode verurteilt. Der Priester bestieg mit ihm das Blutgerüst und sprach ihm bis zum Ende Stoßgebete vor.

Noch lange standen die Geistlichen unter dem Eindruck dieser schweren Tage. Pater Superior schrieb seinen Obern: »Der Mörder ist hingerichtet. Ruhe und Frieden beginnen zurückzukehren. Strenge Vorschriften verbieten jeden weiteren Tumult. Aus meinem Zimmer ist die silberne Pyxis für die Krankenversehgänge verschwunden; ebenso vermisse ich zweihundertvierzig Reichsthaler.« –

Noch lange Zeit herrschte eine begreifliche tiefe Spannung in der Bevölkerung. Man wollte wissen, daß es sich hier nicht bloß um die grausige Tat eines einzelnen Wahnwitzigen gehandelt habe, sondern mehr dahinterstecke. Zahlreiche schaurige Bilder sorgten dafür, daß im Lande die Erregung über diese Bluttat von Dresden wach blieb.

*

Das lag nun einige Jahre zurück.
In Dresden war inzwischen vieles geworden.
Nicht nur der herrliche Zwinger.
Nicht nur die Augustusbrücke, ein Wunderwerk ihrer Zeit.
Nicht nur die Frauenkirche Bährs mit der wundervollen Kuppel.
Auch etwas anderes, was es lange nicht mehr am königlichen Hofe gegeben hatte, war wiedererstanden, etwas ganz Schlichtes, Einfaches und doch Großes: es war wieder Ehe und Familie im Schloß.
Ohne ein Wort über die Mätressenwirtschaft des Königs zu sagen, lebten der Kurprinz und seine Gattin eine vorbildliche Ehe.
»Versage dich deinem Gatten nicht, dann braucht er keine Frauenzimmer!« hatte ihr die Kaiserin gesagt.
Auch Kinder wurden ihm von seiner Gemahlin geschenkt.
Freilich hatten sie mit viel Trauer zwei Kinder in der Gruft der Hofkapelle beisetzen müssen. Am schwersten war es für die Eltern, als sie im Jahre 1728 den fast siebenjährigen Joseph August hergeben mußten.

*

König August freute sich an seinen sechs Enkelkindern, spielte mit ihnen und verwöhnte sie.
Das Kurprinzenpaar lebte ihm vor, was er nie besessen hatte: Ehe und Familie.
Maria Josepha wußte, woher ihr die Kraft zur Gatten- und Mutterliebe kam.
Sie hatte zum Muttersegen noch nicht nein gesagt, fühlte sich nach ihrem letztgeborenen Kind, das ihren Namen trug, schon wieder froher Hoffnung.
Im Kreise der Patres hieß es:
»Die Kurprinzessin lebt der Gemeinde wirklich christliche Haltung vor. Sie hat der Kapelle viel geschenkt, aber

das ist nicht das Entscheidende, sondern daß sie uns allen ein Vorbild ist, zumal im Beten. Sie hat es wahrlich nicht leicht am Hofe bei dem Klatsch und dem Spott über ihre Kinderzahl.«

*

Ende September, am Schlusse des Schuljahres 1732, wurde in der Kapelle wieder die so beliebte Generalkatechese gehalten. Am Sonntag zuvor wurde von der Kanzel Permosers, über der der Schalldeckel die polnische Krone trug, verkündet:
»Allen Teilnehmern der Generalkatechese ist vom Heiligen Stuhl ein vollkommener Ablaß gewährt.«
Die Jungen und Mädchen hatten eifrig geübt. Es sollte dieses Mal etwas ganz Besonderes im heiligen Spiel geboten werden: »Wie König David durch den Propheten Natan zur Buße geführt wurde.«
Den Patres kam es besonders auf das Bild des Guten Hirten an, das der Prophet dem sündig gewordenen König vor Augen hielt:
Zwei Kapellknaben stellen die beiden dar.
Xaver stand als Prophet vor dem Franzl, der als König David auf dem Throne saß:
»Der Herr hat mich zu dir, o König, gesandt, um dir zu sagen: Zwei Männer waren in einer gewissen Stadt. Der eine reich, der andere arm. Der Reiche besaß Schafe und Rinder in großer Zahl. Der Arme aber hatte nichts als ein einziges Lämmchen, das er gekauft hatte. Er zog es auf, und es wuchs bei ihm auf mit seinen Kindern. Von seinem Bissen aß es, aus seinem Becher trank es und schlief an seiner Brust. Es galt ihm wie ein Kind.«
Wie der Franzl den aufmerksam lauschenden König David spielte, der noch gar nicht merkte, worauf die erzählte Geschichte hinausging!
»Da kam Besuch zu dem reichen Manne. Ihm aber war es leid, eines seiner Schafe und Rinder zu nehmen, um es

dem Gaste, der zu ihm gekommen war, zuzubereiten. So nahm er das Lamm des armen Mannes und bereitete es dem Manne, der zu ihm gekommen war.«
Franzl sprang als König David ergrimmt auf und schrie: »So wahr der Herr lebt. Der Mann, der dies getan hat, ist ein Kind des Todes!«
Xaver aber schleuderte als Prophet dem König die Anklage ins Gesicht:
»Du selbst bist der Mann!
Warum hast du des Herrn Wort mißachtet und das getan, was dem Herrn mißfällt? Du hast Urias mit dem Schwert erschlagen und hast dir seine Frau zum Weibe genommen.«
Wie würdevoll und ergriffen der Franzl jetzt den reuigen König spielte!
»Ich ... habe ... gegen ... den ... Herrn ... gesündigt!«
Natan aber kündete ihm die Vergebung:
»So sieht der Herr dir auch deine Sünde nach.«
Maria Josepha aber, die mit ihren Kindern an der Generalkatechese teilnahm, dachte an den König. Sie gelobte, noch mehr für ihn zu beten, daß der Herr auch ihm die Sünden nachließ. Sie sah doch, wie gealtert er war.

*

König August war alt geworden, aber er wollte es nicht wahrhaben. Er litt an Zucker. Die Ärzte verstanden wohl seine Krankheit nicht, sonst hätten sie ihm strengste Diät verordnet.
Auch widersprach es Augusts Art, der sich so gern ›den Starken‹ nennen hörte, als Aszet an seiner reichen Tafel zu sitzen und aller Welt damit Kunde von seiner Schwäche zu geben.
»Ich will nicht krank sein und nicht als krank erscheinen! ... Ach, was die Medici alles verordnen! ...«
Die kurz zuvor erfolgte Operation der brandig gewordenen Zehe, die vielen Kuren in Karlsbad hätten ihm zu

denken geben müssen. Sah er die alljährliche Erteilung des Aschenkreuzes nach den vergnügten und anstrengenden Fastnachtstagen nur als Zeremonie an?
›Vergiß nicht, August der Starke, daß du Staub bist!‹
Das Leben bot soviel, und er hatte noch soviel zu bauen in Dresden und gegenüber in der Neustadt.
Der König war erschöpft. War es die Melancholie, wie Graf Flemming in seiner Charakteristik niederschrieb, die lange verborgen blieb?

*

Bevor August wieder nach Polen zurück mußte, fuhr er in seiner geliebten »Neustadt«, wie er Altendresden umbenannt hatte, dessen Aufbau ihm so am Herzen lag, von Bau zu Bau. Überall herrschte reges Leben. Über 2000 Arbeiter schafften, mehr als die ganze Neustadt Einwohner zählte. Am Blockhaus und an der Kirche wurde fleißig gebaut, die Kasernen waren schon unter Dach.
Das Japanische Palais stand äußerlich fertig da; die Festungswerke vor dem Schwarzen und Weißen Tor wurden verstärkt.
Er besah sich alles sehr genau, zur Verwunderung seiner jüngeren Umgebung.
Die alten vertrauten Mitarbeiter waren gestorben.
»Pöppelmann, Wir sind noch übriggeblieben von den Alten!«
»Majestät sehen aber noch gut aus.«
»Ja, ja, Uns geht es auch noch gut!«, und er verbiß sich seine Schmerzen. Ach, es war so entsetzlich schwer, alt und krank zu sein!
»Schön, baut nur so weiter!«
»Wenn kein strenger Winter kommt, Majestät.«

*

Als der König dann noch im Januar die Reise nach Polen antrat und der Wagen, in dem es bitter kalt war, ob der schlechten Straßen stark rumpelte, begann die alte Wunde zu bluten. August der Starke fiel in Ohnmacht. Schwerkrank kam er in Warschau an.

Er litt unter quälenden Kopfschmerzen, heftigem Fieber und Brand am ganzen Bein.

Er war jedoch ganz klar und wollte seine weltlichen Geschäfte ordnen. Der Minister fragte ihn:

»Wollen Ew. Majestät nicht den Kurprinzen dem polnischen Reichstag als Nachfolger empfehlen?«

August schüttelte den Kopf. Er überlegte eine Weile und sagte dann mit würgender Stimme:

»Ich ... ich ... habe ... eine Dornenkrone ... getragen!«

Sein Lebenstraum sah nun ganz anders aus. Doch die Hoffnung und die Ambitionen auf die Kaiserkrone beschäftigten ihn bis zuletzt. Er hatte dieses Ziel nicht erreicht. Vielleicht würde es seinem Sohn durch die nahe Beziehung zu Habsburg gelingen ...

Nach kurzem Schweigen hub er wieder zu sprechen an:

»Freilich, ja freilich, ich gönne sie ihm wohl, ... wünsche ihm aber mehr Glück, als mir beschieden wurde.«

*

Geheimrat Heinrich von Brühl, aus altadeliger Familie stammend, war seit 1719 im Dienste Augusts des Starken. Seit 1730 war er Kammerherr und hatte die Aufsicht über sämtliche Schlösser, Palais und über das Mobiliar des Königs. Schon vorher hatte er wichtige Funktionen bei seinem Herrn, mußte er doch dem König unmittelbar Vortrag über alle Kammerberichte halten.

Als Kämmerer trat Brühl erst eigentlich in das öffentliche politische Leben ein. Niemals hätte er mit Schmeichelei und höfischer Kriecherei die Gunst und die Übertragung weiterer Ämter von August dem Starken erreicht, wenn der König nicht die ökonomische Fähigkeit und die Vertrauenswürdigkeit seines Kammerherrn erkannt hätte.

Seit 1731 war er der Leiter der inneren Politik und Finanzverwaltung. Er war mit allen politischen und finanziellen Maßnahmen des Königs seit Jahren vertraut, da er alle Verfügungen selbst erließ und alle Meldungen überprüfte, die durch ihn zum König gelangten.
Brühl hatte über ganz Polen ein Netz von Nachrichtensammlungen organisiert, durch welche er über jede Bewegung, auch in den kleinsten und entlegensten Ortschaften, sofort Nachricht erhielt. Endlich schien sich der Lieblingswunsch des Königs zu erfüllen: Polen in ein erbliches Königreich umzuwandeln. Der Plan war von langer Hand vorbereitet. Deswegen hatte es der König so eilig, nach Warschau zu reisen.
Am 28. Januar wurde der polnische Reichstag eröffnet. Brühl berichtete diesem über die fortlaufende Besserung im Befinden des kranken Königs, der aber auf dringenden Wunsch der Ärzte fernbleiben mußte.
In seinem Bericht an Graf Wackerbarth, seinen Freund und Gönner in Dresden, fügte er aber die Worte hinzu: »Bei uns geht es immer noch schlecht.«
In Dresden war man auf das Schlimmste vorbereitet. Der Kurprinz mußte damit rechnen, den Kampf um die polnische ›Dornenkrone‹ aufzunehmen, und war dazu entschlossen.
Sein Freund Sulkowski riet ihm, sich an Brühl zu halten. Am 29. Januar unterschrieb er einen Brief an Brühl, den Sulkowski aufgesetzt hatte. Darin empfahl er die sorgfältigste ärztliche Pflege und bat Brühl, im Falle einer großen Gefahr den König an sein ewiges Seelenheil zu erinnern und »par le secours d'un bon ecclesiastique catholique et moyennant l'administration des très Saint sacrements de l'Église Apostolique et Romaine«. Also, einen guten katholischen Priester zu holen, der die Sakramente spenden solle. Er riet dem Minister, alle notwendigen Vorkehrungen zu treffen, um Aufruhre und Tumulte zu vermeiden, und gab Auftrag, das Silbergeschirr, Bargeld, die Juwelen

und alle Geheimpapiere in Sicherheit zu bringen. Er empfahl, auf die Sicherheit der Postverbindung und der Briefe zu achten und mit größter Beschleunigung und Genauigkeit von allen Ereignissen Meldung zu erstatten.
Mit diesem Brief war sich Brühl über das offenkundige Vertrauen des kommenden Herrschers klar.
Am 31. Januar schrieb Brühl ganz hoffnungslos:
»Sonst die Unpäßlichkeit Ihr. K. M. betreffend, so leben wir immer noch in dem alten betrübten Zustande und warten, bis Gott mit seiner Hilfe erscheint.«
Der König lag in Agonie. Für seine Genesung bestand keine Hoffnung mehr. Brühl bemühte sich, die Krankheit des Königs so geheim als möglich zu halten, um nicht vorzeitig politische Komplikationen herbeizuführen. In der Umgebung des Königs wurden nur die vertrautesten Begleiter geduldet.

*

Der Beichtvater wollte zu dem Leidenden.
»Noch nicht, es hat ja noch Zeit … Es wird den König aufregen … Die Ärzte sprechen von Besserung.«
Wie es so oft geht, so wurde auch hier der Priester erst geholt, als der Schwerkranke nur noch wenig sprechen konnte.
Er war jedoch bei voller Klarheit, als er bekannte:
»Ich weiß wohl, daß ich ein großer Sünder gewesen bin, … aber … meine Schwäche …«
Er hustete, und der Beichtvater wischte ihm den Schweiß von der Stirn.
»… meine Schwäche gestattet mir nicht, all meine Sünden umständlich zu bekennen.«
»Das ist in diesem Zustand auch nicht dringend erforderlich, Majestät«, sagte der Priester.
»Ich habe Gott meine Sünden abgebeten und bedaure … sie … herzlich.«
»Tragen Majestät die Krankheit als Buße.«

Der Priester gab dem Sterbenden die Lossprechung. Sodann salbte er, wie Christus seine Jünger aussandte, Kranke zu salben, und wie Jakobus in seinem Briefe mahnt, den König an Augen, Ohren, Nase, Händen und Füßen. Er betete dabei – August der Starke verstand jedes Wort –: »Durch diese heilige Salbung und durch sein mildreiches Erbarmen verzeihe dir der Herr, was du durch deine Sinne gesündigt hast.«
Nun kam Christus zu ihm auch in diesem Sakrament. Für die Kirche war der König jetzt der unreine Mensch, der hoffen durfte, durch diese Berührung des Herrn im Sakrament gereinigt zu werden.
Der Priester betete die üblichen Sterbegebete, die er mit dem Wunsche beendete:
»Durch die hochheiligen Geheimnisse der Erlösung der Menschheit erlasse dir der allmächtige Gott alle Strafen des gegenwärtigen und zukünftigen Lebens. Er öffne dir die Pforten des Paradieses und führe dich zu den ewigen Freuden.«

*

Am 1. Februar 1733, früh 5 Uhr, starb August der Starke in Warschau. Sein Tod wurde geheimgehalten. Erst am Morgen des 2. Februar wurde er allgemein bekanntgegeben. 36 Jahre hatte August der Starke regiert – er, der menschlicher Voraussicht nach als Zweitgeborener gar nicht dafür vorgesehen war. Doch die göttliche Vorsehung hatte der von Christus gestifteten Kirche diesen Mann auserwählt. Nicht ob seiner Verdienste, nicht ob seines Glanzes. Es ist das Kennzeichen der Gnade, daß sie trotzdem erwählt. Wie der große Völkerapostel Paulus von sich sagt: »Ich, der ich eine Mißgeburt bin, habe ich doch die Kirche verfolgt ...«
So hätte auch August der Starke sagen können: ›Ich, der ich der Kirche Schande bereitet habe ob meines Lebens ...‹

Viele Trauerfeiern wurden gehalten, auch viele Reden, bei denen manches Verbrämung statt klarer Wahrheit war.
Pater Superior schrieb von der katholischen Trauerfeier in Dresden:
»Dienstag, den 3. Februar 1733, wurde in das Geistliche Haus die Trauerbotschaft gebracht, daß der hochherzige Gründer der Dresdner Mission und der Lateinschule, August der Starke, am Sonntag in Warschau gestorben sei. Die Pforten wurden sogleich geschlossen. An den folgenden schulfreien Tagen lasen alle Patres eine Totenmesse für den Verstorbenen, und am Freitag wurden sie zum neuen Kurfürsten vorgelassen, um ihr Beileid auszusprechen und eine glückliche Regierung zu wünschen. Die Kapellknaben erhielten besondere Trauergewänder. Am 16. April wurde nach umfangreichen Vorbereitungen vom Prälaten und Abt des Klosters Neuzelle ein feierliches Totenamt unter Assistenz des Propstes von Marienstern und Pater Superior gehalten. Es ministrierten acht Jünglinge, von denen sechs Kerzen trugen, und außerdem gab es noch sechs Fackelträger.« –
Es war nicht gerade pompös für einen solchen Herrscher. Doch die Kapellknaben sangen innig:

»Ach, was werd' ich Armer sagen,
wenn Gerechte selbst verzagen?«

Und die Kirche betete für ihren toten Sohn Friedrich August:

»Herr , gib ihm die ewige Ruhe,
und das ewige Licht leuchte ihm!«

*

Auch die Gräfin Cosel erfuhr in ihrer Festungshaft vom Tode des Königs. Sie hörte die Glocken läuten und legte Trauerkleider an. Und hoffte auf Freiheit.
Die Leiche des Königs sollte erst später in Krakau feierlich beigesetzt werden.

Sein Herz aber wurde in silberner Kapsel nach Dresden gebracht und neben den Särgen seiner Enkelkinder in der Gruft der Hofkirche aufgebahrt.

*

Minister von Brühl ließ in Polen umgehend alle wichtigen Dokumente und Wertsachen eiligst verpacken. Er selbst eilte zum neuen Kurfürsten nach Dresden, um ihm zu zeigen, wie er alle seine Anordnungen befolgt hatte. In vier Tagen legte er die Strecke zurück.
Am 22. Februar traf er abends in Dresden ein und wurde sofort zur Audienz vorgelassen.
»Was bringt Ihr, Brühl?«
»Alles, was mein König braucht, ist unterwegs.«
Er zog seine Listen heraus, auf denen die ganze königliche Bagage genau verzeichnet war.
»Verpackt auf 20 Maultiere, 60 vierspännige und 74 sechsspännige Wagen.«
Das Wichtigste aber waren seine Geheimberichte, die er dem König vorlegen konnte. Sie gaben genau Aufschluß über die schwierigen Aussichten für die kommende Königswahl.
»Ich hoffe trotzdem, Majestät!«
Mitte März trafen die Trainkolonnen ein. Der König nahm alles im Schloß in Augenschein.
»Ich danke Euch, Brühl!«
Bald wurde dieser unter Belassung seiner sämtlichen Ämter zum Inspektor aller Steuerkassen ernannt. Er stand nun auf der breiten Treppe seines Aufstiegs.

*

Die Thronfolge Friedrich Augusts als König von Polen stand immer noch nicht fest. Der Kaiser und auch Rußland unterstützten die Kandidatur Friedrich Augusts, aber die französische Regierung bot alles auf für die Wahl Stanislaus Leszczinski, des Schwiegervaters Ludwigs XV., der noch immer den Titel König von Polen führte.

Leszczinski, der als Kaufmann verkleidet durch Deutschland sich nach Polen begeben hatte, wurde am 12. September 1733 von einer überwältigenden Mehrheit zum König gewählt. Als jedoch Anfang Oktober ein russisches Heer erschien, mußte er nach Danzig fliehen, um dort die verheißene französische Hilfe zu erwarten. Eine kleine Anzahl polnischer Adeliger rief am 5. Oktober Friedrich August von Sachsen zum König aus. Danzig wurde von russischen und sächsischen Truppen umschlossen. Wer tatsächlich zur Regierung kommen sollte, hing von dem Ausgang der Belagerung Danzigs ab.

*

Pater Superior berichtete wieder die Seelsorgserlebnisse der Patres seinem Obern:

»Wir hatten Schwierigkeiten im Lazarett, bis dieses Jahr unter dem neuen König uns die volle Freiheit brachte, ›kranke und gefangene Katholiken auf Erforderung ungehindert zu besuchen und ihnen die heiligen Sakramente in der Stille zu reichen« – –

»Auch den Klöstern St. Marienstern und St. Marienthal galten unsere Besuche, um den Nonnen, besonders bei festlichen Gelegenheiten, eine Ansprache zu halten. Zum erstenmal seit Gründung des Klosters hielt einer unserer Patres die Festpredigt am Bernhardsfest und das Hochamt.« – –

»Seit 1720 besteht der katholische Friedhof, auf dem aber nur Angehörige des Hofes begraben werden durften. Viele Katholiken, denen diese Vergünstigung nicht zukam, bemühten sich durch Fürsprache ebenfalls um eine letzte Ruhestätte daselbst. Die lutherischen Kirchenbehörden vermerkten dies aber übel und machten diese Versuche regelmäßig zum Gegenstand ihrer Beschwerdeschriften. Schon oft hat die energische Maria Josepha

durch ihr apodiktisches ›Ich will's so haben! So soll es geschehen und nicht anders!‹ den Knoten durchschlagen, wenn Verhandlungen nichts mehr helfen wollten.«
Pater Superior gedachte des letzten Falles, der die immer noch ungeklärte Lage besonders beleuchtete:
»Für einen verstorbenen Gärtner der Fürstin von Teschen war auf beiden Friedhöfen ein Grab geschaufelt worden. Der Pastor wollte nicht nachgeben und ließ die Glocke zum Begräbnis läuten. Doch auf Gewalt wurde mit Gewalt geantwortet. Im Auftrag des Königs verbot der Priester, die Leiche abzuholen. So stritt man sich bis zum späten Abend. Durch Hofbefehl wurde schließlich das Begräbnis dem katholischen Priester zugesprochen. Unter großer Beteiligung, auch von Nichtkatholiken, wurde der Gärtner auf dem katholischen Friedhof begraben.«
Nun konnte Pater Superior erfreut niederschreiben:
»Heute, am 8. November, erfolgte eine ›königliche Declaration‹, welche die Erlaubnis zur Bestattung auf dem katholischen Friedhof auch den Katholiken vom Hofe des Königs und des Kurprinzen erteilte. Sie sollen aber nicht von den Stolgebühren an die lutherische Geistlichkeit befreit sein. Von den Katholiken sollen aber nicht mehr Stolgebühren verlangt werden, als die in Hofdiensten stehenden Protestanten zu entrichten pflegen. Die anderen Katholiken sind also von dieser Vergünstigung ausgeschlossen und müssen wie bisher mit großen Unkosten auf den protestantischen Friedhöfen begraben werden, wo wir katholischen Priester kaum ein Vaterunser laut beten dürfen. Aber wir hoffen, auch für diese mit der Zeit die Erlaubnis zu erwirken, am geweihten Orte begraben zu werden, besonders wenn den protestantischen Geistlichen die Stolgebühren belassen werden.«

*

Der 37jährige König war ein guter Ehemann und Vater seiner Kinder. Maria Josepha hatte ihm jetzt den Prinzen

Karl als neuntes Kind geschenkt. Wenn sie nur am Leben blieben!
»Beten Hochwürden für den Kurprinzen Friedrich Christian!« Die Patres erklärten sich gern bereit. Sie wußten wohl, daß der Kurprinz fußkrank war und einen Stock benötigte. Eine Denkschrift überreichten sie dem König, damit die aufgetretenen Schwierigkeiten in der Seelsorge möglichst beseitigt würden.
»Ich werde die Denkschrift noch vor meiner Abreise nach Polen persönlich bearbeiten.«
»Bisher galt die königliche Kapelle doch nur als geduldet und durfte nicht an die Öffentlichkeit treten.«
»Das wird sich ändern! Haben Sie nur Geduld!«
Friedrich August verabschiedete sich von den Patres und ließ Pater Ignaz Guarini zu sich kommen. Er schätzte diesen 57jährigen italienischen Priester. Gern war Pater Guarini nicht in Dresden, da er schlecht deutsch sprach. Lieber wäre er in Rom geblieben, wo er eine angesehene Professur innehatte. Aber der Papst hatte seine Anwesenheit beim König gewünscht. Als Berater desselben wohnte er im Schloß und vermittelte den Verkehr mit den übrigen Patres, den Kaplänen der Hofkapelle. Alle Hofbeichtväter waren von Rom angewiesen worden, nur in Übereinstimmung mit Pater Guarini ihr Verhalten einzurichten.
»Hochwürden, es geht um die einzelnen Punkte der Denkschrift.«
Pater Guarini nickte. Ihm war der Inhalt bereits bekannt.
Der König las:
»Einige Punkte, welche die römisch-katholischen Geistlichen in Sachsen Sr. Königl. Majestät und Kurfürstl. Durchlaucht, Ihrem allergnädigsten Landesherrn, zu allergnädigst beliebender Genehmhaltung in alleruntertänigster Submission vortragen:

1) daß die röm.-katholischen Geistlichen, wie bisher mit allergnädigster Erlaubnis ständig geschehen ist, also auch

künftighin das heilige Sakrament der Taufe allen denjenigen Kindern spenden dürfen, welche von beiden katholischen Eltern geboren werden.«
Der König schaute Pater Guarini an.
»Ist billig und wird erlaubet«, sagte er und schrieb es an den Rand. Dann setzte er sein AR, die Abkürzung für ›Augustus Rex‹ (= König August), hinzu.
»2) daß sie gleichfalls alle diejenigen, welche in den heiligen Ehestand treten wollen, trauen dürfen, wenn beide der katholischen Religion angehören, wie es bisher gleichfalls mit allergnädigster Erlaubnis ständig geschehen ist.«
»AR – desgleichen.«
»3) wenn aber ein Teil zu der katholischen, der andere zu der protestantischen Religion sich bekennt, daß dennoch der röm.-katholische Geistliche sie trauen und ungehindert taufen möge, wenigstens, wenn beide Teile es also begehren oder damit wohl zufrieden sein werden.«
August überlegte mit Pater Guarini. Dieser meinte: »Wenn's beiderseits also verlangt wird.« Der König genehmigte es.
»4) daß die Geistlichen ungehindert zu den kranken und gefangenen Katholiken kommen und ihnen die heiligen Sakramente in der Stille spenden mögen, wenn sie dazu gerufen werden.«
Pater Guarini sagte: »Das ist nötig und christlich.«
Der König schrieb:
»AR – es soll unverhindert also gehalten werden.«
»5) daß besagte vier Punkte für alle Katholiken gelten, die sich jetzt oder künftig sowohl in Dresden, Neustadt an der Elbe und Leipzig, als auch in anderen benachbarten Orten befinden werden.«
»Majestät es muß endlich zur Klarheit kommen, wie es mit der Religionsbetätigung aller Katholiken im Lande in Zukunft steht.«
»AR – ja«, schrieb der König.
Punkt 6 las Pater Guarini vor:

»6) daß eben diese Punkte für alle Katholiken verstanden und genommen werden, sie mögen hernach bei Hofe oder im Dienst Ihrer Königl. Majestät oder Königl. Hoheiten sein oder nicht sein.«
»Die letzten drei Worte sind äußerst wichtig!« Pater Guarini wiederholte sie.
»Gut! Wird genehmigt!«; und August schrieb: »AR – ja.«
»7) daß, um viele Ärgernisse zu verhüten, der Pater Superior der Königl. katholischen Hofkapelle befugt sei, die ankommenden fremden katholischen Ordens- oder Weltgeistlichen zu befragen, warum oder in was für Geschäften sie hierher gekommen und wie lange sie sich allhier aufzuhalten haben. Falls sie sich ohne erhebliche Ursache über die nötige Zeit aufhalten sollten, möge er ihnen die heilige Messe zu lesen verbieten können.«
Wiederum überlegte August mit Pater Guarini. Dieser meinte.
»Eine genaue Prüfung der Ausweise ist wohl vonnöten, damit keine Unliebsamkeiten vorkommen.«
Der König schrieb wieder:
»AR – ja. Ihre Atteste müssen, ehe man ihnen erlaubt, die heilige Messe zu lesen, wohl examiniret werden. Auch muß auf ihren Lebenswandel genau achtgegeben werden. Falls dieser nicht auferbaulich ist, sind sie von hier fortzuschicken. AR.«
Pater Guarini bedankte sich. Dann entließ der König ihn. – Es dauerte noch einige Tage, aber am 9. Dezember wurde das danach abgefaßte Dekret den Patres zugesandt, Pater Superior vermerkte voll Freude:
»20 Jahre und mehr haben wir um diese Erlaubnis nachgesucht und heute endlich glücklich erlangt.«
Auch nach Rom machte er Mitteilung. Nur wegen des Letzten Punktes hatte er bedenken, da er Schwierigkeiten mit dem Apostolischen Vikar des Nordens befürchtete, dem die sächsische Mission unterstand.
Jetzt war eine Behinderung durch die Behörden ausge-

schlossen, aber andere Schwierigkeiten wurden bald gemacht:
Die Taufe ist nur möglich, wenn vorher dem zuständigen protestantischen Pfarrer ein Taler und dem Superintendenten ein Gulden Stolgebühren erlegt worden sind. Auch hier muß Maria Josepha, die ›allgemeine Zuflucht‹, Abhilfe schaffen.
Pater Superior sagte den Mitbrüdern:
»Ruhe wird es keine geben, bevor nicht die Gegenseite zu einer klaren Vereinbarung bereit ist, mögen wir auch noch so viele Dekrete und Privilegien zum Schutze haben.«

*

Der König reiste nach Krakau ab, denn erst am 15. Januar 1734 wurde dort die sterbliche Hülle Augusts des Starken feierlich beigesetzt.
Zwei Tage darauf wurde Friedrich August als August III., König von Polen, durch Bischof Lipski gekrönt.

*

Auf Freud folgt Leid. Wie bitter für die Mutter Maria Josepha, am Krankenbett der sechsjährigen Maria Margareta zu wachen! Wie rang sie in diesen Nächten mit dem Herrgott um das ›herzige Kind‹.
Gott, der Unbegreifliche, forderte das Opfer von Vater und Mutter. Wie schwer für die Mutter, ihrem Kind die Augen zuzudrücken!
In einem weißen Spitzenkleid, mit einem Blumenkranz im Haar, wurde es den beiden Brüderchen in der Gruft der königlichen Kapelle beigesellt.
Die Kapellknaben sangen statt des Requiems ein Engelamt. Traurig kuschelten sich die Geschwister an die Mutter.
»Warum weint denn die Frau Mama?« fragte die zehnjährige Maria Amalia.

»Hast recht, mein Kind, ich will nicht weinen, weil's halt der liebe Gott zu sich in den schönen Himmel genommen hat.«
Aber die Tränen rannen doch, als die Kapellknaben so innig sangen:
»Zum Paradiese mögen Engel dich geleiten«,
derweil der Zinnsarg in die Gruft hinabgelassen wurde.

*

Zu den seelsorglichen Obliegenheiten der Patres gehört es, nach Aschermittwoch den Gefangenen die Ostersakramente zu spenden.
Oftmals mußten sie auch nach Königstein, um die Gefangenen dort zu besuchen oder auf den Tod vorzubereiten. So wurde der polnische Woiwode Jablonski, der wegen Attentatsversuches ›oben‹ saß, über drei Jahre seelsorglich von den Dresdner Patres betreut.
Wenn Pater Superior Gruber den Weg zur Festung machen mußte, fuhr er schon am Sonnabend abends in Dresden ab und übernachtete in Pirna. Wagen und Pferde stellte der königliche Marstall.
Nach seiner Rückkehr erzählte er seinen Mitbrüdern von seinen Seelsorgeerlebnissen:
»Diesmal mußten die Gefangenen vergebens auf mich warten. Der Wagen blieb im Schmutze stecken.«
Und ein anderes Mal: »Die Gottesdienste gaben auch anderen Gefangenen Gelegenheit, mit mir über religiöse Dinge zu sprechen.«
Pater Gruber verschwieg, daß sie, wie sie selber bekannten, sich an seinem bescheidenen und eingezogenen Wesen erbaut hatten.
»Einige sagten mir, daß sie die Enthaltsamkeit der katholischen Priester unglaubhaft fänden. Eine Dame wollte mir sogar durch ihre Bedienung eine Falle stellen. Als sie aber wahrnahm, daß ich der Versuchung widerstand,

meinte sie: ›Ich bin zu der Erkenntnis gekommen, daß auch mir diese Tugend möglich ist.‹«
Als er von seinem Seelsorgebesuch auf dem Sonnenstein zurückkehrte, berichtete er:
»Ich erlebte ein schönes Beispiel katholischer Glaubenstreue. Der Gefangene, den ich besuchte, bat mich, vor ihm zuerst das katholische Glaubensbekenntnis abzulegen. Ich fragte ihn erstaunt, weshalb. Er befürchtete, man habe ihm einen protestantischen Geistlichen geschickt. Als ich mich aber klar ausgewiesen und das Glaubensbekenntnis gebetet hatte, beruhigte er sich. Er hatte wahrscheinlich noch nie einen katholischen Geistlichen in Weltkleidung gesehen.« – »Wie wurden Hochwürden denn auf dem Sonnenstein aufgenommen?«
»Dort wurde ich vom Festungskommandanten sehr freundlich empfangen.«
Ein anderer Pater erzählte von seinem Seelsorgsbesuch im städtischen Gefängnis zu Freiberg:
»Obwohl ich das königliche Dekret in Abschrift bei mir führte, das die seelsorgliche Betreuung katholischer Gefangener und Kranker durch katholische Geistliche erlaubt, bereitete der Stadtrat von Freiberg so viele Schwierigkeiten, daß ich unverrichteter Dinge wieder heimkehren mußte.«
Pater Superior riet ihm, darüber einen ausführlichen Bericht an den König aufzusetzen. Dieser forderte daraufhin vom Freiberger Rat eine Rechtfertigung. Die Antwort erging sich in fatalen Wendungen. Anfangs hieß es in dem Rechtfertigungsschreiben, daß sich der Pater gar nicht habe ausweisen können, zum Schluß aber, daß der katholische Geistliche, da er erfahren, daß der Arrestant gar nicht so krank sei, wie vorher gemeldet gewesen, zu verstehen gegeben habe, er könne mehr nicht verlangen, als was vom Rat geschehen sei; deshalb sei er auch, ohne auf seinem Ansuchen zu bestehen, mit aller Gelassenheit wieder abgereist.

Als der Pater von dieser Antwort erfuhr, war er mit Recht darüber empört.
»Dieses Darstellung ist falsch!«
Pater Superior erzählte dann von einem peinlichen Streitfall, den er mit dem Superintendenten gehabt hatte:
»Dr. Löscher schickte uns einen Protest wegen einer Trauung. Ich ließ ihm antworten, dies sei auf Grund eines besonderen königlichen Erlasses geschehen, den man auch gerne vorzeige, wenn er den Worten nicht glauben wolle. – Dr. Löscher ließ bitten, ihm das Dekret an einem dritten Ort zu zeigen, da man sich dazu erboten habe.
Daraufhin ließ ich ihm antworten, es zieme sich doch nicht, das königliche Dekret wie eine Ware in ein Kaufmannshaus zu bringen. Wenn ich das tue, laufe ich Gefahr, in Ungnade zu fallen. Magister Löscher möge doch selber kommen oder einen glaubwürdigen Mann schicken, dann wollte ich ohne Schwierigkeiten das Dekret vorzeigen. Diesen Bescheid überbrachte der Diener seinem Herrn. Alsbald kehrte er zurück und bat um eine Abschrift. Das mußte ich verweigern. Ich fürchtete nämlich, Löscher werde damit zum Ständetag gehen und neue Schwierigkeiten verursachen. Der König wünschte aber nicht, daß diese Erlasse dem Konsistorium zugestellt würden. Als ich aber dem Diener das Schriftstück zeigen wollte, wandte dieser die Augen ab mit dem Bemerken: ›Dazu bin ich von meinem Herrn nicht ermächtigt.«
Dann verlas Pater Superior einen neuen königlichen Erlaß, der den katholischen Geistlichen die Kranken- und Gefangenenbesuche nochmals ausdrücklich für ganz Sachsen »in dero Landen« erlaubte, um die »Arrestanten und Delinquenten« auf den Tod vorzubereiten.
»Deo gratias!«

*

Am 25. November 1734 zog Kurfürst Friedrich August II. von Sachsen als gekrönter König August III. feierlich in

Warschau ein. Die sächsische Partei ließ es sich angelegen sein, die Festfeier äußerst prächtig zu gestalten.
August der Starke hatte großartige Pläne für den Ausbau Warschaus gehabt. Bereits 1713 waren Pöppelmann und Longuelune mit diesen Aufgaben betraut worden.
Die weitläufige polnische Bauweise entsprach Augusts des Starken Absichten.
Die Residenz Warschau, vor allem das Schloß sollte den gleichen Glanz erhalten, wie ihn Dresden durch den Zwinger, seine vielen Paläste und die Umgebung durch die Schlösser in Pillnitz und Moritzburg besaß.
Aber dem Aufbauwillen der ersten zehn Jahre war durch den Nordischen Krieg ein Ende gesetzt worden.
Durch den Vorhof des Sächsischen Palais hatte Warschau den schönsten Platz erhalten, der mit seinen herrlichen Alleen in die weite Landschaft führte.
Der römische Architekt Gaetano Chiaveri*, der jung in des Zaren Diensten gestanden hatte, war besonders angetan davon, wie der durch die erhöhte Lage der Stadt sich ergebende Raum der Weichselniederung zur künstlerischen Gestaltung des Stadtbildes ausgenützt war. Dazu hatte man begonnen, dem großen Raum am Rande der Terrasse beherrschende Weichselfronten zu geben und sie mit dem Flußufer zu verbinden.
Seit Jahren hatte der 44jährige Architekt auf die Anstellung am Hofe des großen Bauherrn zu Dresden gehofft, der Geld, Ideen, ein künstlerisch-feines Urteil hatte und hervorragende Leistungen würdigte. August der Starke hatte viel vom Städtebau verstanden. Aber Chiaveris Versuche vor drei Jahren, mit Dresden Verbindung aufzunehmen, führten zu keiner Anstellung. –
Jetzt hatte sich das Blatt gewendet. Er hatte den Trauerkatafalk für den toten König herstellen und August III. zur Krönung nach Krakau begleiten dürfen.

* gesprochen: Kiaweri

Ein kühner Plan beschäftigte ihn schon tage- und nächtelang, an dem andere bereits wegen der großen Schwierigkeiten gescheitert waren: der Bau einer steinernen Weichselbrücke. Ja, wenn ihm das gelingen würde! Wenn er eine feste, dauerhafte Brücke bauen könnte, die dem Eisgang des mächtigen Stromes standhielt, dann wäre er ein gemachter Mann. Ein verlockender und lohnender Bau!
Er hoffte auf baldige Audienz beim kunstliebenden König.

*

»Schön – sehr schön!« – August sprach italienisch mit dem Künstler. – »Arbeitet die Pläne weiter aus!«
Chiaveri arbeitete unermüdlich. Bald konnte er den dritten Entwurf vorlegen.
Der Plan wurde gelobt und eingehend besprochen.
»Auf beiden Seiten der Triumphpforte sind vier Halbsäulen den Pfeilern vorgelegt. Die mittlere Durchfahrt ist sehr breit, so daß die Schiffe bequem hindurchfahren können. Dazu zwei schmale seitliche Durchlässe.«
»On verra! – Mal sehen!«

*

Aus dem genialen Brückenbau Chiaveris wurde nichts. Die Zeiten waren zu unsicher für ein solches Projekt.
Chiaveri blieb noch in Warschau. Er bereiste von dort aus zwei Jahre lang die polnischen Lande und zeichnete in sein Skizzenbuch viele architektonische Entwürfe für den König. Für den Künstler dauerte es lang – für die Regierung nicht –, bis der sächsische Minister Graf Sulkowski ihm eröffnete, daß man ihn in Dienst nehmen werde. Er möge sich jedoch gedulden, bis die Angelegenheiten in Polen geordnet seien.
»O pazienza!«
Geduld war nichts für den temperamentvollen Chiaveri.
Dazu hatte er Schulden!

Der geheime Bauplan

Die Patres saßen am Jahresende zusammen. Pater Superior gab dem neu eingetroffenen Mitbruder die Anweisung der Obern zu lesen. Der Neuangekommene las die schon zehn Jahre alte Anweisung vom 18. Mai 1726:

»In großem Vertrauen hat der König die Verwaltung der königlichen Kapellen zu Dresden und Leipzig vor andern uns anvertraut. Es war stets unsere Sorge, nur Männer dahinzuschicken, die diesem Vertrauen entsprächen und keine Ursache zur Klage gäben.

Leider ist man aber unsrerseits nicht immer klug und umsichtig vorgegangen, wie es die überaus heiklen Umstände erforderten und wie es überall dort nötig ist, wo der Eifer der Ausbreitung des Glaubens mit dem Interesse des Herrschers und der allgemeinen Ruhe zu vereinigen ist. Deshalb empfehle ich Ew. Hochwürden, die größte Umsicht walten zu lassen.

Alle Patres sollen sich in ihren Reden der Ausdrücke enthalten, als sei die Gesellschaft Jesu in Sachsen ständig eingeführt.

Deshalb soll die Kapelle nicht Pfarrkirche und die Wohnung nicht Kolleg oder Mission genannt werden.

In den Predigten, Katechesen, Instruktionen soll man sich aller Bitterkeiten, verletzender und ironischer Ausdrücke enthalten. Das Wort Gottes, die Wahrheiten des Evangeliums sollen einfach und klar mit Empfehlung der christlichen Tugenden dargelegt werden. Bei Erklärung der Glaubenslehren müssen sie sich bei allem Eifer jeder streitsüchtigen Rede enthalten. In öffentlichen und privaten Diskursen dürfen die Patres nicht die von den Nichtkatholiken in Besitz genommenen Güter erwähnen und noch viel weniger ihnen deren ungerechte Usurpation vorhalten.

Bei der Aufstellung von Heiligenbildern muß man sich von allem enthalten, was den Nichtkatholiken Anlaß zur

Abneigung geben und sie in ihren irrigen Ansichten über den genannten Kult eher bestärken als von ihnen abbringen kann. Dieser Brief soll allen Patres mitgeteilt und für die Nachfolger aufbewahrt werden.
Verfehlungen gegen diese Vorschriften sollen ernstlich gerügt und für Abhilfe gesorgt werden.«
Der neue Pater schrieb mit dem ›Vidi‹* seinen Namen darunter. Pater Superior berichtete dann von der königlichen Deklaration, die vor drei Jahren die Seelsorge klar geregelt hatte. Aber er mußte hinzufügen:
»Trotz der königlichen Deklaration wird kein Priester zu Kranken und Sterbenden im Hospital, Arbeitshaus und Waisenhaus zugelassen. Kinder, deren Vater und Mutter katholisch sind, werden von städtischen Wachen beaufsichtigt, damit sie nicht von uns getauft werden; Hausbesitzer vertreiben den Priester, der in ihrem Hause einem sterbenden Katholiken die Sterbesakramente erteilen will. Das sind nicht Einzelfälle. Das haben die Patres oft erlebt.
Für alle von den protestantischen Predigern zugelassenen katholischen Seelsorgshandlungen müssen ihnen die Stolgebühren bezahlt werden; selbst für Pater Thiesen – den kaiserlichen Kaplan, der 36 Jahre hier als Seelsorger tätig war –, obwohl er nicht in Dresden, sondern in Mariaschein beerdigt wurde. Kein Katholik darf auf dem katholischen Kirchhof begraben werden, wenn er nicht nachweislich zum Hofe gehört. Manchmal gibt es aber auch Entgegenkommen. So erhielten unsere Patres die frei angebotene Erlaubnis des Konsistorialpräses von Leipzig, 20 Gefangenen im Landeszuchthaus Waldheim die heilige Messe zu lesen und die Osterkommunion zu spenden.
Jeden Sonntag halten wir polnische Predigten. Im Beichtstuhl müssen französisch und polnisch sprechende Priester sein. Die Dresdener Gemeinde ist nämlich aus vielen

* ›gesehen‹

Nationen zusammengewürfelt. Das werden Sie bald merken, Hochwürden.
Die Kommunikantenzahl der noch nicht dreißig Jahre alten Gemeinde ist jährlich auf über 10 000 gestiegen. Auch die Zahl der Taufen und Beerdigungen erhöhte sich.«
»Wie groß ist die Gemeinde, Pater Superior?«
»Sie ist auf fast 5000 Mitglieder angewachsen.«
»Und wieviel Einwohner zählt Dresden?«
»Etwas 40 000 Einwohner. Aber der Gemeindebezirk geht ja weit, weit über die Stadt hinaus.«
»Halten Sie die Jahresschlußandacht immer so feierlich mit Predigt und Te Deum? Das war ja eine ganz großartige Orchestermusik!«
»Es war heuer das erstemal. Freilich, mit der Silbermannorgel in der neuen Frauenkirche kann die Kirchenmusik der königlichen Kapelle nicht wetteifern. Auch haben wir keinen Kantor wie die Leipziger an ihrer Thomaskirche. Aber an der Oper wirkt jetzt Johann Adolf Hasse. Er hat heute dirigiert. Von ihm können wir viel erwarten. Er will Messen für die königliche Kapelle schreiben. Freilich ganz anders als Bach. Auch ein ›Te Deum‹ will er komponieren, hat er mir gesagt, das alle Zeiten überdauern soll. Er will das Gotteslob künden:
›Voll sind Himmel und Erde von deiner hohen Herrlichkeit!‹« Die Patres erhoben sich. Die letzten Stunden des Jahres galten der Stille.

*

Königin Maria Josepha wurde von den Dresdenern nicht sehr geliebt. Die anno 1719 feierlich eingeholte Kaiserstochter blieb eine Fremde. »Die Habsburgerin, … die Katholische, … hübsch ist sie auch nicht.« – »Die ist ganz bigott!« – »Wieviel Kinder die wohl noch haben will!«
Am 12. Februar 1736 hatte sie in Warschau ihr elftes Kind, Maria Elisabeth, geboren.

Viele sehnten sich auch nach den Festtagen mit der Cosel zurück und erzählten einander, wie August der Starke Feste zu feiern wußte.
»Aber bei der jetzt ist ja nichts los!«
Die Königin hörte wohl einiges, ließ sich aber dadurch in ihrer Lebensweise nicht irremachen. Sie sagte:
»Es ist mein Grundsatz, die zu mir gehässigen Menschen zu lieben. Ich will sie als Werkzeuge Gottes ansehen, deren er sich bedient, mich zu züchtigen. Ich will sie nicht hassen, sondern vielmehr lieben und ihnen Gutes erweisen.«
Wo sie Not fand, da half sie ohne Rücksicht auf Stand und Religion.
»Sie werden manchmal betrogen, Majestät!«
»Es ist besser, zehnmal betrogen zu werden, als auch nur einmal einem wahrhaft Armen die Hilfe zu versagen. Die Betrüger werden ihre Schuld schon büßen müssen. Gott wird jedoch die gute Meinung der Gebenden belohnen.«
Um fünf Uhr stand sie regelmäßig auf und besuchte die heilige Messe in ihrer Hauskapelle. Um sechs Uhr dreißig nahm sie an einer zweiten heiligen Messe mit den wenigen Betern in der Komödienkirche teil.
»Dort vermag ich besser vor dem Allerheiligsten zu beten.«
Am Samstag machte sie besondere Betrachtungen zur Vorbereitung auf die wöchentliche Beichte und Kommunion.
Täglich betete sie den Rosenkranz und mahnte brieflich die älteren Kinder dazu, wenn sie auf Reisen war:
»Ich möchte wissen, ob Ihr auch täglich den Rosenkranz betet, den ich Euch sehr empfehle; denn es gibt kein anderes der heiligen Jungfrau so angenehmes Gebet.«
Groß war ihre Heiligenverehrung. Es ging von ihr das Wort um: »Leichter kann man Gold und Edelsteine von ihr haben als Heiligen-Reliquien.«
Bevor sie einen wichtigen Entschluß faßte, kniete sie in ihrem Zimmer auf dem Betstuhl nieder und empfahl sich

der Fürbitte Mariens mit dem ihr besonders liebgewordenen Gebet: »Unter deinen Schutz und Schirm.«
Kein Wunder, daß diese außergewöhnliche Frau den Dresdnern innerlich fremd blieb, mochte sie noch soviel Gutes tun.
Diese Frau betete, ja betete immer wieder, daß ihr Herzenswunsch, der geheime Bauplan, in Erfüllung gehen möge. Sie war sich in diesem Wunsche einig mit ihrem Manne, der ihn sich ihr zuliebe auch zu eigen gemacht hatte.
»Aber nicht darüber reden, sondern beten, beten, daß uns Gott erhört!« –
Es paßte ihnen durchaus nicht, daß Pater Guarini, dieser geschickte und begabte Priester, sie gerade jetzt verlassen wollte. Sie benötigten ihn hier doch als klugen Berater. Endlich kam von Rom die Botschaft, sein Verweilen in Dresden sei sowohl für die Gesellschaft als auch dem Heiligen Stuhle sehr erwünscht.
»Hoffentlich kann ich bald Chiaveri kommen lassen zu dem gewissen Objekt!« meinte Friedrich August.
»Das wäre schön!« – Maria Josepha umarmte ihn vor Freude.

*

Neustädter Jungen spielten vor dem Reiterstandbild Augusts des Starken. Der Kupferschmied Ludwig Wiedemann aus Augsburg hatte das Kunstwerk aus Kupferblech getrieben. Eigentlich sollte es als Bekrönung auf dem Blockhaus stehen. Lange war man sich nicht einig, wohin mit dem vergoldeten Reiter, bis der neue König entschied, er solle zur Ehrung seines Vaters auf dem Neustädter Markt aufgestellt werden. August der Starke hatte doch ›Altendresden‹ zur Neustadt gemacht und sie geschmückt.
Die Jungen betrachteten den in römischer Tracht auf dem Pferde sitzenden Herrscher mit dem Feldherrnstab in der Hand.

»Guck mal, das Pferd hält sich allein mit dem Schwanz. Wie der das nur gemacht hat?«
»Der Teufel hat ihm doch dabei geholfen; aber dann hat der Deibel ihn im Stich gelassen. Da vergaß der Wiedemann, dem Gaul eine Zunge ins Maul zu geben.«
»Mensch, wie kannst du nur von Gaul reden. Das ist doch dem August sein Leibroß gewesen.«
»Ist egal, ob Roß oder Gaul. Auf jeden Fall fehlt ihm die Zunge im Maul, und da ist er vor Schreck gestorben.«
»Der August?«
»Ach du, der Wiedemann natürlich.«
Ein kleiner untersetzter Mann hörte den beiden aufmerksam zu. Er war eben erst von Warschau nach Dresden gekommen und wollte die Stadt kennenlernen, vor allem die sieben gerühmten Wunderwerke:
das unvergleichliche Zeughaus Longuelunes,
die in aller Welt bekannte Kunstkammer,
das königlich ausgezierte Stallgebäude,
das vor einigen Jahren vollendete Japanische Palais mit seinen kostbaren Vasen,
den Zwingergarten, wie ihn in ganz Europa keine Residenz besaß,
das große, trefflich ausmöblierte Jägerhaus,
die Augustusbrücke, von der es hieß, sie sei die schönste, hatte sie doch der geniale Pöppelmann gebaut.
Dann aber wollte der Fremde auch den Bau des Ratszimmermeisters George Bähr besichtigen, der als Zimmermann eine steinerne Kuppel wie auf dem Petersdom zu Rom baute, und natürlich wollte er die Kirchen und Neubauten der Stadt sehen. Besonders aber beschäftigte ihn die städtebauliche Anlage; denn Dresden war eine europäische Metropole geworden, die gebaut hatte und bauen wollte. Der kleine temperamentvolle Italiener war vom Fach, ließ es sich jedoch nicht anmerken. Ein Junge zeigte ihm, daß dem Gaul die Zunge fehlte.
»Und überhaupt hab'n se das Pferd falsch herum aufgestellt.«

»Wieso?« fragte der andere Junge.
»Der reitet ja fort. Und was mein Vater ist, als der so alt war wie ich, hat er mit meinem Onkel Emil mal dem König zugewinkt. Sie wollten von ihm einen Groschen haben. Weißt du, was der August gemacht hat?«
»Nee, das kann ich doch nicht wissen.«
»Der hat mit beiden Händen nach meinem Vater und Onkel Emil gegriffen und die beiden zu sich aufs Pferd gezogen.«
»Da hätte ich aber vor Angst geschrien!«
»Das haben sie auch getan, und dann ist der August im Galopp mit ihnen über die Brücke ins Schloß geritten.«
»Sind sie denn nicht heruntergerfallen?«
»Wo denkste denn hin? Was August der Starke einmal in seinen Händen hatte, das ließ er doch nicht fallen.«
Der Italiener hörte gespannt zu. Wie lebendig der Junge erzählte!
»Und dann?«
»Dann hat er beiden im Schloßhof einen Taler geschenkt. Mein Vater hat ihn noch und putzt ihn immer fein blank. Und darum sagt mein Vater: ›Das Pferd steht falsch herum.‹ So war der August. Unser König ist ja auch ein König. Aber wie dieser hier auf dem Gaul ist er nicht. Der kann kein Hufeisen zerbrechen. Der heißt auch nicht August der Starke.«
»Wie heißt er denn?«
»Na, du Dummkopf, das müßtest du eigentlich wissen.«
Belustigt von dem Zwiegespräch gab der Italiener jedem ein Silberstück. Deutsch sprechen wollte er nicht, aber er lachte die erstaunten Jungen an.
Als er dann, entgegen seiner sonstigen lebhaften Art, langsam über die Brücke ging, sagten die beiden zueinander:
»Der sah doch so aus, als ob er selbst Geld brauchte.«
»Und schenkt uns ein Silberstück.«
»Warum wohl?«
»Komisch, ja – wir haben doch gar nichts für ihn getan.«
Gaetano Chiaveri schmunzelte über sein Erlebnis. Plötz-

lich blieb er auf der Brücke stehen. Ihm hatte es der Strom angetan, wie er im mächtigen Bogen auf das Schloß zufloß. Eine Idee gewann Leben: Was Trezzini in der Peter-Pauls-Festung mit der Klosterkirche erreicht hatte, konnte das nicht auch in Dresden werden?
Sein Bau, noch ein Traum, mußte sich gegen den Strom wenden. Hier mußte des Königs Zentralbau Dresdens turmüberhöhte Eingangsfront werden.
Auch den katholischen Friedhof besuchte Chiaveri und nahm vor dem Grab Balthasar Permosers, der seit 1732 hier ruhte, den breitrandigen Hut ab. Er kannte diesen Großen von daheim her, vom Gartenschmuck des Palazzo Borghese. Im Zwinger kündete vieles von dem einsamen Mann: das Nymphenbad und Kronentor, die Figuren Herbst und Winter, die Hermen und Herkules. Er war ein kerniger katholischer Bauernsohn aus Bayern. Das Volk nannten ihn ›Balthasar mit dem Barte‹, weil er gegen die Sitte der Zeit einen langen Vollbart trug.
Chiaveri hatte Permosers Haus an der Augustusbrücke aufgesucht, wo dieser zum Gedenken an den Brand von 1685 den Tod als Saturn mit dem Stundenglas und Sense überlebensgroß angebracht hatte.
Am Sonntag hatte der neu angekommene Architekt von der herrlichen Kanzel Permosers herab eine gute italienische Predigt gehört. Hinterher erfuhr er, daß der Ratgeber des Königs, der berühmte Pater Guarini aus Lecce, gepredigt hätte. Die Worte waren ihm hier im lutherischen Dresden besonders nahegegangen.
Ergriffen stand Chiaveri nun vor dem selbstgeschaffenen Grabmal Permosers.
Wie gewaltig diese Größe!
Wie leidenschaftlich ihr Ausdruck!
Was hatte der überragende Künstler nicht alles erlebt in seinen 81 Jahren!
Mehr als 40 Jahre hatte er in Dresden mit seiner genialen Kraft geschaffen. Die Antlitze seiner Figuren sprachen zu

Chiaveri, der Freud und Leid, Künstlerhoffen und Enttäuschungen in ihnen zu lesen verstand.
Die Lebensfreude Permosers hatte er am Nymphenbad erfahren. Wie jubelnden die Wasser in einer Kaskade dem Becken zustürzen! Wie übermütig Delphine und Tritonen es dem Fall wieder entgegenschleudert!
Und doch hatte der Bildhauer mitten im Schaffen weltlicher Freude, ja des Übermutes Augusts des Starken, den Gegeißelten aus rötlichem Marmor gehauen.
»Ja, der Permoser war schon fromm!«
Und dies sein Grabmal für alle Zeiten!
Ergriffen betete Chiaveri das Gebet, dem der bedeutende Mann in seinem Monument Ausdruck verliehen hatte:
»Stabat mater …
Christi Mutter stand mit Schmerzen
bei dem Kreuz und weint von Herzen,
als ihr lieber Sohn da hing.«

*

Pater Superior war nach Weihnachten mit einigen Kapellknaben trotz des Winterwetters über den Erzgebirgskamm nach Mariaschein gefahren. Es galt, dem Begründer und ersten Leiter des Kapellknabeninstitutes, Pater Elias Broggio, im Wallfahrtsort die letzte Ehre zu geben. Am zweiten Weihnachtstage war er, 96 Jahre alt, gestorben.
Was dieser mit unermüdlichem Eifer tätige Pater aus bescheidensten Anfängen geschaffen hatte, durfte in der jungen Geschichte der Dresdner Mission und Lateinschule nicht vergessen werden.
»Jahr um Jahr ist er nach Böhmen gewandert und hat sich geeignete Kapellknaben ausgesucht.
Wie oft ist er zum Wallfahrtsort gepilgert, die Gottesmutter um Fürsprache für seine Jungen anzuflehen!
Daß manche von ihnen Priester geworden sind, verdanken wir ihm. – Jetzt ist sein Herzenswunsch erfüllt:
›Ich möchte einmal in Mariaschein begraben sein!‹

Er wird nun der Fürsprecher im Himmel für unsere Jungen sein.

Herr, gib ihm die ewige Ruhe ...«

*

Es war für den noch unbekannten Gaetano Chiaveri nicht leicht, in Dresden Fuß zu fassen. Er vermochte nicht zu durchschauen, wer was zu sagen hatte und wer seine Konkurrenten oder seine Neider sein würden. Von dem Verständnis für seine italienische Bauauffassung, die in Dresden durchaus fremd war, ganz zu schweigen.
So durfte er von dem großen Plan, der ihm vorschwebte, noch nichts verraten. Generalintendant des Bauwesens war als Nachfolger Wackerbarths Jean de Bodt, der ein Baureglement erlassen, am Japanischen Palais gearbeitet und als Chef des Ingenieurkorps die Kasernen der Hauptstraße gebaut hatte. Dieser alte, beachtenswerte Baumeister war nicht zu umgehen.
Außer ihm wirkten noch als hervorragende Künstler der Oberlandbaumeister Zacharias Longuelune, der schon 1730 einen Entwurf für eine Hofkirche gezeichnet hatte, und Johannes Christoph Knöffel, ein Schüler Pöppelmanns. Beide standen beim Herrn Minister Heinrich von Brühl, dessen Ansehen beim König ständig wuchs, in hoher Gunst. Was war schon Chiaveris Gehalt von 300 Talern gegen ein Gehalt von 1600 Talern! Kein Wunder, daß Knöffels Pläne für den Bau des Brühlschen Palais an der Augustusstraße denjenigen Chiaveris vorgezogen wurden.
»Wenn Knöffel wüßte, was ich bauen werde!« – Aber noch war es nicht soweit, wissen zu lassen, was seinen Geist beschäftigte.
Planen jedoch und Zeichnungen machen durfte der Junggeselle Gaetano, der sich von seinem ›Giovane‹ beköstigen ließ, den er als zukünftigen Baukondukteur mitgebracht hatte. Eigentlich hieß dieser von Hause aus Anto-

nio Zucchi; aber Chiaveri nannte ihn ›Giovane‹ und ließ sich gern von ihm die Makkaroni mit geriebenem Käse, die Fischsuppe oder die Polenta, wie er es daheim gewöhnt war, vorsetzen. Giovane half auch beim Suchen der verlegten Zeichnungen, die der Meister in Petersburg, Warschau und sonstwo gemacht hatte, und der aufbrauste und äußerst unmutig wurde, wenn er sie, wie meistens, nicht sofort fand.

»Ecco, ecco!« sagte dann Giovane und hatte sie schon.

Geldsorgen hatten beide, aber das verdroß sie nicht.

»Pazienza, Giovane! Tempora mutantur! (Geduld, die Zeiten ändern sich.) Wenn ich erst den Auftrag habe, den ich bekommen werde! Wir brauchen nicht mehr, um uns erhalten zu können. Denk an den Poverello* von Assisi!«

Die Franziskaner, auch Barfüßer genannt, weil sie wegen der gelobten Armut nur in Sandalen gingen, hatten vor der Reformation im Sprengel des Meißner Bischofs nicht weniger als 21 Klöster gegründet. Schon 1272 war in Dresden die Barfüßerkirche entstanden, die als Begräbnisstätte bei den Bürgern besonders beliebt war. Nach der Einführung der Reformation durch Herzog Heinrich 1539 wurde sie zunächst als kurfürstliches Zeughaus benutzt. Dann wurde sie dem Rat der Stadt überlassen, der jedoch mit ihr nichts anzufangen wußte. Der Bau blieb ungenutzt liegen. 1598 nahm sich die Kurfürstinwitwe seiner an. Sie ließ Emporen einbauen und neues Gestühl aufstellen. Vorwiegend als Begräbniskirche dienend, hieß das neugeweihte Gotteshaus jetzt Sophienkirche.

Im vergangenen Jahr hatte Knöffel einen Glockenturm zugefügt. Auf ihrer ersten Silbermannorgel spielte Johann Sebastian Bach, wenn er in Dresden weilte. Die Sophienkirche wurde 1737 die Hofkirche für die protestantische Hofgemeinde. In der Pfingstwoche hatte nämlich der König die alte protestantische Kapelle im Schlosse

* Armen (den hl. Franziskus)

aufgelöst. Altar, Taufstein und Kirchengeräte fanden zwar in der berühmten Busmann-Kapelle der Sophienkirche ein würdiges Unterkommen, aber über diese ›Neuerung‹ herrschte unter der Dresdner Bevölkerung große Erregung.
Gegenüber dem Geistlichen Hause in der kleinen Brüdergasse wurde darauf in der Nacht ein Plakat angeschlagen. Die Kapellknaben lasen es am nächsten Morgen neugierig.
»Wir, die sämtliche Gesellschaft derer Schusterlehrlinge, entbiethen euch denen Pfaffen, daß ihr euch nicht mehr unterstehet, euch im Habit sehen zu lassen, widrigenfalls soll euch ein Pistol zu Diensten stehen!«
Auch anderswo sahen sie solche Plakatanschläge. Die Kapellknaben machten sich lustig über diese Drohung. Die Patres aber mahnten: »Seid zurückhaltend! Macht kein böses Blut!«

*

Leider kam es hin und wieder zu Spannungen, ja zu Vorfällen, die wenig mit dem Geist der Liebe zu tun hatten. So ereignete sich ein unliebsamer ›Tauffall‹, der diesmal nicht von den protestantischen Behörden, sondern von einer ›Schwiegermutter‹ ausging. Eine protestantische Mutter war mit der katholischen Taufe in der Hofkapelle einverstanden. Die protestantische Großmutter des Täuflings stimmte nach außen hin auch zu, bestellte aber die protestantischen Taufzeugen an die Kreuzkirche. Die Kutsche setzte sich nun in Bewegung – wie der Vater meinte: nach der Hofkapelle. Plötzlich drehten die Pferde auf dem Altmarkt nach der Kreuzkirche ab. Der Vater, ein Korporal beim Leibregiment, der den Wagen begleitete, merkte die List. Er riß den Wagenschlag auf, nahm das Kind der Hebamme vom Schoß, trug es zu einer bekannten Frau und ließ vor ihrem Hause zwei Wachposten zurück. Als er nach Hause kam, seiner Frau den Vorfall zu erzählen, fand er dort die Schwiegermutter. Der gewaltsame Vater trieb sie mit dem Stock aus dem Hause. Dann bestellte er andere, katholische Taufpaten, brachte tags darauf das Kind in die Hofkapelle und wich nicht, bis es in seiner Gegenwart getauft war. –

*

Am Fest Mariä Geburt, am 8. September, war nach der Vesper um drei Uhr feierliche Katechismusstunde. Die katholischen Kinder strömten mit ihren Eltern in die Kapelle. Heute sollten sie zeigen, was sie gelernt hatten. Der Nuntius Paolucci wurde zu seinem Sitz geleitet.
Ein Schauspiel wurde dargeboten, das die Hoffnung, den zweiten Artikel des Katechismus, behandelte. Es spielten und rezitierten darin 64 Knaben und Mädchen.
Besonderen Eindruck machte es auf den Nuntius, als sie das Vaterunser in acht Sprachen, Deutsch, Lateinisch, Griechisch, Französisch, Italienisch, Böhmisch und Sorbisch, aufsagten. Da zeigte sich die katholische Gemeinde Dresdens in ihrer Zusammensetzung.
»Ein schönes Symbol für die Kirche, die alle Völker in verschiedenen Zungen das gleiche Gebet des Herrn lehrt«, sagte er anerkennend.

*

Chiaveri hatte nicht, wie es sonst üblich war, eine Anstellung im Oberbauamt erhalten, vielmehr besaß er eine bevorzugte Vertrauensstellung, die mit der Leitung des sächsischen Baubetriebes nichts zu tun hatte. Er war der Architekt des Königs für einen besonderen und besonders geheimgehaltenen Bau. ›Unser Architekt‹ nannte ihn Friedrich August vertraulich. Chiaveri fand feste Stütze am italienischen Geschäftsträger, dem Grafen Accaramboni, an Pater Guarini und vor allem an der Königin, der ›ihr Projekt‹ ganz besonders am Herzen lag.

»Zurückhaltung!« war jedoch die ständige Mahnung für den vorwärtsdrängenden Römer, der seinen Plan bald ausgeführt sehen wollte.
Der Entwurf Pöppelmanns wurde ihm vorgelegt. – Er schüttelte den Kopf.
»De Bodt und Longuelune nehmen Versailles zum Vorbild ... Ich will eine römische Kirche in Dresden bauen – wir sind doch römisch-katholisch.«
»Aber vorsichtig!« sagte Pater Guarini.
»Wir müssen aber auch mutig sein und offen bekennen.«
Maria Josepha nickte ihm leicht zu.
»Ich habe eine Idee ... Doch da muß der König dem Festungskommandanten gegenüber sein Machtwort sprechen.«
Gespannt schauten die Königin und Pater Guarini zu, wie Chiaveri den Plan entrollte.
»Der Bauplatz muß erst der Elbe und dem Festungswall abgerungen werden. Damit bekommt die Kirche den Vorrang vor dem Schloß. Allerdings bleibt die Kirche noch als königliche Kapelle am Schloßgebäude stehen.«
»Chiaveri hat die entscheidende Stelle gefunden«, sagte Maria Josepha.
»Zwei Seitenhöfe sorgen für genügend Licht. Sie ist größer und breiter, als Longuelune plant.«
Er erklärte weiter die fünfschiffige Kirche, die drei Türme, die Fassade, die Anlagen der königlichen Logen.
»Ich werde den Plan mit dem König besprechen«, beendete Maria Josepha die Unterredung.

*

Aus dem ersten Entwurf Chiaveris wurde nichts.
Äußerer Anlaß zur Verwerfung des Entwurfes war wohl die Verärgerung, die in der Stadt über Chiaveri aufgekommen war. Seit 1726 baute der Dresdener Rat durch seinen Ratszimmermeister, jetzt Architekt George Bähr, das monumentale Bauwerk der Stadt: die Frauenkirche.

Sie sollte die Schwester der Venediger Kirche Santa Maria della Salute werden. Bähr war von dem Gedanken beseelt, eine neue Grundform für den evangelischen Kirchenbau zu schaffen. Bei der Wichtigkeit, die im evangelischen Gottesdienst der Predigt zukommt, wollte er die Frauenkirche so bauen, daß die Gläubigen von allen Seiten ungehindert den Prediger sehen und hören konnten. Die Kanzel mußte im Mittelpunkt der Kirche stehen.

Obwohl George Bähr der Holzfachmann war, hatte er den kühnen Plan gehabt, die Kuppel der Frauenkirche in Stein zu gestalten. Im Jahre 1734 war die Kirche eingeweiht worden, aber de Bodt hatte Bedenken über die Tragfähigkeit der Pfeiler.

Viele Bürger sahen im Geiste schon den ganzen Bau zusammenbrechen. Deshalb wurde Chiaveri, der in Fachkreisen als der bedeutendste Statiker seiner Zeit galt, zu Rate gezogen.

Peinlich war sein radikaler Vorschlag:

»Trag die Kuppel ab und ersetzt sie durch eine hölzerne!«

Schmähungen und Verdächtigungen waren die Folge.

»Wie können wir Dresdener uns denn von einem Römer Vorschläge machen lassen!«

Chiaveri war um eine Erbitterung reicher.

Die steinerne Kuppel wurde gebaut.*

*

Chiaveri sann und arbeitete Tag für Tag an neuen Plänen.

Von seinem gedachten Bauplatz wich er nicht, mochte der Festungskommandant noch so sehr dagegen sein.

»Ich gehe nicht von ihm ab!«

Den richtigen Kern hatte er mit seinem Bauplan, nur mußte erst noch die harte Schale abfallen.

* Bauliche Untersuchungen vor dem letzten Kriege ergaben, daß Chiaveris Gutachten richtig war.

»Die Kirche muß vom Schlosse gelöst werden! ... So hat's Bernhard von Clairvaux gepredigt.«
Keineswegs rechnete er mit einem Abbruch des Schlosses und einem Neubau. Dieser Gedanke Augusts des Starken war endgültig aufgegeben worden.
Auf dem neuen Plan stellte er die Hofkirche – er nannte sie nicht mehr Kapelle – parallel zur Südwest-Nordost-Achse des Zwingers. Ein ganz neuer Gedanke ergriff ihn. Es war ein Wagnis.
»Ich will die Kirche in einem Turm gipfeln lassen. Hier soll der König feierlich einziehen.«
Als er Pater Guarini den Plan zeigte, meinte dieser vorsichtig:
»Steht der Kirchturm nicht zu nahe dem Schloßturm?«
»Das macht nichts. Im Gegenteil, das macht sich gut.«
»Die Kirche ist aber nicht nach Osten gebaut.«
Chiaveri erbitterte und sagte scharf:
»Von solchen Nebensächlichkeiten können Hochwürden doch in Rom Dispens erbitten.«
Als Pater Guarini den Plan mit August und Maria Josepha besprach, lobte er ihn.
Aber genehmigt wurde auch dieser zweite Plan nicht.
Pazienza! Gemach, Gaetano Chiaveri!
Dieser kochte vor Ungeduld.
Gott läßt viel Wasser die Elbe hinunterfließen, bis seine Pläne reifen, auch wenn die Plänemacher unmutig fragen:
»Was soll das lange Warten?«
»Dann ist der Kirchplatz noch nicht dort, wo Gott ihn haben will.« –

*

Auch im religiösen Bereich gibt es ein Miteinander, ein Füreinander, ein Zueinander. Keiner steht für sich allein, keiner schafft in der Kirche für sich allein, und wenn er noch so fest meint, es seinen seine eigensten, ursprünglichsten Ideen und Taten. Irgendeine Seele hat gebetet, mitgetragen, mitgeopfert, ohne daß der menschliche Planer es weiß oder gar merkt. Aber Gott hat seinen Sohn Mensch werden lassen, daß überall sein göttliches Senfkörnlein hineingesenkt werde. Der Mittelpunkt, in dem alle Fäden zusammenlaufen, ist Christus. Er ist das Haupt der Betenden, der Schaffenden, der Leidenden und Opfernden.

Er schenkte dem Chiaveri, der um die Gestaltung der Hofkirche rang, jetzt durch den Herrn und Lebendigmacher, den Heiligen Geist, den schöpferischen Gedanken.

›Aller guten Dinge sind drei, Gaetano Chiaveri!

Noch genialer muß dein Plan sein!

Ganz frei muß die Kirche der Allerheiligsten Dreifaltigkeit stehn, ... vom Schloß gelöst, ... für alle Zeiten ... gegen den Strom gebaut!

Sie darf kein untergeordnetes Glied eines großen Bausystems sein ... Eigenständige Bedeutung muß der Bau erhalten ... Wie ein bemanntes Schiff, mit ihrem Turm als Bug, soll sie stromaufwärts gerichtet, Wogen und Winden trotzend, daliegen.‹

Giovane wußte nicht, was über seinen Meister gekommen war. Er zeichnete, zeichnete, zeichnete, pausenlos. Vom ersten Plan war nur der Kern geblieben. Aus einer Kapelle war längst eine Kirche geworden. Das umhüllende Schloß war als Schale gefallen.

Jetzt plante Chiaveri sein Kühnstes:

Bis in das Herz der Altstadt wagte er die römisch-katholische Kirche zu stellen. Die Kirche, die Gott selbst als sein Zeichen unter den Menschen aufgerichtet hatte, mußte – und mochte es noch soviel Widerstand kosten – an der Stelle stehen, wo alle Radien der Stadt sich trafen.

»Dann muß ich aber die Kirche noch schräger stellen.«

Er bedachte sorgenvoll die kommenden Schwierigkeiten.

»Wird man mir den spitzen Winkel zwischen Schloß und Kirche genehmigen, weil es nachteilig für das Schloß ist?

Wird man mir nicht mit Recht vorwerfen, daß der Kirchturm ganz nahe dem Brückenkopf auf dem Wall zu stehen kommt? Das wird einen gesalznen Protest der Festungsingenieure hervorrufen!
Sie werden antworten: ›Der Turm hat auf dem Elbsand kein Fundament.‹«
Er saß lange drüben auf der Neustädter Seite und sah im Geiste, wie seine Hofkirche in der Silhouette Dresdens das beherrschende Bauwerk darstellte.
›Eine vorgeschobene Kolonie des Südens‹, wird es heißen.
›Italienisch‹, wie sie den Hof jetzt nennen.
»Ich bin aus Rom, ich baue nach meinen Erfahrungen und denke daran, wie der Papst seine Laterankirche mit einer figurenreichen Fassade geschmückt hat.«
Dann ging er wieder in sein ›Laboratorio‹.
Noch kühner wuchs die Kirche im Plan. Um ein Drittel steigerte er die Maße. Dabei wurden die Formen nach oben hin leichter. Wie daheim bekam der Bau ein Flachdach, wie es die Bauwerke seiner Vorbilder Michelangelo und Bernini hatten.
»Das kommt den Statuenkränzen auf beiden Balustraden zugute«, sagte er vor sich hin.
Den Turm entwarf er, den Bahnen Berninis und Borrominis folgend, als Ellipse, die erst oben zum Kreis überging.
»Von der Seite wirkt er dann schlank wie ein Campanile*, der sich vom Baukörper absetzt, aber vorn wird die große Breitansicht mit dem Portal zur Geltung kommen.
Im Geiste durchschritt er die Kirche in seinen vielen Zeichnungen, Querschnitten und Einzelheiten. Den Prozessionsumgang hatte er nicht vergessen, durften doch die Katholiken nicht außerhalb der Kirche Prozessionen halten.

* Freistehender italienischer Glockenturm

Er sah, wie die neuen Hauptträume sich zu einer großen Einheit zusammenschlossen.
Dann waren noch viele Einzelheiten zu überlegen, wenn erst dieser neueste Bauplan genehmigt war.
Aber Gaetano Chiaveri mußte wiederum warten. Der Hof hatte zur Zeit größere Sorgen. Am 8. Februar 1738 war der Minister Graf Sulkowski entlassen worden. An seine Stelle trat Graf Brühl. Er war jetzt als Minister des Auswärtigen der ausgesprochene Vertreter jener Politik, die Sachsen-Polen mit dem Süden verbinden wollte.
Die älteste Prinzessin, Maria Amalia, sollte mit Karl VII., König beider Sizilien, in Neapel verheiratet und dadurch die Beziehung zum Hause Habsburg noch enger geknüpft werden.

*

Wie oft war der Ratszimmermeister George Bähr auf dem Gerüst der Frauenkirche herumgeklettert!
Wie hatte er sich darauf gefreut, zu erleben, wenn sein Bau, frei vom Gerüst, das Stadtbild Dresdens beherrschen würde! Sein über den Dächern herrlich sich rundendes Kuppelwunder, alles überragend!
Bähr wollte es mit einem Obelisken krönen, dem Zeichen des Sonnengottes Helios, aber auch mit einem großen A. Doch die Ehrung des katholischen Königs paßte dem Superintendenten Dr. Löscher nicht. Er verlangte mit Recht das Zeichen der Erlösung, das Kreuz.
Des Ratsbaumeisters George Bährs Kreuz war, daß er vor Vollendung seines genialen Werkes am 16. März 1738 an Stickfluß und Verzehrung starb. Er fand sein Grab auf dem alten Johannisfriedhof, später in den Katakomben seiner Frauenkirche.

*

Der sizilianische Beauftragte hielt am 7. Mai seinen öffentlichen Einzug in Dresden, obwohl er schon seit Wo-

chen im sogenannten ›Stallgebäude‹ wohnte. Am nächsten Tag fand die feierliche Brautwerbung im Auftrage seines Königs im Schlosse statt. Es war alles seit der am 19. März erfolgten Unterzeichnung des Ehevertrages klar. Maria Josepha hatte damals ihren Namenstag eigens dafür gewählt. War er auch kein kirchlich gebotener Feiertag, so wurde er doch wie ein solcher gehalten, stand die Verehrung des heiligen Josef doch in hoher Blüte, der zudem Schutzherr der Eheleute war. Am 8. Mai wurde die Stadt herrlich beleuchtet. Allein auf der Augustusbrücke brannten 300 Lampen. Der Rat der Stadt hatte auf dem Altmarkt aus einem künstlichen Felsen einen zwanzig Ellen hohen Obelisken errichtet, der ganz mit Lampen bedeckt war. Versilberte Strahlen täuschten im Lichterspiel Wasserfälle vor. Auf einem Gerüst standen Pauker und Trompeter. Aus Schwanenhälsen floß roter und weißer Wein, an dem sich die Dresdner laben konnten, wenn sie nicht, auf dem Boden krabbelnd, nach den ausgeworfenen Münzen des Gesandten suchten.
Am Tage darauf fand in der Kapelle in allem Hofglanz die Vermählung statt.
Als das Fest verrauscht und die junge Königin Maria Amalia in Neapel eingetroffen war, las sie inmitten aller Feierlichkeiten in stiller Stunde den Brief ihrer Mutter:
»Meine liebe Tochter! Meine innige Liebe zu Dir und das Verlangen, Dich sowohl zeitlich als auch, woran alles gelegen, ewig glücklich zu sehen, hat mich bewogen, Dir folgende Ermahnungen mitzugeben, so wie mir solche nach Anrufung des Heiligen Geistes mein mütterliches Herz diktiert.
Gute Meinung zum Beginn Deiner Ehe!
Beständige Erinnerung des letzten Zieles und Endes, die Vergänglichkeit irdischer Dinge, der Tod und das Gericht.
Vollkommene Ergebung in den göttlichen Willen bei allen Vorkommnissen.
Tägliche Aufopferung aller Werke zur Ehre Gottes.

Zarte Andacht zum allerheiligsten Altarssakramente, zur jungfräulichen Muttergottes, zum Schutzengel, Namenspatron und vor allem zum heiligen Franz Xaver, dem Schutzpatron unseres Hauses.
Tägliche Anhörung der heiligen Messe und Verrichtung anderer gewöhnlicher Andachten.
Vertrauen zum Beichtvater in Gewissenssachen.
Liebe zu religiösen Gesprächen und Abscheu vor Ehrabschneidung.
Liebe zum Nächsten und Barmherzigkeit gegen die Armen.
Treue, Liebe, Gehorsam und Vertrauen gegen den Gemahl. Abscheu vor aller Eifersucht und vor allen denjenigen, welche sich durch heimliches Ohrenblasen einzuführen suchen.
Ehrfurcht gegen die künftigen Schwiegereltern.
Güte und Höflichkeit gegen jedermann ohne Hochmut, doch auch ohne allzu große Vertraulichkeit.«
Maria Josepha hätte nicht so mahnen können, wenn ihre Älteste an der Mutter nicht alles so erlebt hätte, wie es sorgend im Briefe stand.
»Dieses sind denn, meine liebe Tochter, meine letzten Ermahnungen, die ich Dir gebe aus mütterlichem Herzen. Bis zum Grabe werde ich Dich lieben. Bewahre mir auch in der Ferne ein kindliches Herz. Gedenke meiner im Gebete sowohl im Leben als auch nach meinem Tode, Deine bis in den Tod getreue Mutter Maria Josepha.«

*

Der Sturm brauste nicht so heftig gegen seinen Bauplan, wie Chiaveri es vermutet und befürchtet hatte.
Freilich war sein eigenster Stil, der jede Gliederung des Baues scharf hervorhebt und alles weich Verschwimmende ablehnt, den Kritikern fremd. Sein Bau war so, wie er selbst war. Chiaveri konnte nicht verbindlich reden, erst recht vermochte er nicht, dem zum Grafen ernannten von Brühl Komplimente zu machen.

Natürlich machte der Oberlandesbaumeister Einwendungen, erst recht der Festungskommandeur und seine Ingenieure.
Der König besprach in Gegenwart seiner Gemahlin mit Chiaveri den Plan. Die Königin hatte nur den einen Wunsch, daß die Betstübchen des Hofes auf der Empore neben dem Altare seien.
»Ich kann nicht fromm sein, wenn ich dem Heiland nicht ganz nahe bin. – Und bittschön, da keinen Prunk! Wir nahen uns doch dem König der Könige als arme Sünder, die er in seinen Dienst berufen hat ... Nicht wie in Versailles, wo der König dem Altar gegenüber thront. Das mag ich nicht! ... Gell, lieber Mann, du denkst doch auch so?«
»Aber freilich, das hatte ich Chiaveri schon aufgetragen.«
Chiaveri nickte und fragte:
»Was werden die Militärs zum Projekt sagen, Majestät?«
»Die werden das tun, was der König befiehlt«, antwortete Maria Josepha für den Gefragten.
»Sie werden Bedenken äußern, Gutachten machen, aber zuletzt wird der König entscheiden: So will ich den gewissen Bau an der Festung haben!« sagte Friedrich August.
Chiaveri wollte sofort beginnen, doch erst mußte ein königlicher Auftrag schriftlich vorliegen.

*

Am 11. Juli 1738 gebar Maria Josepha in Moritzburg ihr zwölftes Kind: Albert Casimir.
Am 22. Juli legte Chiaveri den Patres seinen Bauplan der Hofkirche vor und erläuterte ihn eingehend an einem auseinandernehmbaren Modell.
Sie dankten in aller Stille Gott für die bisherige Entwicklung des katholischen Lebens in Dresden und Umgebung.
Um die Jahrhundertwende war der katholischen Kirche in der weit außerhalb Dresdens gelegenen Schloßkapelle

zu Moritzburg der erste Kultusraum zugestanden worden.
Von 1733 bis 1738 hatten königliche Verordnungen die letzten Beschränkungen soweit wie möglich aufgehoben und Taufen, Trauungen, Krankenbesuche im ganzen Lande und Beerdigungen auf dem katholischen Friedhof für alle Katholiken freigegeben. Jetzt sollte eine katholische Kirche das Stadtbild der Residenz beherrschen. Dem soeben vollendeten Prachtbau der evangelischen Frauenkirche sollte eine fast noch herrlichere katholische Kirche an die Seite gestellt werden und nicht eingezwängt in enge Gassen wie jene, sondern frei an der Elbe gelegen, nahe dem weltberühmten Zwinger und dem königlichen Theater*. Voll Dank gegen die göttliche Vorsehung sprachen sie über die einzelnen Entwicklungsstadien und sagten:
»Wir wollen über den Bau schweigen, aber beten. Denn wenn es nicht Gottes Werk ist, dann arbeiten die Bauleute umsonst. Wenn aber der Bau durch Gottes Gnade vollendet sein wird, dann lebt die katholische Kirche in Sachsen wieder – ein Zeichen der göttlichen Vorsehung und Liebe für alle, die Gottes Zeichen zu deuten vermögen.

*

Endlich im Herbst, am 18. September, erging das erste Spezialreskript an das Kammerkollegium, worin der König für einen »gewissen Bau in Unserer Residenz allhier nahe an der Vestung« vorerst 50 000 Taler aus dem »zu Unserer freien Disposition bestimmten Fonds« anwies. Offiziell durfte nicht einmal der König vom Bau seiner Hofkirche sprechen. Das verlangte die Rücksichtnahme auf die Landstände und das Volk. ›Unserem Architekten‹ erteilte er am gleichen Tage den offiziellen Auftrag. Chiaveri wurde in Pflicht genommen, die Baudirektion nach bestem Wissen und Können zu übernehmen. Bewußt war

* Wo heute das Opernhaus steht.

in diesem Spezialreskript nicht die Rede von einer Kirche, sondern nur von »einem gewissen Bau in Unserer königlichen Residenzstadt Dresden« (una certa fabbrica da fara nella Residenza reale di Dresda). Außer den Ministern, dem Baumeister und den Hofgeistlichen sollte vorläufig noch niemand etwas über die Art des Baues erfahren. Die architektonische Schönheit sollte die Dresdner versöhnen, wenn sie das Gebäude als Kirche erkennen würden.

Chiaveris bescheidenes Baukondukteursgehalt von 300 Talern wurde auf 800 erhöht.

»Jetzt kann ich meine Schulden endlich bezahlen!«

Bald gab er seinem Tischler den Auftrag, weitere Modelle der Kirche nach seinen Plänen anzufertigen.

Endlich konnte er nun auch das zugige Fenster seiner Stube erneuern lassen. Auch freute er sich darauf, den Fachkollegen den Entwurf in seinem Studiogebäude, das neben dem Haus Fürstenberg lag, plastisch zeigen zu können.

Bald legte er dem Gouverneur den Bauplan vor. Temperamentvoll erläuterte er ihm die Planierung des Geländes:

»Hier gilt es erst umfangreiche und schwierige Vorarbeiten zu leisten.«

Graf von Friesen machte ein bedenkliches Gesicht, als Chiaveri gestikulierend weiterredete und auf die Zeichnung hinwies:

»Hier zwischen dem Stadtwall* und dem Schloß liegt in der Verlängerung der Brücke der ›Mond‹**. Der muß abgerissen werden. Auch die Gebäulichkeiten dort.«

»Die Münze«, warf der Gouverneur ein.

»An die Stelle kommt die Haupttreppe des gewissen Baus … Das alte Komödienhaus muß ebenfalls fort«, ereiferte

* Der Stadtwall an der Elbe, von dem heute noch die Brühlsche Terrasse erhalten ist, zog sich damals bis an das »Bellevue«, wo er rechtwinklig nach dem Zwingerwall abbog.

** Befestigungswerk mit drei Toren.

sich Chiaveri. »Diese Gebäude müssen zuerst verschwinden! – Wann fangen wir an?«
Graf Friesen war ärgerlich über den kauderwelschenden Italiener:
»Die Befestigung Dresdens ist gefährdet!«
Doch Chiaveri schüttelte den Kopf.

*

Es ging so, wie es meistens geht: Gegen die Niederreißung des Walles erhoben sich Bedenken über Bedenken. Alle zuständigen Instanzen kamen in fieberhafte Bewegung mit dem Ergebnis:
»Ein unmögliches Projekt dort!«
Die Stadtverwaltung war gegen Chiaveris Vorhaben, die Stein- und Erdmassen in die Elbe zu schütten.
Die Militärbehörde war mit der Schleifung dieses wichtigen Befestigungsabschnittes nicht einverstanden.
Sie machte auch wegen der Verwendung von Soldaten bei den Abbrucharbeiten Schwierigkeiten.
Chiaveri war der Behinderung müde. Er schrieb direkt an den König. Jetzt mußte sich zeigen, ob dieser fest blieb oder nicht. Chiaveri aber war heiteren Sinnes. Er vertraute auf ihn, auf Maria Josepha und Pater Guarini.
Am 22. Oktober kam aus Warschau ein neuer Befehl an Graf Friesen, ›den Bau auf alle nur mögliche Art zu beschleunigen, folglich alle hierbei vorkommenden Hindernisse allen Ernstes zu beseitigen‹.
Außer der in Dresden stehenden Garnison sollen die Gefangenen vom ›Festungsbau‹ sowie gemietete Tagelöhner herangezogen, auch Baugeräte ›ohnverweigerlich‹ zur Verfügung gestellt werden. Die Sprengungsarbeiten sollen Bergleute aus Freiberg besorgen.
Der Erlaß schloß mit dem deutlichen Wink, ›nach dem von Uns in Euere Dextérité besonders gesetzten gnädigsten Vertrauen niemand zu gestatten, dem Architecte Chiaveri bei dem vorseyenden Bau auf einige Art und

Weise hinderlich zu fallen‹. Bei der nächsten Besprechung zeigte sich Herr von Friesen für die Abbrucharbeiten so begeistert, daß er sagte: »Wenn es meine Gesundheit zuließe, so wollte ich mit der Schaufel in der Hand den Anfang der Arbeit selbst machen, und zwar dieses um so viel füglicher, als bei der Erbauung des Walls der damals regierende Kurfürst samt allen seinen Geheimen Räten den ersten Schubkarren geführet.«
Pater Superior schrieb in sein Tagebuch:
»Anfang November 1738 begannen die Arbeiten!«

Das Fundament

Was da in den ersten Novemberwochen auf dem geheimnisvollen ›Bau der Festung‹ zu sehen war, glich einem Durcheinander.

Mittendrin aber waltete ein planender und ordnender Geist, auch wenn er anfangs mehr Verwirrung und Mißverständnisse auslöste, weil er so mit Sturmeseifer im Gelände herumrannte, mit den Armen fuchtelte und seine Anordnungen entweder italienisch oder im deutschen Kauderwelsch gab, daß manche Arbeiter über ›solchen wildgewordenen Architekten‹ den Kopf schüttelten, lachten und ihn spöttisch ›Cajetani‹ nannten.

Seine beiden Baukondukteure, der Architekt Francesco Placidi, den er von Warschau mitgebracht hatte, aber auch der zweite, Antonio Zucchi, sein getreuer ›Giovane‹, hatten Mühe, die sich überstürzenden Befehle ihres genialen Chiaveri in ruhigere Bahnen zu lenken. Erst recht hatte sein Dolmetscher Mühe, die sprudelnden Anordnungen den Polieren, Zimmerleuten, den Kommandostellen der Soldaten und den Aufsehern der Baugefangenen ins Deutsche zu übersetzen.

Die 211 Maurer verlangten ihren Lohn zu wissen. Es wurde hin und her verhandelt auf dem Bauplatz, bis sich Chiaveri mit 6 Groschen täglichem Lohn einverstanden erklärte.

Die 196 Handlanger gaben sich mit 3 Groschen zufrieden.

Die 90 Zimmerleute beanspruchten 5 Groschen Lohn.

Die 100 Musketiere bekamen 2 1/2 Groschen Zulage zu ihrem Sold. Die armen Baugefangenen waren rechtlos und hatten nichts zu fordern. Sie waren in drei Klassen, je nach der verhängten Strafe, ›zum Bau an der Festung‹ eingeteilt. Insgesamt waren es 94 der zweiten und dritten Klasse. Die 16 der ersten wurden am strengsten gehalten.

Chiaveri sah diese 110 Baugefangenen mit traurigem Herzen an. Was der einzelne in Wirklichkeit ›verbrochen‹ hatte, wußte er nicht. Sie waren vom Festungskommandanten zu dieser ›Festungsarbeit‹ befohlen worden. Chiaveri sah ihre Beinschellen, an denen sie schwer trugen, er sah auch ihre abgemagerten und abgehärmten Gesichter. Mit seinen 707 Mann ging er daran, das ganze Bauland, so gut es ging, zu ebnen. Die Wallerde ließ er in die Elbe schütten und die Mondbastei abbrechen.
Auch an die beiden Häuser der ›Münze‹ wurden die Spitzhacken gelegt.
Die Zimmerleute bauten nordöstlich des Zwingers Bauhütten für sich selbst, für die Steinmetzen und Schlosser. Chiaveri sorgte auch für eine Unterkunft der Strafgefangenen.
Bald war ein großes Loch in die Festungsmauer gebrochen, Stallungen, Kalkhütte und Kalksumpf entstanden.
Da im Dezember die Arbeiterzahl auf 333 Maurer, 109 Zimmerleute, 398 Handlanger, 780 Soldaten und 130 Baugefangene – also über 1000 Mann mehr –, auf 1750 Mann gestiegen war, wimmelte es auf dem Arbeitsplatz wie in einem Ameisenhaufen. Aber Chiaveri und seine Baukondukteure leiteten die Arbeiten planmäßig und einsichtig. Sosehr er gegenüber den Amtsschreibern und den Militärs voll Feuereifer war, die Arbeiter brauchte er nicht anzutreiben. Sie erkannten und anerkannten mehr und mehr den klaren Kopf und das gute Herz des ›Cajetani‹. Nur von der Arbeit der Soldaten war dieser nicht begeistert.
»Im nächsten Jahr brauche ich sie nicht mehr, dafür einige Mineurs für die Sprengung der Festungsmauer.«
Das alte Komödienhaus wurde nun abgerissen.
»Hoffentlich bekommen wir einen milden Winter.«
Chiaveri selbst fror jetzt schon und gab seine Anordnungen nur mit heiserer Stimme.
Seine Schreiber hatten die Baukosten für 1738 berechnet: 11 000 Taler.

Der Januar 1739 war ausgesprochen mild, so daß noch 1000 Leute vollauf zu arbeiten vermochten.
Aber die Unfälle häuften sich.
»Schuld ist der Schnapsteufel! Ich bin froh, daß ich wenigstens die Soldaten auf dem Bau los bin.«
Die Arbeiter mußten oft in Deckung gehen, weil die Bergwerksingenieure die sehr starken Festungsmauern sprengten. In seiner Hütte hatte Chiaveri mit seinen italienischen Schreibern viele Papiere auszufüllen. Er wollte sich wegen der Abrechnungen vom Oberbauamt keine Vorwürfe machen lassen.
Er wußte, daß er ihnen unbequem genug war und es an Neidern nicht mangelte.
Natürlich beschäftigten sich die Dresdner sehr mit dem Bau, wenn auch seit Jahrzehnten überall in Dresden diesseits und jenseits der Elbe gebaut wurde. Palais waren genug entstanden.
»Aber was ist das für ein gewisser Bau an der Festung, um den alles so geheimnisvoll tut?«
Chiaveri und seine Leute schwiegen, auch die Patres, die sich nach außen hin für den Bau nicht interessierten.
Doch die Kapellknaben fragten nach ihm.
»Lernt lieber eure lateinischen Vokabeln!« war die unmißverständliche Antwort.

*

Am 1. Oktober 1738 hatte Pater Payerau den Dienst in der kaiserlichen Gesandtschaft zur großen Freude der Neustädter Katholiken übernommen.
Er fand die Kapelle im Hause des Herrn von Ponickau vor, wo das beste Zimmer dafür frei gemacht worden war. Auch den Pater selbst nahm Ponickau in Kost und Wohnung.
Jetzt hatten die Neustädter Katholiken öfter Gelegenheit, den Gottesdienst zu besuchen. Auch war der Weg näher und im Winter weniger beschwerlich als über die Brücke.

Die Zahl der ständigen Besucher der Kapelle vermehrte sich um 32 katholische Waisenkinder. Die religiöse Betreuung dieser kleinen bedauernswerten Schar nahm Pater Payerau zum Anlaß, eine schöne, neue Kapelle einzurichten. Durch Vermittlung Ponickaus erwirkte er im März 1739 die Erlaubnis, in den Räumen der Kaserne einen Raum auszusuchen und nach seinen Plänen auszugestalten. Er wählte sich den Südflügel des vierteiligen Gebäudes* und richtete drei Zimmer als Kapelle** ein. Am Ostersonntag konnte Pater Payerau die erste heilige Messe in der neuen Kapelle feiern. Er plante, sie noch zu erweitern und zu erhöhen. Seine Wohnung richtete er neben der Kapelle ein. Die Zimmer darüber ließ er zu Emporen ausbauen. Das Ganze bildete einen ansehnlichen Saal.

Als das Geld nicht ausreichte, suchte von Ponickau Wohltäter für die Kapelle. Schließlich ging er selbst bis zu den höchsten Instanzen, um die Fortsetzung der Zahlung zu erwirken. Gern nannte er sich den ›Sakristan der Kaiserkapelle‹ und versah dieses Amt auch tatsächlich des öfteren. Als Direktor des Waisenhauses ging er täglich mit den katholischen Jungen zur heiligen Messe.

Die Kapelle war dem heiligen Franz Xaver geweiht.

Sie diente einer vierfachen Gemeinde: zuerst der kaiserlichen Gesandtschaft samt dem Personal, aber auch den Bedienten des Nuntius; den Gesandten von Spanien-Sizilien und England-Schottland, dann den katholischen Jungen des Waisenhauses und schließlich allen Katholiken der Neustadt. Bald nach Vollendung der schönen Kapelle starb Friedrich von Ponickau nach kurzer Krankheit, von Pater Payerau mit den Sterbesakramenten versehen. Auf

* an der Ritterstraße

** Sie wurde 1826 zur Pfarrkirche erhoben und erst 1855 durch die Franziskus-Xaverius-Kirche abgelöst. Sie war also über ein Jahrhundert die Gottesdienststätte der Neustädter Katholiken.

seine schon in gesunden Tagen geäußerte Bitte wurde er im Ordenskleid beigesetzt. Das war für Dresden natürlich etwas ganz Ungewohntes. Sein Begräbnis, an dem das gesamte Waisenhaus teilnahm, wurde mit großer Feierlichkeit auf dem katholischen Friedhof gehalten.

*

Am 1. April schrieb Graf Brühl, daß der König den Kostenanschlag für die Aufstellung der Säulen des ›gewissen Baues‹ mit allen ihren Maßen erwarte. Der König glaube, daß man die Arbeiten in Rom billiger haben könne.

Chiaveri antwortete: »Wir arbeiten längst an den Kapitellen und Säulen im Innern. Mir wären am liebsten Marmorsäulen.«

Aber daraus wurde nichts.

Chiaveri verspürte Widerstand. Beim Oberbauamt lagen Beschwerden über ihn: »Chiaveri hat einen neuen Inspektor eingesetzt, um Steine und Holz beim Ausladen aufzuschreiben. Das besorgt doch schon der Kondukteur Francke.

Er stellt eine große Anzahl von Bauleuten ein.

Die Baugefangenen schont er. Sie arbeiten nicht genug.

So viele sind gar nicht notwendig!

Er hat sich eine Küche und einen Stall durch Handlanger herstellen lassen.

Dazu hat er das königliche Baumaterial benutzt.

Er hat sich eine Barke anfertigen lassen.

Sie war gar nicht nötig.«

Der Landbauschreiber Simon beschwerte sich ebenfalls:

»Die Künstler beachten meine Ermahnungen nicht mehr. Sie werden von anderen im Widerstand gegen mich unterstützt.«

Als letztes kam der Haupttrumpf:

»Chiaveri läßt sich von jedem Maurer einen halben Groschen in der Woche geben. Darum stellt er so viele ein.«

Der also Verleumdete mußte zu alledem Stellung nehmen. Empört wegen der Klagen über die mangelhafte Leistung der Baugefangenen, schrieb er: »Diese Leute können wegen derer tragenden schweren Beinschellen nicht so hurtig als andere karren und arbeiten. Im allgemeinen vertragen sie so große Anstrengungen und Übertreibungen nicht, ohne krank zu werden, weil sie namentlich, wie ich erfahren Gelegenheit gehabt, nicht eben die kräftigste Kost und hinlängliche Qualität zum Sattessen erhalten.«

So, das war deutlich genug!

»Mensch bleibt Mensch, auch wenn er etwas verbrochen hat. Ich bin mit ihrem Fleiß und ihrer Arbeit zufrieden. Sie tun, was sie können. Mehr darf keiner von ihnen verlangen.

Ich bin Architekt, aber kein Leuteschinder.

Bauarbeit ist ohnedies eine schwere und gefährliche Arbeit. Das habe ich selbst genug erlebt!« sagte Chiaveri zu seinen Kondukteuren, als er ihnen den Beschwerdebrief vorlas. König Augusts Zuneigung aber blieb ihm.

Er wurde sogar aufgefordert, für den Ausbau des Warschauer Schlosses einen Plan zu entwerfen.

Es war doch richtig, daß ihn wieder einer mahnte: »Piano, piano, Chiaveri! – Wir sind hier in Dresden und nicht in Rom!«

*

Der Kurprinz Friedrich Christian weilte seit einiger Zeit zur Heilung seines Beinleidens in Bad Ischia. Sein Begleiter schrieb an Pater Guarini:

»… er bitte um die Pläne für die katholische Kirche und das neue Schloß, da er sie Antonio Canevari, der als einer der ersten Fachmänner von Europa gilt, zur Beurteilung vorlegen möchte …«

Pater Guarini antwortete: »… Das Modell der Kirche ist fertiggestellt, und der Beifall der Kenner wie der Nichtfachleute so allgemein, daß der König zufrieden ist. Un-

ser braver Gaetano volentierissimo würde die Zeichnungen seinem Freund Canevari, den er stets schätze, schikken, er ist aber so beschäftigt, daß er keinen Augenblick frei hat.«
Es dauerte noch sehr lange, ehe die Entwürfe abgingen.
Am 30. April 1740 erhielt Pater Guarini aus Venedig eine Danksagung für die Übersendung der Zeichnungen der neuen und großartigen Kirche in Dresden.
»Unglücklicherweise ist das für den Prinzen bestimmte Paket im Schiffbruch untergegangen. Dagegen ist dasjenige für den Neapeler Hof den Fluten entronnen. Ich bin voll Ungeduld, der ersten Messe in dieser schönen Kirche beizuwohnen.«

*

Nach vieler schwerer Arbeit war man soweit, daß auf dem 15,80 Ellen tiefen Grund am 28. Juli 1739, 9 Uhr, der Grundstein gelegt werden konnte.
»Diese Handlung muß ohne jede äußere Feierlichkeit vor sich gehen!«
Chiaveri hatte nur den Geheimen Rat Kanonikus Ignatius Accaramboni und Pater Superior Gruber eingeladen. Sie erschienen beide in weltlicher Kleidung.
In den quaderförmigen Grundstein wurden zwei rote Marmortafeln eingemauert mit den Namen des Königspaares und dem Datum. Darüber kam eine marmorne Deckplatte. Sie wurde an der Stelle, wo am Turm das Kirchenschiff beginnt, eingelassen. Die Feierlichkeit dauerte nur eine Viertelstunde. In den »Dresdenischen Merkwürdigkeiten«, einem Blatt, das zweimal im Monat Nachrichten brachte, erschien die Mitteilung:
»Den 28. Juli, vormittags, ward der erste Stein zu dem neuen Gebäude an der Elbbrücke, dem Schlosse gegenüber, gelegt.« Pater Superior schrieb nieder:
»22. Juni 1739: Beginn des Grabens für die Fundamente; 1300 Arbeiter.

28. Juli 1739: Grundstein. Der großartige Bau schreitet rasch voran.«
Und er fügte hinzu, was die Patres erfahren hatten:
»Wer zählt die Verwünschungen, die man gegen uns schleudert, da die gewaltigen Festungsmauern um das Schloß geschleift werden, da man sehen muß, wie die beiden steinernen Brückentore in tagelanger, mühsamster Arbeiter niedergelegt werden.«

*

Als Chiaveri im August den Grundbau beginnen konnte, waren wieder 260 Maurer, 2 Poliere, 65 Zimmerleute und 694 Handlanger, also über tausend Menschen beschäftigt. Durch den Bauschutt im sumpfigen Ufergelände wurde das Ufer um anderthalb Brückenbogen in die Elbe geschoben.
Ein lang anhaltender Regen setzte ein, so daß der Strom vom August bis Oktober viel Wasser führte.
Überall drang das Grundwasser stark ein. Die Baugefangenen mußten Tag und Nacht die Pumpen bedienen. Nachts wurden sie von Soldaten bewacht. Chiaveri sorgte dafür, daß die Gefangenen schichtweise arbeiten und an kleinen Öfen sich trocknen konnten. Auch wies er zusätzliche Nahrung an.
Wer in unseren Tagen hinabsteigt in die unterirdischen Grüfte, möge das Leid und die schwere, eintönige Pumparbeit der damaligen Baugefangenen bedenken. Sie haben den Kampf mit dem täglich anschwellenden Elbwasser geführt. Wir müßten, wenn wir uns bei den Prunksärgen der königlichen Familie in der Stille der Gruft ihr schweres Los vor Augen halten, das Klirren ihrer Ketten, ihre Verzweiflungsschreie und Flüche hören. Die Bedauernswerten haben mit den anderen Arbeitern aller Art den Grund gelegt zu diesem Bau.
Sie sollen und dürfen nicht vergessen sein. Nicht der König, nicht die Königin, nicht der den Bau beratende Pater Guarini und nicht der Architekt Gaetano Chiaveri haben

den Bau begonnen. Sie waren Werkzeuge Gottes zum Willen und zur Ideengestaltung. Tausend Arbeiter, die meisten unter ihnen Nichtkatholiken, legten das Fundament in diesen mühsam zu bewältigenden Bauplatz. Manche von ihnen erlitten Unfälle und wurden krank. In den ersten drei Monaten schon 75. Im dritten Quartal waren es allein 189 Beschädigte.
Wieviel Leid ist da in das Fundament mit hineingebaut worden!

*

In der Adventszeit gingen die Patres zu den katholischen Baugefangenen, um sie auf die heilige Beichte vorzubereiten. Ein besonderer Raum über dem Wilsdruffer Tor stand ihnen als Kreuzkapelle zur Verfügung, in dem sie den Bedauernswerten eine kurze Ansprache halten und Religionsunterricht erteilen durften. Die Seelsorge bei diesen ausgemergelten Fronarbeitern war wahrlich nicht leicht. Es war den Patres ja untersagt, sich in politische und staatliche Dinge einzumischen; auch war ihnen verboten, zu intervenieren oder Gesuche einzureichen.
Aber sie konnten den Gefangenen zeigen, daß sie nicht ausgeschlossen waren von der kirchlichen Gemeinschaft. Sie traten ihnen nicht gegenüber als Vorgesetzte und Aufseher, vielmehr suchten sie den verbitterten und kranken Gefangenen von Mensch zu Mensch zu begegnen.
Dazu war am besten in der heiligen Beichte Gelegenheit. Aber auch dazu erklärten sich begreiflicherweise nicht alle bereit. »Niemand braucht zu beichten, wer nicht will.«
»Pater, ich möchte mich mal aussprechen ... Aber verraten Sie mich auch nicht?«
»Was ich hier höre, fällt unter das Siegel der Verschwiegenheit.«
Der hustende und keuchende Gefangene stammelte: »Mein Leben ist verpfuscht. Ich habe mir beim Wasserpumpen fast die Lunge aus dem Leibe gehustet.«

»Das muß eine bitterschwere Arbeit gewesen sein.«
»Stehen Sie mal die ganze Nacht im kalten Wasser ... pumpen ... pumpen ... pumpen ...«
»Können Sie sich denn nicht krank melden?«
Ein Hustenanfall unterbrach das Gespräch. Dann verzerrte der Baugefangene das Gesicht zu einem bitteren Lachen:
»Krank melden? Das gibt es für uns Baugefangene der ersten Klasse nicht.«
»Wieviel Jahre haben Sie denn noch?«
»Fünf Jahre ..., aber ... die werde ich ... nicht mehr ... erleben.«
Der Pater schwieg, dann fragte er:
»Wie heißen Sie?«
»Mein Name ist ausgelöscht. Ich habe die Zahl 13. Und das ist ... eine ... Unglückszahl.«
»So sagen die Leute, aber es stimmt nicht.«
»Bei mir stimmt es. Die schwerste und dreckigste Arbeit muß ich immer machen. Der Aufseher brüllt so oft: ›Nummer 13, du faules Schwein, mach los, sonst mache ich dir Beine!‹«
»Kann ich irgend etwas für Sie tun?«
»Mir hilft keiner mehr ... Meine ... Eltern ... haben ... mich ... verstoßen.«
Sollte der Pater dem Gequälten sagen: ›Einer hat dich nicht verstoßen ... Gott liebt dich dennoch!‹? Nein, dazu war die Stunde noch lange nicht reif. Er selbst mußte zu helfen suchen. Der Pater sandte ein stilles Stoßgebet empor:
»Herr, eile, mir zu helfen!«
»Wenn ich doch wenigstens wüßte, wozu ich mein Leben hier beim Pumpen und Karrenschieben verbrauche! Das wird doch wieder so ein Schloß oder Palais, das wir für einen mächtigen Herrn zusammenschuften müssen.«
»Da haben Sie recht!« – Der Gefangene stutzte.
»Erraten Sie, woran Sie hier bauen, nein, wofür Sie sich abschuften?«

»Vielleicht für den Grafen Brühl, den Schmarotzer.«
»Nein ... Der ist zwar auch mächtig, ... aber Sie arbeiten für einen Mächtigeren.«
»Ich weiß: für den König.«
»Auch für ihn ... Aber Sie alle bauen doch für einen mächtigeren Herrn.«
»Möchte bloß wissen, wer das ist.«
»Sie bauen, ... ich will es Ihnen offen sagen, wenn Sie ebenso Stillschweigen bewahren wie ich.«
»Ich habe mir das Maul oft genug verbrannt, sonst säße ich nicht hier, ... und es ginge mir nicht so dreckig. Ich habe schweigen gelernt, Hochwürden.«
»Sie alle bauen, Sie alle schuften an einer großen Kirche. Auch wenn der König den Baubefehl gab, letzten Endes bauen Sie im Dienste Gottes, an einem Gotteshaus, an einem Haus für Gott.«
»Eine Kirche wird das?«
»Würden Sie lieber an einer Festung bauen?«
»Ich will frei sein, ... irgendwo still mein ... Leben aushusten, ... aber frei von diesen Ketten.«
Der Pater nickte nur. Er wollte den gequälten Gefangenen sein Leid aussprechen, nein aushusten lassen, wie dieser jetzt den Auswurf in die Ecke spie.
»Andere lassen sich loskaufen ... Aber wer kauft mich denn los? ... Ich bin doch Nummer 13!«
»Ich danke dir für dein Vertrauen, armer Bruder 13!« wechselte der Pater plötzlich die Anrede. »Ich werde mich um dich kümmern. Doch ich kann es nicht allein. Du selbst mußt mir helfen.«
»Wie soll ich Ihnen denn dabei helfen? Ich hab' doch nichts!«
»Doch, du kannst mir helfen.«
»Wie denn?« fragte der Gefangene mißtrauisch.
»Hilf mir beten!«
»Ich kann nicht mehr beten!«
»Doch, das kannst du wohl!«

Nummer 13 schüttelte den Kopf.
»Statt zu fluchen, sage still für dich: ›Herr, löse meine Ketten! Du allein kannst es!‹«
Der Gefangene stierte den Pater aus dumpfer Verzweiflung an. Da faßte der Priester seine beiden Hände.
»Komm, Bruder, sprich es mir nach.«
Fest schaute der Pater den immer noch Hoffnungslosen an und sprach es ihm vor.
Nummer 13 stammelte hustend:
»Herr, löse meine Ketten! Du allein kannst es!«
»Bitte, Bruder, hilf mir jeden Tag so beten!«
»Ich will es versuchen.«

*

Wenn Chiaveris nüchterne Bauschreiber die Gesamtkosten für das Jahr 1739 mit 116 400 Talern errechneten, dann wußte er selbst am besten, welche gewaltige Arbeit geleistet worden war. Er konnte hoffen, daß im Frühjahr 1740 der Grundbau beendet sein würde.
Die Arbeiter erlebten jeden Tag, daß der ›Cajetani‹ unter ihnen war und sich nicht schonte. Der Winter des Nordens aber war für diesen Römer zu naßkalt; er wurde krank.
Mitten in den Arbeiten dieses Jahres war er 50 Jahre alt geworden. Mochte sein Temperament noch so sehr nach dem fortissimo verlangen, sein Körper zwang ihn eine Weile zum piano. Doch während seiner Krankheit – er erhielt einen Schragen hartes Holz zum Heizen seines Zimmers – ersann er die notwendigen Veränderungen. Denn es wurde höchste Zeit, die sichtlich noch umstrittende Form der Baupläne festzulegen. Aber es würde bestimmt noch viele Kämpfe kosten, seine einfallsreichen Ideen durchzusetzen.

*

Täglich bettelte der Pater wohltätige Menschen um eine Gabe für jemanden, der es bitter nötig brauche.
Mehr wollte und durfte er nicht sagen.
Es waren gute Gaben, die er erhielt; aber für den Freikauf eines Gefangenen der schwersten Klasse reichte es bei weitem nicht.
Täglich auch betete der Pater für den kranken Gefangenen. Es war kurz vor Weihnachten, als er erfuhr, daß die kranken Baugefangenen des ›gewissen Baues an der Festung‹ in das alte Lazarett innerhalb der Stadtmauer gebracht worden waren.
Bald besuchte er seinen Schützling in dessen Krankenstube.
Er beugte sich über ihn, damit die anderen nicht hörten, was er flüsterte.
»Ich danke dir, Bruder, du hast mir schon sehr geholfen durch dein Gebet. Bete weiter, lieber Bruder Nummer 13!«
»Es ist mir schwergefallen, aber ich habe es täglich so gesagt, wie Sie es mir damals vorgesagt haben. Ich konnte gar nicht anders. Ich sah immer ihre Augen vor mir.«
Dem Kranken vermochte der Pater mit des Superiors Erlaubnis Stärkungen zwar zu überbringen, aber die Höhe des Lösegeldes zu erreichen erforderte noch Geduld. Doch er vertraute auf des Gefangenen Gebet.

*

Der Heilige Abend stand kurz vor der Tür. Chiaveri sann und sann in seinem Bett. Plötzlich rief er:
»Giovane! Giovane!«
Zucchi kam schnell.
»Lauf rasch zum Bäcker und bestelle für alle Baugefangenen einen Stollen, auch für die kranken Arbeiter im Lazarett!«
Giovane machte ein betrübtes Gesicht:
»Wir haben kein Geld mehr, maestro!«

»Oh, mackt nix. Lauf schnell! Chiaveri alles bezahlen, wenn Januar Gehalt kommt.« –
War das am Heiligen Abend eine Freude, als Giovane durch die wirbelnden Schneeflocken die Stollen in die Kasematten und in das Lazarett fuhr! Welcher Weihnachtsschimmer über Dresdens weißen Straßen und Gassen!
Wie ein Schneemann kehrte Giovane heim. Die Glocken der Kreuz- und der Frauenkirche läuteten. Chiaveri lauschte ihnen.
»Bald läuten auch Glocken vom Campanile hier!«
»Maestro, wir haben keinen Pfennig mehr im Hause.«
»Ick haben alles Handwerkern gegeben. Sind wir arm wie Bambino* in Betlehem.«
Der Meister umhalste seinen Giovane. Beide weinten vor Heimweh nach Rom.
Dann erzählten sie noch lange aus der Kinderzeit, besonders von den Hirten, die zu Weihnachten in den Straßen Roms auf ihren Dudelsackpfeifen spielten, und von Krippen, die sie als Kinder in den vielen Kirchen der Ewigen Stadt gesehen hatten. Es klingelte. Giovane öffnete.
Bald brachte er dem kranken Herrn ein Wildbret und einige Flaschen Tokaier.
»Von wem, Giovane?«
»Vom Obristhofjägermeister für den kranken Architekten.«
Chiaveri weinte und lachte zugleich.
»Ecco, ecco, Giovane, sind wir nicht arm wie Bambino – sind wir reich wie bei Mama in Rom!«

*

Auch die Patres und die Kapellknaben bekamen ihren Weihnachtsbraten.
Am meisten freute es die Geistlichen, daß ihnen heute ihr Septembergehalt ausgezahlt worden war.

* So nennen die Italiener das Christkind in der Krippe.

Es war leider keine Seltenheit, daß sie ein Vierteljahr darauf warten mußten.
Alle aber freuten sich auf das Gloria in der Weihnachtsmette und auf die Figuren der Krippe, die von Maria Josepha und ihren Hofdamen mit so schönen Gewändern bekleidet worden waren. Natürlich hatten Hansl und Franzl und die anderen Kapellknaben Heimweh nach der Mama. Doch sie trösteten einander:
»Weihnachten ist in Dresden auch schön!«

*

Dankbar verzeichnete Pater Superior im Jahresbericht von 1739:
»Wir haben uns mit dem Konsistorialpräses sehr gut über einen angeordneten Dankgottesdienst verständigt. Auch in den Ortschaften außerhalb Dresdens werden die Priester jetzt frei zu den Kranken zugelassen und können mancherorts sogar die heilige Messe lesen.«
Dann aber klagte er über das Vorgehen gegen die Konvertiten und solche, die sich mit dem Gedanken des Übertritts tragen:
»Es ist unglaublich, mit welchen Mitteln man sie davon abzuschrecken sucht. Man entzieht ihnen zum großen Teil, wenn nicht ganz, ihr Erbe, man verweigert ihnen die Wohnung oder kündigt sie ihnen; man jagt sie aus den Dienststellen oder macht ihnen Schwierigkeiten, solche zu bekommen.« –
Das Te Deum der Jahresschlußandacht jedoch klang besonders kräftig aus Dankbarkeit für das gelegte Fundament des neuen Gotteshauses.
Wenn auch nicht alle wußten, was der ›gewisse Bau an der Festung‹ werden sollte, die Arbeiter erkannten am Grundriß:
»Das wird eine katholische Hofkirche!«

*

Vor dem Geistlichen Hause standen acht Knaben der Kreuzschule, die Kruzianer. Sie tuschelten miteinander:
»Da bekommen wir doch nichts, die sind doch katholisch!«
»Doch, dort haben wir immer was bekommen, die sind gar nicht so!«
»Ja, Paul, voriges Jahr haben wir vier Groschen bekommen.«
»Also los, singen wir!«
Die acht Kurrendesänger stellten sich auf. Sie trippelten erst noch hin und her, denn sie froren in ihren leichten Umhängen. Ihr Singen war berühmt. Gehörten sie doch zur alten Kantorei. Aber trotz des Goldes in ihrer Kehle waren sie arme Schlucker. Sie wohnten im düsteren Winkel hinter der Kreuzkirche. Von alters her hatten sie das Recht, in der Woche nach Dreifaltigkeit oder, wie heute, in der Woche nach Epiphanie oder Dreikönig in den Straßen zu singen.
Sonst gingen sie in Wolkenperücken, Kniehosen und Schnallenschuhen zu den Proben und Aufführungen ins Theater, aber jetzt trugen sie ihre Alltagskleidung und ›ersangen‹ sich ihr Zehrgeld in den Straßen und vor den Palästen.
Der Kurrende-Älteste gab das Zeichen zum Einsatz:

»Wie schön leuchtet der Morgenstern
voll Gnad und Wahrheit vor dem Herrn,
die süße Wurzel Jesse!
Du Sohn Davids aus Jakobsstamm,
mein König und mein Bräutigam,
hast mir mein Herz besessen;
lieblich, freundlich, schön und herrlich,
groß und ehrlich, reich an Gaben,
hoch und sehr prächtig erhaben.«

Die Kapellknaben zeigten sich am Fenster und lauschten den protestantischen Brüdern.
Leise sangen sie das Lied, das sie auch kannten, mit.

Pater Superior aber holte die im Tagebuch dafür vorgemerkten vier Groschen und schickte den Xaver damit zu ihnen hinunter.
»Bedank dich auch schön im Namen des ganzen Hauses.«
Xaver stand in der Haustür und lauschte den Sängern:

»Spielt unserm Gott mit Saitenklang
und laßt den süßesten Gesang
ganz freudenreich erschallen.
Ich will mit meinem Jesu Christ,
der mir mein ein und alles ist,
in steter Liebe wallen.«

Xaver sprang hinzu und gab den Kurrendesängern den Obulus. Da hüpften diese, derweil sie den Schlußvers sangen:

»Singet, springet, jubilieret, triumphieret,
dankt dem Herren:
Groß ist der König der Ehren.«

Sie machten eine Verneigung.
»Und ich bedanke mich bei euch im Namen des ganzen Geistlichen Hauses für euren schönen Gesang! Das Lied singen wir auch«, fügte er stolz hinzu.
Die Sänger aber eilten froh davon; denn es war bitterkalt geworden in Dresden.
Vom eilenden Laufen hatten sie wohl den Namen erhalten: ›die Kurrendesänger‹.
Xaver aber sagte zum Pater, als er wieder oben war:
»Schade, daß wir das nicht dürfen.«
»Sei froh, daß du bei dieser Kälte eine warme Stube hast!«

*

In der katholischen Kapelle sangen die Kapellknaben das Requiem. Drei Priester feierten das levitierte Totenamt. Denn am 6. Februar 1740 war Papst Klemens XII. gestorben. Vor zehn Jahren war er, 78jährig, im Konklave gewählt worden. Fast dauernd war er ans Bett gefesselt gewesen. Da er dazu noch erblindete, litt seine Tätigkeit sehr. Aber

dem Kardinal Coscia, der die Weltunerfahrenheit seines Vorgängers, des Papstes Benedikt XIII. (1724–1730), ausgenutzt hatte und skrupellos auf eigene Bereicherung bedacht war, der den Kirchenstaat ausgesogen und durch seine Bestechlichkeit Differenzen mit fremden Staaten verschuldet hatte, ließ er den Prozeß machen. Coscia wurde seiner Würden entsetzt, zu zehn Jahren Gefängnis, einer hohen Geldbuße und zum Ersatz der erpreßten Summen verurteilt.
Dies hatte einen großen Eindruck auf die Höfe gemacht. Sonst aber waren dem blinden, bettlägerigen Papst, angesichts der immer feindseligen Haltung der bourbonischen Höfe gegenüber dem Römischen Stuhl, keine Erfolge beschieden gewesen. Vielmehr nahm der Niedergang der Macht und des Ansehens des Päpstlichen Stuhles seinen Fortgang. Der Kirchenstaat mußte den Durchgang kaiserlicher und spanischer Truppen erleiden. Und in Friedensverträgen kümmerte man sich nicht um päpstliche Rechte.
Doch hatte der Papst den Protestanten in Sachsen zugesichert, daß sie im Falle der Rückkehr zur katholischen Kirche im ungestörten Besitz der verweltlichten Kirchengüter bleiben sollten. Erfolg aber hatte dies nicht.

*

Nachdem Chiaveri sich wieder erholt hatte, entwarf er ein künstlerisches Heiliges Grab für die königliche Kapelle. Das bisherige Grab hatte 14 Jahre gestanden.
›Variatio delectat!‹ Veränderung erfreut!
Die Patres und die Gläubigen freuten sich sehr darüber.
Der Grundbau der Hofkirche war trotz der Wintermonate fertiggestellt. Nun begann man, die Mauern aufzuführen. Der Bau ging so schnell voran, weil Chiaveri für Baumaterial vorgesorgt und von den Bildhauern und Steinmetzen hatte vorarbeiten lassen.
Nun konnte er mit dem Bildhauer Lorenzo Mattielli, der ein wenig älter war als er, in die Steinbrüche bei Pirna

reisen. Sie unterhielten sich auf der Fahrt über ihr künstlerisches Schaffen:
»Ich habe vordem in Wien gearbeitet neben Donner«, sagte Mattielli. Er verschwieg, daß der Wiener Magistrat zuerst mit ihm wegen eines großen Brunnens auf dem Mehlmarkt verhandelt, aber dann den Donner vorgezogen hatte. »Auch mit meinem Freund Oeser, der bei Donner gelernt hat.«
Chiaveri ließ den Bildhauer erzählen.
»Sie wissen doch, daß die Vestalinnen, die der König vor einigen Jahren für seine Sammlung hier gekauft hat, anno 1706 bei den Ausgrabungen um Pompeji in Herculaneum gefunden wurden. Prinz Eugen hatte sie erworben und in Belvedere aufstellen lassen.«
»Ich weiß; nach dem Tode des Prinzen hat dann der König die Statuen für Dresden gesichert.«
»Ich hatte ihm zum Erwerb geraten. Das hat in der Wiener Akademie unter den Künstlern große Aufregung gegeben. Ich bin den Figuren nachgereist, denn diese aufgefundenen antiken Frauengestalten sind mir Vorbild für meine Arbeiten, wie ich mir überhaupt die Antike zum Vorbild genommen habe.«
»Ich weiß von Ihrem Schaffen in Wien. Sie haben die Antike dort studiert, und Ihr Altar in der Kirche der Barmherzigen Brüder ist mir bekannt. Die ruhige Haltung der Figuren und die schlichte Faltenlage der Gewänder hat mich sehr beeindruckt.«
»Ich meine, hier in Dresden muß der Umriß der Gestalten zwar durch die Faltenlage bestimmt werden, aber sie muß noch einfacher gehalten werden, daß sie derart die Statue in einem geschlossenen Zug umzieht.«
»Das wirkt dann monumental.« Chiaveri schwieg eine Weile, ehe er fortfuhr:
»Hier bei unserem Bau kommt es darauf an, daß jede Figur vom Boden her wie eine Bildsäule dasteht, so wie wir es von Rom her kennen.«

»Ich verstehe; die Statuen sollen die architektonische Gliederung des Baues fortführen. Diese Möglichkeit wurde mir in Wien nicht geboten.«
»Noch mehr: Ich denke halt beim Bau an ein Bühnenbild. Die Kirche muß ein prächtiges Schaustück werden. Besonders reizvoll stelle ich mir das Miteinander und Füreinander der Heiligenschar vor, wenn die Gestalten dem Auge schräg gestellt erscheinen. Eine Fülle wechselnder Formen und Bilder müssen die beiden Balustradenkränze mit den Heiligen ergeben, vor allem, wenn ich an die Gestalten am Turm denke, zu denen die anderen hinaufweisen und sie selbst wieder empor zum Kreuz auf des Turmes Spitze. – Sie sorgen schon dafür, Mattielli, daß jede Gestalt ihre ureigene, echte und daher wirkungsvolle Geste bekommt.«
»Ich weiß, was Sie meinen. Theatralisches und Süßliches liegt mir nicht. Ich liebe das Kraftvolle in den Heiligen. Kein Herkules, aber wie einer als kraftvoller Mann doch innig und dringend zu beten versteht.«
»Sie werden's schon recht machen, Mattielli!«
»Auch wenn ich von den antiken Götterstatuen die Form gelernt habe. Die Heiligen waren Aszeten, wenn ich an den Bernhard von Clairvaux denke oder an den Kapuziner ›Bruder Deo gratias‹, der Armut gelobt, geliebt und gelebt hatte.« »Es ist gut, daß der Herrgott uns zwei Italiener hier zum Bau zusammengeführt hat, wenngleich wir beide verschiedener Art sind. Ich komme von Rom, bin vielleicht zu sehr an Traditionelles gebunden, Sie haben das Liebenswürdige der Wiener Bauweise in sich aufgenommen, das seiner selbst so sicher ist. Ich baue – Sie beleben und krönen den Bau.«
»Und will ihn nicht nur dekorieren, Chiaveri.«
»Das weiß ich.«
»Wieviel Figuren sollen es werden?«
»Ich meine, 78 mit den Symbolfiguren von Glaube, Hoffnung, Liebe und Gerechtigkeit. Welche Apostelfiguren haben Sie jetzt in Arbeit?«

»Meine Mitarbeiter Paul und Jakob Meyer arbeiten fleißig an den Statuen von Johannes, Judas Thaddäus, Lukas und Markus. Sie sollen dieses Jahr noch fertig werden. – Wer wählt die übrigen Figuren aus?«
»Das wird wohl Pater Guarini am Hofe besprechen, denn dabei sind vielerlei Rücksichten zu nehmen.«
»Es wird aber Zeit, denn die Arbeit will gut getan werden.«
Für jede Statue waren Mattielli 500 Taler bewilligt worden. Im Januar hatte er freie Wohnung und Stallung erhalten. Sie lag am Platz vor dem Japanischen Palais.
»Wo wird Ihre Werkstatt sein?«
»Um mehr freies Licht zu gewinnen, habe ich beantragt, mein Laboratorio als niedriges Gebäude vor mein Wohnhaus zu setzen.«
So gut das Gespräch im Reisewagen auch verlief, Chiaveri spürte aber doch heraus, daß Mattielli nicht gewillt war, sich ihm unterzuordnen. Dieser dachte an die mündlich erteilte Anordnung des Königs.
Vielleicht beneidete Chiaveri auch seinen Landsmann ein wenig, der finanziell bessergestellt war als er.
Aber der Baumeister hatte nicht die Beschwerden des Bildhauers zu tragen, der Tag für Tag den feinen Sandsteinstaub einatmen und schlucken mußte.
In den Steinbrüchen von Pirna wurden sie mit dem Lieferanten bald handelseinig.
»Also 30 Taler für jeden Block einer Statue?«
»Gut, abgemacht!«
»Und was verlangen Sie als Fuhrlohn für einen Stein?«
»Unter 40 Talern ist das bei den Transportverhältnissen nicht zu machen.«
»Das ist allerdings viel.«
Chiaveri dachte an den Sandstein von Cotta, der viel näher lag.
»Wir werden es uns noch überlegen. Sie bekommen Bescheid.«

*

Am 31. Mai 1740 starb der Soldatenkönig Friedrich Wilhelm I. von Preußen, nur 51 Jahre alt.
In den 27 Jahren seiner Regierungszeit hatte er das Heer und die Verwaltung als die Grundpfeiler des preußischen Staatswesens aufgerichtet.
Die Heerespflicht lastete allein auf den niedern Klassen, vornehmlich auf dem Bauernstande. Zwar wurde ein großer Teil im Jahr auf längere Zeit beurlaubt.
Der König war ein absoluter Monarch. Die Stände mußten immer ›Dero ordres parieren‹. Für Selbstverwaltung war unter diesem Regimente kein Raum, nicht einmal in den Städten.
Er hatte 20 000 lutherische Salzburger, die vom Fürstbischof Firmian ausgewiesen worden waren, angesiedelt. Er konnte sie in den Landstrichen, wo die Pest furchtbar gewütet hatte, gut gebrauchen.
Sein Plan, die Leibeigenschaft aufzuheben, scheiterte.
Die Zeit dafür war noch nicht reif.
»Wie wird der neue König Friedrich werden?«
Das war eine wichtige Frage für Sachsen und das ihm in Personalunion verbundene Polen.
Als König hatte er das Amt eines Summus episcopus (Obersten Bischofs). Also mußte jeder eine ›anständige Religion‹ haben, natürlich die des preußischen Landeskirchentums.
Friedrich studierte die Schriften des Philosophen Wolff und führte einen regen Briefwechsel mit dem von ihm bewunderten geistreichen Dichter und Spötter Voltaire, mit dem er auch auf Schloß Moyland in seinem Klever Herzogtum zusammentraf. Aufgrund von Vernunftserkenntnissen hielt er das Dasein und die Persönlichkeit Gottes für unumstößliche Gewißheit. Aber die Unsterblichkeit der Seele leugnete er. Die Glaubenslehre der bestehenden christlichen Kirchen erklärte er für eine Entstellung der ursprünglichen Reinheit des Christentums; dessen Sittenlehre jedoch galt ihm als ewig gültig und

unangreifbar. Er hatte nach jugendlicher Auflehnung gelernt, auf preußische Art ›Dero ordres zu parieren‹. Jetzt gab er allein die ›ordres‹. Er war 28 Jahre alt. Preußen mußte groß und berühmt werden, auch wenn es viele blutige Eroberungskriege kosten würde.
War diesem in harter preußischer Zucht aufgewachsenen König, der sich auch für Wissenschaft, Poesie und Musik interessiert zeigte, der Hof zu Dresden-Warschau gewachsen? War der Außenminister Graf Brühl der richtige Mann, Friedrichs Pläne zu durchschauen?

*

Schon sechs Monate währte das Konklave.
Der in der Engelsburg seit sieben Jahren gefangene Kardinal Coscia schickte aus seiner Haft ein dringliches Protestschreiben an das Kardinalskollegium. Mit ausführlichen Belegen focht er die Gültigkeit jedes Wahlaktes an, der ohne seine Beteiligung mit aktivem Stimmrecht zustande käme. Seine Forderung drang durch. Sogar der Rest seiner Strafe wurde ihm erlassen. Die Sommerhitze machte den Aufenthalt im Konklave bald unerträglich. Noch Mitte August glaubte man an keine Einigung. Endlich, nach dem 255. Wahlgang, wurde ein fast Unbekannter gewählt. Prospero Lambertini, Erzbischof von Bologna, nannte sich Benedikt XIV.
»Gaudium magnum, habemus papam!« verkündete auch der Superior der Gemeinde in Dresden und sang mit den Kapellknaben abwechselnd das Te Deum.
Bald hieß es von dem Neugewählten: »Der Papst brachte kein großes Gefolge mit. Seine ganze Begleitung waren seine Tugenden.«
Pater Superior wußte kurz danach seinen Mitbrüdern zu erzählen:
»Bezeichnend für des neuen Heiligen Vaters milde Art ist es, wie er als Erzbischof einmal zu einem Pfarrer kam, der sich grobe Vergehen hatte zuschulden kommen las-

sen. Er sagte ihm: ›Gott allein verdanke ich die Gnade, wenn ich mich nicht schwer verfehle. Ich komme, um mit Ihnen zu weinen, nicht um Ihnen Vorwürfe zu machen. Das Ärgernis, das Sie gegeben haben, kann nur dadurch gutgemacht werden, daß Sie die Pfarrei verlassen. Da ich Ihre Lage nicht verschlimmern will, biete ich Ihnen eine ebenso gute Pfründe an.‹ Der Pfarrer staunte. ›Dann sündigen Sie nicht mehr. Umarmen Sie mich als Ihren Vater, welcher über seinen Sohn, der ihm stets teuer bleibt, Tränen vergießt.‹

Der Heilige Vater ist, wie der heilige Karl Borromäus war. Von früh fünf Uhr bis spät nachts ist er tätig.

Das Licht in seinem Arbeitszimmer erlischt als letztes in Rom.«

*

Während die Mauern der Kirche wuchsen, die Bildhauer eifrig an den Statuen arbeiteten, die Bauschreiber eine Unmenge Papier verschrieben und dabei errechneten, daß in diesem Jahre die bisher größten Baukosten entstanden, schrieb die Gräfin Cosel, wie schon so oft, Bittgesuche um Befreiung. Zwar waren ihr einige Hafterleichterungen zuteil geworden, seitdem der pedantische Kommandant, unter dem sie viel zu leiden hatte, abgelöst war. Oft war sie krank gewesen. Nun durfte sie frei auf der Festung umhergehen, Zeitungen lesen, Briefe schreiben und Besuche empfangen.

Sie bat ihren bestellten Kurator Wichmannshausen um Vermittlung:

»Sollte es denn keine Möglichkeit sein, den König dahin zu disponieren, daß er mit Gnaden die edle Freiheit mir zustünde; denn was ist ihm mit der längeren Qual einer alten ungesunden Frau gedient, die so viele trübselige Gewitter ausgestanden, und wenn es zu sagen wäre, um der Wahrheit und Billigkeit Ijobs Leiden und Vorwürfe

erdulden und noch tragen muß. Seien Sie der Gute und tragen sie das Ihrige mit dazu bei.«
Sie erhielt nie Antwort auf ihre Gesuche.
Am 10. Oktober 1740 besagt ein einziges Reskript, daß der König aus bewegenden Gründen zur Zeit Bedenken gefunden, sie in völlige Freiheit zu setzen. Diese Gründe werden uns wohl zu allen Zeiten verborgen bleiben.
Sie war seit ihrem 36. Jahre ausgestrichen. Eine bitter gewordene 60jährige, die im Alten Testament ihren Trost suchte.

*

Nun war der Bau fast ein Jahr im Gange. Chiaveri konnte mit dem Erfolg zufrieden sein. Die ersten Statuen wurden verabredungsgemäß von Mattielli geliefert.
Da trat am politischen Himmel eine Wetterwolke in Erscheinung: ein neues Ereignis bewegte die Höfe. Es konnte, wie jedes Ereignis, eine andere Koalition unter den Mächten hervorbringen.
Kaiser Karl VI. war am 20. Oktober gestorben.
Sein Hauptbestreben war darauf berichtet gewesen, die europäischen Staaten zur Anerkennung der ›Pragmatischen Sanktion‹ zu veranlassen. Dadurch sollten die habsburgischen Lande für immer ungeteilt beieinander bleiben und auch die weibliche Erbfolge gelten.
»Nein, Maria Theresia soll nicht Kaiserin werden!«
Der Kurfürst Karl Albert von Bayern erhob Erbansprüche. Er rechnete auf Unterstützung Frankreichs und Spaniens.
König August von Polen hatte, um die Rechte Maria Josephas wahrzunehmen, die Pragmatische Sanktion niemals anerkannt. Frankreich wollte Österreichs Großmachtstellung vernichten. Spanien gedachte weitere Erwerbungen in Italien zu machen. Österreich konnte nur auf England zählen.

Was wird der flötenspielende junge König von Preußen dabei für eine Rolle haben?
Wird es zu einem neuen Kriege kommen?
In diesen ereignisreichen Wochen erwartete Maria Josepha ihr vierzehntes Kind. Am 10. November wurde Maria Cunigunde geboren. Die Stürme brausten durch das Elbtal.
Aber unaufhörlich bauten Chiaveris Leute am ›gewissen Bau an der Festung‹.

*

Der Baugefangene Nummer 13 war nicht vergessen. Der Pater hatte seinen besonderen Schützling oft besucht und ihm Lebensmittel und stärkenden Wein zukommen lassen. Aber nicht nur ihm. Auch nichtkatholischen Gefangenen, die mit seinem ›Freund‹ im selben Kerkerraum lagen, galt seine Sorge.
Sie hatten von ihrem Leidensgenossen das Gebet gelernt und flehten oft mit ihm:
»Herr, löse unsere Ketten! Du allein kannst es!«
Am Fest der heiligen Elisabeth sprach der Pater vor den Frauen der Gemeinde und des Hofes über die Mildtätigkeit der Heiligen auf der Wartburg. Er kündete die sieben Werke der leiblichen Barmherzigkeit. Nachdem er ergreifend vom Werk ›Gefangene zu erlösen‹ und von der Liebestätigkeit des heiligen Vinzenz von Paul und des Sklavenbefreiers Raymund von Pennaforte gesprochen hatte, wagte er es, offen um Gaben für seine kranken Baugefangenen zu bitten.
Noch am gleichen Tage flossen ihm von mehreren Seiten reichliche Gaben zu.
Am 21. November erhielt er von unbekannter Hand einen besonders hohen Geldbetrag zugestellt. Es war der Tag, an dem der Übertritt des Königs vor 28 Jahren, wie alljährlich, in der Kirche dankbar begangen wurde.

Die Spenden reichten zwar nicht ganz aus für das vom Pater erstrebte Werk der Barmherzigkeit. Er wagte den Weg zum Festungskommandanten.
»Die kranken Gefangenen nützen wenig, sie kosten nur.«
Der Kommandant willigte am Ende ein, daß für die erlegte Summe alle kranken Baugefangenen, die mit Nummer 13 zusammenlagen, und dieser selbst, am Heiligen Abend die Freiheit erhielten. Als er jedoch hörte, daß Nummer 13 zur ersten Klasse der am strengsten gehaltenen Baugefangenen gehörte, wollte er seine Zusage für diesen einen zurückziehen.
»Gerade um den geht es mir am meisten. Vor einem Jahre schon habe ich ihm versprochen, das Lösegeld für ihn zusammenzubringen.«
»Kennen Sie ihn denn?«
»Ich weiß nur, daß er Nummer 13 heißt.«
Der Kommandant stutzte.
»Wenn Sie wüßten, wer das ist!«
»Ich will es nicht wissen. Ich weiß nur, daß er für mich der gefangene Bruder in Christus ist.«
»Er darf aber nicht in Dresden bleiben.«
»Gut, dann werde ich ihn selbst nach Weihnachten über die Grenze nach Mariaschein zu unseren Patres bringen.«
»Das versprechen Sie mir?«
»Ich verspreche es.«
Pater Superior konnte nach Weihnachten in sein Tagebuch schreiben:
»Die Freigebigkeit unserer Mission haben viele Notleidende erfahren. Für Armenbegräbnisse wurden die nötigen Taxen von unseren Patres zusammengebettelt und erlegt. Für Waisenkinder haben wir Sorge getragen, daß sie ohne Gefährdung ihres Glaubens Unterhalt und Erziehung fanden. Und um nicht dem Urteil der Engherzigkeit zu verfallen, als ob wir nur gegen Katholiken Caritas übten, haben wir auch Protestanten verschiedener Stände öfter mit Rat und Tat geholfen. Es kam schon wiederholt

vor, daß solche zu uns ihre Zuflucht nahmen und um Unterstützung baten. Dasselbe haben auch nichtkatholische Gefangene ›auf dem Bau‹ erfahren, denen wir Lebensmittel und Lösegeld zukommen ließen.«
Er gedachte dabei der Gefangenen, für die einer seiner Patres sich so eingesetzt hatte. Besonders aber des Bruders Nummer 13, der die Weihnachtstage im Geistlichen Hause verlebt hatte. Jetzt mochte er wohl in Mariaschein angekommen sein.

*

Unerwartet meldete Preußens junger König seine Ansprüche auf die Herzogtümer Liegnitz, Brieg, Wohlau und auf das Fürstentum Jägerndorf in Schlesien an. Diese Ansprüche dienten zur Rechtfertigung seiner Eroberungspolitik. ›Preußens Macht und Glorie‹ waren sein Ziel.
Mitte Dezember brach Friedrich ›zum Rendezvous des Ruhmes‹ nach Schlesien auf.
Ohne Schwierigkeit besetzte nunmehr Friedrich das schlesische Land, mit Ausnahme weniger Festungen.
Der Kampf um die Vormachtstellung zwischen Preußen und Österreich begann.
Erkannten König August und sein Außenminister Brühl nicht, wie Sachsen von Preußen umklammert wurde, wenn Schlesien dem jungen Fritz zufiel?
Erkannten sie nicht, daß Preußen jede Aussicht zerstörte, eine Gebietsverbindung zwischen Sachsen und Polen herzustellen? Aber Sachsen hoffte immer noch, seine Ansprüche auf die Kaiserkrone für Maria Josepha durchsetzen zu können. Der Traum Augusts des Starken war noch nicht ausgeträumt. Deshalb verbündete Sachsen sich mit den Gegner Österreichs. Es kannte das neue Preußen noch nicht.
So endete das Jahr 1740: Es war wieder Krieg in allernächster Nähe. Krieg, von dem man nie weiß, wann er endet und wie er ausgeht. –

In Dresden aber wurde weiter eifrig gebaut. Es sollte doch die schönste Stadt weit und breit werden.
›Die Brühlsche Terrasse‹ war in aller Munde.
Dem kunstliebenden König besorgte Graf Brühl alle Gelder, die jener benötigte.
Chiaveris Schreiber errechneten am Jahresende, daß für den Bau 122 413 Taler verausgabt worden waren.
»Soviel hat die Gräfin Cosel früher in einem Jahr an Pension und sonstigen ›Kleinigkeiten‹ bekommen!«
»Wir bauen nicht für heut und morgen.
Wir bauen ein Haus der Glorie!
Das Fundament ist gelegt.
Der Bau wächst unaufhaltsam.«
Mit der Gemeinde sang Chiaveri in der Kapelle am Jahresschluß den lobenden Jubelgesang, den Mattiellis Figuren einmal, in Stein gehauen, machtvoll darstellen sollten – das Te Deum:

> »Dich preist der Apostel glorreicher Chor,
> dich preist der Märtyrer glänzendes Heer,
> dich bekennt über den Erdkreis hin
> die heilige Kirche.«

Im Januar 1741 waren statt der über 1000 Arbeiter von 1740 nur fünf Maurer am Bau beschäftigt. Aber die ansteigenden Mauern ließen doch die Größe des Werkes erkennen: 92 Meter lang und 53 Meter breit. Die geräumigen Seitenschiffe, vom Hauptschiff durch einen breiten Prozessionsumgang getrennt, wurden ebenfalls trotz der Gerüste erkennbar, ebenso die vier Eckkapellen, von denen es nun feststand, daß sie als Sakraments-, Kreuz-, Nepomuk- und Bennokapellen gedacht waren. Auch der große Raum der schöngeformten Sakristei wurde sichtbar.
Mattielli, der sich mit den Bildhauern in seinem Laboratorio warm arbeiten wollte, drängte:
»Es wird Zeit, daß die endgültige Festlegung der Figuren erfolgt.«
Pater Guarini setzte sich mit dem Architekten und den Bildhauern zusammen. Er hatte eine Liste mit vielen Heiligennamen bei sich.
»Der König wünscht, daß der Bau trotz seiner Größe und Schönheit die Gefühle der evangelisch-lutherischen Christen schont.«
Es fiel ihm als Priester und besonderem Marienverehrer schwer, zu sagen:
»Kein Marienbild darf nach außen weisen.«
Daß die Madonna fehlen sollte, das wollte seinen italienischen Landsleuten nicht in den Kopf.
»Man sagt hier im Lande den Katholiken nach, sie beteten die Madonna an.«
Lebhafter Widerspruch Chiaveris:
»Wir sind keine Götzenanbeter. Maria veneranda, non adoranda! Maria ist zu verehren, aber darf nicht angebetet werden.«
»Also keine Madonna darf nach außen weisen. Auch die Gestalt des Petrus darf nicht im Vordergrund stehen.«

»Er war aber doch der Stellvertreter Christi und der erste Papst in Rom«, sagte Chiaveri, beschäftigte ihn doch die Kuppel des Petersdoms ganz besonders.
»Petrus soll dargestellt werden als der lehrende Fischer und nicht als Papst hervorgehoben werden.«
»Dann werde ich ihn mit geschürztem Rock und bloßen Beinen darstellen.«
»Gut so!«
»Wo soll die Figur aufgestellt werden?«
»In die breite Ellipse der Turmfront sollen die vier Evangelisten gestellt werden.«
Pater Guarini dachte an die Anweisungen seines Obern, in der Kapelle nicht gegen die Andersgläubigen zu sprechen.
»Wir künden in dieser Kirche die von den vier Evangelisten aufgezeichneten Taten und Lehren Jesu. Das sollen die Statuen von Matthäus, Markus, Lukas und Johannes aussagen, drum müssen sie im Blickfeld stehen!«
»Und in die hinteren Nischen nahe bei der Sakristei?«
»Dort passen gut die Vertreter der zweiten Glaubensquelle, der katholischen Tradition und Erblehre hin, die wir Katholiken neben der Heiligen Schrift hochhalten.«
»Augustinus!« rief Mattielli.
»Er ist der Vertreter eindringender Theologie, ein Vorbild der Prediger«, erklärte der Pater.
»Aber ihm zur Seite muß der Knabe stehen, wie er mit der Muschel das Meer ausschöpfen möchte«, fiel Chiaveri ein.
»Was bedeutet der Knabe?«
»Er weist darauf hin, daß der geheimnisvolle dreifaltige Gott nicht mit menschlicher Vernunft erfaßt werden kann.«
Mattielli schaute den Architekten von der Seite an und sagte verärgert:
»Das lassen Sie nur meine Sorge sein, wie ich ihn gestalte.«
Chiaveri kochte:
»Ich bin der Architekt. Ich habe die Verantwortung.«

»Für die Figuren habe *ich* die Verantwortung. Ich bin nicht Ihr Angestellter. Dem König allein bin ich verantwortlich.«
Chiaveri sprang auf und griff nach seinem Hut.
»Calma!« (Ruhe!) mahnte Pater Guarini und drückte den Architekten wieder sanft auf seinen Stuhl. Er war 65 Jahre alt und konnte wie ein Vater den Künstler mahnen.
»In die Nische der anderen Seite kommt der heilige Ambrosius.«
»Weshalb hat Ambrosius den Bienenkorb zur Seite?« fragte Mattielli.
»Weil er in seinen Predigten und Schriften ein honigsüßer Lehrer ist. Durch ihn fand Augustinus den Weg zu Gott, zu Christus und seiner Kirche.«
»Wir sind uns nun über die Heiligengestalten der Nischen klar. Schwerer wird es mit der Auswahl für die untere und obere Balustrade werden.«
»In erster Linie kommen doch wohl die Apostel in die Nähe des Turmes. Ich denke dabei an die neue Fassade vom Lateran.«
»Aber Stephanus auch!«
»Richtig. Dann haben der König und die Königin Rücksichten zu nehmen und außerdem einige persönliche Wünsche: Die Patrone der Länder und der Krankheiten sollen bevorzugt werden, so der heilige Sebastian, der Patron des Deutschen Reiches und in Pestgefahr, Sankt Georg als Patron der Reiter, St. Josef natürlich als Schirmherr der Eheleute, Johannes Nepomuk, der Patron der Beichtväter, Laurentius, der hier viel verehrt wird, weil Kaiser Otto I. ihm zu Ehren das Bistum Merseburg gründete.
Der heilige Bernhard von Clairvaux mit Rücksicht auf die früheren und jetzt noch bestehenden Zisterzienserklöster. Selbstverständlich die Ordensstifter.«
»Benediktus, Francesco, Dominico, Franz von Paula«, rief Chiaveri.

»Ignatius von Loyola«, fügte Pater Guarini lächelnd hinzu. »Herzog Wenzeslaus von Böhmen und Casimir von Polen, Kaiser Heinrich und König Ludwig, auch Markgraf Leopold von Österreich.«
»Ihr wißt, daß der König ein Liebhaber der Jagd ist.«
Der Pater schwieg und dachte daran, wie klug Maria Josepha in ihrem Gemahl die ererbte Leidenschaft Augusts des Starken in eine harmlosere Leidenschaft umgewandelt hatte. Sie nahm auch selbst gern an den Hofjagden teil.
»Hubertus und Ida mit dem Hirsch als Patron dafür. Denken wir aber auch an Moritzburg, wo die erste katholische Kapelle entstand.«
»St. Mauritius als römischer Martyrer.«
»Und Erzbischof Norbert von Magdeburg, der Gründer der Prämonstratenser.«
»Es dürfen aber nicht die volkstümlichen Heiligen fehlen.«
»Katharina mit dem Rad, Lucia, Klara, Agnes, Magdalena, Florian mit dem Löscheimer, Apollonia mit der Zange.«
»Antonius von Padua!« warf Chiaveri begeistert ein.
»Barbara, Patronin des guten Todes und der Bergleute, Rochus, der Patron der Pestkranken, und Rosalia von Palermo.«
Sie dachten besonders an die Heiligen ihrer Heimat Italien.
»Venantius, der junge römische Martyrer«, sagte Chiaveri.
»Wir haben noch einen vergessen, dessen Tag hierzulande sehr begangen wird. An diesem Tag schmücken die lutherischen Christen ihre Gräber.«
»Johannes der Täufer!« sagte Mattielli.
»Dann wollen wir der heiligen Anna, der Mutter Mariens, einen gebührenden Platz geben. In manchen lutherischen Kirchen sah ich ihr Bild im Altarschrein.«

»Aber der heilige Franz Xaver, der Ostasienmissionar, ist doch der Lieblingsheilige der Königin«, meinte Chiaveri, und Mattielli fuhr fort:
»Es fehlen noch einige: Thomas von Aquin, Franz von Borgia.«
Dann wurden vorgeschlagen:
»Aloysius, der Patron der jugendlichen Reinheit, Teresa von Ávila, Stanislaus Kostka aus Polen, Petrus von Alcantara, Magnus, Cäcilia, Augustin von England, Franz von Sales und Chrysostomus.«
»Den denke ich mir wirksam am Turm, wie er den Kelch hoch über das Reformationsland erhebt, in dem zuerst der Ruf nach dem Kelch erscholl!« sagte Chiaveri.
»Wir haben immer noch einige vergessen«, eiferte Mattielli; »die Patrone der Caritas: Vinzenz von Paul, den Sklavenbefreier, und Raymundus.«
»Dann«, fügte Pater Guarini an, »gehört auch Franz von Regis dazu, der Seelsorger der Armen und Kranken.«
Und wieder Mattielli: »Ich denke auch an den großen Beter Prokop, den ich mir vorstelle, wie er mit erhobenen Händen betend den Himmel bestürmt.«
»Noch einen!« fuhr lebhaft der Pater fort im Gedenken der Heiligenschar. »Pater Superior ist erst vor einigen Jahren in alten Schriften darauf gestoßen, daß der heilige Bischof Benno von Meißen Schutzpatron des Landes ist.«
»Der muß auf die oberste Balustrade«, meinte Mattielli bestimmt.
»Und unser guter Kapuzinerbruder ›Deo Gratias‹ mit dem Bettelsack.«
Pater Guarini gab die Liste dem Bildhauer:
»Machen Sie bitte eine Aufstellung, wie die Figuren am wirksamsten zueinander stehen werden.«
Er sah dem Gesicht Chiaveris an, daß diesem seine letzten Worte nicht recht waren.
Aber Pater Guarini wußte, weshalb er es getan.
»Noch eines, wenn Sie über die Heiligen Näheres wissen

wollen, so kommen Sie zu mir. Ich kann Ihnen manches darüber aus unserer Bücherei geben.«
»Ich möchte vorher die Entwürfe sehen«, forderte etwas erbittert Chiaveri.
»Bin ich Ihr domestico (Diener)?« fragte Mattielli spitz.
»Wir werden gemeinsam unseren Freund Mattielli in seinem Laboratorio aufsuchen. Dann wird er uns gern zeigen, zu welchen monumentalen Ideen ihm der Heilige Geist verholfen hat. In dieser Meinung werde ich in der nächsten Zeit eine Novene zu dem Schöpfergeist, der jedem seine Gaben zuteilt, halten.
Den einen formt er sich als kühnen Architekten, den andern als formenreichen Gestalter, den dritten und Unwürdigsten zum Priester. Wir brauchen seine Kraft alle Tage, erst recht, wenn wir gestalten sollen.
Oremus: Veni, Sancte, Spiritus,
et emitte caelitus lucis tuae radium.«

*

Der Transport des Rohmaterials war oft sehr schwierig, da die Beigaben der Figuren meist großen Umfang annahmen. So mußte vom Wagner Schmettchen ein eigener Schleppschlitten gebaut werden. Die Gestalten der Heiligen Andreas mit dem Kreuz, Ambrosius und Augustinus forderten für ihre Beigaben so große Sandsteinblöcke, daß dazu eigens ein Wagen mit besonders hohen Rädern angefertigt werden mußte. Aber die Last war so schwer, daß sich eine Brücke bei Zschachwitz trennte. Die Wiederherstellung dauerte mehrere Wochen, während welcher zwei Handlanger bei den Wagen Wache hielten.
Die Anwohner spotteten: »Geht nur heim, die steckt niemand in die Tasche!«

*

Mitte März hatte Mattielli zwei Statuen fertig. Für die Nische neben dem Seiteneingang als erste den Apostel Matthäus. Pater Guarini meinte: »Von ihm sagt schon Eusebius in seiner Kirchengeschichte: ›Matthäus hat die Reden des Herrn in hebräischer Sprache aufgeschrieben. Er bewies den Juden, daß Jesus der verheißene Messias war.‹«

»Ich habe ihm zu seiner flatternden Schriftrolle nach alter Tradition einen Knaben als das bezeichnende Symbol beigegeben, weil Matthäus mit dem Stammbaum Christi, also mit seiner Menschheit, beginnt.«

»Diese wuchtige Gestalt des vom Herrn berufenen Zöllners Levi wird gut in die große barocke Nische passen und jedem vom Georgentor Kommenden sofort ins Auge fallen«, bemerkte Pater Guarini.

»Die zweite Figur ist als erste auf der äußersten Ecke der unteren Balustrade neben dem Turm gedacht.«

»Es ist der heilige Bartholomäus. Ich sehe es an dem Messer, mit dem ihm die Haut abgezogen wurde.«

»Neben ihm kommt der Apostel Jakobus der Ältere zu stehen.«

»Ich finde die Geste ausdrucksvoll und nicht posenhaft. Wer sich für Christus buchstäblich die Haut vom Leibe ziehen läßt, hat schon eine echte Geste.«

»Sie wird besonders wirkungsvoll von unten zu sehen sein.«

»Ich halte es für gut, wenn die Figuren lebendig die Verbindung von unten nach oben herstellen. Wenn ich denke, wie dieser Bartholomäus durch sein Messer in der Linken sein Martyrium andeutet, mit der Rechten aber zum Himmel weist als Künder des weltüberwindenden Glaubens, dann predigt er dem Volke, das noch in der Trübsal dieser undurchsichtigen Zeit steht, das tröstende Mahnwort: ›Die Leiden dieser Zeit sind nicht zu vergleichen mit der Herrlichkeit, die an uns offenbar wird.‹ Die Heiligen helfen uns Kleinen Stufe um Stufe höher. – Schaffen

Sie weiter so eindrucksvoll und glaubenstief!« sagte Pater Guarini beim Weggehen.
Für den Bauschreiber Ernst waren diese beiden Kunstwerke wiederum nur Objekte für seine Fülle von Papieren, die er zu verwalten hatte.
»Jeder Beleg muß vom Architekten unterschrieben sein!« erklärte er bei der Ablieferung der Statuen.
Kein Wort über die künstlerische Leistung. Es waren für den Bauschreiber ebenso ›Fichuren‹ wie die anderen, von denen es schon so viele in Dresden in den Lustgärten, auf und an dem Palais gab.
Mattielli weigerte sich, seine Rechnung von Chiaveri gegenzeichnen zu lassen.
Der Bauschreiber Ernst vermerkte dies getreu in seinen Akten:
»... vorgebend, daß von einer Dependenz vom Architekt ihn nicht wissend sey, sondern er seine zu verfertigen habende Arbeit lediglich auf allerhöchste mündliche ordre Sr. königl. Maj. nur vor seine Persohn zu liefern und also keineres weiteres Attestat von nöthen habe.«
So, der Herr Bauschreiber Ernst war vorläufig mit diesem Vermerk gedeckt.
»Künstler sind komische Leute! ... Macht der da soviel Sperenzchen wegen einer Unterschrift ... Und bekommt 500 Taler für eine solche Fichur!«

*

Maria Josepha betrauerte am 20. April den Tod ihres Beichtvaters Pater Anton Steyrer, bei dem sie allwöchentlich gebeichtet und der ihr seit zwanzig Jahren am Dresdner und Warschauer Hof beigestanden hatte.
Fälschlicherweise galt Pater Guarini als höfischer Beichtvater. Er war jedoch der Berater in katholischen Religionsangelegenheiten und nahm nach wie vor eine besondere Vertrauensstellung ein.

Deshalb suchte sich auch Graf Brühl gut mit ihm zu stellen. Es ging das Gerücht um, Brühl habe mit seiner und des Königs Hilfe den Kabinettsminister Graf Sulkowski gestürzt. Brühl war mit einer katholischen Gräfin Kolowrat verheiratet und ließ seine Kinder katholisch erziehen.
Am Hofe wurde geflüstert: »In Polen ist er katholisch, in Sachsen lutherisch.«
Doch es war nicht alles zu glauben, was der Hofklatsch von ihm sagte. Seine Vorgänger waren nicht anders gewesen: Wer des Königs Gnade besaß, durfte auch in die eigene Tasche wirtschaften, fiel er in Ungnade, dann wurde das meiste von der Untersuchungskommission wieder eingezogen.
Graf Brühl bekam den Festungswall geschenkt und konnte hinter seinem Palais an der Augustusstraße seine Terrasse mit dem herrlichsten Ausblick bauen.
Nur die Patres hatten Armut gelobt und waren froh, wenn ihr Gehalt schon nach einem Vierteljahr ausgezahlt wurde.
Auf Anfrage erhielt Pater Superior aus Rom die Antwort:
»Was die Geschenke betrifft, die der erste Minister Graf Brühl anzubieten pflegt, so halte ich dafür, daß deren Ablehnung zur größeren Erbauung gerecht, zumal wenn sie von größerem Wert sind.«
»Seid gefällig, aber seid auch reserviert!« war die allgemeine Mahnung.
Im vergangenen Jahr war der mittlere Teil des Brühlschen Palais, das der bedeutende Knöffel baute, fertig geworden. Er konnte sich rühmen, Dresdens meistbeschäftigter Baumeister zu sein. Gern führte er die von auswärts gekommenen Bewunderer der schönen Stadt zu seinen Bauten:
Kurländer Palais, Wackerbarth-Palais, Wackerbarths Ruhe mit Belvedere, Glockenturm der Sophienkirche.
»Beachten Sie am Eingangsportal des Brühlschen Palais die reichen Schnitzereien und Beschläge.«

Zum erstenmal zogen damit die Formen des Rokoko in Dresden ein.
»Der Abschluß des Treppenhauses wird eine Fülle von dekorativen Formen zeigen. Ich denke mir dort den Südwind mit Apollo, den Abendwind mit Diana, den Nordwind mit Jupiter und den Morgenwind mit Iris.
Am schönsten aber wird der Ballsaal, der durch zwei Geschosse läuft. Es soll das Großartigste in Dresden werden.«
›... und das Kostbarste‹, verschwieg er.
»Spiegel und Lüster werden einen festlichen Rahmen geben, wenn der Hof zum Ball kommt. Für die Gemälde des Königspaares ist dort der Wandplatz vorgesehen.«
Das Ganze sollte ein intimer Bau sein, der die adlige Gesellschaft von der Welt abschloß.
Es hatte sich in Dresden gegenüber der kraftvollen barocken Persönlichkeit Augusts des Starken, die überall nach außen hin sichtbar war, vieles verändert.

*

Oft ging Chiaveri zu seinem Kirchenmodell aus vergoldetem Zink. Es war mit einer Leinenhülle umgeben, damit es nicht verstaube. Er wollte es bald dem König als Prunkstück für seine Sammlung überreichen, stand doch die Modelliebhaberei in großer Mode. Im stillen hoffte er, daß es ebenso großes Aufsehen erregen würde wie das Schwanenservice, das Johann Joachim Kändler, der junge, aber bedeutende Modelleur der Meißener Porzellanmanufaktur, hergestellt hatte.
Obwohl weniger Leute ›auf dem Bau‹ waren, wuchsen die Mauern weiter empor, zeigten sich die Formen der Fenster. In dem mittleren Joche der Schiffe wurden die vorgelegten Pilaster sichtbar, denen zwei halbe seitlich angesetzt waren. Aber noch war der Mittelbau nicht bis zu den Ovalfenstern gediehen, die Chiaveri hochstellen wollte.

»Wir können dieses Jahr nicht einmal mit der Hälfte der Bauausgaben rechnen wie voriges Jahr. Dazu kommen noch die Figuren Mattiellis, der mit seinen Bildhauern wie toll arbeitet.«
»Aber die 272 Baluster von Serpentinstein brauchen wir bald.«
Chiaveri schwieg. Er stand in der Bauhütte mit seinem Baukondukteur vor dem auseinandergenommenen Arbeitsmodell. Ihn beschäftigte die Statik des Gewölbes, obwohl an die Einwölbung noch lange nicht zu denken war.
Placidi sagte: »Die Druckfestigkeit des Baumaterials ist durchweg gut.«
Chiaveri zeigte am Modell die Stellen, wo die Pilaster und Vorlagen an den Mauern hochliefen.
»Hier muß das Gewölbe durch Gurte nach oben verstärkt werden. Über die Breite des Prozessionsumganges ist eine Vierteltonne vorgesehen.«
»Bedeutet das aber nicht Zug im Mauerwerk?« fragte Placidi. – Chiaveri knurrte unwirsch etwas, dann meinte er:
»Wir reden noch mal darüber.«
»Aber Ihr Tonnengewölbe über dem Hochschiff ist kühn! Wie denken Sie sich die Lösung?«
»Das ist es ja, was mich Tag und Nacht beschäftigt. Ich schlage mich damit auch bei der Peterskirche herum. Aber da bin ich noch nicht fertig … Doch hier denke ich mir das so: Das Gewölbe setzt nicht ganz oben an, sondern die Mauer reicht noch fast zehn Ellen in einem Attikageschoß über das Widerlager hinauf und bringt schon dadurch eine große Auflast mit. Deswegen habe ich auch die Pilaster, die das Schiff in fünfzehn Felder teilen, am Fuß mit einem Viertelkreis vorgezogen. – Die Vierteltonne im Entwurf werde ich wohl fortlassen … Freilich muß ich auch noch den Windsog berücksichtigen, der in der gleichen Richtung wie der Gewölbeschub geht. Aber dafür mindert die Dachlast die Spannung. Den Hauptwert jedoch haben wir auf die inneren Pfeiler der Arkaden zu

legen. Sie haben die größten Mauerlasten zu tragen.« – Placidi nickte ihm bejahend zu, dann sagte er:
»Uns fehlt hier der erfahrene Maurermeister. Die Fugen sind oft breit und unregelmäßig.«
»Wie oft habe ich mich über die Steinlieferungen beschwert. Immer gab es lange Verhandlungen mit Uhlemann, den Steinbrechern und Schiffsleuten, die auf der vollen Hoftaxe bestehen. Sie können sich das leisten. Bei den vielen Bauten hier in Dresden herrscht Mangel an Leuten ihres Berufes. Ich will richtiges Maß und rechtzeitige Lieferung, aber die Schreiberseele Simon will Rabatt. Damit sind die anderen nicht einverstanden. – Ich verliere bald alle Lust am Bau. Ich bin und bleibe ein Fremdling im Lande. In den Machenschaften des Herrn Oberlandbaumeister kenne ich mich nicht aus.«
Erregt ging er fort. Placidi schaute ihm sinnend nach. Chiaveri mußte es allein tragen, daß der König nicht mehr das alte Interesse am Bau hatte. Es war ihm zugetragen worden, Knöffel beschäftige sich mit dem Bau eines großen Jagdschlosses. Er suchte Pater Guarini auf.
»Soll denn mein Bau als Torso steckenbleiben?«
»Wieso? Wie kommen Sie darauf, Chiaveri?«
»Weil der Knöffel das große Jagdschloß Hubertusburg bauen soll.«
»Die Kirche wird deswegen doch vollendet werden!«
»Bin ich in des Königs Ungnade gefallen?« fragte Chiaveri ungeduldig weiter.
»Keineswegs!«
Aber er glaubte es dem Pater nicht ganz, weil er ihn mehr in Mattiellis Laboratorio als in seiner Bauhütte sah.
Pater Guarini tat etwas, damit Chiaveris Mut sich hob. Er stellt ihm in Aussicht, daß der König ihm bald ein Grundstück und Wohnhaus für die Zeit seines Dresdner Aufenthaltes schenken würde.

*

Pater Guarini genoß viel Ansehen. Aus seiner Heimat Apulien hatte er sich nicht nur die lebendige und liebenswürdige Art mitgebracht, sondern auch den gesunden Mutterwitz. Dieser imponierte vor allem dem Preußenkönig, wenngleich Friedrich in seiner spöttischen Art Guarini ›Günstling, Minister, Hofnarr und Beichtvater Augusts III.‹ nannte. An Algarotti, den er in Dresden zurückgelassen hatte, schrieb er:
»Meine Empfehlung an Pater Guarini, der ein liebenswürdiger Mensch sein würde, wenn er kein Geistlicher wäre, und der Verdienste genug hat, um ein Heide zu sein wie Wir.«
Von Zeit zu Zeit nahm Pater Guarini an den Mahlzeiten seiner Mitbrüder im Geistlichen Hause teil. Am 11. Juli erschienen während der Mahlzeit ein Türke, ein Heiduck und ein Mohr in Galalivree und überbrachten aus der Küche des Grafen Brühl ein Diner mit acht silbernen Schüsseln. Am Schluß meldete ein Edelpage in Begleitung eines Kalmücken, S. Exzellenz trinke auf das Wohl des Paters Guarini und der anderen geistlichen Herren. Diese erwiderten mit einem feierlichen Vivat. Die Schüsseln waren, zum Staunen der Nachbarn, die neugierig aus den Fenstern guckten, über die belebten Plätze getragen worden. Sonderlich wohl fühlten sich die Patres nicht bei dem aufsehenerregenden Festmahl. Am Ende desselben zog Pater Guarini ein königliches Dekret hervor, das der Mission tausend Taler Zulage gewährte. Darüber freuten sie sich mehr als über des Grafen auffälliges Geschenk.
Bald danach erhielt Pater Superior von Brühl die Mitteilung, daß der König für die Patres den Garten des Kämmerers Leger samt einigen Äckern gekauft habe. Die Verwaltung des Gartens werde das Kammergut Ostra besorgen, das vierteljährlich die Erträge abliefern werde.
Pater Superior sagte den Kapellknaben: Bald bekommen wir einen großen, schönen Garten mit einem Tummelplatz.«

»Wo liegt denn der Garten, Pater Superior?«
»Vor dem Wilsdruffer Tor, nur wenige Minuten von hier.«* Die Jungen klatschten vor Freude in die Hände.
Eine weitere Überraschung gab es am Geburtstag des Superiors. Der Hauswirt Hanwig schickte eine große Torte mit fünfundfünfzig Blumen und brennenden Kerzen, außerdem Mosel- und Ungarwein.
Pater Gruber legte jedem Kapellknaben ein Stück Torte auf den Teller. Das gab ein Hallo! Im Kreise der Patres sagte er bei einem Glase Wein:
»Wenn wir die zurückliegenden Jahre überschauen, können wir schon eine angenehme Feststellung machen: Während früher die Sachsen und Dresdner kaum mit dem einen oder anderen Priester friedlich zusammen leben konnten, so daß der Gottesdienst ganz im geheimen stattfinden mußte, können wir jetzt in großer Zahl nicht nur am Altar, sondern auch in der Öffentlichkeit erscheinen. – Dafür wollen wir dem Herrn, dem Spender aller guten Gaben, von Herzen dankbar sein!«

*

Aus Wien traf die Nachricht ein, daß Maria Theresia im September die ungarischen Magnaten durch eine Ansprache begeistert hatte, ihr zu helfen. Zwei ungarische Heere zogen ins Feld. Das erste führte ihr Gemahl nach Böhmen, mit dem zweiten eroberte General Bärenklau Oberösterreich zurück, stieß nach Bayern vor und besetzte München.

* Das Grundstück lag auf der Gerbergemeinde an der Mittel- und Grünenstraße. Es ist das Gelände, auf dem später das katholische Gesellenhaus, Waisenhaus und die katholische Volksschule lagen, die alle durch den Krieg zerstört wurden.

Der Schwager König Augusts, Kurfürst Karl, mußte nach Frankfurt am Main fliehen. Am 24. Januar 1742 wurde er als Karl VII. zum römischen Kaiser gewählt.
Zur Zeit aber war er ein Kaiser ohne Land.

*

Chiaveri durfte sich ein Haus am Wege nach Friedrichstadt bauen. Baumaterialien und Geld waren dafür vom König bewilligt worden.
Er saß nun über den Plänen seines Hauses, das im italienischen Stil alles zum Wohnen und Arbeiten Notwendige in schöner Gestaltung, aber ohne Luxus, enthalten sollte. Den Eingang plante er vom Garten her. Besonderen Wert legte er auf ein großes Zeichenzimmer. Doch auch sein Kondukteur sollte sich in dem Hause wohl fühlen.
Im Hof plante er die Stallung, den Wagenschuppen und sonstige Seitengebäude ein.
Als er im Baugelände stand, sah er auf der anderen Stromseite das herrliche Japanische Palais in der Abendsonne leuchten. Ruhig zog Welle um Welle im goldigen Schein der fernen Mündung entgegen. Nur eine Möwe flog mit leichtem Flügelschlag darüber hin.

*

Als das Haus beinahe fertig war, freute Chiaveri sich nicht etwa darauf, dort bald sein ›Ohnesorge‹ zu haben. Ihn packte mit dem aufkommenden Südwind wieder das Verlangen nach Rom

»In all meinen Zimmern
gefällt es mir nimmer,
denn ich bin immer allein.«

Er war 53 Jahre alt und unverheiratet. Freilich gab er

nicht zu, daß er Heimweh hatte. Es war ein sachlicher Grund, den er vorschob:
»Ich muß nach Rom, ich muß die Peterskuppel erneuern.«
Dahinter steckte, wie ein kleiner Dämon, auch ein wenig Neid, daß die Maßgeblichen Mattiellis Figuren bewunderten. Sein Bau aber wuchs nur langsam Stein um Stein. Das Baufieber des ersten Jahres war vergangen.
Er packte seine Zeichnungen ein, gab auf dem Bau seine Anweisungen und fuhr mit einer vierspännigen Kutsche davon. Der Schwager blies ein Signal, und der auf Lederriemen federnde Wagen schaukelte den Architekten empfindlich.
Auf der Fahrt über den Brenner hüllte er sich in die Felldecken ein. Gischend und zischend brausten die Bergbäche zu Tal.
In Bozen und Trient lachte der Frühling. Chiaveri zog seinen langen Reisemantel aus.
Weil er aus den Kräften seiner Heimat in der Fremde bauen wollte, mußte er die Heimat nicht nur wieder einmal aufsuchen und sich an ihrer Fülle satt trinken. Er mußte auch zutiefst teilnehmen an ihrem Geschehen. Für Chiaveri bedeutete es das Bauen dort. Nova et vetera.*
Das antike Rom sehen und bewundern, aber ebenso die neue Ewige Stadt.
Endlich kam er an der Piazza del Popolo an. Er war sofort wieder daheim in der Tiberstadt, begrüßte seine Verwandten und Freunde und ließ sich im Wagen durch die Straßen fahren. Den Petersdom mied er noch, aber er äugte doch von allen Ecken, wie die Kuppel wirkte, und dachte:
›Chiaveris Peterskuppel an Stelle der Kuppel Michelangelos und Bramantes.‹
Er besah sich die Kirchen S. Salvatore an dem Ponte Rot-

* Neues und Altes

to, S. Giovanni Colabita auf der Isola Tiberina und gegenüber S. Gregorio am Ponte Quattro Capi. Hier war das gleiche, was er in Dresden in größerem Ausmaß wollte: Die Kirchenfronten kehrten ihre Portale dem über die Brücke Gehenden zu und luden zum Eintreten ein.
Chiaveri wußte, daß dies den nordischen Brückenkopfformen widersprach. Aber in Dresden sollte eine römische Kirche erstehen. Deshalb hatte er ja den Kirchenkörper schräg zum Schloß gestellt, so daß die breite Eingangsfront im Turm sich unmittelbar dem Brückenkopf zuwendete.
»Sie werden mit der Zeit schon dahinterkommen, wie die Hofkirche das Stadtbild Dresdens formt ... Wenn auch nicht sofort, dann vielleicht in Jahrhunderten. So lange wird sie hoffentlich halten, wenn kein Krieg sie zerstört.«

*

Die Kuppel der Peterskirche hatte Schäden und Risse, die so viele beschäftigen, daß der Papst 1742 eine Untersuchung der Kuppel anordnete. Es sollten nicht nur die Ursachen der Schäden festgestellt, sondern auch Maßnahmen zur Sicherung vorgeschlagen werden.
War es nicht zugleich ein Symbol der Zeit, wenn die berühmte Kuppel von St. Peter auseinanderzubersten drohte?
In diesem Zeitalter der Aufklärung fühlte sich doch jeder absolute Fürst als kleiner Gott!
›Der Papst in Ehren, besonders, wenn er tut, wie wir wollen.‹ Wohl hielt der Heilige Vater sein Ohr am Getriebe der Welt, erfuhr auch manches durch seine Nuntien, welche an den Höfen katholischer Herrscher waren. Aber im großen Weltgeschehen war Rom zwar interessant wegen seiner reichen Geschichte und Altertümer, aber nicht mehr Mittelpunkt des Erdkreises. Die einst über allen christlichen Völkern sich wölbende Kuppel drohte auseinanderzubersten. Die Kirche hatte so viele Risse und Sprünge,

daß die Fachleute ernste Maßnahmen für innen und außen berieten.
Mochten noch so herrliche Barockkirchen entstehen, wie Balthasar Neumann seine Wallfahrtskirche zu den Vierzehn Heiligen als einen Himmelssaal dachte. Das Verantwortungsgefühl der nächsten Zukunft gegenüber war abhanden gekommen. Vergessen war, daß die jeweilige Zeit immer auf einem Vulkan steht. Besonders die Kirche. ›Wir sind im wahren Christentum.‹ Im sicheren Besitz der Wahrheit fühlten sich viele, waren mit Gott und der Welt zufrieden und freuten sich auf den Himmel. Aber sie fühlten sich zu sicher.
Eines Tages war Chiaveri in der Nähe der Chiesa nuova. Eine Prozession kam näher.
Papst Benedikt XIV. selbst ging zu Fuß mit den Gläubigen.
Er betete um den Frieden und für die Kirche in der Welt. Chiaveri kniete nieder und empfing den Segen des Heiligen Vaters.
Es war gut, daß der Papst in der Bittprozession demütig flehend wie jeder Pilger zu Fuß über das harte Pflaster Roms schritt. Er mußte Buße tun, weil es vielerorts dem Klerus, den Bischöfen und Klöstern zu gut ging. Der schreckliche Krieg, der dreißig Jahre lang getobt hatte, war zu schnell vergessen. ›Heiter ist die Kunst!‹, so lebten viele Baugewaltige und rangen nicht mit den Problemen, die der Zeiten Nöte bedeuteten. Es traten auch keine großen Heiligen hervor, wie es noch vor fast zweihundert Jahren geschehen war.

*

Drei Mathematiker berechneten im päpstlichen Auftrag die Kuppel. Zaghaft gingen sie ans Werk, wußten sie doch, wie wenig die Praktiker von der Theorie hielten. Sie entschuldigten sich gleichsam:
»Konnte man die Kuppel von St. Peter ohne Mathematik

bauen, wird sie auch ohne Mathematik repariert werden können.«
Ihrer schließlich vertretenen Theorie vom ›Prinzip der virtuellen Verschiebung‹ traten andere Mathematiker und Architekten entgegen:
»Wenn ein Überschuß an Schub von drei Millionen Pfund besteht, müßte die Kuppel längst zusammengebrochen sein.«
Es ging lange hin und her. Es wurde mit italienischer Schärfe, aber auch mit Temperament diskutiert. Das war für Gaetano Chiaveri der richtige Augenblick, sich einzuschalten. Er sprang in voller Versammlung auf, nannte sich Architekt des Königs von Polen und redete mit kraftvoller Sprache: »Ich schlage vor, die ganze Kuppel von St. Peter samt Tambour abzutragen.«
Erstaunen auf allen Gesichtern ob solch gewagten Vorschlags. Nur die Mathematiker blieben kühl.
»Ich werde sie wieder aufbauen, aber leichter, spitzer und schöner.«
»Wo ist die Zeichnung?«
»Die kommt bald. Ich habe es mir lange überlegt.«
»Was das kostet!« riefen einige spöttisch.
»Die Kosten sind geringer, weil ich die alten Materialien wieder verwenden werde.«
Chiaveris Vorschlag wurde abgelehnt. Als ein anderer Architekt erklärte:
»Ich will einen Reifen um die Kuppel legen und mit nassen Seilen zusammenziehen. In zwei Minuten wird das einen wunderbaren Erfolg haben«, wurde er ausgelacht.
Das Ergebnis der Diskussion war eine umfangreiche Schrift des berühmten Mathematikers Poleni aus Padua. Er schlug die Meinung der Maßgeblichen vor: fünf Ringe in die Kuppel einzubauen; einer sollte im Mauerwerk des Unterbaues eingelassen, die andern durch die durchbohrten Rippen auf die Kuppelschale unter der Bleideckung verlegt werden.

Im Zeitalter der Aufklärung hatte das Vertrauen zur Mathematik gesiegt.
Chiaveri gab sich jedoch nicht zufrieden. Er erklärte Fachkollegen:
»Die Schäden kommen vom schlechten Material und von schlechter Arbeit. Die Kuppel ist nicht genügend spitz gewölbt. Außerdem sind die Tambourmauern zu schwach.«
Aber ebenso wie er bei der Kuppel der Frauenkirche in Dresden nicht durchgedrungen war, so war es auch jetzt in Rom wieder. Er hatte sich nicht nur neue Gegner geschaffen, sondern auch viel Spott geerntet. Das tat ihm sehr weh.
»Chiaveri ist ein Utopist!
Die Peterskuppel will er abbrechen! Das ist ein Sakrileg!«
Resigniert kehrte er aus Rom zurück:
»Noch nie galt ein Prophet etwas im eigenen Lande.«
Nun, nach der Enttäuschung, gewann er die Hofkirche doch wieder lieb. Gespannt war er auf den Fortschritt des Baues. Aber in Ruhe ließ ihn die Kuppel der Peterskirche nicht.

*

Inzwischen hatte Preußens Eroberungspolitik gesiegt. Im Frieden von Breslau wurde sie bestätigt. Preußen behielt den größten Teil von Schlesien, trat aber vom Nymphenburger Bündnis zurück. Ein Krieg war beendet. Nun mußte es jedem Einsichtigen klarwerden, daß Preußen eine europäische Großmacht wurde und Sachsen umklammerte. Pater Guarini sah das nüchtern, Graf Brühl aber wollte es noch nicht wahrhaben.

*

Als Chiaveri heimkehrte, sah er sein fertiges Haus. Das letzte Baujahr der Hofkirche hatte mit 48 250 Talern abgeschlossen. Ein Zeichen, daß gespart wurde. »Es soll in Zukunft noch mehr eingespart werden. Die verlangten

100 Baugefangenen werden nicht mehr zugebilligt, nur soviel, ›als entrathen werden können‹. Auch die verlangten Pferde werden nicht gestellt«, hörte er von Giovane.
Erregt sagte Chiaveri: »In meiner Abwesenheit ist also gegen mich Stimmung gemacht worden.«
Er hatte den ›Sparfuchs‹, wie er den Landbauschreiber Simon nannte, in Verdacht.

*

Auch die Menschlichkeiten gehörten zur Kirche. Wer meint, es müsse dort ›ideal‹ zugehen, ist ein Utopist. Die Kirche besteht aus lauter Adams- und Evaskindern. Die Taufe wäscht zwar die Urschuld ab und gibt Gnaden zum Guten, aber im Getauften bleibt der Hang zum Bösen. Nicht, daß er dem Bösen unweigerlich verfallen wäre; aber er hat eine Neigung dazu. Die Kirche hat noch nie gelehrt, daß ihre Glieder aus Guten und Reinen bestünden. Ihre tägliche Erfahrung bei Kindern und Großen ist der Hang zum Bösen, ob dies nun der Neid, der Unwille ist, sich unterzuordnen, oder sonst etwas.
Mattielli war viel bessergestellt als Chiaveri.
Mattielli hatte eher sein Haus bekommen. Mattiellis Statuen wurden bewundert. – Wer bewunderte schon den im Gerüst stehenden Bau, dessen Einwölbung nun beginnen sollte?
Pater Guarini weilte oft bei Mattielli. Chiaveri hatte gehört, wie er staunend vor der Gestalt des Beters und Martyrers Prokop gestanden und sie gelobt habe:
»Ja, Mattielli, das haben Sie gut gemacht! Die Heiligen waren große Beter. Sie bestürmten Gott mit ihren Gebeten für sich und für andere. Sie beten auch jetzt in der Herrlichkeit, wie auch Christus als Hoher Priester beim Vater ständig für uns eintritt.
Es ist so schön, wie jede Gestalt ihre ureigene Form hat und doch von den anderen Gestalten mitgetragen wird.
Das wird eine künstlerisch wertvolle, aber zugleich reli-

giös bedeutsame Darstellung der communio sanctorum*, der Allerheiligenlitanei. Es ist gut, daß in diesem Lande so eindrucksvoll die Heiligen dargestellt werden. Durch die Schönheit der Form werden die Betrachter wohl zu einem christusverbundenen Leben hingeführt werden.«
Wann gab es solch ein ermunterndes Wort einmal für Chiaveri?
»Habe ich denn nur technische Sorgen?«
Es war schon zu mancher Auseinandersetzung zwischen beiden in Mattiellis Werkstatt gekommen. Wenn Italiener Meinungsverschiedenheiten haben, dann schallt das nicht nur hinter verschlossenen Türen, dann wettert und blitzt es öffentlich in Worten und Gebärden.
Im »Italienischen Dörfchen«, wie die Dresdner das Gewirr der Bauhütten, Materialbuden und Ställe nannten, war ›mal wieder was los‹.
Es hatte schon manches Wortgefecht besonders unter den Frauen gegeben. Aber daß sich jetzt die Autoritäten des Baues vor den Leuten anschrien, das hatte der Bauplatz noch nicht erlebt. Wer kennt die Fülle italienischer Zornesausbrüche, die sich nun wie Ätna und Vesuv entluden?
»Cospetto di Bacco! Donnerwetter! ... Und ich bin hier der Architekt!«
»Spadroneggiare! ... Den Herrn spielen!«
»Die Figuren sind ja nur ein Teil des Ganzen!«
»Sarcastico! ... Ich lache!«
Der sonst so ruhige Mattielli lachte sarkastisch:
»Ich bin der Scultore des Königs und nicht des Chiaveri!«
»Chiacchiere! ... Dummes Geschwätz! ... Bei der Santa Madonna, gerade der König will, daß nur fünf Statuen gemacht werden.«
»Non è da credere! ... Das ist nicht zu glauben ... Und mir hat er aufgetragen, schnell zu arbeiten!«

* Gemeinschaft der Heiligen

»In nessun caso! ... In keinem Fall! ... Ich muß das Geld für den ganzen Bau einteilen!«
»Non deve lamentarsi tanto! ... Sie sollen nicht so klagen!«
»Cospetto die Bacco! – Donnerwetter! Was sind schon 50 000 Taler im Jahr für solchen Bau? Davon soll ich auch noch die Figuren bezahlen! Quante perdite ho avuto! ... Wieviel Verluste ich gehabt habe!«
»Minuziosità! ... Kleinlichkeitskrämerei!«
»Ingiuria ... Beleidigung!«
Die Zuschauer, die nicht alles verstanden, blickten erstaunt oder auch belustigt auf die beiden erregt Gestikulierenden. Pater Guarini, der wie zufällig über den Bauplatz kam, schritt auf sie zu.
»Was gibt es?«
»Sono fuori de me! ... Ich bin sehr zornig!«
»Sono indignato! ... Und ich bin empört!«
»Es ist doch gar nicht so heiß, daß Sie sich so erhitzen!«
»Siamo avversari, padre! ... Wir sind Gegner, Pater!«
»Siamo in rotta! ... Wir haben uns verfeindet!«
»Non tanta furia! Calma! Calma! ... Nicht so hitzig! Ruhe! Ruhe!« und er legte die Arme um die zwei feindlichen Brüder und zog sie an sich.
»Chi va piano, va sano«, sagte er zu Chiaveri.
»Wer langsam geht, geht gesund!«
Und zu Mattielli zu seiner Rechten: »Chi va sano, va lontano! ... Wer langsam geht, geht weit!«
Er wollte die umstehenden Leute ablenken und das Ärgernis mildern, das beide verursacht hatten.
Am nächsten Sonntag hielt Pater Guarini die italienische Predigt. Er wußte nicht, ob seine entzweiten Freunde zu dieser Stunde in der Kapelle waren; aber er predigte über die Concordia (Eintracht) zwischen den Menschen untereinander, wie auch den Nationen untereinander, und besonders zwischen Gott und den Menschen. Gott sagt uns: »Ich sinne Gedanken des Friedens!«
»So sollen auch wir zum Frieden bereit sein, verzeihen

und vergessen; ... wie auch wir vergeben unsern Schuldigern!«
Aber wann hat schon einmal eine Predigt diejenigen bekehrt, die es angeht?
Mattielli war es leid, sich von Chiaveri bevormunden zu lassen. Er wandte sich über den Grafen Algarotti an den Minister Brühl mit der Bitte, ihn vom Architekten zu trennen, da einige neue Vorfälle dies notwendiger als je machten. Der letzte ›Vorfall‹ hatte ihn so geärgert, daß er klare Verhältnisse wollte.
Er wußte zudem, daß Graf Brühl ihn für seine Bauten brauchte.
Der Minister versprach in einem Schreiben, »daß, was Mattielli angelangte, er die Affaire unverzüglich regeln werde«.
Diese Antwort gab dem Bildhauer Kraft, wieder an seine Riesenarbeit zu gehen. Er wollte mit seinen Mitarbeitern bis 1747 alle Figuren schaffen.
Er gönnte sich wenig Ruhe. Der Sandsteinstaub legte sich mehr und mehr auf seine Lunge, so daß ihm das Arbeiten oft schwerfiel. Aber sein Schaffensdrang beflügelte alle in seiner umfangreichen Werkstatt.

*

Am 20. April 1743 konnte der königliche Beichtvater Pater Ligeritz seinem Obern melden, der Papst habe ihm die Vollmacht eines Generalvikars für das Gebiet des Kurfürsten von Sachsen bewilligt, mit Ausnahme der bischöflichen Weihen. Seine Stellung war also eine ähnliche wie die des Paters Vota: bischöfliche Regierungsgewalt ohne bischöfliche Weihe. Am 13. Juli erklärte ihm der General, daß er die Vollmachten gebrauchen dürfe, da sie nur zugunsten der Gläubigen seien, also Ihre Annahme nicht gegen die Satzungen des Ordens verstoße.
Somit war Sachsen seit dem März 1743 wieder ein eigener Verwaltungsbezirk der katholischen Kirche.

1744 wurde Mattielli zum Hofinspektor der antiken und modernen Statuen ernannt. Dadurch wuchs sein Ansehen bedeutend, während Chiaveri mit seinem Bau an der Festung in Dresden fremd blieb. Sicherlich hatte er nach wie vor des Königs Gunst und war sein Architekt, aber Mattielli war ein viel beachteter Künstler. Er bekam große Aufträge, ob es nun Portal- und Treppenhausfiguren für die Palais Brühl und Marcolini, oder Apoll und Diana für das Palais der Gräfin Mosczynska* waren. Mattielli konnte weltliche und zugleich echt religiöse Figuren schaffen. Er war in Dresden nicht so ein Fremdling wie Chiaveri.

Noch war am Bau nicht zu erkennen, wie er sich im Gesamtbild der Stadt auswirken würde. Aber die Fachleute, besonders die Leute vom Amt, sahen am Modell, daß hier in Dresden auf des Königs Geheiß eng im Raum ein fremdes Bauwerk entstand. Römischer Barock in der Nähe der Frauenkirche, die George Bähr als Ausdruck protestantischer Gesinnung im deutschen Barock gebaut hatte! Die Frauenkirche war wahrlich eine Höchstleistung geworden. Im Zentralbau und in der gewaltigen Kuppel war ein Symbol für den evangelisch-lutherischen Glauben entstanden: die göttliche Allmacht, die das ganze Weltall umspannt.

Die Silhouette der Frauenkirche kündete: allein Gott. Chiaveris Bau dagegen würde zunächst einmal die Fülle der Heiligen zur Anschauung bringen. Dafür war in Kursachsen wenig Verständnis vorhanden, da Luther ja die Heiligenverehrung abgetan hatte. Was der Bau jedoch in den Verhältnissen der Dreizahl zu Ehren des Dreifaltigen Gottes verbarg, aber auch in der Dreiteilung:

* Tochter der Gräfin Cosel

unten die Krypta der Verstorbenen,
der weite Kirchenraum für die vielen gegenwärtigen und noch kommenden Gläubigen,
oben auf den Balustraden die Schar der Auserwählten,
würde sich erst wohl nur wenigen, vielleicht überhaupt erst späteren Geschlechtern offenbaren. Die Hofkirche, gegen den Strom gebaut als Abbild der Weltkirche.
So blieb nicht nur Chiaveri hier ein Fremdling, sondern lange Zeit auch sein Bau im Kernland des Protestantismus. Was sollten die evangelisch-lutherischen Gläubigen auch mit den vielen Heiligenfiguren anfangen, die sie doch kaum kannten und zu denen sie keine innere Beziehung hatten noch haben konnten? Waren es für sie nicht Götter und Göttinnen, wie Mattielli Apoll und Diana gleichzeitig schuf, obwohl Pater Guarini sich alle erdenkliche Mühe gegeben hatte, aus dem begabten Künstler die dem Heiligen gemäße Form hervorzulocken? Eine Mühe, die durch die Schönheit der Figuren reich belohnt wurde.
Und doch war Mattielli in den Augen der Dresdner ein Künstler, der zur Stadt gehörte.
Chiaveri aber als ernannter Hofarchitekt stand abseits der übrigen Bauereignisse. Sein Schaffen blieb ohne Einfluß auf die anderen Bauten. Er blieb ein Fremdling, der eine fremde Kirche am entscheidenden Punkt des Stadtbildes baute. Schien schon die Frauenkirche den pietistisch-lutherischen Dresdnern zu prächtig, wie würden sie dann erst Chiaveris geniales Werk beurteilen? Würden sie jemals in diesem herrlichen Gotteshaus ein Abbild der von Christus gestifteten Kirche erkennen können?
Der Kunst würden vielleicht manche ihre Bewunderung nicht verweigern und auch ihr Ja dazu sagen, zur Idee des Ganzen aber wohl kaum.

*

Die Einwölbung der Kirche war nun im Gange. Chiaveri tat alles, was zur Sicherung möglich war. Besonders be-

achtete er, daß die Widerlager sehr hoch hinaufgezogen und ausgekragt wurden.
Chiaveri wählte die Wölbungsdicke bewußt gering. Nur 30 cm war sie stark, bei einer Spannweite von 17 Metern. Placidi fragte nach dem Grund, er wollte von Chiaveri lernen.
»Ich tue es, weil schwere Gewölbe große Schubkräfte erzeugen und deshalb für den Bestand des Gebäudes schädlich sind. Dieses Gewölbe ist nur mit seinem Eigengewicht belastet.«
»Besteht keine Gefahr für das Gewölbe?«
»Ich habe die Rippen verstärkt.«
»Aber nicht über die ganze Länge.«
»Das habe ich wegen der Gewichtsersparnis getan.«
»Was nicht einstürzt, hält – sagt ein altes Sprichwort.«
»Nein, ich baue aus Sachkenntnis und Verantwortung. Das wäre noch schöner, wenn mein eigenes Gewölbe nicht halten würde, wo man mich zur Begutachtung der Frauenkirchenkuppel herangezogen hatte.«
»Gerade dieses Gutachten hat man Ihnen übelgenommen.«
»Aber es stimmt. Ich habe alles genau berechnet.«

*

Maria Josepha hatte das Gnadenbild in Czenstochau besucht und schrieb darüber am 6. Juni aus Warschau ihrem Sohn Friedrich Christian:
»Es ist nicht möglich, eine Vorstellung davon zu haben, was man beim Eintritt in die Kapelle empfindet, wo das heilige Bildnis aufgestellt ist, wenn man nicht selbst dagewesen ist. Ich versichere Dir, allen meinen lieben Kindern und Dir besonders galten meine Gebete und die heilige Kommunion. Dem Schutze dieser Mutter der Barmherzigkeit habe ich Euch geweiht! Vor unserer Abreise trug man das heilige Bild in eine kleine Kapelle, um dem König und mir Gelegenheit zu geben, es in der Nähe zu sehen. Wir haben dasselbe geküßt und hatten Muße, vor

demselben unsere Gebete verrichten zu können. Die Mönche wuschen das Bild nach der dort üblichen Sitte mit Wein in unserer Gegenwart. Man gab uns von der dabei gebrauchten Leinwand und erzählte uns, daß durch Anwendung derselben viele wunderbare Heilungen geschehen seien. In diesem Augenblick dachte ich an Dich. Ich sende Dir ein kleines Stück dieser Leinwand: Wer weiß, ob der liebe Gott es nicht seiner heiligen Mutter vorbehalten hat, Dich von Deinem Fußleiden zu heilen. Richte Dich beim Gebrauche nach der Anordnung Deines Beichtvaters. Beiliegende Bilder, die an das Gnadenbild angerührt sind, verteile unter Deinen Geschwistern!«

*

Inzwischen war 1742 durch den Frieden zu Breslau der Erste Schlesische Krieg beendet. Sachsen war in seinen Erwartungen enttäuscht worden und stellte sich darum auf die Seite Österreichs. Maria Theresia konnte nun, da sie von den Preußen in Ruhe gelassen wurde, erfolgreicher gegen die Bayern und Franzosen kämpfen, doch die Erfolge der österreichischen Waffen und ein neuer Vertrag zwischen Maria Theresia, England, Holland, Sardinien und Sachsen machten den Preußenkönig um den Besitz Schlesiens besorgt. Er befahl: »Erorbert Prag, marschiert durch Sachsen!« Ungehindert vom sächsischen Heer gelangten seine Truppen im August bis Böhmen, fielen dort ein und bemächtigten sich der Hauptstadt Prag.
»In Wien werde ich Maria Theresia zum Frieden zwingen!«
Doch Hunger, Krankheiten im Heere und die Feindseligkeit der Bevölkerung veranlaßten Friedrich, sich nach Schlesien zurückzuziehen. Sachsen aber war gedemütigt worden. Es war nicht stark und einsatzbereit genug gewesen, den Preußen den Durchmarsch zu verwehren.

*

Das Baujahr 1744 schloß immerhin mit einer Verbrauchssumme von 53 550 Talern ab. Aber in Zukunft hieß es sparen, hatte doch der König in einem Brief an das Kammer-Kollegium die Bemerkung gemacht:
»… Und weil Wir obgedachten Bau in gegenwärtigem Jahr ein mehreres nicht, als die angezeigten 50 000 verwenden, dahingegen über den vorseienden Bau bei Unserm Jagdschloß Hubertusburg um so mehr beschleunigen zu lassen gemeint.«
Es tauchten nur hin und wieder verstreute Bemerkungen aus der Feder des Königs in den Bauakten auf; doch wer zu lesen und zu deuten verstand, spürte eine Windflaute, eine Temperaturabkühlung, ein Nachlassen des anfänglichen Eifers. Was war die Ursache? Hatte der Bau bereits mehr Geld verschlungen, als August zu Beginn gedacht? Oder war er abhängig von seinen Finanzleuten, die manchmal sogar laut bemerkten: »Der König kann sich verwilligen. Er weiß doch nicht ob wir Geld haben!«
Oder war es die vom Vater ererbte Sprunghaftigkeit, die sich schnell für ein neues Werk begeistern konnte?
War es vielleicht einfach seine Jagdleidenschaft? Nun war jedoch dieses Jagen nicht die Passion eines einzelnen Jägers, der still durch den Wald auf die Pirsch ging. Eine königliche Jagd war, wovon Moritzburg zeugte, ein Staatsamüsement, also eine hochoffizielle Angelegenheit, zu der befreundete Fürsten eingeladen wurden. Es war auch keine Jagd, sondern ein Abschießen und Abschlachten des zusammengetriebenen Wildes. In Diplomatenkreisen hieß es: »Wenn man den König für etwas interessieren will, muß man ihn nach dem letzten erlegten Hirsch oder nach dem letzten erworbenen Gemälde fragen.«
Chiaveri vermochte das nicht. Er war angewiesen auf den Grafen Brühl und dessen Architekten Knöffel. So mußte er an die Bau-Intendantur schreiben:
»… 6500 Taler gnädigst zahlen zu lassen, daß ich davon die nötigsten Schulden decken kann, sonst ist es unmög-

lich, den Bau weiter fortzuführen, weil die Lieferanten, die uns mit Material versehen, weiter nichts liefern wollen. Die Summe aber versteht sich nur zum Bauen. Sollten aber S. Königl. Mjst. indentioniert seyn (die Absicht haben), dieses Jahr die Kirche inwendig zu verfertigen, wird eine andere Summe nötig sein.«
König August aber hatte zunächst andere Sorgen.
Kaiser Karl VII. war gestorben. Wer wird Kaiser werden? Das war wieder die besorgte und ehrgeizige Frage der europäischen Höfe.

*

Trotz dieser Sorgen und trotz der Gegner, die Chiaveri am Hofe hatte, bewilligte der König für 1745 abermals 50 000 Taler für den Bau.
Chiaveri konnte an die Bedachung herangehen.
Er stellte seinen neuen Kondukteur, seinen Namensvetter Maffeo Chiaveri, den Zimmermeistern Drobisch und Schmidt vor, als er die Bedachung mit ihnen besprach.
»Der Dachstuhl muß aus gutem, hartem Holz gefügt sein.«
»Wir haben Anweisung, daß solches aus den Thumischen Wäldern in Böhmen kommen soll.«
»Schaut es euch aber vorher an!«
»Wir sind alte erfahrene Zimmerleute.« – »Recht so!«
Er zeigte ihnen auf dem Bauplan und am Modell, wie er sich die Dachkonstruktion gedacht hatte.
»Wir sehen schon, sie ist als doppeltes Sprengwerk ausgebildet und wird noch durch ein zweites unterstützt.«
»Es darf aber nicht das darunterliegende Gewölbe belasten.«
»Das wird nicht so einfach sein bei der flachen Dachneigung und bei dieser großen Spannweite.«
»Ich weiß, daß diese Konstruktion eine beachtliche Zimmermannsleistung erfordert. Die Alten haben beim Bau der gotischen Kirchendächer noch Größeres geleistet.«
»Sie können uns schon vertrauen!« – »Gutt, gutt … va bene!« Der Dolmetscher mußte bei diesem Gespräch die

Worte des Architekten übersetzen, denn unter den Zimmerleuten war kein Italiener.
»Das Dach wird dann später mit Blei gedeckt.«
»Wer macht das?« fragte Maffeo.
»Dafür habe ich unseren Maraschini vorgesehen … Nach der Bleibedeckung will ich dann für den Fußbodenbelag carrarischen Marmor kommen lassen.«
»Darf ich mit Euch in die carrarischen Brüche fahren?«
»Noch ist es nicht soweit!«

*

Bei den Trauerfeierlichkeiten für den Kaiser am 29. März 1745 im Dom zu Regensburg hielt der Münchener Hofprediger Pater Rauch die Ansprache:
»Es ist eigentlich nur Gott allein, der die Welt regiert und sich dieser Herrschaft ebensowenig begeben kann als seiner göttlichen Natur. Und wenn er sich auf Erden Könige nachsetzt, sind diese doch nicht mehr als seines Reiches Erste Minister und Verwalter, durch welche er die Menschen sichtbar regieren will. Die reichste Gabe, so der Himmel einem Reich geben kann, ist ein Fürst, der sich selbst mehr wie einen Vater als einen Herrscher ansieht und nicht so fest zu regieren trachtet, als die Wahrheit und Gerechtigkeit regieren zu machen. Zu dem Ende ist nötig, daß er nicht allein seine Untertanen, sondern noch viel mehr sich selbst zu regieren wisse und ein Reich in sich habe, wo er allein sein Untertan ist. Der herrschen will, muß nicht beherrscht werden. Er ist ein Tempel Gottes. Unvernünftige Tiere aber, als unsere Leidenschaften sind, sollen da nicht geweidet, sondern geschlachtet werden.«
König August merkte sich den Namen des Paters, dessen offene Sprache ihn tief beeindruckt hat.
»Wenn einmal ein Wechsel meines Beichtvaters eintritt, werde ich Pater Rauch dazu erwählen.«
Maria Josepha stimmte ihm zu.

*

Während die Zimmerleute die Stämme für den Dachstuhl, die Einwölbung dem Ende zuging, schaffte Mattielli nicht nur an den Figuren des Petrus und Paulus, sondern auch an denen der Kirchenväter für die Nischen.
»Er verdient so viel, daß er sich in Hosterwitz ein großes Plantagengut erwerben konnte«, teilte Chiaveri erbittert Pater Guarini mit.
»Nicht neidisch auf ihn sein, Chiaveri! Mattielli braucht nach der schweren Arbeit in der Werkstatt gute Luft für seine Lunge!«

*

Der neue Kurfürst von Bayern, Maximilian Joseph, verzichtete im Frieden von Füssen auf die österreichischen Länder und versprach, dem Gemahl Maria Theresias, Franz Stephan, dem Großherzog von Toscana, seine Kurstimme bei der Kaiserwahl zu geben.
Diese erfolgte am 13. September. Am 4. Oktober wurde Kaiser Franz I. gekrönt.

*

In Dresden war von dem, was die Mächte bewegte, nichts zu spüren. Es wurde abgerissen und gebaut. Auch der alte Pulverturm neben der Frauenkirche und das ebenfalls alte Maternihospital aus katholischer Zeit mußten weichen.
Dresden wurde aus einer eingeengten Festungsstadt die Stadt der Palaisbauten. Die Einwohner zeigten gern ihren Besuchern von auswärts die Prunkgebäude, wohl zwanzig an der Zahl.
Nun war auch das neue Rathaus am Altmarkt nach den Plänen J. C. Knöffels, der neuerdings Leiter des Oberlandbauamtes war, eingeweiht worden.
Knöffel paßte es durchaus nicht, daß der ›gewisse Bau an der Festung‹, von dem nun jedermann wußte, daß es die neue katholische Hofkirche würde, ihm nicht unterstand. Ihm paßten auch nicht der römische Barock am Zentral-

punkt Dresdens und der römische Architekt Chiaveri, der ihm keine Rechenschaft schuldig war. Doch das Oberlandbauamt konnte sich einschalten, wenn eine Gefahr zu befürchten war; es konnte das Interesse des Königs noch mehr auf den prunkvollen Bau des Jagdschlosses hinlenken, konnte verzögern und so dem temperamentvollen Chiaveri langsam die Lust und die Luft nehmen.
Wenn es auch keine bewußte Zermürbungstaktik Knöffels gegen Chiaveri war, sein Verhalten genügte, um dem Römer die Freude am Bau mehr und mehr zu zerstören. Aus dem Fortissimo war längst ein Dresdener Bürokratie-Pianissimo geworden.
»Sparen! Sparen!« hieß es nun schon seit zwei Jahren. War es vielleicht ein Zeichen für die längere Dauer des Kirchenbaues, daß in der Komödienkirche in diesem Jahre zwei neue Nebenaltäre mit Bildern der Unbefleckten Empfängnis Mariens und des heiligen Josefs entstanden?
Pater Ligeritz war nur noch im Gehorsam gegen seinen Obern Hofbeichtvater. Schon 1740 hatte er um Entlassung gebeten und die Antwort erhalten:
»Wenn mir andere Gründe fehlten, Ew. Hochwürden auf dem Posten festzuhalten, so würde mir der eine genügen, daß Sie mit Widerwillen und nur als Opfer des Gehorsams die Stelle übernommen haben.«
So harrte der aus der Diözese Lausanne stammende Pater Ligeritz ebenso mit Unlust aus wie der Römer Chiaveri. Aber beide ersehnten die Stunde, das fremde Dresden verlassen zu können.

*

In der großen Politik schloß sich Sachsen im ›Leipziger Partagetraktat‹ der Koalition Österreich, England-Hannover und Rußland gegen Preußen an.
Zu diesem Gegensatz zwischen der alten Habsburgermacht

und dem siegreichen Preußen trat noch der englisch-französische Kampf.
»Preußen muß geschlagen werden! ... Sachsen wird dann Magdeburg erwerben!« war Graf Brühls Hoffnung als Sachsens Außenminister, trotz der vielen Niederlagen, die die Österreicher und Sachsen erlitten.
Preußens König haßte deswegen den mächtigen Mann am Dresdner Hofe. Dieser umgekehrt auch ihn.
Dresden und Berlin, die unter August dem Starken ein nachbarliches Verhältnis zueinander hatten, traten nun in Gegensatz. Herrschte in Dresden die Gunst und die Kunst, so herrschten im groß gewordenen Berlin die berechnende Vernunft und Preußens ›Glorie‹.
Preußens Feinde planten, in Brandenburg einzubrechen. Am 12. Dezember 1745 gab Graf Brühl die Anweisung, angriffsweise gegen die Preußen vorzugehen. Der Oberbefehlshaber erklärte:
»Das ist durch die traurigen Zustände der Armee infolge der ewigen Geldknappheit unmöglich!«
Er brachte seine 25 000 Mann deswegen in eine Verteidigungsstellung auf den Höhen hinter dem Zschoner Grund.
»Ich bin krank. Graf Rutowsky soll das Kommando übernehmen.«
Er schimpfte: »Für alle Luxusbauten ist Geld da, aber für die Armee nicht!«
Auf dem äußersten rechten Flügel bei der alten Bennogründung Briesnitz, nahe der Eisernen Elbfurt, stand ein österreichisches Hilfskorps von 6000 Mann unter General Grünne; der linke Flügel stützte sich auf Kesselsdorf, das von sieben Grenadierbataillonen besetzt und dessen Zugang durch eine starke Batterie gedeckt war.
Bald waren 32 000 Preußen unter Führung ihres ›alten Dessauers‹ in Meißen.
Am Nachmittag des 15. Dezember stürmten die Preußen gegen die sächsische Schlüsselstellung bei Kesselsdorf.

Der Boden war glattgefroren und abschüssig. Die Preußen wurden abgewiesen. Ein zweites Mal ließ der Dessauer zum Angriff blasen. Wieder mußten sich die anstürmenden Preußen zurückziehen.
Da ließen sich die sächsischen Grenadierbataillone verleiten, aus ihrer festen Stellung zur Verfolgung hervorzubrechen. Alsbald wurden sie von der preußischen Reiterei in der Flanke angegriffen, zersprengt und zurückgetrieben. Nach zweistündiger Schlacht wälzte sich die sächsische Armee als eine einzige fliehende Masse auf Dresden zu.
Am nächsten Tage erschienen die Preußen vor Dresden. An eine Verteidigung war bei der geringen Besatzung und dem üblen Zustand der Festungswerke nicht zu denken. So mußte Dresden am 18. Dezember früh das Einziehen des 33jährigen Königs Fritz durch das Wilsdruffer Tor erleben. In einer achtspännigen Kutsche hielt er seinen Triumphzug in die Stadt, deren Herrlichkeiten er als junger Prinz bewundert und mit der schlichten Art Berlins verglichen hatte.
Die Kapellknaben beobachteten den Sieger genau. Die Patres aber riefen sie ins Haus.
»Holt eure Ministrantenkleider!«
»Wozu denn?«
»Die vielen Toten auf dem Schlachtfeld zu begraben.« –
Es war eine traurige Adventswoche für die besiegten Sachsen. Die Kapellknaben erschraken, als sie zusehen mußten, wie die toten Soldaten ins Massengrab geworfen wurden. »Das ist ja furchtbar, Hochwürden!«
»Krieg ist immer schrecklich. Wenn ihr erst höret, wie die Verwundeten stöhnen und schreien im Wundfieber. Die Angehörigen aber sind in Ungewißheit, ob der Ihrige tot, verwundet oder gefangen ist. Betet, daß Frieden wird!«
Preußens König besichtigte in diesen Tagen die Stadt, sah die Festungswälle und stand auch vor dem neuen Bau an der Festung.

»Die katholische Hofkirche, mein König!«
»Ich weiß ... « Er gab seinen Adjudanten den Auftrag: »Merke Er sich, daß in den Vertrag hineinkommt: ›Der König von Sachsen verspricht, die protestantische Religion in seinem Lande aufrechtzuerhalten.‹«
Friedrich war gewohnt, schnell zu handeln. Am Weihnachtsfeste dieses Jahres 1745, zehn Tage nach der Schlacht bei Kesselsdorf, wurde der ›Friede von Dresden‹ abgeschlossen. Darin wurde der Breslauer Friede von 1742 bestätigt, außerdem gab Friedrich jetzt seine Kurstimme für Franz von Lothringen, den Gemahl der Kaiserin Maria Theresia.
So war wieder einmal ein Friede erklärt worden. Für wie lange? Wenn er zehn Jahre währt, ist es schon viel. –
Die Kapellknaben sangen, bedrückt vom Kriegserlebnis, vor dem besiegten König in der Hofkapelle den Friedenswunsch der Engel auf den Fluren von Betlehem:
»... et in terra pax hominibus bonae voluntatis!«
Friedrich war nach Berlin zurückgekehrt.
Von nun an gab es in Deutschland zwei Großmächte.

*

Chiaveris Eingabe vom 13. März hatte Erfolg gehabt. Mitte April kam die Bewilligung von 40 000 Talern für die Bleibedeckung.
»In sechs Monaten muß es geschafft sein! Monatlich brauchen wir 340 Zentner Blei. Wir holen es selbst aus Freiberg mit den Pferden, die uns ebenfalls bewilligt worden sind. Dann haben wir keine unnötigen Unkosten.«
»Ich glaube kaum, daß wir in diesem Jahr alles schaffen werden.«
»Tu, was du kannst!« ermunterte Chiaveri.
Und die Pferdefuhrwerke zogen über das grauenhafte Schlachtfeld von Kesselsdorf zu den Freiberger Erzgruben.

*

Maria Josepha wollte Gutes tun und besprach sich deswegen mit ihrem Beichtvater:
»Hochwürden, ich möchte eine Stiftung machen. Oft habe ich überlegt, welcher Art. In Sachsen bestehen von alters her allerhand Spitäler und Armenhäuser. Auch für die Verpflegung armer Knaben ist in neuerer Zeit gesorgt worden. Ich finde aber, daß hingegen arme Mädchen solcher Wohltat bisher entbehrten. Drum möchte ich zum Unterhalt armer Mädchen ein großes Haus mit dazugehörigem Garten kaufen und es mit der nötigen Ausstattung für etwa hundert Kinder versehen lassen.«
»Eine solche Stiftung wird sicher Segen bringen. Wie soll die Leitung und die Verwaltung geschehen?«
»Ein Stiftskaplan soll die geistliche Leitung haben. Er wird im Erdgeschoß wohnen. Die Hauswirtschaft wird ein Verwalter leiten, und die Unterweisung der Kinder werden tüchtige Lehrerinnen übernehmen. Entwerfen Hochwürden bitte eine Hausordnung. Meine Hauptabsicht ist, die Mädchen vor allem in der christlichen Lehre, dann auch in Handarbeit unterweisen zu lassen, daß sie so befähigt werden, dereinst ihr Brot zu erwerben.« –
Nach mehrfachen Beratungen wurde die Stiftungsurkunde aufgesetzt.
»Das Stiftungskapital aus dem Privatvermögen der Königin beträgt 120 000 Taler, dessen 5%ige Zinsen = 6000 Taler den Unterhalt des Stiftes bestreiten müssen.«
Der erste Punkt der Hausordnung galt ›den geistlichen Verrichtungen‹:
»Für den Gottesdienst und Unterricht erhält das Haus einen eigenen Stiftskaplan. Er soll den Kindern täglich die heilige Messe lesen und am Abend den Rosenkranz vorbeten; an Sonn- und Feiertagen sowie am Mittwoch Christenlehre halten. In diesem Unterricht sollen die Kinder, um sie auf den Umgang mit Nichtkatholiken vorzubereiten, ermahnt werden, sich niemals in einen Streit über Glaubenssachen einzulassen. Der Pater wird sie zu prakti-

scher Frömmigkeit anleiten und sie anhalten, wenigstens monatlich die heilige Kommunion zu empfangen. Was in seiner Macht steht, soll er tun, um sich einschleichende böse Sitten und Ärgernisse abzustellen. Kinder, die den anderen zur Gefahr werden, sind dem Inspektor und dem Stiftsgeistlichen zu melden. In die weltliche Verwaltung des Hauses aber soll sich der Priester nicht einmischen.«
Ein besonderer Abschnitt war den evangelischen Kindern des Stiftes gewidmet:
»Da auch evangelische Kinder Aufnahme finden sollen, wird dem Stiftskaplan eingeschärft, gegen sie nicht weniger lieb und freundlich zu sein, sie nicht in Streitreden über Glaubensfragen zu ziehen und nicht zu Messe und Predigtbesuch zu zwingen. Wer jedoch freiwillig kommt, darf zugelassen werden. Ihren protestantischen Gottesdienst und Religionsunterricht sollen sie in der nahen Annenkirche haben.
Sollten sich Kinder zur Konversion melden, müssen sie gründlich unterrichtet und auf alle Schwierigkeiten aufmerksam gemacht werden, die ihnen aus diesem Schritt erwachsen könnten.
Die Hauskapelle, in der das heiligste Sakrament aufbewahrt werden soll, ist keine öffentliche Kirche. Auswärtige Katholiken sollen nur zugelassen werden, damit sich niemand beklagen kann, man trachte öffentlichen Gottesdienst einzuführen.
Der Stiftskaplan soll sich der katholischen Kranken in der Wilsdruffer und der Seevorstadt annehmen.«
Am 29. August unterzeichnete Maria Josepha diesen Stiftungsbrief.
Als erster ›Kaplan im Josephinenstift‹ wurde der bisherige Lehrer an der Lateinschule, Pater Johannes Jüttner, bestellt.
Am 31. August 1746 wurde das Josephinenstift eröffnet.

*

Gleichzeitig wurde das Senfkörnlein zum dereinstigen Krankenstift in Friedrichstadt in die Erde gesenkt. Schon im Jahre zuvor bemühte sich Pater Superior um eine Unterkunft für arme katholische Kranke, die oft aus ihren Wohnungen vertrieben wurden und nirgends Aufnahme fanden. Deshalb nahm sich einer der Patres ihrer an. Um dem Notstand abzuhelfen, wurde ein Haus in Friedrichstadt erworben. Ein Mechaniker eröffnete darin sein Geschäft, der nebenbei arme Kranke aufnehmen und gegen ein Entgelt verpflegen mußte. Bald darauf stellte der König die Urkunde über das Stift in Friedrichstadt aus.

*

Chiaveri hörte, daß Pater Guarini und andere am Hofe hochgestellte katholische Persönlichkeiten wieder Mattiellis Figuren bewundert hatten. Was war dagegen schon das mühsame Heranfahren des Bleies auf den an- und absteigenden gefährlichen Straßen. Und erst recht das Bleigießen auf den Dächern in der prallen Sommersonne.
Nein, an seinem Bau war noch nichts Bewunderungswürdiges zu sehen. Nach wie vor standen die hohen Gerüste im Mittelschiff. Die unverglasten Fenster boten mehr einen düsteren als imposanten Eindruck. Natürlich wurden Mattiellis Statuen bewundernswerter befunden und von den Herren und Damen des Hofes gepriesen.
Pater Guarini stand unter ihnen: »Herrlich, diese aszetische Mönchsgestalt des heiligen Bernhard von Clairvaux! Wie eng und faltenreich die Mönchskukulle am hageren Körper anliegt! Wie schön der weite Ärmel herabhängt, aus dem die gekrümmte Hand nur so eben hervorlugt, um das große Buch zu halten!«
»Hochwürden, schauen Sie dort die Büßerin Magdalena, wie sie sich auf den Baumstumpf stützt und das Kreuz liebend umfaßt, derweil sie über Gottes Barmherzigkeit nachsinnt, die größer ist als alle Menschenschuld zusammen. Nicht einmal das Salbengefäß ist vergessen.«

»Neben der unschuldigen Agnes mit dem Lamm wird sie stehen – neben der Patronin der Keuschheit die reuige Büßerein. Von ihrem Platz gegenüber dem Schloß werden sie in die Gemächer künden: ›Es gibt zwei Wege: entweder mit der Gnade sich bewahren oder mit der Gnade Buße tun!‹«, sagte als kleine Predigt Pater Guarini der ihn begleitenden Hofgesellschaft.
»Hier der am Baum gefesselte Sebastian mit dem leuchtenden Antlitz, als schaue er in der Ferne Christus, für den er seinen muskulösen, disziplinierten Körper als Zielscheibe den Bogenschützen darbietet. Betrachten Sie die Figur einmal von dieser Seite! Hier vermählt sich antike Kunst mit christlicher Gestaltungskraft und wird durch sie erhöht. Und dort Johann Nepomuk! Wie fein der Künstler ihn dargestellt hat! Das ist kein toter Sandstein mehr. Deutlich erkennen Sie den Talar mit den vielen Knöpfen, das weiße Chorhemd mit dem gestickten Saum, den breiten Schulterkragen des Domherrn. Beachten Sie, wie zart die Hände Längs- und Querbalken des großen Kreuzes halten, besonders aber, wie sein Blick auf dem gekreuzigten Heiland ruht. Hier muß doch jeder spüren: Dieser liebte Christus, den Gekreuzigten, so sehr, daß er für ihn sein Leben hingab.
Dort der Patron der um Keuschheit ringenden Jugend: unser junger Novize Aloysius. Man sieht ihm die innere Glut an, wie er sich in des heiligen Igantius Betrachtungen versenkt. Seine Rechte weist zart auf sein Herz, als bete er: ›Jesus, dir lebe ich – Jesus, dir sterbe ich!‹
Doch genug für heute. Wir können Meister Mattielli nicht genug danken für alle Werke, die er geradezu mit letzter Kraft und Hingabe schafft. Diese religiöse Sprache müssen doch dereinst Katholiken und Nichtkatholiken verstehen.
Kunst, die zum Höchsten führt: zu Gott!«

*

Was selten geschieht, erlebte Chiaveri, als er im Oktober erfuhr, daß er in der Heimat wegen seiner großen Fähigkeiten anerkannt wurde. Seine Pläne für die Hofkirche waren von Lorenzo Zucchi gestochen worden und so nach Rom gekommen. Besonders in der Akademie von S. Luca wurden sie besprochen und sogar bewundert, und man war erstaunt, daß ein Römer fern im Norden, im Lande Luthers, eine Kirche von solchen Ausmaßen und im römischen Barock für den katholischen König baute.
»Der Gaetano Chiaveri legt Ehre für uns ein!« hieß es in der Akademie.
»Ehre, wem Ehre gebührt! Wir wollen ihn zum Mitglied unserer Akademie ernennen!«
Beifall erfolgte. »Das hat Chiaveri wohl verdient!«
Am 4. Oktober 1746 wurde diese Ernennung ausgesprochen und die Urkunde Chiaveri nach Dresden gesandt.
War das eine Freude, als er in den naßkalten Tagen, da die welken Blätter von den Bäumen wehten und die Südländer wieder Heimweh nach Rom empfanden, wo es jetzt noch schöner war, die Urkunde in den Händen hielt und sie immer und immer wieder las.
Er zeigte sie stolz seinem Giovane:
»Ecco, ecco, komm, wir trinken eine Flasche Tokaier!«
Auch Pater Guarini zeigte er sie.
»Auguri, Maestro!«, und er umarmte ihn.
In seiner Freude mußte der Meister doch etwas unternehmen. »Komm, Giovane, wir fahren zum Winzerfest in der Hoflößnitz!«
Sie saßen alsbald im Hofe des kurfürstlichen Weinbergschlößchens und freuten sich über das bäuerliche Treiben. Bacchus ritt auf einem mit Weinlaub geschmückten Faß, das auf einem von zwei weißen Ochsen gezogenen Wagen lag. Chiaveri lachte über die ländliche Frau Venus, die im Bauernmieken-Habit auf einem Ochsen ritt. Ihr Kopfputz war aus Papier. Auf dem Latz befand sich ein großes brennendes Herz.

»Maestro, wie lustig, sie trägt einen Harlekinsbart!«
»Ecco, Giovane, neben ihr geht ihr ›Herr Sohn Cupido‹ in Essenkehrerkleidung, der Bogen aus einem Faßreifen und der Pfeil aus einem alten Besen.«
Die Bauernmusikanten bliesen so laut und falsch, daß Chiaveri sich lachend die Ohren zuhielt.
Giovane aber zeigte staunend auf eine Riesentraube, die von Winzern an einer Stange getragen wurde.
»Wie die Kundschafter, als sie aus dem Gelobten Land zurückkehrten!«
»Ecco, ecco, Giovane!«
Ein als Pickelhering Verkleideter trieb seine Possen. Von den bekränzten Bauernmägden wurde ihnen Wein kredenzt.
Es war eine urwüchsige Fröhlichkeit, und Chiaveri dachte: »Wie auf den Bildern der holländischen Maler!« –
Von der Elbe stiegen Nebel auf, als sie den Wagen wieder nach Dresden lenkten.

*

Als in der Hofkapelle das Te Deum zum Jahresschluß mit Pauken und Trompeten erscholl, dankte Chiaveri im großen Gotteslob, daß der Bau wieder ein Stück gewachsen, aber auch für die Ehre, die ihm zuteil geworden war. Wahrlich, ein Trost in diesem Jahr.
Seine Bauschreiber hatten die Ausgaben für 1746 berechnet: 45 400 Taler.
Es war seit 1739 die bisher niedrigste Jahresausgabe.
Chiaveri gab sich zwar zufrieden, ließ aber doch die kritische Bemerkung fallen:
»Wenn es nächstes Jahr nur nicht noch schlechter wird!«
»Nicht schwarzsehen, Maestro!« tröstete Giovane.
»Nicht schwarz, Giovane, aber grau!«

*

Am 9. Februar 1747 heiratete die junge Maria Josepha Ludwig den Dauphin von Frankreich.
Für den Juni war die Doppelhochzeit ihrer Geschwister vereinbart: Kurprinz Friedrich Christian sollte mit Maria Antonia, der Tochter des verstorbenen Kaisers Karl VII., und die neunzehnjährige Maria Anna mit dem Kurfürsten Max Joseph von Bayern getraut werden.
Der Hof hatte andere Sorgen als Chiaveri. Geld war zwar bewilligt, wurde aber nur schleppend ausgezahlt. Zudem hatten maßgebliche Dresdner es dem Architekten nicht vergessen, daß er ernstlich den Einsturz der herrlichen Frauenkirchenkuppel befürchtet und es auch in seinem Gutachten angesprochen hatte.
Nun wurde von unbekannter Seite der Spieß umgedreht: »Das Gewölbe der Hofkirche hält nicht! ... Die Wölbung ist zu dünn für diese Spannweite! ... Laßt erst einmal das Gerüst im Innern entfernt sein, dann werdet ihr das krachende Einstürzen hören!«
»Dummes Gerede!« sagte Chiaveri.
»Nein! Ihr fürchtet ja selbst für die Peterskuppel. In Wien rechnet man jeden Tag mit dem Einsturz des Stephansturmes.«
»Deshalb braucht doch *mein* Gewölbe nicht herabzustürzen! Ich werde es beweisen.«
Er gab den Befehl, das Gerüst im Innern vollständig abzubrechen.
Der Erfolg der Gerüchtemacher war durchschlagend: die Arbeiter weigerten sich!
»Das ist uns zu gefährlich!«
»Unsinn!« Chiaveri war tief in seiner Ehre gekränkt.
Vergebens bemühte er sich, das Unbegründete des Geredes nachzuweisen. Sie hörten nicht auf den aufgeregt kauderwelschenden Cajetani. Sprachlos stand er da, als die Arbeiter, mit denen er immer gut ausgekommen war, scharenweise kündigten.
Bald wagte niemand mehr, die Baustelle zu betreten.

Der Bau der Hofkirche war wie ein Kranker in die Krisis gekommen.
Krisis aber bedeutete Entscheidung:
Aufhören oder weiterbauen!
Entscheiden aber konnten nur der König und seine Minister. Chiaveri entschloß sich zu verdemütigenden Besuchen. Lieber wäre er nach Rom abgereist. Aber noch blieb er, um alles zu versuchen.

*

Die geistliche Leitung des St.-Benno-Krankenstiftes übernahm Pater Karl Wallhoffen, der wie die anderen königlichen Kapläne besoldet wurde. Die Kranken sollten aber nicht in dem Gebäude an der Straßenfront untergebracht werden. Darum wurde sofort ein Haus im Garten gebaut. Die Arzneien sollte die Hofapotheke umsonst liefern.
Da sich der Bau einer Kapelle verzögerte, richtete Pater Wallhoffen ein größeres Zimmer ein. Ein Altarbild des heiligen Benno ließ er aus München kommen. Zu den Gottesdiensten hatten, wie im Josephinenstift, auch auswärtige Katholiken Zutritt.

*

Es waren bittere Wege, die Chiaveri unternahm, um die Baukrise zu überwinden.
Er haßte die Instanzenwege. Nun mußte er sie selbst gehen. Wie bitter war das Warten im Vorzimmer, bis es endlich hieß: »Wenden Sie sich an den Herrn Oberlandbaumeister Knöffel! Wir sind in dieser Angelegenheit nicht zuständig!«
Er, der selbständige Architekt, sollte zu dem gehen, den er als seinen Rivalen ansah?
Wie leicht tut der Verbitterte unrecht, wenn er im Kollegen, der angesehener ist, den Rivalen wittert.
»Der Herr Oberlandbaumeister bedauert, Sie jetzt nicht

empfangen zu können. Er muß dringend zu einem Bau nach Hubertusburg fahren.«
Hatte es noch Zweck, Minister aufzusuchen? Chiaveri tat es. Jetzt zeigte sich erst recht, wie schwer es für ihn war, die Festigkeit seines Gewölbes zu beweisen, weil er die deutsche Sprache nicht beherrschte. Die Übermittlung seiner fachlichen Gründe durch einen Dolmetscher wirkte nicht überzeugend. Er hob den Schwurfinger hoch und beeidete bei seiner Ehre, daß nicht die geringste Gefahr vorhanden sei.
Vergebens versuchte er die Minister zu überzeugen, um von ihnen gerechtfertigt zu werden.
Überall hörte er Vorwürfe über seine Unwissenheit und Ungeschicklichkeit.
»Wir können das Leben des Königs nicht gefährden.«
Sogar bis zu diesem waren die Behauptungen gedrungen:
»Das Gewölbe kann nicht halten.«
Der König bemitleidete seinen Architekten. Aber was half es, daß er mehrmals vor seinem Hofe äußerte:
»Nicht Unkenntnis Chiaveris ist es. Es ist vielleicht die Nähe des Stromes, der bei Hochwasser den Grund unterwäscht, daß der Boden, wie man mir versicherte, sich gesenkt habe und so das Gewölbe gefährden könne ... Ich möchte mich selbst davon überzeugen, ob die düstere Prophezeiung berechtigt ist oder nicht.«
»Du darfst dich nicht in diese Gefahr begeben!« mahnte Maria Josepha mit tränenden Augen. Seine Kinder bestürmten ihn: »Begib dich doch nicht in diese Gefahr!«
Die Minister machten ihm die dringendsten Vorstellungen; der ganze Hof bat inständig:
»Der König möge von der Besichtigung abstehen.«
Sein Vater hätte all diesen Tränen, Bestürmungen und Warnungen getrotzt.
Aber der Sohn war nicht August der Starke.
›August der Willfährige‹, wenn es nicht um Kunst oder Jagd ging.

Zum Premierminister Brühl wagte Chiaveri nicht zu gehen. Der hörte auch nur auf das, was Knöffel ihm sagte. Er wußte sich keinen Rat mehr.
Auch Maria Josepha nicht, aber sie betete den täglichen Rosenkranz zur Mutter vom guten Rat.
Es mußte von irgendwoher eine unerwartete Hilfe in dieser Krise kommen.
»Baut Gott nicht das Haus, umsonst bauen die Bauleute. Herr, rette deine Kirche!«

*

Trostlos lag der Bauplatz da, als die Doppelhochzeit mit großer Pracht gefeiert wurde. Nur wenige Arbeiter waren tätig. Doch es war Chiaveri gelungen, einige Zimmerleute zu bewegen, im Innern an einer Stelle das Gerüst unter dem Gewölbe abzubrechen. Da konnte es sich ja zeigen, ob die Gerüchtemacher recht behielten.
Eines Tages kam ein junger Mann auf den Bauplatz. Er mochte etwa achtzehn oder neunzehn Jahre alt sein. Neben ihm ging sein Vater, der Hofmaler Ismael Mengs. Beide waren von einer Studienreise aus Rom zurückgekehrt. Der Ruf vom Talent des jungen Mengs war bereits über die Alpen bis nach Dresden gedrungen. Jetzt wurden seine ausgestellten Pastellbilder bewundert, und der italienische Sänger Dominico Annibali ließ sich von ihm malen.
Aber Anton Raphael hatte in Italien auch den Namen Chiaveris oftmals lobend vernommen:
»Ah, Sie sind aus Dresden, wo unser Chiaveri die Kathedrale für den König baut. Ein ganz bedeutender Architekt!«
Nun wollten Vater und Sohn sehen, was alles während ihrer Abwesenheit in der Heimatstadt gebaut worden war. Überrascht waren sie, als sie den Bauplatz an der Festung so verlassen vorfanden.
Der Vater erzählte dem Sohne, was er erfahren hatte.
»Das glaube ich nicht! … Dummes Gerede! … Hofintrigen! … Architektenneid!« meinte er abschließend.

»Wo ist der Maestro Chiaveri?« fragte der junge Mengs.
»Krank in seiner Wohnung.«
»Besuchen wir ihn, Vater!«

*

Anton Raphael Mengs sprach mit dem kranken Meister italienisch. Das tat dem Verbitterten gut.
»Giovane, buon vino!«
Der junge Künstler erzählte, wo er in Italien gewesen war und wie oft er Chiaveris Namen von Fachleuten voll Stolz und Bewunderung gehört hatte.
Dem ergrauten Architekten kamen die Tränen. Stockend berichtete er von seinem Unglück.
»Lamentabile!«
Aber dann: »Giovane, hol die Zeichnungen!«
Er erklärte eingehend, wie er das Gewölbe gesichert hatte.
Anton Raphael verstand alles:
»Ich habe den römischen Barock kennengelernt.«
Er besprach sich mit seinem Vater, dann fragte er:
»Maestro Chiaveri, erlauben Sie, daß mein Vater und ich das Gerüst besteigen, um uns ein Urteil zu bilden?«
Chiaveri lächelte, und doch klang die Frage herb:
»Das wollen Sie waggen? Lamentabile – wird nix nützen! – Wer wird gebben in Dresden was auf Urteil von junge Maler?«
»Man kann nie wissen … Der heilige Raphael wird mich beschützen und der heilige Antonius dann schon weiterhelfen.«
»Ick steigen mit aufs Gerüst!«
»Aber Maestro Chiaveri, Sie sind doch krank!«
»Das makken kranke Maan widder gäsund … Sant' Antonio, San Raffaele, orate pro nobis!«
Gott bedient sich gern der Kleinen und Schwachen. Er bediente sich in dieser Baukrise des jungen Malers Anton Raphael Mengs.

Unerschrocken stieg dieser mit seinem Vater auf die Gerüste, die niemand mehr betreten wollte. Mit großer Genauigkeit betrachtete er die Bauweise, wie Chiaveri sie ihnen erklärte. Nicht nur einmal, nein, wiederholt bestiegen die drei den Bau, maßen, winkelten und machten Aufzeichnungen.
Vater und Sohn Mengs wurden mehr und mehr von der Grundlosigkeit der Einsturzgerüchte überzeugt.
Nach mehreren Tagen sagte der junge Mengs:
»Ich werde über die Stelle des Gewölbes gehen, wo es ohne Gerüst ist.«
»Das wollen du waggen?« fragte Chiaveri glücklich.
Sie stiegen hinauf.
Unerschrocken und voll Vertrauen betrat Anton Raphael das Gewölbe. Er ging vorsichtig Schritt für Schritt voran. Zur Sicherheit trug er eine starke Stange quer, um sich bei einem etwaigen Einbruch daran hochziehen zu können. Chiaveri hatte sie ihm in die Hände gedrückt:
»Nimm sbarra!«
Anton Raphael ging bis zur Mitte, blieb einige Augenblicke stehen und schritt dann vorsichtig wieder zurück.
»Deo gratias!« sagte der Vater und faltete die Hände.
Chiaveri umarmte den Wagemutigen.
»Das Gewölbe ist ausgezeichnet in Ordnung, Vater. Neid und Böswilligkeit haben dem Landfremden einen argen Streich gespielt.«
Chiaveri verstand es nicht. Drum sagte Anton Raphael:
»Ottimo, Maestro Chiaveri!«
»Und jetzt?« fragte der Vater.
»Zum nächsten Schritt gehört noch mehr Mut, Vater. Aber um des niedergebeugten Chiaveri willen werde ich ihn gehen.«
»Welchen Schritt?«
»Zum König!« erriet voll Freude der alte Baumeister.
»Zum König, ja, ich werde ihn bitten, ihm meine Bilder zeigen zu dürfen. Dann wird sich der Augenblick schon

ergeben, ihm das zu sagen, was seine Günstlinge ihm verschweigen.«
Alles hatte Anton Raphael auf italienisch auch zu Chiaveri gesprochen, der tiefgerührt dastand.
»Du bist ein kühner junger Mann geworden, mein Sohn.«
»Die Kunst steht in des Königs Gunst. Drum hoffe ich, daß ich Chiaveri helfen kann.«

*

König August ließ sich nicht nur des jungen Meng's Kunst zeigen, sondern er kaufte sämtliche Pastellbilder für seine Galerie und beauftragte ihn, ein Porträt von ihm in Pastell anzufertigen.
»Ich habe das Porträt, das Sie von Dominico Annibali gemalt haben, mit Bewunderung gesehen. Ich werde Sie mit einer jährlichen Pension von 600 Talern anstellen, Anton Raphael Mengs.«
Dieser dankte für die unerwartete Ehrung:
»Das wird mich in die Lage versetzen, mich hier an den Gemälden Corregios weiterzubilden.«
Während der nächsten Wochen saß der König mit dem jugendlichen Künstler zusammen und ließ sich dabei vorlesen. Als eines Tages die Sitzung beendet war, fragte August, ob Anton Raphael einen Wunsch habe.
Dieser zögerte mit der Antwort.
»Reden Sie frei und offen, das ist mir am liebsten.«
»Dann bitte ich den König, den Gerüchten über die Einsturzgefahr des Hofkirchengewölbes keinen Glauben zu schenken.« – »Wieso?«
»Mit meinem Vater und Maestro Chiaveri habe ich tagelang das Gewölbe eingehend untersucht und festgestellt, daß Gaetano Chiaveri ein ausgezeichneter Architekt ist.«
»Verstehen Sie denn auch etwas von der Baukunst?«
»Es klingt vielleicht selbstbewußt, wenn ich es bejahe. Aber ich traue mir trotz meiner Jugend ein Urteil zu.«

Der König verzog ein wenig den Mund zum Lächeln, dann jedoch beherrschte er sich.
»Es freut Uns, wie Sie für Maestro Chiaveri, den Wir sehr schätzen, eintreten.«
»Darf ich noch etwas hinzufügen?«
»Bitte!«
»Ich bin selbst in Gegenwart meines Vaters und des Meisters über das Gewölbe gegangen.«
»Sie haben sich der Gefahr ausgesetzt?«
»Aufgrund meiner tagelangen Untersuchungen sah ich keine Gefahr darin.«
»Ich danke Ihnen, Mengs. Das Weitere werden wir veranlassen.«

*

Vermochte der König dem Urteil des jungen Malers auch nicht volles Vertrauen zu schenken, so erteilte er aber doch sofort Befehle zu umgehender baufachlicher Untersuchung. Endlich zeigte sich zur Freude aller, welche am Schicksal des Architekten und am Fortgang des Baues teilgenommen hatten, daß Chiaveri mit den besten Mitteln gebaut hatte und nicht die geringste Gefahr zu befürchten war.
Der gealterte Meister umarmte wiederholt seinen jungen Freund und drückte ihn an seine Brust:
»Mein Retter, amico mio Antonio Raffaele!«
Das aufgegebene Werk belebt sich zwar nicht sofort wieder. Doch allmählich fanden sich manche Arbeiter erneut ein, und Mattiellis schwere Figuren wurden nun in die Nischen und auf die Balustraden gesetzt. Bis zum 23. November waren 56 Statuen in doppelter Mannesgröße bereits aufgestellt, 10 standen schon fertig da, 12 waren noch in Arbeit.
König August befahl, aus altem Kanonenmetall eine Glocke von hundert Zentnern zu gießen.
»Sie soll der göttlichen Vorsehung geweiht sein!«
Die Bauausgaben des Jahres von nur 23 465 Talern be-

wiesen, in welch gefahrvoller Krise sich der Bau befunden hatte. Aber nun war sie überwunden.
Gaetano Chiaveri war sichtlich dadurch gealtert, obwohl er erst 58 Jahre zählte.
»Hätte ich doch nicht die Kuppel der Frauenkirche kritisiert, dann wäre mir das erspart geblieben!«
Am 28. April 1748 starb, 72jährig, Pater Guarini, der geistige Mitgestalter der Hofkirche. Es war ein schwerer Schlag für den König. Er klagte:
»Ich hatte in ihm einen wahren und aufrichtigen Freund gefunden, der mir in vielen Anliegen kein geringer Trost gewesen ist.«
Auch Chiaveri und die katholische Gemeinde betrauerten seinen Tod.
Am gleichen Tage ging auch der bedeutende Bildhauer Mattielli, der dem Pater Guarini so zugetan gewesen war, im Alter von nur 60 Jahren in die ewige Heimat hinüber. Der feine Sandsteinstaub hatte seinen Tod herbeigeführt.
Wie oft hatte Chiaveri ihn ob seines Erfolges und Reichtums heimlich beneidet.
Als er nun am Grab stand, tat er Abbitte:
»Du hast das Werk gekrönt. Ich aber war mißgünstig. Verzeih mir, Mattielli!«

*

Um diese Zeit war es, als Bernardo Belotto, genannt Canaletto, die Stadtansicht von Dresden vom rechten Elbufer aus, unterhalb der Augustusbrücke, malte und sich dabei der Camera obscura bediente.
Vor der Brücke der leuchtende Bau der Hofkirche, von der nur noch der Turm eingerüstet war. Hinter der Brükke, geschickt in den Mittelpunkt des Bildes gemalt, die majestätische Kuppel der Frauenkirche.
Eine Darstellung von des Chronisten Iccanders Wort:
»Das auf dem höchsten Gipfel seiner Vollkommenheit prangende Dresden.«

Einweihung und Vollendung

Einst hatten die alten Kanonen und Mörser gehämmert und geböllert. Sie trugen fast alle Namen und waren so an die zweihundert Jahre und darüber alt. Lange standen sie unbenutzt im Haupt-Zeughaus und erinnerten an die Zeit, als sie noch Feuer und Verderben spien.
Eines Tages hatte Obrist Hiller sie besichtigt und notiert:
5 Kanonen,
5 Mörser, 16pfünder,
›Der Hämmerling‹,
›Der Drache‹ von 1519,
›Das erste Gebeth‹, ein 2 1/2pfünder von 1526, womit der Feind bei der Kanonade zuerst ›ins Gebet‹ genommen wurde, 2 polnische Mörser von 1555.
»Sie wiegen zusammen 90 Zentner, 87 Pfund und werden dem Gießerei-Inspektor verabfolgt, der sie einschmelzen wird zu einer großen Glocke beim Bau am Schlosse.«
Nun waren sie längst eingeschmolzen. Aus dem Kriegsmetall entstand die große 100 Zentner, 13 Pfund schwere, 3 Ellen und 13 1/2 Zoll hohe Glocke, mit einer Breite, daß sechs Mann in ihr nebeneinander stehen konnten. Sie trug aus dem Buche Judit 9,5 eine lateinische Inschrift, die zu deutsch hieß:

> »Alle deine Wege sind vorbereitet, und deine Ratschlüsse beruhen auf deiner Fürsehung.«

Außer dem Namenszug August III. noch das große polnische Königswappen und die Umschrift:
»Anno 1747 goß mich Johann Friedrich Weinhold in Dresden.«
Vollendet also war die Glocke, aber der Turm war noch nicht soweit und auch noch nicht die Zeit, daß der katholische König, den viele als absoluten Herrscher ansahen, die Macht hatte, sie aufhängen und läuten zu lassen. Die Rücksicht auf die den Protestanten gegebenen Zusiche-

rungen war stärker. Die Glocke sollte ja die Menschen nicht verärgern, sondern einladen. Noch waren die Katholiken weder in Dresden noch in ganz Sachsen den evangelisch-lutherischen Christen gleichgestellt.
So mußte die Glocke, die Gottes ›Fürsehung‹ beim Bau dieses Hauses voll Glorie künden sollte, vorerst stumm im Zeughaus stehen.

*

Am zehnten Sonntag nach Trinitatis 1748 predigte der gealterte Superintendent Dr. Löscher in der Kreuzkirche. Unverhohlen las er dem König und allen an der Landesregierung Beteiligten die Leviten und wetterte gegen die katholischen »Pfaffen«. Er schloß:
»Wehe dir, armes Land, weil man deinen Fürsten die Augen geblendet! Wehe euch, ihr Verstörer, meinet ihr, ihr werdet nicht verstöret werden? O elendes Land, dessen Fürsten abtrünnig werden, die den Grund des Landes, deine Mauern und Vesten verwüsten! Im Frieden wird unser Land verwüstet, und es ist der, der dich schützen soll, dein Feind! Höret, ihr Hohen und Gewaltigen dieses Landes: Fluch, Unsegen, zeitliche und ewige Strafen ruhen auf euern Palästen, und ewige Verdammnis wird euer Lohn sein.
Der Herr hat mich gesandt, daß ich dies alles, was ihr gehöret habt, weissagen soll wider dieses Haus und diese Stadt. Siehe, ich bin in euren Händen, ihr möget es machen, wie es euch recht dünkt; doch sollt ihr wissen, wo ihr mich tötet, so werdet ihr unschuldig Blut laden auf euch und diese Stadt und diese Einwohner, denn wahrlich, der Herr hat mich gesandt, daß ich dies alles vor deinen Ohren sagen solle. Amen.«
Bald nach dieser aufrüttelnden, aber auch polemischen Mahnpredigt starb Dr. Löscher, nach fünfzigjähriger Amtstätigkeit.

Im Schatten der Kreuzkirche und auf ihrer Kanzel hatte er vierzig Jahre lang gewirkt, von den Seinen ›Vater Löscher‹ genannt. Die Lehrer und Schüler der berühmten Kreuzschule schauten verehrungsvoll zu diesem einfach lebenden Geistlichen auf, der 60 000 Bücher sein eigen nannte und sich in ihnen auskannte. Sie waren seine liebsten Freunde.
Beim Magistrat stand er in hohem Ansehen. Besonders wurde seine Verschwiegenheit geschätzt.
Wer durch Dresden kam, mußte Löscher gehört haben, wenn dieser eine Stunde oder länger mit seiner hellen Stimme in der stets vollen Kreuzkirche predigte.
Er war ein Mann des Gebetes. Den Freitag feierte er nach altkirchlicher Weise als Tag der Enthaltsamkeit. Vor den hohen Festen hielt er seine ›Vigilien‹ und brachte den größten Teil der Nacht in geistlicher Betrachtung zu.
Den Umgang mit Katholiken mied er, »da man sie doch nicht überzeugen könne«. Nur bei französischen Geistlichen machte er eine Ausnahme. Gegen die Jesuiten hat er in seinen Schriften mit starkem Erfolg losgedonnert und sich gegen ihre ›Übergriffe‹, wie er es empfand, heftig gewehrt. Sein antirömischer Geist hat den katholischen Geistlichen und auch den Katholiken in Dresden viel zu schaffen gemacht.
Er war in seiner Haltung ebenso zeitbefangen wie Pater Kraus in Prag, der gegen ihn, den gefürchteten Superintendenten, schrieb.
In den Katakomben der Frauenkirche wurde Dr. Löscher beigesetzt. Die Protestanten verehrten ihn als Wächter im evangelischen Zion an der Elbe und nannten ihn später den Propheten von Kursachsen.

*

Die harrende Glocke durfte auch nicht läuten, als am 18. Oktober 1748 der Friede zu Aachen geschlossen wurde. Allgemeine Erschöpfung führte zur Beendigung des Krie-

ges. Hauptsächlich war in den Niederlanden gekämpft worden, wo die Franzosen unter dem Marschall von Sachsen, dem tatenlustigen Sohne Augusts des Starken und der Königsmarck, mehrere Siege erfochten hatten. Niemand sah darin Verrat am Vaterlande.
Die Dresdner waren vielmehr stolz auf ihn, erinnerte er sie doch an seinen Vater. Nur seine Erfindung belächelten sie: ›Der Elbkahn auf Rädern‹. Durch ein Pferd an Bord des Kahnes wurden Radschaufeln gedreht, die ihn stromaufwärts bewegen sollten. Doch die eine Pferdekraft war zu schwach. Der Kahn trieb ab.
»Von den Elbkähnen versteht er nichts, die müssen den Leinpfad hinaufgezogen werden. Das war immer so und wird immer so bleiben. Aber ein tüchtiger Marschall ist der Sohn der Königsmarck.«
»Und sieht seinem Vater ganz ähnlich!«
Nun war also auch dieser österreichische Erbfolgekrieg zu Ende. Frankreich und Spanien anerkannten Franz I. als Kaiser.

*

Des großen Künstlers Mattielli Sohn Francesco Antonio arbeitete nun an den Statuen weiter. Noch fünf waren nach einer eingerichteten Aufstellung Chiaveris »zur Erfüllung der 78 Stück in allem zu fertigen«.
Aber es war schwer für den Sohn, dort den Meißel wieder anzusetzen, wo des Vaters Hand ermattet war.
Für Chiaveri brachte das Jahr 1748 nicht die erhoffte Belebung. Die Lieferung der schwarzen und weißen Marmorplatten hatte er in Carrara eingeleitet, aber sie lagen zum Teil noch in Livorno. Der Marmorierer Pietro Aglio und seine Mitarbeiter hatten vier Altäre und die sechs Stufen des Hochaltars fertig.
Doch weder Türen noch Fenster waren eingesetzt.
»Ick habben keine pazienza mehr!«
Er rief seinen Kondukteur Sebastian Wetzel herbei.

»Ick muß reisen nach Italia. Du mich hier vertreten. Lasse Fassade abputzen, Fußboden legen und Brüstungen auf Emporen fertig macken.«
»Wann werden Sie wiederkommen?«
Chiaveri zuckte mit den Schultern.
»Wie steht es mit dem Turm? Noch fehlen die beiden oberen Stockwerke.«
Ärgerlich sagte Chiaveri: »Erst müssen Knöffel Hubertusburg fertig habben. Ich habben dreißig Jahre hier in kalte Sassonia und Polonia gearbeitet. Bin ick jetzt krank ... Adieu, Wetzel!«

*

Unterm 12. Oktober 1748 kam von Rom die Nachricht: Der Architekt des König von Polen ist angekommen; um seiner Gesundheit willen muß er Luftveränderung haben. Die Dresdner ›Luft‹ konnte einen Mann wie Chiaveri wahrlich krank machen.
»Otium cum dignitate! – wie es dem Römer im Blute liegt«, sagte Pater Superior Gruber zu seinen Mitbrüdern. Da er bemerkte, wie die älteren Kapellknaben lauschten, frage er:
»Na, wer kann das übersetzen?«
»Muße mit Würde, Reverendo Pater Superior.«
»Bene! Wenn ihr mal in eurem Leben so viel wie Chiaveri geleistet hat, dann könnt ihr euch auch nach einer sommerlichen Villegiatura umsehen. Aber vorerst heißt es noch: studieren, studieren, studieren! Was das bedeutete wissen einige von euch noch nicht. Studieren heißt: sich eifrig bemühen. Da werde ich noch viel, viel Geduld mit euch haben müssen.«
Die hatte Pater Superior Gruber auch mit ihnen und mußte sie auch mit sich selbst üben, litt er doch an Nierensteinen. Seit 15 Jahren schon war er Superior, ja sogar der Obere der Hofpatres. Die Kapellknaben hatte er besonders gern; als ihr ehemaliger Vizepräfekt hatte er die

Art der Jungen kennengelernt. Später folgte eine kurze Zeit schwerer Seelsorgsarbeit in Leipzig. Er war schon soviel im Lande seelsorglich tätig gewesen während all dieser Jahre, daß seine Mitbrüder ihn den ›Vater der sächsischen Mission‹ nannten.

Leider aber fand er keine Zeit mehr, das Tagebuch und die Chronik weiterzuführen. Manche Einzelheiten aus dieser interessanten Bauzeit nach 1742, die er in allen Phasen miterlebte, blieben unvermerkt. – »Wann wird die Kirche fertig sein, Pater Superior?« Dieser wußte keine endgültige Antwort.

»Wir möchten doch gern die Einweihung mitfeiern!«

»Dann betet nur fleißig, daß Gott, der gewaltige Bauherr des Himmels und der Erde, dieses Gotteshaus segne! – Wie lautet der erste Vers aus Psalm 126?«

»Baut Gott nicht das Haus, umsonst bauen die Bauleute!«

*

Der Vertreter des Architekten hatte die gleichen Sorgen zu tragen wie dieser selbst, der in seinem letzten Baujahr 29 092 Taler Schulden übernehmen mußte, so daß die Ausgaben am Jahresende 22 742 Taler betrugen, der bisher geringste Betrag seit 1739. Dem Baukondukteur blieb nichts anderes übrig, als an den Grafen Brühl zu schreiben, wenn er Chiaveris Aufträge ausführen wollte. Der allmächtige Premierminister mußte ›unterthänigst‹ angegangen werden, sonst würde Wetzel sich der Ungnade Seiner hohen Exzellenz aussetzen. Also schrieb er mit vielen ›Kratzfüßen‹:

»Unterthänigster Pro Memoria.

Ew. Hoch Reichs Gräffl. Excellenz habe hierdurch in Unterthänigkeit anzeigen wollen, wie mich nach hinterlaßener Ordre des Architekten Chiaveri des hiesigen Neuen königl. Schloß Baues halber verhalten, und folgendes dabey verfertigen lassen, nehm. die gantze Facciade entdecket und solche lassen abputzen, die gantze mittlere

Kirche, als den Fußboden, wie auch unter den Gallerien zu Stande zu bringen, auf denen Gallerien alle Brüstungen fest und fertig machen lassen, die zwei Königl. Logen werden bereits geendigt.
Das hohe Altar ist auch gantz und gar aufgesetzet, alle Fenster der gantzen Kirche sind gleichfalls fertig, das erste Sacristey- und ein Treppengewölbe geendiget und andere dergl. Kleinigkeiten mit gemachet.
Ich hätte auch die vier Capellen und andere Sachen so höchst nöthig mit Blei decken lassen, damit nachgehende die vier Capellen könnten gewölbet werden, ingl. sollte ich auch den Gang von der Kirche in das Königl. Schloß führen lassen, welcher Gang accourat in die andere Garde-Robe hinter die Königl. Capelle kommt, um dadurch die Communication bequem zu haben, auch sollte veranstalten, daß die Marmor-Tafeln, welche in Livorno schon bereit liegen, zu rechter Zeit (weiln 7 bis 8 Monathe auf der Reise damit zugebracht wird) angeschafft werden, und überhaupt noch viele Kleinigkeiten, welche annoch verfertigen lassen sollen.
Allein die Umstände jetziger Zeiten und die zum Behuf aufs vorige 1748 Jahr destinirt gewesenen 50 000 Thaler, statt derer aber kaum erhaltenen 22 000 Thlr. – sind Ursache, daß vieles unterbleiben müssen.
E. Reichs Gräffl. Exc. wollen also in hohen Gnaden betrachten, wie nützlich und nothwendig ist, daß wegen Anschaffung der Materialien, weiln die Zeit nunmehro herannahet, Sorge getragen werde, damit nicht nur der Bau in Abwesenheit des Architekten continuire, sondern auch vieler Schaden dadurch vermieden würde bis zu deßen Ankunft.
Werden also E. Hoch Reichs Gräffl. Exc. die Nothwendigkeit desselben wohl einsehen und daß bey deßen Beschleunigung gewiß viele Unkosten ersparet werden können.
Dreßden am 14. Febr. 1749.

Sebastiano Wetzl. Condukteur.«

Besondere Sorge machte Wetzel das Abputzen der Fassade, war doch der Sockel der Kirche nicht ganz gleichmäßig gefügt. Vor allem in den Feldern waren die Steine oft unordentlich zusammengesetzt. Lange, senkrecht stehende Stücke ergaben mit kleineren Steinen daneben durchgehende Stoßfugen.
Schuld daran war die geringe Auswahl an Steingrößen, weil das Material schon 1739 von den Steinsetzermeistern Lutz und Petersill nicht schnell genug geliefert werden konnte.
Deswegen war Chiaveri gezwungen gewesen, den Bau mit einem Mittelding von Putz und Anstrich versehen zu lassen. Wetzel wußte, daß auch an anderen, besonders österreichischen Barockbauten diese ›Glätte‹ angewandt wurde.

*

Kondukteur Sebastian Wetzel konnte Ende 1749 die Bauausgaben für das Jahr berechnen: 27 775 Taler.
Die bisherigen Kosten betrugen:

1. 10. – 31. 12. 1738	11 000 Taler
1739	116 400 Taler
1740	122 413 Taler
1741	55 336 Taler
1742	48 250 Taler
1743	52 703 Taler
1744	53 550 Taler
1745	50 000 Taler
1746	45 400 Taler
1747	23 465 Taler
1748	22 742 Taler
1749	27 775 Taler
insgesamt	629 034 Taler

Er wußte, daß dem Kirchenbau bei der Rentkammer schon lange ein Konkurrent entstanden war: der prunkvolle Schloßbau zu Hubertusburg durch Knöffel. Er konnte Chiaveris Verärgerung darüber, daß dieser luxuriöse Bau das Interesse des Königs stark von der Hofkirche abgelenkt hatte, verstehen. Hätte Chiaveri gewußt, was Wetzel hintenherum erfuhr, wäre sein Groll noch grimmer gewesen: Hubertusburg hatte bis 1749 die Riesensumme von 922 215 Talern verschlungen. Daher die seit 1744 Jahr für Jahr abnehmenden Ausgaben für die Hofkirche. Wetzel wußte, daß der Bau noch lange nicht vollendet dastehen würde.

*

Chiaveri kaufte, um sein Geld anzulegen, aber auch mit Rücksicht auf seinen Neffen, einen Weinberg im Quartier Pilozzo bei Monte Porcio und einen kleinen Albereto detto Fordiano. Bald hatte er wegen des Weingutes einen Prozeß zu führen, in dem er zeitweilig drei Advokaten beschäftigte. Er kämpfte dabei mit der ganzen Leidenschaft seines Temperamentes für seine Sache.
Je teurer ihm aber das Weingut zu stehen kam, desto mehr mußte er sich bemühen, seine sächsische Pension zu sichern. Er wohnte mit ›Familie‹ im Hause des Duca Benedetti.
Am 21. Januar 1750 schrieb ihm Graf Brühl, er solle seine Rückkehr nicht unnötig beschleunigen, da der König bereits alles zur Vollendung der Kirche Notwendige mit Oberlandbaumeister Knöffel festgelegt habe. Man wolle ihm bis einschließlich Dezember 1749 sein altes Gehalt zahlen; von da an jährlich 600 Taler auf Lebenszeit.
Chiaveri hatte es wohl kommen sehen, daß der einflußreiche und in großem Ansehen stehende Knöffel den Bau übernehmen würde.
Jetzt war es ihm sogar recht, denn sein Prozeß hielt ihn in Italien fest.
Als Knöffel im April 1750 die Bauleitung übernahm, erkannte er sofort den einen Baufehler Chiaveris: die mangelhafte Dachdeckung.

Die Kapellen, die neu gedeckt wurden, ließ er nach den schlechten Erfahrungen gleich in Kupfer ausführen, wie es hierzulande üblich war. Am Turm waren noch 53 Ellen (ca. 30 m) aufzuführen, zu wölben und mit Eisenwerk durchgängig zu befestigen. Das oberste Geschoß gab er mit 26 Ellen (14,70 m), die ›Pyramis‹ ganz ob mit 23 Ellen (13 m) nach Chiaveris gestochenem Entwurf an.
Er setzte in den Voranschlag auch das große polnisch-sächsische Wappen mit der von zwei Putten hochgehaltenen Krone ein.
In Arbeit standen jetzt 76 Maurer, 62 Zimmerleute, 53 Handlanger und 40 Baugefangene.
Im Juli schloß das Kammer-Kollegium mit dem Hof- und Landorgelbauer Gottfried Silbermann den Kontrakt über die Anfertigung der Orgel. Dem berühmten Manne wurde fünfmal mehr als bei seinen Orgeln für den Freiberger Dom und die Dresdner Frauenkirche zugebilligt, nämlich 20 000 Taler. So weit über das Landesübliche hinaus ging der Hof mit der Bezahlung der Künstler. Die Fertigstellung wurde für Michaels 1754 vereinbart.
Der nun 67jährige Silbermann stammte aus Frauenstein. Er hatte die Orgelkunst bei seinem älteren Bruder Andreas in Straßburg erlernt und seit 1708 fast 40 Orgeln von anerkanntem Wert gebaut.
Der Platz für die Orgel in der Hofkirche war ungünstig befunden worden. Silbermann wollte mehr Tiefe des Raumes, auch waren ihm einige große Pfeiler im Wege. Aus Gründen des besseren Klanges verlangte er, daß die Orgel vor den Bogen und Halbsäulen des Umgangs aufgestellt würde.
Das Orgelgehäuse aber sollte von den Bildhauern Hackl und Coudrai gefertigt werden.
Ob sie wohl der strengen Architektonik Chiaveris gerecht würden?

*

Anton Raphael Mengs hatte sich wieder in Italien aufgehalten. In Rom studierte er vor allem mit großen Eifer den Raffael von Urbino. Seinen Neidern, deren er als junger, angesehener Künstler mehr als genug besaß, wollte er nun zeigen, daß er mehr als ein bloßer Porträt- und Pastellmaler war.
»Ich will die Heilige Familie nach Raffaels Art malen.«
Er entwarf Skizzen.
»Mir fehlt noch das Modell zur Madonna.«
Auf der Straße hielt er Umschau nach einer ›heiligen Maria‹. War es Zufall oder Bestimmung, daß ihm eines Tages ein schönes, bescheidenes Mädchen zu Gesicht kam?
»Das ist sie!« durchzuckte es sein Herz.
Bald erfuhr er, daß sie Margaretha Quazzi hieß und in ärmlichen Verhältnissen lebte.
Er erbat sich von ihren Eltern und ihr die Erlaubnis aus, sie als Madonna der Heiligen Familie malen zu dürfen.
Margaretha Quazzi senkte beschämt die Augen.
»Ich bin nicht würdig, der Madonna zu dienen.«
Aber welches katholische Mädchen freut sich nicht, einmal die Jungfrau Maria darstellen zu dürfen!
»Doch nur in unserer Casa darf sie Modell sein!« verlangten die Eltern.
Anton Raphael bat: »Schenkt mir doch Vertrauen! Hier sind die Lichtverhältnisse wirklich nicht gut.«
»Wenn Mama mit mir geht, komme ich.«
So geschah es nun viele Male. Der junge Künstler bekleidete Margaretha mit Tüchern und malte die Gestalt.
Aber dann kamen die Tage, da er ihr Madonnengesicht mit dem in seiner Bescheidenheit so schönen Ausdruck nachbilden mußte. Lange sah er ihr ins Antlitz, und immer, immer wieder. Stets entdeckte er neue Schönheiten.
Zuletzt kam das Schwierigste und Allerschönste: ihre tiefen, warmen Augen.
Gerade in diesen Tagen war die Mama krank.
»O bitte, Signora Margaretha, schaut mich an!«

Sie erfüllte seinen Wunsch, doch so verschämt, daß Anton Raphael in glühender Begeisterung den Blick dieser so schönen Jungmädchenaugen festhielt.
Dann geleitete er Margaretha heim.
Aber der Heimweg hatte Umwege.
»Margaretha, laßt mich noch einmal in Eure schönen Augen schauen!«
Sie blickten einander an. Anton Raphael erkannte, daß das Mädchen ihn liebte, und küßte die gesenkten Lider.
Verschämt, mit nur leichter Abwehr, ließ Margaretha es geschehen.
Bald darauf bat er die Eltern um die Hand ihrer Tochter.
»O no, Signore! Es geht nicht!«
»Warum nicht?«
»Wir sind arme Leute.«
»Und der Signore ist doch nicht katholisch. Das wird Reverendo nicht zugeben.«
»Ich möchte gern katholisch werden.«
»Da müssen wir zuerst Padre Agostino fragen.«
»Ich gehe mit.«
Anton Raphael Mengs nahm Unterricht, und Padre Agostino freute sich, wieviel der Maler vom katholischen Leben und der Lehre bereits wußte. Er gab ihm den Römischen Katechismus mit den entscheidenden Lehren vom Trienter Konzil.
Nach Ablauf der Zeit wurde der bedeutende Künstler in die katholische Kirche aufgenommen. Aus seinem Modell zur Madonna wurde 1749 seine Gattin, die ihm über die Alpen in den kalten Norden folgte.
Die Eltern waren beruhigt, als ihr Schwiegersohn ihnen von der königlichen Kapelle und der werdenden Kirche zu Dresden erzählte und diese schnell skizzierte.

*

In Dresden fand Mengs sowohl am Hofe wie bei allen Kunstkennern volle Anerkennung seiner neuen Fort-

schritte. Als der König aus Polen zurückkehrte, überreichte ihm der Maler sein Bild der Heiligen Familie.
August war so sehr überrascht von der Kunstfertigkeit Mengs', daß er ihm den ehrenvollen Auftrag gab, das Hauptaltarbild und für die zwei Seitenaltäre des Hochschiffes die ›Himmelskönigin‹ und den ›Traum Josefs‹ zu malen.
Beglückt kehrte der erst 22jährige zu seiner jungen Gattin zurück und begann sofort mit dem Madonnen-Gemälde.
Er malte die heilige Maria als ein Wesen voll der edelsten Mutterwürde, gepaart mit holdester Jungfräulichkeit. Ihr liebliches Antlitz ist nach oben gerichtet, wohin auch ihre reinen, strahlenden Augen schauen. Mit dem rechten Arm hält sie ihr göttliches Kind umfaßt.
Dem Künstler klang bei der Arbeit immer wieder das so oft gehörte Credo in den Ohren:
›Gott von Gott – Licht vom Licht
wahrer Gott vom wahren Gott –
… et incarnatur est – und hat Fleisch angenommen aus Maria der Jungfrau –
… et homo factus est – und ist Mensch geworden.‹
Der Christusknabe steht auf dem Erdball und zersticht mit einer Lanze, deren Griff ein Kreuz bildet, der um den Erdball sich windenden Schlange den Kopf. Mengs malte alle Wut und alle Bosheit des bösen Feindes. Christi Wort stand ihm dabei vor Augen: »Satan ist ein Lügner und Menschenmörder seit Anbeginn.«
In kurzer Zeit hatte er das Bild vollendet und begann das zweite Altargemälde: Sankt Josef in seinem einfachen Gemach. Zeichnungen und das Winkelmaß deuteten auf den Zimmermann hin. Josef ist in tiefen Schlaf versunken. Seine Linke stützt das Haupt. Über ihm schwebt der Engel, der ihm im Traum die himmlische Weisung verkündet:
»Josef, Sohn Davids, scheue dich nicht, Maria in dein Haus zu nehmen, denn ihr Kind ist aus dem Heiligen

Geiste. Sie wird einen Sohn gebären, dem du den Namen ›Jesus‹ geben sollst, denn er wird sein Volk von seinen Sünden erretten.«
Auch dieses Bild wollte der Künstler bald fertigstellen.

*

Am 23. Dezember 1750 wurde dem Kurprinzenpaar das erste Kind geboren. In dieser Weihnachtsfreude setzte der König die Einweihung der Hofkirche, obwohl sie weder im Innern noch im Turm vollendet war, auf den 29. Juni 1751, das Fest der Apostelfürsten Petrus und Paulus, fest.
So drängte die Zeit, und Anton Raphael Mengs bat den König, das Hauptgemälde, die Himmelfahrt Christi, in Rom malen zu dürfen. Er wollte es gleichsam unter den Augen seines Vorbildes, des großen Raffael schaffen. Zugleich sehnte sich seine Margaretha aus Dresden nach Rom zurück.
Doch sie mußte sich noch eine Zeit gedulden, erlebte aber die Freude, daß ihr Schwiegervater Ismael Mengs und ihre Schwägerinnen dem Beispiele Anton Raphaels folgten und zur katholischen Kirche übertraten.
König August hätte es lieber gesehen, wenn Mengs in Dresden geblieben wäre. Nun mußte wenigstens bis zur Einweihung für den Hauptaltar ein anderes Bild in Auftrag gegeben werden. Der König hoffte jedoch auf baldige Fertigstellung von Mengs' Hochaltargemälde. Der Theatermaler Jakob Benjamin Müller wurde gewonnen. Er brachte bald eine Skizze, wie Gottvater mit einer erbarmenden Bewegung herunterblickt auf die auf der Erde versammelten Engel und Menschen, während der Sohn Gottes, dem einige Engel das Kreuz vorantragen, ihm seine verwundete Seite weist.
Als der König diese Skizze genehmigte, ahnte er nicht, wie lange das Bild über dem Hauptaltar, zwischen den

königlichen Betstübchen, hängen würden. Mengs' Himmelfahrtsgemälde sollte er nie zu Gesicht bekommen.
Es mußte noch viel geschehen, um das Kircheninnere einigermaßen würdig bis zur Einweihung herzurichten.

*

Auch ein anderer bedeutender Mann bereitete mit seiner künstlerischen Kraft die Einweihungsfeierlicheiten vor. *Johann Adolph Hasse* schrieb an seiner großen d-Moll-Messe, die am 29. Juni zum ersten Male mit der Glut und Pracht und Inbrunst und einem großen Aufgebot künstlerisch hochbegabter Musiker dargeboten und von ihm selbst dirigiert werden sollte.
Auch gedachte er dazu als Ausdruck der allergrößten Feierlichkeit ein majestätisch-freudiges Te Deum in D-Dur zu komponieren.
Seit 1731 war Hasse sächsischer Kapellmeister. Im vorigen Jahr war er Oberkapellmeister geworden. Seine Gattin wurde als berühmte Opernsängerin ›die göttliche Faustina‹ genannt. Ihr verdankte er die meiste Anregung zu seinen musikalischen Großtaten. Von diesem Zweigestirn schrieb der Berichterstatter der »Curiosa saxonica«:
»Dieses ungemeine Ehepaar kann wohl itzige Zeit vor die größeste Virtuosen in der Music von ganz Europa passieren, indem der berühmte Herr Hasse in der Composition, die unvergleichliche Madame Hassin aber im Singen und in der Action ihresgleichen nirgends haben.«
Hasse komponierte aber nicht nur mehrere Opern, sondern auch viele Messen, einige Te Deum, Offertorien, Psalmen, Litaneien, Misereres und Antiphonen. An jedem ersten Feiertag der hohen Feste erbaute die Gläubigen in der Hofkapelle eine Vesper von ihm. In der Karwoche wurden seine Oratorien »I pellegrini«, »La conversione«, »La disposizione» dargeboten. Berühmt war schon damals sein treffliches »Regina coeli«, welches alljährlich

bei der Auferstehungsfeier am Karsamstagabend erklang und viele Kunstliebende der Stadt anzog. Sie lobten in seinen Werken den melodischen Reiz, die große Einfachheit der Form, das höchste Erfassen des Wortinhaltes und die auffallend gute Behandlung der Singstimmen.
Dresdens Kirchenmusik blühte.

*

Es geschieht nicht selten, daß eine Kirche eingeweiht wird, bevor alles im Innern und Äußeren vollendet ist. So geschah es auch mit der Hofkirche, an der nun fast 13 Jahre mit regem Arbeiter- und Handwerkerfleiß, aber auch mit den letzten Kräften der Gefangenen gebaut worden war. Der Genius des Architekten und Bildhauers, das treue, zuverlässige Können der Bauleute und die alte gute Handwerkertradition hatten das Haus geformt. Ein Bild des Ineinanders, Miteinanders und Füreinanders, von den Künstlern bis zu den Handlangern, von den Schreibern bis zu den Zimmerleuten und Anstreichern, die an Stelle des unfertigen Altarraumes ein Gerüst aufgeschlagen und bemalt hatten. Ebenso war für die Musiker ein Gerüst aufgebaut worden, da Orgel und Orgelempore noch fehlten.
Der Turm hatte erst zwei Geschosse, und die Südwestfront war noch ohne Sakraments- und die Kreuzkapelle.
Keine Glocke läutete am Dienstag, dem 29. Juni 1751, den größten Festtag eines Gotteshaus, das Kirchweihfest, ein, an dem Gott dem Dreifaltigen kraft der kirchlichen Weihe der Tempelbau gleichsam übergeben werden sollte.
Seit vier Uhr früh waren alle Portale durch Leibgrenadiere besetzt, da niemand der Eintritt in die Kirche während der Konsekration gestattet werden konnte, was seinen Grund in der Art der bischöflichen Weihehandlung hatte. Obwohl in diesen Tagen wegen des Johannis-Marktes viel Volk in der Stadt war, wurde kein sonderlicher Zulauf von Neugierigen verspürt.

Da die Zeremonien sehr lange dauern würden, erschien schon um sechs Uhr früh die Geistlichkeit der Kirche: Pater Superior Gruber mit seinen sechs Kaplänen und den Kapellknaben sowie Pater Leo Rauch mit den anderen Beichtvätern des Hofes.
Ihnen folgte der Dekan des Domstiftes zu Budissin-Bautzen, Woski von Bärenstamm.
Der Konsekrator, der päpstliche Nuntius am polnisch-sächsischen Hofe: Erzbischof Albert von Archinto, wurde ehrerbietig von ihm begrüßt.
Sie begaben sich vor das Hauptportal, wo drei grüne Schirme aufgeschlagen waren. Unter dem einen befand sich ein mit Blumen und Lichtern gezierter Tisch, auf dem die Reliquien für den Altar lagen.
Die Geistlichen beteten die Bußpsalmen als Zeichen der von Gott zu erlangenden Entsündigung, dann die Litanei zu allen Heiligen. Von der oben auf den Balustraden dargestellten triumphierenden Kirche wurde der Beistand für die in diesem Gotteshaus betende und opfernde Gemeinde der noch auf Erden mit den Feinden des Heils, mit der Welt, Satan und den bösen Begierlichkeiten streitenden Kirche erfleht.
»Ora pro nobis! Orate pro nobis! Intercedite pro nobis!« klangen die Antworten der Priester und Kapellknaben.
Als der Nuntius das Weihwasser gesegnet hatte, schlug es sieben Uhr. Aus dem Hauptportal traten die königliche Familie und die übrige katholische Hofgesellschaft. Sie waren vom Schloß aus durch die Kirche gegangen, um unnötiges Aufsehen zu vermeiden. August und Maria Josepha nahmen unter einem grünen Schirm Platz.
Wie die Grundsteinlegung vor zwölf Jahren ganz still in einer Viertelstunde erfolgt war, so sollten auch jetzt die Zeremonien außerhalb des Gotteshauses auf ein Mindestmaß verkürzt werden.
Die Kirchweihe begann mit der Aussonderung des Gebäudes von der Welt. Eigentlich hätte der Nuntius mit

den Geistlichen und dem Volke, wozu jetzt ebenfalls der königliche Hof zählte, dreimal die Kirche umschreiten müssen, um deren Mauern mit Weihwasser zu besprengen. Doch diese an die Taufe erinnernde Zeremonie wurde nur auf das Hauptportal beschränkt. Nachdem der Nuntius feierlich »Im Namen des Vaters und des Sohnes und des Heiligen Geistes!« gesprochen hatte, begann der Sängerchor:

»Das Haus des Herrn ist erbaut auf dem Gipfel des Berges, hocherhaben über alle Hügel.

Es strömen zu ihm die Völker alle und sprechen:

Herr, Ehre sei dir!«

Der Nuntius schritt die Stufen hinauf und klopfte mit dem Hirtenstab an das Portal:

»Erhebet hoch, ihr Tore, eure Häupter; hebt euch empor, ihr ewigen Tore! Der König der Herrlichkeit will einziehn.«

Ein zweites und drittes Mal pochte er unter den gleichen Wechselgebeten an das Portal, forderte Einlaß für Christus, den König der Herrlichkeit, und rief endlich mit allen Priestern zusammen:

»Öffnet, öffnet, öffnet!«

Das Portal ging weit auf. Der Bischof zeichnete als Stellvertreter Christi mit dem Hirtenstab ein Kreuz auf die Schwelle: »Sehet das Zeichen des Kreuzes! Es weiche jeglicher Höllentrug!«

Damit hatte Christus seine Besitzrechte geltend gemacht.

*

Nicht nur die Kapellknaben verfolgten aufmerksam diese so seltene Liturgie, auch die Patres und der gesamte Hof, der schon manche Feierlichkeit erlebt hatte; sie alle waren erstaunt über die Vielfalt der Zeremonien. Kaum einer war unter ihnen, der schon einmal einer Kirchweihe beigewohnt hatte.

Inzwischen hatten einige Kirchendiener ein großes Aschenkreuz, von einer Ecke zur anderen, auf die gescheuerten

Fußbodenplatten des Mittelschiffes, das noch ohne Gestühl war, gestreut.
Eine geheimnisvolle Zeremonie, die ursprünglich als Bannmittel feindlicher Mächte bei Besitzergreifung eines heidnischen Tempelplatzes galt, begann nun. Der Bischof schrieb mit seinem Stab in den einen Aschekreuzstreifen das ganze lateinische Alphabet von A bis Z und in den anderen das ganze griechische von A bis Ω, von Alpha bis Omega. Durch die Buchstaben der Alphabete läßt sich alles ausdrücken, was an geschaffenen Dingen in den Bereich menschlicher Erkenntnis kommt. Sie sind zugleich ein treffliches Sinnbild dessen, der das All erschaffen hat, selbst aber der Unerschaffene, Unerfaßbare, Unaussprechliche ist und den die Heilige Schrift das A und Ω nennt. Wieder ergriff Gott durch diese Zeremonie Besitz: Der Bau wurde ein Gotteshaus.
Diese heilige Kirche wird sich mit ihrem gottmenschlichen Haupte Jesus Christus dem himmlischen Vater als ein Ganzopfer darbieten und durch diese Hingabe mit ihm verklärt werden. Deshalb holte nun der Bischof unter Psalmengesang die im Zelt aufbewahrten Reliquien der Heiligen und bettete sie in das ›sepulcrum‹, in das mit Chrisam gesalbte Martyrergrab des Altares.
»Die Leiber der Heiligen sind im Frieden bestattet, ihre Namen aber leben in Ewigkeit!« sangen die Kapellknaben.
Die Ruhestätte der Auserwählten inmitten der Gemeinde sollte die Himmel und Erde umfassende ›Gemeinschaft der Heiligen‹ darstellen. Deshalb umhüllte der Bischof den Altar als Stätte der Gnade von allen Seiten mit einer Wolke von Weihrauch, ein Zeichen der von hier aufsteigenden Gebete und Opfer, während der Chor die Worte der Geheimen Offenbarung sang:
»Der Engel des Herrn stand beim Altar im Tempel, in der Hand ein goldenes Rauchfaß. Man reichte ihm eine Menge Weihrauch. Und der Duft der Wohlgerüche stieg auf vor dem Angesichte des Herrn. Alleluja.«

Nun kam Hasses große Stunde, da seine Messe in d-Moll zum erstenmal erklang. Im roten Schleppsamtkleide dirigierte er und trug seine feinsten Handschuhe. Er stand vor dem Chor, aber sein Gesicht dem Altar zugewandt.
Hasse war gezwungen, aus dem Raum heraus zu komponieren. Da die Akustik unbefriedigend war, mußte er sich so den Schallverhältnissen anpassen, daß keine Trübung und Verzeichnungen der Tonfiguren entstanden. Darum hatte er Dreiklangfolgen und langsamen Harmoniewechsel bei der Komposition bevorzugt.
Der Dekan stimmte das ›Gloria in excelsis Deo‹ an. Dieses Gloria war Hasses unübertreffliches Meisterwerk und sollte es durch Jahrhunderte noch bleiben. Wie Trompetensignale brausten im jubelnden Zuruf des Volkes die Akklamationen als Lobpreisungen des Einen und Dreifaltigen Gottes auf:
»Laudamus Te! Benedicimus Te!
Adoramus Te! Glorificamus Te!
Tu solus Dominus! Tu solus Altissimus!«
Nach dem Schlußgebet wurde Hasses Te Deum angestimmt.
Volltönend klang es herab: »Salvum fac populum tuum.« Faustina lauschte mit besonderer Freude, hatte sie doch auch zu der Komposition dieser schönen Arie ihrem Gatten die Anregung gegeben.
Die Kapellknaben sangen die hervorragenden Soli zur Erbauung aller in diesem erhabenen Gotteshaus klar, zart und rein. Was Hasse komponiert hatte, das hatte Mattielli in der Auswahl und Stellung der Heiligengestalten auf den beiden Balustraden wie zwei in einem jubilierenden Schlußgesang sich hin- und herbewegende Chöre dargestellt. Den Jubel der Sängerschar und Orchestermusiker kündeten sie von oben herab als prächtiges lebendiges Schaustück unter dem wechselnden Himmel Dresdens.
Wer Augen hatte, zu sehen, der erkannte in den hochragenden Mauern, in der unendlichen Mannigfaltigkeit der

formen das große Gotteslob der einen, heiligen, katholischen und apostolischen Kirche wieder, wie es jetzt in dem neugeweihten Raum machtvoll aufbrauste:

»Dir, o Gott, unser Lob!
Dir, o Gott, unser Preis!
Dir, dem ewigen Vater,
huldigt in Ehrfurcht die ganze Erde!
Himmel und Erde erfüllt deiner Herrlichkeit Größe!
Dich bekennt über den Erdkreis hin die heilige Kirche!
Ewiglich loben wir deinen Namen
bis in die Ewigkeit der Ewigkeiten! Amen.«

Es war, als ob auch die Kirche der lutherischen Christen einstimmen wollte in diesen dem heiligen Kirchenvater Ambrosius zugeschriebenen Lobgesang, war es doch zwölf Uhr, da die Glocken der Frauen- und Kreuzkirche sowie der anderen Gotteshäuser diesseits und jenseits der Elbe, stromauf- und stromabwärts, die Mittagsstunde kündeten. Nur die große, der göttlichen Vorsehung geweihte Glokke, die heute vor allem hätte mit lobpreisen müssen, stand noch immer schweigend im Zeughaus.

*

Am nächsten Tage weihte der Domdekan von Budissin die Seitenaltäre. Mit einem reichgeschmückten Brustkreuz, das ihm der König geschenkt hatte, kehrte er sodann nach Bautzen zurück.

Am Abend des 1. Juli 1751 zog eine kleine Prozession aus der alten Hofkapelle. Pater Superior trug das im dortigen Tabernakel aufbewahrte Allerheiligste, den Speisekelch mit den konsekrierten Hostien, durch die Schloßzimmer und über die Verbindungsgalerie in die Hofkirche. Es war ein Lieblingsbrauch Maria Josephas von Kindheit an, dem eucharistischen Heiland das Geleit zu geben. Neben ihr schritt König August. Sie dankten Gott, daß sie die Weihe dieses Hauses miterleben durften.

Von nun ab wurde der Gottesdienst nur noch in der neuen Kirche gehalten.
Die alte Kapelle hatte 43 1/2 Jahre dem Herrn gedient.
Bald darauf sollte sie wieder der Welt dienen. Sie wurde »Ballhaus«.*
Die dort ruhenden Gebeine der Toten sowie das Herz August des Starken in silberner Kapsel wurden am 3. Juli, nachts zehn Uhr, still in die Gruft der Hofkirche übertragen.

* Später wurde das Ballhaus Staatsarchiv. Beim Schloßerweiterungsbau 1889 – 1900 wurde der Bau niedergerissen.

Das Kreuz

Es gehört zum Kreuz auf dieser Erde, daß der Mensch dem Mitmenschen die Freude vergällen kann. Die Kritik an der Hofkirche begann und sollte bis in unser Jahrhundert hinein nicht verstummen. Besonders an den Geldausgaben wurde herumkritisiert.

Aber Kritik kommt manchmal vom Nichtwissen und Nichtverstehen. Manche wußten nicht, daß dieser Bau von der damaligen Zivilliste des Königs bestritten worden war. Sie bedachten nicht, daß die Bausumme sich auf viele Jahre verteilte. Das Geld blieb wenigstens im Lande, und Tausende von Arbeitern, Handwerkern, Kunsthandwerkern und Künstlern hatten jahrelang ihren Unterhalt; allerdings wurden die Arbeiter auch teilweise nur sehr dürftig nach den damaligen Lohnsätzen bezahlt.

Dieser Bau war zudem für Dresden nun sichtbar ein Schmuck. Der Platz davor sollte in der Zukunft einer der schönsten Plätze Deutschlands werden. In der Mitte zwischen dem Zwinger und der Frauenkirche gelegen, später als diese beiden, aber aus demselben Sandstein erbaut, war der Anblick dieser Bauwerke ein überwältigend großartiger Dreiklang. Wer offene Augen für Schönheit hatte, mußte dem Römer Chiaveri zugestehen, daß er seine Kirche nicht wie einen fremden Eindringling, sondern mit einzigartigem Einfühlungsvermögen wie eine ursprüngliche, bodenständige Erscheinung dem Stadtbilde Dresdens eingefügt hatte.

Sie wurde aber von Anfang an nicht nur für den König und seine Umgebung errichtet, sondern als Volks- und Hofkirche zugleich. Aber nur als Hofkirche konnte sie unter den damaligen religiösen Verhältnissen im Lande die katholische Gemeindekirche sein. Jedoch jedermann, ob katholisch oder nichtkatholisch, ob arm oder reich, hatte Zutritt und konnte sich ohne Kosten an dem herrli-

chen Innenraum und an den hochwertigen künstlerischen Darbietungen erfreuen.
Das sonntägliche Hochamt, erst recht das Festamt an den hohen Feiertagen wurde für viele wenigstens ein großes Kunsterleben. Andere wurden durch die Schönheit und Würde der Liturgie angezogen und erbaut.
Damals aber, im Jahre 1751, hatte die katholische Minderheit in dem gewaltigen Bau eine Stätte heimatlicher Geborgenheit, wie es in dem Liede heißt:
»O laß im Hause dein
uns all geborgen sein!«
Aber weit über den kleinen Kreis des Hofes und der einige Tausende zählenden katholischen Diasporagemeinde hinaus sollte die Hofkirche in der Zukunft der Kirche des Volkes zum Erlebnis werden.

*

Noch immer fehlte dem Turm die Höherführung. Knöffel hatte inzwischen festgestellt, daß Chiaveri tadellos gebaut hatte. Das Fundament bestand aus einem riesigen gemauerten Block von Sandsteinbrocken, die Zwischendecken waren gewölbt. Es war alles sehr überlegt. Der Turm, mit 151 Ellen Höhe berechnet, war bis zur Zocke der zweiten Etage samt der Glockenstube fertiggestellt. Wenn erst der in seiner Art einmalig graziöse Turm vollendet emporstreben wird, wird er die letzte, feinste Blüte des barocken Stadtbildes sein. Der Anschlag Knöffels in Höhe von 41 992 Talern lag lange dem Kammer-Kollegium zur Entschließung vor, ehe dieses zum Entschlusse kam. Der König wünschte die baldige Vollendung. Das Kammer-Kollegium jedoch ließ den Herrn Oberlandbaumeister Knöffel ebensolang warten, wie es den Architekten Chiaveri hatte warten lassen.

*

Am 6. März 1752 starb der bedeutende Architekt Johann Christoph Knöffel.
Sein Nachfolger als Oberlandbaumeister wurde sein ehemaliger Baukondukteur Julius Heinrich Schwarze.
Einige Wochen nach Knöffels Tod kam Chiaveri von Rom nach Dresden zurück. Sofort richtete er ein Gesuch an den König, ihm eine jährliche Pension von 1200 Talern zu bewilligen. Sie wurden genehmigt.
Schwarze benutzte sogleich die Anwesenheit Chiaveris, um das Weitere zu besprechen, zumal Geld für den Turm und die Kreuzkapelle bewilligt war.
»Ich wollte Euren Turmgedanken, Maestro Chiaveri, nicht beeinträchtigen, sondern im Gegenteil glücklich weiterentwickeln und pietätvoll auf Eure Urform eingehen.«
Chiaveri spürte, daß der Jüngere ihn achtete.
»Er soll der bedeutendste barocke Turmbau werden, leicht, grazil, schlank, durchsichtig, aufgelöst, wie Ihr ihn geplant habt. Aber mir scheint, er könne noch höher emporstreben, als Ihr ursprünglich vorgesehen hattet.«
Bald kamen sie überein, den Turm noch um sechzehn Meter zu erhöhen, daß von jedem Standpunkt aus der Durchblick durch die großen Öffnungen des dritten und vierten Stockwerkes gegeben war. »Grandioso!«
Chiaveri war von diesem großzügigen Plan Schwarzes beeindruckt. »Und die Bekrönung?« fragte er.
»So, wie Ihr sie Euch gedacht habt: durch Putten, die ein Bündel Palmzweige halten, aus denen ein Kreuz hervorragt.«
»Amico mio!« rief voll Freude der nun 63jährige Maestro und schüttelte dem viel jüngeren Oberlandbaumeister dankbar beide Hände.

*

Louis de Silvestre, der von 1716 bis 1748 als Hofmaler im Schloß Deckenmalereien, im mathematisch-physikalischen Salon des Zwingers die Geschichte der Psyche, in Moritz-

burg die Ausschmückung des Billardsaales und die Ledertapeten mit Darstellungen aus dem Leben Augusts, im Palais Brühl das Deckengemälde ›Sieg Bellerophons über die Chimäre‹ geschaffen hatten, sandte aus Paris das Altargemälde für die Sakramentskapelle. Es stellte die Einsetzung des heiligen Abendmahles dar, wie Christus das Brot in seine Hände nimmt und spricht:
»Nehmet hin und esset, das ist mein Leib!«
Zu seiner Rechten sitzt, in tiefer Andacht hingesunken, sein Lieblingsjünger. Das kindlich fromme, unschuldige Antlitz des Johannes bildet einen schroffen Gegensatz zu dem abgewendeten Verrätergesicht des Judas, der den Blick seines göttlichen Meisters nicht mehr zu ertragen vermag.
In den Gesichtszügen der übrigen Apostel hatte der alte Künstler hohe Begeisterung, andachtsvolles Staunen und tiefe Anbetung festgehalten.
Wetzel ließ über dem Gemälde das Fenster mit einem Strahlenkranz verblenden, in dem auf einem Buche mit sieben Siegeln das Lamm ruht.
Hier sollte das Herz des Gotteshauses seine Wohnung aufschlagen, sein Tabernakulum, das heilige Gotteszelt, wie St. Johannes im Prolog seines Evangeliums sagt: ›Und er hat unter uns gewohnt.‹ Das Lamm Gottes, das durch seinen Opfertod die Schafe erlöste.

*

In Augsburg arbeitete der Silberschmied Joseph Ignaz Bauer mit seinen Gesellen am Auftrag für die Hofkirche. Unter allen Städten Deutschlands war Augsburg durch seine prachtvollen Silberarbeiten bekannt.
Ein großes Kreuz und sechs Leuchter hatte Bauer anzufertigen. Zunächst begann er mit den Leuchtern. Bauer wählte für ihre Sockel die dreiseitige Form. An den drei spitzen Ecken ließ er die göttlichen Tugenden ausführen: den Glauben als eine Frauengestalt mit Kreuz und Kelch,

die Liebe als Mutter mit ihren Kindern, die Hoffnung als eine Frauengestalt mit einem Anker.
Das schwere Kreuz für den Hochaltar jedoch mußte ebenso noch warten, bis seine Stunde kam, wie das Kreuz auf der Spitze des Turmes.

*

Durch den Bau der prächtigen großen Kirche wuchs unter den Geistlichen wieder der Sinn für die katholische Vergangenheit des Landes. Das Wissen darum war verlorengegangen. Pater Superior hatte vor Jahren ›entdeckt‹, daß der heilige Benno, dessen Statue nun auf der oberen Balustrade stand, der Patron des untergegangenen Bistums Meißen war, Pater Ligeritz hatte inzwischen aufgrund der ihm zugänglichen Urkunden an einer Geschichte der Meißener Bischöfe gearbeitet, angefangen von Burchard, dem ersten Bischof, 968, bis zum einundvierzigsten Oberhirten, Johann IX. von Haugwitz, der 1581 resignierte. Als Pater Ligeritz dann endlich auf dringende Bitten als Hofbeichtvater entlassen war, erschien 1752 sein Buch: ›Series Misnensium Episcoporum‹ (Reihenfolge der Meißener Bischöfe) in Regensburg und Wien unter dem Decknamen Pater Sigismund Calles.
Der neue Hofbeichtvater Pater Leo Rauch konnte bald die ersten Exemplare der Meißner Bistumsgeschichte in Empfang nehmen.
Sachsen war ein Missionsland, aber mit einer großen Vergangenheit.
In der Lausitz war durch den seelsorgseifrigen Dekan Leisentrit auch nach der Reformation ein Stämmlein am Stumpf des abgehauenen Baumes übriggeblieben. Nun zeigte sich in Dresden ein zweites kräftiges Reis aus altem Wurzelwerk. Den Priestern war es aber schmerzlich, daß die Marienverehrung hier im Lande fehlte. Keine Statue der Gottesmutter stand auf der Kirche. Ihr Name wurde hierzulande betont ohne Verehrung ausge-

sprochen. Sie hieß nur: ›die Maria‹, als ob sie ebenso Maria Sowieso hätte heißen können.
Doch sollte ein Wort für die Jungfrau-Mutter auch in dieser Stadt einen heiligen Klang bekommen: ›die Madonna‹. Ein Bild Mariens kam nach Dresden, worauf auch die Nichtkatholiken in den kommenden zwei Jahrhunderten stolz sein sollten: Der König kaufte durch den Maler Carlo Cesare Giovannini, unter Mitwirkung Chiaveris, für 20 000 Dukaten das berühmte Gemälde ›Die Sixtinische Madonna‹, die Raffael anno 1515 für den Hochaltar der Klosterkirche San Sisto bei Piacenza gemalt hatte. Mit diesem Kauf krönte August seine Sammlertätigkeit für seine berühmte Dresdner Galerie in den Räumen des Stallgebäudes am Jüdenhof.
Als die Sixtinische Madonna im Schlosse eintraf, rückte der König eigenhändig den Thronsessel beiseite mit den Worten: »Platz für den großen Raffael!«
Welche Freude bei den Italienern, als ihre Madonna aus der Heimat zu ihnen in die Fremde kam!
Durch die Patres erhielten sie Zutritt zur Gemäldesammlung. Sie bewunderten nicht wie die Dresdner nur schweigend das Kunstwerk, sondern warfen der Gottesmutter Kußhändchen zu, falteten die Hände und beteten ein Ave Maria.
Die Madonna schritt schwebend als eine Jungfrau der italienischen Heimat vor ihnen auf den Wolken und trug ihr göttliches Kind, den Bambino, die rechte Hand unter seinem rechten Arm.
In den Bewohnern der Elbestadt – gleichviel zu welcher Konfession sie sich bekannten – entstand eine stille Liebe zu ihr, auch wenn diese Liebe sich nur scheu unter der Verehrung des Kunstwerkes verbarg. Zu den Priestern der sächsischen Mission aber hatte sich still und demütig im Bilde des großen Raffael die Madonna als Missionarin gesellt.

*

Am 28. April 1753 starb Pater Superior Gruber. Fast 20 Jahre hatte er den Wandel des katholischen Lebens miterlebt.
Ein Vierteljahr später, am 4. August, verstarb der bedeutende Orgelbauer Gottfried Silbermann. Ihm ward die Vollendung seiner Orgel in der Hofkirche, seines letzten und wohl ausgezeichnetsten Werkes, nicht vergönnt. Das war sein Kreuz. Auf dem Johannisfriedhof wurde er zur letzten Ruhe geleitet.
Sein Neffe und Altgeselle Zacharias Hildebrand vollendete das 42. Werk des Meisters, das nach sechs Monaten feierlich eingeweiht wurde.
Der lutherische Silbermann schuf diese Klangfülle und Vielfalt der Ausdrucksmöglichkeiten, daß sie die weiten, hohen Hallen der katholischen Hofkirche mit ihren schönen Klängen durchtönen sollte.

*

Charles Hutin war 1748 als Nachfolger Louis de Silvestres Professor an der Kunstakademie in Dresden geworden. Er malte jetzt in der Kreuzkapelle, für die er bereits das Altarbild ›Die Kreuzigung Christi‹ geschaffen hatte, die alttestamentlichen Vorbilder des Kreuzestodes:
Wie Abraham seinen eigenen Sohn zu opfern bereit war, so gab Gott seinen Eingeborenen dahin zur Erlösung der Menschen. Die eherne Schlange, die Mose auf Geheiß Gottes zur Heilung der von Schlangen Gebissenen errichtete, deutete Christus selbst als Vorbild: »Wie Mose die Schlange in der Wüste erhöht hat, so muß auch der Menschensohn erhöht werden, damit jeder, der glaubt, in ihm ewiges Leben habe« (Joh 3, 14).
Auch hier in der Kreuzkapelle wurde das ovale Fenster über dem Altargemälde wirkungsvoll verwertet: Flatternde Engel halten das Schweißtuch der Veronika.

*

Am 7. Februar 1754 verfügte der König:
»Es werden zur Fortsetzung des Turmbaues ... und sonst theils wegen verschiedener in obgedachter Kirche vorgenommener Reparaturen und Veränderungen, nicht weniger auf die Ausmahlung des Platfonds in der Capelle St. Nepomuceni verwendet 20 400 Thlr. krafft dieses in Ausgabe passierend zu verschreiben ... «
Oberlandbaumeister Schwarze konnte somit weiterbauen. Er mußte es sich aber gefallenlassen, daß es immer noch schleppend weiterging. Er arbeitete an den beiden oberen Stockwerken des Turmes nach der bewährten Dresdner Bautradition.
Schwarze wagte jedoch die Ausführung des Mauerwerkes nicht ohne eiserne Hilfsmittel.
An Stelle der Uhr setzte er unterhalb des letzten Turmstockwerkes die vom Bildhauer Matthias Oberschall verfertigte Inschrift:

D. O. M.
(Deo Optimo Maximo)
sacr. hanc aedem
Augustus III.
condidit
A. MDCCLIV.
Gott, dem Besten und Größten,
hat diesen heiligen Tempel
August III.
errichtet
im Jahre 1754

Gleichzeitig mit dem Turmbau ging der große Musikchor seiner Vollendung entgegen und schuf dadurch mehr Platz.
Leider blieb die Akustik unbefriedigend.

*

Der junge Carl Palko malte unterdessen in kräftigen Gegensätzen von Hell und Dunkel das Altargemälde für die

Nepomukkapelle. Es stelle die Auffindung der Leiche des volkstümlichen Heiligen dar, der auf königliches Geheiß in der Moldau ertränkt worden war.
Sein Deckenfresko kündete die Verklärung des heiligen Nepomuk, wie er von Engeln in den Himmel erhoben wurde. Allegorische Figuren stellten die vom Blitz getroffene Verleumdung und die Wohltätigkeit des Heiligen, eine Frau mit einem Füllhorn, dar. Den Moldaufluß malte Palko als kraftvolle Mannesgestalt. Aus einem Gefäß zu seiner Seite fließt Wasser, in welchem fünf Flammen brennen; sollten doch nach der Ertränkung Johann Nepomuks fünf Flammen über seinem Leichnam sichtbar gewesen sein. Deshalb wurde der Heilige auf den Brücken mit einem Sternenkranz umgeben dargestellt.

*

Pietro Rotari hatte die Altargemälde der beiden Seitenkapellen beendet. Das Bild der Ignatiuskapelle zur Rechten des Mittelschiffes zeigt, wie die heilige Jungfrau und Gottesmutter Maria dem knieenden Ignatius von Loyola die Ordensregeln erklärte.
Für die linke Seitenkapelle hatte er den Tod des großen Missionars Franz Xaver gemalt.
Beide Gemälde sollten die hier wirkenden Priester an ihre heiligen Vorbilder erinnern, daß sie eingedenk seien des großen Leitwortes:
»Alles zur größeren Ehre Gottes!«
Als Pater Superior hier mit den Kapellknaben am 3. Dezember das Fest des Heiligen beging, sagte er ihnen in der Predigt: »Wißt ihr auch, daß der erste Kapellknabe, der 1710 unsere neugegründete Lateinschule verließ, nun Missionar in fernen Landen ist?
Aus der sächsischen Mission ist nun einer aus euren Reihen tätig, wo einst auch Franz Xaver für das Heil der unsterblichen Seelen wirkte.

Pater Laurentius John trat damals in die Gesellschaft Jesu ein und ist Anfang der dreißiger Jahre von den Ordensoberen ins Bistum Manila auf den Philippinen geschickt worden. Dort wirkt er nun an unseren Kollegien. Unsere Priester dort haben freiwillig auf die Heimat verzichtet, haben die Sitten der eingeborenen Bevölkerung angenommen. Die Bibel wurde in die tagalische Sprache übersetzt. Ein Franziskanermönch gab das erste tagalische Lexikon heraus.
Leicht haben es die Missionare dort nicht gehabt. Aber das Psalmwort hat sich an ihnen bestätig:
›Die in Tränen säen, werden in Freuden ernten.‹
Beten wir für unsere Missionare in fernen Landen, besonders für den ersten Kapellknaben Pater Laurentius John, daß Gott ihren Eifer erhalte und sie viel für das Heil der unsterblichen Seelen wirken können.«

*

Am Deckenfresko der Sakramentskapelle arbeitete Stefan Torelli an der ›Anbetung des allerheiligsten Altarssakramentes‹. Er malte die Anbetung des Kelches nach der Wandlung, wenn der Priester, sich vorneigend, spricht: »Demütig bitten wir dich, allmächtiger Gott, dein heiliger Engel möge dieses Opfer zu deinem himmlischen Altar emportragen vor das Angesicht deiner göttlichen Majestät!«
In seinem Atelier arbeitete der Künstler an dem großen Altargemälde für die Benno-Kapelle. Es zeigt den heiligen Bischof, umgeben von Priestern und Leviten, dem Volke predigend.
Nach siebenhundert Jahren war der treue Bischof Benno, der einst vierzig Jahre in der damaligen Wildnis des Landes aushielt, nicht vergessen. Auch hier knüpfte die sächsische katholische Mission an die Tradition der sächsischen Urmissionskirche an.

*

Am Turm waren nun die letzten Figuren angebracht worden: Hubertus, der heilige Jäger; Mauritius, der Martyrer der Thebäischen Legion; Ida mit dem Hirsch; der gütige Bischof Franz von Sales; Bischof Stanislaus, der Martyrer von Krakau; Norbert, der Büßer, Ordensstifter und spätere Erzbischof von Magdeburg; Augustin, der Missionar Englands. Die Figur des großen Kirchenlehrers Chrysostomus war noch durch das Gerüst verdeckt. Aber bald würde seine Gestalt mit dem hocherhobenen Kelch über Dresden sichtbar werden.

*

Das Kreuz auf der Turmspitze war nun endlich angebracht. Es war eine allzu künstliche Bekrönung.

Aus einem Bündel Palmzweigen, die von zwei Putten gehalten wurden, ragte es hervor. Aber das Kreuz war da.

Die Gerüste wurden abgetragen.

Die Schönheit des vollendeten Turmes ward von vielen bewundert. Fachleute urteilten:

»Ein solcher Turm findet sich weder in Rom noch sonst irgendwo wieder!«

»Chiaveris Dresdner Turm übertrifft die römischen in der Verfeinerung der künstlerischen Lösung!«

»Dieser Turm steht ohne Beispiel in der Welt da!«

»Und oben hoch erglänzet des Kreuzes Zeichen hehr!« – Fertiggestellt war nun auch das andere Kreuz, das große, schwere vom Silberschmied Bauer in Augsburg.

Aber noch ein drittes Kreuz war für Dresden bereit.

Als in der Hofkirche auf der herrlichen Permoserkanzel, unter dem Schalldeckel von Hackl, der Priester das Evangelium vom 9. Sonntag nach Pfingsten verlas, war das Kreuz, das Menschen Menschen und Völker Völkern bereiten, nahe. Es hallte das Wort Gottes:

»Als Jesus näher kam, erblickte er die Stadt und weinte über sie: ›Wenn doch auch du es erkenntest, und zwar an diesem deinem Tage, was dir zum Frieden dient! Jetzt aber ist es vor deinen Augen verborgen.‹«

Dresden war ahnungslos.

Die Worte des Priesters verklangen:

»Es werden Tage über dich kommen, da werden deine Feinde dich ringsum einschließen und von allen Seiten bedrängen.«

Hasses wundervolles Credo klang auf.

Jesu Mahnworte waren verklungen, gingen unter in herrlicher Musik.

Auch der König war ahnungslos. Für den 28. August hatte er eine große Hofjagd angesetzt.

Es wurde an diesem Abend des 28. August 1756 im Brühlschen Palais über die Hofjagd gesprochen, über die Sixtinische Madonna und die anderen Gemälde. Das beste und feinste Porzellan fand in allen Räumen Bewunderung. Es wurde festlich und fürstlich getafelt.

Mit Recht konnten die Patres klagen: »Reichere seelsorgliche Erfolge verhinderte das schlechte Beispiel, wodurch viele Hochgestellte ihre Untergebenen verdarben.«

Am nächsten Tag kam die Ernüchterung, als der preußische Gesandte erklärte:

»Der König von Preußen sieht sich genötigt, mit seiner Armee den Durchmarsch durch Sachsen zu nehmen.«

Der Siebenjährige Krieg begann.

Der preußische König fiel am gleichen Tage mit 70 000 Mann in Sachsen ein.

Die Begründung und sogenannte Rechtfertigung dafür erfolgte durch ein Manifest:

»... unumgängliche Notwendigkeit dieses Schrittes für die Erhaltung der preußischen Monarchie ... Der König wünscht nichts sehnlicher herbei als die Wiederherstellung des Friedens ...«

Die erste preußische Kolonne besetzte Leipzig.

Die zweite rückte nach Wilsdruff vor. Die dritte marschierte auf Stolpen und Schandau zu.

Von Pretzsch an der Elbe schrieb der Preußenkönig am 1. September seinem überfallenen Nachbarn:
»... Ich werde für Ew. Majestät und Ihre Familie alle Aufmerksamkeit und Rücksichtnahme zeigen, die ich einem großen Fürsten gegenüber, den ich achte, zeigen muß. Ich finde es nur beklagenswert, daß er sich zu sehr den Ratschlägen eines Mannes überläßt, dessen böse Absichten mir nur zu wohl bekannt sind und dessen schwarze Anschläge ich schwarz auf weiß beweisen kann ...«
Sachsens König begab sich mit dem Kurprinzen und Graf Brühl in das Lager bei Struppen. Unter Tränen hatte Maria Josepha Abschied von ihrem Gemahl und ihrem Ältesten genommen. Lange hatte sie mit sich gerungen und Gott in heißen Gebeten angefleht, ob sie den König begleiten oder als Mutter Maria Josepha bei ihrem Volke bleiben sollte. Die Liebe zu Dresden entschied. Sie entschloß sich, im Vaterlande zu bleiben.
Die Ratlosigkeit des Königs sowie seines sonst so gescheiten Ministers war groß.
Der einzige Weg, das sächsische Heer zu retten, wäre der schleunigste Abzug nach Böhmen gewesen. Aber man getraute sich nicht.
Schlimm stand es um die auf dem Hochplateau von Struppen lagernde Armee. Die Verpflegung für Mensch und Vieh fehlte. August gab aus seinen privaten Geldern für das Allernotwendigste 4000 Taler.

*

Am 9. September rückten die Preußen in Dresden ein.
Überall standen nun preußische Posten.
Friedrich, der zur Rechtfertigung seines Einfalls in Sachsen die schriftlichen Unterlagen von den Verhandlungen zwischen den Höfen von Dresden, Wien und Petersburg benötigte, ließ sich die Schlüssel zu den Zimmern des Geheimen Kabinettarchivs im Schlosse von der Königin erbitten. Maria Josepha übergab sie dem preußischen Kom-

mandanten. »Ich wünsche jedoch, daß die Tür verschlossen bleibt.«
»Das wird Se. Majestät, der König von Preußen, entscheiden.«
Aber Friedrich lag zu sehr an dem Besitz der Originalurkunden, von denen der sächsische Geheimsekretär Menzel die Abschriften geliefert hatte. Der Kommandant forderte das Öffnen der Tür.
»Ich verweigere die Herausgabe!« erklärte Maria Josepha fest.
»Mein König verlangt sie.«
»Ich verweigere die Herausgabe!« beharrte die Bedrängte, aber ihr Herz klopfte heftig.
»Wenn die Herausgabe nicht freiwillig erfolgt, sehe ich mich gezwungen, Gewalt anzuwenden!«
Statt einer Antwort stellte sich Maria Josepha vor die verschlossene Tür.
Der preußische Kommandant schob sie nicht gerade sanft zur Seite.
Sie mußte zusehen, wie die Tür geöffnet und die zum Mitnehmen fein säuberlich gepackten Akten herausgenommen wurden.
»Mein König möchte die bedauerliche Lage der Kurfürstin von Sachsen und Königin von Polen erleichtern. Die Schweizergarde beläßt er darum zur Ehre und Sicherheit Ew. Majestät im Schlosse.«
Maria Josepha schwieg. Als jedoch der Kommandant salutierend weggegangen war, brach sie zusammen:
»Meine Sünden sind wohl die einzige Ursache an dieser harten Prüfung!«

*

An diesem Tage vollendete sie in ihrem Gemach ein Gewand, an dem sie schon seit Jahren ganz allein nähte.
Das Leinen hatte sie von ihrer Mutter erhalten.
»Dies Hemd ist wenigstens bezahlt.«

Sie hatte schon oft an ihren Tod gedacht. Nun spürte sie, wie die Kräfte sie verließen.
Aber an ihren Gebetsübungen hielt sie dennoch fest. Sie mußte noch mehr beten als sonst. Für die Ihrigen, um die sie in Sorge war. Für Dresden, für das ganze Land, das unter dem Kriege litt.
Friedrich schickte ins sächsische Lager seinen General Winterfeld. Dieser verlangte den Anschluß der sächsischen Armee an die preußische.
Die Österreicher suchten den bedrängten Sachsen zu Hilfe zu kommen. Friedrich aber brach mit 4000 Mann auf und schlug die Österreicher bei Lobositz.
In der Nacht zum 13. Oktober gingen die Sachsen aus ihrem befestigten Lager bei strömendem Regen über die Elbe, um sich auf der Ebenen unter dem Lilienstein festzusetzen. Nach siebzehn Stunden Marsch in denkbar schwierigstem Gelände kamen die erschöpften Truppen an. Der Raum war nur 1200 Schritt lang und 500 Schritt breit.
Die Preußen hatten ihre Batterien so aufgefahren, daß sie die Ebene bestreichen konnten. Im sächsischen Lager herrschten Hunger und Mutlosigkeit. Die Österreicher waren nur vier Stunden von ihnen entfernt.
Am 17. Oktober ergab sich das sächsische Heer.
Friedrich August ging mit seinen Söhnen und Graf Brühl nach Warschau.
Im Brühlschen Palais schlug der preußische König sein Hoflager auf.
Sachsen wurde nun preußisch verwaltet. Es mußte einen großen Teil der Kriegskosten tragen. Dresdens Festungswerke wurden in besseren Stand gesetzt.

*

Am 10. Oktober war ein kaiserliches Hofdekret gegen den preußischen ›Landfriedensbrecher‹ ergangen.

Bald darauf trat das Reich in den großen Kampf ein. Das Reichsheer sollte in dreifacher Stärke aufgestellt werden. Am 6. Mai 1757 siegte Friedrich bei Prag und belagerte Ende des Monats die ›Goldene Stadt‹.
Jedoch am 18. Juni wurde er bei Kolin geschlagen. Sächsische Reiter auf Österreichs Seite hatten die schwachen Stellen der Preußen erspäht und den ermatteten Gegner zersprengt. Böhmen und vor allem Prag wurde somit befreit. Von Dresden verlangte Friedrich am 20. August 100 000 Taler bei Androhung militärischer Exekution.
Die Reichsarmee trat erst im August den Vormarsch an. Sie sollte mit einer französischen Armee in Thüringen gegen Friedrich operieren. Von Osten, Norden und Westen rückten seine Gegner gegen ihn vor. Eine österreichische Heeresabteilung plünderte sogar Berlin.
Friedrich aber war auf dem Marsch nach Schlesien. Bei Torgau erfuhr er, daß die Reichsarmee bei Leipzig vorgerückt sei. Am 23. Oktober machte er kehrt, und am 4. November stand er bei Roßbach mit 22 000 Mann 50 000 Mann seiner Feinde gegenüber. Die Schlacht am nächsten Tage endete mit einer Niederlage seiner Gegner.
Sachsen mußte 911 080 Taler monatlich an Unterhaltungskosten für die preußischen Truppen bezahlen.

*

Am 11. November 1757, an einem Freitage, hatte die Andacht zu Ehren des heiligen Franz Xaver geendet, und Maria Josepha empfing am darauffolgenden Sonntag die heilige Kommunion.
»Nun mag es gehen, wie es will«, sagte sie, »ich habe mich in allem dem Willen Gottes ergeben. Er schicke mir Verachtung, Krankheiten, Verlust zeitlicher Güter, mir ist alles recht. Sogar wenn er mir den einzigen Trost auf dieser Welt, noch einmal meinen Gemahl zu sehen, nehmen will, in Gottes Namen! – Auch dazu habe ich mich bereit erklärt.«

*

Am 16. November hatte sie noch bis Mitternacht gearbeitet. Sie war noch guten Mutes, entließ ihre Bedienung und begab sich zur Ruhe. Gegen zwei Uhr hörten die Dienerinnen ihr Glockenzeichen und fanden die Königin sitzend im Bett.
„Ich habe euch schon lange rufen wollen, doch weil ich gewußt habe, daß ihr erst so spät euch schlafen gelegt, so trug ich Bedenken, euch im Schlafe zu stören. Nun werde ich gleich sterben. Rufet mir den Beichtvater und den Arzt!«
Der Pater, der bald erschien, hatte eben noch Zeit, ihr die Generalabsolution zu erteilen. Der Arzt fand sie bereits tot. Ein Schlagfluß hatte ihrem Leben ein Ende bereitet. Ein unvollendeter Brief von ihr wurde gefunden. Die letzten Worte waren »der liebe Gott«.
Ihr Leichnam wurde in ihr Totenkleid gehüllt. Die gefalteten Händen hielten den Rosenkranz, das Skapulier lag auf der Brust. Ohne Anteilnahme der Bevölkerung wurde der Sarg von den Priestern in die Gruft der Hofkirche gebracht, um später nach Krakau überführt zu werden.*

*

Am Nikolausfest verkündeten blasende Postillone in Dresden den Sieg des Preußenkönigs auf dem blutgetränkten Schneefeld bei Leuthen, Schlesien war wieder in seinem Besitz. In Leipzig forderte er von den Ständen vier Millionen, von der Stadt Dresden 500 000 Taler. Zudem verlangte er von den Magistraten, ihm den Treueid zu schwören. Diese beriefen sich jedoch auf den ihrem Landesherrn schuldigen Gehorsam. Es kam die Antwort:
»Ich bin der Landesherr, solange ich Sachsen in Besitz habe; folglich seid ihr mir Gehorsam schuldig.«
Gezwungen leisteten die Magistrate den Treueid.

* Dazu kam es aber nicht.

Zu allem Elend kam noch die schlechte Münze. Der bittere Volkswitz nannte die Dritteltaler ›Ephraimiten‹, weil sie von der Berliner Firma Ephraim geprägt worden waren. Die Jahreszahl 1753 und das sächsisch-polnische Wappen darauf waren eine Fälschung. Von dieser bis zu einem Drittel abgewerteten Münze wurden sieben Millionen Taler in Umlauf gebracht. Aufs neue verlangte der preußische Kommandant Graf Schmettau 350 000 Taler von Dresden.
Sachsen war ebensosehr der Schauplatz wie der Hauptkampfpreis des Krieges und für Preußen eine wertvolle Stellung und reiche Hilfsquelle.

*

Der hochbetagte Papst Benedikt XIV. erkannte, daß seine letzte Stunde gekommen sei. Mit völliger Ergebenheit empfing er den Leib des Herrn, ließ den Dekan des Kardinalskollegiums und den Staatssekretär kommen und bat sie und alle Kardinäle um Entschuldigung für seine Fehler, besonders für seine Ungeduld, die seinem Naturell, nicht bösem Willen, entsprungen sei.
»Fortan will ich von den Geschäften nichts mehr wissen. Dies überlasse ich dem Staatssekretär, denn mein Sinn steht nur mehr auf religiöse Dinge.«
Seine Diener waren tief betrübt.
»Beklagt doch nicht einen alten Mann, der euch mit seiner Ungeduld und seinen Fehlern so lange geplagt hat. Ich lasse euch in der Hand Gottes, des besten aller Herren, der nicht stirbt. Ich aber gehe nun in Schweigen und Vergessenheit, den einzigen Platz, der mir gebührt. – Sic transit gloria mundi! – So vergeht die Herrlichkeit der Welt.«
Am Mittag des 3. Mai 1758 verschied er.

*

Am 6. Juli wurde Papst Klemens XIII. im Konklave gewählt. Er stammte aus Venedig und war Bischof von Padua gewesen. Am gleichen Tag schrieb er an seinen Bruder:
»Wer würde es gedacht haben? Meine Bitten und mein Widerstreben waren nicht imstande, die unfaßliche Bürde von mir abzuwenden. Ich bin voll Verwirrung vor Gott und vor den Menschen und fühle mich so bedrückt, daß ich völlig außer mir bin. Empfiehl mich Gott, dem Herrn; wenn es jemals nötig war, so ist es dies jetzt. Du kennst meine Mängel; hätten die andern sie gekannt, so würden sie nicht getan haben, was geschehen ist. Ich will hoffen, daß es das Werk Gottes ist; denn ich habe in keiner Weise mitgewirkt bei einer Angelegenheit, die ganz seine Sache sein muß. Das allein ist, was mich tröstet.
Daher Gebet und nochmals Gebet!«
So begann der 65jährige Papst sein schweres Amt.
Auch die katholische Gemeinde in Dresden betete in aller Trübsal für den neuen Papst, dessen Wahl den Gläubigen von Pater Superior Franz Kreitl verkündet wurde.
»Daß du unseren Heiligen Vater Papst Klemens XIII. und deine Kirche in allen Stürmen der Zeit bewahren und uns in allen Gefahren des Irrtums als ihre Kinder behüten wollest! – Wir bitten dich, erhöre uns!«

*

Die Straße von Bautzen nach Löbau-Görlitz steigt über einen Berg, auf dem der kleine Ort Hochkirch liegt. Hier lagerten die preußischen Truppen in unglaublicher Sorglosigkeit.
Der österreichische General Daun überfiel in der Morgenfrühe das Lager und eroberte es. 14 000 Tote deckten das grausige Schlachtfeld. 100 Geschütze wurden erbeutet.
Dennoch vermochte Daun nicht, Schlesien wiederzugewinnen. Sein Kriegsrat beschloß, sich mit der neu aufgestellten Reichsarmee zu vereinen und Dresden den Preußen zu entreißen.

Am 9. November rückten die Österreicher vom Großen Garten gegen die Stadt an. Die in den Vorstädten liegenden preußischen Truppen hatten Befehl, alle Gassen, die sie nicht behaupten könnten, anzuzünden. Sie hingen bereits in der Pirnaischen Vorstadt und vor dem Wilsdruffer Tor Pechkränze auf. Die Bewohner wurden mit wenig Hab und Gut in die Innenstadt geschickt.
Am nächsten Morgen gingen die Österreicher zum Angriff vor. Da – ein einzelner Kanonenschuß!
Ihm folgte Alarmschlagen.
Das war das Zeichen zum Abbrennen. Zuerst flammte das Feuer vor dem Pirnaischen Tor auf, dann am Judenteich, um fünf Uhr vor dem Wilsdruffer Tor. Von den Festungswällen wurden dazu noch Feuerkugeln und Granaten in die Häuser vor dem Seetor geschossen.
Dresden war von Flammen umgeben.
»Wo brennt's?«
»Überall in den östlichen und südlichen Vorstädten, in der Fischerstraße, Rampischen und Pirnaischen Straße, in der Hinterseeischen und Poppitzer Gemeinde.«
»Schmettau hat gedroht: ›Ich werde mich im äußersten Falle von Straße zu Straße verteidigen und zuletzt mit dem Schloß in die Luft sprengen.‹«
»Davor bewahre uns der Herrgott!«
Am anderen Morgen lagen 285 Häuser in Asche. Die österreichischen Truppen zogen sich in ihr Lager hinter dem Großen Garten zurück.
Zwei Tage später hob Daun auf die Nachricht vom Anmarsch des Preußenkönigs aus Schlesien hin die Belagerung auf und trat den Rückzug nach Böhmen an.
Friedrich erschien wieder in Sachsen.

*

Die Einwohner fürchteten jeden Tag neue Schrecken. Aber das erste Halbjahr 1759 verging für Sachsen ohne besondere kriegerische Drangsale.

Am 9. August jedoch wurde Dresden von 28 000 Österreichern eingeschlossen.
Am 4. September unterzeichnete der preußische General Schmettau die Kapitulation Dresdens. Friedrich schickte Gegenbefehl. Er kam zu spät. Schmettau war bereits mit seinen Truppen, mit Gepäck und Geldwagen abgerückt.
Die Österreicher besetzten Dresden am 5. September.

*

Der Winter 1759/60 war außerordentlich streng.
Friedrich beherrschte immer noch von Freiberg aus den größten Teil Sachsens.
In der Osterzeit hörten die Patres über 50 000 Beichten österreichischer Soldaten in und außerhalb Dresdens.
Erst Anfang Juli zog Friedrich nach Schlesien ab. Plötzlich machte er bei Bautzen kehrt, schlug oberhalb Dresdens Schiffsbrücken, ging auf das linke Elbufer und stürmte am 14. Juli die Reste der Pirnaischen Vorstadt. Bald war die ganze Altstadt Dresdens von den Preußen eingeschlossen.
Unter Geschützdonner schrieb Pater Superior Anton Hosauer die Erlebnisse dieser Tage in das neuangelegte Tagebuch nieder:
»14. Juli 1760. – Wider alle Erwartung begann der Preuße früh nach acht Uhr die Stadt zu belagern und mit Gewehrfeuer und kleinen Geschützen anzugreifen ... Wir errichteten im Keller einen Altar und brachten das Allerheiligste aus der Hauskapelle dorthin. Einige feierten die heilige Messe da untern, einige in der Kirche. Die ›Andacht zur Kriegszeit‹ ließen wir aber ausfallen. Burgaller, dem die Sorge für die Kirche anvertraut ist, flüchtete mit einigen anderen Familien in die Gruft der Hofkirche ... Mit diesen beteten wir während der Belagerungszeit am Abend nach acht Uhr in der Sakramentskapelle den Rosenkranz und die Allerheiligenlitanei.

In unserem Hause sind alle Fenster herausgenommen. In der Elementarschule haben wir dicke Bretter angebracht, um die Fenster zu schützen. Ich übernachte in der Kirche in meinem Beichtstuhl. Pater Demel blieb in seinem sicherer gelegenen Zimmer, um das Haus zu bewachen. Die Jungen blieben in ihrem Schlafsaal. Die übrigen Patres zogen sich in das Wackerbarthsche Palais zurück, flüchteten aber am folgenden Tage vor den umherfliegenden Kugeln in die Schule, wo sie bis zum Sonnabend übernachteten. Trotz des Kugelregens wurde eine kranke Frau mit den heilige Sakramenten versehen ... Die Feinde kamen ans Pirnaische Tor, wurden aber zurückgeschlagen.

Dienstag, 15. Juli. – Der Feind griff von früh halb vier Uhr mit Gewalt die Stadt an, die von Österreichern erfolgreich verteidigt wurde. Die Statue des heiligen Sebastian auf der Kirche hat durch eine Kugel einen Arm verloren. Der Feind schoß mit kleinerem Geschütz. Es entstanden aber keine Brände.

Mittwoch, 16. Juli. – Die Messen in der Kirche sind in diesen Tagen ohne bestimmte Reihenfolge. Am Hochaltar keine Messe. Die Schüsse der Verteidiger wie der Belagerer donnern Tag und Nacht. Kurz nach Mitternacht versuchte der Feind nochmals einen Angriff gegen das Pirnaische Tor, wurde aber wieder abgeschlagen. Von der Neustadt her schlug sich ein österreichischer Offizier durch, der die baldige Ankunft eines Hilfsheeres meldete.

Donnerstag, 17. Juli. – Wir wurden etwas beruhigt durch die Nachricht über die Ankunft des Generals Daun ... Nachmittags schlug eine Granate in die Kirche ein – es war glücklicherweise niemand drin – und zertrümmerte einen Pfeiler links von der Kanzel.

Freitag, 18. Juli. – Durch die Beschießung der Österreicher mußte der Feind seine Stellung aufgeben, von wo er mehrfach die Hofkirche beschossen hatte, ohne aber merklichen Schaden anzurichten.« – Soweit Pater Superior.

Aus Magdeburg kamen nun schwere Belagerungsgeschütze an. Panik bemächtigte sich der Bevölkerung. Viele brachten ihre zusammengepackten Habseligkeiten schnell in den Keller. Verzweiflung trieb sie auf die Straße. Mit dem tragbaren Gepäck flüchteten sie trotz niederprasselnden Gebälks durch die brennenden Straßen über die Brücke nach Neustadt. Ein nach Tausenden zählender Flüchtlingsstrom ergoß sich in die Weinberge und nahe gelegenen Orte. Die Landstraßen waren voller Menschen. Greise, Männer und Frauen wankten gebückt daher. Mütter keuchten mit ihren schreienden Kindern. Vom Rauch waren aller Augen verquollen. Jeder war wie ein Lasttier bepackt; Kranke wurden auf Schubkarren gefahren. Bald war das ganze obere rechte Elbufer mit diesen unglücklichen Flüchtlingen übersät, die dem bittersten Mangel preisgegeben waren.
Panik bemächtigte sich auch der verängstigten Mädchen im Josephinenstift auf der Großen Plauenschen Straße. Inspektor Selig und seine Frau, die als Hausmutter wirkte, konnten die schreienden Kinder nicht beruhigen. Pater Briskorn trat zu den Mädchen in die Stiftskirche. Er betete mit ihnen. Dann sprach er zu ihnen. Er sah in verweinte Gesichter.
»Wir stehen alle in Gottes Hand und empfehlen uns dem Schutze der lieben Gottesmutter und dem heiligen Josef. Er hat die heilige Familie in schwerster Bedrängnis nach Ägypten geleitet, in der Fremde für sie gesorgt und dann sicher heimgeleitet.«
Die Kinder horchten auf.
»Wir können hier im Stift nicht mehr bleiben. Wer seine Eltern in der Nähe wohnen hat, kann zu ihnen heimgehen. Alle aber, die mit mir mit dem Schiff nach Böhmen fahren wollen, packen jetzt sofort ihre Sachen in eine Dekke. Aber keiner nimmt mehr mit, als er allein tragen kann. Nur die Sachen der Kleinsten werden gefahren. Nach dem Essen verlassen wir das Haus.«

Die Mädchen schluchzten auf.
»Seid tapfer, wie die Gottesmutter bei der Flucht tapfer war!«
Nur mit Mühe brachten die Kinder ihr Essen herunter, da der Geschützdonner sie erneut aufschreckte.
Pater Briskorn betete mit ihnen den Engel des Herrn und den Reisesegen.
Die Wartefrauen Naumann und Eslauer hatten inzwischen mit der Hausmagd Schnitzler das Gepäck der Kleinen auf den Wagen gepackt. Der Hausknecht Jebautzki überzog alles mit einer großen Zeltplane, da es regnete.
Die Lehrerinnen Muttergleich und Brunitzka und die Köchin Crysbach geleiteten die Mädchen, die weinend das Haus verließen.
Pater Briskorn zog vor ihnen her. Zuerst folgten ihm die Kleinen. Die Allerkleinsten führte er an der Hand. Dann die größeren Mädchen und zuletzt das Fuhrwerk. Sie mußten noch ein Stück außerhalb der Stadt ziehen, ehe sie auf das Schiff trafen.
Die in die Stadt einschlagenden Geschosse erschreckten die Mädchen erneut.
Auf dem Schiffe betete der Pater mit ihnen:
»Unter deinen Schutz und Schirm fliehen wir, o heilige Gottesmutter.«
Dann zogen die Pferde das Schiff am Leinpfad stromaufwärts. Betrübt sahen die Kinder, wie der Turm der Hofkirche ihren Blicken entschwand.
Es war eine traurige Fahrt, an Pirna, an Königstein vorbei durch die schaurig-schöne Landschaft des Elbsandsteingebirges. Bald schliefen die Mädchen auf ihren Kleiderbündeln ein. Pater Briskorn aber wachte und betete den Rosenkranz. In der Gegend von Aussig brachte er die Kinder unter. Als sie sich von der Aufregung und der Strapaze erholt hatten, machte er mit ihnen eine Wallfahrt nach Mariaschein.
Dort flehten sie alle für Dresden und das geliebte Jose-

phinenstift. Sie ahnten nicht, wie gut es gewesen war, daß sie geflohen waren.
Pater Briskorn aber hoffte gegen alle Hoffnung, daß er doch einmal mit den Mädchen wieder zurückkehren könne. Zwölf Jahre war er schon Stiftskaplan gewesen und hing mit Liebe an seinem schönen Amt, für diese armen Mädchen zu sorgen. Aber eine so schwere Zeit wie die jetzige hatte er noch nicht erlebt. Mit Treue und Gewissenhaftigkeit sorgte dieser geistvolle und würdige Priester aus der litauischen Ordensprovinz für die ihm Anvertrauten in der Fremde.
Er fand bei seinen Ordensbrüdern und bei den Gläubigen in Böhmen immer Hilfe.
Er wartete auf die Stunde, da er den Mädchen sagen konnte:
»Wir fahren wieder heim mit dem Schiff nach Dresden.«
Aber er mußte noch lange sich und den Kindern Geduld und Gottvertrauen predigen.

*

Österreichische Soldaten nutzten inzwischen die Gelegenheit und plünderten in den leerstehenden Häusern.
Der Magistrat leitete vom Rathaus aus die Löscharbeiten, aber bald schon fehlte es nach der Massenflucht an Männern für die Spritzen und das Wasserholen.
Dazu kam noch gegen Mittag ein neuer Sturmangriff. Er wurde abgeschlagen.
Die Preußen wollten beobachtet haben, daß vom Turm der Kreuzkirche österreichische Meldeposten die Bewegungen der preußischen Truppen signalisierten.
»Herunter mit ihnen vom Turm!«
Bald war dieser von fünf Bomben getroffen. Die Spitze brannte und fiel auf das Kirchendach. In wenigen Stunden war die Kreuzkirche ein Trümmerhaufen.
1400 Geschosse prasselten an diesem Sonnabend auf die bedauernswerte Stadt.

Pater Superior schrieb in sein Tagebuch:
»Sonnabend, 19. Juli. – Der Feind schießt mit schwerem Geschütz und greift mit größter Gewalt an. In verschiedenen Häusern an der Mauer bricht das Feuer aus. Um drei Uhr begann auch der obere Teil des Kreuzkirchenturmes zu brennen, der schließlich mit der ganzen Kirche dem Feuer zum Opfer fiel. Dadurch wurden die Protestanten nicht wenig erregt, so daß sie schimpften: ›Das ist uns einer wackerer Beschützer, der uns die schönste Kirche verbrennt!‹ Mit dem Vorwand, zum Schutze ihrer Konfession gekommen zu sein, hatte nämlich der Preuße, als er vor vier Jahren die Stadt einnahm, die Protestanten zu täuschen und für sich zu gewinnen versucht.« Am Nachmittag rückte General Daun mit seinem Heere an.
Am späten Abend des anderen Tages schrieb Pater Superior wieder schnell die Begebenheiten ins Tagebuch nieder:
»Sonntag, 20. Juli. – Heilige Messen vom frühen Morgen bis Mittag. Aber keine Predigt und kein Hochamt. In der Nacht haben die Preußen, die gestern aus den Wäldern herausgeworfen worden waren, die Elbe überschritten und sich mit dem Heere ihres Königs in Neustadt verbunden. Dorthin hatten sich auch unsere Patres geflüchtet und bei Pater Pitsch in den Kasernen Unterschlupf gefunden. Nur Pater Demel und ich blieben zurück, da die Brände in der Stadt immer weiter um sich griffen, brachte ich die Kapellknaben in die Sakristei. Am Abend haben die Feinde die Wilsdruffer Vorstadt angezündet und samt der Annenkirche niedergebrannt. Dabei wurde auch das Josephinenstift zerstört.«
»Zielt weiter auf die Feuerbrände, dann brennt's noch besser!« riefen die preußischen Artillerieofiziere den Kanonieren zu.
»Achtung, gebt Feuer! Achtung, gebt Feuer! Achtung, gebt Feuer!«, so hieß es noch am Abend des 20. Juli, als die Beschießung nicht abnahm, sondern anschwoll. Die

Frauenkirche aber hielt den mehr als hundert Bomben und vielhundert Kanonenkugeln stand, während ihre ganze Umgebung brannte und in Trümmer sank.
»Wie lange soll das noch so weitergehen?«
Pater Superior trug trotz aller Drangsal weitere knappe Notizen in sein Tagebuch ein:
»Montag, 21. Juli. – Der Feind fährt fort, Brandbomben zu werfen. Die meisten Plätze und die Hauptwache brennen. 10 Bataillone des Daunschen Regimentes haben auf einer Pontonbrücke in der Nacht die Elbe überschritten und den Feind beim Großen Garten angegriffen, 13 Geschütze erobert, viele Gefangene gemacht und der Stadt etwas Ruhe gebracht.
Dienstag, 22. Juli. – Der Feind hört auf, Brandbomben zu werfen. Einige Offiziere, die auf der Mauer gefallen sind, wurden bei der Hofkirche begraben.
Mittwoch, 23. Juli. – Kein feindlicher Angriff. Doch hat die Stadt aus ihren Verteidigern Feinde bekommen, die die armen Bürger bestehlen … Als der Kommandant einige mit gestohlenem Gut antraf, ließ er sie sofort standrechtlich erschießen. Auch sie wurden bei der Hofkirche begraben.
Sonnabend, 26. Juli. – Zwischen Hoffen und Bangen harren wir unseres Schicksals.
Sonntag, 27. Juli. – Wieder nur stille heilige Messen.
Dienstag, 29. Juli. – Der Feind hielt sich zurück, weshalb wir sorglos um 11 Uhr eine feierliche Messe mit anschließendem Te Deum hielten.
Mittwoch, 30. Juli. – Der Feind ist aus dem Blickfeld der Stadt verschwunden. Gegen Mitternacht hatte er die Belagerung aufgegeben und sich auf die entfernteren Höhen zurückgezogen. Die Patres, die in den Kasernen bei Pater Pitsch Zuflucht gesucht, kamen frühmorgens zurück, und in der Kirche war wieder die gewohnte Gottesdienstordnung. Zu Hause hielten wir Fasttag wegen der Vigil des Ignatiusfestes.

Donnerstag, 31. Juli. – Fest unseres heiligen Vaters Ignatius. Gottesdienst nach gewöhnlicher Sonntagsordnung. Die Predigt hielt ordnungsgemäß Pater Demel, aber vor sehr wenigen Zuhörern.
Freitag, 1. August. – Die Kirche ist wieder in Ordnung gebracht, da mehrere Leute in ihr und in der Gruft Unterschlupf gesucht und Tag und Nacht darin gewohnt hatten. Vor allem in der Sakristei und in dem Umgang davor.
Die Patres halfen freigebig solchen, die durch Brände in äußerste Not geraten waren, auch Andersgläubigen, so gut sie konnten. Sie priesen dankbar Gottes Schutz, weil keiner der Patres und von denen, die in Kugelregen und Todesgefahr in die Kirche geflüchtet waren, verletzt wurde.« – – –
226 Häuser der Altstadt waren abgebrannt, 37 stark beschädigt. 46 Dresdner hatten den Tod gefunden, 11 waren verwundet. Insgesamt sanken in diesen drei Jahren, 1758 – 1760, 800 Häuser und 5 Kirchen in Asche.
Das hatte Dresden seit 1491, als der große Brand die Hälfte der Stadt vernichtete, nicht mehr erlebt.
Die zerstörte Kreuzkirche blieb noch lange Zeit das Wahrzeichen dafür, daß Dresden seine bisher schlimmsten Tage durchgestanden hatte.

*

Hoch oben auf der Turmspitze der Hofkirche hatten die Handwerker ein Gerüst gebaut, das wie eine Halskrause das mit Putten und Palmzweigen versehene Kreuz umgab. Ein Riß hätte gefährlich werden können, wenn der Westwind an dem Kreuz rüttelte und es herunterstürzte. Zumindest aber hätte es vielleicht eines Tages schief auf dem herrlichen Turm gestanden, an dem alles nach oben auf das Kreuz wies. Oberlandbaumeister Schwarze wollte nun ein anderes dafür errichten. Es war schon vor vier Jahren gefertigt worden. Auf einem metallenen Knopf,

der die Erdkugel darstellte, sollte das hohlgegossene Kreuz befestigt werden.
Es war ein gewaltiges Kreuz, wie es jetzt vor der Kirche lag. Die Kapellknaben standen staunend darum herum und maßen die Länge:
»Oh, siebzehn Ellen ist es hoch!«
»Und wenn es oben ist, dann sieht es vom Neustädter Ufer so aus, als wäre es nicht größer als wir.«
»Aber nicht so wie du kleiner Knirps!«
»Ich wachse ja noch.«
Pater Superior kam hinzu. Er hatte die Jungen beobachtet.
»Das Kreuz sieht immer von weitem so aus, als wäre es nicht größer als wir. Wenn wir ihm aber näher kommen, dann wächst es mehr und mehr. Es wächst über uns hinaus.«
Er nahm eine fein säuberliche Schriftrolle, überflog noch einmal, was er in den letzten Tagen geschrieben hatte, dann rollte er sie wieder zusammen.
Die Kapellknaben schauten ihn an, wagten aber nicht zu fragen.
Nun kamen die Handwerker, um Kreuz und Knopf an den Stricken der Winde zu befestigen.
Die Jungen wollten sehen, wie beides nach oben gezogen wurde.
»Zuerst müssen wir das alte Kreuz herablassen.«
»Ja, so ist es!« sagte sinnend Pater Superior. »Wenn das alte Kreuz verschwindet, kommt gleich ein neues Kreuz.«
»Das ist viel größer als das frühere.«
»Ja, ja, ... meist ist das neue Kreuz größer als das ehemalige ... und auch schwerer.«
Pater Superior hatte mit den Handwerkern besprochen, daß die »Kreuzabnahme« und die »Kreuzerhöhung« am freien Donnerstag der Kapellknaben geschehen sollte. Die Jungen hatten ihn so gebeten, die feierlichen Stunden miterleben zu dürfen. Der Donnerstag war zudem das Fest Kreuzerhöhung.

»Stellt euch an die Schloßmauer, da könnt ihr alles gut sehen.«
Die Handwerker rollten den riesigen Knopf heran.
Pater Superior kniete sich auf den Boden und schob vorsichtig die Schriftrolle weit in den Schaft des hohlen Kreuzstammes hinein.
Dann befestigten die Handwerker die Knopfkugel am Schaft.
»Was hat denn Pater Superior in das Kreuz geschoben?«
»Das möchte ich auch gern wissen!«
»Frag ihn mal!«
»Nee, i trau mi nitt!«
»O gucke mal, Franzl, da kommt das alte Kreuz herunter!«
Lange schauten sie, wie es langsam herabschwebte, von starken Seilen gehalten.

*

Nach dem Mittagessen wählte Pater Superior zwei Kapellknaben aus.
»Zieht eure Ministrantenkleider an und holt den Weihwasserkessel!«
Die Jungen waren enttäuscht. Sie wollten doch am Nachmittag sehen, wie das Kreuz hochgezogen wurde.
»Ist denn ein Begräbnis, Pater Superior?«
Dieser schwieg. Er wollte den beiden Auserwählten die Überraschungen, die er für sie plante, nicht verraten.
Die übrigen Kapellknaben sahen, wie das Kreuz schon zur Hälfte hochgezogen war.
Aus der Sakristei schritt Pater Superior schweigend mit den beiden Ministranten durch den Prozessionsgang, dann stiegen sie die breiten Stufen zu den Emporen hinauf.
Die Jungen schauten Pater Superior fragend an.
»Wir steigen in den Turm.«
Die Augen der Ministranten leuchteten. In den Turm steigen zu dürfen war die Sehnsucht aller Kapellknaben.

Aber höher als bis in den Glockenturm hatte bisher keiner gedurft.
Die Jungen schritten nicht, wie es sich für Ministranten gehört, sie sprangen die Stufen hinauf. Pater Superior vermochte ihnen nicht so schnell zu folgen. Für ihn bedeutete die Turmbesteigung eine große Anstrengung. Drum mußte er oft in der Wendeltreppe verschnaufen.
Die Jungen warteten bei jedem Absatz eines Stockwerkes auf ihn und blickten durch die Öffnungen auf den glitzernden Strom. Als sie an dem Stockwerk angekommen waren, wo die Ellipse des Turmes in die Rundung übergeht, sahen sie, wie das Kreuz an ihnen vorüber in die Höhe schwebte.
»Seid ihr auch nicht schwindelig, Jungens«
Sie lachten statt einer Antwort.
»Schau, Hansl, da hinten liegt Pillnitz.«
»Guck einmal, wie klein die Elbkähne sind, wie Nußschalen.«
»Und die Menschen auf der Brücke sind wie I-Punkte.«
»Wenn für uns hier oben schon alles so klein ist, wie winzig sind wir dann erst vor dem großen Gott, Jungens. Und doch ist Gott so ein I-Punkt-Mensch geworden, um uns kleine Menschenkinder zu Gottessöhnen zu machen … Es tut gut, manchmal nach oben zu steigen, wenn's auch den alten Beinen schwerfällt … Aber der Stufen zum Himmel sind noch viel, viel mehr … nur der Weg zur Hölle ist breit und bequem. Da springt sich's leichter hinab. Denkt dran, Jungens, was ich euch gesagt habe.«
Enger war nun die Treppe. Die Ministranten mußten sich mit beiden Händen an den Wänden halten. Aber auch Pater Superior.
Hatte er sich nicht zuviel zugemutet, da er hoch oben über Dresden das große Kreuz, das gemeinsame Zeichen der Christenheit, weihen wollte?
Aus dem Metallkreuz sollte ein heiliges Kreuz werden. Das heilige Zeichen Gottes, das Zeichen seiner unbegreif-

lichen Erlöserliebe. Allen Schiffern, die von Pirna stromab- und von Meißen stromaufwärts fahren, das weithin kündende Heilszeichen, leuchtend in der Sonne, aber auch in die Gewitterwolken ragend.
Endlich waren Pater Superior und die Jungen oben.
Sie mußten aber noch in der Treppe stehenbleiben, da die Handwerker gerade mit vieler Mühe das Kreuz auf die Turmspitze zogen.
Franzl wagte zu fragen: »Pater Superior, was für eine Schriftrolle haben Sie denn unten in den Kreuzesschaft gesteckt?«
»Kannst du's immer noch nicht abwarten, Bub?«
Franzl errötete.
»Ich hätte es euch schon gesagt. Aber wer bittet, dem wird gegeben werden ... Wir haben alle miteinander Dresdens schwere Tage durchgestanden ... Ich habe über jeden Tag vom 14. Juli bis zum 1. August die leidvollen Kriegserlebnisse aufgezeichnet. Dieser Bericht über die Belagerung im furchtbaren Jahre 1760 steckt nun im Kreuz* ...
Der Christ bringt jedes Leid in Verbindung mit dem Kreuz des Herrn. Dresden hat wahrlich sein Kreuz erlebt.
›Du, o Herr, hast für uns gelitten.
Wir, o Herr, tragen unser Kreuz mit dir!‹
Laß aus dem Kriege endlich Frieden und Segen ersprießen für Volk und Land!«
Nach geraumer Zeit winkte der Handwerksmeister dem Pater.
Der Wind brauste vom Elbsandsteingebirge, so daß die Jungen sich gegenseitig festhielten.
Pater Superior nahm sein Birett ab.
»Sei, heiliges Kreuz, gegrüßt!«
Er neigte sein Haupt vor ihm. Dann sprach er die liturgischen Weihegebete und besprengte das hochragende heilige Zeichen. Die Ministranten blickten in die Tiefe und erschauerten.

* Nach Forwerk: Geschichte und Beschreibung der Hofkirche, S. 49.

»Vor der Tiefe des Abgrundes errette uns, o Herr, durch dein heiliges Kreuz!« endete Pater Superior.
Nach der Zeremonie wies der Meister auf die zerstörte Kreuzkirche, auf die vernichteten Häuser der Altstadt und Vorstädte und sagte:
»Das hat der Feind getan!«
Die Sonne brach durch die Wolken. Nun leuchtete das metallene Kreuz golden auf. Sie alle standen unter dem Kreuz und schwiegen.
Noch heute aber ragt das damals inmitten allen Leides und Leidens auf der hohen Turmspitze der Hofkirche errichtete Kreuz über die Stadt und das vom silbernen Band des Stromes durchzogene schöne Elbtal.

*

Pater Superior setzte sein Tagebuch fort:
»Dienstag, 4. November. – Gegen neun Uhr morgens kam die Nachricht vom Siege über die Preußen bei Torgau. Doch bald wurde die Freude in Trauer verwandelt, als kurz darauf bekannt wurde, daß nach der Niederlage des Heeres General Ziehten nach neun Uhr abends noch den Hügel besetzt habe.
Mittwoch, 5. und Freitag 7. November. – Die silbernen Leuchter und das Kruzifix wurden vom Altar herabgenommen und von Ferdinand Burgaller auf die Festung Königstein gebracht. Der Brandschutt wurde täglich mit fünfzig Wagen auf die Schanzen gefahren.«
Dresden hatte sein schwerstes Jahr hinter sich.

*

Karoline Neuber, die ›Mutter des deutschen Schauspiels‹, lebte in bitterster Armut in Dresden. Die Urheberin des guten Geschmacks auf der deutschen Bühne hatte die Forderung Gottscheds in die Tat umgesetzt, den Hanswurst von der Bühne verbannt, das gelehrte Kunstdrama eingeführt, auf den Wanderfahrten durch Europa ihre eigene Spieltruppe zuchtvoll geleitet und viele Rollen gespielt. Jetzt spielte das Leben die bittere Endrolle mit dieser energischen, feingebildeten Frau. Wechselvolle Schicksale ließen die 60jährige in bitterste Not geraten. Verarmt und von ihrer Zeit nicht verstanden, lebte die in Reichenbach, im schönen Vogtland, geborene, bei einem Arzt auf der Pirnaischen Gasse.

In diesen schweren Tagen floh sie zuerst nach Neustadt, dann nach Laubegast, wo ihre Wohltäter ihr ein Stübchen mieteten. Als sie aber infolge der durchstandenen Strapazen erkrankte, kündigte ihr der Hauswirt. Er fürchtete, daß die fremde ›Komödiantin‹ unter seinem Dache stürbe.

Die Todkranke mußte, vom harten Schicksal verjagt, Zuflucht suchen bei fremden Menschen. Bei einem guten Bauer fand sie endlich Aufnahme. Bauer Möhle erbarmte sich ihrer und stand ihr in den naßkalten Novembertagen bei. Er wachte an ihrem Sterbebette und drückte ihr die Augen zu, als sie am 30. November zu Gott heimging. Sie hatte wahrlich das Schrägkreuz des Apostels Andreas getragen, dessen Fest die Patres an diesem Tage in der Hofkirche begangen hatten.

Bauer Möhle zimmerte ihr selbst einen Sarg. Er bettete die Verstorbene hinein und fuhr sie auf dem Schiebbock selbst nach dem Friedhof von Leuben.

Selbst der Toten verweigerte der Pfarrer den Platz neben den anderen Gräbern.

»Eine Komödiantin? Nein!«

Bauer Möhle aber fand einen Ausweg. Er holte sich einige Männer, hob den Sarg über die Friedhofsmauer. In einer Ecke des Kirchhofs wurde die große Schauspielerin, die so oft königliche Rollen gespielt hatte, ohne Feierlichkeit eingegraben.

Sonst hieß es: »Der Tod macht alle gleich!«

Die Neuberin aber mußte die Verachtung ihres Berufes, den zu heben sie sich ernstlich bemüht hatte, bis in den Tod hinein ertragen, darüber hinaus wurde ihre sterbliche Hülle als die einer ehrlosen Komödiantin verscharrt. O harte, engstirnige Zeit!

*

Die Sorge um die Armen war jetzt die große Seelsorgsaufgabe der Patres im Jahre 1761.
Über tausend Taler wurden von den Gläubigen an der Kirchentüre gesammelt und von den Patres verteilt. Konnten sie damit auch nicht die Not beheben, so brachten diese Liebesgaben doch Trost.

*

Anfang 1763 kehrten viele Dresdner wieder zurück. Auch Pater Briskorn landete mit seinem Schiff voll erwartungsfroher Mädchen in Dresden. Wie erschraken sie, als sie die einst so schöne Stadt zerstört sahen.
Zunächst aber ging er mit ihnen in die Hofkirche und dankte, daß keines der Kinder Schaden genommen hatte.
Dann zog er mit ihnen in das neue Heim in die Hundsgasse. Weinend standen die Mädchen tags darauf vor dem gänzlich zerstörten Josephinenstift.
»Nicht weinen, sondern beten, daß der Herrgott uns das Haus wiedererstehen läßt. Der Friede ist nahe!«

*

Am 15. Februar wurde endlich der Friede zu Hubertusburg unterzeichnet. In allen Kirchen wurden Dankgottesdienste gehalten.
Es war ein tieftrauriges Freudenfest.
Auf Jahrzehnte war der Wohlstand Dresdens vernichtet.
Die Einwohnerzahl war von 63 000 auf 44 000 gesunken.
Die Zustände im Lande waren trostlos und verzweifelt.
Sachsen hatte von allen Ländern im Siebenjährigen Kriege am meisten gelitten. Friedrich selbst erklärte, daß er 40 bis 50 Millionen Taler an barem Gelde aus dem Lande genommen hatte. Was Österreicher und Reichstruppen

gefordert hatten, machte einen Gesamtschaden von 100 Millionen Talern aus.
Aber etwas war im Lande erhalten geblieben, was Dresden für die Zukunft in aller Welt berühmt machen sollte: die Gemäldegalerie mit etwa 5000 Gemälden.
Am 30. April kehrte der König mit Graf Brühl zurück.
Kein halbes Jahr später, am 5. Oktober, erlag er einem Schlaganfall. Hasse komponierte für die Totenfeier ein Requiem in C-Dur, das hundert Jahre lang an diesem Tag für den Stifter der Hofkirche gehalten wurde.
Augusts Tod löste die Verbindung Sachsens mit Polen.
Des neuen Kurfürsten Friedrich Christians Verdienst war es, daß er die völlig veränderte Lage unumwunden anerkannte. Er ordnete äußerste Sparsamkeit für das Heer und die Hofhaltung an. Ballett und Oper, die jedes Jahr 100 000 Taler gekostet hatten, wurden abgeschafft. Hasse verließ die Stadt seiner Triumphe mit seiner Gattin und vielen Künstlern.
Der unerwartet rasche Tod des Kurfürsten infolge Pokken am 13. Dezember 1763 machte die Verwaltung für den dreizehnjährigen Nachfolger notwendig. Man fuhr fort, die Ämter von untauglichen und anrüchigen Personen zu säubern.
Der Traum Augusts des Starken von Sachsens Großmacht war ausgeträumt. Kursachsen war ein armes Land geworden, das sich nur durch den großen Fleiß seiner Bevölkerung wieder hocharbeiten konnte. Es würde lange dauern, bis die Kriegswunden vernarbt waren.

*

Gottes Vorsehung, die die herrliche Kirche errichtet hatte, hatte sie auch erhalten. Die Seelsorge an den Katholiken war gewachsen, zählte doch die katholische Gemeinde in Dresden jetzt 6000 Seelen. In den schweren Kriegsjahren wurden fünfhundertmal die Sterbesakramente gespendet.

Trotz einsetzender Verminderung der Katholikenzahl durch Wegzug von Polen und Österreichern war der Andrang zur Beichte und Kommunion an den Festtagen sowie am ersten Monatssonntag so groß, daß die Hände der Priester bei der Lossprechung und beim Kommunionausteilen ermüdeten.
Die Taufen waren seit 1710 auf das Achtfache gestiegen. Einige Kapellknaben sowie der als dreizehntes Kind geborene Sohn Augusts und Maria Josephas, Clemens Wenceslaus, waren Priester geworden, letzerer zudem Bischof. Über 250 Predigten und 60 Katechesen wurden jährlich gehalten, an denen über 300 Kinder und viele Erwachsene, Katholiken und Protestanten, teilnahmen. 300 Kinder wurden aus fünf Schulen zur Erstkommunion vorbereitet, die alljährlich am Ignatiusfest, am 31. Juli, feierlich gehalten wurde.
Die katholische Kirche war wieder spürbar da, aber immer noch als Missionskirche.
Die Befürchtung in den ersten Jahrzehnten, Sachsen würde ›katholisch gemacht‹ werden, erwies sich als unzutreffend. Es kam außer in Leipzig zu keiner weiteren Gründung in diesen 65 Jahren. Aber die Priester waren, obwohl sie außer in Leipzig keine festen Seelsorgestützpunkte hatten, echte Missionare, und so konnte Pater Superior niederschreiben:
»Kaum einen Ort gibt es in Sachsen, Thüringen und der Lausitz, der nicht schon einen der Patres als Ausspender der Geheimnisse Gottes gesehen hätte.«
Wahrlich ein schönes Wort vom Seelsorgseifer für die verstreuten Diasporakatholiken.

*

1764 wurde mit dem Wiederaufbau des Josephinenstiftes durch den Oberlandbaumeister Exner begonnen. Als der erste Teil vollendet war, wurde das Stift wieder dorthin zurückverlegt. Pater Briskorn zog mit den Mädchen ein.

»›Maria hat geholfen‹, so lasen wir auf vielen Votivtafeln in Mariaschein«, sagte er.
Das erste Hochamt in der neuen Kirche feierte der Sohn Maria Josephas, Bischof Clemens Wenceslaus, am Fest Mariä Empfängnis 1765, tags nach der Einweihung durch den Apostolischen Vikar Herz.
Das neuerbaute Haus sollte den armen Mädchen des Landes Segen bringen, bis zu seiner endgültigen Vernichtung in der furchtbaren Bombennacht 1945, für die jene Zerstörung von 1760 nur das grausige Vorspiel war.

*

Im Jahre 1766 machte sich der greise Gaetano Chiaveri nochmals auf die Reise nach Dresden. Er sah die schwer beschädigte Stadt, die zerstörte Kreuzkirche.
Sein Bau aber stand noch schräg vor dem Schlosse, gegen den Strom gebaut. Nachdenklich betrachtete er ihn von allen Seiten, besonders von der Elbbrücke und dem Neustädter Ufer aus. Nur der Glockenturm blieb stumm.
In seinem müde gewordenen Herzen stieg der Dank gegen Gott auf, der ihn befähigt hatte, dieses Zeichen seiner Ehre hier in Dresden aufzurichten. Trotz aller armseliger Menschlichkeiten war der Bau doch geworden:

»Ein Haus voll Glorie«.

Nachwort

Die Nacht der Zerstörung

Jeden Aschermittwoch zeichnet der Priester einen Daumen voll Asche in Kreuzesform auf die Stirn der Gläubigen und mahnt:
»Vergiß es nicht, o Mensch, daß du Staub bist und zum Staube zurückkehren wirst!«
Am Aschermittwoch 1945 vernichteten anglo-amerikanische Bomber die Stadt Dresden. Asche und Trümmer erstreckten sich über vierzehn Quadratkilometer. Was Dresden zu Dresden gemacht hatte, war tot. Die einst bewunderte und geliebte Stadt wurde durch ihre furchtbare Zerstörung ein Mahnmal. Ihre Ruinen zeigten unübersehbar, wie durch die moderne Technik des Krieges in wenigen Stunden zerstört, was Generationen von Menschen in Jahrhunderten geschaffen haben.
Eine nicht zu übersehende, nicht zu überhörende Mahnung an die Menschheit, alles zu tun, um Kriege zu vermeiden. – Koste es, was immer es wolle.

*

Am Morgen des 14. Februar 1945 überragte die Kuppel der Frauenkirche noch das Feuerchaos der Stadt. Zweihundert Jahre hatte sie standgehalten; tags darauf sank sie, im Innern ausgebrannt, in sich zusammen.
In Trümmern lag Dresdens künstlerisches Wahrzeichen, der Zwinger. Auch er war ausgebrannt.
Von der Kreuzkirche standen ebenfalls nur noch die Mauern. Die Hofkirche war völlig ausgebrannt und schwer angeschlagen. Das Hauptgewölbe war fast ganz hineingestürzt, vom Mauerwerk am Theaterplatz hin ein großer Teil, das Gewölbe des rechten Seitenschiffes ganz. Fünf-

zehn Heiligenfiguren Mattiellis waren zermalmt, andere standen ohne Kopf auf den Balustraden.
Was bedeuteten jedoch diese Schäden gegenüber den Verwüstungen in der ganzen Stadt?
Dresden war ein riesiges Massengrab geworden.
Würde sich die Stadt je wieder aus dem kilometerweiten Trümmerfeld erheben können?
75 000 Wohnungen zerstört!
15 000 Wohnungen schwer beschädigt!
35 000 Tote!
Welch unermeßliches Leid steckt in diesen Zahlen verborgen!
Konnten die Christen noch an das Wort glauben: »Im Kreuz ist Heil«? Das gilt von Christi Erlösungsopfer am Kreuz. – Galt das auch von Dresdens riesigem Aschenkreuz?
War das Leitwort des Bischofs von Meißen: »Gegen alle Hoffnung an die Hoffnung glauben!« nicht ein Utopie?
Könnten je kommende Friedenszeiten die Schäden heilen?

*

Der Bischof hatte bald nach der Zerstörung Erzvikar Willibrord Sprentzel mit der Sorge für die Hofkirche beauftragt. In der zerstörten Altstadt wohnten vorher 100 000 Menschen, nach der Zerstörung nur noch 3000. Die Propsteigemeinde war von 10 000 auf 300 Katholiken zusammengeschmolzen, die noch irgendwo in den Trümmern der Altstadt hausten. Aber die Hofkirche war die Mutterkirche des Landes, der jetzt so viele Enkel- und Urenkelgemeinden im Bistum erstanden.
Schon acht Tage nach der Kapitulation, am 15. Mai 1945, fand eine erste Besprechung beim Oberbürgermeister Dr. Friedrichs statt. Propst Sprentzel betonte:
»Die Hofkirche ist ein Wahrzeichen Dresdens. Die architektonischen Formen stehen noch. Wenn es gelingen

könnte, noch in diesem Sommer die zerstörten Gewölbe durch eine Notüberdachung zu ersetzen, kann vielleicht der Sandstein vor unersetzlichen Schäden bewahrt und ein späterer Wiederaufbau vorbereitet werden. Ich glaube, daß sich in der Welt genug Menschen finden, die dafür mit großen Mitteln beizusteuern bereit wären.« Am 18. August 1945 genehmigte das Ministerium den ersten Kostenanschlag. Landesverwaltung und Kirche teilten sich je zur Hälfte in diese Summe. Für die Zukunft sollten besondere Verhandlungen den anteiligen Prozentsatz festlegen.

Der Wiederaufbau der Hofkirche wurde der Zwingerbauhütte unterstellt. Bei der Schuttberäumung zeigte sich erst, daß die Schäden doch sehr groß waren. Viele freiwillige Helfer räumten mit dem zurückgekehrten Kaplan Dr. Fuchs die Benno-Kapelle und das linke Seitenschiff, wodurch die ordnungsgemäße, durch eine Firma ausgeführte Abschließung dieses Seitenschiffes vom Mittelschiff vorbereitet wurde.

Am 17. Juni 1945, tags nach dem St.-Benno-Fest, wurde um 17 Uhr die erste heilige Messe in der behelfsmäßig hergerichteten, diesem Heiligen geweihten Kapelle mit 650 Gläubigen gefeiert. Von nun an ward wieder täglich Gottesdienst in der Hofkirche gehalten. Die Liebe der Dresdener zu ihrer Mutterkirche zeigte sich lebendig und opferbereit.

Am 2. Dezember wurde Willibrord Sprentzel als Propst der Hofkirche eingeführt. Er übernahm damit die schwere Aufgabe, das Gotteshaus zu retten, zugleich aber auch als Erzpriester die Verwaltung des großen Erzpriestersprengels Dresden, der bis an den Kamm des Erzgebirges reicht.

*

Bei den Aufräumungsarbeiten in der Kirche wurde sorgfältig jedes Teil, ob aus Eisen, Kupfer, Holz oder Stein,

aufgehoben. Jedes Bruchstück war wichtig, ob es nun ein Ärmchen einer Engelsfigur, ein Stück von der geschnitzten Seitenlehne des Eichenholzgestühls oder gar der beschädigte Kopf einer Heiligengestalt war.
Welche Freude, wenn ein solcher geborgen wurde!
Alle Helfer betrachteten ihn.
»Wer ist der Heilige mit den finsteren Augenbrauen, dem herabhängenden Schnurrbart und dem Kahlkopf?«
»Das könnte der heilige Benno sein.«
»Oder der heilige Felix von Cantalice.«
Meister Sander, seit Herbst 1945 am Wiederaufbau tätig, zeigte mit den anderen Männern und Frauen im Auffinden und Deuten großes Geschick. Er führte darüber ein wertvolles Tagebuch. Aus dem Wasser in den Grüften barg er Holzstückchen und trocknete sie.
Jedes noch so unbedeutend scheinende Teilchen war wie eine ›Relique‹ und wurde fast ehrfürchtig behandelt.
»Es darf nichts verlorengehen!«
Alle trauerten um Louis de Silvestres Abendmahlsbild der Sakramentskapelle, das nach dem Brande gestohlen wurde.

*

Am linken Seitenschiff, zur Schloßstraße hin, standen Gerüste. Um das Innere vor Verwitterung zu schützen, sollte das Dach darüber fertiggestellt, danach das zu 2/3 erhaltene Sandsteingewölbe wieder zugemauert werden.
Draußen wurden Betonteile für das Dach gegossen, die zugleich als Zugverankerung für das sehr vom Schub beanspruchte Mauerwerk dienen sollten.
Jedes Stück Kupferblech wurde ausgeklopft und wie alles andere sorgsam gehütet. Das Dach des Seitenschiffes sollte damit wieder gedeckt werden.
Die Arkaden des Prozessionsumganges wurden zum Hauptschiff hin zugemauert, so daß allmählich dieser Teil des Gotteshauses mit einem breiten Seitengang Gestalt annahm.

In allen katholischen Gottesdiensten des Bistums wurde seit 1946 eine Kollekte für den Wiederaufbau der Hofkirche mit erfreulichem Ergebnis gehalten.

*

Es war wie ein Hauch vom ersten Pfingstfest zu Jerusalem, als 1947 der Propst das heilige Amt im Seitenschiff auf dem erhöhten Altar halten konnte. Der Kirchenchor bot die F-Dur-Messe von Pembaur an. Die Fenster waren noch nicht verglast. Das Pfingst-Te-Deum wurde darum bis auf den Neustädter Markt gehört. Die große Schar der herbeigeeilten Gläubigen aber sang inbrünstig:

»Der du der Tröster bist genannt,
des allerhöchsten Gottes Pfand,
du Liebesglut, du Lebensbronn,
du Herzenslabung, Gnadensonn'!
Zünd unsern Sinnen an dein Licht,
erfüll uns mit der Liebe Pflicht,
stärk unser schwaches Fleisch und Blut
mit deiner Gottheit Kraft und Glut!«

Als der Bischof nach der Firmung am 1. Juni 1947 abends das Gotteshaus verließ, wandte er sich vor dem Ausgang am Taufbecken, bei der ausdrucksvollen Figur des Täufers, den Umstehenden zu und wies auf die Decke: »Wenn wir nicht wüßten, daß dieses Seitenschiff so zerstört gewesen ist, so würden wir es nicht glauben. Es sieht aus wie ehedem. Vorher konnt man in den Himmel sehen.«

*

Der verbrannte eichene Glockenstuhl wurde 1948 in Eisen erneuert. Durch den Brand waren die Turmmauern schwer beschädigt worden. Die beiden kleineren Glocken stürzten damals ins Erdgeschoß, wobei die kleinste zer-

brach. Die beiden großen waren, obgleich im Feuer hängend, vor dem Sturz bewahrt geblieben. Mühsam war diese Erneuerungsarbeit!
Am Sonntag, dem 21. September 1948, erklang nach der Abendmesse das Geläut zum erstenmal wieder. Freudentränen füllten die Augen der Gläubigen.
Schweigen lag über der Stadt: Dresden lauschte den Glokken der Hofkirche.

*

Die Notsakristei wurde neben den Altarraum verlegt, die Gewölbe der Kapellen ausgebessert. Die wenigen Reste der herrlichen Deckenmalereien mußten abgenommen werden. Auch das prachtvolle Gemälde von Maulbertsch in der St.-Benno-Kapelle konnte nicht gerettet werden.
Im Winter 1948/49 wurde trotz der Währungsreform die große Sakristei instand gesetzt. Endlich war damit ein Raum gewonnen, der vorerst, bis zur Fertigstellung der Kirche, der Pfarrgemeinde und dem Katholischen Bildungswerk dienen konnte.
Erstaunlich schnell wurde auch die jäh abgebrochene Tradition des Kapellknabeninstitutes wiederaufgenommen.

*

Die Einwölbungsarbeiten des rechten Seitenschiffes waren schon 1947 begonnen worden. Hier war die Wiederherstellung schwieriger, weil die Wand nicht nur eine große klaffende Lücke aufwies, sondern auch herausgedrückt war. Sehr viel später erst konnte darüber das Dach, ebenfalls aus Stahlbetonteilen, erneuert werden.
Im Innern der Kirche wurden die großen Pfeiler mit Zement ausgepreßt, die zerstörten oder beschädigten Steine Stück für Stück herausgenommen, um dann ergänzt zu werden.
Ein Symbol für das, was in der lebendigen Kirche gleichfalls im Werden war, wo ja auch jeder einzelne, jede

Gemeinschaft, jedes Teil des katholischen Lebens wieder neu eingebaut werden mußte.

*

1949 wurde mit den Vorarbeiten für das Dach über dem Hauptschiff begonnen, die beschädigte Hochmauer erneuert. Wahrlich eine große Bausorge bei dieser Länge von 52,5, der Höhe von 32,7 und einer Spannweite von 18 Metern!
Sollte es in Stahl, in Stahlbeton oder in Holz hergestellt werden?
Die Kostenfrage entschied: Ein Holzdach ist am billigsten. Baumeister Hermann Ullrich schlug ein genageltes Fachwerk mit Dreigelenkbindern vor. Dieser Plan wurde angenommen. Ein 36 Meter hoher Richtmast überragte das Kirchenschiff.
Die Dreigelenkbinder wurden hochgewunden, oben mit Seilzug auseinandergezogen und abgesetzt.
Bald begann die Zimmermannsarbeit. Immer und immer wieder wurden 24 mm dicke gespundete Bretter hochbefördert und Fläche um Fläche bedeckt.
War das eine Freude, das Hämmern zu hören, kündete es doch: Das Dach wird fertig!
Wie sollte das Gewölbe werden?
»Ein Rabitzgewölbe wird beschafft.«
»St. Benno, dessen Gebeine sich ja in Bayerns Hauptstadt befinden, hat geholfen: Münchener Katholiken haben sich bereit erklärt, das Rabitzgewölbe zu stiften.«
Am 11. November 1950 wurde voll Dankbarkeit das Richtfest gefeiert.

*

Das Rabitzgewölbe ward 1951/52 errichtet. Zudem wurden die inneren Gesimse sowie die breiten Treppen zu den Emporen ausgebessert, die vielen Fenster eingesetzt und verglast, die Orgelempore, um Raum zu gewinnen,

wurde ausgekragt. Als bald darauf die Gerüste herausgenommen werden konnten, hatten die zahlreichen Besucher bei den Führungen den vollen Raumeindruck der weiten, hohen Halle.
Propst Sprentzel schrieb seinen Mitbrüdern zur Bistumskollekte für die Hofkirche:
»1953 ist die Erneuerung der Bruchstellen an den Außenmauern wesentlich vorangegangen, vor allem das Mittelschiff baulich fast fertiggestellt worden. Schon geht es an die Planungen für den Neuaufbau des Hochaltares. Die Gewölbe der vier Eckkapellen und alle Treppenhäuser sind neu verputzt, ein bei der Höhe nicht leichtes Werk.
Wir wissen uns allen Brüdern tief verpflichtet, die trotz eigener Not und Sorgen mit soviel Opfersinn mitgeholfen haben und mithelfen, die bedeutendste katholische Kirche des Landes ihrem heiligen Dienst neu zu schenken.

*

Den Hochaltar und den Altarraum in der ursprünglichen Gestaltung wiederherzustellen, war die Planung und Arbeit der kommenden Jahre. Dies war mit vielen Schwierigkeiten verbunden und dauerte länger, als es anfangs vorauszusehen war.
Im Januar 1959 war der Hochaltar fertiggestellt. Seit Oktober 1959 arbeiteten die Maler an der Reinigung und Innenausmalung im Mittelschiff und rechten Seitenschiff.
Das große, aus Würzburg geschenkte Stahlrohrgerüst bis zu 32 m Höhe hat dazu wirksam geholfen.
1960/61 wurde der Stuckmarmor hinter dem Hochaltar wiederhergestellt, 1961 der Fußboden aus karrarischem schwarz-weißem Marmor verlegt, die inneren Portale, die eisernen Doppelfenster des Mittelschiffs hergestellt und inzwischen gleichzeitig viele Monate lang an der Wiederherstellung des beschädigten Rahmens des großen Hochaltarbildes und des verbrannten Deckels der Permoserkanzel gearbeitet.

Die großen Kosten der Wiederherstellung dieses einmaligen Kulturdenkmals haben in all diesen Jahren Staat und Kirche in gutem Einverständnis etwa je zur Hälfte getragen, unter der opferwilligen Hilfe ungezählter katholischer und nichtkatholischer Freunde der Hofkirche im Land und weit darüber hinaus, sei es in geldlichen Spenden, sei es in Materialsendungen verschiedenster Art.
Der Dom an der Elbe, der Heiligsten Dreifaltigkeit geweiht, die größte Kirche des Bistums Meißen, ist dem Ruin entrissen

*Deo Optimo Maximo!**

* Gott, dem Besten, Größten!

Zeittafel

1539	Einführung der Reformation in Dresden. Kreuzkirche und Dreikönigskirche werden protestantische Pfarrkirchen.
1544	Die Franziskanerkircher in Dresden wird Zeughaus.
1545–1547	Beginn des Konzils von Trient. Erste Periode.
1551/52	Zweite Periode des Trienter Konzils.
1555	Augsburger Religionsfriede mit heidnischem Grundsatz: »Cujus regio ejus religio.« Der Herrscher bestimmt den Glauben seiner Untertanen. *Johann IX. von Haugwitz* wird zum Bischof von Meißen gewählt, aber nicht geweiht.
1560	Dekan *Johann Leisentrit* in Bautzen wird zum Generalkommissar der beiden Lausitzen von Bischof Johann IX. bestellt.
1563	Beendigung des Trienter Konzils. Dritte Periode (1562/63).
1570	24. Mai: Urkunde des Nuntius: Die bischöfliche Verwaltung des Bistums Meißen eignet fortan dem Bautzener Domstift. Der Administrator ist nur dem Papst verantwortlich, also vom Bischof unabhängig.
1577	13. Dez.: Bulle Gregors XIII. Die gesamte Jurisdiktionsgewalt über das Kloster Marienstern, wie sie vordem der Abt von Altzelle und der Meißener Bischof besessen hatten, erhält der Bautzener Domdekan; sie sollte ihm nur so lange zustehen, bis eine der beiden Gewalten wiedererstünde.
1581	Am 20. Okt. resigniert *Johann IX. von Haugwitz*, der letzte Bischof von Meißen.

Kurfürst August wird weltlicher Administrator des Bistums Meißen.
In den sächsischen Kurlanden ist das katholische Leben erloschen.

1586 Dekan *Johann Leisentrit* stirbt in Bautzen.
Er erhielt der katholischen Kirche in der Oberlausitz:
1. das Domstift zu Bautzen,
2. den Dom, unter Mitbenutzung der Protestanten,
3. zwei sorbische Kirchen (Liebfrauen und Nikolai in Bautzen),
4. die Klöster in Marienstern und Lauban,
5. 15 Pfarreien der Umgebung.

1602 Wiederbenutzung der alten Franziskanerkirche in Dresden als Sophienkirche.

1635 Die beiden Lausitzen kommen an Kursachsen unter der Bedingung: Duldung der katholischen Religion.

1648 Westfälischer Friede.
Nach dem Dreißigjährigen Krieg kommen mit den auswärtigen Gesandtschaften Katholiken nach Dresden. Katholische Kapellen in den französischen und kaiserlichen Gesandtschaftsgebäuden. Besuch der Gottesdienste ist aber nur dem Gesandtschaftspersonal erlaubt.

1664–1667 Erstes festes Komödienhaus am Schloß in Dresden von W. C. von Klengel.

1673 An verschiedenen Sonntagen werden 60 bis 100 Personen bei der ›papistischen Messe‹ in der kaiserlichen Gesandtschaftskapelle zu Dresden gezählt.

1675 166 Männer und 34 Frauen werden bei der ›papistischen Messe‹ in Dresden gezählt.

1694 Am 27. April stirbt Kurfürst Johann Georg

IV. Sein Bruder *August der Starke* wird Kurfürst von Sachsen.

1695 Am 26. Mai nehmen 158 Personen an der heiligen Messe in der kaiserlichen Gesandtschaft im Hause Lehmann am Neumarkt in Dresden teil.

Kurfürst August verbietet den Katholiken, die nicht zum Gesandtschaftspersonal gehören, das Beiwohnen der heiligen Messe.

1697 1./2. Juni: Übertritt des Kurfürst Augusts zur katholischen Kirche.

Erwerbung der polnischen Krone.

Errichtung einer katholischen Kapelle im Audienzsaal des Dresdener Schlosses.

Der Statthalter von Dresden, Fürst von Fürstenberg, ist katholisch.

1697–1711 Pater K. M. Vota ist königlicher Beichtvater.

1699 Weihnachten: Erster katholischer Hofgottesdienst in der Schloßkapelle zu Moritzburg.

1700 Einführung des Gregorianischen Kalenders in Kursachsen.

1701 Karfreitag: Das Schloß in Dresden brennt.

1706 Ende des Schwedenkrieges. Friede von Altranstädt.

August verliert die polnische Krone.

1707 Umbau des Klengel-Starckeschen-Komödienhauses in Dresden zur ersten katholischen Hofkirche durch R. Leplat.

1708 Gründonnerstag: Erster Gottesdienst in der neuen Hofkirche zu Dresden (ehemaliges Komödienhaus).

Gründungsakten des Königs für die erste Hofkirche.

Nach Pfingsten: Pontifikalamt des Kardinalprimas von Ungarn. Bischof Christian August in der ersten Hofkirche zu Dresden.

Sachsen wird eine »Apostolische Präfektur«. *Pater Vota* erster Apostolischer Präfekt.

1709 Gründung des Kapellknabeninstitutes in Dresden. Beginn der katholischen Lateinschule.
Dr. Löscher kommt als Superintendent an die Kreuzkirche in Dresden (1745 gestorben).
8. Aug.: August der Starke wird wieder König von Polen.

1710 Am 16. Jan. kommt Pater Georg Klein als erster Superior nach Dresden.
Fünf Bände Tagebücher führen, mit Unterbrechungen, die Superioren bis 1818.
Am 18. Jan. hält Kardinal Albani ein Hochamt in der ersten Dresdener Hofkirche.
3. Juni: Erste katholische Kapelle zu Leipzig in der Pleißenburg.

1711 August der Starke wird Reichsvikar.
Wichtigstes Baujahr des Dresdener Zwingers.

1711–1721 Pater Matthäus Pellet, Kreuzherr, königlicher Beichtvater.
Des Königs Ratgeber aber war Pater Salerni.

1712 21. Nov.: Der 16jährige Kurprinz tritt in Bologna zur katholischen Kirche über. Kanzel von *Balthasar Permoser* für die erste Hofkirche. Später in die neue Hofkirche übertragen.

1715 Nach dem Tode Pater Votas lag theoretisch die Jurisdiktion zunächst in den Händen des in Köln residierenden ›Präfekten der norddeutschen Missionen‹, Bischof Agostino Steffani (1715–1738), und später des in Hildesheim residierenden ›Apostolischen Generalvikars und Ordinarius für Sachsen‹, Bischof Leopold Heinrich Schorrer (1738–1751).

1717 200jähriges Reformationsjubiläum.

1718 Einschränkung der Tauf- und Trauerlaubnis.

Nur wenn beide Eltern bzw. beide Brautleute katholisch sind und nach Anzeige beim lutherischen Oberkonsistorium, darf die Taufe oder Trauung erfolgen.

»Gegeißelter Heiland« von Permoser. Jetzt in den Gruft der Hofkirche beim Herz Augusts des Starken.

1719 Hochzeitsfeierlichkeiten zur Vermählung des Kurprinzen mit Maria Josepha von Österreich.

Te Deum in der ersten Dresdener Hofkirche.

1720 Innerer katholische Friedhof in Dresden.

1740 erste, 1842 zweite Vergrößerung und Kapelle.

Gräber vieler hervorragender Persönlichkeiten.

1721 Bis dato war es unter 10 Talern Strafe verboten, einen Katholiken in Arbeit oder Miete zu nehmen, wenn er nicht im Dienst des Hofes stand.

Pater Anton Steyerer königlicher Beichtvater.

1722–1724 Pater Joseph Hall königlicher Beichtvater.

1725 Permoser arbeitet an den großartigen Gestalten der Kirchenväter Ambrosius und Augustinus für die erste Dresdener Hofkirche.

Sie befinden sich jetzt im Museum zu Bautzen.

Weitere Beschränkung der Taufe und Trauung auf die katholischen Hofbediensteten.

1726 23. Febr.: Erlaubnis, den Katholiken alle Sakramente zu spenden, die Kranken zu besuchen und auf den Tod vorzubereiten, ohne Unterschied des Ortes, auch in Altendresden, wo es bisher den Priestern streitig gemacht worden war.

1727 Abbruch der alten Frauenkirche in Dresden. Grundsteinlegung zur Frauenkirche George Bährs in Dresden.

1733 1. Febr.: Tod Augusts des Starken. Sein Sohn wird Kurfürst von Sachsen und König von Polen.

1736 Der Kaufmann Carlo Caprano, der Senior der katholischen Gemeinde in Dresden, stirbt und wird in Mariaschein begraben. Fertigstellung der Kuppel der Frauenkirche in Dresden. Aufstellung des von Wiedemann in Kupfer getriebenen Reiterstandbildes Augusts des Starken auf dem Neustädter Markt in Dresden.

1737 Die Sophienkirche in Dresden wird protestantische Hofkirche. Auflösung der protestantischen Hofkapelle im Schloß. Übernahme des Altares in die Busmannkapelle der Sophienkirche.

1738 18. Sept: Beschluß des Königs, zu Dresden ›einen gewissen Bau nahe der Festung‹ zu errichten. 3. Nov.: Abtragung der Wälle, um Platz für die neue Dresdener Hofkirche zu schaffen. Katholikenzahl etwa 5000 unter 40 000 Einwohnern Dresdens.

1739 28. Juli: Grundsteinlegung der Hofkirche zu Dresden. Architekt: *Gaetano Chiaveri*.

1740 Der Grundbau der Hofkirche ist im Frühjahr beendet.

1741/42 *Mattielli* liefert 47 Statuen für die Hofkirche ab. Seine Werkstatt liegt am Platz vor dem japanischen Palais, Ecke Pfarrgasse, in Dresden. Die Deutschen Paul und Jacob Meyer arbeiten unter ihm.

1742 Chiaveri schlägt vor, die Kuppel der Peterskirche in Rom abzutragen und in spitzerer Form wieder aufzubauen.

1743 Man ist soweit, die Hofkirche unter Dach zu bringen. Das Interesse des Königs für diesen Bau hat sich durch den umfangreichen Umbau des Jagdschlosses Hubertusburg verringert.

1744 Das Langschiff der Hofkirche ist eingewölbt. Krise im Bau: Gerüchte über Einsturzgefahr des Gewölbes.

1746 Ankauf der Modenesischen Sammlung. Gemäldegalerie auf der Brühlschen Terrasse von J. C. Knöffel.

1746 Gründung des Josephinen-Stiftes in Dresden durch Königin Maria Josepha, »zu Unterhalt und Erziehung armer Mädchen«.
Später Sitz einer großen Schule.

1746/47 Die Deckung des Daches der Hofkirche mit Blei bewährt sich nicht. Später durch Kupfer ersetzt.

1747 Guß der großen, 113 Zentner schweren Glokke für die Hofkirche.
Sie muß 60 Jahre schweigen.
Gründung des Friedrichstädter Krankenstiftes zu Dresden (dem hl. Benno geweiht).
1842 erweitert.
1860 Pflege durch Graue Schwestern.
1945 zerstört.
56 Figuren Mattiellis sind auf der Hofkirche aufgestellt; 10 bereits fertiggemeißelt und 12 noch in Arbeit.

1747/48 Bernardo Belotto (genannt Canaletto) malt Gemälde und Stiche Dresdens mit der Hofkirche.

1748 Am 28. April stirbt *Mattielli*.

Sein Sohn arbeitet an den bestellten Statuen weiter.
Pater Guarini, der Beichtvater und Ratgeber des Königs, stirb.
Im Herbst verläßt Chiaveri Dresden und begibt sich nach Rom.

1750 J. C. Knöffel übernimmt den Bau der Katholischen Hofkirche.

1751 29. Juni: Einweihung der Katholischen Hofkirche. Johann Adolf Hasse komponiert dafür die d-Moll-Messe und das erhabene Te Deum.

1751–1755 Erhöhung und Fertigstellung des Turmes und damit Vollendung der Katholische Hofkirche durch *J. H. Schwarze* nach den Plänen Chiaveris.

1751–1763 Pater Leo Rauch königlicher Beichtvater.

1752 Abendmahlsbild von Louis de Silvestre für die Sakramentskapelle der Katholischen Hofkirche. 1945 gestohlen.
Chiaveri hält sich vorübergehend in Dresden auf.

1753 Charles Hutin gestaltet die Kreuzkapelle der Katholischen Hofkirche mit Gemälden aus dem Alten Testament.

1754 Vollendung der Orgel von *Gottfried Silbermann* für die Katholische Hofkirche.
Das Gehäuse der Orgel schufen Joseph Hackl und Pierre Coudrai. 1945 verbrannt.

1754 Freskomalerei von Carl Palko in der Johann-Nepomuk-Kapelle der Katholischen Hofkirche.
Erwerbung der ›Sixtinischen Madonna‹ Raffaels für 20 000 Dukaten.

1755 Stefan Torelli gestaltet die Sakramentskapelle der Katholischen Hofkirche.

1760 Beschießung und Brand von Dresden im Siebenjährigen Krieg.
Verluste unter anderem: Kreuzkirche, Gebäude der Brühlschen Terrasse, Gewandhaus, Neumarkt, die Palais der Moritzstraße, die Pirnaische Vorstadt, Josephinenstift.

1760–1765 Wiederaufbau des zerstörten Josephinenstiftes in Dresden durch C. F. Exner.

1763 Friede von Hubertusburg.
Verlust der polnischen Krone. Sachsens Ende als Großmacht.
Am 5. Okt. stirbt August III.
Sein Sohn Friedrich Christian wird Kurfürst; am 13. Dez. desselben Jahres gestorben.
Pater Augustin Eggs wird zum Apostolischen Vikar der Erblande ernannt.

1763–1780 *Pater Franz Herz* Apostolischer Vikar.

1764 Fußbodenbelag aus weißen und grauen carrarischen Marmorplatten in der Katholischen Hofkirche.

1765 Seelsorge der Dresdener Patres in Meißen.

1770 Deckengemälde des hl. Benno von *F. A. Maulbertsch* in der östlichen Kapelle der Katholischen Hofkirche.

1771 *Anton Raphael Mengs'* Gemälde »Die Himmelfahrt Christi« erhält erst jetzt seinen beherrschenden Platz über dem Hochaltar der Katholischen Hofkirche

1773 Auflösung des Jesuiten-Ordens durch Papst Klemens XIV.
Trotzdem wirken die Patres weiterhin in Dresden, Leipzig und Meißen und wo immer sie im Lande hingerufen werden.

1785 Erbauung einer ›katholischen Hauptschule‹ im ›Italienischen Dörfchen‹ (wo heute die Gemäldegalerie steht).

Anfang 1800 Die Rekatholisierung der Frühromantik geschieht in Reichweite der Katholischen Hofkirche.

Das Positive des Mittelalters wird wiederentdeckt, anfänglich in der Kunst, deren spätmittelalterliche Gemälde zu betrachten nirgendwo so ermöglicht wird wie in Deutschlands bedeutendster Gemäldegalerie zu Dresden.

Auch hier entsteht, wie in andern Städten, ein Kreis von ›Romantikern‹, der freilich ständig wechselt.

Die Sixtinische Madonna und die anderen Madonnenbilder der Galerie ziehen die Romantiker an und werden von ihnen besungen. Die Sixtinische Madonna wird für sie das marianische Ur- und Idealbild.

»Ich sehe dich in tausend Bildern,
Maria, lieblich ausgedrückt,
doch keins von allen kann dich schildern,
wie meine Seele dich erblickt.
Ich weiß nur, daß der Welt Getümmel
seitdem mir wie ein Traum verweht,
und ein unnennbar süßer Himmel
mir ewig im Gemüte steht.«

So singt der aus pietistischem Elternhause stammende Novalis. – Oder:

»Oft, wenn ich träumte, sah ich dich
so schön, so herzinniglich.
Der kleine Gott auf deinen Armen
wollt des Gespielen sich erbarmen;
du aber hobst den hehren Blick
und gingst in tiefe Wolkenpracht zurück.«

Die geschichtliche und poetische Kraft des katholischen Glaubens wird von führenden Geistesmännern und Künstlern der damaligen Zeit wiederentdeckt.

1801–1810 *Johann Aloys Schneider* Apostolischer Vikar. 1816 zum Bischof i. p. i. geweiht.

Es bestehen nun zwei Jurisdiktionsbezirke im neuen Königreich Sachsen: die Erblande unter Dresden und die Lausitz unter Böhmen.

1804 In Dresden treten die Brüder *Franz Riepenhausen* (1786–1831) und *Johannes Riepenhausen* (1789 bis 1860) zur katholischen Kirche über. Die beiden Maler, Zeichner und Radierer erleben in Dresden ihre Wendung zur romantischen Kunst. Ihren Übertritt veranlaßte wohl der Kunsthistoriker und Schriftsteller *Karl Friedrich von Rumohr* (1785 geboren auf Gut Reinhardsgrimma bei Dresden). Er selbst trat aus historisch-wissenschaftlicher Überzeugung zur katholischen Kirche über. 1843 stirbt er in Dresden.

1805 *Adam Heinrich Müller* kommt kurz nach seinem Übertritt zur katholischen Kirche von Wien nach Dresden und hält Vorlesungen über Staatswissenschaften und Literatur.

Er ist befreundet mit *Novalis* (Friedrich von Hardenberg), der in Freiberg studiert hatte, und *Friedrich von Schlegel*, der in Dresden bei seinem Schwager Ernst wohnt, in dessen Hause wöchentlich literarische Zirkel stattfinden.

1806 Sachsen wird Königreich von Napoleons Gnaden.

11. Dez.: Friede von Posen.

Napoleon gewährt den sächsischen Katholiken Gleichberechtigung.

Der Apostolische Vikar, Bischof Schneider, ermahnt die Geistlichen, sich der erlangten

Religionsfreiheit und der bürgerlichen Gleichberechtigung nur im stillen zu freuen und Gott dafür zu danken; aber auch die Gläubigen aufzufordern, demutsvoll dabei fortzuwandeln, damit die Gleichstellung nicht die Andersdenkenden beleidige oder reize.

Die Katholische Hofkirche wird Pfarrkirche.

Friedrich von Schlegel tritt in Köln zur katholischen Kirche über.

1807 Glockengeläut für die Katholische Hofkirche durch die Gebrüder Weinhold.

Bei allem Glanz war die Hofkirche seit 1751 stumm geblieben. Das protestantische Land hatte ihr die Anerkennung als Kirche und somit auch das Geläut versagt. Erst nach der Erhebung Sachsens zum Königreich im Frieden von 1806 wird diesem Zustand ein Ende bereitet. Am 29. Okt. Weihe der Glocken durch Bischof Schneider.

Akkord F–D–B–As.

1. Der göttlichen Vorsehung, 113 Ztr.
2. ›Dem Dreieinigen Gott sei Ruhm in Ewigkeit‹, 57 Ztr.
3. ›Durch des Kreuzes Zeichen befreie uns von unseren Feinden unser Gott‹, 28 Ztr.
4. ›Gegrüßet seist du, Maria, voll der Gnaden‹, 13 Ztr.

1815 Der größte Teil Sachsens, darunter der Kurkreis, die Niederlausitz und die östliche Hälfte der Oberlausitz, wird auf dem Wiener Kongreß an Preußen abgetreten.

1818/19 *Carl Maria von Weber* schreibt die Es-Dur- und G-Dur-Messe für die Katholische Hofkirche, mit der Widmung: ›Soli Deo Gloria!‹ (Gott allein die Ehre!)

1818–1841 *Ignaz Mauermann* Apostolischer Vikar.

Am 11. Juli 1819 in der Katholischen Hofkirche zum Bischof geweiht.
1831 auch zum Dekan des Domstiftes zu Bautzen gewählt, so daß die beiden Jurisdiktionsbezirke Dresden und Bautzen zum erstenmal in Personalunion verbunden sind.

1819 *Ludwig Tieck* wird als Dramaturg nach Dresden berufen. Er ist der fruchtbarste und vielseitigste romantische Dichter und der Mittelpunkt des literarischen Lebens. In seinem Haus am Altmarkt versammelt sich die geistige Welt Europas.

1823 Gründung der Pfarrei »St. Michael« in Dresden-Friedrichstadt.
Kirche »St. Michael« (um 1750 erbaut), 1945 zerstört.

1826 Erhebung der Kapelle »Franz Xaver« in Dresden-Neustadt zur Pfarrkirche.
Sie leitet ihren Ursprung her von der ehemaligen ›Kaiserkapelle‹ (Kapelle der kaiserlichen Gesandtschaft), die seit 1739 im Südflügel der Infanteriekaserne untergebracht war.
1855 Einweihung der neuen »Franz-Xaver-Kirche« durch Bischof Forwerk.
1945 zerstört.

1827 Es entstehen die katholisch-geistlichen Behörden:
1. Die Oberbehörde mit dem Apostolischen Vikar an der Spitze und einem Vikariatsgericht aus zwei geistlichen und drei weltlichen Vikariatsräten.
2. Die niedere Behörde: das katholisch-geistliche Konsistorium mit drei geistlichen und zwei weltlichen Beisitzern.

1829 Katholisches Knaben-Waisenhaus am Queckbrunnen in Dresden.

1910 von der Grauen Schwestern übernommen.
1945 zerstört.
Friedrich von Schlegel, der führende Theoretiker der Romantik, stirbt. Auf dem Inneren katholischen Friedhof in Dresden beigesetzt.

1831 Sächsische Verfassung.
Schlösser und Kunstsammlungen gehen in den Besitz des Staates über.
4. Sept.: In der Verfassungsurkunde wird die 1807 erworbenen Freiheit der Katholiken erneut eingeschränkt. Es dürfen weder neue Klöster errichtet werden noch irgendwelche Ordensleute im Lande tätig sein.

1840 Der Hofprediger bereist das Land und stellt fest, daß es katholische Gemeinden ohne Priester gibt, die vier bis sechs Meilen von der nächsten Kirche entfernt sind. Er erreicht, daß solche Gemeinden einige Male im Jahre ›Missionsgottesdienst‹ erhalten.

1842–1845 *Lorenz Mauermann*, Bischof, jedoch nicht Dekan.

1845 Von jetzt ab wird der jeweilige Domdekan von Bautzen, der ein Bischof ist, auch der Apostolische Vikar der Erblande.

1845–1853 *Joseph Dittrich*, Bischof, Apostolischer Vikar. Residiert teils in Dresden teils in Bautzen.

1847 Bau der großen Trinitatiskirche in Leipzig.
1944 zerstört.

1850 Ausweißung der Seitenschiffe der Katholischen Hofkirche, die dem Hauptschiff damit angeglichen werden.

1852 Vincentius-Verein zu Dresden.
Asyl für Knaben und Mädchen.
Katholische Bürgerschule in Dresden.
Hervorgegangen aus der alten katholischen

Hauptschule. Seit 1928 führte sie wieder diesen Namen (7. kath. Volksschule).

1854–1875 *Ludwig Forwerk*, Bischof, Apostolischer Vikar.

1854 Der Gesellenvater Adolf Kolping weilt in Dresden.
Gründung des Gesellenvereins in Dresden durch Pfarrer Lorbacher von Friedrichstadt.

1858 Franceschi-Stift in Dresden. Entstanden durch Vermächtnis des 1844 verstorbenen Pfarrers und Superiors der Hofkirche.
Armenstift, große Volksküche, ambulante Krankenpflege. 1877 Leitung durch Graue Schwestern.
1945 zerstört.

1865 Elisabeth-Stift in Dresden.
Begründet durch Grau Schwestern. Ambulante Krankenpflege.
1874 auch Tageshort für Kinder.
1882 erweitert. Die Klinik wurde die Keimzelle des späteren St.-Joseph-Stiftes.
1945 zerstört.

1867/68 Instandsetzung des Turmes der Katholischen Hofkirche.

1875 Äußerer katholischer Friedhof in Dresden. Infolge des großen Wachstums der Stadt mußte dieser zweite Friedhof geschaffen werden.

1875–1890 *Franz Bernert*, Bischof, Apostolischer Vikar.

1876 Trotz schwerwiegender Bedenken, selbst von protestantischer Seite, wird das staatliche Oberaufsichtsgesetz über die Katholiken im Königreich Sachsen angenommen, dessen harte Bestimmungen die Geistlichen und die Seelsorge für die durch die Industrie angewachsene Zahl der Katholiken sehr behinderte.

Großer Priestermangel. Auf 3200 Seelen kommt im weiten Diasporagebiet *ein* Priester.

1878 St.-Benno-Stift und Amalienhaus in Dresden. Von Borromäerinnen aus Schlesien betreut. Spielschule, Kinderhort, Heim für Hausangestellte, Altersheim ambulante Krankenpflege, Volksküche.
1945 schwer beschädigt. 1955 wiederaufgebaut.

1881 Kolpinghaus in Dresden.
1930 auch Lehrlingsheim.
1945 zerstört.

1889 1. Katholische Volksschule in Dresden. Hervorgegangen aus der alten Freischule.
2. Katholische Volksschule in Dresden. Hervorgegangen aus der Schule des 1738 gegründeten Kapellknabeninstitutes. 1853 Pfarrschule.
3. Katholische Volksschule in Dresden.
1773 Pfarrschule. 1912 aufgelöst.

1890–1904 *Ludwig Wahl*, Bischof, Apostolischer Vikar.

1893 Albert-Stift in Dresden.
Leitung durch Graue Schwestern.
Altersheim, Kinderhort, Volksküche, ambulante Krankenpflege.
1945 zur Hälfte zerstört.
Wiederaufgebaut.

1895 St.-Joseph-Stift in Dresden.
Krankenhaus.
Begründet durch Graue Schwestern.
1932 erweitert.
1945 schwer beschädigt.
Wiederaufgebaut.

1896 4. Katholische Volksschule in Dresden.
Die Schulkapelle dient lange Zeit dem Gemeindegottesdienst von Dresden-Johannstadt.

1898 Seelsorgestelle Löbtau in Dresden.
1904 Pfarrei.
1922 Kirche »St. Antonius«.

1900 Der reizvolle Verbindungsgang zwischen Schloß und Hofkirche entsteht.
Vorher nur ein bescheidener Übergang.

1902/03 Instandsetzung des Hofkirchenturmes.

1903 Dresden-Pieschen wird Vikarie.
1904 Pfarrei.
1910 Kirche »St. Joseph«.

Sidonienheim in Dresden.
Für erwerbstätige und studierende Frauen und Mädchen; weibliche Stellenvermittlung.
1922 Leitung durch die Schwestern von Jesus und Maria.
1927 Nazarethschwestern.
1945 zerstört.

Vincentius-Stift in Dresden.
Kinderheim, Spielschule, Kinderhort, Volksküche.
1945 schwer beschädigt.
1956 wiederaufgebaut.
Jetzt Kapellknabeninstitut.

1904–1905 *Georg Wuschanski*, Bischof, Apostolischer Vikar.

1904 Gründung der Pfarrei Dresden-Johannstadt.
1905 neugotische Kirche »Herz Jesu« von Bischof Wuschanski eingeweiht.
5. Katholische Volksschule in Dresden.

1906 Dresden-Cotta wird Pfarrei und erhält die Kirche »Zu Unserer Lieben Frau«.
6. Katholische Volksschule in Dresden.

1906–1914 *Alois Schäfer*, Bischof, Apostolischer Vikar.

1912 3. Katholische Volksschule in Dresden
(Die ehemalige von 1889 wurde aufgelöst.)
Katholische Hilfsschule in Dresden.

Hervorgegangen aus der alten Pfarrschule von 1773, die seit 1889 die 3. Katholische Volksschule war und 1912 aufgelöst wurde.

1913 Marien-Stift in Dresden.
Leitung durch Graue Schwestern.
Kinderhort, Tagesheim, Nähschule, große Volksküche, ambulante Krankenpflege.
Nach dem zweiten Weltkrieg nur noch ambulante Krankenpflege und Seelsorgshilfe.

1914–1920 *Franz Löbmann*, Bischof, Apostolischer Vikar.

1918 Erst der verlorene Weltkrieg bringt der katholischen Kirche in Sachsen die volle Freiheit.

1920–1921 Dekan *Jakob Skala* in Bautzen führt während der Sedisvakanz die sächsisch-lausitzischen Jurisdiktionsbezirke.

1921 24. Juni: Nuntius Pacelli, der spätere Papst Pius XII., verkündet in Bautzen die *Wiederrichtung des alten Bistums Meißen*. Es erstreckt sich von Zittau, Löbau bis Plauen und Gera.
Der katholische Teil der Petrikirche zu Bautzen wird Dom des Bistums Meißen.

1921–1929 *Dr. Christian Schreiber*, erster Bischof von Meißen (seit 1581), wohnt in Bautzen. Er führt den Titel: Der Bischof von Meißen in Bautzen.
Unter ihm melden sich viele Priester von auswärts in die Diasporaseelsorge.

1921 Zusammenfassung der gesamten Caritas-Arbeit im Bistum als Diözesan-Caritas mit der Zentrale in Dresden.
Gründung der Pfarrei »St. Paulus« in Dresden-Plauen.
Betreuung durch Oblatenpatres.
1925 Kirche vollendet.
1945 schwer beschädigt; wiederhergestellt.

1923 Erste Diözesansynode des Bistums Meißen im Kloster Marienstern.

Die Einteilung in Erzpriestersprengel, Pfarreien, Pfarrvikarien und Seelsorgestellen erfolgt. Die Hofkirche wird Propsteikirche.

Gründung der Pfarrei »St. Petrus« in Dresden-Strehlen.

Betreuung zunächst von Oblaten, dann von Jesuiten. Nach verschiedenen Pfarrkapellen 1962 eine eigene Kirche.

Dresden-Striesen wird Pfarrei »Mariä Himmelfahrt«.

Seit 1904 Bestehen der dortigen Marienkapelle und des Vincentius-Stiftes.

Säuglings- und Mütterheim der Nazarethschwestern in Dresden.

Haus 1945 zerstört. Seitdem in neuem Heim.

Zentrale bzw. Mutterhaus in Goppeln bei Dresden. Dort Säuglings- und Kleinkinderheim, Altersheim, Vorschule für Mädchen für kirchlich-caritative Berufe.

1924 Fürsorge-Verein in Dresden.

Zufluchtsheim für Mädchen.

1924–1926 Gründung der Pfarrei »Heilige Familie« in Dresden-Kleinzschachwitz.

1926 Studentenseelsorge zur religiösen Weiterbildung in Dresden.

1954 Seelsorgsamt für katholische Hochschüler in Dresden.

Priesterseminar in Schmochtitz bei Bautzen. 1945 zerstört.

1927 Kapelle in Dresden-Klotzsche und Niederlassung der Klarissen bis 1975.

1938 wird Klotzsche Pfarrvikarie »Heiliges Kreuz«, 1945 Verwaltung durch Franziskaner bis 1975.

1931–1932 *Dr. Conrad Gröber*, Bischof von Meißen.

1931 Schwestern vom Göttlichen Herzen Jesu leiten die überpfarrliche Caritas-Arbeit für Stadt und Archipresbyterat Dresden.

1932-1951 *Petrus Legge*, Bischof von Meißen.
Dieser leidgeprüfte Oberhirte erlebte die bisher bitterste Zeit.

1937 Die Kirche »St. Hubertus« in Dresden Weißer Hirsch entsteht.
1954 wird der Weiße Hirsch Pfarrvikarie, 1957 Pfarrei.

1940 In Dresden-Pillnitz entsteht die Pfarrvikarie »St. Petrus Canisius«.
Betreuung durch Jesuitenpatres, seit 1972 durch Oratorianer.
Schon 1725 hatte im Schloß eine kath. Kapelle bestanden, die 1818 bei dem Brand vernichtet und durch die jetzige Kapelle ersetzt wurde.

1945 13. Febr.: Zerstörung Dresdens.
Die meisten Baudenkmäler gingen zugrunde.
Die Frauenkirche stürzte ganz zusammen.
Die Katholische Hofkirche erlitt großen Schaden.
Der Turm blieb erhalten.
Marienkrankenhaus in Dresden Klotzsche.
Betreuung durch Graue Schwestern bis 1967.

1951–1957 Koadjutorbischof *Heinrich Wienken*, Bischof von Meißen.

1955 Weihe des Weihbischofs Dr. Otto Spülbeck.
Er wurde Administrator des erkrankten Bischofs Heinrich Wienken.

1957 Verzicht des Bischofs Heinrich Wienken.

1958 24. Juli: Inthronisierung des Bischofs *Dr. Otto Spülbeck*.

1961 Bau der St.-Petrus-Kirche« in Dresden-Strehlen.

1962 Konsekration der Petruskirche in Strehlen.
8. Juli: Konsekration des Hochaltares der Hofkirche

1964 Die Hofkirche wird Konkathedrale des Bistums Meißen.

1968 Die 1000-Jahr-Feier des Bistums Meißen wurde in vielen Pfarrkirchen festlich begangen. In der Konkathedrale fand sie am 8. September statt.

1969–1971 Zweite Diözesansynode des Bistums Meißen im linken Seitenschiff der Konkathedrale. (Erste Diözesansynode 1923 im Kloster Marienstern.)

1970 Fertigstellung der Kreuzkapelle.
21. Juni: Bischof Dr. Otto Spülbeck wird auf der Rückfahrt von der Frauen-Wallfahrt nach Wechselburg zu Gott heimgeholt.
18. Oktober Inthronisation des Bischofs *Gerhard Schaffran* in der Konkathedrale.

1971 Am Pfingstfest erklingt wieder die Silbermann-Orgel.

1973 Fertigstellung der Bennokapelle.
8. September: Konsekration des Weihbischofs *Georg Weinhold* in der Konkathedrale.

1973–1975 Pastoralsynode der Jurisdiktionsbezirke in der DDR im linken Seitenschiff der Konkathedrale.

1976 Einweihung der ehemaligen Nepomukkapelle zur Gedächtnisstätte für die Opfer der Zerstörung Dresdens, der beiden Weltkriege und aller ungerechter Gewalt.

1980 25. März: Verlegung des Bischofssitzes, der Bistumsverwaltung und des Domkapitels von Bautzen nach Dresden, damit verbunden

Umbenennung des Bistums Meißen in Bistum Dresden-Meißen. Die ehemalige Hofkirche und Konkathedrale wird zur Kathedrale des Bistums.

1987 10.–12. Juli: ca. 100 000 Katholiken aus der DDR kommen in Dresden unter dem Leitwort »Gottes Macht – unsere Hoffnung« zum Katholikentreffen zusammen.

1. August: Bischof Gerhard Schaffran emeritiert.

1988 20. Februar: Caritasdirektor *Joachim Reinelt* wird zum Bischof konsekriert.

In Dresden bestehen zur Zeit folgende 13 Pfarreien:

Dompfarrei Ss. Trinitatis
»Unserer Lieben Frau« – Cotta
»Herz Jesu« – Johannstadt
»Heiliges Kreuz« – Klotzsche
»St. Antonius« – Löbtau
»St. Franziskus Xaverius« – Neustadt
»St. Joseph« – Pieschen
»St. Paulus« – Plauen
»St. Petrus« – Strehlen
»Mariä Himmelfahrt« – Striesen
»St. Hubertus« – Weißer Hirsch
»Heilige Familie« – Zschachwitz
Pf.-Vikarie »St. Petrus Canisius« – Pillnitz

Die Aufstellung der Statuen in der katholischen Hofkirche

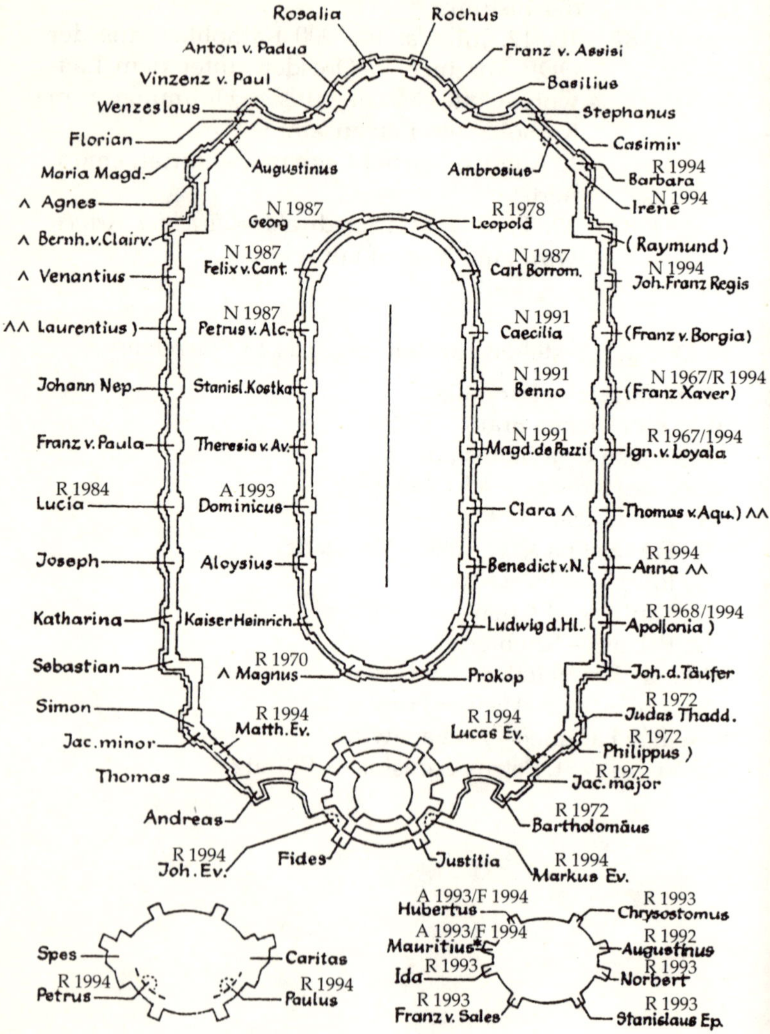

* Kopf vorhanden
∧ Arm fehlt
( ) gänzlich zerstört
) ohne Kopf

A = Abgenommen
R = Restaurierung
F = Festigung/Volltränkung
N = Neu aufgestellt bzw. fertiggestellt

Benutzte Literatur

Baum, Ludwig, 750 Jahre katholische Kirche in Dresden, 1956

Blanckmeister, Franz, Sächsische Kirchengeschichte, 1899

Blanckmeister, Franz, Der Prophet von Kursachsen. Valentin Ernst Löscher und seine Zeit

Boroviczeny, Aladár von, Graf von Brühl, 1930

Brabant, Artur, Kursachsen und das Reich in den ersten Jahren des Siebenjährigen Krieges: Beitrag in Meißnisch-Sächsische Forschungen, 1929

Dost, Gotthard, Fürst, Fürstin und Mätresse. Ein Lebens- und Sittenbild aus dem Ausgang des 17. Jahrhunderts. Manuskirpt von 1943 über Sibylle Neitschütz, Sächsische Landesbibliothek Dresden, App. 894

Duhr, Bernhard, Die sächsische Mission. Die Hofbeichtväter (Geschichte der Jesuiten in den Ländern deutscher Zunge), 1928

Fort, Gertrud von le, Hymnen an die Kirche

Forwerk, Friedrich August, Geschichte und Beschreibung der Katholischen Hof- und Pfarrkirche zu Dresden, 1851,

Freckmann, Karl, Die Hofkirche zu Dresden, 1929

Gurlitt, Cornelius, August der Starke, 2 Bände, 1924

Haake, Paul, Die Wahl Augusts des Starken zum König von Polen, Histor. Vierteljahrschrift IX., 1906

Haake, Paul, August der Starke im Urteil seiner Zeit und der Nachwelt, 1922

Haake, Paul, Der Glaubenswechsel Augusts des Starken, Histor. Vierteljahrschrift X., 1907

Haake, Paul, August der Starke, 1926

Hahn, Alfred, Dresden im Wandel der Zeiten

Hempel, Eberhard, Gaetano Chiaveri. Der Architekt der Katholischen Hofkirche zu Dresden, 1955

Hempel, Eberhard, Die Katholische Hofkirche zu Dresden. Bauprogramm und Sinndeutung. – Beitrag im Jahrbuch zur Pflege der Künste, 1955

Herz-Jesu-Gemeinde Dresden, Pfarrchronik

Hiltebrandt, Philipp, Die polnische Königswahl von 1697 und die Konversion Augusts des Starken, in: Quellen und Forschungen, Preußisches Historisches Institut in Rom, 1907

Kaemmel, Otto, Sächsische Geschichte, 1899

Kalisch, Johannes, Dissertation: Die Polenpolitik Augusts des Starken 1697–1700, Leipzig 1957

Klein, Eberhard, Maria Josepha

Krause, Bruno, Die geschichtliche Entwicklung der Stadt Dresden, 1893

Lindau, Martin Bernhardt, Geschichte der königlichen Haupt- und Residenzstadt Dresden, 1884

Löffler, Fritz, Das alte Dresden, 1955

Maria Laach Abtei, Die Betende Kirche, 1926

Pastor, Ludwig von, Geschichte der Päpste im Zeitalter des fürstlichen Absolutismus, 1931

Pembaur, Karl, Drei Jahrhunderte Kirchenmusik am sächsischen Hofe, 1920

Propstei-Gemeinde Dresden, Pfarrchronik

Richter, Otto, Dresdner Bilderchronik, 1910

Saft, P. Paul-Franz, Der Neuaufbau der katholischen Kirche in Sachsen im 18. Jahrhundert, 1961

Schäfer, Wilhelm, Die Katholische Hofkirche zu Dresden, 1851

Schneider, Reinhold, Verhüllter Tag, 1955

Sturmhoefel, Konrad, Illustrierte Geschichte des Albertinischen Sachsens, 1908

Theiner, Augustin, Geschichte der Rückkehr der regierenden Häuser von Braunschweig und Sachsen zur katholischen Kirche, 1843

Widler, Das Buch der Weissagungen von Michael Nostradamus, 1950

Wilsdorf, Oskar, Gräfin Cosel
Ziekursch, Johannes, August der Starke und die katholische Kirche 1697–1720, Zeitschrift für Kirchengeschichte, XXIV. Bd., 1903

Grundriß (S. 478): gezeichnet von *Heinz Kutschke,* Baalsdorf

Inhalt

ISBN 3-7462-1112-3

9. Auflage 1994, gekürzte Fassung

Umschlaggestaltung: Matthias Dittmann
Motiv: Ausschnitt aus einem Gemälde von Bellotto, Bomando, gen. Canaletto (1721 – 1780) der Sächsischen Landesbibliothek, Abteilung Deutsche Fotothek
Satz: Kontext – Satz & Layout, Leipzig
Druck und Einband: Offizin Andersen Nexö, Leipzig